Diplômé de littérature anglaise, Lincoln Child a été responsable éditorial aux éditions St. Martin's Press à New York avant de se consacrer entièrement à l'écriture. Il vit aujourd'hui dans le New Jersey.
Douglas Preston a débuté sa carrière comme auteur et éditeur au Muséum d'histoire naturelle de New York. Il a également enseigné à l'université de Princeton.
Preston et Child ont débuté leur collaboration dans les années 1990. Vivant à plusieurs centaines de kilomètres l'un de l'autre, ils coécrivent leurs livres par téléphone, fax et via Internet. Leurs thrillers connaissent tous un vif succès.

Cauchemar génétique

*Du même auteur
aux Éditions J'ai lu*

Douglas Preston et Lincoln Child
LA CHAMBRE DES CURIOSITÉS *N°7619*
LES CROASSEMENTS DE LA NUIT *N°8227*
ICE LIMIT *N°8433*
LE VIOLON DU DIABLE *N°8671*
DANSE DE MORT *N°8815*
LE LIVRE DES TRÉPASSÉS *N°9078*
CROISIÈRE MAUDITE *N°9257*
RELIC *N°9373*
VALSE MACABRE *N°9561*
LE GRENIER DES ENFERS *N°9644*
FIÈVRE MUTANTE *N°9915*
LE PIÈGE DE L'ARCHITECTE *N°9916*
VENGEANCE À FROID *N°10336*
R POUR REVANCHE *N°10527*

Douglas Preston
LE CODEX *N°8602*
T-REX *N°8892*
CREDO *N°9179*
IMPACT *N°9766*

Lincoln Child
DEEP STORM *N°9170*

Douglas Preston et Mario Spezi
LE MONSTRE DE FLORENCE *N°9544*

Douglas
PRESTON

&

Lincoln
CHILD

Cauchemar génétique

*Traduit de l'anglais (États-Unis)
par Philippe Loubac-Delranc*

Titre original :
MOUNT DRAGON

Éditeur original :
Forge Book, New York, 1996.

© Douglas Preston et Lincoln Child, 1996.

Pour la traduction française :
© Éditions Robert Laffont, S.A., 1997

Pour la présente édition :
© L'Archipel, 2011

Avertissement

Cauchemar génétique est une œuvre de fiction. Le laboratoire de recherche GeneDyne, la Fondation de bioéthique, le Fonds du mémorial de l'Holocauste, la Fondation de recherches sur l'Holocauste, le sang artificiel « PurBlood », le gène Grip-x – et, bien entendu, le mont du Dragon lui-même – sont nés de l'imagination des auteurs. Toute ressemblance entre ces inventions et la réalité serait pure coïncidence. Les personnages et les événements décrits dans ce roman sont fictifs. Ce livre ne se veut le reflet ni de la politique ni des procédés mis en place par tel ou tel laboratoire de recherche, institution, université, service public ou agence gouvernementale.

À Jerome Preston Senior.
D. P.

À Luchie, mes parents et Nina Soller.
L. C.

Nos symboles crient à la face de l'univers,
Ils fendent l'air comme les flèches du chasseur
Filent dans le ciel de la nuit.
Perforent les chairs de leurs pointes acérées.
Ils se propagent à travers la plaine
comme les incendies
Devant lesquels les bisons fuient.

FRANKLIN BURT

Une fenêtre qui donne sur l'Apocalypse,
c'est bien suffisant.

SUSAN WRIGHT ET ROBERT L. SINSHEIMER
Bulletin des savants atomistes

Prologue

Les sons partaient à la dérive, si faibles qu'on pouvait les confondre avec les croassements des corbeaux dans le bois tout proche ou les braiments lointains d'une mule venant de la ferme, de l'autre côté de la rivière. Rien ne semblait devoir troubler cette belle matinée de printemps. Il fallait vraiment tendre l'oreille pour se rendre compte que ces cris étaient ceux d'un homme.

L'imposant bâtiment administratif de Featherwood Park était à demi caché par de majestueux peupliers de Virginie. L'ambulance privée s'éloigna lentement, faisant crisser les gravillons de l'allée. Quelque part, une porte automatique se ferma en chuintant.

Une entrée de service, blanche et anonyme, se trouvait en renfoncement sur le côté du bâtiment. Lloyd Fossey tendit machinalement la main vers le digicode. Depuis tout à l'heure, il s'était efforcé de garder en tête l'air du *Trio pour piano en mi mineur* de Dvořák, mais il y renonça. Là, à l'ombre du bâtiment, les cris étaient beaucoup plus distincts.

Sonneries de téléphone et papiers éparpillés en tous sens donnaient le ton du bureau des infirmières.

— B'jour, docteur Fossey, dit l'infirmière.

— Bonjour, répondit-il, ravi de ce sourire lumineux au milieu de la confusion générale. C'est Grand Central, ici, ce matin.

— Deux admissions très tôt, coup sur coup, lui répondit-elle, remplissant des fiches d'une main et lui tendant des feuilles de température de l'autre. Et, maintenant, celui-là. Je suppose que vous êtes déjà au courant.

— Il m'aurait été difficile de ne pas l'entendre.

Fossey jeta un coup d'œil sur les feuilles de température, chercha un stylo dans la poche intérieure de son veston, hésita.

— C'est moi qui dois m'occuper de notre bruyant ami ?

— Non, c'est le Dr Garriot, lui répondit l'infirmière, levant la tête vers lui. C'est le premier qui est pour vous.

Une porte s'ouvrit et les cris retentirent de nouveau, encore plus forts, avec en contrepoint un concert de voix pressantes. Puis la porte se referma, et l'on n'entendit plus que les bruits du bureau.

— J'aimerais voir la fiche d'admission, dit Fossey, rendant les feuilles de température et prenant le classeur.

Il la parcourut rapidement, notant au passage le sexe et l'âge du patient, tout en essayant de reconstruire mentalement les accords de l'andante de Dvořák. Ses yeux s'arrêtèrent sur les mots « hospitalisation d'office ».

— Vous l'avez vu ? demanda-t-il d'une voix neutre.

— Non, mais vous devriez demander à Will, dit-elle. C'est lui qui l'a fait descendre il y a environ une heure.

À Featherwood Park, l'unité d'hospitalisation d'office n'avait qu'une seule fenêtre, dans le bureau du gardien. Tandis qu'il appuyait sur l'Interphone, le Dr Fossey vit la tête hirsute et pâlichonne de Will Hartung apparaître de l'autre côté de la paroi en Plexiglas. Elle disparut, et la porte se débloqua avec un bruit de coup de feu.

— Comment va, toubib ? dit Hartung, reprenant place à son bureau et mettant de côté un exemplaire des *Sonnets* de Shakespeare.

— Ah, ce mystérieux M. W. H., dit Fossey, jetant un coup d'œil au livre.

— Bravo, Dr Fossey. Vous gâchez vos talents dans la profession médicale.

Will lui présenta le registre en reniflant bruyamment. À l'autre extrémité du comptoir, le nouvel aide-soignant remplissait des fiches médicales.

— Parlez-moi de l'admission de ce matin, dit Fossey.

Il coinça le classeur sous son bras, signa le registre et le rendit à Hartung.

— Le genre réservé, dit Will avec un haussement d'épaules. Pas étonnant, vu sa récente cure d'Haldol.

Fossey, intrigué, consulta le dossier.

— Mon Dieu. Cent milligrammes toutes les douze heures. Bon, j'établirai une ordonnance après un premier examen, dit Fossey. En attendant, supprimez l'Haldol. Je ne peux pas faire un diagnostic sur un légume.

— Il est au six, dit Will. Je vous accompagne.

Au-dessus de la porte d'accès au service, un écriteau en lettres rouges recommandait la vigilance au personnel : une tentative de fuite était toujours possible.

— Vous connaissez mon point de vue sur le fait d'orienter les admissions dans cette unité avant même un premier diagnostic, dit Fossey tandis qu'ils s'engageaient dans le couloir sinistre. Cela risque d'influencer leur façon de percevoir notre établissement et de les braquer dès le départ.

— C'est pas moi qui décide, toubib, désolé, répondit Will, s'arrêtant à hauteur d'une porte noire au battant esquinté. C'est ceux d'Albuquerque qui ont insisté.

Il tira le lourd verrou de la porte.

— Vous voulez que j'entre avec vous ? demanda-t-il, hésitant.

— Non, non. Je vous appellerai s'il s'agite, répondit-il.

L'homme était couché sur un chariot, bras le long du corps, jambes tendues. De la porte, Fossey ne distinguait de ses traits qu'un nez proéminent et l'arrondi d'un menton sali d'une barbe de deux jours. Le médecin referma doucement la porte et s'avança lentement, peu accoutumé à la façon dont le sol capitonné s'enfonçait sous ses pas. Sous les épaisses sangles de toile entrecroisées comme des cartouchières, la poitrine du patient se soulevait à un rythme lent et régulier. Ses chevilles étaient enserrées dans des bracelets de cuir.

Fossey prit sur lui, se racla la gorge et attendit une réaction. Il fit un pas en avant, puis un autre, se livrant à un petit calcul mental. Cela faisait quatorze heures qu'il avait quitté l'hôpital d'Albuquerque. L'Haldol ne devait plus faire effet.

— Bonjour, monsieur...

Fossey chercha le nom du patient dans son dossier.

— Docteur Franklin Burt, se présenta l'homme d'une voix calme. Vous me pardonnerez de ne pas me lever pour vous serrer la main, mais comme vous le voyez...

Il laissa sa phrase en suspens.

Interloqué, Fossey dévisagea son interlocuteur. Dr Franklin Burt. Ce nom était loin de lui être inconnu.

Il tourna la première page du dossier médical. Effectivement : Docteur Franklin Burt, doctorat de biologie moléculaire, diplômé de la Johns Hopkins Medical School. Chercheur au laboratoire GeneDyne. Dans la marge, quelqu'un avait tracé plusieurs points d'interrogation à côté de sa fonction.

— Docteur Burt ? dit Fossey, incrédule.

Un éclair de surprise traversa les yeux gris du patient.

— On se connaît ?

C'était bien son visage – un peu plus vieux, certes, et plus hâlé que dans son souvenir, mais étonnamment épargné par le temps. Il avait une compresse de gaze sur une tempe, et ses yeux étaient injectés de sang.

Fossey était secoué. En un sens, sa carrière avait été influencée par l'admiration qu'il portait à ce professeur charismatique et spirituel. Comment était-il possible qu'il se retrouve ainsi attaché dans cette cellule capitonnée ?

— Je suis Lloyd Fossey, docteur, lui dit-il. Après l'une de vos conférences à l'école de médecine de Yale, nous avions parlé un moment des hormones synthétiques...

Fossey regarda intensément l'homme allongé sur le chariot, désireux qu'il se souvienne.

Quelques secondes s'écoulèrent. Burt soupira puis acquiesça imperceptiblement.

— Oui, dit-il. Pardonnez-moi. Je me rappelle, maintenant. Vous n'étiez pas d'accord avec moi sur le lien entre l'érythroprotéine synthétique et la métastatisation.

Fossey se détendit.

— Je suis flatté que vous vous en souveniez si bien, dit-il.

Burt parut hésiter, réfléchir.

— Je suis heureux de voir que vous pratiquez, finit-il par dire.

Ses lèvres frémirent, comme si cette situation embarrassante l'amusait plutôt.

Maintenant, Fossey mourait d'envie d'ouvrir le dossier qu'il avait entre les mains, de lire les conclusions des examens, de comprendre. Il sentit le regard de Burt sur lui et sut que son aîné avait deviné ses pensées.

Il jeta un coup d'œil sur les lignes dactylographiées figurant sur la feuille de température, puis il releva rapidement les yeux, non sans avoir eu le temps de lire les mots « psychose fulminante »... « extrême paranoïa »... « mis sous neuroleptiques ».

Un peu gêné, Fossey tendit la main et prit le pouls de Burt sous la sangle qui entourait son poignet.

Burt cligna des yeux, s'humecta les lèvres et poussa un profond soupir.

— J'avais quitté Albuquerque et je roulais vers le nord, dit-il. Vous savez où je travaille maintenant.

Fossey fit oui de la tête. Burt avait rallié l'industrie privée et cessé de publier. Dans le secteur public, on avait, comme d'habitude, parlé de « fuite des cerveaux ».

— Nous faisons des expériences tendant à modifier les schémas comportementaux des chimpanzés, dit-il. On travaille à petite échelle, voyez-vous. Avec les moyens du bord. J'ai pris du matériel de laboratoire et quelques composés appartenant au GeneDyne d'Albuquerque, dont un agent d'essai que nous avions mis au point, un dérivé synthétique de la phencyclidine, en suspension dans un médium gazeux.

Fossey acquiesça encore. PCP à l'état gazeux. « Poussière d'ange » aux mêmes effets que le gaz hilarant. Étrange utilisation des crédits affectés à la recherche.

Burt, qui observait Fossey, sourit. Ou grimaça, peut-être. Fossey n'aurait su dire.

— Nous faisions des essais comparatifs des taux d'inspiration par le tissu pulmonaire et par les capillaires. Bref, je rentrais. J'étais crevé et je ne faisais pas trop attention à la route, si bien que je me suis retrouvé dans le fossé après Los Lunas. Rien de grave, si ce n'est le vase à bec qui s'est cassé dans l'accident.

Fossey hocha la tête. Cela expliquait tout. La « poussière d'ange », même bas de gamme, favorisait, à forte dose, un comportement dément et stimulait l'agressivité. Cela expliquait aussi les yeux injectés.

Le silence s'installa entre eux. Pupilles normales, non dilatées, remarqua Fossey. Claires. Tachycardie résiduelle, mais Fossey se dit que si lui-même était attaché dans une cellule capitonnée il y aurait de fortes chances que son rythme cardiaque s'emballe. Aucun signe de psychose maniaco-dépressive.

— Je ne me rappelle pas trop ce qui s'est passé ensuite, reprit Burt, l'épuisement se lisant sur son visage pour la première fois depuis le début de l'entretien. Je n'avais pas de pièce d'identité sur moi, à part mon permis de conduire. Amiko, mon épouse, est à Venice chez sa sœur. Je n'ai pas d'autre famille. Ils m'ont administré une médication très forte. Je suppose que je n'étais pas très lucide.

Fossey ne fut pas étonné. Un inconnu, assommé lors d'un accident de la route, hirsute, agressif peut-être, prétendant être un important chercheur en biologie moléculaire : quel service d'urgence surchargé de travail y croirait ? Il était plus simple de le faire transférer en psychiatrie. Fossey pinça les lèvres, hocha la tête. Quels imbéciles !

— Une chance que je sois tombé sur vous, Lloyd, dit Burt. Quel cauchemar, je ne vous dis que ça. Où suis-je, d'ailleurs ?

— À Featherwood Park, docteur Burt, lui répondit-il.

— C'est bien ce que je pensais. Je compte sur vous pour éclaircir cette situation. Vous pouvez téléphoner chez GeneDyne, si vous voulez. Je devrais déjà y être, ils doivent se demander où j'ai bien pu passer.

— Nous allons le faire au plus vite, je vous le promets, docteur Burt.

— Je vous remercie, Lloyd, dit Burt, en grimaçant légèrement.

Pas de doute possible, cette fois.

— Quelque chose ne va pas ? lui demanda Fossey.

— Ce sont mes épaules, dit Burt. Ce n'est rien, ne vous en faites pas. Elles sont un peu endolories à force d'être clouées à ce chariot.

L'hésitation de Fossey fut de courte durée. L'effet du PCP s'était dissipé, de même que celui de l'Haldol. De plus, Burt continuait à poser sur lui un regard serein, dénué de l'agitation intérieure perceptible chez les simulateurs.

— Je vais retirer vos liens thoraciques pour que vous puissiez vous asseoir, lui dit-il.

Burt sourit, soulagé.

— Merci beaucoup. Je n'osais pas vous le demander. Je connais le règlement.

— Excusez-moi de ne pas l'avoir fait tout de suite, docteur Burt, dit Fossey, qui se pencha pour tirer sur la sangle.

Quelques coups de téléphone suffiraient à dissiper ce malentendu. Ensuite, il sonnerait les cloches au médecin des urgences de l'hôpital d'Albuquerque. La courroie était très serrée. Fossey envisagea d'appeler Will pour qu'il l'aide puis se ravisa. Will était très à cheval sur le règlement.

— Ah, c'est beaucoup mieux, dit Burt, se redressant et se massant les épaules. Vous n'imaginez pas ce que c'est que de rester allongé pendant des heures sans bouger. J'ai dû le faire une fois, pendant dix heures, après une angioplastie, il y a deux ou trois ans. L'enfer !

Il remua les jambes, toujours entravées.

— Vous allez devoir subir quelques examens avant de sortir, docteur, dit Fossey. Je vais demander au psychiatre de garde de descendre tout de suite. À moins que vous ne préfériez vous reposer un peu avant ?

— Non, non, dit Burt, levant une main et se massant la nuque. Maintenant, c'est parfait. Quand nous serons rentrés sur la côte est, il faudra que vous veniez dîner à la maison un de ces soirs. Je vous présenterai ma femme.

Sa main glissa de sa nuque à sa joue.

À côté du chariot, Fossey, qui notait une remarque dans le dossier, entendit un bruit bizarre, un peu comme le frottement d'une allumette sur un grattoir. Il se retourna et vit que Burt retirait la compresse de sa tempe.

— Vous avez dû vous faire cette blessure lors de l'accident, dit-il, et il referma vivement le dossier médical. On va vous changer ce pansement tout de suite.

— Pauvre alpha, murmura Burt, regardant intensément le pansement poissé de sang.

— Pardon ? demanda Fossey.

Il s'avança pour examiner la blessure.

Franklin Burt, rapide comme l'éclair, se propulsa vers Fossey, lui flanqua un coup de tête dans le menton et se laissa retomber lourdement sur le chariot. Fossey, sonné, recula, tandis que sa bouche s'emplissait d'un liquide chaud.

— Pauvre alpha ! hurla Burt, tentant de défaire les sangles qui lui maintenaient les chevilles. Pauvre alpha !

Fossey tomba par terre et glissa à reculons, appelant Will, son gargouillis noyé sous la vague des hurlements de Burt. Quand Will fit irruption dans la cellule, Burt donna un autre coup de reins qui renversa le chariot et lui avec. Il gigotait comme un beau diable, grinçant des dents, essayant toujours de se libérer les chevilles des sangles qui les maintenaient au chariot renversé.

Tout s'enchaîna alors très vite, même si Fossey eut l'impression d'assister à une scène au ralenti : Will et l'aide-soignant unissaient leurs forces pour maîtriser Burt et redresser le chariot ; Burt se mordait les poignets, secouait la tête comme un chien déchiquetant un lapin, au point qu'un jet de sang alla s'écraser sur les lunettes de l'aide-soignant comme un morceau de chique ; les deux hommes réussirent enfin à le plaquer sur le chariot, lui bloquant les bras, pesant de tout leur poids sur lui qui continuait à se débattre, et bataillant avec les courroies pour les refixer ; Will s'efforçait d'attraper son bip dans sa poche pour donner l'alarme ; et les cris qui n'en finissaient pas...

Première partie

Guy Carson, de nouveau coincé à un feu, jeta un coup d'œil à l'horloge de son tableau de bord. Pour la deuxième fois de la semaine, il arriverait en retard à son travail. Devant lui, la Route 1 se prolongeait tel un mauvais rêve à travers Edison, New Jersey. Le feu passa au vert, mais, au moment où il l'atteignait enfin, repassa au rouge.

— Meeeeerde ! marmonna Carson, frappant le tableau de bord du plat de la main.

Il écouta un instant le frottement plaintif des essuie-glaces. Les feux arrière des voitures qui avançaient en rangs serrés se rapprochèrent, ondoyants, tandis que le trafic ralentissait une fois de plus. Il savait qu'il ne s'habituerait pas plus à cet embouteillage qu'à cette fichue pluie.

Gravissant une côte à une allure d'escargot, Carson apercevait, à moins de un kilomètre, la façade blanche et élégante du complexe GeneDyne Edison, l'un des fleurons architecturaux du postmodernisme, qui se dressait au milieu de vastes pelouses agrémentées d'étangs artificiels. À l'intérieur, Fred Peck attendait sa proie.

Carson alluma l'autoradio, et les rythmes métalliques des Gangsta Muthas emplirent l'habitacle. Il tripatouilla le bouton de sélection des programmes, et la voix suraiguë de Michael Jackson domina les grésillements ambiants. D'un coup de pouce rageur, Carson lui coupa le sifflet. C'était encore pire que de penser à Peck. Pourquoi n'avaient-ils pas une bonne station de musique country, dans ce trou à rats ?

À son arrivée, Carson trouva le labo en effervescence. Peck n'était pas en vue. Il enfila sa blouse et se dirigea, silhouette dégingandée, vers son ordinateur. Il s'y installa, sachant que l'heure d'ouverture de sa session informatique serait automatiquement enregistrée. Si, par miracle, Peck était souffrant et n'était pas venu, il la vérifierait immanquablement à son retour. À moins qu'il ne soit mort, évidemment. Ah, ce n'était pas exclu. Ce type avait l'air d'un infarctus ambulant.

— Ah, monsieur Carson ! s'exclama ironiquement la voix de son chef dans son dos. Comme c'est gentil à vous de nous faire la grâce de votre présence, ce matin !

Carson ferma les yeux, prit une profonde inspiration et se retourna.

Le corps mollasson de Peck se détachait dans le halo du néon. Ses œufs brouillés du matin décoraient sa cravate marron, et des brûlures de rasage marbraient son visage joufflu. Carson expira lentement, menant un vain combat contre les effluves entêtants d'une eau de toilette bon marché.

Carson avait été sidéré, lors de sa première journée de travail au GeneDyne, l'un des premiers laboratoires de biotechnologie du monde, de se trouver face à un homme comme Peck. En dix-huit mois, celui-ci s'était acharné à lui confier des travaux subalternes. Carson supposait que son doctorat du MIT[1]

---

1. Massachusetts Institute of Technology.

– Peck n'avait qu'une modeste maîtrise de sciences – n'était pas fait pour arranger les choses. Ou bien Peck avait tout simplement un a priori contre les « bouseux ».

— Je suis désolé d'être en retard, dit-il, espérant paraître sincère. J'ai été coincé dans un bouchon.

— Un « bouchon » ? répéta Peck, comme s'il entendait ce mot pour la première fois.

— Oui. À cause d'une déviation...

— Une déviation, répéta Peck, pastichant son accent nasillard de l'Ouest.

Carson sombra dans le silence.

— La circulation dans le New Jersey à l'heure de pointe, dit Peck, s'éclaircissant la gorge. Quel choc cela a dû être pour vous, mon pauvre ami. Un peu plus, et vous ratiez votre réunion.

— Quelle réunion ? dit Carson, relevant la tête. J'ignorais que...

— Évidemment que vous l'ignoriez. Je viens moi-même d'en être informé. C'est une des raisons pour lesquelles vous devez arriver à l'heure tous les jours, Carson.

— Oui, monsieur Peck, répondit ce dernier, se levant et suivant son chef le long d'une enfilade de box identiques.

M. Freddywood Pecker. Woody Gras-Double. Il brûlait d'envie de lui mettre son poing dans la figure. Mais ce n'était pas le genre de la maison. Si Peck avait été le propriétaire d'un ranch, ça ferait belle lurette qu'il lui aurait fait mordre la poussière.

Peck l'emmena jusqu'à la salle de visioconférence. Ce ne fut qu'une fois devant l'immense table inoccupée que Carson se rendit compte qu'il portait toujours sa blouse de travail pleine de taches.

— Où sont les autres ? s'enquit Carson.

— Il n'y aura que vous, lui répondit Peck, qui se dirigea vers la porte.

— Vous ne restez pas ?

Carson éprouva un doute grandissant. Avait-il raté un courrier électronique important, aurait-il dû préparer quelque chose ?

— C'est à quel sujet ? demanda-t-il.

— Je n'en ai pas la moindre idée, répondit Peck. Quand vous en aurez fini, Carson, passez me voir. Nous devons mettre certaines choses au point.

La porte se referma avec un claquement sonore. Carson s'assit précautionneusement à la table en merisier et regarda autour de lui. C'était une belle pièce, aux huisseries en bois blond. Une baie vitrée donnait sur le parc. Carson s'efforça de se donner une contenance pour l'épreuve, quelle qu'elle soit, qu'il allait subir. Il était probable que Peck avait envoyé assez de rapports négatifs sur son compte pour justifier une sévère réprimande du directeur du personnel, ou pis.

En un sens, se dit-il, Peck n'avait pas tort. Carson avait conscience qu'il devait se débarrasser une fois pour toutes de cette agressivité qui avait déjà joué des tours à son père. Carson n'oublierait jamais le jour où, au ranch, celui-ci avait, par surprise, balancé un coup de poing dans la figure d'un banquier. L'incident avait marqué le début de la procédure de saisie. Son père n'avait jamais eu d'autre ennemi que lui-même, et Carson était bien décidé à ne pas répéter ce schéma. Il ne manquait pas de Fred Peck en ce bas monde.

Cela dit, depuis un an et demi, sa vie tournait « en eau de boudin », et c'était un beau gâchis. Le jour de son embauche chez GeneDyne, il avait eu l'impression de vivre un moment clé de son existence, qui justifiait le fait qu'il ait quitté la maison et bûché si dur. Et surtout, à GeneDyne, il avait une chance de sortir du lot, de réaliser quelque chose d'important. Mais, chaque matin, en se réveillant dans cet appartement exigu où il ne se sentait pas chez lui, sous le ciel plombé de cette détestable région industrielle du New Jersey, et sous les ordres de Peck, cette perspective lui semblait de moins en moins probable.

L'éclairage de la salle de conférences baissa d'intensité puis s'éteignit. Aux fenêtres, les stores se fermèrent automatiquement ; un panneau glissa sur un mur, révélant un clavier d'ordinateur et un grand écran de projection vidéo qui s'alluma. Carson se figea. Un visage apparaissait : oreilles décollées, cheveux blond-roux, mèche rebelle sur le front, lunettes aux verres épais, expression endormie, un rien cynique : c'était bien le visage de Brentwood Scopes, le fondateur de GeneDyne. Le numéro du *Time* dont Scopes avait un jour fait la couverture traînait chez Carson.

Scopes, le P-DG qui dirigeait son entreprise depuis un espace cybernétique. Adulé à Wall Street, vénéré par ses employés, redouté par ses concurrents. Qu'est-ce que c'était ? Un film pour remotiver les cas difficiles ?

— Bonjour, Guy, dit l'image de Scopes. Vous allez bien ?

Carson resta sans voix. Bon sang, songea-t-il, ce n'est pas un film, c'est une liaison interactive !

— Euh... bonjour, monsieur Scopes..., enfin, monsieur. Je vais très bien. Merci. Excusez-moi si je ne suis pas habillé...

— Appelez-moi Brent, je vous en prie. Et tournez-vous face à l'écran de façon que je vous voie mieux.

— Oui, monsieur.

— Pas « monsieur ». Brent.

Appeler le chef suprême de GeneDyne par son prénom serait particulièrement difficile.

— Je me plais à considérer mes employés comme des collègues, dit Scopes. Après tout, lorsque vous avez rejoint notre société, vous en êtes devenu partie prenante, comme tous les autres. Vous possédez des actions de la compagnie, ce qui veut dire que si nous montons vous montez ; mais si nous tombons, vous de même.

— Oui ! Brent.

Au fond de l'image, derrière le visage de Scopes, Carson devinait, dans l'ombre, la structure d'un plafond voûté.

Scopes sourit, comme s'il éprouvait une joie sans partage à entendre prononcer son prénom, et cet homme de trente-neuf ans prit un air d'adolescent attardé. Carson regardait Scopes avec une impression d'irréalité de plus en plus grande. Pourquoi Scopes, l'enfant prodige, l'homme qui avait transformé quelques antiques grains de blé en une compagnie au capital de quatre milliards de dollars, voudrait-il lui parler ? *Merde, j'ai dû me planter plus que je ne le croyais.*

— J'ai étudié votre dossier, Guy, dit-il. Très impressionnant. J'ai compris pourquoi on vous avait engagé...

Scopes baissa les yeux, et Carson entendit un bruit de clés.

— Par contre, je ne comprends pas trop pourquoi vous travaillez comme... voyons voir... technicien de laboratoire niveau trois.

Scopes releva la tête.

— Guy, vous me pardonnerez d'aller droit au but, dit-il, mais un poste important vient de se libérer au sein de la compagnie, et je pense que vous êtes l'homme de la situation.

— De quoi s'agit-il ? bafouilla Carson, regrettant tout de suite son empressement.

Scopes sourit de nouveau.

— J'aurais aimé pouvoir vous en dire plus, mais c'est un projet hautement confidentiel. Vous comprendrez que je vous décrive ce poste en termes très généraux.

— Bien sûr, monsieur.

— Je fais si vieux que ça, Guy, que vous vous obstiniez à m'appeler « monsieur » ? Il n'y a pas si longtemps, je n'étais qu'un morveux qui se faisait chahuter par ses camarades d'école. Bon, ce que je peux vous dire au sujet de ce poste, c'est qu'il concerne le produit le plus important jamais mis au point par GeneDyne. Un produit capital pour l'humanité.

Scopes vit le changement d'expression de Carson et sourit de toutes ses dents.

— C'est formidable, reprit-il, de penser qu'on s'enrichit en aidant autrui.

Il approcha son visage de l'objectif de la caméra.

— Nous vous proposons une affectation de six mois à notre laboratoire d'essai du mont du Dragon. Vous travaillerez en équipe réduite avec nos meilleurs microbiologistes.

Carson se sentit soulevé par une vague d'enthousiasme. Les simples mots « mont du Dragon » faisaient l'effet d'une formule magique pour tous ceux qui travaillaient chez GeneDyne : un paradis pour scientifiques, en quelque sorte.

Une boîte de pizza fut posée à portée de main de Scopes par une personne hors champ. Il en souleva le couvercle.

— Ah, des anchois ! s'exclama-t-il. Vous savez ce que Churchill disait à propos des anchois : « La friandise préférée des lords anglais et des prostituées italiennes. »

Il y eut un silence.

— Je vais donc partir pour le Nouveau-Mexique ? demanda Carson.

— C'est exact. C'est votre région d'origine, je crois ?

— J'ai grandi dans le Bootheel. À Cottonwood Tanks.

— Jamais entendu parler. Mais je suppose que vous vous adapterez à la vie au mont du Dragon beaucoup plus facilement que certains de nos collaborateurs. L'isolement, le désert environnant en font un lieu de travail pénible. Nous avons des chevaux, là-bas. Vous êtes un excellent cavalier, si vous avez grandi dans un ranch, non ?

Scopes était sacrément bien renseigné, pensa Carson.

— Vous n'aurez pas beaucoup le temps de monter, remarquez. On va vous presser comme un citron, là-bas, autant vous le dire tout de suite. Mais vous aurez des compensations. Une année de salaire pour une mission de six mois, plus une prime de cinquante mille dollars en cas de réussite. Et, bien entendu, mon éternelle reconnaissance.

Carson faisait un effort pour contenir sa joie. La prime seule équivalait à son salaire annuel actuel.

— Vous savez sans doute que mes méthodes de management sont peu orthodoxes, poursuivit Scopes. Je vais être franc avec vous, Guy. Cette médaille a son revers. Dans le cas où vous ne réaliseriez pas votre part du projet dans les délais impartis, vous seriez viré.

Il sourit, dévoilant des dents démesurées.

— Mais j'ai totalement confiance en vous, s'empressa-t-il d'ajouter. Je ne vous proposerais pas ce poste si je ne pensais pas que vous êtes l'homme de la situation.

— Je... Pourquoi m'avoir choisi moi, parmi un si grand nombre de gens de valeur ?

— Ça non plus, je ne peux pas vous le dire, lui répondit Scopes. Dès que vous serez au Mont, vous comprendrez tout, je vous l'assure.

— Quand dois-je commencer ?

— Aujourd'hui même. La compagnie a besoin de ce produit au plus vite, Guy, il n'y a pas de temps à perdre. Vous prendrez notre avion privé après le déjeuner. Je chargerai quelqu'un de s'occuper de votre appartement, de votre voiture et autres détails ennuyeux. Vous avez une petite amie ?

— Non.

— Voilà qui simplifie les choses.

Scopes repoussa sa mèche rebelle. Sans succès.

— Et mon chef, Fred Peck ? Il m'a demandé de...

— Nous n'avons pas le temps. Allez récupérer votre ordinateur portable et filez. Le chauffeur vous déposera chez vous pour prendre quelques affaires et prévenir qui vous voulez. J'enverrai à ce... comment déjà... Peck ?... une note de service.

— Brent, je tiens à vous exprimer ma...

Scopes lui coupa la parole d'un geste de la main.

— Laissons cela ; les remerciements me mettent mal à l'aise. On se souvient toujours de ce qu'on vous a promis, jamais de ce qu'on a obtenu. Je vous accorde dix minutes de réflexion, Guy. À tout de suite.

L'écran s'éteignit sur Scopes qui ouvrait sa boîte de pizza.

Tandis que la lumière se rallumait autour de Carson, son impression d'irréalité céda la place à un sentiment d'allégresse. Il n'avait pas la moindre idée des raisons pour lesquelles Scopes l'avait choisi parmi les cinq mille titulaires d'un doctorat qui travaillaient chez GeneDyne, lui qui était affecté aux tâches répétitives de titrage et de contrôle de qualité, mais pour l'heure il s'en moquait. Il songea à la tête de Peck quand il apprendrait que Scopes l'avait personnellement muté au mont du Dragon. Il voyait d'ici ses fanons ballottant sous son visage adipeux, son air de consternation.

Les stores s'ouvrirent avec un murmure métallique, révélant la vision sinistre du paysage battu par la pluie. Au loin, Carson distinguait les lignes à haute tension, les cheminées et les effluves chimiques qui constituaient le décor. Beaucoup plus loin à l'ouest s'étendait un désert sous un ciel de toute éternité, fermé à l'horizon par une chaîne de montagnes bleutées, parsemé de buissons d'*hediondillas* à l'odeur âcre, et où l'on pouvait chevaucher toute une journée et toute une nuit sans rencontrer âme qui vive. Quelque part dans ce désert se dressait le mont du Dragon, et, là, dorénavant, se trouvait sa chance de réaliser quelque chose d'important.

Dix minutes plus tard, tandis que se rallumait l'écran vidéo, Carson avait sa réponse.

Carson sortit dans la véranda, posa ses sacs de voyage à côté de la porte et s'assit sur un rocking-chair dont le bois vieilli par les intempéries protesta en grinçant. Il se laissa aller en arrière, s'étira et laissa errer son regard sur le vaste désert de Jornada del Muerto.

Le soleil se levait devant lui, brasier d'hydrogène au-dessus de la ligne d'horizon formée par les montagnes San Andrés. Il sentait ses rayons lui chauffer la joue. Il faisait frais – dix, douze degrés – mais, dans moins d'une heure, Carson le savait, la température aurait dépassé les vingt degrés. Le ciel, encore d'un violet profond, serait sous peu chauffé à blanc.

Engle ressemblait à toutes les villes du désert du Nouveau-Mexique : une ville morte. Il y avait un groupe de bâtiments aux toits de tôle ondulée ; une école et un bureau de poste abandonnés ; une rangée de peupliers morts aux branches dénudées depuis belle lurette par le vent. Le seul trafic devant la maison était celui des débris transportés par les tempêtes de poussière. Pourtant, Engle était atypique : elle avait été rachetée par GeneDyne et servait uniquement d'escale à ceux qui se rendaient au mont du Dragon.

Au loin, au nord-est, à l'autre bout d'un tracé poussiéreux d'une centaine de kilomètres où le sable le disputait aux rochers, se trouvait le laboratoire de recherche GeneDyne Desert, plus connu sous le nom de la vieille colline volcanique qui se dressait au-dessus : le mont du Dragon. Un laboratoire dernier cri en matière de génie génétique.

Carson inspira à pleins poumons l'odeur qui lui avait le plus manqué : celle, pénétrante et vive, de la poussière et de la sécheresse. Déjà, le New Jersey lui paraissait irréel. Il avait l'impression qu'il venait de sortir d'une prison verdoyante, surpeuplée, détrempée. Même si les banques lui avaient pris la dernière terre qui lui venait de son père, il se sentait toujours chez lui ici. Pourtant c'était un bien étrange retour au bercail que de venir travailler sur un mystérieux projet aux confins de la science.

Un point sombre apparut à l'horizon qui tremblotait sous l'effet de brumes sèches. En quelques secondes, il s'était mué en un minuscule nuage. Carson l'observa quelques minutes, puis il regagna l'intérieur de la maison délabrée, jeta le fond de son café refroidi et rinça la tasse.

Tandis qu'il vérifiait s'il n'avait rien oublié, il entendit arriver le véhicule et sortit sur la véranda. Il reconnut la forme basse d'un Hummer blanc qui s'arrêta devant lui dans un nuage de poussière.

Un homme en descendit : rondouillard, visage fortement hâlé, cheveux bruns clairsemés, polo et short blancs. Ses jambes courtaudes étaient blanches comme des cachets d'aspirine, plantées dans de gros boots noirs disproportionnés. L'homme vint vers Carson à pas pressés, l'air affairé et jovial, et tendit sa main potelée.

— C'est vous, mon chauffeur ? lui demanda Carson en mettant son sac marin sur son épaule, surpris par la mollesse de sa poignée de main.

— Si l'on veut, Guy, lui répondit l'homme. Je m'appelle Singer.

— Docteur Singer ! s'exclama Carson. Je ne m'attendais pas à ce que le directeur en personne vienne me chercher.

— Vous pouvez m'appeler John, dit Singer d'un air bon enfant, en lui prenant son sac des mains et en le jetant à l'arrière du Hummer. Au mont du Dragon, on s'appelle par nos prénoms, c'est plus simple. Bien dormi ?

— Ça fait dix-huit mois que je n'avais pas passé une si bonne nuit, dit Carson en souriant.

— Désolé de ne pas avoir pu venir vous chercher plus tôt, mais le règlement interdit de sortir de l'enceinte après la tombée de la nuit. Et pas d'avion à la base, sauf en cas d'urgence.

Il lorgna l'étui du banjo aux pieds de Carson.

— C'est un cinq cordes, non ? Quel est votre style ? Doigts ? Plectre ? Acoustique ?

Carson, qui mettait le banjo dans la voiture, suspendit son geste et se tourna vers Singer, qui le regardait avec un air complice.

Un souffle d'air glacé accueillit Carson tandis qu'il prenait place dans le Hummer, surpris par la profondeur des sièges. Singer était assis presque à un mètre de lui.

— J'ai l'impression d'être dans un tank, dit Carson.

— C'est ce qu'on a trouvé de mieux pour rouler dans le désert. Vous voyez cet indicateur ? C'est les pneus. Ce véhicule a un système de réglage de pression. En appuyant sur ce bouton, on peut l'augmenter ou la diminuer en fonction du terrain. Au Mont, tous nos véhicules sont équipés de pneus « anticrevaison ». On peut rouler une cinquantaine de kilomètres après avoir crevé.

Ils s'éloignèrent du hameau et passèrent devant des champs dont les barbelés s'étiraient à l'infini. Sur des panneaux espacés de deux mètres cinquante environ, on pouvait lire : ATTENTION ! INSTALLATION MILITAIRE À L'EST. ENTRÉE STRICTEMENT INTERDITE. WSMR[1].

— C'est la base de missiles de White Sands, dit Singer. On loue nos terrains au ministère de la Défense. Une survivance de l'époque de nos contrats militaires.

— Je suis flatté que vous soyez venu me chercher vous-même, dit Carson.

---

1. White Sands Missile Range.

— Il n'y a pas de quoi. J'aime bien m'échapper du Mont à la moindre occasion. Je n'en suis que le directeur, ne l'oubliez pas. Ce sont les autres qui font le travail important.

Il jeta un coup d'œil à Carson.

— En outre, dit-il, je suis ravi d'avoir l'occasion de discuter avec vous. Je suis sans doute l'une des cinq personnes au monde à avoir lu et compris votre thèse. « Enveloppes de synthèse : transformations des structures tertiaires et quaternaires de l'enveloppe virale. » Brillantissime.

— Merci.

Venu d'un ancien professeur de biologie du Cal-Tech[1], ce n'était pas un petit compliment..

— Évidemment, je ne l'ai lue qu'hier, ajouta Singer avec un clin d'œil. Scopes me l'a envoyée avec votre fiche biographique.

Ils étaient de plus en plus bringuebalés tandis que Singer poussait le Hummer à cent kilomètres à l'heure et qu'il dérapait sur un banc de sable. Carson ne put s'empêcher d'appuyer sur une pédale de frein imaginaire.

— Que pouvez-vous me dire sur le projet ? demanda Carson.

— Que voulez-vous savoir au juste ? lui rétorqua Singer, quittant la route des yeux pour les tourner vers son passager.

— Eh bien, j'ai tout laissé tomber et je suis venu ici dans l'heure qui suivait, alors, je suppose que ma curiosité est légitime.

— On aura beaucoup de temps pour parler de tout ça, fit Singer en souriant. C'est le retour au bercail, pour vous !

Carson acquiesça, saisissant l'allusion.

---

1. California Institute of Technology.

— Ma famille habite ici depuis longtemps.

— Très longtemps, même, à ce qu'on m'a dit.

— C'est vrai. Je suis un descendant de Kit Carson. Il a mené des bestiaux le long de la « Piste espagnole » quand il était adolescent. Mon arrière-grand-père a acheté une vieille concession dans le comté d'Hidalgo.

— Et vous en avez eu marre de vivre dans un ranch ? demanda Singer.

— Non, mais mon père était un très mauvais homme d'affaires. Il aurait dû se limiter à l'élevage, mais il avait des projets plus ambitieux. Entre autres, l'hybridation. C'est par ce biais que je me suis intéressé à la génétique. Il s'est planté, et la banque a saisi la propriété.

Il se tut et laissa errer son regard sur le désert qui s'étendait tout autour d'eux. Au loin, un couple d'antilopes galopaient, zébrures grises sur le gris de l'horizon. Singer, perdu dans ses pensées, fredonnait gaiement « Soldier's Joy ».

Au bout d'un certain temps, le sommet sombre d'une colline commença à se dessiner, cône de scories surmonté d'un petit cratère sur les bords duquel se dressaient un groupe de tours hertziennes. À mesure qu'ils s'en approchaient, Carson distingua un complexe de bâtiments qui s'étalaient au pied de la colline, luisants comme des cristaux de sel sous le soleil du matin.

— Nous y voilà, dit Singer avec fierté. Le mont du Dragon. Votre chez-vous pour les six prochains mois.

Bientôt apparut devant eux une clôture grillagée surmontée par d'épais rouleaux de fil de fer barbelé. Un poste de garde dominait le complexe.

— Il n'y a personne à l'intérieur pour le moment, dit Singer avec un petit rire. Oh, il y a des agents de sécurité, ne vous en faites pas. Vous les rencontrerez bien assez tôt. Et ils sont d'une efficacité redoutable quand ils le veulent. Mais le vrai garant de notre sécurité, c'est le désert.

Peu à peu, les bâtiments prenaient forme. Carson s'était attendu à trouver un ensemble de tours de ciment hideuses et d'abris en préfabriqué ; en réalité le complexe, d'un blanc immaculé se détachant sur le ciel, était presque beau.

Singer ralentit, longea une glissière de sécurité et s'arrêta à hauteur du poste de garde. Un jeune homme en civil en sortit. Carson remarqua qu'il marchait avec une jambe raide.

Singer baissa sa vitre, et l'homme, appuyant ses deux avant-bras musclés sur le bord de la portière, passa la tête à l'intérieur. Il mâchouillait un chewing-gum en souriant. Il avait les cheveux coupés en brosse et des yeux d'un vert lumineux enfoncés dans un visage buriné.

— Comment va, John ? dit-il, son regard faisant lentement le tour de la cabine pour se poser finalement sur Carson.

— C'est notre nouveau chercheur. Guy Carson. Guy, je vous présente Mike Marr. Sécurité.

L'homme fit un signe de tête, puis son regard reprit le tour d'horizon de la voiture. Il rendit à Singer sa carte d'identité.

— Documents ? dit-il à l'adresse de Carson, sur un ton presque rêveur.

Carson lui tendit ceux qu'on lui avait demandé d'apporter : passeport, acte de naissance, badge d'identification GeneDyne.

Marr les feuilleta nonchalamment.

— Portefeuille, s'il vous plaît, dit-il.

— Vous voulez voir mon permis de conduire ? demanda Carson, agacé.

Marr eut un petit sourire, et Carson vit que ce n'était pas du chewing-gum qu'il mâchait mais un gros élastique rose. Il lui tendit son portefeuille d'un geste sec.

— Ils vont prendre également vos bagages, lui dit Singer. Ne vous en faites pas, vous récupérerez le tout avant le dîner. Sauf votre passeport, évidemment. Il vous sera rendu au terme de votre séjour.

Marr se décolla de la portière et regagna son blockhaus à air conditionné. Il avait une démarche bizarre, saccadée, ramenant sa jambe droite comme s'il craignait qu'elle ne se déboîte. Quelques instants plus tard, la barrière se relevait et il leur faisait signe de passer. Carson le vit, à travers l'épaisse vitre bleutée, qui étalait devant lui le contenu de son portefeuille.

— Pas de secret, ici, sauf ceux qu'on a dans la tête ! Et encore, je vous conseille de faire attention.

— Pourquoi tant de précautions ? s'enquit Carson.

— C'est le prix à payer pour travailler dans un environnement haute sécurité. Espionnage industriel, campagnes diffamatoires, etc. Tout ce que vous avez déjà connu chez GeneDyne Edison, multiplié par dix.

Singer se gara sur le parking. Carson sentit l'air du désert lui souffler au visage, et il le respira à pleins poumons. C'était formidable. Levant la tête, il vit la masse du mont du Dragon qui se dressait à quelque cinq cents mètres au-delà du périmètre de sécurité. Une route gravillonnée en épingle à cheveux montait à flanc de colline, jusqu'au sommet.

— On commence par faire un tour du propriétaire, dit Singer. Ensuite, on ira boire un verre dans mon bureau.

— Ce projet... ? commença Carson.

Singer se retourna.

— Scopes n'exagérait pas ? demanda Carson. C'est si important que ça ?

Singer grimaça, le regard perdu dans l'immensité du désert.

— C'est au-delà de tout ce que vous pouvez imaginer, dit-il.

L'amphithéâtre Perceval de l'université de Harvard était plein à craquer. Deux cents étudiants étaient assis sur les gradins, certains penchés sur des blocs-notes, d'autres écoutant attentivement le Dr Charles Levine, qui allait et venait, petite et frêle silhouette au crâne orné d'une longue mèche de cheveux masquant une calvitie galopante. Des traînées de craie maculaient ses manches, et ses chaussures de marche avaient encore des taches de sel datant de l'hiver précédent. Pourtant, rien dans son apparence ne diminuait l'intensité de ses gestes, aussi vifs que son expression. Au fil de son exposé, il désignait les formules biochimiques complexes et les séquences des nucléotides qui figuraient sur l'immense tableau noir coulissant, aussi mystérieuses que l'écriture cunéiforme.

En haut de l'amphi se trouvait un petit groupe de gens bardés de magnétophones et de caméras vidéo, leurs cartes de presse fixées avec ostentation à leurs revers ou à leurs ceintures. Mais la présence des médias était chose courante ; les conférences du Dr Levine, professeur de génétique et directeur de la Fondation de bioéthique, étaient souvent sujettes à controverse. Et *Bioéthique*, la revue de la Fondation, avait assuré que cette conférence-là allait faire du bruit.

Levine s'avança vers le devant de l'estrade.

— Cela clôt notre débat sur la constante de Tuitt appliquée à la mortalité due à la maladie en Europe occidentale, dit-il. Mais j'aimerais aborder d'autres sujets avec vous, aujourd'hui.

Il se racla la gorge.

— Pourrais-je avoir l'écran, s'il vous plaît ?

La lumière baissa, et un rectangle de toile blanche descendit du plafond, masquant les tableaux noirs.

— Dans quelques secondes, reprit Levine, je vais vous montrer une photographie... qu'en théorie je ne suis pas autorisé à vous montrer. En le faisant, je me rends coupable d'infraction à la loi sur les secrets officiels. En restant, vous serez coupables du même délit. Je suis un habitué de ce cas de figure, et les lecteurs de *Bioéthique* sauront de quoi je parle. J'estime que ces informations doivent être rendues publiques à tout prix ; mais, étant donné qu'elles dépassent le thème de la conférence d'aujourd'hui, je précise que tous ceux qui souhaiteraient partir sont invités à le faire.

Des chuchotements et le bruit de pages tournées se firent entendre dans l'hémicycle plongé dans l'obscurité, mais personne ne se leva.

Levine promena sur l'assistance un regard satisfait. Puis il adressa un signe de tête au projectionniste, et une image en noir et blanc apparut sur l'écran.

Levine la regarda un moment, le sommet de son crâne luisant dans le faisceau du projecteur telle la tonsure d'un moine, puis il se tourna vers son auditoire.

— Cette photographie a été prise le 1er juillet 1985 par le satellite géosynchrone TB-17 mis en orbite à huit mille kilomètres de la Terre, commença-t-il. Techniquement, elle est toujours top secret. Mais elle méritait de ne plus l'être.

Il sourit. Des rires nerveux fusèrent dans l'assistance.

— Voici la ville de Novo-Druzhina, en Sibérie occidentale. Comme vous pouvez le constater à la longueur des ombres, ce cliché a été pris en tout début de matinée. Remarquez la position des deux voitures en stationnement, ici, et ces champs de blé mûr.

Une autre diapositive apparut sur l'écran.

— Grâce à la technique d'espionnage de l'image multidate, cette photo montre le même lieu à la même heure trois mois plus tard. Vous voyez des différences ?

Silence général.

— Les voitures sont garées exactement à la même place. Et le blé est apparemment très mûr, prêt pour la moisson.

Autre diapositive.

— Toujours le même site au mois d'avril de l'année suivante. Les deux voitures sont toujours là ! Manifestement, le champ est laissé en jachère, le blé n'a pas été fauché. Ce sont ces photos qui ont considérablement intéressé la CIA.

Il s'interrompit pour juger de l'effet de ses déclarations.

— L'armée américaine a appris que l'ensemble de la Zone interdite quatorze – une demi-douzaine de villes dans une zone de quatre-vingts kilomètres carrés autour de Novo-Druzhina – était affecté de la même manière. Toute activité humaine a cessé. Alors, elle a voulu y regarder de plus près.

Autre diapositive.

— Ceci est un agrandissement de la première photographie améliorée par traitement numérique, avec suppression des reflets et compensation des bandes spectrales. Si vous regardez attentivement, vous remarquerez une zone floue qui évoque un rondin. Il s'agit d'un cadavre humain, ainsi que n'importe quel photographe amateur vous le dira. Et, maintenant, voici le même site six mois plus tard.

Tout semblait identique, sinon que le rondin paraissait plus blanc.

— Le cadavre est maintenant réduit à l'état de squelette. En examinant plusieurs images filtrées telles que celle-ci, l'armée a découvert un nombre incalculable de squelettes gisant à ciel ouvert dans les rues et dans les champs. Au début, ils ont été perplexes. Des théories de folie généralisée, une autre Jonestown, furent avancées. Parce que...

Une nouvelle diapositive chassa la précédente.

— ... comme vous pouvez le constater, tout le reste est vivant. Les chevaux broutent toujours dans les prés. Et là, dans le coin supérieur gauche, on voit nettement une bande de chiens, apparemment sauvages. Cette diapositive nous montre du bétail. Seuls les êtres humains sont morts et ce qui les a tués était si dangereux, si instantané, si ravageur qu'ils sont restés là où ils sont tombés.

Il s'interrompit.

— La question est : quelle est la cause de ces morts ?

Le silence régnait dans l'amphi.

— La bouffe de la cafétéria ? lança quelqu'un.

Levine se joignit à l'hilarité générale. Puis il fit un signe de tête et une autre photo satellite apparut sur l'écran, montrant cette fois un vaste complexe, éventré et en ruine.

— Il aurait mieux valu, cher ami. La CIA a fini par découvrir que la cause de ces décès était un agent pathogène créé dans ce laboratoire. Vous pouvez voir d'après ces cratères que le site a été bombardé. Les détails exacts n'ont été connus hors des frontières de la Russie qu'au début de cette semaine, lorsqu'un colonel russe désenchanté est allé se réfugier en Suisse en emportant sous le bras un gros paquet de dossiers de l'armée. Le contact qui m'a fourni ces documents m'en a averti. Je suis le premier à avoir eu accès à ces dossiers. Les événements que je vais vous relater n'avaient jamais été rendus publics. Tout d'abord, vous devez comprendre qu'il s'agissait là d'une expérience qui n'était pas faite dans un but politique, économique ou militaire. Souvenez-vous qu'il y a dix ans les Soviétiques étaient à la traîne dans le domaine du génie génétique et produisaient de gros efforts pour combler leur retard. Dans ce laboratoire secret, ils faisaient des expériences en virologie. Ils utilisaient un virus commun, l'herpèsvirus la+, qui provoque des boutons de fièvre. C'est un virus relativement simple, parfaitement connu, facile à manipuler. Ils ont commencé à travailler sur sa carte génétique en insérant des gènes humains dans l'ADN de son virion. Nous ne savons toujours pas comment ils s'y sont pris. Quoi qu'il en soit, tout à coup, ils se sont retrouvés avec un nouvel agent pathogène terrifiant entre les mains, un fléau qu'ils ne pouvaient gérer avec leurs équipements rudimentaires. Tout ce qu'ils connaissaient de cet agent, à l'époque, était son étonnante résistance et le fait qu'il se transmettait par inhalation. Le 23 mai 1985, apparemment, un des employés du labo a endommagé sa combinaison de bioprotection en tombant. Comme nous le savons depuis Tchernobyl, les mesures de sécurité laissent parfois à désirer. Cet homme n'a parlé à personne de cet incident et, en fin de journée, il est rentré chez lui, dans la zone résidentielle du laboratoire. Pendant trois semaines, le virus a incubé dans son péritoine, s'est multiplié et s'est répandu dans son organisme. Le 14 juin, l'homme s'est alité, en proie à une très forte poussée de fièvre. Quelques heures plus tard, il se plaignait de contractions étranges au niveau des intestins et expulsait des gaz particulièrement nauséabonds. Inquiète, sa femme a fait venir le médecin. Avant son arrivée, l'homme – vous me pardonnerez la crudité de mon propos – s'était vidé de quasiment la totalité de ses intestins. Ceux-ci avaient suppuré, formant comme une pâte à l'intérieur de son corps. Inutile de vous dire qu'à l'arrivée du médecin l'homme était mort.

Levine marqua une pause.

— Comme cet incident est resté secret pour la communauté scientifique, ce virus ne porte pas de nom officiel. On le désigne sous le label « souche 232 ». Nous savons maintenant qu'un individu atteint est contagieux quatre jours après l'infection, même si la période d'incubation est de plusieurs semaines. Son taux de mortalité est proche de cent pour cent. Avant de mourir, cet employé avait contaminé des dizaines, si ce n'est des centaines de personnes. Nous pourrions l'appeler le vecteur zéro. Soixante-douze heures après son décès, des dizaines de personnes se plaignaient des mêmes douleurs et connaissaient bientôt une destinée tout aussi horrible que la sienne. Si la pandémie ne s'est pas propagée à l'échelle mondiale, c'est uniquement grâce à son lieu d'apparition. En 1985, les entrées et les sorties de la Zone de sécurité quatorze étaient soumises à un contrôle particulièrement strict. Toutefois, l'information a filtré, et il s'en est suivi une panique générale. Les habitants de la région ont commencé à charger tous leurs biens dans des voitures, des camionnettes, et même des charrettes. Beaucoup d'entre eux ont essayé de fuir à bicyclette, voire à pied, abandonnant tout derrière eux tant ils avaient hâte de partir. D'après les journaux que notre colonel a emportés avec lui, nous pouvons établir quelle fut la réaction de l'armée soviétique. Une équipe spécialisée dans les risques biologiques a dressé une série de barrages routiers, empêchant quiconque de quitter la zone touchée. Ce fut relativement aisé, étant donné qu'elle était déjà balisée par des barbelés et des postes de contrôle. L'épidémie se propagea dans tous les villages environnants, décimant des familles entières ; les gens mouraient dans les rues, dans les champs, sur les places de marché. Quand une personne infectée ressentait les premiers symptômes, elle mourait atrocement dans les trois heures qui suivaient. La panique était si grande aux postes de contrôle que les soldats reçurent l'ordre de tirer à vue. Des vieillards, des enfants, des femmes enceintes furent abattus. Des mines antipersonnel furent parachutées en grandes quantités à travers bois et champs. Et ceux qui en réchappaient tombaient dans les barbelés et les fossés antichars. Puis le laboratoire fut soumis à un bombardement intensif. Non, bien sûr, pour détruire le virus – aucune bombe au monde n'y parviendrait –, mais pour effacer toutes les traces de ce qui s'était passé, de façon à éviter que l'Ouest ne le découvre. Deux mois plus tard, tous les êtres humains qui se trouvaient à l'intérieur de cette zone de quarantaine étaient morts. Les villages étaient déserts, les cochons et les chiens se nourrissaient des cadavres, les vaches erraient les mamelles pleines de lait, une puanteur abominable flottait au-dessus des bâtiments déserts.

Levine but une gorgée d'eau et reprit son exposé.

— C'est une histoire terrifiante ; l'équivalent, dans le domaine de la biologie, d'une catastrophe nucléaire. Mais je crains que le dernier chapitre n'en soit pas encore écrit. On peut fuir une ville irradiée par une explosion atomique, mais les suites de l'affaire de Novo-Druzhina sont plus difficiles à circonscrire. Les virus sont opportunistes ; ils n'aiment pas demeurer à l'état latent. Même si tous les êtres humains qui y vivaient sont morts, il y a toujours la possibilité que la « souche 232 » survive quelque part dans cette région dévastée. Il arrive qu'un virus trouve un réservoir de substitution où il attend patiemment une nouvelle occasion d'agir. Il est possible que la « souche 232 » soit détruite. Il est possible aussi qu'une poche viable existe encore quelque part. Et, demain, un malheureux lapin va peut-être creuser un trou sous la clôture d'enceinte et quitter la zone interdite. Alors, ce pourrait bien être la fin du monde tel que nous le connaissons.

Il s'interrompit.

— Et voilà, cria-t-il soudain, les miracles de la génétique !

Il se tut, laissant le silence s'installer dans l'amphi. Puis, se tapotant le front avec un mouchoir, il annonça, d'une voix plus calme :

— Nous n'avons plus besoin du projecteur, merci.

Celui-ci s'éteignit, plongeant l'amphi dans le noir total.

— Chers amis, reprit Levine, nous avons atteint un tournant dangereux dans l'intendance de notre planète, et il faut croire que nous sommes aveugles car nous ne le voyons pas. Nous foulons le sol de la Terre depuis cinq cent mille ans. Mais, durant ces cinquante dernières années, nous en avons appris assez pour nous porter vraiment préjudice. Tout d'abord avec les armes nucléaires, et maintenant – et c'est infiniment plus dangereux – avec la réorganisation de la nature. Comme dit le proverbe : « La Nature est un juge impitoyable. » L'accident de Novo-Druzhina a failli envoyer la race humaine aux oubliettes. Et pourtant, pendant que je vous parle, d'autres laboratoires de recherche de par le monde jonglent à l'aveuglette avec les cartes génétiques de virus, de bactéries, de plantes et d'animaux, sans même envisager les conséquences irrémédiables que cela pourrait avoir. Certes, les laboratoires dernier cri d'Europe et d'Amérique n'ont rien à voir avec ceux de Sibérie en 1985. Cela est-il rassurant pour autant ? Non. Tout au contraire. Les chercheurs de Novo-Druzhina s'adonnaient à des manipulations simples sur un virus simple. Ils ont provoqué une catastrophe par accident. Aujourd'hui – à un jet de pierre de cette université –, des expériences bien plus complexes sont menées sur des virus bien plus exotiques et dangereux. Edwin Kilbourne, le virologiste, a postulé l'existence d'un agent pathogène qu'il a appelé Virus malignité maxima. Le VMM aurait, *dixit* sa théorie, la stabilité environnementale du virus de la polio, la mutabilité antigénique de celui de la grippe, une population hôte aussi illimitée que celui de la rage et la latence de celui de l'herpès. Une telle idée, presque risible à l'époque, est prise très au sérieux de nos jours. Un tel agent pathogène pourrait être – et est peut-être en ce moment même – créé dans un laboratoire de notre planète. Il serait bien plus dévastateur qu'une guerre nucléaire. Pourquoi ? Une guerre nucléaire est de portée limitée. Mais, avec la propagation d'un VMM, toute personne infectée devient une bombe ambulante. Et les réseaux de communication sont si étendus de nos jours, si aisément sillonnés par les voyageurs internationaux, qu'il ne faudrait que quelques porteurs pour que l'épidémie devienne mondiale.

Levine fit face à son auditoire.

— Les régimes politiques vont et viennent. Les frontières géopolitiques se modifient. Les empires prospèrent et s'effondrent. Mais ces agents de destruction, une fois lâchés, perdurent. Devons-nous permettre que des expériences génétiques, qui ne sont régies par aucune loi, ne sont soumises à aucun contrôle, puissent avoir lieu ici et là ? Telle est la vraie question que pose la « souche 232 ».

Il fit un signe de tête, et la lumière se ralluma.

— Un article détaillé sur cet « accident » paraîtra dans le prochain numéro de *Bioéthique*, conclut-il. Et il rassembla ses documents.

Le charme rompu, les étudiants prirent leurs affaires et se précipitèrent en un raz-de-marée vers les portes de sortie. Au fond de l'amphi, les journalistes avaient déjà plié bagage pour aller boucler leur papier.

Un jeune homme apparut au sommet de l'hémicycle et joua des coudes à travers la foule. Lentement, il descendit l'escalier central qui menait à l'estrade.

Levine leva les yeux vers lui, irrité, puis lança des coups d'œil discrets à droite et à gauche.

— Je croyais vous avoir dit de ne jamais venir me trouver en public, dit-il.

Le jeune homme s'approcha de lui, le prit par le coude et lui chuchota quelques mots à l'oreille.

— Carson ? Vous voulez parler de ce brillant cow-boy qui m'interrompait sans arrêt pour me contredire ?

Le jeune homme fit oui de la tête.

Levine resta silencieux un moment, la main sur sa serviette. Puis il la ferma d'un geste sec.

— Grands dieux, dit-il simplement.

Carson regardait un groupe de bâtiments imposants qui, de l'autre côté du parking, jaillissaient des sables du désert. Le caractère désolé de cet emplacement conférait au laboratoire de recherche un aspect zen. Il se dégageait ici une impression de pureté et de vide. Un réseau entrecroisé de galeries couvertes et vitrées reliait la plupart des bâtiments.

Singer précéda Carson le long d'une de ces galeries.

— Brent croit dur comme fer que l'architecture favorise la réflexion, dit-il. Je n'oublierai jamais le jour où cet architecte – ah, comment s'appelle-t-il déjà ? Guareschi ! – est venu de New York pour « ressentir » le site.

Singer pouffa.

— Il a débarqué en costume de ville et mocassins à glands, avec un chapeau de paille ridicule. Mais le gars avait du cran, je le reconnais. Il a campé ici pendant quatre jours avant d'avoir une insolation et d'être rapatrié en urgence à Manhattan.

— C'est beau, dit Carson.

— Oui, ce type a réussi à saisir l'âpreté du désert. Il a tenu à ce qu'il n'y ait aucun aménagement paysager. Pour commencer, nous n'avions pas assez d'eau. Et il voulait aussi que le complexe fasse partie intégrante du désert. Apparemment, il a toujours tenu compte de la chaleur ; c'est pour ça que tout est blanc : l'atelier d'usinage, les hangars de stockage jusqu'à la centrale électrique.

Singer lui montra un long bâtiment à la corniche joliment incurvée.

— C'est la centrale électrique ? dit Carson, tout étonné. On dirait plutôt un musée. Ça a dû coûter une petite fortune.

— Une grosse fortune, vous voulez dire. Mais, en 1985, date du début du chantier, l'argent n'était pas un problème.

Singer entraîna Carson vers la zone résidentielle, où un ensemble de structures curvilignes étaient jointes comme les pièces d'un puzzle.

— Nous avons obtenu un contrat de neuf cents millions de dollars par le DTDRD.

— Le quoi ?

— Le Département de technologie de pointe en matière de défense et de recherche et développement.

— Jamais entendu parler.

— C'était une branche secrète du ministère de la Défense, démantibulée après la période Reagan. On a tous dû signer une ribambelle de documents officiels en jurant le secret sur l'honneur, sous serment, etc. Là-dessus, on a tous eu droit à des enquêtes de moralité – ah, ce qu'ils n'ont pas été chercher ! D'ex-petites amies que je n'avais pas revues depuis vingt ans me téléphonaient : « Une bande d'officiels est venue me voir et m'a posé des tas de questions à ton sujet. Mais qu'est-ce que tu fais donc, Singer ? »

Il éclata de rire.

— Alors, comme ça, vous êtes ici depuis le début ? s'enquit Carson.

— Eh oui ! Seuls les chercheurs font des séjours de six mois. Je suppose qu'ils se disent que mon travail n'est pas assez dur pour m'user complètement ! Je suis le doyen, ici. Avec Nye. Et quelques autres, comme le vieil Otto Franz et le gars que vous venez de voir, Mike Marr. En tout cas, c'est devenu beaucoup plus sympa depuis qu'on fait appel à des civils. Les militaires étaient des enquiquineurs de première.

— Comment s'est opéré le changement ?

Singer l'invita à franchir une porte aux vitres fumées. Une vague d'air conditionné déferla sur eux, et Carson se retrouva dans un vestibule au sol ardoisé, aux murs blancs et au mobilier taupe. Singer le précéda jusqu'à une autre porte.

— Au début, nous faisions exclusivement de la recherche pour la Défense. D'où l'héritage de ces parcelles de terrain dans cette zone militaire. Notre travail consistait à rechercher des vaccins, des contrepoisons et des antitoxines contre des armes biologiques soviétiques potentielles. Lorsque l'Union soviétique s'est désagrégée, il en a été de même pour nous. Nous avons perdu le contrat en 1990. Nous avons bien failli perdre aussi le labo, mais Scopes a fait jouer certaines influences occultes, et, Dieu sait comment il s'y est pris, nous avons pu obtenir un bail de trente ans selon la loi de conversion de l'industrie de la Défense.

Singer ouvrit une porte qui donnait sur un laboratoire tout en longueur. Une enfilade de tables noires luisaient sous un éclairage au néon. Becs Bunsen, pipettes, microscopes à stéréozoom et autres équipements de base étaient alignés en rangées impeccables.

Carson n'avait jamais vu de laboratoire si propre.

— C'est ça, les installations de base ? demanda-t-il, incrédule.

— Non, lui répondit Singer. Le vrai travail s'effectue à l'intérieur, notre prochaine étape. Ceci est juste une devanture pour donner l'eau à la bouche aux membres du Congrès et aux gradés. Ils s'attendent à retrouver une version à grande échelle du labo de chimie de leur université, alors on ne leur refuse pas ce plaisir.

Ils passèrent dans une autre pièce, beaucoup plus petite que la précédente. Un gros instrument luisant trônait au milieu.

— Le meilleur microtome du monde, dit Singer. Le « rasoir à la précision scientifique », c'est ainsi que nous l'appelons. Entièrement régi par ordinateur. Une lame en diamant capable de couper un cheveu en deux mille cinq cents sections. Dans le sens de la largeur. Celui-ci est juste là pour l'exposition, bien entendu. Nous en avons deux autres à l'intérieur, identiques, qui sont opérationnels.

Ils ressortirent dans la chaleur torride. Singer humecta son index et le leva.

— Vent du sud-est, dit-il. Comme toujours. C'est pour ça qu'ils ont choisi cet endroit : le vent vient toujours de là. La première ville qu'on trouve dans cette direction est Claunch, au Nouveau-Mexique, vingt-deux mille habitants. À deux cent vingt-cinq kilomètres d'ici. Trinity Site, là où l'on a fait sauter la première bombe atomique, n'est qu'à une cinquantaine de kilomètres au nord-ouest. Bon endroit pour un essai atomique discret. On ne peut pas trouver plus isolé au-dessous du quarante-huitième parallèle.

— C'est le zéphyr mexicain, dit Carson. Quand j'étais gosse, je détestais sortir quand il soufflait.

Mon père disait qu'il causait plus de dégâts qu'un cheval à queue de rat attaqué par des mouches.

— Guy, je ne comprends rien à votre métaphore !

— C'est un cheval à la queue tressée. Quand les mouches commencent à le tourmenter, il devient fou et peut démolir son enclos et s'enfuir.

— Ah oui, je vois, dit Singer sans conviction.

Il pointa le doigt par-dessus l'épaule de Carson.

— Là-bas, ce sont les installations sportives. Gymnase. Courts de tennis. Corral pour les chevaux. Je suis allergique à toute activité physique, aussi je vous laisserai explorer cette zone tout seul, dit-il en tapotant sa bedaine. Et cet affreux bâtiment est l'incinérateur d'air du « bouillon de culture ».

— Du quoi ?

— Excusez-moi, dit Singer. Je voulais parler du laboratoire de biosécurité niveau 5, où l'on travaille sur les micro-organismes à très haut risque. Vous avez sans doute entendu parler du système de classification selon les niveaux de biosécurité. Le niveau 1 correspond aux mesures de sécurité standard pour qui manipule les microbes les moins infectieux. Le niveau 4 concerne les plus dangereux. Il existe deux laboratoires de niveau 4 dans le pays : le CDC[1] en a un à Atlanta ; et l'armée en possède un à Fort Derrick. Ces labos niveau 4 sont conçus pour la manipulation des virus et des bactéries qu'on trouve dans la nature.

— Et ce niveau 5 ? Je n'en avais jamais entendu parler.

---

1. Center for Disease Control : Centre de contrôle des maladies. *(N.d.T.)*

— La fierté et la joie de Brent, lui répondit Singer avec un grand sourire. Le seul et unique laboratoire biosécurité niveau 5 qui existe au monde. Il a été conçu en vue de la manipulation des virus et des bactéries encore plus dangereux que ceux qu'on trouve dans la nature. En d'autres termes, les microbes créés génétiquement. Quelqu'un l'a baptisé le « bouillon de culture » il y a quelques années, et ce nom est resté. Bref, tout l'air provenant du labo niveau 5 passe par l'incinérateur qui le chauffe à mille degrés Celsius avant de le refroidir et de le remettre en circulation. Complètement stérilisé.

— Donc, vous travaillez sur un agent pathogène transmissible par l'air ?

— Bien vu. Et très méchant, qui plus est. Je préférais, et de loin, l'époque où on travaillait sur « PurBlood », notre sang artificiel.

Carson lança un regard en direction des corrals. Il apercevait une écurie et une vaste prairie clôturée au-delà du périmètre de sécurité.

— On peut aller se promener à cheval en dehors du périmètre ? demanda-t-il.

— Bien sûr. Il vous suffit de pointer en sortant et en entrant.

Singer jeta un regard circulaire et s'essuya le front du revers de la main.

— Dieu, ce qu'il fait chaud ! s'exclama-t-il. Je crois que je ne m'y ferai jamais. Allons à l'intérieur.

Par « intérieur », il entendait une vaste zone délimitée par une clôture grillagée au cœur du mont du Dragon. Carson n'y voyait qu'un accès : un portillon juste devant eux. Singer le franchit et entra dans un vaste bâtiment, à l'autre bout. Une fraîcheur de bon aloi régnait dans le hall. Par une porte ouverte, Carson vit une rangée d'ordinateurs sur de longues tables blanches. Deux hommes, le badge d'identification pendillant autour du cou, en jean sous leurs blouses de travail, tapaient assidûment sur leurs claviers. Carson se rendit compte avec surprise qu'en dehors des vigiles ces hommes étaient les premiers qu'il voyait travailler sur le site.

— Nous sommes dans le bâtiment administratif, lui expliqua Singer. Affaires courantes, traitement des données. Nous formons une petite équipe d'une quinzaine de personnes. Toutes concentrées sur le même projet.

— C'est très peu, commenta Carson.

— L'approche en nombre ne marche pas en génie génétique, répondit Singer avec un haussement d'épaules.

D'un geste, il invita Carson à passer dans une vaste cour intérieure au sol dallé de granit noir et chapeautée d'un dôme en verre teinté. Le fort soleil du désert, réduit à une pâle lumière, tombait sur un petit groupe de palmiers au centre de la cour. Trois couloirs en partaient.

— Ils mènent aux labos de séquençage de l'ADN, dit Singer. Vous n'y passerez pas beaucoup de temps, mais vous pourrez demander à quelqu'un de vous les faire visiter, si bon vous semble. Notre prochain arrêt est par là.

Il désignait une fenêtre à travers laquelle Carson distinguait une construction basse, en losange, plantée dans le désert.

— Niveau 5, annonça Singer sans enthousiasme. Le « bouillon de culture ».

— Ça fait plutôt petit.

— Ce n'est qu'une impression, croyez-moi. Ce que vous en voyez est seulement le lieu de stockage des filtres. Le laboratoire se trouve en dessous.

Sous terre. Protection maximale en cas de tremblement de terre, d'incendie ou d'explosion.

Il hésita.

— Allons-y, dit-il enfin.

Une lente descente dans un ascenseur minuscule les mena à l'entrée d'un long couloir carrelé de blanc à l'éclairage orangé. Des caméras vidéo, au plafond, permettaient de suivre leur avancée. Au bout du couloir, Singer s'immobilisa devant une porte en métal gris, dont les bords étaient recourbés pour adhérer à l'encadrement et entourés par du gros caoutchouc noir. Sur la droite se trouvait un petit boîtier mécanique dans lequel Singer s'annonça. Une lumière verte s'alluma au-dessus de la porte tandis qu'un son retentissait.

— Identification vocale, dit Singer, ouvrant la porte. C'est moins bon que les lecteurs palmaires ou les scanneurs rétiniens, mais ceux-là ne lisent pas à travers les combinaisons de bioprotection. Celui-ci, au moins, ne peut pas être trompé par un enregistrement. On programmera votre voix cet après-midi, pendant votre entretien d'admission.

Ils entrèrent dans une vaste salle meublée dans un style moderne. De grands casiers en métal occupaient tout un mur. À l'autre bout, il y avait une autre porte d'un acier aussi brillant qu'un glacis, agrémentée d'un signe jaune et rouge au-dessous duquel on pouvait lire : TRÈS HAUT RISQUE BIOLOGIQUE.

— Nous sommes dans les vestiaires, dit Singer. Les combinaisons de protection se trouvent dans ces casiers. Vous savez quoi ? Je vais appeler quelqu'un qui connaît cet endroit comme sa poche pour vous servir de guide.

Il s'approcha d'un des casiers et appuya sur un bouton. La porte en métal coulissa vers le haut en chuintant, révélant une combinaison en matière caoutchoutée bleue, soigneusement empaquetée dans un conteneur qui ressemblait à un cercueil d'enfant.

— Vous n'êtes jamais entré dans un labo de biosécurité niveau 4, si je ne m'abuse ? demanda Singer. Alors, écoutez-moi attentivement. Le niveau 5 a beaucoup de points communs avec le 4, en encore plus poussés. La plupart des gens sont nus sous les combinaisons de protection, mais ce n'est pas une obligation. Si vous choisissez de garder vos vêtements de ville, vous devez en retirer stylos, crayons, montres, couteaux, et tout ce qui pourrait percer la combinaison.

Carson s'empressa de vider ses poches.

— Pas d'ongles longs ? demanda Singer.

Carson regarda ses mains.

— Parfait. Moi, je me fais tellement de souci que je me les ronge jusqu'au sang, alors le problème ne se pose pas.

Il rit.

— Vous trouverez une paire de gants en caoutchouc dans ce compartiment, en bas, à gauche. Pas d'alliance ? Bien. Vous allez enlever vos bottes et mettre ces chaussons. Et les ongles des orteils, courts aussi. Vous trouverez un coupe-ongles dans le casier si besoin est.

Carson ôta ses bottes.

— Maintenant, enfilez la combinaison. La jambe droite d'abord, puis la gauche, et tirez vers le haut. Mais ne la fermez pas complètement. Laissez la visière ouverte pour qu'on puisse se parler plus facilement.

Carson s'empêtra dans la combinaison volumineuse et eut moult difficultés à la faire passer par-dessus ses vêtements.

— Ce truc pèse une tonne, dit-il.

— C'est entièrement pressurisé. Vous voyez la valve en métal à la taille ? Vous serez relié à de l'oxygène tout le temps que vous serez à l'intérieur. On vous montrera comment passer d'un point à un autre. La combinaison elle-même a une autonomie en oxygène de dix minutes en cas d'urgence.

Il s'avança vers un Interphone et appuya sur plusieurs touches.

— Rosalind ? dit-il.

Après quelques instants d'attente, une voix résonna, métallique, dans le haut-parleur.

— Oui ?

— Puis-je me permettre de vous déranger pour vous confier notre nouveau chercheur, Guy Carson, pour un tour du propriétaire ?

Il y eut un long silence.

— Je suis très occupée, dit la voix.

— Ça ne vous prendra que quelques minutes.

— Oh, bon sang de bonsoir !

La communication fut coupée.

— C'est Rosalind Brandon-Smith, précisa Singer. On peut dire qu'elle est un peu excentrique.

Il se pencha vers Carson et, dans le creux de sa visière ouverte, lui chuchota d'un ton de conspirateur :

— En réalité, elle est très brusque, mais n'y faites pas attention. Elle est pour beaucoup dans l'élaboration de notre sang artificiel. En ce moment, elle met le point final à sa participation dans le nouveau projet. Elle a beaucoup travaillé avec Frank Burt, ils étaient très proches, aussi il est bien possible qu'elle ne voie pas votre arrivée d'un bon œil. Vous la rencontrerez à l'intérieur. Inutile qu'elle passe deux fois à la décontamination.

— Qui est Frank Burt ? demanda Carson.

— Un vrai chercheur. Et un être exceptionnel. Mais qui a trouvé les conditions de travail ici un peu trop stressantes. Il a fait récemment un genre de dépression nerveuse. Ce n'est pas rare, vous savez. Environ un quart des gens qui viennent au Mont ne vont pas jusqu'au bout de leur affectation.

— J'ignorais que je remplaçais quelqu'un, dit Carson, contrarié.

— Eh si. Et pas n'importe qui. Mais je vous en parlerai plus tard.

Il recula d'un pas.

— OK, dit-il, remontez les fermetures Éclair. Assurez-vous que vous avez bien bloqué leur sécurité. Ici on travaille en équipes de deux. Quelqu'un doit toujours vérifier que vous avez bien mis votre combinaison.

Il effectua une inspection méticuleuse de la combinaison puis montra à Carson comment se servir de son émetteur.

— À moins d'être tout près de quelqu'un, il est impossible d'entendre quoi que ce soit. Appuyez sur ce bouton, là, sur l'avant-bras, avant de parler dans le micro à l'intérieur de la visière.

Il désigna la porte sur laquelle on lisait : ZONE À TRÈS HAUTS RISQUES BIOCHIMIQUES.

— De l'autre côté du sas se trouve une douche chimique, dit-il. Une fois que vous êtes à l'intérieur, elle se déclenche automatiquement. Habituez-vous-y, il y en aura une plus longue à la sortie. Quand les portes intérieures s'ouvrent, vous pouvez passer. Soyez particulièrement vigilant tant que vous ne vous serez pas habitué à votre combinaison. Rosalind vous attendra de l'autre côté. Du moins, je l'espère.

— Merci, dit Carson, haussant le ton pour être sûr d'être entendu à travers l'épaisseur de sa combinaison.

— De rien, lui répondit Singer d'une voix qui parvint étouffée aux oreilles de Carson. Désolé de ne pas vous accompagner à l'intérieur, c'est juste que... personne ne va dans le « bouillon de culture » à moins d'y être obligé. Vous verrez pourquoi.

La porte se referma automatiquement dans son dos, et Carson avança dans un sas métallique. Des gargouillis se firent entendre, et une solution chimique jaune jaillit de pommes de douche fixées au plafond, aux murs et au sol. Carson sentit le liquide couler avec force le long de sa combinaison. Ce fut terminé en une minute. La porte suivante s'ouvrit, et Carson passa dans une petite antichambre. Un moteur se mit à ronfler, et Carson sentit sur lui, venant de toutes les directions, la pression de l'air projeté par une puissante soufflerie. Étape de séchage. Sous sa combinaison, Carson avait la sensation de subir les assauts d'un vent lointain et étrange ; il était incapable de savoir si c'était de l'air chaud ou froid. Puis la porte d'accès s'ouvrit, et Carson se trouva en face d'une femme qui le fixait d'un regard impatient à travers sa visière.

— Suivez-moi, résonna une voix brusque à l'intérieur de son casque.

La femme tourna les talons et avança le long d'un couloir carrelé si étroit que ses épaules en frôlaient les parois. Celles-ci étaient parfaitement lisses, sans aucune aspérité ni aucun accessoire saillant qui aurait risqué de déchirer la combinaison de protection. Tout – le sol, le carrelage mural, le plafond – était peint en blanc laqué.

Carson appuya sur le bouton qui se trouvait sur son avant-bras, activant l'émetteur.

— Je m'appelle Guy Carson, dit-il.

— Ravie. Bon, faites attention. Vous voyez ces prises d'air au-dessus de nous ?

Carson leva la tête. Plusieurs embouts de couleur bleue pendillaient du plafond. Des valves en métal étaient fixées à leur extrémité.

— Attrapez-en une et adaptez-la à la valve de votre combinaison. Chaque fois que vous vous déplacerez, vous devrez la détacher et en fixer une autre. L'autonomie en oxygène de votre combinaison est limitée, alors ne vous baladez pas sans vous relier à ces relais.

Carson, obéissant à ses instructions, entendit le déclic fait par la valve qui se mettait en place, puis le sifflement rassurant de l'arrivée d'oxygène. Sous la combinaison, il éprouvait la sensation étrange d'être coupé du monde. Il avait l'impression d'évoluer au ralenti, comme en état d'apesanteur. À cause de ses gants à multiples épaisseurs, il sentait à peine la prise d'air pendant qu'il la guidait vers la fixation.

— N'oubliez pas que cet endroit est comme un sous-marin, émit la voix de Brandon-Smith. Petit, étroit et dangereux. Tout doit être à sa place, les objets comme les personnes.

— Je comprends, dit Carson.

— Vous êtes sûr ?

— Oui.

— Tant mieux, parce que ici, dans le « bouillon de culture », la distraction, c'est la mort. Pigé ?

— Pigé, répéta Carson.

Pauvre conne, songea-t-il.

Ils poursuivirent leur progression le long du couloir. Tout en suivant Brandon-Smith et en s'efforçant de s'acclimater à sa combinaison pressurisée, Carson crut entendre, au loin, un bruit bizarre – un faible bourdonnement ; plus une sensation qu'un son. Il se dit que ce devait être le générateur du « bouillon de culture ».

La silhouette massive de Brandon-Smith disparut sur le côté par une ouverture étroite donnant sur un laboratoire. Là, des silhouettes en combinaison s'affairaient autour de chambres de protection, leurs avant-bras passés à travers les orifices caoutchoutés dans les parois en Plexiglas. Ils nettoyaient des boîtes de Petri. L'éclairage aveuglant donnait du relief au moindre objet. De petites poubelles portant des étiquettes – DANGER et INCINÉRATION IMMÉDIATE – se trouvaient au bout de chaque table de travail. D'autres caméras vidéo au plafond filmaient les chercheurs.

— Votre attention, s'il vous plaît, dit Brandon-Smith, sa voix résonnant sur la ligne collective. Voici Guy Carson. Le remplaçant de Burt.

Des visières se braquèrent dans sa direction, et un chœur de saluts grésilla dans son casque.

— La production, annonça Brandon-Smith d'une voix plate qui n'appelait pas de question.

Et Carson n'en posa aucune.

Elle le guida à travers un dédale d'autres laboratoires, de couloirs étroits et de sas qui baignaient tous dans la même lumière aveuglante. Elle a raison, songea Carson, on se croirait dans un sous-marin. Partout, du matériel extrêmement coûteux : microscopes de transmission et à scannage électronique, autoclaves, incubateurs, spectromètres de masse, et même un petit cyclotron, tous conçus pour permettre aux chercheurs de les manier sans être gênés par leur combinaison volumineuse. Les plafonds bas, veinés de lourdes tuyauteries, étaient blancs comme tout le reste dans le « bouillon de culture ». Tous les dix mètres, Brandon-Smith s'arrêtait, le temps de se raccorder à une prise d'air, puis attendait que Carson ait fait de même. Leur progression était d'une lenteur exaspérante.

— Bon Dieu, dit Carson, toutes ces mesures de sécurité sont pas possibles ! Vous travaillez sur quoi, ma parole ?

— La totale, entendit-il dans son casque. Peste bubonique, peste pulmonaire, virus de Marborg, Hantavirus, virus Ébola, dengue, anthrax. Sans parler de quelques agents pathogènes soviétiques. Tous surgelés pour le moment.

L'exiguïté du lieu et l'inflation d'air finirent par désorienter Carson. Il se surprit à vouloir aspirer de longues bouffées d'oxygène, à devoir maîtriser l'envie de plus en plus pressante de défaire ses fermetures Éclair et d'être à l'air libre.

Enfin, ils s'arrêtèrent dans un petit sas circulaire d'où plusieurs galeries étroites partaient en rayons.

— Qu'est-ce que c'est que ça ? demanda Carson en désignant un énorme manifold au-dessus de leurs têtes.

— L'admission d'air, lui répondit Brandon-Smith, se raccordant à une autre prise d'air. Nous nous trouvons au centre du « bouillon de culture ». Plus on va vers l'intérieur, plus la pression de l'air diminue. Tout converge ici puis est dirigé vers l'incinérateur, qui le recycle.

Elle montra une des galeries.

— Votre labo est par là, dit-elle. Vous le verrez plus tard. Je n'ai pas le temps de tout vous montrer.

— Et là, en bas ? demanda Carson, désignant une ouverture tubulaire où s'enfonçait une échelle en métal.

— Il y a trois niveaux au-dessous de nous. Les labos de réserve, la sous-station de sécurité, les congélateurs, les générateurs, le centre de contrôle.

Elle avança de quelques pas dans l'une des galeries et s'arrêta devant une autre porte.

— Carson ? dit-elle.

— J'arrive.

— Dernier arrêt. Le zoo. Surtout, ne vous approchez pas trop des cages. Qu'ils ne vous griffent pas. S'ils déchiraient votre combinaison, vous ne verriez plus jamais la lumière du jour. Vous resteriez enfermé ici jusqu'à ce que mort s'ensuive.

— Le zoo ? répéta Carson.

Mais Brandon-Smith ouvrait déjà la porte. Tout à coup, le bourdonnement s'amplifia, et Carson se rendit compte qu'il n'émanait pas du tout d'un générateur, mais de cris et de hululements étouffés par sa combinaison protectrice. Tournant au coin, Carson vit que l'un des murs de la pièce était tapissé de cages allant du sol au plafond. Des yeux noirs en boutons de bottine le fixaient à travers les portes grillagées. L'arrivée des deux intrus ne fit qu'amplifier le chahut. Les nombreux prisonniers frappaient le sol de leurs cages avec leurs pattes.

— Des chimpanzés ? demanda Carson.

— Vous êtes physionomiste.

Au bout de la rangée de cages, une petite silhouette en combinaison bleue se tourna vers eux.

— Carson, je vous présente Bob Fillson, le responsable de l'animalerie.

Fillson inclina poliment la tête. Derrière sa visière, Carson distingua un front proéminent, un nez bulbeux, une lèvre inférieure humide et molle.

— Pourquoi tant de singes ? demanda-t-il.

Brandon-Smith s'arrêta et le regarda.

— Ce sont les seuls animaux à avoir le même système immunitaire que nous. Vous devriez savoir ça, Carson.

— Oui, j'entends bien, mais...

Mais son interlocutrice ne l'écoutait pas, tout à ce qu'elle voyait à l'intérieur d'une des cages.

— Oh, mon Dieu ! s'exclama-t-elle.

Carson s'approcha en se tenant à distance respectueuse du nombre infini de doigts qui passaient à travers les mailles des grillages. Un chimpanzé était étendu sur le flanc, tremblant de tous ses membres, indifférent à la cacophonie ambiante. Quelque chose n'allait pas dans son faciès. Carson nota que les globes oculaires de l'animal étaient anormalement dilatés. Y regardant de plus près, il vit que les vaisseaux sanguins s'étaient rompus, provoquant une hémorragie de la sclérotique. L'animal eut un sursaut, ouvrit ses mâchoires velues et poussa un cri.

— Bob, dit Brandon-Smith, un autre chimpanzé est en train d'y passer.

Fillson s'approcha avec un manque d'empressement criant. C'était un homme d'un mètre cinquante tout au plus, et cette lenteur, aux yeux de Carson, n'était pas sans rappeler la gestuelle d'un plongeur sous-marin.

Il se tourna vers Carson et lui dit d'une voix rauque :

— Il faut que vous partiez. Vous aussi, Rosalind. J'peux pas ouvrir la cage quand y a des gens dans la pièce.

Carson vit un des globes oculaires de l'animal sortir de son orbite, accompagné d'un flux sanguin. Le chimpanzé battit des quatre membres en silence, claquant des dents.

— Mais qu'est-ce qui se passe ? demanda Carson, horrifié.

— Au revoir, dit Fillson avec fermeté, tout en cherchant quelque chose dans une armoire derrière lui.

— Au revoir, Bob, dit Brandon-Smith.

Carson remarqua que le timbre de sa voix changeait nettement quand elle s'adressait à l'animalier.

La dernière chose que vit Carson fut le chimpanzé, le corps raidi par la douleur, donnant de furieux coups de patte sur sa gueule dévastée tandis que Fillson, armé d'un aérosol, pulvérisait un produit dans la cage.

Brandon-Smith progressa pesamment le long d'un autre couloir, sans un mot.

— Allez-vous enfin m'expliquer ce qui n'allait pas chez ce chimpanzé ? s'enquit Carson au bout d'un moment.

— Je pensais que c'était évident, répondit-elle sèchement. Œdème cérébral.

— Causé par quoi ?

La femme se retourna vers lui. Elle paraissait surprise.

— Comment ? Vous ne le savez pas, Carson ?

— Non. Et vous pouvez m'appeler Guy. Ou docteur Carson, si vous préférez. Je n'aime pas qu'on m'appelle simplement par mon nom.

Elle le considéra en silence.

— Entendu... Guy, répondit-elle. Ces chimpanzés ont tous reçu le Grip-x. Celui que vous avez vu en était au stade tertiaire de la maladie. Le virus stimule la production massive du liquide céphalorachidien. Au bout d'un certain temps, la pression est telle que le cerveau sort par hernies à travers les trous des nerfs spinaux. C'est à ce moment-là que les plus chanceux meurent. Quelques-uns résistent jusqu'à ce que leurs yeux soient expulsés de leurs orbites.

— Le Grip-x ? répéta Carson.

Il sentait que son front et ses aisselles étaient moites de sueur sous sa combinaison.

Cette fois, Brandon-Smith s'arrêta net. Il y eut des grésillements, et Carson l'entendit demander :

— Singer, tu peux m'expliquer pourquoi ce gugusse ne connaît pas le Grip-x ?

— Je ne l'ai pas encore briefé, résonna la voix de Singer. C'est la prochaine étape.

— La charrue devant les bœufs, comme d'habitude, dit Brandon-Smith.

Elle se tourna vers Carson.

— Allons-y, Guy. Fin de la visite guidée.

Elle laissa Carson au niveau du sas de sortie. Il passa sous une autre douche de décontamination et attendit les sept minutes requises, puis il regagna les vestiaires. Il fut vaguement agacé de voir Singer, détendu, en train de faire les mots croisés du journal régional.

— La balade vous a plu ? demanda Singer en relevant la tête.

— Non, répondit Carson, qui respira profondément, s'efforçant de chasser l'oppression laissée par le « bouillon de culture ». Cette Brandon-Smith est aussi aimable qu'un crotale dans une poêle à frire.

Singer éclata de rire et hocha sa tête au crâne lisse comme un œuf.

— Formulation pittoresque, dit-il. Elle est le plus brillant chercheur que nous ayons en ce moment. Si nous menons ce projet à bien, nous allons tous devenir riches, vous savez. Vous aussi. Ça mérite bien de la supporter, non ? Ce n'est qu'une petite fille apeurée et insécurisée sous sa masse de graisse, je vous assure.

Il aida Carson à retirer sa combinaison et lui montra comment la ranger correctement.

— Je pense que le moment est venu de me mettre au courant de ce mystérieux projet, dit Carson, qui referma le casier.

— Tout à fait. Et si nous allions boire un verre dans mon bureau ?

Carson opina du chef.

— J'ai vu un chimpanzé, là, derrière qui...

— Je sais ce que vous avez vu, l'interrompit Singer.

— Alors, qu'est-ce qu'il avait ?

— L'influenza.

— Quoi ? La grippe ?

Singer acquiesça.

— Je ne connais aucune grippe qui vous fasse sortir les yeux de la tête, dit Carson.

— Il s'agit d'une forme de grippe très... virulente.

Et, prenant Carson par le coude, Singer l'entraîna le long des couloirs du laboratoire de sécurité maximale et le fit ressortir à l'air libre, sous le soleil accueillant du désert.

À 14 h 58 précises, Charles Levine ouvrit la porte de son bureau et en fit sortir une jeune fille vêtue d'un jean et d'un sweat-shirt.

— Je vous remercie, mademoiselle Fields, lui dit-il avec un sourire. Nous vous ferons savoir s'il y a une possibilité pour le prochain semestre.

La jeune étudiante s'éloigna, et Levine consulta sa montre.

— C'est tout, Ray ? dit-il, se tournant vers son secrétaire.

Ray dut se faire violence pour décoller son regard du fessier de Mlle Fields et le tourner vers l'agenda ouvert sur son bureau. De la main, il lissa ses cheveux puis gratta nonchalamment ses pectoraux, qui saillaient sous son T-shirt rouge.

— C'est tout, confirma-t-il.

— Des messages ? demanda Levine. Une assignation à comparaître ? Une demande en mariage ?

Ray se fendit d'un sourire et attendit que la porte du couloir se fût refermée pour répondre.

— Borucki a appelé deux fois. Apparemment, le petit laboratoire pharmaceutique de Little Rock n'a guère été intimidé par l'article du mois dernier. Il attaque pour diffamation.

— Combien ?

— Un million de dollars, répondit Ray avec un haussement d'épaules.

— Dis à nos chers amis du barreau de suivre la procédure habituelle, fit Levine, qui se détourna pour regagner son bureau. Qu'on ne me dérange pas.

Levine referma la porte derrière lui.

Plus sa notoriété en tant que porte-parole de la Fondation de bioéthique grandissait, plus Levine avait des difficultés à mener de front cette mission et sa carrière de professeur de génétique théorique. Par sa nature même, la Fondation était un aimant pour un certain profil d'étudiants : les solitaires et les idéalistes en mal de cause brûlante. Elle faisait également de Levine et de son bureau la cible d'attaques en règle.

Lorsque son ancienne secrétaire démissionna après avoir reçu une série de menaces par téléphone, Levine prit deux mesures préventives. Il fit installer une serrure supplémentaire à la porte de son bureau et il embaucha Ray. Les talents de secrétaire de Ray laissaient beaucoup à désirer, mais cet ancien de la Marine, réformé pour cause de souffle au cœur, était très doué pour assurer la tranquillité du service. Ray passait, semblait-il, la plupart de ses heures de loisir à courir le guilledou, mais, au bureau, il opposait une indifférence sereine à toute forme d'intimidation, et, ne serait-ce que pour cela, Levine le jugeait irremplaçable.

Le lourd pêne de la serrure glissa dans la gâche avec une implacabilité rassurante. Levine tourna la poignée pour vérifier que la porte était bien fermée puis, satisfait, passa sans les voir devant des piles de partiels, de revues scientifiques et d'anciens numéros de *Bioéthique*. L'air affable et décontracté qu'il avait affiché durant ses heures de cours se dissipa rapidement. Dégageant le centre de son bureau d'un revers de main, il appuya sur une touche du clavier de son ordinateur. Puis il sortit de sa serviette un objet noir de la taille d'un paquet de cigarettes. Un fin cordon gris pendillait à une extrémité. Levine se pencha en avant sur sa chaise, débrancha son téléphone, inséra la prise de celui-ci dans une extrémité du boîtier noir puis brancha la fiche du cordon dans une prise sur le panneau arrière de son portable.

Bien avant que sa croisade impitoyable en faveur d'une réglementation de la recherche génétique ait fait bannir son nom d'une dizaine des plus grands laboratoires de la planète, Levine en avait appris un bout sur la sécurité. Le boîtier était un appareil de cryptographie qui permettait le transport d'informations entre deux ordinateurs via la ligne téléphonique. Utilisant pour code personnel des algorithmes beaucoup plus sophistiqués que le matériel standard de cryptage des données, il était en principe impiratable par les superordinateurs du gouvernement. Posséder un tel accessoire était discutable sur le plan légal, mais Levine, qui, avant d'obtenir son diplôme en 1971, avait été membre actif des groupuscules clandestins contre la guerre, n'hésitait pas à avoir recours à des méthodes peu orthodoxes, voire illégales, pour atteindre ses buts.

Levine alluma son PC et, tambourinant sur le plateau de son bureau, attendit la fin du processus de mise en route. Tapant à toute vitesse, il ouvrit le programme de communication qui allait lui permettre de se connecter.

Il attendit que la communication soit établie, que l'appel se soit dérouté le long du réseau téléphonique, se faufilant dans un itinéraire complexe et insoupçonnable. Finalement, la réception de son appel se signala par la sonnerie d'un autre modem suivie d'un bruit strident tandis que les deux ordinateurs négociaient. Puis apparut sur l'écran de Levine une image devenue familière : un personnage en costume de mime qui tenait la Terre en équilibre sur un doigt et qui céda bientôt la place à des mots : désincarnés, comme tapés par un fantôme.

```
Professeur ! Quel bon vent vous amène ?
Besoin me connecter au réseau GeneDyne, tapa
Levine.
```

La réponse ne se fit pas attendre :

```
Rien de plus simple. On cherche quoi
aujourd'hui ? Numéros de téléphone d'employés ?
Profits et pertes ? Les tout derniers résultats
des généticiens de l'Apocalypse ?
Besoin d'une voie de transmission privée avec
le mont du Dragon, tapa Levine.
```

Cette fois, la réponse fut un peu plus longue à arriver :

Wouah ! Wouah ! Vous avez piraté les couilles de qui aujourd'hui, monsieur le professeur[1] ?

Vous ne pouvez pas le faire ? *éluda Levine.*

J'ai dit ça ? Vous oubliez à qui vous parlez, manant ! L'expression « ne pas pouvoir » ne fait pas partie de mon vérificateur d'orthographe. Ce n'est pas moi qui m'inquiète, mais vous, mec. On m'a dit que le dénommé Scopes a le mauvais œil. Il adorerait vous surprendre en train de mater sous ses jupes. Vous vous sentez prêt pour le prime time, professeur ?

Vous vous faites du souci pour moi ? *tapa Levine.* Difficile à croire.

Pourquoi, professeur ? Votre insensibilité me blesse.

Vous voulez de l'argent, cette fois. C'est ça ?

Du fric ? Mais c'est qu'il m'insulte, en plus !

Je demande réparation. À midi sonnant devant le Cyberespace Saloon.

Je suis sérieux, le Mime.

Et moi, donc ! Bien sûr que je peux résoudre votre petit problème. En outre, le bruit court que Scopes travaille sur un programme vraiment géant. Quelque chose de très in, de superintéressant. Mais c'est un grand jaloux. Il paraît qu'il a mis une ceinture de chasteté au serveur qui contient tout ça. Peut-être que je pourrais aller faire une petite visite à son serveur privé. Tout à fait le genre de défloration que j'affectionne.

Ce que vous faites de vos loisirs ne regarde que vous, *tapa Levine avec irritation.* Assurez-vous que la voie de transmission est absolument sûre. Prévenez-moi quand tout sera en place, SVP.

CQCEF.

---

1. En français dans le texte. *(N.d.T.)*

    Je ne comprends pas, le Mime.
  Mon Dieu, j'oublie toujours que vous n'êtes qu'un bleu. Ici, dans notre galaxie électronique, nous utilisons des acronymes pour écourter et adoucir nos échanges épistolaires. Ainsi, « CQCEF » signifie : considérez que c'est fait. Vous autres, prolixes universitaires, pourriez vous inspirer de nos us et coutumes virtuels, et en prendre de la graine. En voici un autre : TPA. « Terminé pour aujourd'hui. » Alors, TPA, *Herr Professor*.

Le bureau de John Singer, qui occupait l'aile sud-est du bâtiment administratif, tenait plus du salon que du bureau directorial. Devant une cheminée d'angle étaient disposés un canapé et deux bergères à oreillettes. Contre un mur trônait un vieux trastero mexicain sur lequel étaient posées une guitare Martin abîmée et une pile de partitions musicales. Un tapis navajo était étalé sur le sol, et les murs s'ornaient de gravures du XIXe siècle représentant les frontières des terres colonisées et de six dessins signés Bodmer d'Indiens mandans et hidatsa, sur le Missouri. Pas de bureau ; juste un poste de travail avec ordinateur et téléphone.

Les fenêtres donnaient à l'ouest, sur le désert infini de Jornada. Le soleil entrait à flots à travers les vitres teintées.

Carson s'assit sur l'un des fauteuils tandis que Singer se dirigeait vers un petit meuble-bar.

— Qu'est-ce que je vous sers ? demanda-t-il. Bière, vin, Martini, jus de fruits ?

Carson jeta un coup d'œil discret à sa montre. Midi moins le quart. Il se sentait toujours l'estomac un peu barbouillé.

— Un jus de fruits.

Singer alla vers lui, un verre de jus de pomme dans une main et un Martini dans l'autre. Il prit place sur le canapé et allongea les jambes sur la table basse.

— Oui, je sais, dit-il. Boire avant midi... c'est très mauvais. Mais c'est une occasion spéciale.

Il leva son verre.

— Au Grip-x, dit-il.

— Au Grip-x, marmonna Carson. C'est ce qui a tué le chimpanzé, selon Brandon-Smith ?

— Exactement.

Singer but une gorgée de Martini et poussa un soupir d'aise.

— Vous me pardonnerez ma brusquerie, dit Carson, mais j'aimerais bien connaître la nature de ce projet. Je n'ai toujours pas compris pourquoi M. Scopes m'a choisi parmi..., combien ?... cinq mille chercheurs ? Ni pourquoi j'ai dû tout laisser en plan et venir sur-le-champ.

Singer se carra dans le canapé.

— Commençons par le commencement. Connaissez-vous un animal appelé le « bonobo » ?

— Non.

— Nous l'avions surnommé le « chimpanzé pygmée », jusqu'à ce que nous nous rendions compte qu'il appartenait à une espèce complètement différente. Le bonobo est plus proche de l'homme que nos chimpanzés communs. Son intelligence est plus développée. Il est monogame. Quatre-vingt-douze pour cent de son ADN est identique au nôtre. Et, surtout, il développe les mêmes maladies que nous. À une exception près.

Il s'interrompit, but une gorgée de Martini.

— La grippe, dit-il. Tous les autres chimpanzés, de même que le gorille et l'orang-outan, peuvent attraper la grippe, mais pas le bonobo. Brent s'est rendu compte de cela il y a une dizaine de mois. Il nous a envoyé plusieurs bonobos, et on a fait un séquençage génétique. Je vais vous montrer ce qu'on a découvert.

Singer écarta un œuf en malachite pour faire de la place sur la table basse et ouvrit un carnet qui y était posé. Les pages étaient noircies de formules et de symboles.

— Le bonobo possède un gène qui l'immunise contre la grippe, dit Singer. Pas seulement contre une ou deux souches, mais contre les soixante souches connues. Nous avons appelé ce gène le Grip-x.

Carson en examina le schéma. C'était un gène court, ne se terminant que par quelques centaines de paires de bases.

— Comment fonctionne-t-il ? s'enquit-il.

— Nous ne le savons pas vraiment, répondit Singer avec un sourire. Il nous faudra des années pour répondre à cette question. Mais Brent a émis l'hypothèse que si nous pouvions insérer ce gène à notre ADN il nous immuniserait nous aussi. Les premiers essais *in vitro* que nous avons pratiqués le confirmeraient.

— Intéressant, commenta Carson.

— Je ne vous le fais pas dire. Isolez ce gène, inoculez-le-vous, et abracadabra, vous n'aurez plus jamais de grippe.

Singer se pencha en avant.

— Que savez-vous sur la grippe, Guy ? demanda-t-il, baissant d'un ton.

Carson réfléchit à deux fois avant de répondre. En fait, il en savait assez long sur le sujet, mais Singer ne semblait pas être du genre à apprécier la vantardise.

— Oh, moins que je ne le devrais... Les gens la sous-estiment, non ?

— Absolument, approuva Singer. On a tendance à la considérer comme une indisposition passagère alors que c'est une des maladies virales les plus graves qui soient. Aujourd'hui encore, un million de personnes en meurent chaque année. Elle reste l'une des dix premières causes de mortalité aux États-Unis. Au cours d'une épidémie, un quart de la population tombe malade – dans le meilleur des cas. On oublie que l'épidémie de grippe porcine de 1918 a tué une personne sur cinquante dans le monde entier. Ce fut la pandémie la plus terrible de toute l'histoire de la médecine, pire que la peste noire. Et cela s'est passé au XXe siècle. Si cela devait se reproduire aujourd'hui, nous serions tout aussi impuissants.

— Les mutations particulièrement virulentes de la grippe peuvent tuer en quelques heures, dit Carson. Mais...

— Une seconde, Guy. « Mutation » est un mot clé. Les pandémies graves apparaissent lorsque le virus de la grippe subit une mutation significative. Cela s'est déjà produit trois fois au cours de ce siècle – la plus récente étant la grippe de Hong Kong de 1968. On est prêts – je dirai même qu'on est mûrs – pour une nouvelle pandémie de grippe.

— Et comme l'enveloppe de la particule virale est en mutation constante, dit Carson, il n'existe pas de vaccin définitif. Un vaccin antigrippe n'est qu'un cocktail de trois ou quatre souches, un pari des épidémiologistes sur l'origine de la souche qui va surgir dans six mois. Exact ? S'ils se trompent, le vaccin ne nous empêchera pas de tomber malades.

— Bravo, Carson. Nous savons tous que vous avez travaillé sur les virus de la grippe au MIT.

C'est l'une des raisons pour lesquelles vous avez été choisi.

Il éclusa son verre.

— Une chose encore, reprit-il. Savez-vous que l'économie mondiale perd environ un milliard de dollars chaque année en termes de productivité à cause de la grippe ?

— Je l'ignorais.

— Et qu'on évalue à deux cent mille par an le nombre de cas de malformations congénitales dues à la grippe ? Lorsqu'une femme enceinte a plus de quarante de fièvre, toutes sortes de complications de croissance peuvent affecter le fœtus... Guy, nous travaillons sur la dernière grande découverte scientifique du XXe siècle. Maintenant, vous en faites partie. Une fois le gène Grip-x inoculé dans son organisme, un être humain sera immunisé contre toutes les souches virales de la grippe. Pour toujours. Et, de plus, ses enfants hériteront de cette immunité.

Carson reposa lentement son verre et considéra Singer.

— Mon Dieu, dit-il, vous voulez parler d'une thérapie génique visant les cellules germinales ?

— Exactement. Nous allons modifier le génotype humain. Et vous, Guy, vous êtes la pierre angulaire de cet effort.

— Mais mes recherches sur la grippe n'ont pas été très poussées, dit Carson. Mon principal intérêt était ailleurs.

— Je sais. Encore un peu de patience. Notre plus gros obstacle est de faire entrer le gène Grip-x dans l'ADN humain. On doit le faire, bien sûr, en utilisant un virus.

Carson acquiesça, sachant que le propre des virus était d'insérer leur matériel génétique dans celui de leur hôte. Et la génétique les utilisait à ces fins.

— Je vous explique, poursuivit Singer. Nous insérons le gène Grip-x dans le virus de la grippe. Et nous nous servons du virus comme d'un cheval de Troie, si vous voulez. Nous inoculons ce virus inactivé au patient. Comme avec n'importe quel vaccin antigrippe, le patient va développer la maladie de façon atténuée. Dans l'intervalle, le virus aura fait passer l'ADN du gène du bonobo dans celui du patient qui, une fois remis de sa petite grippe, conservera le gène Grip-x. Il sera alors définitivement immunisé contre toutes les formes de grippe.

— Thérapie génique, dit Carson.

— Absolument. C'est une des voies de recherche les plus prisées en ce moment. Les thérapies géniques promettent de guérir toutes sortes de maladies génétiques, telles que la maladie de Tay-Sachs, l'hémophilie, etc. Un jour, quiconque sera né avec un défaut dans sa cuirasse génétique pourra obtenir le gène manquant et vivre une vie normale. Dans le cas qui nous occupe, le « défaut » est la sensibilité à la grippe – et le gène est héréditaire.

Singer s'épongea le front.

— Je m'échauffe à parler de tout ça, dit-il en souriant. Jamais je n'aurais pensé qu'un jour je pourrais changer le monde. Le Grip-x m'a redonné la foi.

Il s'éclaircit la gorge.

— Nous touchons au but, Guy. Mais nous avons un tout petit problème. Quand nous insérons le gène Grip-x dans le virus de la grippe commune, le virus mute et devient infiniment plus virulent et contagieux. De vecteur inoffensif, l'enveloppe protéique du virus imite, semble-t-il, une hormone qui provoque une surproduction de liquide céphalo-rachidien. Vous avez pu voir l'effet du virus Grip-x sur un chimpanzé. Nous ne savons pas vraiment celui qu'il aurait sur un être humain, mais ce ne serait pas agréable.

Il se leva et s'approcha d'une fenêtre.

— Votre tâche est de reconcevoir le virion du virus Grip-x, de le rendre inoffensif de façon qu'il permette d'infecter son hôte humain sans entraîner sa mort et qu'il puisse véhiculer le gène Grip-x dans l'ADN humain.

Carson comprenait soudain pourquoi Scopes l'avait choisi, lui. Avant que Fred Peck le relègue à des tâches secondaires, sa spécialité était de travailler sur les modifications de l'enveloppe protéique des virus, enveloppe sensible à la chaleur, à diverses enzymes, aux radiations, même en cas de diversification des souches. Il connaissait de nombreux moyens de neutraliser un virus.

— Le problème me paraît très simple, dit-il.

— Il devrait l'être, en effet. Mais, pour une raison que nous ne connaissons pas, quoi qu'on fasse, le virus mute toujours et revient à sa forme létale. Quand Burt travaillait dessus, il a dû infecter une colonie entière de chimpanzés avec des souches censément inoffensives du virus porteur du gène Grip-x. Et, chaque fois, le virus a subi une réversion, et, ma foi, vous avez vu pour quel résultat ! Burt était un chercheur très brillant. Sans lui, nous n'aurions jamais pu stabiliser et mettre sur le marché notre sang artificiel, Pur-Blood. Mais le problème posé par le Grip-x l'a rendu...

Singer laissa sa phrase en suspens.

— Il n'a pas supporté la pression, acheva-t-il.

— Je comprends pourquoi les gens évitent le « bouillon de culture », fit remarquer Carson.

— C'est horrible. Et j'ai des remords à utiliser ces chimpanzés. Mais quand je pense au bien qu'en tirera l'humanité...

Singer sombra dans le silence et contempla le paysage.

— Pourquoi ce secret ? demanda enfin Carson.

— Il y a deux raisons à cela. Nous pensons qu'un autre laboratoire de recherche au moins travaille sur des voies similaires, et il ne faut pas vendre la mèche trop tôt. Mais, surtout, beaucoup de gens ont peur de la technologie. Je les comprends un peu, remarquez. Entre les armes nucléaires, la radiation, Three Mile Island et Tchernobyl ! Et ils n'aiment pas l'idée de thérapie génique.

Il se retourna vers Carson.

— Il faut voir les choses en face. Nous parlons d'une modification définitive du génome humain. Une question sujette à controverse s'il en est ! Alors, si l'opinion publique s'émeut déjà devant des légumes transgéniques, que dira-t-elle ! On a le même problème avec le sang artificiel. Aussi, nous tenons à ce que le vaccin Grip-x soit fin prêt quand nous en ferons l'annonce officielle. De cette façon, l'opposition n'aura pas le temps de s'organiser. Et les bénéfices qu'en tireront les gens écraseront dans l'œuf toute réaction de peur irrationnelle qui pourrait venir d'une minorité.

— Mais cette minorité pourrait quand même faire pression, dit Carson, qui, plus d'une fois, avait traversé les groupes de manifestants devant GeneDyne.

— Oui. Il y a quelques Charles Levine de par le monde. Sa Fondation de bioéthique veut la peau du génie génétique en général et celle de Brent Scopes en particulier.

Carson acquiesça.

— Levine et Scopes sont des ex-copains de fac. Dieu, quelle histoire ! Rappelez-moi de vous raconter ce que j'en sais un de ces jours. Levine est un don Quichotte. Faire reculer le progrès scientifique est devenu le but de son existence. Et c'est pire depuis la mort de sa femme, à ce qu'on m'a dit. Ça fait vingt ans qu'il mène une croisade contre Brent Scopes. Malheureusement, beaucoup de médias publient ses conneries.

Il s'écarta de la fenêtre.

— Il est beaucoup plus facile de démolir que de construire, Guy. Le mont du Dragon est le laboratoire de recherche le plus sûr au monde. Personne – je dis bien personne – n'est plus soucieux de la sécurité de ses employés et de la fiabilité de ses produits que Brent Scopes.

Carson faillit préciser que Charles Levine avait été l'un de ses professeurs de fac mais jugea préférable de passer ce fait sous silence.

— Donc, vous voulez présenter la thérapie génique Grip-x une fois qu'elle sera parfaitement au point, dit-il. C'est la raison de cette précipitation ?

— En partie.

Singer hésita un moment puis se décida à poursuivre.

— En fait, pour tout vous dire, le Grip-x est très important pour GeneDyne. Vital, même. Le brevet sur le maïs déposé par Scopes – principale source de revenus de GeneDyne – expire dans quelques semaines.

— Mais Scopes va avoir quarante ans cette année, dit Carson. Ce brevet ne peut pas être très ancien. Pourquoi ne le renouvelle-t-il pas ?

— Je ne connais pas tous les détails, dit Singer avec un haussement d'épaules. Tout ce que je sais, c'est qu'il ne peut pas être renouvelé. Et, à cette date, GeneDyne ne percevra plus aucune redevance. « PurBlood » ne sera pas distribué avant plusieurs mois, et il faudra plusieurs années pour amortir les coûts de recherche et développement. Nos autres nouveaux produits sont toujours en attente de l'AMM[1]. Si le vaccin Grip-x n'est pas mis au point très vite, GeneDyne devra écorner ses généreux dividendes – ce qui aurait des conséquences catastrophiques sur la cotation boursière. Et sur votre pécule et le mien.

Il se retourna.

— Approchez, Guy, lui dit-il avec un geste de la main.

Carson s'exécuta. La fenêtre offrait une vue imprenable sur le désert, qui s'étendait jusqu'au bout de l'horizon et se dissolvait en un brasier de lumière au point de rencontre du ciel et de la terre. Les bâtiments du mont du Dragon jetaient une ombre effilée vers l'est ; au sud, Carson distinguait à peine un amas pierreux qui semblait être les ruines d'un village indien dont quelques murs dressaient leurs vestiges au-dessus du sable balayé par le vent.

Singer posa une main sur l'épaule de Carson.

— Mais tous ces problèmes ne vous concernent pas pour le moment. Pensez au potentiel que vous avez à portée de main. Un docteur lambda, s'il a de la chance, va sauver quelques centaines de vies. Un chercheur peut en sauver des milliers. Mais vous, moi et GeneDyne : des millions ! Des milliards.

---

1. Autorisation de mise sur le marché. *(N.d.T.)*

Il désigna une chaîne de montagnes au nord-est qui se dressait sur le désert telle une rangée de crocs noirs.

— Il y a cinquante ans, dit-il, l'homme faisait exploser la première bombe atomique au pied de ces montagnes, à Trinity Site, à une cinquantaine de kilomètres d'ici. C'était la face sombre de la science. Aujourd'hui, l'occasion nous est offerte de racheter la science. C'est aussi simple et beau que cela.

La pression de sa main se fit plus forte.

— Guy, ça va être la plus grande aventure de votre vie. Je peux vous le garantir.

Tandis qu'ils contemplaient le désert, Carson sentit son immensité, son intensité avec une force quasi religieuse. Et il sut que Singer disait vrai.

Carson se réveilla à 5 h 30. Il s'assit sur son lit et regarda les montagnes San Andrés par la fenêtre ouverte. L'air frais de la nuit entrait à flots dans la chambre, porteur de l'impérieuse tranquillité qui préside aux petites heures du jour. Il prit une profonde inspiration. Dans le New Jersey, il ne pouvait jamais se tirer du lit avant 8 heures. Ici, dès son deuxième jour dans le désert, il avait repris ses bonnes vieilles habitudes.

Il regarda les étoiles disparaître, ne laissant que Vénus dans le ciel sans nuages du levant. Le vert si particulier du lever du soleil dans le désert gagna peu à peu le ciel puis vira lentement au jaune. La forme des plantes émergea lentement de la nuance bleutée du sol indistinct du désert. Les entremêlements des tiges filiformes des prosopis et les touffes d'herbe haute poussaient à distance respectueuse. La vie dans le désert, songea Carson, était une affaire solitaire.

Sa chambre était peu mais confortablement meublée : un lit, un canapé et des fauteuils assortis, un énorme bureau, des étagères. Il se doucha, se rasa et s'habilla de blanc, à la fois impatient et anxieux à l'idée de la journée qui l'attendait.

Il avait passé l'après-midi de la veille à sacrifier aux formalités d'incorporation au personnel du mont du Dragon : remplir des formulaires, faire prendre son empreinte vocale, se faire photographier et se soumettre à la visite médicale la plus complète qu'il ait jamais subie. Lyle Grady, le médecin du travail, était un homme petit et mince à la voix nasillarde. Il avait rentré les informations concernant Carson dans son ordinateur sans l'ombre d'un sourire. Après un rapide dîner en compagnie de Singer, Carson était rentré tôt. Il voulait être frais et dispos pour la journée du lendemain.

Au GeneDyne, le travail commençait à 8 heures. Carson ne prenait pas de petit déjeuner – une habitude qui lui restait de l'époque où son père le réveillait avant l'aube et lui faisait seller son cheval. Avant de gagner son nouveau labo, il but vite fait une tasse de café à la cafétéria ; elle était déserte. Carson se souvint d'une remarque qu'avait faite Singer au cours du dîner la veille au soir. « On fait de gros dîners ici. Les petits déjeuners et les déjeuners ne sont pas très appréciés. Travailler au "bouillon de culture" vous coupe l'appétit. »

Au vestiaire, des gens enfilaient leur combinaison en silence. Tout le monde se retourna à l'arrivée de Carson. Certains le dévisagèrent avec bienveillance, d'autres avec une curiosité non dissimulée, d'autres encore avec indifférence. Puis Singer arriva, un grand sourire fendant son visage lunaire.

— Bien dormi ? demanda-t-il à Carson en le gratifiant d'une bourrade amicale.

— Pas mal. Je suis pressé de m'y mettre.

— Bien. Je vais vous présenter votre assistante.
Il regarda à la ronde.

— Où est Susana ? demanda-t-il.

— Déjà à l'intérieur, répondit l'un des techniciens. Elle voulait commencer tôt pour vérifier certaines cultures.

— Vous êtes au labo C, dit Singer. Rosalind vous a montré le chemin ?

— Plus ou moins, répondit Carson, qui sortit la combinaison bleue de son casier.

— Bien. Je suppose que vous voudrez commencer par consulter les notes de Frank Burt. Susana fera en sorte que vous ayez tout ce dont vous avez besoin.

Une fois qu'il eut enfilé sa combinaison avec l'aide de Singer, Carson passa avec les autres à la douche de décontamination puis entra de nouveau dans le dédale d'étroits couloirs du laboratoire de biosécurité niveau 5. Une fois de plus, il lui fut pénible de se plier aux contraintes de sa combinaison et à la dépendance quant aux prises d'air. Après quelques erreurs d'orientation, il se retrouva devant la porte métallique du laboratoire C.

À l'intérieur, une silhouette massive, penchée au-dessus d'une chambre de bioprotection, manipulait des boîtes de Petri. Carson appuya sur le bouton « émetteur » de sa combinaison.

— Bonjour, dit-il. Vous êtes Susana ?
La silhouette se redressa.

— Je suis Guy Carson, poursuivit-il.
Une petite voix tranchante grésilla dans son récepteur.

— Susana Cabeza de Vaca.

Ils se serrèrent maladroitement la main.

— Ce que ces combinaisons peuvent être chiantes, pesta de Vaca. Alors, comme ça, c'est vous qui remplacez Burt ?

Elle tenta de voir son visage à travers sa visière.

— Hispano ? demanda-t-elle.

— Non, blanc, répondit Carson avec plus de hâte qu'il ne l'aurait souhaité.

Il y eut un silence.

— Hum, dit de Vaca, qui le regarda avec intensité. À vous entendre, on pourrait pourtant croire que vous êtes du coin.

— J'ai passé mon enfance dans le Bootheel.

— Je le savais ! Eh bien, Guy, vous et moi sommes les seuls autochtones de la maison.

— Vous êtes du Nouveau-Mexique ? demanda Carson. Vous êtes arrivée quand ?

— Il y a une quinzaine de jours. Je suis une transfuge du centre de recherches d'Albuquerque. À l'origine, je devais être affectée en médecine, mais finalement je remplace l'assistante du Dr Burt, qui est partie quelques jours après lui.

— D'où venez-vous ? lui demanda Carson.

— D'une petite ville de montagne appelée Truchas. À une cinquantaine de kilomètres au nord de Santa Fe.

— Originairement, je veux dire.

Autre silence.

— Je suis née à Truchas.

— Oh, pas de problème, dit Carson, surpris par la sécheresse de sa voix.

— Vous voulez dire, avant que nous soyons venus à la nage par le Rio Grande ?

— Oh non, bien sûr que non. J'ai toujours eu beaucoup de respect pour les Mexicains...

— Les Mexicains ?

— Oui. Dans notre ranch, certains de nos meilleurs ouvriers étaient mexicains, et en grandissant j'ai eu beaucoup d'amis mexicains...

— Ma famille, l'interrompit de Vaca d'une voix glaciale, est venue aux Amériques avec don Juan de Oñate. En fait, il s'en est fallu de peu que don Alfonso Cabeza de Vaca et son épouse ne meurent de soif en traversant ce désert. Cela se passait en 1598 – à savoir bien avant, j'en suis sûre, que votre famille de paysans des plaines du Middle West ne vienne s'installer dans le Bootheel. Mais je suis profondément émue à l'idée que vous ayez eu des amis mexicains en grandissant.

Elle se détourna et se remit à trier ses boîtes, rentrant des références dans un ordinateur portable.

Mon Dieu, songea Carson, Singer ne plaisantait pas quand il disait que tout le monde était sous pression, ici.

— Mademoiselle de Vaca, dit-il, j'essayais juste d'être aimable. J'espère que vous le comprenez.

Carson attendit une réaction qui ne vint pas. De Vaca continuait à s'activer.

— Cela n'a pas la moindre importance, mais je précise que ma famille ne vient pas du Middle West. Je descends de Kit Carson, et mon arrière-grand-père a obtenu, au terme de l'Homestead Act[1], le ranch dans lequel j'ai grandi. Les Carson habitent au Nouveau-Mexique depuis près de deux cents ans.

— Le colonel Christopher Carson ? Ben, vous m'en direz tant ! J'ai fait un exposé sur Carson, en

---

[1]. Loi de 1862 accordant soixante-cinq hectares de terre libres à tout colon pouvant prouver cinq ans de séjour ininterrompu au même endroit. *(N.d.T.)*

fac. Dites-moi, vous descendez de sa concubine espagnole ou de sa concubine indienne ?

Il y eut un moment de silence.

— Ça doit être l'une ou l'autre, poursuivit-elle, parce que vous ne faites pas du tout blanc pour un Blanc...

Elle empila les boîtes de Petri et les glissa sur un plateau en acier inoxydable encastré dans le mur.

— Je ne me définis pas par mes antécédents raciaux, mademoiselle de Vaca, répondit Carson sur le ton le plus neutre possible.

— Cabeza de Vaca, pas « de Vaca » tout court, rétorqua-t-elle, tout en commençant à trier une autre pile de boîtes.

Furibond, Carson enfonça le bouton de son émetteur d'un coup sec.

— Je me fous que ce soit Cabeza ou Kowalski. Et je ne compte pas me prendre la tête avec ces histoires à la noix ni à cause de vous ni à cause de ce tas de graisse de Rosalind Brandon-Smith, ni à cause de qui que ce soit !

De Vaca resta un moment silencieuse puis éclata de rire.

— Carson, dit-elle, regardez les deux boutons sur votre tableau de commande. L'un est pour les conversations privées, l'autre pour les diffusions sur l'émetteur collectif. Ne les confondez plus, sinon, tout le « bouillon de culture » entendra ce que vous dites.

Carson entendit un grésillement venant du récepteur de son casque.

— Carson ? résonna la voix de Brandon-Smith. Je voulais juste vous dire que j'avais entendu, espèce de cul-terreux aux jambes arquées !

De Vaca lui adressa un sourire narquois.

— Mademoiselle Ca-be-za-de-Va-ca ! fulmina Carson en tripatouillant ses boutons de commande. Je veux simplement faire mon travail. C'est clair ? Alors, vous m'épargnerez vos petites histoires et vos problèmes d'identité. Comportez-vous en assistante et montrez-moi comment je peux avoir accès aux notes du Dr Burt.

Il s'ensuivit un silence glacial.

— Bon, finit par dire de Vaca qui désigna un ordinateur portable rangé dans un cagibi près de l'entrée. C'était le sien. Maintenant, il est à vous. Si vous voulez consulter ses notes, les câbles sont là, à votre gauche. Vous connaissez le règlement concernant les notes, je suppose ?

— Vous voulez parler de la directive « anti-notes manuscrites » ?

Dans le New Jersey, GeneDyne avait pour politique de dissuader son personnel d'archiver toute information ailleurs que dans les ordinateurs de la compagnie.

— Ici, c'est encore plus draconien, dit de Vaca. Aucune sortie papier ! Pas de stylos, pas de crayons, pas de papier. Les résultats d'essais, tout le travail de labo, tout ce que vous faites et pensez doit être rentré dans cet ordinateur et basculé sur le macro-ordinateur au moins une fois par jour. Laisser un mot sur le bureau de quelqu'un suffit à se faire virer.

— Pourquoi ? Quel est le problème ?

De Vaca haussa les épaules dans les profondeurs de sa combinaison.

— Scopes aime bien parcourir nos notes, voir où on en est, nous faire des suggestions. Il erre toute la nuit dans l'espace cybernétique de la compagnie depuis Boston, furetant à droite et à gauche, fourrant son nez dans les affaires de tout le monde. Ce type-là ne dort jamais.

Carson perçut le mépris dans le ton de la jeune femme. Il brancha le portable dans la prise murale, l'alluma, puis laissa de Vaca lui montrer où Burt rangeait ses dossiers. Il tapa quelques commandes brèves – gêné par la maladresse de ses doigts boudinés par les gants – et attendit que les dossiers soient recopiés sur le disque dur du portable. Puis il chargea les notes de Burt dans le logiciel de traitement de texte.

```
18 février. Premier jour au labo. Briefé par
Singer sur « PurBlood » avec autre nouvel
arrivé : R. Brandon-Smith.
   Passé l'après-midi à la bibliothèque à étu-
dier les méthodes existantes pour encapsuler
l'hémoglobine pure. Le problème, pour moi,
tient essentiellement à…
```

— Inutile de lire tout ça, dit de Vaca. Ça concerne le dernier projet avant mon arrivée. Avancez jusqu'au Grip-x.

Carson fit défiler trois mois de notes et finit par localiser les données de Burt concernant son travail sur le sang artificiel et ses travaux d'approche sur le Grip-x, le tout dans un style laconique et précis. Un brillant chercheur, encore nimbé du triomphe que venait de rencontrer son projet, se lançait sans attendre dans le suivant. Burt avait utilisé sa propre technique de filtration – technique qui l'avait rendu célèbre au sein de GeneDyne – pour synthétiser « PurBlood » ; son optimisme et son enthousiasme étaient perceptibles. Finalement, la tâche de neutraliser le virus Grip-x et de passer aux essais *in vivo* lui avait paru assez simple.

Jour après jour, Burt avait abordé le problème sous divers angles, passant de l'un à l'autre avec célérité : infographie de l'enveloppe protéique du virus ; réaction à divers enzymes et produits chimiques ; thermorésistance. Toutes ces notes étaient parsemées d'abondants commentaires ajoutés par Scopes, qui, semblait-il, avait pour habitude de consulter les travaux de Burt plusieurs fois par semaine. Étaient aussi mémorisées bon nombre de conversations interactives entre Scopes et Burt. En lisant ces échanges, Carson en vint à admirer l'acuité d'esprit avec laquelle Scopes abordait les aspects purement techniques du problème, et à envier la connivence qui semblait avoir lié Burt et le P-DG de GeneDyne.

En dépit de l'énergie sans faille de Burt et de son approche brillante, rien ne semblait marcher. Modifier la capside du virus de la grippe était presque un jeu d'enfant. L'enveloppe demeurait stable *in vitro*, et Burt passait donc aux essais *in vivo*, injectant le virus altéré à des chimpanzés. Et, chaque fois, les animaux vivaient un moment sans symptômes apparents, avant de connaître une mort atroce et fulgurante.

Carson parcourut des pages et des pages dans lesquelles Burt, de plus en plus exaspéré, rapportait ses échecs continuels et inexplicables. Au fil du temps, ses notes perdaient de leur style télégraphique et froid au profit d'une écriture plus décousue, plus personnelle, et elles étaient émaillées de commentaires acides sur ses confrères – en particulier sur Rosalind Brandon-Smith, qu'il ne semblait pas avoir portée dans son cœur.

Trois semaines avant que Burt ne quitte le mont du Dragon, les premiers poèmes apparaissaient.

D'une dizaine de lignes environ, ils parlaient surtout de la face cachée et hideuse de la science : la structure quaternaire d'une globuline, le reflet bleuté d'une radiation Tcherenkov. Malgré leur lyrisme et leur puissance évocatrice, Carson les trouva angoissants, s'imposant soudain au détour de colonnes de résultats d'essais comme autant de parasites.

L'un d'eux, *Carbone*, commençait ainsi :

```
Tu es le plus beau des éléments.
D'une variété infinie,
Chaînes, anneaux, branches, charbons, dérivés, arômes.
Ton indice de réfraction tue les princes et les spéculateurs.
Carbone.
Toi qui fus à nos côtés dans les rues de Saigon,
Flottant dans l'air,
Omniprésent,
Invisible dans la peur et la sueur,
Napalm.
Sans toi, nous ne sommes rien.
Nous venons du carbone et nous retournerons au carbone.
```

Vers la fin, les notes devenaient plus sporadiques et plus décousues. Carson avait de plus en plus de mal à suivre la logique de Burt. D'un bout à l'autre, Scopes avait manifesté un suivi constant, et ses remarques se faisaient toujours plus critiques et plus sarcastiques. Les échanges entre les deux hommes prirent une tournure franchement conflictuelle : Scopes donnait dans l'agressivité ouverte, quand Burt se montrait plus évasif, presque résigné :

Burt, où étais-tu hier ?

J'ai pris ma journée et j'ai fait une balade hors du périmètre.

Chaque jour qui passe sans que ce problème soit résolu coûte un million de dollars à GeneDyne. Ainsi, le Dr Burt a décidé de faire une petite promenade à un million de dollars ? Charmant. Tout le monde attend après toi, Frank, tu l'as oublié ? Tout le projet repose sur tes épaules.

Brent, je ne peux pas maintenir ce rythme jour après jour. Je dois m'aménager des moments de réflexion et de solitude.

Et tu as réfléchi à quoi ?

À ma première femme.

Non, mais je rêve ! Un million de dollars par jour, Frank, et tu penses à ta putain de première femme ! Je pourrais te tuer, je te jure !

Il m'était absolument impossible de travailler hier. J'ai tout essayé, même une recombinaison des vecteurs du virus. Le problème est insoluble.

Frank, je méprise les gens qui pensent comme ça. Rien n'est insoluble. Tu disais la même chose pour le sang artificiel, tu te souviens ? Et tu as bien fini par trouver. Tu as bien réussi, Frank, ne l'oublie pas ! C'est ce que j'aime en toi, vraiment. Et je sais que tu peux de nouveau réussir. Il y a un prix Nobel à la clé pour toi, je te le jure.

Me tenter par des rêves de gloire n'y changera rien, Brent. Et l'argent non plus. Rien ne rendra possible ce qui est impossible.

Ne dis pas ça, Frank, je t'en prie. Je ne supporte pas ce mot, car c'est presque toujours un mensonge. « Impossible » est un mensonge. L'univers est étrange et vaste, et tout y est possible. Tu me fais penser à *Alice au pays des merveilles*. Tu te souviens de sa conversation avec la Reine sur ce sujet ?

Non. Et je ne crois pas non plus que cette chère Alice va me faire croire à l'impossible.

> Fumier ! Si jamais tu écris encore ce mot, je viens t'étrangler de mes propres mains. Écoute, je t'ai donné tout ce dont tu avais besoin. Je t'en prie, Frank, remets-toi au travail et trouve ! J'ai foi en toi. Je suis sûr que tu peux réussir. Tiens, et si tu recommençais de zéro ? Tu reprends tout avec un nouvel hôte, quelque chose de hautement improbable, comme un nouveau virus, un macrophage. Ou un rétrovirus. De façon à aborder le problème dans une tout autre direction.
> D'accord, Brent.

Suivaient plusieurs jours sans notations. Puis, datée du 29 juin – soit une quinzaine de jours plus tôt à peine –, une pléthore de textes abondant en images apocalyptiques. À plusieurs reprises, Burt mentionnait un « facteur clé », mais sans jamais préciser lequel. Carson hocha la tête. Apparemment, son prédécesseur devenait délirant, élucubrant des solutions qu'il ne prouvait par aucune démonstration.

Carson se carra dans sa chaise, sentant la sueur prisonnière s'accumuler entre ses omoplates et sous ses coudes. Comment pourrait-il réussir là où un homme comme Burt avait non seulement échoué, mais en plus perdu la raison ? Il releva la tête, et son regard croisa celui de de Vaca.

— Vous avez lu tout ça ? lui demanda-t-il.

Elle acquiesça.

— Comment…, enfin, comment croient-ils que je vais m'y prendre ?

— Ça, c'est votre problème, lui répondit-elle d'une voix neutre. Ce n'est pas moi la diplômée de Harvard et du MIT.

Carson passa le restant de la journée à relire le compte rendu des premières expériences, se gardant de se perdre à nouveau dans le labyrinthe des notes de Burt. En fin d'après-midi, il avait repris un peu du poil de la bête. Il y avait une nouvelle recombinaison génétique sur laquelle il avait travaillé au MIT et que Burt n'avait pas tenté d'exploiter. Carson en fit une construction graphique, en décomposa chacune des parties, puis les redécomposa jusqu'à ce qu'elles soient irréductibles.

En fin de journée, il commença à tracer les grandes lignes d'un protocole d'essai. Il y avait, il s'en rendait compte, encore beaucoup d'éléments sur lesquels travailler. Il se leva, s'étira et se tourna vers de Vaca qui branchait son ordinateur bloc-notes dans la prise murale.

— N'oubliez pas de basculer tout ça sur le macro-ordinateur, dit-elle. Je suis sûre que Big Brother voudra contrôler votre travail ce soir.

— Merci, dit Carson, riant intérieurement à l'idée que Scopes perdrait son temps à lire ses notes.

Scopes et Burt, c'était évident, étaient déjà amis quand Carson n'était encore qu'un technicien de catégorie 3. Il mit en mémoire les données du jour, rangea l'ordinateur pour la nuit puis suivit de Vaca pour le long et lent trajet de retour.

Une fois au vestiaire, Carson défit sa visière et commença à ôter sa combinaison. Il en était à défaire la fermeture Éclair du bas quand il jeta un coup d'œil à son assistante. Elle avait déjà rangé sa tenue et s'ébouriffait les cheveux. Carson fut surpris d'avoir devant lui non la *señorita* potelée qu'il avait imaginée, mais une jeune femme svelte, extrêmement belle, aux longs cheveux noirs, au teint mat, aux yeux d'un violet profond.

Se retournant, elle surprit son regard.

— Attention où vous mettez les yeux, *cabrón*, si vous ne voulez pas qu'ils finissent comme ceux d'une de nos guenons !

Elle mit son sac en bandoulière et sortit d'une démarche altière tandis que les autres personnes présentes dans le vestiaire éclataient de rire.

La pièce était octogonale. Chacun de ses murs se dressait vers un plafond voûté qui, quinze mètres au-dessus du sol, baignait dans une faible lumière renvoyée par un système d'éclairage indirect et non visible. Sept de ces murs étaient recouverts d'immenses écrans plats, éteints pour le moment. Dans l'alignement du huitième mur se trouvait une porte, petite mais très épaisse, adaptée à l'insonorisation de la pièce. Bien que celle-ci soit située soixante étages au-dessus du port de Boston, il n'y avait aucune fenêtre. Le sol était pavé d'une ardoise rare venant de Tanzanie, la *mbanga*, et la couleur dominante était un dégradé de gris : mat, cendré et taupe.

La porte était faite d'un alliage de métal épais. En guise de poignée, il y avait un scanneur rétinien EyeDentify ainsi qu'un identificateur palmaire Finger Matrix. À côté de la porte, sous une lumière ultraviolette stérilisante, étaient alignées plusieurs paires de chaussons en mousse dont la pointure était imprimée sur le bout en gros caractères. Sous une caméra fixée au mur qui filmait sans cesse se trouvait une grosse pancarte où l'on pouvait lire : NE PAS PARLER FORT, S.V.P.

Cette porte ouvrait sur un long couloir peu éclairé qui menait à un poste de sécurité et à une rangée d'ascenseurs. De part et d'autre du couloir, une série de portes closes donnaient sur les bureaux de la sécurité, les cuisines, l'infirmerie, les machines électrostatiques de purification de l'air et les quartiers des nombreux domestiques nécessaires pour satisfaire les diverses exigences de l'occupant de la pièce octogonale.

La porte la plus proche de l'octogone était grande ouverte sur une pièce lambrissée en merisier, à la cheminée en marbre, au parquet recouvert d'un tapis persan et aux murs tapissés de grands tableaux de l'école de la Hudson River. Un magnifique bureau en acajou trônait au centre de la pièce, sur lequel le seul appareil électronique était un vieux téléphone à cadran.

Dans l'immense pièce octogonale, un spot dissimulé dans un renfoncement au cœur du plafond voûté laissait tomber un rai de lumière blanche et pure au centre de la pièce, où se trouvait un vieux canapé des années 1970 aux accoudoirs noircis par l'usure. Des morceaux de rembourrage jaillissaient de l'assise usée jusqu'à la trame. Du gros Scotch argenté maintenait la traverse. Moche et usé comme il était, ce canapé avait un atout non négligeable : il était extrêmement confortable.

Deux tables basses faussement anciennes encadraient un canapé. Un gros téléphone et plusieurs appareils électroniques dans des boîtes de métal noir étaient posés sur l'une d'elles, et une caméra vidéo, fixée d'un côté, était braquée sur le canapé. Il n'y avait rien sur l'autre table, excepté les traces d'innombrables boîtes de pizza graisseuses et de canettes de Coca poisseuses.

Devant le canapé se trouvait un grand bureau. Comparé aux autres meubles, il était d'une beauté remarquable. Son plateau était en loupe d'érable dont la patine faisait apparaître le veinage dans toute sa perfection fractale. Le tour du plateau était rehaussé d'une bordure en gaïac, noire et lourde, dans laquelle était incrusté un filet géométrique en noyer qui représentait le *naadaa*, l'épi de maïs sacré qui était au cœur de la religion de l'ancienne tribu indienne des Anasazis. Les grains de ce maïs avaient fait de l'occupant de cette pièce un homme immensément riche. Un ordinateur solitaire était posé sur la table, une courte antenne jaillissant de son flanc.

Le reste de la vaste pièce, d'une propreté clinique, était vide, à l'exception d'un imposant instrument de musique à la périphérie du cercle de lumière. C'était un pianoforte à cordes croisées et six octaves qui avait été, disait-on, fabriqué pour Beethoven en 1820 par Otto Schachter de Hambourg. Les pieds et la lyre de la caisse en bois de rose étaient sculptés de scènes baroques représentant des naïades et des tritons.

Une silhouette en T-shirt noir, jean et mocassins frangés était assise au piano, penchée sur le clavier, tête baissée, doigts immobiles sur les touches. Rien ne se produisit pendant quelques minutes. Puis le profond silence fut brisé par un accord en mineur, *sforzando*, mourant mélancoliquement sur un *do* : les premières mesures de la dernière sonate pour piano de Beethoven, opus 111. L'introduction majestueuse se répercuta dans les hauteurs voûtées de la pièce, évoluant *allegro con brio ed appassionato*, les premières notes du thème prenant possession de l'espace, étouffant le bip de l'appel vidéo. Le mouvement continua, la frêle silhouette penchée sur le clavier, les cheveux virevoltant dans la passion de son interprétation. Le bip résonna de nouveau, passa encore inaperçu, et finalement un immense écran mural s'alluma, révélant un visage ruisselant et maculé de boue.

Le pianiste s'arrêta de jouer, et les harmoniques s'éteignirent rapidement. Il se leva, fit un léger salut et ferma le couvercle.

— Brent, dit le visage. Vous êtes là ?

Scopes alla s'asseoir sur le canapé défoncé, croisa les jambes et prit le clavier de l'ordinateur sur ses genoux. Il tapa sur plusieurs touches puis leva les yeux vers l'immense image vidéo.

L'homme était assis dans une Range Rover. Derrière les vitres de la voiture battues par la pluie, une clairière verdoyante était visible, entaille toute fraîche dans le flanc de la jungle camerounaise. Le sol était une mer de boue à laquelle des traces de bottes et de pneus avaient donné un faux air de sol lunaire. Des troncs d'arbres balafrés étaient alignés au bord de la clairière. À quelques mètres de la Range Rover, plusieurs dizaines de cages grillagées étaient stockées en piles instables. Des mains et des pattes velues passaient par le grillage, et des paires d'yeux regardaient le monde avec un air d'enfant perdu.

— Comment ça va, Rod ? demanda Scopes d'une voix lasse, tournant le visage vers la caméra fixée sur la table basse.

— Il fait un temps pourri.

— Ici aussi, il pleut.

— Ouais, mais on ne sait pas ce que c'est que la pluie tant que...

— Ça fait trois jours que j'attends d'avoir de vos nouvelles, Falfa, l'interrompit Scopes. Qu'est-ce qui se passe, bon sang ?

Le visage sur l'écran se fendit d'un sourire doucereux.

— On a eu des problèmes pour trouver de l'essence. Ces deux dernières semaines, j'ai envoyé tout un village dans la jungle, à un dollar par jour par tête de pipe. Ils sont tous riches, maintenant, et on a cinquante-six bébés chimpanzés.

Il sourit de toutes ses dents et s'essuya le nez, ce qui n'eut pour effet que d'étaler encore plus la boue sur son visage.

Scopes détourna le regard.

— Je les veux au Nouveau-Mexique dans six semaines. Avec un taux de mortalité maximal de cinquante pour cent.

— Cinquante pour cent ! s'exclama Falfa. Dur, dur. D'habitude...

— Yo, Falfa !

— Pardon ?

— Vous trouvez ça « dur » ? Attention à ce qu'il adviendra à Rodney P. Falfa s'il nous arrive plus de singes morts que de vivants. Regardez-les, assis sous cette putain de pluie.

S'ensuivit un moment de silence. Falfa klaxonna et le visage d'un Africain apparut dans l'encadrement de la vitre. Falfa la baissa d'un chouïa et Scopes entendit les cris misérables des animaux prisonniers.

— Chasseurs ! dit Falfa en pidgin. Vous couvrez ces râleurs, compris ? À chaque bête en moins, ce sera un shilling de moins par chasseur.

— *Na quôa ?* répondit l'indigène. Msieu promettre de...

— Fais ce que je te dis.

Falfa remonta sa vitre, coupant court aux protestations de l'homme, et se tourna vers Scopes, le sourire aux lèvres.

— Que dites-vous de ça comme service rapide ?

Scopes le gratifia d'un regard froid.

— Rien. Vous ne pensez pas que ces chimpanzés ont besoin de manger ?

— Si, bien sûr !

Et Falfa de rejouer du Klaxon.

Scopes appuya sur un bouton, coupant la liaison vidéo, et se carra dans le canapé. Il tapa d'autres commandes puis s'arrêta. Soudain, poussant un juron, il lança le clavier à travers la pièce ; il alla se fracasser contre le mur. Une des touches, déboîtée par le choc, roula sur le parquet ciré en crissant. Scopes se laissa retomber sur le canapé et resta immobile.

Quelques instants plus tard, la porte s'ouvrit en chuintant, et un homme grand, d'une soixantaine d'années, fit son apparition. Il portait un costume anthracite, une chemise blanche amidonnée, des mocassins à bouts fleuris et une cravate en soie bleue. Il avait les tempes grisonnantes, et ses yeux gris encadraient un nez petit et bien dessiné.

— Tout va bien, monsieur Scopes ? demanda l'homme.

— Le clavier est cassé, répondit Scopes, avec un geste en direction de l'objet en question.

L'homme eut un sourire amusé.

— J'en conclus que M. Falfa a fini par appeler.

Scopes rit, se passant une main dans ses cheveux indisciplinés.

— Effectivement, dit-il. Ces contrebandiers sont les êtres les plus vils qu'il m'ait été donné de rencontrer. Quel dommage que l'appétit du mont du Dragon pour ces chimpanzés soit, semble-t-il, insatiable.

Spencer Fairley inclina la tête.

— Je regrette que vous ne puissiez laisser à quelqu'un d'autre le soin de régler ces détails, monsieur. Ils ont l'air de tant vous affecter.

Scopes secoua la tête.

— Ce projet est trop important, dit-il.

— Si vous le dites, monsieur. Désirez-vous autre chose, outre un nouveau clavier ?

Scopes fit un vague signe de la main, indiquant qu'il n'avait besoin de rien. Au moment où Fairley se détournait pour partir, Scopes le rappela.

— Attendez ! dit-il. Deux choses, après tout. Avez-vous regardé le journal télévisé sur Channel 7 hier soir ?

— Vous savez bien, monsieur, que je ne m'intéresse ni à la télévision ni aux ordinateurs.

— Espèce de vieux fossile de Beacon Hill, dit Scopes avec affection.

Fairley était le seul employé de la compagnie qu'il autorisait à l'appeler « monsieur ».

— Que deviendrais-je si vous n'étiez pas là pour me montrer comment survivent les illettrés de l'électronique ? Bref, hier soir, sur Channel 7, ils ont parlé d'une fillette de douze ans atteinte de leucémie dont le rêve serait d'aller au moins une fois à Disneyland avant de mourir. L'habituelle exploitation du sensationnel dont on nous gave aux journaux du soir. Bref, faites en sorte que sa famille et elle aillent à Disneyland – jet privé, meilleurs hôtels, limousines, etc., tous frais payés –, voulez-vous ? Le tout anonymement, bien entendu. Je ne tiens pas à ce que ce salaud de Levine se moque encore de moi et y voie autre chose que ce que c'est. Donnez-leur de l'argent pour les aider à payer les frais médicaux, disons, cinquante mille dollars. Ils m'avaient l'air d'être des gens bien. Ce doit être l'horreur d'avoir un gosse qui meurt de leucémie. Je ne peux même pas l'imaginer.

— Oui, monsieur. C'est très généreux de votre part, monsieur.

— Souvenez-vous des paroles de Samuel Johnson : « Il vaut mieux vivre riche que mourir riche. » Et n'oubliez pas : que cela reste anonyme. Eux-mêmes ne doivent pas savoir de qui vient ce geste. D'accord ?

— J'ai bien compris.

— Autre chose. Quand j'étais à New York, hier, j'ai failli me faire renverser par un taxi alors que je traversais à un passage clouté. Au coin de Park Avenue et de la 50ᵉ Rue.

L'expression de Fairley demeurait insondable.

— Cela eût été une grande perte, monsieur.

— Spencer, vous savez ce que j'aime en vous ? C'est que je ne sais jamais si je dois prendre vos commentaires pour de l'argent comptant. Bref, le numéro de ce taxi est 4-A-5-6. Faites-lui retirer sa licence, voulez-vous ? Je ne veux pas que ce saligaud écrase une pauvre vieille.

— Bien, monsieur.

Tandis que la petite porte se refermait avec un déclic étouffé, Scopes se leva et se dirigea, l'air songeur, vers le piano.

Un son vibrant retentit dans son casque, et Carson se détourna de l'écran de son ordinateur avec un sursaut. Puis il se détendit de nouveau. Ce n'était que son troisième jour ici ; il supposait qu'il finirait par s'habituer à la sonnerie de rappel de 18 heures. Il s'étira, et son regard fit le tour du laboratoire. De Vaca était en pathologie. Autant en finir pour aujourd'hui. Il tapa laborieusement quelques paragraphes, narrant en détail les événements de la journée. En connectant le portable au réseau GeneDyne et en télétransmettant ses fichiers, il se surprit à éprouver un sentiment d'orgueil. Deux journées de travail au labo, et il avait déjà trouvé ce qu'il fallait faire. L'accès aux toutes dernières techniques de recherche était l'atout qui lui avait manqué ;

désormais, il lui ne restait plus qu'à en tirer parti.

Puis il hésita. Un message clignotait au bas de l'écran.

```
John Singer, dir. Dragon, appelle. Appuyez
sur la touche de commande pour dialoguer.
```

Carson s'empressa de se régler en mode « dialogue » et appela Singer. Il n'avait pas été relié au réseau de toute la journée ; il ne pouvait donc savoir quand Singer avait cherché à le contacter.

```
John Singer, Dir. Dragon, prêt à dialoguer.
Appuyez sur la touche de commande pour conti-
nuer.
Comment allez-vous, Guy ? lut Carson sur son
écran.
Bien, tapa Carson. Viens d'avoir votre mes-
sage.
Vous devriez prendre l'habitude de laisser
votre portable connecté au réseau tout le temps
que vous êtes au labo. Dites-le aussi à Susana.
Pourriez-vous me consacrer quelques instants
après le dîner ? Il y a une chose dont j'aime-
rais vous parler.
Où et quand vous voudrez, tapa Carson.
Disons 21 heures à la cafétéria ? À tout à
l'heure.
```

Intrigué, Carson coupa le mode « dialogue ». Une fenêtre s'ouvrit sur l'écran.

```
Autre message en attente.
Voulez-vous le lire (O/N) ?
```

Carson se connecta à la messagerie électronique de GeneDyne et demanda à lire le message. Sans doute un message antérieur de Singer qui se demandait où j'étais passé, songea-t-il.

> Salut, Guy. Ravi de voir que vous êtes dans la place et au travail.
> J'aime beaucoup votre approche du protocole. En gagneur. Mais souvenez-vous d'une chose : Frank Burt était le meilleur chercheur que j'aie jamais connu, et ce casse-tête a été plus fort que lui. Alors, ne soyez pas trop sûr de vous.
> Je sais que vous allez réussir pour GeneDyne, Guy.
>   Brent.

À 21 heures passées de quelques minutes, Carson se servit un Jim Beam au bar de la cafétéria et, franchissant les portes vitrées coulissantes, sortit sur la terrasse. En début de soirée, la cafétéria – avec son coffee shop à l'atmosphère douillette et ses jeux de backgammon et d'échecs – était le lieu de relaxation favori de ceux qui travaillaient au labo. À cette heure-ci, elle était pratiquement déserte. Le vent était tombé, de même que la chaleur de la journée. Il n'y avait personne sur la terrasse. Carson choisit un siège éloigné de la façade blanche du bâtiment. Il savoura la saveur fumée du bourbon qu'il prenait sans glaçon – une habitude qu'il avait gardée de l'époque où il buvait son apéritif au goulot d'une flasque autour d'un feu de camp au ranch – et contempla les derniers rayons du soleil en train de disparaître à l'horizon, derrière les montagnes de Fra Cristóbal.

Carson renversa la tête en arrière et ferma les yeux un instant, inhalant l'odeur âcre de l'air du désert rafraîchi par le coucher de soleil : un mélange d'*hediondillas*, de poussière et de sel.

Avant qu'il ne parte s'installer sur la côte est, il ne remarquait les odeurs qu'après la pluie. Mais, maintenant, tout lui semblait nouveau. Il rouvrit les yeux et fixa le vaste dôme du ciel nocturne et les constellations déjà visibles au-dessus de sa tête : celle du Scorpion, claire et lumineuse au sud ; celle du Cygne juste au-dessus ; et l'axe de la Voie lactée.

Par centaines des souvenirs remontèrent dans sa mémoire. Il but une gorgée de Jim Beam, songeur.

Entendant des bruits de pas dans une des allées de l'autre côté de la cafétéria, il chassa ses réminiscences. La silhouette surgie silencieusement de l'obscurité n'était pas celle, petite et trapue, de Singer, mais celle d'un homme de plus d'un mètre quatre-vingts vêtu d'un costume fait sur mesure. Un chapeau de brousse recouvrait incongrûment des cheveux qui avaient l'air gris acier sous l'éclairage froid des lampadaires de l'allée. Une queue-de-cheval lui descendait entre les omoplates. Si l'homme vit Carson, il n'en donna aucun signe. Il passa devant la terrasse et prit la direction du quadrangle central.

Carson entendit un bruit dans son dos, puis la voix de Singer.

— Beau coucher de soleil, hein ? dit le directeur. Autant je déteste les journées ici, autant j'adore les nuits. Ça compense. Enfin, presque.

Il s'avança, une tasse de café fumant dans la main.

— Qui est-ce ? lui demanda Carson, désignant la silhouette qui s'éloignait.

Singer regarda et se renfrogna.

— C'est Nye, le responsable de la sécurité.

— Il vient d'où ? Je veux dire, il fait un peu étrange dans le décor, avec sa panoplie coloniale.

— Étrange n'est pas le mot. Je dirai plutôt grotesque. Mais je vous conseille de ne pas vous frotter à lui.

Singer tira une chaise et s'assit près de Carson.

— Il travaillait à la centrale nucléaire de Windermere, en Angleterre. Vous vous souvenez de l'accident ? On avait parlé d'un sabotage, et Nye, en tant que responsable de la sécurité, a fait plus ou moins office de bouc émissaire. Tout le monde le fuyait après cette histoire, et il a dû partir travailler au Moyen-Orient. Mais Brent a des idées particulières sur les gens. Il s'est dit que cet homme, toujours très scrupuleux, serait hyperprudent après ce qui s'était passé, alors il l'a embauché à GeneDyne UK. Il s'est tellement investi que Scopes l'a fait venir ici dès la mise en route de ce labo. Et il est toujours là. Il ne part jamais en vacances. Enfin, ce n'est pas tout à fait vrai. Le week-end, il va souvent faire de longues randonnées à cheval dans le désert. Il lui arrive de passer la nuit dehors – ce qui est rigoureusement interdit par ici. Mais Scopes ne semble pas s'en offusquer.

— Nye aime peut-être cette atmosphère, dit Carson.

— Franchement, il me fiche la trouille. Tous les employés de la sécurité le craignent. À part Mike Marr, son assistant. Ils sont amis, à ce qu'il semble. Mais je suppose que des locaux tels que les nôtres ont besoin d'un capitaine Bligh[1] comme maître de la sécurité.

Il dévisagea Carson.

— Il paraît que vous vous êtes mis à dos Brandon-Smith ? demanda-t-il.

Le regard de Singer pétillait de malice.

---

1. Capitaine tyrannique qui malmène l'équipage de son navire.

— J'ai appuyé sur le mauvais bouton de mon émetteur, dit Carson.

— Je l'ai bien pensé. Elle a fait une réclamation.

Carson se redressa sur sa chaise.

— Une réclamation ! s'écria-t-il.

— Ne vous en faites pas, dit Singer, baissant d'un ton, vous ne faites que rejoindre un club qui comprend déjà moi-même et pratiquement tout le personnel. Mais la règle veut que nous en parlions. Voilà ma façon de vous passer un savon. Un autre verre ?

Il lui fit un clin d'œil.

— Je précise toutefois que Brent attache beaucoup d'importance à la bonne entente entre collègues. Vous devriez peut-être lui présenter des excuses.

— Moi ? s'exclama Carson, sentant la colère monter en lui. C'est moi qui devrais faire une réclamation, oui !

Singer rit et leva une main.

— Faites d'abord vos preuves, ensuite, vous pourrez faire toutes les réclamations que vous voudrez.

Il se leva et s'approcha de la balustrade.

— Je suppose que vous avez pris connaissance des notes de Burt, à l'heure qu'il est ? demanda-t-il.

— Hier matin, dit Carson. Quel texte !

— En effet. Un texte qui se termine tragiquement. Mais j'espère qu'il vous aura permis de percevoir le genre d'homme qu'il était. Nous étions très proches. J'ai lu ses notes après son départ dans l'espoir qu'elles me permettraient de comprendre ce qui s'était passé.

Carson perçut une réelle tristesse dans la voix du directeur.

Singer but une gorgée de café et regarda l'étendue du désert devant lui.

— Nous ne sommes pas dans un endroit ordinaire, nous ne sommes pas des gens ordinaires, et nous ne travaillons pas sur un projet ordinaire. Nous avons des généticiens de niveau international qui travaillent sur un projet d'une valeur scientifique inestimable. Mais si vous croyez qu'on ne se soucie que de choses élevées, vous vous trompez. Vous n'imaginez pas la mesquinerie qui règne ici. Burt était au-dessus de ça. J'espère que vous le serez aussi.

— Je ferai de mon mieux.

Carson se dit qu'il allait lui falloir mieux contrôler ses sautes d'humeur s'il voulait réussir à survivre au mont du Dragon. Il s'était déjà fait deux ennemies sans le vouloir.

— Des nouvelles de Brent ? demanda Singer d'un ton qui se voulait détaché.

Carson hésita, se demandant si Singer avait eu connaissance du courrier électronique qu'il avait reçu.

— Oui, dit-il.

— Que vous a-t-il dit ?

— Quelques paroles d'encouragement, et il m'a conseillé de ne pas être trop sûr de moi.

— Ça lui ressemble bien. C'est un P-DG qui s'investit, et le Grip-x est son projet favori. J'espère que cela ne vous gêne pas de travailler dans une maison où les murs ont des yeux et des oreilles.

Il but une autre gorgée de café.

— Et le problème de la coque protéique ? demanda-t-il.

— Je pense que je ne suis pas loin de la solution.

Singer se retourna, lui lançant un regard interrogateur.

— C'est-à-dire ?

Carson se leva et rejoignit son directeur près de la balustrade.

— Eh bien, hier, j'ai passé tout l'après-midi à faire des extrapolations à partir des notes du Dr Burt. Il m'a été beaucoup plus facile de faire la part de ses réussites et de ses échecs une fois que je les ai eu extraits de l'ensemble de ses écrits. Avant qu'il perde espoir et commence à faire les choses mécaniquement, le Dr Burt était très près de la solution. Il avait trouvé les facteurs d'activation du virus porteur du gène Grip-x qui le rendent mortel, et aussi la recombinaison génétique qui fait que les polypeptides provoquent une surproduction du liquide céphalo-rachidien. Le plus dur était fait. Il y a une technique de recombinaison de l'ADN que j'ai mise au point pour ma thèse dans laquelle on utilise une certaine longueur d'onde de rayonnements ultraviolets. Il nous suffit de couper les séquences du gène létal avec une certaine enzyme activée par les rayons, de recombiner l'ADN, et le tour est joué. Toutes les générations suivantes du virus seront inoffensives.

— Mais ce n'est pas encore fait, dit Singer.

— Je l'ai fait au moins une centaine de fois. Pas sur ce virus, bien sûr, mais sur d'autres. Le Dr Burt ne connaissait pas cette technique. Il utilisait une méthode d'épissage génétique ancienne et un peu grossière en comparaison.

— Qui est au courant ? demanda Singer.

— Personne. Je n'ai fait que dresser les grandes lignes du protocole, je n'ai encore commencé aucun essai. Mais je ne vois aucune raison que ça ne marche pas.

Le directeur le fixait du regard, immobile. Puis, tout à coup, il s'élança en avant, prit la main droite de Carson dans les siennes et l'écrasa dans une étreinte enthousiaste.

— Fantastique ! s'écria-t-il, complètement surexcité. Félicitations.

Carson fit un pas en arrière et s'accouda à la balustrade, légèrement embarrassé.

— C'est un peu prématuré, dit-il.

Il commençait à se demander s'il avait bien fait de mentionner si tôt son optimisme à Singer.

Mais Singer n'écoutait pas.

— Il faut que j'envoie tout de suite un courrier électronique à Brent pour lui annoncer la bonne nouvelle, dit-il.

Carson ouvrit la bouche pour protester, mais il se ravisa. Et dire que cet après-midi même Scopes lui avait conseillé de se faire petit. Mais il savait que sa technique marcherait : les recherches qu'il avait faites pour sa thèse l'avaient prouvé un nombre incalculable de fois. Et l'enthousiasme de Singer changeait agréablement des sarcasmes de Brandon-Smith et de la brusquerie de de Vaca. Carson trouvait que Singer, ce professeur de Californie à la calvitie naissante, bedonnant, jovial, était un homme plutôt sympathique. Il appréciait sa décontraction, sa franchise si rafraîchissante. Il but une autre gorgée de bourbon et jeta un coup d'œil alentour. Son regard fut attiré par la vieille guitare de Singer.

— Vous jouez ? lui demanda-t-il.

— Je fais de mon mieux, lui répondit Singer. Du *bluegrass*[1], surtout.

— Ah, c'est pour ça que vous m'avez demandé, pour mon banjo. Je suis devenu accro en écoutant

---

[1]. Genre de musique folk née dans le sud des États-Unis. Se joue au banjo et à la guitare, et se caractérise par des tempos rapides et des improvisations jazzy. *(N.d.T.)*

des concerts dans les coffee shops de Cambridge. Je suis un piètre joueur, mais j'aime bien massacrer les œuvres sacrées de Scruggs, Reno, Keith et autres dieux du banjo.

— Pas possible ! s'écria Singer, tout sourire. Je suis justement en train de travailler les premiers morceaux de Flatt et Scruggs. Il faudra qu'on les massacre à deux un de ces jours ! Certains soirs, je viens m'asseoir ici au coucher du soleil et je gratte la guitare. Au grand dam de tout le monde, bien entendu. C'est une des raisons pour lesquelles la cafét' est déserte à cette heure.

Les deux hommes se levèrent. La nuit s'était épaissie ; l'air s'était refroidi. Des bruits leur parvenaient de la zone résidentielle : bruits de pas, bribes de conversations, un éclat de rire.

Ils rentrèrent dans la cafétéria, cocon de lumière et de chaleur dans l'immense nuit du désert.

Charles Levine s'arrêta devant l'entrée du Ritz Carlton, sa Ford Festiva 1980 pétaradant tandis qu'il rétrogradait au pied des marches du majestueux perron. Le chasseur s'approcha avec une lenteur insultante, affichant son dédain pour ce véhicule – et son occupant.

N'y prêtant aucune attention, Charles Levine descendit de voiture et s'immobilisa sur le tapis rouge de l'escalier, le temps de faire tomber une grosse touffe de poils de chien de sa veste de smoking. Son chien était mort depuis deux mois, mais la voiture était toujours pleine de ses poils.

Levine gravit l'escalier. Un autre chasseur ouvrit les portes vitrées aux montants dorés, et les échos mélodieux d'un quatuor à cordes vinrent à sa rencontre. Levine s'arrêta quelques instants dans la lumière vive du hall de l'hôtel et cligna des yeux.

Puis, tout à coup, il fut cerné par un groupe de journalistes, une kyrielle de flashs explosant de tous côtés.

— Qu'est-ce que c'est que ça ? demanda Levine.

L'apercevant, Toni Wheeler, l'attachée de presse de la Fondation, fondit sur lui. Poussant un journaliste, elle prit Levine par le bras. En tailleur strict fait sur mesure, les cheveux châtains sévèrement coupés, elle avait tout de l'attachée de presse pro : calme, gracieuse, exigeante.

— Je suis désolée, Charles, dit-elle vivement. J'ai essayé de te prévenir, mais tu n'étais nulle part ! J'ai des nouvelles extrêmement importantes. GeneDyne...

Levine reconnut un journaliste, et un grand sourire illumina ses traits.

— Salut, Artie ! s'écria-t-il, plantant là Wheeler. Ravi de voir que le quatrième pouvoir est toujours aussi actif. Pas tous en même temps, s'il vous plaît ! Eh, Toni, dis-leur de couper la musique un moment.

— Charles, dit Wheeler d'une voix pressante, écoute-moi, je t'en prie. Je viens d'apprendre que...

La fin de sa phrase fut happée par le flot de questions des journalistes.

— Professeur Levine ! cria une voix. Est-il vrai que...

— C'est moi qui choisis mon interpellateur, l'interrompit Levine. Bien. Silence, je vous prie.

Il désignait une femme sur le devant.

— Vous, lui dit-il. Commencez.

— Professeur Levine, lui cria-t-elle, pourriez-vous préciser les accusations portées contre GeneDyne dans le dernier numéro de *Bioéthique*, où il est dit que vous menez une vengeance personnelle contre Brentwood Scopes...

Wheeler prit alors la parole, d'une voix coupante comme le verre.

— Un moment, dit-elle. Cette conférence de presse concerne le prix du Mémorial de l'Holocauste décerné au professeur Levine, et non le litige qui l'oppose à GeneDyne.

— Professeur, s'il vous plaît ! cria la journaliste, indifférente à cette intervention.

Levine désigna quelqu'un d'autre.

— Artie, vous avez sacrifié votre magnifique moustache. Une erreur sur le plan esthétique...

Des rires ricochèrent dans l'assemblée.

— Ma femme n'aimait pas, professeur. Ça la chatouillait quand...

— On a compris, merci.

Les rires repartirent de plus belle. Levine désigna quelqu'un.

— Votre question ? demanda-t-il.

— Scopes vous a traité, je cite, de « fanatique dangereux menant une inquisition en solo contre le miracle médical du génie génétique ». Vous avez des commentaires ?

— Oui, répondit Levine avec un sourire. M. Scopes a toujours eu le sens de la formule. Ce n'est que ça. Des mots, des histoires pleines de bruit et de fureur... Vous savez tous comment ces vers se terminent.

— Il dit aussi que vous voulez priver des milliers de personnes des bienfaits de cette nouvelle science. Comme ce médicament contre la maladie de Tay-Sachs, par exemple.

Levine leva de nouveau une main.

— C'est une accusation plus grave, dit-il. Je ne suis pas contre la génétique en bloc. Ce contre quoi je me bats, c'est la thérapie génique. Vous savez qu'il y a deux types de cellules dans l'organisme, les somatiques et les germinales. Les cellules somatiques meurent avec le corps. Les cellules germinales – les cellules reproductives – continuent à vivre.

— Je ne suis pas sûr de comprendre...

— Si vous me laissiez terminer... Si l'on modifie génétiquement l'ADN des cellules somatiques d'un individu, les modifications disparaissent avec lui. Mais si l'on modifie l'ADN de ses cellules germinales – autrement dit, l'ovule ou les spermatozoïdes –, ses enfants hériteront de ces changements. On modifie définitivement l'ADN de la race humaine. Vous comprenez ce que cela veut dire ? Les cellules germinales se transmettent d'une génération à l'autre. Il s'agit d'une tentative de modifier ce qui fait de nous des êtres humains. Et il existe des rapports qui montrent que c'est ce à quoi GeneDyne s'amuse dans ses laboratoires du mont du Dragon.

— Professeur, je ne suis toujours pas très sûr de comprendre pourquoi ce serait si mauvais pour...

Levine leva les bras au ciel, mettant son nœud papillon de guingois.

— C'est de l'eugénisme à la Hitler ! s'écria-t-il. Je vais ce soir recevoir une récompense pour le travail que j'ai fait afin que l'on n'oublie pas l'Holocauste. Je suis né dans un camp de concentration. Mon père est mort victime des cruelles expériences du Dr Mengele. J'ai une connaissance de première main du mal que peut causer la science utilisée à de mauvaises fins. Je m'efforce de vous éviter à tous de connaître ça. Écoutez, c'est une chose que de trouver un médicament contre la maladie de Tay-Sachs ou l'hémophilie, mais GeneDyne va plus loin. Son but est d'« améliorer » la race humaine ; de nous rendre plus intelligents, plus grands, plus beaux. Vous ne voyez donc pas où est le mal ? C'est de s'aventurer là où l'Homme n'est pas censé s'aventurer. C'est extrêmement grave.

— Mais, professeur !

Levine gloussa et désigna un journaliste.

— Fred, autant que je vous laisse poser votre question avant que vous ne vous déchiriez un muscle de l'aisselle.

— Docteur Levine, vous ne cessez de dire que les lois gouvernementales régulant le domaine du génie génétique sont insuffisantes. Et la FDA[1], dans tout ça ?

— La FDA peut donner son feu vert pour la plupart des aliments transgéniques. Sur les étagères de votre épicier se trouvent déjà des tomates, du lait, des fraises et, bien sûr, du blé immunisés contre la rouille – tous génétiquement modifiés. Les grands laboratoires comme GeneDyne peuvent faire pratiquement ce que bon leur semble. Leurs chercheurs inoculent des gènes humains à des cobayes et à des rats, créant des nouvelles formes de vie monstrueuses. À tout moment, ils peuvent accidentellement – ou délibérément – créer un nouvel agent pathogène capable d'éradiquer la race humaine. La génétique est, de loin, la science la plus dangereuse qu'ait jamais inventée l'humanité. Bien plus dangereuse que le nucléaire. Et personne n'y prête attention.

Le brouhaha recommença, et Levine désigna un journaliste dans les premiers rangs.

— Une autre question. Vous, Murray, j'ai beaucoup aimé votre article sur la Nasa dans *Globe*, la semaine dernière.

---

1. Food and Drug Administration. Organe de réglementation qui, entre autres choses, délivre l'Autorisation de mise sur le marché (AMM) à tout nouveau médicament. *(N.d.T.)*

— J'ai une question dont il tarde à tout le monde d'entendre la réponse, j'en suis sûr. Qu'est-ce que ça fait comme impression ?

— Pardon ?

— Que GeneDyne intente un procès contre Harvard et qu'il demande deux cents millions de dollars de dommages et intérêts, et la révocation de la charte de votre fondation ?

Il y eut un silence soudain. Levine cligna des yeux, deux fois, et il fut évident pour tout le monde qu'il n'était pas au courant.

— Deux cents millions de dollars ? répéta-t-il, d'une voix un peu faible.

Toni Wheeler s'avança vers lui.

— Charles, murmura-t-elle, c'est ce que je me tue à...

Levine lui décocha un rapide coup d'œil et l'interrompit en lui posant la main sur l'épaule.

— Il est peut-être temps que la vérité sorte au grand jour, après tout, dit-il avec calme.

Puis il se tourna vers l'assistance, souriant.

— Je vais vous dire deux ou trois choses que vous ignorez sur Brent Scopes et GeneDyne, dit-il. Vous savez tous sans doute comment M. Scopes a bâti son empire pharmaceutique. Lui et moi avons fait nos études ensemble à l'université d'Irvine. Nous étions... amis. Lors de vacances de printemps, il est parti faire une randonnée en solitaire dans les sites classés du Nouveau-Mexique. Il en a rapporté une poignée de grains de maïs qu'il avait trouvés dans des ruines anasazis. Il a réussi à les faire germer. Là-dessus, il a découvert que ces grains préhistoriques étaient insensibles à la maladie dévastatrice connue sous le nom de rouille du blé. Il a pu isoler le gène immunisant, l'épisser et créer le maïs transgénique qu'on a appelé le Rouille-x. L'histoire est devenue légendaire ; je suis sûr que vous avez déjà lu tout ça dans *Forbes*. Seulement, ce n'est pas l'exacte vérité. En fait, Brent Scopes n'a pas fait ça tout seul. Nous l'avons fait *ensemble*. Je l'ai aidé à isoler le gène, à l'épisser en un nouvel hybridome. Ce fut notre réussite commune, et nous l'avons déposée ensemble. Puis nous avons eu un désaccord. Brent Scopes voulait exploiter le brevet, en tirer profit. Moi, de mon côté, je voulais l'offrir gratuitement au monde. Nous... disons que l'opinion de Scopes a prévalu.

— Comment ? interrogea quelqu'un.

— Ce n'est pas important, répondit Levine avec brusquerie. Le fait est que Scopes a laissé tomber la fac et s'est servi des redevances sur ce brevet pour fonder GeneDyne. Je n'ai rien voulu avoir à faire avec tout ça – cet argent, cette société, tout. Pour moi, ce genre d'exploitation de la science est ce qu'il y a de pire. Dans moins de trois mois, le brevet de l'hybridome Rouille-x arrivera à expiration. Pour que GeneDyne puisse le renouveler, la demande doit être signée par deux personnes : M. Scopes et moi-même. Or je ne compte pas signer la demande de renouvellement de ce brevet. Aucun pot-de-vin, aucune menace n'y changera rien. À expiration du brevet, le maïs résistant à la rouille tombera dans le domaine public. Les énormes redevances que GeneDyne reçoit chaque année vont cesser. M. Scopes le sait, mais je ne suis pas sûr que les marchés financiers le sachent. Le moment est peut-être venu pour les analystes de poser un autre regard sur le rapport cours-bénéfices des actions GeneDyne. Tout cela pour dire que je ne pense pas que ce procès soit vraiment provoqué par mon récent article sur GeneDyne dans la revue *Bioéthique*. C'est la façon qu'a Brent d'essayer de me contraindre à signer le renouvellement de ce brevet.

Il y eut un bref silence, brisé par un concert de voix.

— Mais, docteur Levine ! cria une voix dominant la cacophonie générale. Vous ne nous avez toujours pas dit ce que vous comptiez faire concernant ce procès.

Levine ne répondit pas tout de suite. Puis il se mit à rire ; un rire sonore et clair, qui se répercuta jusqu'au fond du hall d'entrée. Finalement, il hocha la tête d'un air incrédule, sortit un mouchoir de sa poche et se moucha bruyamment.

— Votre réponse, professeur ? le pressa le journaliste.

— Je viens de vous la donner, dit Levine, rempochant son mouchoir. Bon, maintenant, je crois que je dois recevoir une récompense.

Il fit un signe de la main aux journalistes, leur sourit, prit Toni Wheeler par le bras et traversa le hall en direction de la salle de réception.

Carson se tenait devant une chambre de bioprotection, dans le labo C. La pièce étroite était très encombrée ; l'éclairage blafard, presque violent. Carson avait vite appris les innombrables inconvénients, plus ou moins grands, à devoir travailler dans un environnement à haut risque biologique : les rougeurs qui se formaient sur sa peau là où frottait l'intérieur de sa combinaison de protection ; l'impossibilité de s'asseoir confortablement ; la fatigue musculaire due à des heures de gestes lents et prudents.

Le pire était la claustrophobie de plus en plus grande dont il souffrait. Il y avait toujours été plus ou moins sujet – il pensait qu'elle était due au fait d'avoir grandi dans les grands espaces du désert. Tout en travaillant, le souvenir de sa terreur la première fois qu'il avait pris l'ascenseur dans un hôpital de Sacramento le taraudait ; tout comme les trois heures pendant lesquelles il était resté coincé dans une rame de métro en panne. Au « bouillon de culture », les exercices de fausses alertes lui rappelaient perpétuellement les risques potentiels, tout comme les allusions fréquentes à une éventuelle « maladresse mortelle » : l'accident tant redouté qui, un de ces jours, pourrait causer la contamination du laboratoire et de ceux qui y travaillaient. Enfin, songea-t-il, il ne serait plus confiné très longtemps dans le « bouillon de culture ». À supposer, bien entendu, que l'épissage du gène fonctionne.

Il avait parfaitement fonctionné jusqu'à présent, mais, là, ce n'était pas une expérience pour une thèse de doctorat ; il était impliqué dans un projet qui pouvait sauver des millions de vies et, peut-être, lui valoir le Nobel. Et il avait à sa disposition des équipements bien plus perfectionnés que ceux du MIT.

Cela avait été facile. Un jeu d'enfant, en fait.

Il murmura quelques mots à de Vaca, et elle plaça un tube à essai dans la chambre de bioprotection. Au fond du tube, le virus Grip-x cristallisé formait un dépôt blanc. En dépit des mesures de sécurité très élaborées qui contraignaient chacun de ses gestes, Carson avait toujours un peu de mal à se convaincre que cette fine pellicule de substance blanchâtre était à ce point létale. Glissant les mains dans la chambre par les orifices caoutchoutés, il prit une seringue, l'emplit du médium porteur de virus et l'agita doucement. La masse cristallisée se fractionna et se dissolva, formant une solution trouble de particules virales vivantes.

— Regardez, dit Carson à de Vaca. Voilà qui va tous nous rendre célèbres.

— Ouais, fit de Vaca, si ça ne nous tue pas avant.

— Ridicule. C'est le laboratoire le plus sûr du monde.

De Vaca secoua la tête.

— J'ai un mauvais pressentiment, dit-elle. Travailler sur un virus aussi mortel... Un accident est si vite arrivé.

— Par exemple ?

— Imaginez que Burt n'ait pas craqué à cause du surmenage, mais qu'il ait développé des tendances homicides ! S'il avait volé un vase à bec de cette saloperie et... eh bien, on ne serait plus là aujourd'hui, c'est moi qui vous le dis.

Carson la dévisagea un moment mais garda sa réponse pour lui. Il avait vite appris que discuter avec de Vaca revenait toujours à perdre son temps. Il se débrancha de sa prise d'air.

— Allons porter ça au zoo, dit-il.

Via la ligne collective, Carson prévint le technicien médical et Fillson, l'animalier, de leur arrivée ; et de Vaca et lui se lancèrent dans la lente traversée de l'étroit couloir.

Fillson les attendait sur le seuil de l'animalerie, observant Carson d'un air morose à travers sa visière, comme s'il était ennuyé d'être mis à contribution. Au moment où il ouvrit la porte, les chimpanzés commencèrent leur pitoyable tapage, cris et tambourinements, des doigts bruns et velus se tordant au travers les mailles des portes grillagées.

Fillson longea les cages armé d'un bâton et frappa sur les doigts exposés. Les cris augmentèrent, mais les coups de bâton eurent l'effet escompté de faire disparaître toutes les pattes à l'intérieur des cages.

— Aïe, fit de Vaca.

Fillson s'arrêta et se tourna vers elle.

— Vous disiez ? lui demanda-t-il.

— Je disais « aïe ». Vous les avez frappés fort.

Oh, oh, songea Carson, c'est reparti.

Fillson la considéra quelques instants, sa lèvre baveuse tremblotant derrière sa visière. Puis il se détourna. Il enfonça un bras dans l'armoire métallique et en sortit le même spray que Carson lui avait déjà vu utiliser. Il se dirigea à pas traînants vers l'une des cages et braqua le spray à l'intérieur. Il attendit quelques minutes que le sédatif ait fait son effet, puis il déverrouilla la cage et, avec précaution, en sortit son occupant groggy.

C'était une jeune femelle. Elle gémit et leva vers Carson un regard terrifié, les yeux mi-clos, à moitié paralysée par l'anesthésiant. Fillson l'attacha sur un petit chariot qu'il fit rouler jusqu'à une salle adjacente. Carson fit un signe de tête à de Vaca, qui tendit le tube à essai, enchâssé dans un portoir antichoc, au technicien.

— Les dix centimètres cubes habituels ? demanda celui-ci.

— Oui, répondit Carson.

C'était la première fois qu'il dirigeait une inoculation, et il éprouvait un étrange mélange d'impatience, de regret et de culpabilité. Passant dans la salle contiguë, il observa le technicien raser une petite zone circulaire sur l'avant-bras de l'animal et la tamponner vigoureusement de bétadine. Le chimpanzé assistait à la scène avec un air somnolent, puis il tourna la tête vers Carson et cligna des yeux. Carson détourna les siens.

Rosalind Brandon-Smith les rejoignit en silence. Elle adressa un large sourire à Fillson puis tourna vers Carson un visage hermétique. L'une de ses attributions était le suivi des chimpanzés vaccinés et l'autopsie de ceux qui mouraient d'un œdème. D'après ce que savait Carson, le taux actuel de décès suite à une injection était de cent pour cent.

Le chimpanzé ne réagit pas quand l'aiguille s'enfonça dans son bras.

— Vous savez que vous devez inoculer deux chimpanzés, dit la voix de Brandon-Smith, qui résonna dans le récepteur de Carson. Un mâle et une femelle.

Carson acquiesça sans la regarder. La femelle chimpanzé fut ramenée au zoo, et Fillson revint bientôt avec un mâle. Il était plus petit, encore très jeune, avec des yeux ronds de hibou.

— Mon Dieu, s'écria de Vaca. De quoi vous briser le cœur, pas vrai ?

Fillson lui décocha un regard tranchant.

— Ne sombrez pas dans l'anthropomorphisme, dit-il. Ce ne sont que des animaux.

— Nous aussi, monsieur Fillson, lui rétorqua-t-elle.

— Ces deux-là vont vivre, affirma Carson. J'en suis certain.

— Navrée de vous décevoir, Carson, dit Brandon-Smith avec hauteur, mais, même si votre vaccin fonctionne, ces singes seront piqués pour être autopsiés.

Elle croisa les bras et regarda Fillson, qui lui rendit son sourire.

Carson jeta un coup d'œil à de Vaca et vit que le rouge de la colère colorait ses joues – un air qu'il ne lui voyait que trop souvent. Mais, pour une fois, elle se contint.

Le technicien enfonça l'aiguille dans le bras du chimpanzé mâle et lui injecta lentement dix centimètres cubes du virus Grip-x. Il ressortit l'aiguille, appliqua un tampon de coton à l'endroit de la piqûre, puis frotta sur toute la longueur du bras.

— Quand saurons-nous ? demanda Carson.

— Les premiers symptômes peuvent mettre jusqu'à deux semaines à apparaître, dit Brandon-Smith, mais en général c'est plus rapide. On leur fait une prise de sang toutes les douze heures, mais la séroconversion se fait normalement au bout de huit jours. Les sujets infectés sont tout de suite mis en quarantaine dans la salle derrière le zoo.

Carson hocha la tête.

— Vous me tiendrez au courant ? demanda-t-il.

— Je n'y manquerai pas, dit Brandon-Smith. Mais, à votre place, je n'attendrais pas les résultats. Je ferais comme si c'était un échec et je continuerais mes recherches. Sinon, vous risquez de perdre beaucoup de temps.

Elle quitta la pièce. Carson et de Vaca se débranchèrent de leurs prises d'air et lui emboîtèrent le pas, chacun regagnant sa zone de travail.

— Bon Dieu, quel enfoiré ! dit de Vaca comme ils entraient dans le labo C.

— Vous voulez parler de qui ? demanda Carson.

Assister aux inoculations et écouter les sarcasmes de Brandon-Smith l'avaient mis de mauvais poil.

— Je ne suis pas sûre qu'on ait le droit de traiter les animaux de la sorte, dit de Vaca. Je me demande si ces cages minuscules sont aux normes de la législation en vigueur.

— Ce n'est peut-être pas très plaisant, dit Carson, mais ça va sauver des millions de vies. C'est un mal nécessaire.

— Je ne suis pas sûre que sauver des vies soit ce qui intéresse Scopes. À mon avis, ce qui compte, pour lui, c'est *el dinero. Mucho dinero*.

Elle frotta ses doigts gantés en un geste éloquent.

Carson ne fit pas de commentaire. Si elle voulait tenir de tels propos à l'intérieur d'un système de communication surveillé au risque de se faire virer, ça la regardait. Peut-être sa prochaine assistante serait-elle plus aimable ?

Il fit apparaître l'image de synthèse du polypeptide du virus de la Grip-x sur l'écran de son ordinateur et la fit tournoyer sur elle-même, essayant d'envisager d'autres moyens d'empêcher sa mutation. Mais il lui était difficile de se concentrer alors qu'il pensait avoir d'ores et déjà résolu le problème.

De Vaca ouvrit un autoclave et commença à en retirer des vases à bec en verre et des tubes à essai et à les ranger au fond du labo. Carson fouilla du regard la structure tertiaire du polypeptide, constituée de milliers d'acides aminés. Si je pouvais couper ces liaisons sulfuriques, ici, songea-t-il, ça détordrait peut-être le groupe latéral et ça rendrait le virus inopérant. Il ferma le document et ouvrit celui contenant les résultats des essais de diffraction aux rayons X sur la capside. Il ne lui restait plus rien à faire. Il se laissa aller à imaginer, brièvement, les futures accolades, la promotion, l'admiration de Scopes.

— C'est très malin de la part de Scopes, continuait de Vaca, de nous offrir à tous des actions de la compagnie. Ça aplanit les divergences d'opinion. Ça émoustille la cupidité de chacun. On a tous envie de devenir riches. Dès qu'on entre dans une multinationale comme celle-là...

Carson se retourna vers son assistante, qui interrompait sans ménagement son rêve éveillé.

— Si vous êtes si remontée, lui dit-il sèchement dans son émetteur, pourquoi diable restez-vous ?

— Eh bien, au départ, il n'était pas prévu que je travaille dans ce service. J'étais affectée en médecine, mais, quand l'assistante de Burt est partie, on m'a demandé de la remplacer. En outre, je mets de l'argent de côté pour créer une clinique psychiatrique à Albuquerque, dans le *barrio*, le quartier latino-américain.

Elle accentua le mot en roulant exagérément les *r* avec un fort accent mexicain – ce que Carson trouva particulièrement irritant, comme si elle voulait lui prouver ses dons de bilingue parfaite. Il parlait un espagnol raisonnable, mais il n'avait pas l'intention de s'y essayer et de prêter le flanc au sarcasme.

— Que savez-vous de la psychiatrie ? demanda-t-il.

— J'ai fait deux années de psy, dit-elle.

— Que s'est-il passé ?

— J'ai dû interrompre mes études. Je n'y arrivais pas financièrement.

Carson réfléchit un moment. L'occasion se présentait de lui rabattre son caquet.

— À d'autres, dit-il.

S'ensuivit un moment de silence chargé d'électricité.

— Qu'est-ce que vous dites, *cabrón* ?

Elle s'approcha de lui.

— Je dis : à d'autres. Avec un nom comme Cabeza de Vaca, vous aviez droit d'office à une bourse pour toute la durée de vos études. Vous n'avez jamais entendu parler des mesures en faveur des minorités ethniques ?

Long silence.

— Mon mari a fait médecine, dit de Vaca avec fougue. Et, quand mon tour est venu, il a divorcé, le *canalla*. J'ai perdu plus d'un semestre, et en médecine...

Elle s'interrompit.

— Oh, et puis je ne vois pas pourquoi je me donnerais la peine de me justifier à vos yeux.

Carson se tut, s'en voulant une fois de plus de s'être laissé entraîner dans une altercation.

— Effectivement, j'aurais pu avoir une bourse d'études, reprit de Vaca. Pas à cause de mon nom, mais parce que j'ai eu vingt sur vingt à tous mes tests d'admission ! Ducon !

Carson ne croyait pas un instant à l'excellence de ces notes, mais il se garda de dire le fond de sa pensée.

— Alors, comme ça, vous me prenez pour une pauvre idiote de *chola* qui ne peut entrer en fac de médecine que grâce à ses origines mexicaines ?

Et merde, songea Carson, qu'est-ce qui m'a pris de lancer la conversation là-dessus ?

Il se tourna vers son ordinateur, espérant que de Vaca laisserait tomber.

Soudain, il sentit sur sa combinaison la pression d'une main qui tordait le caoutchouc en boule.

— Répondez, *cabrón*.

Sentant que la torsion de sa combinaison devenait plus forte, Carson leva un bras en un geste de protestation.

La silhouette mastoc de Brandon-Smith apparut sur le seuil du labo, et un rire tonitruant éclata dans le récepteur de Carson.

— Excusez-moi de vous interrompre, les tourtereaux, mais je voulais juste vous signaler que les chimpanzés A-22 et Z-9 ont retrouvé leurs cages, ont repris leurs esprits et ont l'air de bien se porter. Pour l'instant, en tout cas.

Sur ce, elle se retourna et s'éloigna de sa démarche dandinante.

De Vaca ouvrit la bouche, prête à répondre, mais elle relâcha son étreinte sur la combinaison de Carson, s'écarta de lui et sourit.

— Carson, vous avez eu l'air un peu nerveux pendant un petit moment.

Il soutint son regard, faisant un effort pour garder en tête que la tension et l'agressivité qui s'emparaient parfois de ceux qui passaient leur journée dans le « bouillon de culture » étaient la conséquence de leurs conditions de travail. Il commençait à comprendre pourquoi Burt avait craqué. S'il réussissait à se concentrer uniquement sur son objectif... dans six mois, quel que soit le résultat, tout ça serait du passé.

Il reporta son attention sur l'image de synthèse de la molécule, la faisant tourner une fois de plus de cent vingt degrés sur elle-même, espérant découvrir son talon d'Achille. De Vaca recommença à sortir les ustensiles de l'autoclave. Le labo retrouva sa tranquillité. Carson se demanda fugacement ce qu'était devenu le mari de de Vaca.

Carson s'éveilla un peu avant l'aube. Il jeta un regard vaseux au calendrier électronique encastré dans le mur à côté de son lit : samedi, le jour du pique-nique annuel de la bombe atomique. Ainsi que Singer le lui avait expliqué, la tradition du pique-nique de la bombe A remontait au temps où le labo faisait de la recherche à but militaire. Une fois par an, un pèlerinage était organisé jusqu'à Trinity Site, lieu du premier essai atomique en 1945.

Carson se leva et se fit du café. Il aimait la tranquillité des matins dans le désert et n'avait pas la moindre envie de papoter à la cafétéria. Il avait vite renoncé à aller boire le jus de chaussette qu'on y servait.

Il ouvrit un placard et en sortit une vieille cafetière en émail. Avec sa paire d'éperons, cette cafetière était l'une des rares choses qu'il avait fait suivre à Cambridge, et l'un des rares objets qui lui restaient après que la banque eut vendu le ranch par adjudication. Elle avait été la compagne de nombre de ses réveils autour d'un feu de camp dans la prairie, et il en était venu à y tenir superstitieusement. L'extérieur était recouvert d'une couche de suie durcie à la chaleur des feux qu'un couteau de chasse ne serait pas arrivé à ôter. L'intérieur était toujours d'un joyeux émail bleu foncé cabossé par un coup de sabot de Weaver qui, un matin, avait envoyé valdinguer la cafetière hors du feu. Carson se souvint de cette journée caniculaire où le cheval s'était roulé dans le Hueco Wash avec ses deux sacoches toujours accrochées à la selle. Weaver avait été vendu avec le ranch ; ce n'était rien qu'un cheval de selle mexicain valant deux ou trois cents dollars, maxi. Il avait sans doute été envoyé directement chez l'équarrisseur.

Carson emplit la cafetière d'eau, y jeta deux poignées de café moulu et la posa sur une plaque chauffante. Il surveilla l'ébullition et, juste avant que l'eau ne déborde, il la retira de la plaque, y ajouta un peu d'eau froide pour que le marc de café se dépose et la remit à chauffer un petit moment. C'était la seule façon de faire du bon café – rien à voir avec les cafetières électriques, à infusion, et autres machines espresso à cinq cents dollars. Ce café-là vous donnait un coup de fouet.

Carson entendait encore son père lui dire que le café n'était prêt que lorsqu'on pouvait y faire flotter un fer à cheval.

Au moment où il allait se servir, il arrêta son geste en avisant son reflet dans le miroir au-dessus de son bureau. Il se rembrunit au souvenir du scepticisme de de Vaca quand il lui avait assuré qu'il était anglo-américain. À Cambridge, les filles trouvaient souvent que ses yeux noirs et son nez aquilin avaient quelque chose d'exotique. Parfois, il leur parlait de son ancêtre, Kit Carson ; mais il ne disait jamais que, du côté de sa mère, il descendait d'un Ute du sud des États-Unis. Le fait qu'il en fasse toujours mystère – alors que bien des années avaient passé depuis les railleries de cour de récréation où il se faisait traiter de métis – l'ennuyait.

Il pensa à son grand-oncle Charley. Même si l'un de ses parents était blanc, Charley paraissait être un Indien de pure souche et parlait même le ute. Carson avait neuf ans à sa mort, et il avait le souvenir d'un vieillard maigre assis dans un rocking-chair au coin du feu, fumant le cigare et crachant des morceaux de chique dans les flammes. Il racontait des tas d'histoires indiennes qui parlaient de chevaux perdus qu'il fallait suivre à la trace et de bétail volé aux méprisables Navajos. Carson ne pouvait l'écouter que lorsque ses parents n'étaient pas là ; sinon, ils le faisaient vite déguerpir et houspillaient le vieillard, lui reprochant de bourrer le crâne du gamin d'inepties et de mensonges. Le père de Carson n'aimait pas beaucoup oncle Charley et faisait souvent des réflexions sur les cheveux longs du vieil homme, que celui-ci refusait obstinément de couper, car, disait-il, cela empêcherait la pluie de tomber. Carson se rappelait aussi avoir entendu son père dire à sa mère que Dieu avait donné à leur fils « plus que sa part de sang ute ».

Il but une gorgée de café et regarda par la fenêtre ouverte, se grattant distraitement le dos. Sa chambre se trouvait au premier étage de la résidence et offrait une vue sur les écuries, l'atelier d'usinage, la clôture d'enceinte et, au-delà, l'immensité du désert.

Il grimaça quand ses doigts touchèrent un point sensible dans son dos, là où on lui avait fait la ponction lombaire la veille au soir. Autre inconvénient de travailler au labo 5 : les contrôles médicaux hebdomadaires et obligatoires qui rappelaient la menace perpétuelle de contamination qu'encouraient tous ceux qui travaillaient au mont du Dragon.

Le pique-nique de la bombe A serait sa première journée de congé en une semaine. Il avait découvert que l'inoculation du virus inactivé aux chimpanzés n'était que le début de sa mission. Même s'il avait expliqué que ce nouveau protocole était la seule solution possible, Scopes avait insisté pour qu'il pratique deux autres séries d'inoculations, de façon à minimiser les écarts d'interprétation. Six chimpanzés avaient à ce jour reçu le vaccin Grip-x. S'ils survivaient, la prochaine étape serait de voir s'ils étaient bel et bien immunisés contre la grippe.

Carson regarda par la fenêtre deux manutentionnaires en train de charger avec difficulté une grande cuve en tôle galvanisée sur le plateau d'un pick-up Ford 350. Le camion-citerne était arrivé un peu plus tôt, et le chauffeur, trop paresseux pour couper le contact, laissait tourner le moteur au ralenti dans le parking.

Carson éclusa son café et descendit au rez-de-chaussée, où il trouva Singer. Il portait des sandales de plage et un bermuda. Une chemise dans les tons pastel recouvrait son estomac généreux.

— Je vois que vous êtes prêt, lui dit Carson.

Singer le regarda à travers une vieille paire de Ray-Ban.

— J'attends ce jour toute l'année, dit-il. Où est votre maillot de bain ?

— Sous mon jean.

— Mettez-vous dans l'ambiance, Guy ! On dirait que vous partez chercher du bétail au lieu d'aller passer une journée à la plage.

Il se tourna vers les manutentionnaires.

— Départ à 8 heures tapantes, leur dit-il, alors, ne vous endormez pas. Amenez les Hummer et chargez-les.

Des chercheurs, des techniciens et des employés se dirigeaient vers le parking, les bras chargés de sacs de plage, de serviettes de bain et de chaises pliantes.

— D'où vient cette idée de fête ? demanda Carson, qui les suivait du regard.

— Je ne me souviens pas qui l'a eue, dit Singer. Le gouvernement ouvre Trinity Site au public une fois par an. Un jour, on a demandé à le visiter, et on nous a répondu oui. Alors, quelqu'un a proposé de faire un pique-nique, quelqu'un d'autre un match de volley avec bières fraîches. Un autre a fait remarquer que c'était bien dommage qu'on ne puisse pas amener l'océan avec nous. C'est là qu'on a eu l'idée géniale de la cuve.

— Personne n'a peur des radiations ?

— Oh, il n'y en a plus. Mais on emporte quand même des compteurs Geiger, pour rassurer les plus paranos.

Il tourna la tête aux bruits de moteur qui approchaient.

— Venez, montez avec moi.

Bientôt, une dizaine de Hummer, capote baissée, fonçaient sur une piste qui filait vers l'horizon. Le camion-citerne fermait le convoi, soulevant une tornade de sable dans son sillage.

Au bout d'une heure de conduite à vitesse régulière, Singer, qui roulait en tête, arrêta le Hummer.

— Point de radiation maximale au sol, annonça-t-il.

— Comment le savez-vous ? demanda Carson, regardant le désert autour de lui.

La Sierra Oscura se dressait à l'ouest : montagnes arides parsemées d'affleurements sédimentaires. C'était un endroit désolé, mais ni plus ni moins que le reste du désert de Jornada.

Singer désigna une poutrelle rouillée qui dépassait du sable de quelques centimètres.

— Voilà ce qui reste de la tour qui portait la première bombe, dit-il. Si vous regardez attentivement, vous vous rendez compte que nous nous trouvons au creux d'une petite cuvette formée par l'explosion. Là (Singer désignait une butte et les ruines d'un bunker) se trouvait l'un des postes d'observation.

— C'est ici que nous pique-niquons ? demanda Carson d'une voix un peu incertaine.

— Non, lui répondit Singer. C'est à environ un kilomètre d'ici. Le paysage est plus joli. Un peu plus joli, en tout cas.

Les Hummer s'immobilisèrent sur une plaine de sable dépourvue de broussailles et de cactus. Une dune solitaire, au pied de laquelle se trouvait un bouquet de yuccas, se dressait au-dessus de l'étendue plane du désert. Pendant que les ouvriers déchargeaient la cuve, les chercheurs commencèrent à installer les chaises et les parasols, et à sortir les glacières. Sur le côté, ils dressèrent un filet de volley-ball. Un escabeau en bois fut placé contre la cuve ; le camion-citerne fut avancé au bord, et l'on commença à la remplir d'eau. Une chaîne stéréo portable hurlait une chanson des Beach Boys.

Carson, un peu à l'écart, observait ces préparatifs. Il avait passé pratiquement tout son temps au labo C et il ne connaissait toujours pas le nom de bon nombre de ces gens qui, pour la plupart, travaillaient ensemble depuis près de six mois. Regardant autour de lui, Carson remarqua avec soulagement que Brandon-Smith n'était apparemment pas venue, préférant rester dans les locaux à air conditionné. L'après-midi de la veille, il était passé à son bureau pour recueillir les dernières observations sur les chimpanzés, et elle avait failli lui arracher la tête quand, par mégarde, il avait déplacé les bibelots qu'elle rangeait avec maniaquerie sur son bureau. C'est aussi bien, songea-t-il, tandis que la vision importune de Brandon-Smith en Bikini s'imposait à son imagination.

Il avisa Singer, qui lui faisait signe d'approcher. Deux chercheurs d'un certain âge que Carson connaissait de vue étaient assis près de lui.

— Vous connaissez George Harper ? lui demanda Singer.

Harper avait de longs cheveux châtains et un nez en bec d'aigle. Avachi dans son transat, il sourit à Carson et lui tendit la main.

— Nous nous sommes croisés dans le « bouillon de culture », dit-il. Telles deux ombres solitaires et glacées. Et puis j'ai entendu votre pittoresque évocation de Brandon-Smith, bien sûr.

Carson eut un sourire contrit.

— C'était juste histoire de vérifier le bon fonctionnement de mon émetteur, dit-il.

Harper éclata de rire.

— Tout le monde a arrêté de travailler pendant cinq bonnes minutes, émetteurs coupés, pour... ah...

Il jeta un coup d'œil à Singer.

— ... tousser, acheva-t-il.

— Passons, George, dit Singer en souriant.

Il se tourna vers l'autre chercheur.

— Et voici Andrew Vanderwagon, dit-il.

Vanderwagon portait un maillot de bain classique ; sa poitrine creuse et cireuse semblait dangereusement exposée au soleil. Il se leva maladroitement et ôta ses lunettes noires.

— Enchanté, dit-il, serrant la main de Carson.

C'était un homme petit, mince, droit comme un I, l'air tatillon, aux yeux d'un bleu délavé par la lumière du désert. Carson l'avait remarqué au mont du Dragon, avec son costume-cravate et ses mocassins noirs à bouts fleuris.

— Je viens du Texas, dit Harper, prenant un fort accent, alors, moi, je ne me lève pas. On n'a pas d'éducation, au Texas, c'est bien connu. Andrew, lui, est du Connecticut.

— Harper ne se lève que lorsqu'un taureau dépose une bouse à ses pieds, commenta Vanderwagon.

— Sûrement pas, rétorqua Harper. On se contente de la pousser de la pointe de sa botte.

Carson s'assit dans le transat que lui présentait Singer. Le soleil était brûlant. Des cris retentirent, puis un plouf ; des gens grimpaient à l'échelle et sautaient dans l'eau. Carson aperçut Nye. Assis à l'écart sous un parasol de golf, il lisait le *New York Times*.

— Il est aussi ombrageux qu'un hongre, dit Harper, suivant le regard de Carson. Non mais regardez-le, dans son costard de Savile Row, sous trente-sept degrés à l'ombre !

— On se demande pourquoi il est venu, dit Carson.

— Pour nous surveiller, dit Vanderwagon.

— Que pourrait-on faire de dangereux ?

Harper se mit à rire.

— Quoi, Guy, vous ne savez pas ? À tout moment, l'un de nous peut voler un Hummer, aller à Radium Springs, et asperger un peu de virus Grip-x dans le Rio Grande. Juste pour le gag.

— Tu n'es pas drôle, George, fit remarquer Singer, désapprobateur.

— On dirait un ex-agent du KGB qui n'arrêterait pas de nous tournicoter autour, dit Vanderwagon. Il est en poste ici depuis 86, je suppose que ça lui est monté à la tête. Je ne serais pas surpris qu'il ait truffé nos chambres de micros.

— Il n'a pas d'amis par ici ? demanda Carson.

— Des amis ? fit Vanderwagon, qui haussa les sourcils. Pas que je sache. À moins de compter Mike Marr. Il n'a pas de famille non plus.

— Que fait-il de ses journées ?

— Il se pavane en casque colonial et queue-de-cheval, dit Harper. Il faut voir les agents de sécurité quand Nye est dans le coin. Ils courbent l'échine comme des cochons truffiers.

Vanderwagon et Singer rirent à l'unisson. Carson fut un peu surpris de voir le directeur du mont du Dragon se moquer ouvertement de son responsable de la sécurité.

Harper se carra dans son transat, mit les mains sous sa nuque et soupira.

— Alors, comme ça, vous êtes du coin ? demanda-t-il à Carson en le regardant de sous ses paupières mi-closes. Vous allez peut-être pouvoir nous en dire plus sur l'or de Mondragón.

Vanderwagon ronchonna.

— Le quoi ? demanda Carson.

Ses trois compagnons le regardèrent avec surprise.

— Vous ne connaissez pas cette histoire ? s'étonna Singer. Et vous êtes du Nouveau-Mexique ?

Il plongea les mains dans la glacière et en sortit une poignée de bières.

— Ça s'arrose, dit-il en distribuant les bouteilles.

— Oh non, soupira Vanderwagon, on ne va pas encore avoir droit à cette légende !

— Carson ne la connaît pas, protesta Harper.

— Ainsi que le veut la légende, commença Singer, avec un regard amusé à l'intention de Vanderwagon, un riche marchand du nom de Mondragón vivait aux abords de la vieille ville de Santa Fe à la fin du XVIIe siècle. Il fut accusé de sorcellerie par l'Inquisition et mis aux fers. Mondragón savait qu'il serait exécuté et, avec l'aide de son serviteur, Estevánico, il réussit à s'évader. Ce Mondragón était propriétaire de mines qui se trouvaient dans les montagnes Cristo, où il faisait travailler des esclaves indiens. Des mines d'or inépuisables, disait-on. Aussi, quand il a fui l'Inquisition, il est retourné en douce à son hacienda, a déterré son or, l'a chargé à dos de mulet et est parti, flanqué de son serviteur, le long du *Camino Real*. Deux cents livres d'or, le maximum qu'il pouvait faire porter sans risque à un mulet. Au bout de quelques jours passés dans le désert de Jornada, les deux hommes furent à court d'eau. Alors, Mondragón envoya Estevánico en avant avec une gourde pour se réapprovisionner, tandis que lui l'attendait avec un cheval et le mulet. Le serviteur trouva de l'eau à une source à une journée de cheval puis il revint au galop. Mais, quand il arriva à l'endroit où il avait laissé Mondragón, celui-ci avait disparu.

— Lorsque l'Inquisition apprit ce qui s'était passé, dit Harper, reprenant le fil du récit, ils ont entrepris des recherches et, un mois plus tard, au pied du mont du Dragon, ils ont trouvé les restes d'un cheval attaché à un pieu, mort. C'était celui de Mondragón.

— Au mont du Dragon ? demanda Carson.

Singer acquiesça.

— Le *Camino Real* – la Piste espagnole – traversait nos actuels laboratoires et contournait le mont du Dragon.

— Bref, poursuivit Harper, ils ont cherché Mondragón partout. À une centaine de mètres du cheval, ils ont trouvé son riche pourpoint qui traînait par terre. Mais ils ont eu beau chercher, ils n'ont jamais retrouvé ni le corps de Mondragón ni le mulet chargé d'or. Un prêtre aspergea la base du mont du Dragon d'eau bénite pour purifier l'endroit du mal, et une croix fut érigée au sommet de la colline. L'endroit fut bientôt connu sous le nom de *la Cruz de Mondragón*, la Croix de Mondragón. Plus tard, quand les marchands américains ont emprunté la Piste espagnole, ils ont simplifié le nom en mont du Dragon.

Il éclusa sa bière et poussa un soupir d'aise.

— On m'a raconté pas mal d'histoires de trésors cachés quand j'étais petit, dit Carson. Il y en a autant que des puces bleues sur un bas-rouge.

Harper éclata de rire.

— Elle est bonne, celle-là ! s'exclama-t-il. Enfin un autre qui a de l'humour ici !

— Quand j'étais gosse, poursuivit Carson, on cherchait le trésor perdu d'Adams. Il y a plus d'or enterré dans cet État qu'il n'y en a à Fort Knox[1], paraît-il. Du moins, si l'on en croit ces histoires.

— Voilà la clé de ces mystères, s'écria Vanderwagon. Y croire, tout est là ! Harper nous vient du Texas, où la principale industrie est la production et la distribution de conneries. Bon, maintenant, je crois qu'il est grand temps d'aller faire quelques brasses.

Il vissa sa bouteille de bière dans le sable et se leva.

— Je suis partant, dit Harper.

— Venez donc, Guy ! lui cria Singer, tandis qu'il suivait les deux autres, trottinant tout en retirant sa chemise.

— Dans une minute, lui répondit Carson.

Il les regarda qui grimpaient à l'échelle et sautaient dans l'eau tout en chahutant. Il termina sa bière et posa la bouteille à côté de lui. Il lui semblait complètement irréel de se retrouver au beau milieu du désert de Jornada del Muerto, à un peu plus d'un kilomètre du site de l'explosion de la première bombe atomique, à regarder certains des plus brillants biologistes du monde faire trempette comme des gosses dans une cuve pleine d'eau. Mais l'irréalité même de la situation agissait comme une drogue. C'est ce qu'avaient dû ressentir tous ceux qui avaient travaillé sur le Manhattan Project[2]. Il retira son jean et sa chemise et s'allongea sur le dos, les yeux fermés, détendu pour la première fois depuis qu'il était arrivé.

---

1. C'est là, dans le Kentucky, que se trouve la réserve d'or des États-Unis. *(N.d.T.)*
2. Programme arrêté pendant la guerre, et tenu secret, pour l'étude de l'énergie atomique dans un but militaire, dont le résultat fut la création de la première bombe atomique lancée sur le Japon en août 1945. *(N.d.T.)*

Au bout de quelques minutes, la chaleur impitoyable le força à bouger. Il se redressa et prit une autre bière. Au moment où il la débouchait, il entendit le rire de de Vaca s'élever au-dessus des conversations. Elle se tenait à un bout de la cuve, repoussant ses longs cheveux de son visage et bavardant avec un groupe de techniciens. Son Bikini blanc formait un contraste frappant avec sa peau miel. Si elle se rendit compte que Carson l'observait, elle n'en donna aucun signe.

Tandis qu'il la regardait, Carson vit quelqu'un rejoindre le groupe de de Vaca. La raideur de sa démarche lui était familière : c'était Mike Marr, l'adjoint du responsable de la sécurité. Marr engagea la conversation avec de Vaca, la tête en arrière, un grand sourire langoureux clairement visible. Soudain, il s'approcha d'elle et lui chuchota quelques mots à l'oreille. Le visage de de Vaca s'assombrit et elle le repoussa sans ménagement. Marr lui dit autre chose, et, dans la seconde, de Vaca lui assena une gifle magistrale qui résonna dans le désert. Marr recula brusquement, et son chapeau noir de cow-boy tomba sur le sable. Tandis qu'il se penchait pour le ramasser, de Vaca lui adressa quelques mots rapidement, avec un air de mépris. Carson n'entendit pas ce qu'elle lui disait, mais tous les techniciens éclatèrent de rire.

Le changement d'expression de Marr fut spectaculaire. Son visage se rembrunit et son air décontracté et aimable le quitta en un instant. Avec un geste plein d'emphase, il vissa son chapeau de cow-boy sur le crâne, les yeux rivés sur de Vaca. Puis il tourna les talons et s'éloigna du groupe à grandes enjambées.

— Beau brin de fille, hein ? dit Singer en pouffant, tandis qu'il revenait flanqué des deux autres et surprenait le regard de Carson.

Ce dernier se rendit compte que Singer n'avait pas vu la scène qui venait de se dérouler.

— Au départ, elle devait travailler en médecine, dit-il. Elle est arrivée ici une semaine avant vous. Mais, là-dessus, Myra Resnick, l'assistante de Burt, nous a quittés. Avec les références qu'elle avait, j'ai pensé qu'elle ferait une parfaite assistante pour vous.

Il jeta un petit caillou sur les genoux de Carson.

— Qu'est-ce que c'est que ça ? demanda celui-ci.

Le caillou était vert et légèrement transparent.

— Du verre atomique, dit Singer. La bombe de Trinity Site a vitrifié le sable près du point d'impact, laissant une croûte. La plus grande partie a disparu, mais de temps en temps on en trouve des résidus.

— C'est radioactif ? demanda Carson, le maniant avec précaution.

— Pas vraiment.

Harper éclata de rire.

— Pas vraiment, répéta-t-il, se débouchant une oreille qu'il avait pleine d'eau. Si vous envisagez d'avoir des gosses, Carson, chassez cette idée de vos couilles.

— Tu es d'une vulgarité, Harper, dit Vanderwagon en hochant la tête.

Singer se tourna vers Carson.

— Ce sont les meilleurs amis du monde – contrairement aux apparences.

— Comment êtes-vous arrivé chez GeneDyne, au fait ? demanda Carson, rendant le caillou à Singer.

— J'étais titulaire d'une chaire de biologie au CalTech. Je pensais que j'étais arrivé au sommet dans ma profession. Et puis Brent Scopes a surgi et m'a fait une proposition.

Singer hocha la tête à ce souvenir.

— Le mont du Dragon était privatisé, et il voulait que je le dirige, dit-il.

— Sacré changement par rapport à l'enseignement ! fit remarquer Carson.

— Il m'a fallu un moment pour m'adapter, admit Singer. J'avais toujours méprisé le privé. Mais j'ai vite compris le pouvoir de la place boursière. Nous faisons un travail extraordinaire, ici, non parce que nous sommes plus intelligents que les autres, mais parce que nous avons plus d'argent. Aucune université au monde n'aurait les moyens de gérer le mont du Dragon. Et nos bénéfices potentiels sont beaucoup plus gros. Au Cal-Tech, je faisais des recherches obscures sur le couplage bactérien. Maintenant, je travaille sur un projet de pointe qui peut sauver des millions de vies humaines.

Il éclusa sa bière.

— J'ai été définitivement converti quand j'ai comparé le salaire annuel que Brent me proposait à celui d'un professeur.

— Trente mille dollars, dit Vanderwagon, au bout de cinq ou six ans de bons et loyaux services en université. Vous vous rendez compte ?

— Je me souviens quand j'étais à Berkeley, dit Harper. Toutes mes propositions de recherches devaient obtenir l'aval du bureaucrate décrépit qu'était le président du département. Ce vieux fossile trouvait toujours tout trop cher.

— Travailler pour Brent, dit Vanderwagon, c'est le jour et la nuit. Il comprend comment la science fonctionne et comment les chercheurs travaillent. Je n'ai aucune explication ni aucune justification à donner. Si j'ai besoin de quelque chose, je passe par la messagerie électronique et je l'obtiens. Nous avons de la chance de travailler pour lui.

— Une chance inouïe, surenchérit Harper.

Au moins un point sur lequel ils sont d'accord, songea Carson.

— Nous sommes contents de vous avoir parmi nous, Guy, dit Singer.

Il leva sa bière en un toast muet et les autres l'imitèrent.

— Merci, dit Carson avec un grand sourire, bénissant le hasard qui l'avait parachuté parmi les plus beaux fleurons de GeneDyne.

Levine, assis dans son bureau dont la porte était ouverte, écoutait dans un silence fasciné la conversation téléphonique que Ray, son secrétaire, avait dans la pièce voisine.

— Excuse, *baby*, disait-il, mais j'te jure que je pensais que t'avais dit le théâtre de Boylston Street, et pas celui de Brattle... J'te jure que t'as dit Boylston et je t'ai attendu à l'entrée du théâtre... Non, attends... écoute... oh, *baby*, non !

Ray raccrocha en poussant un juron.

— Ray ? dit Levine.

Ray apparut dans l'encadrement de la porte, se lissant les cheveux d'une main.

— Il n'y a pas de théâtre dans Boylston Street.

— Ah, c'est pour ça qu'elle m'a raccroché au nez, alors, dit-il.

Levine opina du chef en souriant.

— Tu te souviens de la fille du show de Sammy Sanchez qui a téléphoné ? Je veux que tu la rappelles et que tu lui dises que je suis d'accord pour faire l'émission. Et que le plus tôt sera le mieux.

— Que je l'appelle, moi ? Et Toni Wheeler ? Elle n'appréciera pas que...

— Toni ne m'approuverait pas. Elle a des idées très arrêtées sur ce genre d'émission.

— Bon, je m'en occupe, dit Ray, avec un haussement d'épaules. Autre chose ?

Levine secoua la tête.

— Pas pour le moment, merci. Va réfléchir à tes fausses excuses. Et ferme la porte, s'il te plaît.

Ray regagna son bureau. Levine vérifia l'heure à sa montre, décrocha le téléphone pour la dixième fois de la journée, et écouta. Cette fois, il entendit ce qu'il attendait : la tonalité continue s'était muée en une série de pulsations rapprochées. Il raccrocha vivement, alla verrouiller la porte de son bureau et connecta son ordinateur à la prise murale. Trente secondes plus tard, le logo apparut sur son écran.

```
Saperlipopette, mais c'est ce bon vieux pro-
fesseur, lut-il sur l'écran. Comment va mon
pôpa indigne ?
De quoi parlez-vous, le Mime ? tapa Levine.
Vous n'êtes pas un fan d'Elmore James ?
Jamais entendu parler de lui. J'ai eu votre
signal. Quelles nouvelles ?
Bonnes et mauvaises. J'ai passé plusieurs
heures à fouiner dans le terrier de GeneDyne.
Quel labyrinthe ! Soixante K d'identificateurs
de postes, connectés au-dessus et au-dessous.
Satellites, lignes spécialisées, réseaux à
fibres optiques pour transferts asynchrones de
visioconférences. Architecture très impression-
nante. Je suis devenu expert en la matière,
maintenant, bien sûr. Je pourrais organiser
des visites guidées.
Félicitations.
Merci. La mauvaise nouvelle, c'est que c'est
une vraie chambre forte. Tour ronde sous haute
```

sécurité avec Scopes au sommet. Il a les yeux et les oreilles partout. Big Brother, c'est lui ; il fait marcher tout le système à la baguette.

Ce n'est sans doute pas un problème pour le Mime, tapa Levine.

Quelle idée ! Je peux rester planqué sans trop d'efforts, à siroter quelques millisecondes en unité centrale de traitement ici, quelques autres là. Mais c'est un problème pour *vous*, professeur. Installer une voie de transmission sûre au mont du Dragon n'est pas de la tarte. Cela suppose la duplication des propres codes d'accès de Scopes. Et c'est là qu'est le danger, professeur.

Expliquez.

Il faut que je vous fasse un dessin ? Si jamais il contacte le mont du Dragon pendant que vous êtes sur sa voie de transmission, son propre code d'accès sera rejeté. Alors, il est probable qu'il lancera un programme de détection qui lui livrera non le Mime, mais ce bon vieux professeur. ACCEMPUCCV.

Mime, je vous ai déjà dit que je ne comprenais rien à vos acronymes.

« Aurais cru ça évident même pour un Candide comme vous. » Vous ne pourrez pas vous attarder, professeur. Vos visites devront être brèves.

Et les fichiers du mont du Dragon ? tapa Levine. Si je pouvais y avoir accès, cela accélérerait grandement les choses.

NFW. Encore plus fermés que le corset de la reine Mary.

Levine prit une profonde inspiration. Le Mime était sibyllin, cynique et agaçant. À quoi pouvait-il bien ressembler ? Au pirate informatique moyen, sans doute : un neuneu à lunette à double foyer, nul au football, sans vie sociale et porté sur l'onanisme.

Eh bien, le Mime, voilà qui ne vous ressemble guère.

Vous savez qui je suis ? Le capitaine Kirk de l'espace cybernétique. Scopes est très malin. Vous vous souvenez de son projet favori dont je vous ai déjà parlé ? Apparemment, il a créé un monde virtuel sur lequel il vogue en navigateur solitaire. Il a donné une conférence à ce sujet à l'Institut des hautes études de neurocybernétique il y a trois ans. Naturellement, j'ai piraté et volé les transcriptions et les prises de vues. Maousse. Formidable utilisation de programmation à trois dimensions. Bref, depuis, Scopes a fermé le couvercle hermétiquement. Personne ne connaît exactement son programme actuel ni ce qu'il permet de faire. Mais déjà, à l'époque, il nous avait montré des trucs balèzes à cette conférence. Croyez-moi, ce PDG n'est pas un bleu en informatique. J'ai trouvé son serveur personnel et j'ai été tenté de jeter un coup d'œil à l'intérieur. Mais ma discrétion l'a emporté sur ma curiosité. Ce qui est inhabituel chez moi.

Mime, il est vital pour moi d'avoir accès au mont du Dragon. Vous connaissez mon travail. Vous pouvez m'aider à garantir un monde plus sûr.

Alors ça, je m'en fous complètement, mec ! Pour moi, il n'y a qu'une chose qui compte : le Mime. Le reste du monde n'a pas plus d'importance pour moi que de la merde collée au cul d'un chien.

En ce cas, pourquoi m'aider ? Je vous rappelle que c'est vous qui m'avez contacté.

Il y eut une interruption momentanée de la conversation.

J'ai mes raisons, répondit le Mime. Mais je devine la vôtre. C'est le procès intenté par GeneDyne. Pas seulement pour l'argent, cette fois, n'est-ce pas ? Scopes essaie de vous toucher en plein cœur. S'il réussit, vous perdez votre charte, votre revue, votre crédibilité. Vous êtes allé un peu vite dans vos accusations, et maintenant vous avez besoin d'infos pour les prouver *a posteriori*. Tss, tss, tss, professeur.

Vous n'avez qu'à moitié raison.

Alors, je vous suggère de me dire l'autre moitié.

Levine hésita devant son clavier.

Professeur ? Ne m'obligez pas à vous rappeler les deux principes fondateurs de notre profonde et précieuse âme-itié. Un : je ne ferai jamais rien qui me fasse courir le risque d'être découvert. Deux : mon agenda secret doit le rester.

Il y a un nouvel employé au mont du Dragon, se décida à taper Levine. Un de mes anciens étudiants. Je pense pouvoir obtenir son aide.

Autre silence sur la ligne.

Il me faut son nom pour pouvoir établir la voie de transmission, *tapa enfin le Mime*.

Guy Carson.

Vous êtes un grand sentimental, professeur. C'est le gros défaut de votre cuirasse. Je doute que vous réussissiez. Mais je prendrai plaisir à vous regarder faire : l'échec est toujours plus intéressant que la réussite.

La connexion fut coupée.

Carson trépignait sous le jet de la douche de décontamination et essayait de se convaincre que son impression de manquer d'air n'était que le fruit de son imagination. Il passa dans le sas suivant, où il fut secoué par le processus de séchage chimique. Une autre porte automatique s'ouvrit, et Carson s'avança dans la lumière blanche et aveuglante du « bouillon de culture ». Il appuya sur le bouton de l'émetteur collectif et annonça son arrivée : « Carson. » Rares étaient les chercheurs présents pour l'entendre, mais cette procédure était obligatoire. Tout devenait routinier – mais c'était une routine à laquelle, il le sentait, il ne s'habituerait jamais.

Il s'assit à son bureau et, de sa main gantée, alluma son ordinateur portable. Son récepteur était silencieux ; les locaux étaient pratiquement déserts. Il voulait avancer son travail et vérifier s'il avait des messages avant l'arrivée de de Vaca.

Lorsque la procédure de début de session fut achevée, une ligne apparut sur l'écran.

```
Bonjour, Guy Carson.
Un message en attente.
```

Il cliqua sur l'icône du courrier électronique, et les mots envahirent l'écran.

```
Guy - Quelles sont les dernières informations
sur les inoculations ? Je n'ai rien vu de
nouveau sur le réseau. Contactez-moi, qu'on
en discute SVP. Brent.
```

Carson contacta Scopes sur le réseau de GeneDyne. La réponse du P-DG ne se fit pas attendre, comme s'il avait attendu le message.

```
Alors Guy ! Comment se portent vos chimpan-
zés ?
Très bien jusqu'à maintenant. Tous les six
ont bon pied bon œil. John Singer a suggéré
que nous ramenions la période d'attente à une
```

semaine, vu les circonstances. Je vais en parler avec Rosalind aujourd'hui.

Parfait. Tenez-moi au courant au fur et à mesure. N'hésitez pas à me déranger quoi que je fasse. En cas d'absence, contactez Spencer Fairley.

Comptez sur moi.

Guy, avez-vous eu l'occasion de rédiger une version détaillée de votre protocole ? Dès que nous serons sûrs de la réussite, je veux que vous le distribuiez dans l'entreprise, avec un œil sur une éventuelle parution.

J'attends quelques dernières confirmations, et je vous en envoie une copie par la messagerie.

Tandis qu'ils dialoguaient, les autres commençaient à arriver dans le labo, chacun s'annonçant par son émetteur collectif, ce qui ne tarda pas à créer une cacophonie sur la ligne. « De Vaca », entendit Carson, puis « Vanderwagon » ; puis « Brandon-Smith ! », très fort et péremptoire, comme d'habitude ; puis le murmure d'autres arrivées et d'autres conversations.

De Vaca arriva bientôt au labo et alluma son ordinateur sans un mot. Sa combinaison volumineuse masquait sa silhouette, ce qui convenait parfaitement à Carson. Il n'avait pas besoin de distractions.

— Susana, j'aimerais procéder à une purification des protéines dont nous avons parlé hier, lui dit-il sur le ton le plus neutre possible.

— Mais certainement, répondit sèchement de Vaca.

— Elles sont dans la centrifugeuse, étiquetées de M-1 à M-3.

Il y avait une chose dont il était ravi : de Vaca était une assistante de premier ordre, peut-être la meilleure de tout le laboratoire. Une vraie pro – tant qu'elle ne montait pas sur ses grands chevaux.

Carson mit le point final au compte rendu de sa procédure. Il lui avait fallu presque deux jours entiers pour le rédiger et il était plutôt fier du résultat – même s'il estimait que Scopes l'avait exigé dans des délais un peu brefs. Vers midi, de Vaca apporta les planches-contacts des gels. Carson les examina et fut saisi d'une bouffée de joie : la certitude de sa réussite se trouvait une fois de plus confortée.

Brandon-Smith apparut dans l'encadrement de la porte.

— Carson, un de vos singes est mort, annonça-t-elle.

Ces paroles furent accueillies par un silence accablé.

— À cause du Grip-x ? demanda Carson, retrouvant sa voix.

C'était impossible.

— Quoi d'autre ? répliqua Brandon-Smith avec un plaisir non dissimulé. Pas joli à voir, vous pouvez me croire.

— Lequel ? demanda Carson.

— Le mâle, Z-9.

— Ça ne fait même pas une semaine, murmura Carson.

— Je sais. On peut dire que vous lui avez vite réglé son compte, à celui-là.

— Où est-il ?

— Toujours dans sa cage. Venez, je vais vous montrer. En dehors de la rapidité de la survenue du décès, il y a d'autres éléments inhabituels que je souhaiterais que vous voyiez.

Carson se leva, flageolant, et suivit Brandon-Smith jusqu'au zoo. Il était impossible que la mort soit due au Grip-x. Autre chose devait en être la cause. L'idée de devoir rapporter cet événement à Scopes éveilla une douleur sourde dans sa tête.

Brandon-Smith ouvrit le sas qui donnait sur le zoo et, d'un geste, invita Carson à y entrer. Elle le suivit, et les cris et le tapage qui régnaient en maîtres en permanence traversèrent une fois encore l'épaisseur de leur combinaison.

Fillson, assis à sa table de travail à l'autre bout de la salle, se leva et les regarda s'approcher. Carson crut déceler une lueur amusée dans le regard de l'animalier. Il ouvrit la porte de la salle d'inoculation et les fit entrer, pointant du doigt vers le haut.

Z-9 se trouvait dans une cage de la rangée supérieure à laquelle était accrochée une étiquette – « risque biologique ». Carson ne pouvait voir l'intérieur de la cage. Les cinq autres chimpanzés inoculés, sur le premier et le deuxième niveau, semblaient en parfaite santé.

— Qu'y a-t-il d'inhabituel, au juste ? demanda Carson, répugnant à aller voir les dégâts de près.

— Regardez vous-même, dit Brandon-Smith, qui se frotta les cuisses de ses mains gantées en un geste d'une lenteur calculée.

Une manie particulièrement déplaisante, songea Carson. Elle lui évoquait la gestuelle d'une attardée mentale.

Une échelle en métal doublée de caoutchouc blanc était fixée à la rangée supérieure de cages. Carson y monta avec précaution tandis que Fillson et Brandon-Smith attendaient en bas. Il regarda à l'intérieur de la cage. Le singe était étendu sur le dos, membres écartés, manifestement à l'agonie. La boîte crânienne de l'animal s'était ouverte le long des sutures naturelles ; des bourrelets de matière cervicale sortaient en plusieurs endroits.

Le sol de la cage baignait dans ce qui, aux yeux de Carson, parut être du liquide céphalo-rachidien.

— Le cerveau a explosé, crut utile de préciser Brandon-Smith. C'est une souche particulièrement virulente que vous nous avez inventée là, Carson.

Carson redescendit sous le regard de Brandon-Smith, plantée au bas de l'échelle, les bras croisés. Il voyait son sourire sarcastique à travers sa visière. Soudain, il s'arrêta sur un barreau. Quelque chose – il ne savait pas trop quoi – lui semblait clocher. Puis il comprit : la porte d'une cage de la rangée du milieu était entrouverte, et trois doigts velus étaient recourbés sur son montant, poussant le battant.

— Rosalind ! cria-t-il, appuyant comme un fou sur le bouton de son émetteur. Éloignez-vous des cages !

Elle le regarda, l'air perplexe. Fillson, à côté d'elle, jeta des coups d'œil autour de lui, sur le qui-vive. Tout à coup, les choses se précipitèrent : un bras velu jaillit brusquement et il y eut un curieux bruit de déchirure. Carson vit la main du chimpanzé, étrangement humaine, agiter une bande de matière caoutchoutée. Baissant les yeux, il vit avec horreur un trou béant dans la combinaison de Brandon-Smith, à l'intérieur duquel il distingua un bourrelet de graisse marqué de trois griffures parallèles où le sang afflua en longues lignes cramoisies.

Il y eut un bref moment de silence tétanisé.

Le singe bondit hors de sa cage, poussant un cri de triomphe strident, brandissant tel un trophée le morceau de tissu arraché à la combinaison de protection. Il galopa dans le zoo, sortit dans le sas dont la porte était restée ouverte et disparut dans le couloir.

Brandon-Smith se mit à hurler. Avec l'émetteur coupé, le son était étouffé et étrange, comme si quelqu'un se faisait étrangler dans le lointain. Fillson restait immobile, paralysé d'horreur.

Brandon-Smith finit par trouver le bouton de son émetteur, et ses cris hystériques éclatèrent dans le casque de Carson, si forts qu'ils saturèrent le système et se décomposèrent en une vague de parasites à crever les tympans. Carson, sur l'échelle, appuya sur la touche de son émetteur collectif.

— Alerte niveau 2, hurla-t-il par-dessus la friture. Défaillance de protection, Brandon-Smith, unité de quarantaine animalière.

Une alerte niveau 2. Humain en contact avec un virus mortel. L'accident le plus redouté de tous. Carson savait que la procédure d'usage en pareil cas était très stricte : mise en quarantaine immédiate du sujet. Il l'avait répété souvent lors des fausses alertes.

Brandon-Smith, se rendant compte de ce qui l'attendait, débrancha sa prise d'air et se mit à courir.

Carson sauta au bas de l'échelle, se déconnecta lui aussi de l'arrivée d'oxygène, poussa Fillson, toujours figé sur place, et rattrapa Brandon-Smith dans le sas de sortie où elle tambourinait sur la porte en hurlant, incapable de l'ouvrir. Le verrouillage automatique s'était déjà mis en place.

De Vaca surgit alors.

— Qu'est-ce qui se passe ? demanda-t-elle.

Quelques instants plus tard, tous les chercheurs étaient dans le couloir.

— Ouvrez cette porte ! hurlait Brandon-Smith sur la ligne générale. Oh, mon Dieu, je vous en prie, ouvrez cette porte ! Je veux sortir !

Elle tomba à genoux, sanglotant.

Une sirène se déclencha, lente et monotone. Il y eut une agitation soudaine au bout du couloir. Carson tourna la tête et tendit le cou pour voir par-dessus les casques des autres chercheurs. Les silhouettes en combinaison des gardes de la sécurité sortaient de la colonne d'accès venant des niveaux inférieurs et se précipitaient vers le groupe de chercheurs agglutinés devant le sas de sortie. Ils étaient quatre, harnachés de combinaisons rouges qui avaient l'air encore plus encombrantes que l'équipement ordinaire. Carson en conclut qu'elles devaient avoir une plus grosse réserve d'oxygène. Il avait beau savoir qu'il y avait une antenne de sécurité dans les sous-sols du « bouillon de culture », la rapidité d'intervention de ces agents le laissait pantois. Deux d'entre eux portaient des fusils à canon scié, et les autres de curieux appareils concaves dotés de poignées caoutchoutées.

Brandon-Smith réagit avec la rapidité de l'éclair. Elle bondit sur ses pieds, s'élança en avant, bousculant les chercheurs qui se plaquèrent contre les parois du couloir, et tenta de franchir le barrage des gardes de la sécurité. L'un d'eux tomba par terre en poussant un gémissement de douleur. Un autre fit volte-face et plaqua Brandon-Smith, qui tentait de fuir. Ils s'écroulèrent lourdement par terre, et Brandon-Smith griffa le garde en hurlant. Tandis qu'ils luttaient au sol, un autre garde s'approcha prudemment et appliqua l'extrémité de l'appareil concave qu'il tenait en main contre le contour en métal de la visière de Brandon-Smith. Il y eut un éclair bleuté, Brandon-Smith sursauta et s'immobilisa, ses cris cessant instantanément. La transmission s'éclaircit, et un concert de voix se fit entendre.

Un des gardes de la sécurité se releva et palpa sa combinaison avec panique.

— Cette grosse pouffiasse a déchiré ma combinaison ! l'entendit crier Carson. J'y crois pas !

— Tais-toi, Roger, dit un autre, respirant avec peine.

— Comptez pas sur moi pour aller en quarantaine. C'était pas ma faute... Putain, mais qu'est-ce que vous faites, bordel ?

Carson vit l'autre garde de la sécurité lever son fusil.

— Vous y allez tous les deux, dit-il. Tout de suite.

— Attends, Frank, tu vas quand même pas...

Le garde mit une cartouche dans la chambre.

— T'es un salaud, Frank, tu peux pas me faire ça, dit le dénommé Roger sur un ton geignard.

Carson vit trois autres gardes arriver de la direction des vestiaires.

— Emmenez-les tous les deux en salle de quarantaine, leur dit le dénommé Frank.

Soudain, la voix de de Vaca retentit.

— Regardez, elle a vomi dans sa combinaison. Elle doit suffoquer. Qu'on lui retire son casque.

— Pas avant qu'elle ne soit en quarantaine, dit le garde.

— Arrêtez avec ça ! cria de Vaca. Cette femme est blessée. Elle doit être hospitalisée. Nous devons l'évacuer.

Le garde regarda autour de lui et avisa Carson, aux premières loges.

— Vous, docteur Carson ! Amenez-vous et aidez-nous.

— Guy, dit de Vaca, très calme soudain. Rosalind peut mourir si on la laisse ici, et vous le savez.

Les rares chercheurs retardataires, venant des entrailles du « bouillon de culture », arrivaient sur les lieux et se serraient dans l'étroit couloir, observant la scène. Carson ne bougea pas, son regard passant du garde de la sécurité à de Vaca.

Avec un mouvement vif et déterminé, de Vaca poussa le garde sur le côté. Elle s'agenouilla auprès de Brandon-Smith et lui souleva la tête, la regardant à travers sa visière.

— Je suis pour qu'on les fasse sortir d'ici, intervint Vanderwagon. On ne peut pas les mettre en quarantaine comme des singes. C'est inhumain.

Un silence tendu s'ensuivit. Le garde de la sécurité hésita, ne sachant trop comment gérer son désaccord avec des scientifiques. Vanderwagon s'avança et commença à déboucler le casque de Brandon-Smith.

— Je vous ordonne de vous arrêter, monsieur, finit par dire le garde.

— Faites chier, dit de Vaca, qui aida Vanderwagon à ôter la visière du casque de Brandon-Smith puis à nettoyer son visage plein de vomi.

Brandon-Smith haleta, et ses yeux papillonnèrent.

— Vous voyez ? dit de Vaca. Elle aurait pu s'étouffer.

Elle se tourna vers Carson.

— Vous allez nous aider à la sortir ? lui demanda-t-elle.

— Susana, répondit Carson très calmement, vous connaissez le règlement. Réfléchissez un instant. Il se peut qu'elle ait été en contact avec le virus. Elle est peut-être déjà contagieuse.

— Nous n'en savons rien ! explosa de Vaca. Ça n'a jamais été prouvé *in vivo*.

Un autre chercheur s'avança.

— Ça aurait pu arriver à n'importe lequel d'entre nous, dit-il. Je vais vous aider.

Brandon-Smith se remettait de la décharge électrique du pistolet hypodermique. Des traînées de vomi s'accrochaient à son double menton. Sa tête était comiquement petite au milieu de l'énorme combinaison. Elle appuya maladroitement sur le bouton de son émetteur.

— Faites-moi sortir. Faites-moi sortir, je vous en supplie !

Carson vit un autre garde, au fond du couloir, qui approchait, fusil au poing.

— Ne vous en faites pas, Rosalind, dit de Vaca. On va vous faire sortir.

Elle leva la tête vers Carson.

— Vous ne valez pas mieux qu'un assassin, lui dit-elle. Vous la laisseriez mourir entre les mains de ces porcs. *Hijo de puta*.

La voix de Singer résonna dans l'Interphone.

— Que se passe-t-il au « bouillon de culture » ? Pourquoi n'ai-je pas été briefé ? J'exige...

Il fut brutalement interrompu par une intervention sur l'émetteur collectif. Une voix hachée à l'accent anglais que Carson reconnut comme étant celle de Nye résonna à leurs oreilles.

— Lors d'une alerte de niveau 2, le directeur de la sécurité peut, s'il le juge nécessaire, remplacer temporairement le directeur en fonction. Dont acte.

— Monsieur Nye, dit Singer, tant que moi-même je ne juge pas qu'il y a urgence, je ne remets mon autorité entre les mains de personne, pas même les vôtres.

— Coupez l'Interphone du Dr Singer, ordonna froidement Nye.

— Nye, pour l'amour du ciel..., résonna une dernière fois la voix de Singer, avant d'être brusquement coupée.

— Emmenez immédiatement ces deux personnes en quarantaine, dit Nye.

À cet ordre, l'indécision des gardes se dissipa instantanément. L'un d'eux s'avança et poussa de Vaca du bout de son fusil. Elle s'écarta en l'insultant. Soudain, le garde qui venait d'arriver fit un pas vers elle et lui flanqua un violent coup de crosse dans le ventre. Elle s'écroula par terre, se tordant de douleur, le souffle coupé. Le garde leva son arme, prêt à frapper de nouveau. Carson s'avança, poings serrés, et le garde fit tournoyer le canon de son fusil dans sa direction, le visant au thorax. Carson le regarda et fut surpris de distinguer le visage de Mike Marr à travers la visière du casque. Un sourire se dessina lentement sur la bouche de Marr, et ses yeux se plissèrent.

La voix de Nye résonna de nouveau.

— Chacun reste où il est pendant que les gardes de la sécurité emmènent ces deux individus en salle de quarantaine. Toute autre tentative de résistance serait impitoyablement écrasée. Il n'y aura pas d'autre avertissement.

Deux gardes aidèrent Brandon-Smith à se relever et la soutinrent le long du couloir, pendant qu'un de leurs collègues prenait en charge celui à la combinaison déchirée. Les autres, dont Marr, se postèrent le long du couloir pour surveiller le groupe de chercheurs et de techniciens.

Bientôt, les deux prisonniers et leur escorte disparurent dans la colonne d'accès aux étages inférieurs. Carson connaissait leur destination : l'enfilade de pièces exiguës deux étages au-dessous de l'unité de quarantaine. Ils y passeraient les quatre-vingt-seize prochaines heures et subiraient des prises de sang régulières pour voir s'ils produisaient des anticorps au Grip-x. Si tel n'était pas le cas, ils seraient aiguillés vers l'infirmerie où ils resteraient en observation pendant une semaine ; en cas d'infection, ils devraient rester en quarantaine le peu de temps qu'il leur resterait à vivre, premières victimes humaines de cette forme de grippe.

La voix brutale de Nye rompit une fois de plus le silence.

— Mendel, descends à l'isolement avec un nouveau casque et répare les combinaisons. Le Dr Grady se chargera des premiers soins et des prises de sang. On ne fera évacuer le niveau 5 que lorsqu'on aura vérifié que tout le monde – et je dis bien tout le monde – a sa combinaison intacte.

— Facho ! dit de Vaca sur l'émetteur collectif.

— Quiconque désobéira aux ordres de l'équipe de sécurité restera en quarantaine pendant toute la durée de l'alerte, répondit l'interpellé d'une voix calme. Hertz, trouve l'animal en cavale et tue-le.

— Oui, chef.

Le médecin du travail, le Dr Grady, apparut au bout du couloir, en combinaison Dr rouge, une grosse valise en métal à la main. Il disparut vers les quartiers d'isolement par la colonne d'accès.

— Nous allons maintenant passer aux vérifications par ordre alphabétique, annonça Nye. Dès que vous aurez reçu le feu vert pour quitter les locaux, je vous demande de vous rendre directement à la salle de réunion pour un débriefing. Barkley, passez dans le sas de sortie.

Le chercheur nommé Barkley jeta un regard circulaire à ses compagnons puis s'exécuta.

— Carson ! appela Nye, une minute plus tard.

— Non, dit celui-ci. Ce n'est pas juste. On va avoir épuisé notre réserve d'oxygène dans quelques minutes. Les femmes d'abord.

— Carson ! répéta Nye d'une voix calme, un brin menaçante.

— Ce n'est pas le moment de jouer les galants, dit de Vaca, qui, assise par terre, se massait le ventre. Magnez-vous !

Carson hésita un instant puis passa dans le sas de sortie. Le garde qui s'y trouvait inspecta l'état de sa combinaison et fixa un petit embout à sa valve d'arrivée d'air.

— C'est pour vérifier l'étanchéité, dit l'homme.

Il y eut un sifflement, et Carson sentit la pression de l'air augmenter à l'intérieur de sa combinaison. Ses oreilles se bouchèrent.

— C'est bon, dit l'homme.

Carson put passer sous la douche de décontamination. En arrivant dans les vestiaires, il remarqua que Barkley avait souillé sa combinaison et, par discrétion, il se retourna pour ôter la sienne.

Au moment où il rangeait son équipement dans son casier, de Vaca émergea du « bouillon de culture ». Elle retira son casque.

— Attendez, Guy, dit-elle. Je tiens à vous dire que...

Carson ferma la porte sans attendre la fin de sa phrase et prit le chemin de la salle de réunion.

Une heure plus tard, tout le monde l'y avait rejoint. Nye se tenait près d'un immense écran de visioconférence, Singer à ses côtés. Mike Marr était avachi contre un mur, jambes croisées, bottes aux pieds, mâchouillant son sempiternel bout d'élastique et surveillant le groupe d'un air endormi. La peur et le ressentiment étaient en suspension dans l'air tel un nuage de fumée. La lumière baissa progressivement, et le visage de Scopes apparut sur l'écran.

— Je n'ai pas besoin d'un débriefing, dit-il tout de go. Tout a été filmé par la vidéosurveillance. Tout.

Dans le silence qui suivit cette déclaration, les yeux de Scopes allèrent de droite à gauche derrière les verres en cul de bouteille de ses lunettes, comme s'il balayait l'assistance du regard.

— Certains d'entre vous m'ont beaucoup déçu, reprit-il. Vous connaissez tous la marche à suivre en pareil cas. Vous avez répété des dizaines de fausses alertes.

Il se tourna vers Singer.

— John, dit-il, vous connaissez le règlement mieux que quiconque. M. Nye, contrairement à vous, a dominé la situation. Il a eu parfaitement raison de prendre le commandement des opérations durant l'alerte. En pareil cas, il n'y pas de place pour la confusion.

— Je comprends, dit Singer, le visage inexpressif.

— J'en suis certain. Susana Cabeza de Vaca ?

— Oui ? répondit-elle avec un air de défi.

— Pourquoi avez-vous tenté de passer outre à la marche à suivre et voulu faire sortir Brandon-Smith du niveau 5 ?

— Pour qu'elle puisse subir un examen médical dans un hôpital au lieu d'être mise en cage, répondit de Vaca du tac au tac.

Suivit un long moment de silence durant lequel Scopes ne la quitta pas des yeux.

— Et si, par malheur, elle est infectée par le Grip-x ? finit-il par demander. Hein ? Vous pensez que des soins hospitaliers lui sauveraient la vie ?

Autre long silence.

Puis Scopes poussa un gros soupir.

— Susana, vous êtes microbiologiste. Nul besoin de vous faire un cours d'épidémiologie. Si vous aviez réussi à faire sortir Brandon-Smith du niveau 5, et qu'elle eût été infectée, vous auriez alors été responsable d'une épidémie sans précédent dans l'histoire de l'humanité.

De Vaca gardait un silence obstiné.

— Andrew ? dit Scopes, qui tourna les yeux vers Vanderwagon. Une telle épidémie aurait tué des enfants en bas âge, des adolescents, des mères de famille, des travailleurs, des riches et des pauvres, des médecins et des infirmières, des fermiers et des prêtres. Des milliers de gens, des millions peut-être, voire des milliards, seraient morts.

Sa voix n'était plus qu'un murmure.

Il laissa s'écouler un long silence.

— Si l'un d'entre vous pense que j'ai tort, qu'il n'hésite pas à le dire.

Autre silence tendu.

— Bordel ! aboya-t-il tout à coup. Voilà les raisons pour lesquelles nous devons suivre les règles de sécurité au niveau 5 ! Vous travaillez sur les agents pathogènes les plus dangereux qui soient ! À la moindre erreur, vous mettez le monde entier en péril. Et c'est ce qui a bien failli se passer !

— Désolé, lâcha Vanderwagon. J'ai agi sans réfléchir. Je ne pensais qu'à une chose..., que ça aurait pu m'arriver à moi...

— Fillson ! appela Scopes sèchement.

L'animalier s'approcha de l'écran, ses mains tremblotant nerveusement, sa lèvre inférieure mouillée de salive.

— En fermant mal le loquet de la cage, vous avez provoqué des dommages incalculables. Et vous avez aussi omis de brosser les ongles des animaux en quarantaine, malgré des instructions très claires. Vous êtes, inutile de le dire, viré. De plus, j'ai demandé à mes avocats de vous poursuivre au civil. Si Brandon-Smith décède, vous aurez du sang sur les mains. En résumé, votre négligence inqualifiable vous suivra légalement, financièrement et moralement jusqu'à la fin de vos jours. Monsieur Marr, assurez-vous que M. Fillson soit immédiatement escorté jusqu'à Engle, d'où il se débrouillera pour rentrer chez lui.

Mike Marr se décolla du mur, sourire aux lèvres, et s'avança d'un pas nonchalant.

— Monsieur Scopes..., euh, Brent..., s'il vous plaît, bafouilla Fillson, tandis que Marr l'empoignait rudement par le bras et le faisait sortir de la salle.

— Susana ? fit Scopes.

De Vaca ne réagit pas.

Scopes hocha la tête.

— Je ne tiens pas spécialement à vous donner congé, dit-il, mais si vous ne reconnaissez pas que vous avez commis une faute grave, alors j'y serai obligé. Une telle attitude est trop dangereuse. Plus d'une vie était en jeu tout à l'heure. Vous le comprenez ?

De Vaca baissa la tête.

— Oui, finit-elle par admettre.

Scopes se tourna vers Vanderwagon.

— Je sais que votre réaction, à Susana et vous, a été motivée par des raisons humanistes. Mais vous devez absolument ne pas déroger au règlement face à un danger aussi grand que celui que représente ce virus. Comme a dit saint Matthieu : « Si ton œil est pour toi une occasion de péché, arrache-le et jette-le loin de toi. » Vous ne pouvez pas laisser votre affect l'emporter sur votre raison. Vous êtes des scientifiques. Nous examinerons ultérieurement les conséquences éventuelles de cet incident sur votre capital en actions.

— Bien, monsieur, dit Vanderwagon.

— Idem pour vous, Susana. Je vous garde tous les deux à l'essai pendant six mois.

Elle fit oui de la tête.

— Guy Carson ?

— Oui, dit ce dernier.

— Je suis sincèrement navré que votre expérience se solde par un échec.

Carson se tint coi.

— Mais je suis fier de la façon dont vous avez réagi ce matin. Vous auriez pu vous joindre au tohu-bohu pour tenter de libérer Brandon-Smith. Vous avez su garder la tête froide. Je vous félicite.

Carson demeura silencieux. Il avait réagi comme il le fallait selon lui, mais le fait que de Vaca l'ait traité d'assassin l'avait blessé. Et, curieusement, entendre Scopes chanter ses louanges devant les autres le mettait mal à l'aise.

Scopes soupira. Puis il s'adressa à tout le groupe.

— Rosalind Brandon-Smith et Roger Czerny bénéficient du meilleur suivi médical possible, dit-il. Leurs combinaisons ont été réparées et ils se reposent confortablement. Ils doivent rester en quarantaine pendant quatre-vingt-seize heures. Vous connaissez tous les raisons de cette procédure. Jusque-là, l'accès au niveau 5 sera interdit, sauf aux membres de l'équipe de sécurité et de l'équipe médicale. Des questions ?

Silence.

— Et si le test est positif ? commença quelqu'un.

Scopes prit un air chagrin.

— Je ne veux même pas envisager cette éventualité, dit-il.

Et l'écran s'éteignit avec un bruit sec.

— Allez donc dormir un peu, Guy. Vous ne pouvez rien faire de plus.

Singer, les traits tirés, la mine défaite, s'assit sur l'une des chaises à roulettes du bureau de surveillance, le regard glissant sur une série d'écrans vidéo noir et blanc. Ces dernières trente-six heures, Carson était venu régulièrement à la surveillance, scrutant les images sur les écrans de contrôle comme si, par la seule force de sa volonté, il pouvait faire sortir de quarantaine Brandon-Smith et son compagnon. Il prit son ordinateur portable, salua à regret Singer, sortit du bureau à l'éclairage bleuâtre et quitta le bâtiment administratif. Dormir était impossible, et il se dirigea machinalement vers l'un des laboratoires de surface qui se trouvait hors du périmètre intérieur.

S'asseyant à l'une des longues tables du laboratoire désert, il réfléchit une nouvelle fois à l'échec de son expérience. On lui avait dit que le chimpanzé qui s'était échappé était positif au virus Grip-x. En cas de réussite, cela n'aurait pas été le cas. Pour tout arranger, les messages paternalistes et encourageants de Scopes avaient cessé. Il avait déçu tout le monde.

Et, pourtant, ces inoculations auraient dû marcher ! Il ne voyait pas où le bât blessait. Tous les tests préliminaires avaient montré que le virus avait été modifié exactement dans le sens escompté.

Il alluma son ordinateur et commença à faire la liste des scénarios possibles.

```
    Possibilité 1 : une erreur à déterminer a
été commise.
    Solution : recommencer l'expérience.
    Possibilité 2 : le Dr Burt s'est trompé sur
le locus¹.
    Solution : trouver bon locus, recommencer
l'expérience.
    Possibilité 3 : chimpanzés déjà infectés
avant inoculation.
```

---

[1]. Emplacement précis et invariable sur un chromosome.

> Solution : faire recherche anticorps sur plusieurs chimpanzés.
> Possibilité 4 : produit viral exposé à la chaleur ou à autre agent mutagène.
> Solution : recommencer expérience, en prenant un maximum de précautions avec le virus en culture entre l'épissage du gène et l'essai *in vivo*.

Il en revenait toujours à la même conclusion : recommencer cette satanée expérience. Mais il savait qu'il obtiendrait les mêmes résultats, car il ne voyait pas ce qu'il pourrait faire différemment. Avec lassitude, il ouvrit l'agenda de Burt et commença à parcourir une nouvelle fois les notes concernant la carte génétique du virus. Burt avait fait un travail remarquable, et Carson ne voyait pas du tout où il aurait pu se tromper, mais cela valait tout de même la peine de relire ses notes. Peut-être devrait-il refaire la cartographie du plasmide en repartant de zéro – ce qui, il le savait, lui prendrait au moins deux mois. Il s'imagina coincé ici deux mois de plus. Il pensa à Brandon-Smith en quarantaine en ce moment même, dans les entrailles du « bouillon de culture ». Il revit le sang affluer sur sa peau et la peur teintée d'incrédulité qu'il avait lue sur son visage. Il se revit à côté d'elle ; il revit les gardes l'emmener de force.

Il était installé face à une baie vitrée qui donnait sur le désert. De temps en temps, il regardait au-dehors le soleil de l'après-midi qui rougissait sur l'ocre du sable.

— Guy ? dit une voix dans son dos.

C'était de Vaca. Il se retourna et la vit dans l'encadrement de la porte, en jean et en T-shirt, sa blouse blanche pliée sur l'avant-bras.

— Vous avez besoin d'aide ? lui demanda-t-elle.

— Non merci.

— Je... je voulais vous dire que je regrette ma remarque de l'autre jour, au « bouillon de culture ».

Carson détourna la tête sans un mot. Parler avec cette femme se terminait toujours mal.

— Je suis venue vous présenter mes excuses, dit-elle.

— Excuses acceptées, dit Carson avec un soupir.

— Je ne vous crois pas. Vous avez toujours l'air de m'en vouloir.

Carson se tourna vers elle.

— Il n'y a pas que votre réflexion désobligeante, dit-il. Vous critiquez tout ce que je fais.

— Mais vous dites toujours ce qu'il ne faut pas dire, répondit de Vaca, s'emportant.

— Et voilà : vous n'êtes pas venue pour vous excuser, mais pour vous quereller.

Le silence s'installa entre eux.

De Vaca se leva.

— Nous pourrions au moins maintenir une bonne entente professionnelle. Il le faut. J'ai besoin de la prime pour ma clinique. L'expérience a échoué, eh bien, il faut réessayer.

Carson regarda la jeune femme dont la silhouette se découpait, baignée de lumière, devant la fenêtre, et qui le fixait de ses yeux violets, ses longs cheveux noirs tombant en cascade sur ses épaules et dans son dos. À sa surprise, sa beauté lui coupa le souffle. Et eut raison de sa colère.

— Qu'y a-t-il entre Mike Marr et vous ? lui demanda-t-il à brûle-pourpoint.

Elle lui lança un regard rapide.

— Ce petit con ? dit-elle. Il me drague depuis le jour de mon arrivée. Je suppose qu'il s'imagine qu'aucune femme ne peut résister à son look de cow-boy.

— Vous m'avez donné l'impression de savoir lui résister, au pique-nique...

Une ombre traversa le visage de la jeune femme.

— Oui. Et ce n'est pas un homme qui aime se faire rembarrer. Il est tout sucre et tout miel, mais ce n'est qu'une apparence. Vous avez vu le coup de crosse qu'il m'a flanqué dans le ventre ? Il me fiche la trouille, si vous voulez savoir.

D'un doigt, elle ramena ses cheveux en arrière avec vivacité.

— Bon, si on se mettait au travail ?

Carson poussa un soupir.

— D'accord, dit-il. Jetez un coup d'œil sur mes idées et voyez si vous pensez à une autre raison qui pourrait expliquer cet échec.

Il poussa le portable vers elle et elle s'assit sur le tabouret voisin du sien, parcourant les informations sur l'écran.

— J'ai une autre idée, dit-elle au bout d'un moment.

— Laquelle ?

Elle tapa :

```
Possibilité 5 : produit viral contaminé par
d'autres souches virales Grip-x ou par des
fragments de plasmides.
Solution : repurifier et tester les résultats
obtenus.
```

— Qu'est-ce qui vous fait croire que cette contamination a pu avoir lieu ? demanda Carson.

— C'est une possibilité.

— Mais ces échantillons ont été traités avec du « PurBlood ». Ils sont aussi irréprochables que les histoires drôles qu'on raconte au Vatican.

— Je dis simplement que c'est une possibilité. On ne doit pas avoir une confiance absolue en une machine. Ces souches de virus Grip-x sont très similaires.

— D'accord, d'accord, dit Carson en soupirant. Mais je veux d'abord vérifier les notes de Burt concernant la cartographie du plasmide du virus. Je la connais par cœur, mais je veux la relire encore une fois, par acquit de conscience.

— Je vais vous aider. À nous deux, nous allons peut-être découvrir quelque chose.

Et ils commencèrent à lire en silence.

Roger Czerny, étendu sur son lit dans la salle de quarantaine, regardait Brandon-Smith, assise contre le mur face à lui. Elle faisait la gueule, comme d'habitude. Tout en elle lui répugnait. La combinaison de protection qui lui donnait l'air d'un bibendum lui répugnait ; sa voix sarcastique lui répugnait ; le bruit de sa respiration et ses jérémiades dans son émetteur lui répugnaient. Et, à cause d'elle, il allait peut-être mourir. Il était furieux d'être obligé de subir son isolement en sa compagnie. Avec tout le fric que brassait GeneDyne, pourquoi n'avaient-ils pas prévu au moins deux salles de quarantaine ? Pourquoi l'enfermer avec cette grosse dondon qui râlait et geignait toute la journée ? Il était forcé de la regarder manger, dormir, vider sa poche à merde. La totale. C'était insupportable. Et puis tout devenait compliqué : pisser ou manger sans nuire à la stérilisation de l'environnement. Quand il sortirait d'ici, songea-t-il, il leur foutrait un procès au cul – à moins qu'ils ne se montrent très généreux envers lui. Ils auraient dû lui fournir une combinaison indéchirable. Ça devrait être obligatoire. Ça ne changeait rien qu'ils leur aient donné à tous les deux des combinaisons neuves. Ils l'avaient enfermé avec son assassin potentiel. Ils étaient responsables de ce qui s'était passé, et ils allaient raquer.

Pour couronner le tout, ils refusaient de lui donner les résultats de ses fréquentes prises de sang. Il ne serait mis au courant qu'à la fin des quatre-vingt-seize heures de quarantaine. S'ils le laissaient sortir, c'est qu'il serait négatif. Sinon…

Merde, songea-t-il, ça irait chercher dans les deux cent mille dollars, cette mauvaise plaisanterie. Deux cent cinquante. Il faudrait qu'il se trouve un bon avocat.

10 heures. L'éclairage était faible ; il en conclut que ce devait être le soir. C'était son seul repère, dans cette geôle, pour faire la différence entre le jour et la nuit. Il repensa à la seule et unique fois où il avait fait un séjour à l'hôpital, dix ans plus tôt, pour une appendicite aiguë. Ici, c'était comme un hôpital, mais en pire. Bien pire. Il était là, à trois cents mètres sous terre, enfermé à double tour dans une pièce minuscule, sans possibilité de sortir, avec comme compagne de captivité cette… Il ouvrit et referma la bouche plusieurs fois de suite, s'hyperventilant, s'efforçant de calmer le sentiment de panique qui menaçait à tout moment de crever la surface de son calme apparent.

Progressivement, sa respiration redevint normale. Il se tourna sur son lit et pointa une télécommande vers le poste de télévision fixé dans l'encoignure du plafond. C'était une rediffusion des *Trois Stooges*… N'importe quoi pour ne plus réfléchir.

Un bip ténu résonna, et une lumière bleue se mit à clignoter en haut du mur. Il y eut un sifflement d'air comprimé, puis le médecin, Grady, se faufila à l'intérieur, gêné dans ses mouvements par sa volumineuse combinaison rouge.

— Et rebelote ! annonça-t-il gaiement via son émetteur.

Il piqua d'abord Brandon-Smith, enfonçant l'aiguille protégée par le corps d'un Vacutainer à travers le tissu de sa combinaison.

— Je ne me sens pas très bien, gémit Brandon-Smith.

Elle disait cela à chaque visite du médecin.

— J'ai comme des vertiges...

Le médecin contrôla sa température grâce au thermomètre inséré dans la combinaison.

— Trente-sept six ! dit-il d'une voix flûtée. C'est le stress. Essayez de vous détendre.

— Mais j'ai mal à la tête ! se plaignit Brandon-Smith pour la énième fois.

— Il faut attendre encore un peu avant que je puisse vous redonner du Tylenol, lui dit le médecin. On verra dans deux heures...

— Mais c'est maintenant que j'ai mal !

— Une demi-dose, alors, dit le médecin, qui fouilla sans sa sacoche de ses mains gantées puis lui fit une nouvelle injection.

— Je vous en prie, je vous en prie, lui dit-elle d'une voix suppliante, dites-moi si je l'ai !

— Plus que vingt-quatre heures d'attente, lui dit le médecin. Une petite journée. Tenez bon, Rosalind. Tout va bien. Comme je vous l'ai déjà dit, je n'en sais pas plus que vous.

— Menteur ! lui cria Brandon-Smith. Je veux parler à Brent !

— Dé-ten-dez-vous. Personne ne vous ment. C'est le stress qui vous fait dire ça.

Le médecin s'approcha de Czerny, qui lui présenta son avant-bras avec résignation.

— Je peux faire quelque chose pour vous, Roger ? demanda le médecin.

— Non.

Même s'il le bousculait et s'enfuyait, il savait qu'il y avait deux gardes postés à la sortie de la zone de quarantaine.

Le médecin partit. La lumière bleue cessa de clignoter au moment où la porte automatique se refermait. Czerny reporta son attention sur *Les Trois Stooges*, tandis que Brandon-Smith s'allongeait par terre et sombrait dans un sommeil agité. À 23 heures, Czerny éteignit la lumière.

Il se réveilla à 2 heures du matin. Dans l'obscurité totale, il sentit une présence près de son lit. Il frissonna, terrorisé.

— Qui est là ? cria-t-il en se redressant.

Il tâtonna pour allumer la lumière puis laissa retomber son bras quand il se rendit compte que la silhouette au pied de son lit était celle de Brandon-Smith.

— Qu'est-ce que vous voulez ? fit-il.

Elle ne lui répondit pas. Sa silhouette massive vacillait légèrement.

— Foutez-moi la paix !

— Mon bras droit, dit Brandon-Smith.

— Quoi, votre bras droit ?

— Je ne le sens plus, dit-elle. Je me suis réveillée et je ne sentais plus mon bras droit.

Dans l'obscurité, Czerny palpa sa manche, trouva le bouton d'appel en cas d'urgence et appuya dessus de toutes ses forces.

Brandon-Smith fit un pas incertain et se cogna contre le montant du lit.

— N'approchez pas ! lui cria Czerny.

Il sentit le lit vibrer sous lui.

— Et, maintenant, mon bras gauche non plus, je ne le sens plus, chuchota Brandon-Smith d'une voix étrange.

Elle se mit à trembler de tous ses membres.

— C'est bizarre, dit-elle avec peine. C'est comme si j'avais des vers qui grouillaient dans ma tête.

Elle se tut. Ses tremblements s'accentuaient. Czerny recula contre le mur.

— Au secours ! hurla-t-il dans son émetteur collectif. Venez tout de suite !

Deux ampoules encastrées dans le plafond s'allumèrent, et la salle fut baignée d'une lueur pourpre.

Tout à coup, Brandon-Smith se mit à hurler.

— Où êtes-vous ? Je ne vous vois plus. Ne me laissez pas, je vous en supplie !

Dans son récepteur, Czerny entendit un bruit bizarre, un peu mou, presque immédiatement noyé par le grésillement d'un court-circuit. Relevant les yeux, il vit avec horreur de la matière cervicale éclabousser l'intérieur de la visière de Brandon-Smith. Elle n'en continua pas moins à rester debout un long moment, secouée de tremblements, puis, lentement, elle s'écroula sur le lit.

Deuxième partie

Les écuries, qui jouxtaient le périmètre extérieur, comptaient six box, dont quatre étaient occupés. Le jour se lèverait d'ici à une heure ; Vénus, l'étoile du matin, scintillait à l'orient.

Carson entra et regarda les chevaux qui somnolaient. Il siffla doucement et tous levèrent la tête, oreilles dressées.

— Lequel d'entre vous, vieilles carnes, veut aller se dégourdir les jambes ? chuchota-t-il.

Carson les passa en revue. Ils formaient une bande hétérogène ; ils avaient manifestement été achetés dans le coin, rebuts des ranchs. Un appaloosa à la croupe fuyante, deux chevaux de course plus tout jeunes, et un cheval de selle de lignage indéterminé. Muerto, le magnifique hongre de Nye, n'était pas là. L'Anglais était sans doute déjà parti faire une de ses mystérieuses promenades. Il doit en avoir marre d'être ici, songea Carson. Cela dit, le responsable de la sécurité choisissait une heure bien singulière pour s'absenter. Carson, lui, avait une excuse : le laboratoire 5 était toujours fermé et le resterait jusqu'à l'arrivée d'un inspecteur de l'OSHA[1] prévue pour le

---

1. Occupational Safety and Health Administration.

lendemain. Carson n'aurait pas pu travailler, même s'il l'avait voulu.

Cela dit, même si l'accès au « bouillon de culture » avait été autorisé, Carson n'aurait pas eu le courage de se remettre au travail dès aujourd'hui. Il grimaça dans l'écurie obscure où flottait une odeur aigre. Dire qu'au moment où il commençait à penser qu'il n'avait pas à s'en vouloir pour l'accident de Brandon-Smith, elle décédait, infectée par le Grip-x. Czerny, lui, avait été évacué en ambulance, séronégatif mais délirant. Le « bouillon de culture » était fermé pour cause de décontamination complète. Il n'y avait plus qu'à attendre, et Carson en avait assez de l'atmosphère funèbre de la résidence. Il lui fallait s'isoler pour réfléchir au problème posé par le Grip-x, essayer de comprendre ce qui avait pu clocher, et – le plus important peut-être – retrouver son équilibre. Et il ne connaissait pas de meilleur remontant qu'une longue promenade à cheval.

Un cheval bai, l'air robuste, zieutait Carson à travers son long toupet. Il entra dans le box et flatta l'animal. Le poil était rude et rêche, la peau tendue comme du cuir. Le cheval ne bougea pas d'un pouce ; il se contenta de tourner la tête et de humer son épaule avec un regard placide mais vif qui ne lui déplut pas.

Carson lui inspecta les pieds. Les sabots étaient bons même si le ferrage laissait à désirer. Le cheval ne broncha pas pendant que Carson les curait. Il lui lâcha la jambe et lui tapota l'encolure.

— T'es un supercheval, lui dit-il, mais sûr que tu es moche comme un pou.

Le cheval marqua son approbation en soufflant.

Carson lui passa un licol et l'attacha dehors à un anneau fixé au mur. Cela faisait deux ans qu'il n'avait pas monté, mais déjà ses vieux réflexes lui revenaient. Il alla dans la sellerie et passa le matériel en revue. Il était clair que la plupart des autres résidents ne montaient pas. Le bois d'arçon d'une des selles était cassé ; une autre se désintégrerait sans doute dès que le cheval passerait au trot. Il trouva une vieille selle Abiquiu au troussequin relevé qui ferait l'affaire. Carson la décrocha et prit un tapis de selle. Il mit ses vieux éperons, remarquant qu'une des molettes s'était cassée au cours des années de non-utilisation.

— Et si je t'appelais... Roscoe ? murmura-t-il au cheval tout en commençant à le panser, puis il le sella.

La lumière était maintenant plus vive à l'est, et Vénus avait pâli jusqu'à n'être presque plus visible. Carson fixa les sacoches qui contenaient son déjeuner, accrocha une gourde et se mit en selle.

Aucun garde n'était en poste à la porte de derrière. Carson s'approcha du boîtier, se pencha et tapa le code. La grille s'ouvrit.

Il partit dans le désert au petit trot, respirant à pleins poumons. Après presque trois semaines d'incarcération dans le laboratoire, il était enfin libre, loin de l'étouffant « bouillon de culture », loin de l'horreur des jours précédents.

Roscoe avait un trot rapide et inconfortable. Carson lui fit prendre la direction des ruines indiennes qui se dressaient à l'horizon, vers le sud, et qui piquaient sa curiosité.

Il passa devant à bonne distance. Les ruines étaient en grande partie recouvertes de sable accumulé par les vents, mais, ici et là, il devinait le tracé de murs éboulés et d'un ensemble de petites pièces.

Lorsqu'il fut à plusieurs kilomètres du labo, Carson fit passer son cheval au pas. Le mont du Dragon n'était plus qu'un point blanc au nord. La végétation avait subtilement changé, et il se retrouva entouré de buissons d'immortelles jaunes qui s'échelonnaient vers l'horizon avec une régularité quasi mathématique.

Il poursuivit sa route vers le sud, se laissant bercer par le balancement régulier de sa monture. Un cerf-antilope s'arrêta sur un monticule et regarda dans sa direction, rejoint par l'un de ses congénères. Soudain, comme mus par un accord tacite, ils firent volte-face et s'enfuirent au galop ; ils avaient senti son odeur. Il traversa un étrange bouquet de yuccas qui lui évoqua une foule de gens saluant bas, et il se souvint d'une histoire qu'on racontait dans sa famille sur Kit Carson et un convoi de chariots qui auraient encerclé un groupe d'ennemis et tiré sur lui pendant un quart d'heure avant de se rendre compte qu'ils tiraient sur un bosquet de yuccas tels que celui-là.

Vers midi, Carson estima avoir parcouru environ vingt-cinq kilomètres. Il distinguait encore la forme conique du mont du Dragon, mais cela faisait un bon moment que les bâtiments n'étaient plus visibles. La ligne basse des collines apparut à l'ouest, et il dirigea son cheval dans cette direction, impatient d'aller à leur découverte.

Il arriva aux abords d'une coulée de lave, immense bande noirâtre sur le sol du désert, couverte d'*ocotillos* en fleur. Cela faisait partie, Carson le savait, du vaste épanchement volcanique connu sous le nom d'*El Malpaís*, « Le Mauvais Pays », qui recouvrait le désert de Jornada sur des centaines de kilomètres carrés. Les collines étaient plus proches maintenant, et Carson vit que, semblables au mont du Dragon, elles consistaient en une chaîne de cônes de scories.

Carson et sa monture suivirent le tracé irrégulier de la coulée qui formait un labyrinthe d'anses, d'îles et de grottes.

Tout en chevauchant, Carson vit qu'un orage d'été se préparait au-dessus des collines. Un gros cumulonimbus, à la base aussi plate et sombre qu'une enclume, s'était formé dans le ciel. Il masqua bientôt le soleil, et un silence religieux s'abattit sur le paysage. En quelques minutes, le nuage déversa une trombe d'eau gris acier. Carson talonna Roscoe, qui passa au trot, et scruta la bordure de la coulée, se disant qu'il trouverait peut-être une grotte pour se protéger.

La pluie tomba plus dru et le vent commença à pousser des écheveaux de poussière. La foudre gronda au cœur du nuage et se répercuta dans le désert comme les échos d'une bataille lointaine. Un faible gémissement emplit l'air, et l'odeur de sable mouillé et d'électricité devint plus forte.

Carson contourna une pointe de lave et aperçut l'entrée d'une grotte d'apparence hospitalière parmi les buttes multiformes du basalte.

L'intérieur était sombre et frais ; le sol était recouvert de sable fin amené là par les vents. Il y entra au moment même où les premières gouttes de pluie frappaient le sol. Il vit Roscoe, attaché à un rocher, qui tournait sa croupe contre le vent. La selle serait trempée, mais elle ne méritait pas qu'on soit aux petits soins. Il la graisserait à son retour.

Soudain, les collines disparurent sous les trombes d'eau et la coulée de lave noire fut avalée par un torrent grisâtre. Carson s'allongea sur le dos dans l'obscurité de la grotte. Ses pensées le ramenèrent immanquablement vers le mont du Dragon. Même ici, il ne pouvait y échapper. Ce laboratoire perdu au milieu du désert lui paraissait toujours aussi irréel. Pourtant, la mort de Brandon-Smith était bien réelle. Une fois de plus, la pensée qu'elle serait encore en vie si son épissage génétique avait marché vint le torturer. En un sens, c'était la trop grande assurance dont il avait fait preuve qui l'avait tuée. Une part de lui-même se rendait compte que son raisonnement était faussé, et pourtant cette idée revenait sans cesse le hanter, encore et encore ; il ne pouvait se débarrasser de son sentiment de culpabilité. Il ferma les yeux et se força à écouter le bruit de la pluie et du vent.

Tandis qu'il faisait glisser machinalement ses mains sur le sable, ses doigts rencontrèrent un objet dur et froid qu'il déterra. C'était une pointe de flèche en silex, aussi légère et symétrique qu'une feuille. Il se souvint en avoir trouvé une semblable un jour qu'il chevauchait dans la prairie. Quand il l'avait rapportée au ranch, son grand-oncle Charley avait été enthousiasmé par sa découverte, disant que c'était un puissant signe de protection et qu'il devait la garder toujours sur lui. Il lui avait fabriqué une bourse en peau de daim pour qu'il la mette dedans ; puis il avait psalmodié des prières tout en aspergeant la bourse de pollen. Le père de Carson avait été exaspéré par ces « simagrées ». Plus tard, Carson avait jeté la bourse et raconté à son grand-oncle qu'il l'avait perdue.

Il glissa la pointe de flèche dans sa poche. Bizarrement, sa découverte lui avait remonté le moral. Il s'en sortirait ; il réussirait à neutraliser le virus Grip-x, ne serait-ce que pour que Brandon-Smith ne soit pas morte pour rien.

L'orage se calma, et Carson sortit de la grotte de lave. Un immense double arc-en-ciel s'étalait vers le sud, au-dessus des collines. Le soleil commençait à percer les nuages. Il détacha Roscoe, le flatta en le priant de l'excuser pour ces désagréments, essuya la selle et monta.

Les sabots de Roscoe s'enfonçaient dans le sable mouillé. Carson lui fit reprendre la direction des collines. La chaleur se réinstalla en quelques minutes, et un brouillard d'évaporation s'éleva au-dessus du désert. Carson avait soif, mais, ne voulant pas épuiser trop vite sa réserve d'eau, il prit un chewing-gum dans sa poche.

Arrivé au sommet d'un monticule, il arrêta son geste. Des empreintes creusaient le sable devant lui : celles d'un cheval de selle manifestement aussi mal ferré que Roscoe. Les traces, récentes, dataient de la fin de l'orage.

Carson dépiautait son chewing-gum. Du sommet d'un deuxième monticule, il aperçut au loin un cavalier et sa monture passant entre deux cônes de scories. Il reconnut tout de suite le chapeau de brousse et le ridicule ensemble saharien. Rien de ridicule en tout cas dans la façon dont Nye menait son cheval. Carson fit redescendre Roscoe, sauta à terre et regarda par-dessus la crête du monticule.

Nye trottait en angle droit par rapport à Carson, qui montait à l'européenne. Soudain, il arrêta son cheval et pêcha un bout de papier dans sa poche de poitrine. Il l'aplatit sur le pommeau de sa selle, sortit une boussole, la posa sur le papier et prit un repère par rapport au soleil. Il fit tourner son cheval à quatre-vingt-dix degrés, le refit passer au trot et disparut bientôt derrière les collines.

Carson remonta en selle, intrigué. Confiant en ses capacités de pisteur, il laissa Nye prendre un peu d'avance puis partit à sa suite.

Nye suivait un curieux parcours. Sa piste était en ligne droite sur huit cents mètres, puis tournait de nouveau à quatre-vingt-dix degrés pour continuer en ligne droite sur huit cents autres mètres, et ainsi de suite selon le même principe, zigzaguant à travers le désert en dessinant un damier irrégulier sur le sable. À chaque changement de direction, Carson devinait, grâce aux traces sur le sable, que Nye s'était arrêté un moment avant de continuer.

Carson reprit sa filature, fasciné par ce mystérieux trajet. À quoi jouait Nye ? Ce n'était pas une balade pour le plaisir. Il se faisait tard ; manifestement, l'homme comptait passer la nuit ici, parmi ces collines volcaniques perdues au milieu de nulle part, à une trentaine de kilomètres du mont du Dragon.

Il mit de nouveau pied à terre pour examiner la piste. Nye progressait plus vite, maintenant, au petit galop. Il montait un bon cheval, en bien meilleure condition que Roscoe, et Carson se rendit compte qu'il ne pourrait pas le suivre indéfiniment sans épuiser sa monture. Avec un peu d'entraînement, Roscoe pourrait devenir l'égal du cheval de Nye, mais il était engourdi par l'écurie, et le mont du Dragon était loin. Même si Carson faisait demi-tour, il n'y arriverait pas avant minuit. Il était temps d'abandonner la filature.

Il se préparait à remonter en selle quand il entendit une voix sèche dans son dos. Se retournant, il vit Nye qui s'approchait.

— Qu'est-ce que vous fichez là ? lui demanda l'Anglais.

— La même chose que vous : je me balade, lui répondit Carson, espérant que sa voix ne trahissait pas sa surprise.

Nye avait dû remarquer que quelqu'un le suivait, et il avait fait demi-tour pour jouer au jeu classique du poursuivi-poursuivant.

— Sale menteur. Vous me suiviez.

— Absolument pas, je...

Nye fit avancer son cheval et, avec une pression invisible des genoux, le fit tourner adroitement ; dans le même temps, il posa la main sur la crosse d'une carabine dans un étui sur le côté de la selle.

— C'est faux, siffla-t-il. Je sais très bien ce que vous faisiez, Carson, ne jouez pas au plus fin avec moi. Si jamais je vous reprends à me suivre, je vous bute. C'est compris ? Je vous enterre ici, ni vu ni connu, et personne ne saura ce qui est arrivé au gros plein de whisky que vous êtes !

Carson s'empressa de remonter en selle.

— Personne ne me parle de cette façon, dit-il.

— Eh ben, moi, je vous parle comme bon me semble, rétorqua Nye, qui commençait à sortir la carabine de son étui.

Carson éperonna son cheval, qui bondit en avant. Nye, surpris, libéra la carabine, mais, avant qu'il ait eu le temps de la braquer sur Carson, Roscoe heurta violemment Muerto, déséquilibrant Nye ; au même instant, Carson lâcha ses rênes, prit le canon de la carabine de Nye à deux mains et la lui arracha en la tirant d'un coup sec vers le bas.

Gardant l'œil sur Nye, Carson ouvrit la culasse, sortit le magasin et le jeta sur le sable. Puis il prit dans sa bouche le chewing-gum qu'il mastiquait et l'enfonça profondément dans la chambre. Il repoussa la culasse, qui se referma avec un claquement sec, et balança l'arme vers le bas de la colline.

— Ne vous amusez pas à me menacer avec une arme, dit-il, très calme.

Nye avait repris son équilibre sur sa selle et respirait bruyamment, le visage écarlate. Il fit avancer son cheval en direction de la carabine, mais Carson éperonna le sien, qui lui bloqua le passage.

— Pour un Anglais, vous êtes un beau fils de pute, lui dit Carson.

— Cette carabine m'a coûté trois mille dollars, lui répondit Nye.

— Raison de plus pour ne pas la brandir sous le nez des gens. Si vous essayez de vous en servir maintenant, elle s'enrayera et votre petite queue-de-cheval a des chances de sentir le cochon grillé. Le temps que vous la nettoyiez, je serai loin.

Les deux hommes se mesurèrent du regard. Le soleil couchant donnait aux yeux de Nye une étrange teinte topaze. Carson y vit un éclair rougeoyant qui n'avait rien à voir avec les reflets du soleil. Ce type avait des flammes dans les yeux, comme s'il était rongé par le feu d'une passion secrète.

Sans un mot de plus, Carson tourna bride et partit vers le nord à un trot rapide. Au bout de quelques minutes, il arrêta son cheval et se retourna. Nye, silhouette immobile au sommet de la colline, regardait dans sa direction.

— Faites gaffe à vos arrières, Carson ! l'entendit-il crier.

Et il eut bien l'impression d'entendre un rire étrange venir à lui à travers le désert avant d'être escamoté par le vent.

Le baladeur était posé sur un *Wall Street Journal* ouvert sur une des tables blanches de la salle de contrôle, en pièces détachées. Une silhouette en T-shirt crasseux était penchée dessus, la concentration faite homme. La légende du T-shirt, « Visitez les beautés de la Géorgie soviétique », était fièrement imprimée au-dessus de la photo d'un sinistre bâtiment administratif ressemblant à une forteresse : la quintessence de l'architecture stalinienne.

De Vaca se tenait dans un coin de la salle immaculée, se demandant si ce T-shirt était à prendre au premier degré.

— Vous me disiez que vous n'aviez jamais réparé de lecteur de CD avant ? demanda-t-elle, inquiète.

— *Da*, répondit l'homme sans relever la tête.

— Mais alors, comment faites-vous pour...

Elle laissa sa phrase en suspens. L'homme marmonna puis extirpa avec une pince à épiler une puce de la plaquette du circuit intégré.

— Hmmmmf, fit-il.

Et il la posa négligemment sur le journal. Il sortit une deuxième puce selon le même procédé.

— Ce n'était peut-être pas une si bonne idée que ça, dit de Vaca.

L'homme la lorgna par-dessus une paire de lunettes de presbyte qui avaient glissé sur le bout de son nez.

— Mais pas encore réparé, protesta-t-il.

De Vaca haussa les épaules, regrettant d'avoir apporté son lecteur de CD à Pavel Vladimirovic. On lui avait dit qu'il était une sorte de génie de la mécanique, mais elle n'avait pas encore eu le plaisir de le vérifier par elle-même. Et il lui avait avoué que c'était la première fois de sa vie qu'il voyait un lecteur de CD, *a fortiori* qu'il en réparait un.

Vladimirovic poussa un gros soupir, posa la deuxième puce et s'assit lourdement, remontant ses lunettes sur son nez.

— Il est cassé, annonça-t-il.

— Je l'avais remarqué, répondit de Vaca. C'est justement pour ça que je vous l'ai amené.

Il hocha la tête et lui désigna une chaise.

— Vous pouvez le réparer, oui ou non ? demanda de Vaca sans s'asseoir.

Il acquiesça.

— *Da*, ne vous inquiétez pas ! Je peux réparer. C'est problème avec puce qui contrôle la diode du laser.

De Vaca prit une chaise.

— Vous en avez de rechange ? demanda-t-elle.

Vladimirovic fit oui de la tête et gratta son cou mouillé de sueur. Puis il se leva, ouvrit un meuble de rangement et en sortit une boîte sans couvercle d'où dépassaient des circuits intégrés.

— Je remets tout ensemble maintenant, dit-il.

De Vaca le regarda qui, en un regain d'activité, récupéra des pièces sur les plaquettes des circuits intégrés et s'en servit pour remonter le lecteur de CD. En moins de cinq minutes, le tour était joué. Il le brancha, inséra le CD que de Vaca avait apporté et attendit. Un morceau des B-52's rugit par le haut-parleur.

— Aïeee ! cria-t-il, et il l'éteignit. *Nekulturny*. Bruit de casserole ! Doit être toujours cassé.

Il partit d'un grand éclat de rire à sa propre malice.

— Merci beaucoup, lui dit de Vaca, avec de la joie dans la voix. Je m'en sers tous les soirs. J'avais peur de devoir passer le reste de mon séjour ici sans musique. Comment faites-vous ?

— J'ai ici beaucoup de pièces de mécanismes à sûreté intégrée. J'en ai utilisé une. Ce n'est rien. Petite machine très simple. Pas comme celles-là !

Il désigna fièrement des rangées de pupitres de commande, d'écrans cathodiques et de consoles.

— À quoi ils servent ? demanda de Vaca.

— À beaucoup de choses, s'écria-t-il en s'approchant à pas pesants d'un mur tapissé de matériel électronique. Ici, vous avez le contrôle du flux laminaire. Arrivée d'air ici, chaudière est contrôlée par tout ça. Et là, c'est pour le contrôle du refroidissement.

— Le refroidissement ?

— *Da*. Vous ne voudriez pas on vous souffle air chauffé à trente-sept degrés ! Il faut ait refroidi avant.

— Pourquoi ne pas aspirer directement de l'air froid ?

— Si on aspire air froid, on ventile air vieux. Pas bon. Ceci est un système fermé. Nous sommes le seul laboratoire au monde à avoir ce système. Ça remonte au matériel à sûreté intégrée de l'époque militaire, pour dériver air chaud vers le niveau 5.

— Je n'en avais jamais entendu parler, de ce système à sûreté intégrée, dit de Vaca.

— En cas alerte 0.

— Il n'y a pas alerte 0. Le pire scénario est l'alerte 1.

— À l'époque, on avait la 0. Il peut y avoir terroristes au niveau 5, ou accident provoquant contamination totale. Injectez air à cinq cents degrés dans niveau 5, c'est stérilisation complète. Pas seulement stérilisation. Fait tout sauter, vrai *kharasho* ! Boum !

— Je vois, dit de Vaca d'une voix hésitante. Et ça ne peut pas se mettre en route par accident, ce système alerte 0, n'est-ce pas ?

Pavel pouffa.

— Impossible, dit-il. À l'arrivée des civils, système a été désactivé.

Il fit un geste de la main vers un terminal tout proche.

— Fonctionne seulement si on le reconnecte.

— Tant mieux, dit de Vaca. Je n'ai pas envie d'être grillée vivante à cause de quelqu'un qui appuierait par erreur sur le bouton.

— Comme vous dites. Fait assez chaud dehors comme ça, *niet* ? *Zharka* !

Il hocha la tête, regardant le journal d'un air absent. Puis il se raidit. Il ramassa la page froissée du *Wall Street Journal* et pointa un article du doigt.

— Vous avez vu ça ? demanda-t-il.

Elle jeta un coup d'œil aux colonnes de chiffres minuscules, en songeant qu'il avait dû piquer ce journal à la bibliothèque du mont du Dragon, abonnée à la dizaine de journaux et de revues indisponibles sur Internet – le seul matériel imprimé autorisé sur le site.

— Actions GeneDyne encore baissé d'un demi-point ! Vous savez on perd de l'argent ?

— On perd de l'argent ? demanda de Vaca.

— *Da* ! Vous avez actions, j'ai actions, et actions baissé d'un demi-point ! J'ai perdu trois cent cinquante dollars ! Quand je pense à ce j'aurais pu faire avec cet argent.

Il s'enfouit la tête dans les mains.

— Mais on doit s'y attendre, non ? dit de Vaca.

— *Shto* ?

— Les cours varient tous les jours.

— *Da*, tous les jours ! Lundi dernier, j'avais gagné six cents dollars.

— Vous voyez !

— Mais encore pire ! Lundi, plus riche de six cents dollars, et maintenant, tout perdu ! Pff !

Il écarta les bras, au désespoir.

De Vaca se retenait de rire. Ce type devait surveiller les fluctuations de la Bourse tous les jours, aux anges quand le cours montait – et imaginant sans doute ce qu'il allait faire de sa fortune – et aux cent coups quand le cours baissait. C'était le revers de la médaille de l'épargne salariale : elle concernait des gens qui n'avaient jamais fait de placements de leur vie. Pourtant, de Vaca était certaine que, globalement, ses actions lui avaient plutôt rapporté. Elle n'avait pas vérifié depuis son arrivée au mont du Dragon, mais les actions GeneDyne avaient dû grimper ces derniers mois, et tous s'étaient enrichis.

Vladimirovic secoua de nouveau la tête.

— Et ces derniers jours, pire, bien pire. Baissé de beaucoup de points.

De Vaca fronça les sourcils, l'air interrogateur.

— Vous n'entendez pas ce qui se dit au self ? C'est à cause de professeur de Boston, Levine. Lui critique toujours GeneDyne et Brent Scopes. Maintenant, il dit autre chose pire, je ne sais pas quoi, et actions ont encore baissé.

Il s'interrompit puis marmonna dans sa barbe :

— Le KGB aurait su quoi faire avec homme comme lui.

Il poussa un profond soupir puis tendit le lecteur de CD à de Vaca.

— Maintenant j'ai entendu musique décadente et contre-révolutionnaire, je regrette avoir réparé.

De Vaca lui dit au revoir en riant et en se disant que le T-shirt était sûrement à prendre au second degré. Après tout, les services secrets avaient forcément fait une enquête sur cet homme. Il faudrait qu'elle le coince au self un de ces soirs et qu'il lui raconte tout ça.

Les premières chaleurs enveloppaient Harvard Yard d'une couverture trempée. Les feuilles pendillaient mollement aux branches des grands chênes, et les cigales craquetaient à l'ombre. Tout en marchant, Levine ôta sa veste élimée et la mit sur l'épaule, respirant à pleins poumons l'odeur de l'herbe fraîchement coupée.

Ray était à son bureau et se curait distraitement les dents à l'aide d'un trombone.

— Vous avez de la visite, grommela-t-il à l'arrivée de Levine.

— Ils sont à l'intérieur ? demanda Levine, les sourcils froncés, en désignant la porte close de son bureau.

— Ils n'appréciaient pas ma compagnie, dit Ray en guise d'explication.

Au moment où Levine ouvrait la porte de son bureau, Erwin Landsberg, le directeur de l'université, se tourna vers lui, souriant.

— Charles, ça faisait longtemps, dit-il de sa voix rauque. Beaucoup trop longtemps.

Il désigna son compagnon en costume gris.

— Je te présente Leonard Safford, notre nouveau doyen.

Levine serra la main molle que Safford lui tendait et jeta un coup d'œil furtif à la ronde.

Il se demanda depuis combien de temps ces deux-là étaient ici. Son regard se posa sur son ordinateur portable, ouvert sur un coin du bureau, le cordon du téléphone toujours raccordé sur le côté. Quel idiot ! L'appel devait arriver dans cinq minutes.

— Il fait chaud, ici, dit le directeur. Charles, tu devrais commander un climatiseur à la maintenance.

— La clim me donne des rhumes de cerveau, rétorqua Levine. J'aime avoir chaud... Alors, que me vaut votre visite ?

Les deux visiteurs s'assirent. Le doyen jeta un œil dégoûté sur les piles de papiers en désordre.

— Eh bien, voilà, Charles, commença le directeur. Nous sommes venus te voir au sujet du procès.

— Lequel ?

Le directeur prit un air chagriné.

— Nous prenons cela très au sérieux, dit-il.

Voyant que Levine ne réagissait pas, il poursuivit :

— Le procès que nous intente GeneDyne, bien sûr.

Le doyen de la faculté inclina le buste.

— Docteur Levine, dit-il, je crains que nous ne partagions pas votre point de vue sur la question. Ce procès n'est pas à prendre à la légère. GeneDyne nous accuse de vol de secrets industriels, de violation informatique, de diffamation, et de deux ou trois autres choses encore.

Le président approuva du chef cette énumération.

— GeneDyne porte contre nous des accusations très graves, dit-il. Qui ne concernent pas tant la Fondation que tes méthodes. Et c'est cela qui m'inquiète le plus.

— Que leur reproche-t-on, à mes méthodes ?

— Ce n'est pas la peine de t'énerver, Charles, dit le président. Ce n'est pas la première fois que tu nages en eaux troubles, et nous t'avons toujours soutenu – même si cela n'a pas toujours été facile. Plusieurs de nos administrateurs – parmi les plus puissants – auraient préféré qu'on te laisse te débrouiller avec les groupes d'autodéfense. Mais la probité de tes méthodes est ici mise en cause... Bon, nous devons avant tout protéger l'université. Ne dépasse pas les limites de ce qui est légal ! Je suis sûr que tu me comprends.

Le sourire du directeur se ternit un brin.

— Te voilà prévenu, dit-il.

— Mon cher directeur, je crains que vous tous ne soyez à cent lieues d'apprécier la situation. Il ne s'agit pas d'une chamaillerie entre universitaires. Il s'agit de l'avenir de l'humanité.

Il jeta un coup d'œil discret à sa montre. Plus que deux minutes. *Meeeeerde*.

Landsberg haussa les sourcils, sceptique.

— L'avenir de l'humanité. Tu m'en diras tant !

— Nous sommes en guerre. GeneDyne modifie les cellules germinales de l'être humain, commettant par là même un sacrilège contre l'humanité ! « Défendre la liberté à tout prix n'est pas un crime. » Ça te dit quelque chose ? Quand ils ont « nettoyé » les ghettos, il n'était pas temps de s'inquiéter de l'éthique et de la loi. Maintenant, ils font joujou avec le génome humain. J'en ai la preuve !

— Ta comparaison est offensante, dit Landsberg. Nous ne sommes pas dans l'Allemagne nazie, et GeneDyne, quoi que tu en dises, n'est pas la Wehrmacht. Tu ternis l'excellent travail que tu fais au nom de l'Holocauste avec des comparaisons aussi ridicules.

— Ah bon ? En ce cas, explique-moi la différence entre l'eugénisme hitlérien et les activités de GeneDyne au mont du Dragon ?

Landsberg se carra dans sa chaise en poussant un soupir exaspéré.

— Si tu ne vois pas la différence, Charles, c'est que ta vision des choses est déformée par ta conception de la morale. Je crains que tout cela n'ait davantage à voir avec le litige personnel qui t'oppose à Brent Scopes qu'avec un noble souci du devenir de l'humanité. Ce qui s'est passé entre vous deux il y a vingt ans, je m'en moque ! Nous sommes simplement venus te dire de foutre la paix à GeneDyne.

— Cela n'a absolument aucun rapport avec...

Le doyen agita la main en un geste teinté d'impatience.

— Docteur Levine, dit-il, vous devez comprendre la position de l'université. Nous ne pouvons pas nous permettre de vous laisser vous impliquer dans des activités plus ou moins légales, pendant que nous nous défendons dans un procès où nous risquons de devoir payer deux cents millions de dollars de dommages et intérêts !

— Je considère que ces propos constituent une atteinte à l'autonomie de la Fondation, dit Levine. Scopes fait pression sur vous, c'est ça ?

Landsberg se rembrunit.

— Si tu considères que nous demander deux cents millions de dollars de dommages et intérêts en est une, alors, oui, j'avoue, il fait pression !

Un téléphone sonna, puis une autre sonnerie retentit pendant qu'un ordinateur se connectait au portable de Levine. Son écran s'alluma. Un personnage qui tenait le monde en équilibre sur le bout d'un doigt apparut.

Levine se pencha en arrière l'air de rien, masquant l'écran à la vue de ses interlocuteurs.

— J'ai beaucoup de travail, dit-il.

— Charles, j'ai comme l'impression que tu ne veux pas comprendre, dit Landsberg. Nous pouvons annuler les statuts de la Fondation à tout moment. Et nous le ferons, Charles, si tu nous y obliges.

— Tu n'oserais pas, dit Levine. La presse t'écraserait comme une punaise. De plus, je suis titularisé.

Landsberg se leva brusquement et se détourna pour partir, blanc comme un linge. Le doyen l'imita avec lenteur, lissant d'une main le devant de son veston. Il se pencha vers Levine :

— Vous connaissez l'expression « turpitude morale » ? lui demanda-t-il. Elle figure dans l'une des clauses de votre contrat de titularisation.

Il se dirigea vers la porte, s'arrêta, puis se retourna, intrigué.

Sur l'écran, le globe miniature se mit à tourner plus vite, et le personnage qui tenait la Terre en équilibre sur un doigt commença à montrer des signes d'impatience.

— J'ai été ravi de bavarder avec vous, dit Levine. Vous voudrez bien refermer la porte en sortant, si cela ne vous ennuie pas.

Lorsque Carson entra, la salle de conférences du mont du Dragon était déjà pleine de monde et résonnait de murmures confus. Ce jour-là, les installations électroniques étaient dissimulées derrière des panneaux, et l'écran de visioconférence était éteint. Un buffet avait été dressé le long d'un mur ; les chercheurs se partageaient café et petits-fours.

Carson aperçut Andrew Vanderwagon et George Harper dans un coin. Harper lui fit signe de les rejoindre.

— L'assemblée générale va bientôt commencer, lui dit-il. Tu es prêt ?

— Prêt à quoi ?

— Si je savais, dit Harper, passant une main dans ses cheveux clairsemés. Prêt pour le passage à tabac, je suppose. Il paraît que, si ce qu'il trouve ici ne lui plaît pas, il peut très bien nous faire fermer boutique.

— Ils ne font jamais ça à cause d'un stupide accident, rétorqua Carson.

Harper grommela.

— J'ai aussi entendu dire que ce type avait le pouvoir de nous citer à comparaître et pouvait même nous inculper d'homicide.

— J'en doute, dit Carson. Où es-tu allé pêcher ça ?

— À la Radio-Potins du mont du Dragon : la cafét'. Je ne t'y ai pas vu de la journée. Jusqu'à la réouverture du niveau 5, il n'y a rien d'autre à faire – pour qui n'a pas envie de rester assis à la bibliothèque ou à jouer au tennis par trente-sept degrés à l'ombre !

— Je suis allé faire une balade à cheval, dit Carson.

— À dada ? Tu veux dire sur ta jeune et belle assistante ? dit Harper en pouffant.

Carson leva les yeux au ciel. Parfois, Harper pouvait être très agaçant. Il avait d'ores et déjà décidé de ne parler de sa rencontre avec Nye à personne. Cela ne ferait qu'envenimer les choses.

Harper se tourna vers Vanderwagon, qui se mordillait la lèvre inférieure tout en posant sur la foule un regard inexpressif.

— En y repensant, je ne t'y ai pas vu toi non plus, à la cafét', lui dit-il. Tu es encore resté enfermé dans ta chambre toute la journée, Andrew ?

Carson tiqua. Il était évident que Vanderwagon était toujours bouleversé par ce qui s'était passé au « bouillon de culture » et par le savon que lui avait passé Scopes. À en juger par ses yeux injectés de sang, il n'avait pas dû dormir beaucoup. Parfois, Harper était aussi discret qu'une bombe atomique.

Vanderwagon se retourna et jeta un regard froid à Harper, quand un silence soudain s'abattit sur la pièce. Quatre personnes firent leur entrée : Singer, Nye, Mike Marr et un homme fluet et légèrement voûté en complet marron. L'inconnu portait un énorme porte-documents qui heurtait sa jambe à chaque pas. Ses cheveux filasse grisonnaient à ses tempes ; il arborait des lunettes à monture noire qui accentuaient la pâleur de son teint. Il irradiait la mauvaise santé.

— Ça doit être l'inspecteur, murmura Harper. Il ne me fait pas l'effet d'être une terreur.

— Il tient plus de l'aide-comptable, dit Carson. Il va se taper un méchant coup de soleil, avec cette peau.

Singer s'approcha du micro, tapota dessus et leva la main pour réclamer l'attention générale. Son visage habituellement ouvert et rubicond était gris de fatigue.

— Comme vous le savez tous, commença-t-il, les tragiques accidents comme celui qui est survenu doivent être rapportés aux autorités compétentes. M. Teece, ici présent, est inspecteur principal à l'Administration centrale de sûreté et de santé. Il va passer quelque temps avec nous pour enquêter sur les causes de l'accident et vérifier nos mesures de sécurité.

Nye, silencieux au côté de Singer, raide comme un piquet dans son costume fait sur mesure, balayait du regard l'assemblée des chercheurs. Une contraction crispait régulièrement sa mâchoire. Marr, la brosse impeccable, approuvait les propos de Singer de hochements de tête, un grand sourire aux lèvres. Carson savait qu'indirectement, en sa qualité de grand manitou de la sécurité, Nye pouvait être tenu pour responsable de l'accident. Et il en avait certainement pleinement conscience. Son regard croisa celui de Carson puis se détourna. C'est peut-être ce qui explique sa réaction paranoïaque dans le désert, songea Carson. Mais qu'y faisait-il donc ? En tout cas, ce devait être vachement important pour qu'il passe toute une nuit dehors à la veille d'une réunion comme celle-là.

— Étant donné que les secrets industriels de GeneDyne sont concernés par cette enquête, la spécificité de nos recherches restera secrète quelles que soient les conclusions de l'enquête. Rien de tout cela ne sera communiqué à la presse... Je tiens à souligner une chose : tous les employés du mont du Dragon doivent pleinement coopérer avec M. Teece. C'est un ordre qui vient directement de Brent Scopes. Je pense que c'est assez clair.

On entendait les mouches voler.

— Parfait, reprit Singer, hochant la tête. Je crois que M. Teece souhaiterait vous dire quelques mots.

L'homme frêle, qui n'avait toujours pas lâché son porte-documents, s'avança jusqu'au micro.

— Bonjour, dit-il, un sourire incertain passant sur ses lèvres fines. Gilbert Teece – mais vous pouvez m'appeler Gil. Je pense rester ici toute la semaine prochaine ou un peu plus, à fureter, à fourrer mon nez partout...

Il ricana – un gloussement sec et bref.

— C'est la procédure standard en pareilles circonstances, poursuivit-il. J'interrogerai chacun de vous individuellement, car, bien sûr, je vais avoir besoin de votre aide pour comprendre ce qui s'est passé exactement. Je sais que tout cela est très pénible pour les personnes directement concernées.

Le silence retomba, et on eut l'impression que Teece n'avait plus rien à ajouter.

— Des questions ? finit-il par demander.

Il n'y en eut aucune.

Teece s'éloigna du micro à pas traînants. Singer revint prendre sa place.

— Puisque M. Teece est arrivé et que la décontamination est achevée, nous avons décidé de rouvrir le niveau 5 sans plus attendre. Même si, je m'en doute, c'est difficile pour tout le monde, je demande à chacun de reprendre le travail demain matin. Nous n'avons que trop perdu de temps ; nous devons le rattraper.

Il s'essuya le front du revers de la main.

— Ce sera tout. Je vous remercie.

Teece bondit tout à coup comme un diable hors de sa boîte, le doigt levé.

— Docteur Singer ? Puis-je ajouter un mot ?

Singer acquiesça, et Teece le remplaça au micro.

— La réouverture du niveau 5 n'est pas une idée de moi, dit-il, mais peut-être cela sera-t-il utile pour l'enquête, après tout. Je dois dire que je suis un peu surpris que M. Scopes ne se soit pas joint à nous aujourd'hui. J'avais cru comprendre qu'il aimait être présent – interactivement parlant, j'entends – à ce genre de réunion.

Il s'interrompit, guettant une réaction de Singer ou de Nye – qui ne vint pas.

— Cela étant dit, reprit-il, il y a une question que je voudrais soumettre à votre réflexion. J'ai l'intention de parler avec chacun d'entre vous, alors peut-être me donnerez-vous votre réponse quand nous nous verrons seul à seul.

Il prit un temps.

— Je me demande, dit-il, pourquoi l'autopsie de Mlle Brandon-Smith a été conduite en secret et pourquoi sa dépouille a été incinérée avec une hâte intempestive.

Silence.

Teece, serrant toujours son porte-documents contre lui, gratifia l'assistance d'un autre de ses petits sourires finauds et suivit Singer hors de la salle.

Même si Carson avait pris tout son temps avant de se rendre au vestiaire le lendemain matin, il ne fut guère étonné de voir que la plupart des combinaisons étaient toujours dans les casiers. Personne n'était pressé de replonger dans le « bouillon de culture ».

Il se changea et sentit son estomac se nouer. Une semaine s'était écoulée depuis le drame. En même temps que les images de l'accident l'avaient hanté – la combinaison déchirée de Brandon-Smith, les griffures sur sa peau –, il avait chassé le « bouillon de culture » de son esprit. Et, maintenant, montait en lui la sensation d'un danger constant.

Au moment où il allait enfiler son casque, la porte des vestiaires s'ouvrit sur de Vaca. Elle considéra Carson.

— Vous n'avez pas l'air particulièrement joyeux.

Pour toute réponse, Carson haussa les épaules.

— Moi non plus, remarquez, ajouta-t-elle.

Un silence gêné suivit. Ils ne s'étaient pas reparlé depuis le décès de Brandon-Smith. Carson soupçonnait que de Vaca, sentant la culpabilité et la frustration qu'il ressentait, l'avait évité.

— Au moins, le garde a survécu, dit-elle.

Carson acquiesça. La dernière chose qu'il avait envie de faire était de parler de l'accident. La porte ornée de son panneau géant avertissant du risque biologique se dressait au fond de la pièce. Pour Carson, elle évoquait l'entrée d'une chambre à gaz.

De Vaca commença à se changer. Carson prenait son temps, il l'attendait, à la fois pressé de passer la première épreuve et incapable de se décider à franchir la porte.

— J'ai été faire une balade à cheval, l'autre jour, dit-il. Une fois qu'on s'est éloigné du mont du Dragon, le coin est assez joli.

— J'ai toujours adoré le désert. Il y a des gens qui trouvent que c'est moche, mais, pour moi, c'est un des plus beaux endroits du monde. Vous avez pris quel cheval ?

— Le bai. Un assez bon cheval, du reste. Un de mes éperons était cassé, mais je n'ai même pas eu à m'en servir. J'aurai de la chance si j'arrive à faire refixer ma molette ici.

De Vaca rejeta ses cheveux en arrière en riant.

— Vous connaissez ce vieux Russe, Pavel Vladimiro-quelque-chose ? C'est l'ingénieur mécanicien. Il s'occupe des systèmes de stérilisation et des flux laminaires de l'air. Il m'a réparé mon baladeur en un clin d'œil. Et il prétend que c'était la première fois qu'il en voyait un.

— Oh, alors, s'il peut réparer un lecteur de CD, je devrais peut-être lui rendre une petite visite.

— Vous savez quand cet enquêteur va nous interroger ? demanda de Vaca.

— Pas du tout. Sans doute dans peu de temps, vu que...

Il laissa sa phrase en suspens. *Vu que je suis pour quelque chose dans la cause de sa mort.*

— Yamashito, le technicien vidéo, m'a dit que l'enquêteur comptait passer la journée à visionner toutes les vidéos de la télésurveillance, dit-elle en enfilant les manches de sa combinaison.

Carson avait espéré que la lourde procédure de décontamination qui avait suivi l'accident aurait imposé un réaménagement du « bouillon de culture » et que celui-ci lui semblerait différent. Mais Carson trouva le labo 5 exactement dans l'état où il l'avait laissé quand il avait suivi Brandon-Smith venue lui annoncer la mort du chimpanzé. Son siège était repoussé loin du bureau exactement à la même place, et son ordinateur était toujours ouvert, prêt à être utilisé. Il s'en approcha machinalement et se connecta au réseau GeneDyne. Les messages de début de session défilèrent sur l'écran ; puis le traitement de texte s'ouvrit, affichant les notes qu'il avait tapées. Le curseur se plaça à la fin d'une ligne inachevée, y clignota, attendant avec une indifférence cruelle qu'il daigne achever sa phrase. Carson se laissa tomber sur sa chaise.

Soudain, l'écran s'éteignit. Carson attendit un petit moment puis tapa sur quelques touches. N'obtenant aucun résultat, il poussa un juron étouffé. Peut-être que la batterie était morte. Il jeta un coup d'œil à la prise murale et remarqua que le portable était branché sur le secteur. Bizarre.

Quelque chose commença à se matérialiser sur l'écran. Ce doit être Scopes, songea Carson. Sans doute un petit laïus d'encouragement pour faciliter la reprise du travail au « bouillon de culture ».

Un petit personnage apparut sur l'écran, un mime qui tenait la Terre en équilibre sur le bout d'un doigt. Le globe terrestre se mit à tourner lentement. Perplexe, Carson tapa plusieurs fois sur la touche « Échap ». En vain.

Le petit personnage s'évanouit soudain pour laisser place à des mots.

    Guy Carson ?
    Oui, *tapa Carson*.
    Guy Carson au clavier ?
    Puisque je vous le dis.
    Ah, ce n'est pas trop tôt, Guy ! Il était
    temps que tu te connectes. Ça fait un moment
    que je t'attends, mec. Mais, d'abord, je dois
    être sûr que tu es toi. Tape la date de
    naissance de ta mère, STP.
    2 juin 1936. Qui êtes-vous ?
    Merci. Je suis le Mime. J'ai pour toi un
    message très important de la part d'un « pays »
    à toi.
    Le Mime ? C'est toi, Harper ?
    Non, ce n'est pas Harper. Je te suggère de
    faire le vide autour de toi pour que personne
    ne puisse lire par inadvertance le message
    que je vais te transmettre. Tu me fais savoir
    quand tout est OK.

Carson lança un regard à de Vaca, occupée à l'autre bout du laboratoire.

    À qui ai-je l'honneur, bordel ? *tapa-t-il
    avec humeur.*
    Mazette ! Il vaut mieux que tu n'insultes
    pas le Mime, sinon, le Mime pourrait t'insulter
    en retour. Et tu n'apprécierais pas. Pas du
    tout du tout. Ce que je n'apprécie pas… Tu
    veux le message, oui ou non ?
    Non.

> Je ne te crois pas. Avant que je te le balance, je veux que tu saches que la voie est cent pour cent sûre et que moi, le Mime, et personne d'autre, j'ai craqué le réseau GeneDyne. Personne à GeneDyne n'est au courant, et personne ne peut intercepter notre conversation. J'ai fait tout ça pour te protéger, cow-boy. Si quelqu'un arrivait pendant que tu lis ce qui va suivre, appuie sur la touche de commande et un affichage de codes génétiques se substituera au message. En fait, ce ne seront pas de vrais codes génétiques, mais les séquences seront correctes. Pour revenir au message, rappuie sur la touche de commande. Hip, hip, hip, etc. ! Et, maintenant, on ne bouge plus !

Carson jeta un autre coup d'œil en direction de de Vaca. Peut-être était-ce encore une plaisanterie de Scopes. Ce type avait un sens de l'humour un peu tordu. Scopes ne s'était pas manifesté depuis l'accident. Peut-être voulait-il tester sa loyauté par cette supercherie ? Carson attendit, mal à l'aise.

L'écran s'éteignit un bref instant, puis un message apparut.

> Mon cher Guy,
> Ici Charles Levine, votre ancien prof. Biochimie 162, vous vous rappelez ? Je vais aller droit au but, car je sais que vous ne devez pas être à l'aise en ce moment.

Bon Dieu, songea Carson. La meilleure de l'année ! Le Dr Levine piratant le réseau GeneDyne ! Cela semblait impossible. Mais, si c'était vraiment Levine, et si Scopes l'apprenait... L'index de Carson glissa vivement jusqu'à la touche « Échap », l'enfonça plusieurs fois de suite, sans résultat.

Guy, le bruit court qu'un accident se serait produit au mont du Dragon. Le couvercle a été vite refermé, cela dit, et tout ce que j'ai pu savoir, c'est que quelqu'un a été accidentellement infecté par un virus. Un virus létal, apparemment, qui fiche une trouille bleue.

Guy, écoutez-moi, j'ai besoin de votre aide. J'ai besoin de savoir ce qui se passe au mont du Dragon. Quel est ce virus ? Qu'est-ce que vous voulez en faire ? Est-il réellement aussi dangereux qu'on le prétend ? Nos concitoyens ont le droit de savoir. Si tout cela est vrai – si vous êtes vraiment, dans votre désert, en train de manipuler un virus encore plus dangereux que la bombe atomique –, alors, aucun d'entre nous n'est en sécurité.

Je me souviens très bien de vous à l'époque où vous étiez ici, Guy. Vous étiez un vrai franc-tireur. Un sceptique. Vous ne preniez jamais ce que je disais pour argent comptant ; vous deviez d'abord vous le prouver à vous-même. C'est une qualité rare que, j'espère, vous n'avez pas perdue. Je vous supplie à présent d'appliquer votre scepticisme naturel au travail que vous faites au mont du Dragon. Ne prenez pas tout ce qu'ils vous disent pour argent comptant. Au fond de vous, vous savez très bien que rien n'est infaillible, qu'aucune mesure de sécurité n'est fiable à cent pour cent. Si les bruits qui courent sont vrais, vous l'aurez vérifié par vous-même. Je vous en supplie, posez-vous la question : le jeu en vaut-il la chandelle ?

Je vous recontacterai par l'intermédiaire du Mime, qui est un expert en matière de protection informatique. La prochaine fois, peut-être pourrons-nous nous parler en direct : le Mime ne souhaitait pas prendre le risque d'établir une conversation interactive dès le premier contact.

Réfléchissez-y, Guy. Je vous en supplie.
Meilleur souvenir,

Charles Levine.

L'écran s'éteignit. Carson, le cœur battant la chamade, chercha à tâtons l'interrupteur. Il aurait dû couper cette machine immédiatement. Était-il possible que ce soit vraiment Levine ? Son instinct le lui soufflait. Il devait être fou pour le contacter de cette façon, n'hésitant pas à mettre sa carrière chez GeneDyne en péril. Plus Carson y pensait, plus la surprise cédait le pas à la colère. Comment Levine pouvait-il avoir la certitude que la voie de transmission était sûre ?

Il se souvenait très bien de Levine, un passionné. Un jour, il était si concentré sur la formule chimique qu'il écrivait au tableau qu'il trébucha au bout de l'estrade et s'étala par terre. En bien des façons, il avait été un professeur remarquable : iconoclaste, visionnaire..., mais aussi – Carson s'en souvenait – irritable, coléreux, emphatique. Là, il dépassait les bornes.

Il ralluma son ordinateur. Si Levine se manifestait encore, il lui dirait le fond de sa pensée. Puis il se déconnecterait sans lui laisser le temps de répondre.

Il reporta le regard sur l'écran et se figea.

```
Appel de Brent Scopes. Appuyez sur la touche
« Entrer » pour dialoguer.
```

Refoulant la vague de panique qui le submergeait, Carson fit ce qui lui était demandé. Scopes avait-il intercepté le message ?

```
Salut, Guy.
Bonjour, Brent.
Je voulais juste vous souhaiter un bon
retour. Vous savez ce que dit T. H. Huxley :
« Le drame, avec la science, c'est qu'elle
assassine de belles hypothèses à coups de
hideuses démonstrations. » C'est ce qui s'est
```

passé. C'était une belle idée, Guy. Dommage qu'elle n'ait pas marché. Maintenant, vous devez continuer. Chaque jour sans résultat coûte environ un million de dollars à GeneDyne. Tout le monde attend la neutralisation de ce virus. Nous ne pouvons pas aller plus loin tant que cette étape n'a pas été franchie. On dépend tous de vous.

Je sais, écrivit Carson. Je vous promets de faire de mon mieux.

C'est bien, Guy. Mais ce n'est pas suffisant. Il nous faut des résultats. Nous avons connu un échec, mais l'échec fait partie intégrante de la recherche scientifique, et je sais que vous pouvez réussir. Vous avez eu près d'une semaine pour y réfléchir. Je suppose que vous avez de nouvelles idées...

Nous allons procéder à un nouvel essai pour voir si quelque chose nous aurait échappé. Nous allons aussi recartographier le gène, au cas où.

Très bien, mais faites vite. Autre chose. Cet échec nous a apporté un élément primordial, voyez-vous. J'ai reçu les résultats de l'autopsie de B.-S. Je les ai sous les yeux. Pour une raison x, la souche que vous avez conçue a été encore plus virulente que la souche de Grip-x habituelle. Et plus contagieuse (si nos tests pathologiques sont exacts). B.-S. n'a produit des anticorps que quelques heures avant sa mort. Je veux savoir pourquoi. Nous avons mis en culture les souches prélevées dans le cerveau de B.-S. avant sa crémation. Je vous les fais parvenir. Nous appelons cette nouvelle souche Grip-x II. Je veux que vous disséquiez ce virus. Je veux savoir comment il fonctionne. En essayant de le neutraliser, vous avez par un heureux hasard découvert un moyen d'accroître sa létalité.

Un heureux hasard ? Je ne suis pas sûr de comprendre...

Nom d'un chien, Guy, si vous déterminez ce qui l'a rendu plus mortel, il y a des chances pour que vous puissiez déterminer comment le rendre *moins* mortel ! Je suis un peu étonné que vous n'y ayez pas songé vous-même. Allez, au travail !

La fenêtre de transmission se referma en un clin d'œil. Carson poussa un profond soupir. Cliniquement, ça se tenait ; mais la perspective de travailler sur une culture virale provenant du cerveau de Brandon-Smith lui glaçait les sangs.

Comme par un fait exprès, un laborantin fit son entrée, portant un plateau en acier inoxydable chargé de plusieurs boîtes hermétiques marquées d'un sigle « biorisque » et d'une étiquette : Grip-x II.

— Interflora pour Guy Carson, dit le jeune homme avec un rire macabre.

Le soleil de la fin de l'après-midi, qui entrait à flots par les fenêtres orientées à l'ouest, recouvrait le bureau de Singer d'un manteau d'or. Nye, assis sur le canapé, silencieux, avait le regard fixé sur la cheminée.

Une frêle silhouette flanquée d'un porte-documents géant apparut sur le seuil et toussota discrètement.

— Entrez, dit Singer.

Gilbert Teece ne se fit pas prier. Il adressa un signe de tête poli aux deux occupants de la pièce. Ses cheveux filasse et clairsemés recouvraient imparfaitement un crâne rouge écrevisse qui faisait mal à voir, et son nez pelait des suites d'un coup de soleil. Il eut un sourire un peu gauche, comme pour montrer qu'il avait lui-même conscience de son inadaptation à l'environnement.

— Asseyez-vous, dit Singer, avec un vague geste de la main. Où vous voulez.

Teece snoba les bergères à oreillettes et se dirigea résolument vers le canapé occupé par Nye. Il s'assit avec un soupir de contentement. Le responsable de la sécurité se poussa sur le côté avec raideur.

— On s'y met ? proposa Singer en s'asseyant. J'ai horreur de boire l'apéritif trop tard.

Teece, qui bataillait avec la fermeture Éclair de son porte-documents, leva les yeux et esquissa un rapide sourire. Puis il glissa la main dans son porte-documents et en sortit un magnétophone qu'il posa avec précaution sur la table basse devant lui.

— Je vais faire au plus vite, dit-il.

Nye brandit son propre magnétophone et le posa à côté d'eux.

— Parfait, dit ce dernier. Il vaut toujours mieux conserver une trace enregistrée, n'est-ce pas, monsieur Nye ?

— Absolument, répondit Nye, pète-sec.

— Ah ! dit Teece, surpris, comme s'il entendait parler Nye pour la première fois. Anglais ?

Nye tourna lentement la tête vers lui.

— D'origine, dit-il.

— Moi aussi, dit Teece. Mon père était sir Wilberforce Teece, baronnet de Teecewood Hall, dans les Pennines. Mon frère aîné a hérité du titre et de l'argent, et moi d'un billet pour l'Amérique. Vous connaissez ? Teecewood Hall, je veux dire ?

— Non, répondit Nye.

— Vraiment ? dit Teece, haussant les sourcils. C'est une très belle région, dans la forêt de Hamsterley. Très joli... surtout en cette saison. Grasmere, Troutbeck... Le lac Windermere...

L'atmosphère qui régnait dans le bureau se chargea soudain d'électricité. Nye se tourna vers Teece et considéra son visage béat.

— Monsieur Teece, dit-il, je propose que nous entrions tout de suite dans le vif du sujet.

— Mais nous y sommes ! s'écria Teece. Monsieur Nye, vous avez bien été responsable de la sécurité à la centrale nucléaire de Windermere, si je ne m'abuse ? À la fin des années 1970, c'est bien ça ? Et puis est survenu ce terrible accident...

Il secoua la tête d'un air malheureux à cette évocation.

— Je ne me rappelle jamais le nombre de victimes, dit-il. Bref, avant d'être embauché par GeneDyne UK, il vous a fallu près de dix ans pour retrouver du travail dans votre branche. C'est bien ça ? Entre-temps, vous avez travaillé pour une compagnie pétrolière dans un coin reculé du Moyen-Orient où le profil de votre poste était somme toute assez flou...

Teece se grattouilla le bout du nez.

— Tout cela n'a absolument rien à voir avec votre mission, dit Nye en pesant ses mots.

— Mais beaucoup à voir avec la force de votre dévouement envers Brent Scopes, dit Teece. Dévouement qui peut influencer mon enquête d'une façon ou d'une autre.

— C'est grotesque, dit Nye, sèchement. J'ai l'intention de faire part de votre attitude à vos supérieurs.

— Quelle « attitude » ? demanda Teece avec son fin sourire.

Sans attendre de réponse, il ajouta :

— Et quels supérieurs ?

Nye se pencha vers lui :

— Arrêtez de jouer à la sainte-nitouche, lui dit-il à voix basse. Vous savez très bien ce qui s'est passé à Windermere. Et pas la peine que vous me posiez vos questions ; je vous dirai que dalle.

— Une seconde, intervint Singer avec un empressement feint. Monsieur Nye, évitons de...

Teece l'interrompit en levant la main.

— Excusez-moi, dit-il. M. Nye a tout à fait raison. Je sais absolument tout ce qui s'est passé à Windermere. C'est juste que j'aime vérifier la véracité de mes informations. Ces rapports (il tapota son porte-documents démesuré)... sont si souvent bourrés d'inexactitudes, d'approximations... Ils sont rédigés par des petits fonctionnaires, et sait-on jamais ce que ces imbéciles peuvent écrire sur vous, n'est-ce pas, monsieur Nye ? Je pensais que vous voudriez peut-être saisir cette opportunité de modifier d'éventuelles erreurs, de possibles calomnies qui se seraient glissées dans ce rapport.

Nye ne fit pas de commentaire.

Teece haussa les épaules et sortit une enveloppe en papier kraft de son porte-documents.

— Très bien, monsieur Nye. Commençons. Pourriez-vous me donner votre version de ce qui s'est passé le matin de l'accident ?

Nye s'éclaircit la gorge.

— À 9 h 50, on m'a signalé une alerte 2 au labo niveau 5.

— Que de chiffres ! dit Teece. Et ils signifient ?

— Qu'une brèche s'est produite dans la sécurité. La combinaison de protection de quelqu'un avait été endommagée.

— Et qui vous a prévenu ?

— Carson. Guy Carson. Par la ligne d'appel d'urgence de l'émetteur collectif.

— Je vois, dit Teece. Continuez.

— Je me suis immédiatement rendu au poste de sécurité pour évaluer la situation, puis j'ai pris le laboratoire sous ma responsabilité pendant toute la durée de l'alerte.

— Ah oui, vraiment ? Avant même d'en informer le Dr Singer ? s'enquit Teece, jetant un coup d'œil au directeur.

— C'est la procédure habituelle, dit Nye platement.

— Et, docteur Singer, lorsque vous avez su que M. Nye se substituait à vous, vous l'avez accepté de bonne grâce, naturellement ?

— Naturellement.

— Docteur Singer, poursuivit Teece d'une voix légèrement plus sèche, j'ai passé tout l'après-midi à visionner les bandes vidéo de l'accident. J'ai écouté les conversations qui ont eu lieu. Alors, auriez-vous l'obligeance de bien vouloir répondre à ma question ?

Il y eut un moment de silence.

— Bon, finit par répondre Singer. À la vérité, je n'étais pas ravi, ravi, non. Mais j'ai fait avec.

— Et vous, monsieur Nye, poursuivit Teece, selon les informations en ma possession, vous n'êtes censé vous substituer au directeur que si, selon vous, celui-ci est dans l'incapacité d'assumer ses fonctions.

— C'est exact, dit Nye.

— Par conséquent, je ne peux qu'en conclure que vous aviez des raisons de penser que le directeur était dans l'incapacité d'assumer ses fonctions.

Autre long moment de silence.

— C'est exact, répéta Nye.

— C'est absurde ! se récria Singer. C'était tout à fait superflu. J'étais parfaitement en mesure de contrôler la situation.

Nye se raidit, le visage fermé.

— Alors, reprit Teece, placide, qu'est-ce qui vous a donné à penser que M. Singer ici présent ne serait pas capable de gérer cette alerte ?

Cette fois, Nye répondit sans hésiter.

— Je pense que le Dr Singer s'est trop lié d'amitié avec les gens qu'il est censé superviser. C'est un chercheur, c'est vrai, mais il est beaucoup trop dans l'affectif et il ne gère pas toujours le stress. Si la situation avait été laissée entre ses mains, l'issue aurait peut-être été différente.

Singer bondit sur ses pieds.

— Je suis d'un naturel aimable, et alors, où est le problème ? s'écria-t-il. Monsieur Teece, vous devez avoir compris, même en si peu de temps, à quel genre d'homme vous avez affaire. C'est un mégalomane. Personne ne l'apprécie. Il disparaît dans le désert presque tous les week-ends. Quant à savoir pourquoi Scopes ne s'est pas encore passé de ses services, c'est un mystère pour tout le monde.

— Ah, je vois, dit Teece.

La mine réjouie, il ouvrit une chemise, prenant un malin plaisir à prolonger le silence. Singer alla près de la fenêtre, tournant le dos à Nye. Teece sortit un stylo de sa poche, nota quelque chose, puis l'agita sous le nez de Nye.

— À ce qu'on m'a dit, ces ustensiles sont *streng verboten* ici. Une chance que cela ne me concerne pas. J'ai horreur des ordinateurs...

Il rempocha son stylo avec soin.

— Bien, reprit-il. Docteur Singer, passons maintenant au virus sur lequel vous travaillez. Le Grip-x. Les documents qui m'ont été remis sont plutôt flous. Pourquoi est-ce un virus si dangereux ?

— Une fois que nous le saurons, lui rétorqua Singer, nous pourrons y remédier.

— C'est-à-dire ?

— Le rendre inactif, évidemment.

— Mais pourquoi travaillez-vous sur un virus si terrifiant ?

— Ce n'était pas notre intention au départ, croyez-moi, dit Singer en se retournant vers lui. La virulence de la souche Grip-x résulte d'un effet secondaire inattendu de notre technique de thérapie génique. Le virus est en état de transition. Une fois que le produit sera stabilisé, le problème ne se posera plus... Le drame, c'est que Rosalind Brandon-Smith ait été infectée par le virus à ce stade encore précoce.

— Rosalind Brandon-Smith, répéta lentement Teece. Nous ne sommes pas vraiment satisfaits par la façon dont a été menée son autopsie, comme je l'ai déjà dit.

— Nous avons suivi la procédure habituelle, intervint Nye. L'autopsie a été faite dans les locaux du niveau 5, avec port de combinaison de protection, et a été suivie par l'incinération du corps et la décontamination de tous les laboratoires situés à l'intérieur du périmètre de sécurité.

— C'est la concision du rapport du pathologiste qui m'étonne, monsieur Nye, dit Teece. Et, si concis soit-il, il y a tout de même plusieurs points qui m'intriguent. Par exemple, d'après ce que j'ai pu comprendre, le cerveau de Mlle Brandon-Smith a plus ou moins... explosé. Et pourtant, au moment de sa mort, elle était enfermée dans une salle de quarantaine, sans aucun soutien médical.

— Nous ignorions qu'elle avait été contaminée, dit Singer.

— Comment cela ? Elle avait été griffée au sang par un chimpanzé infecté. Les prises de sang ont dû signaler la présence d'anticorps ?

— Non. Entre le moment de l'apparition des anticorps et celui du décès, il peut se passer un laps de temps très court.

— Étrangement court, à ce qu'il semble, dit Teece en fronçant les sourcils.

— Vous ne devez pas oublier que c'était le premier cas de contamination humaine par le virus Grip-x – et le dernier, nous l'espérons. Nous ne savions pas ce qui nous attendait. Et la souche Grip-x est particulièrement virulente. Quand nous avons reçu son sérodiagnostic positif, elle était déjà morte.

— Le sang. Encore une chose curieuse dans ce rapport. Apparemment, elle a fait une hémorragie interne fulgurante.

Teece jeta un coup d'œil à l'intérieur de sa chemise et caressa un paragraphe du bout de l'index.

— Ah, voilà, dit-il. Ses organes baignaient dans son sang, pour ainsi dire. Rupture des vaisseaux sanguins, est-il précisé.

— Un symptôme dû à l'infection par le virus Grip-x, sans aucun doute, dit Singer. Ce n'est pas sans précédent. Le virus Ébola provoque ce phénomène.

— Mais les rapports de pathologie que j'ai sur les chimpanzés infectés par ce même virus ne parlent pas de ces symptômes.

— Apparemment, cette maladie se manifeste différemment chez l'homme et chez le chimpanzé. Rien d'étonnant à cela.

— Sans doute...

Teece tourna quelques pages.

— Mais il y a d'autres choses qui m'étonnent dans ce rapport. Par exemple : une concentration très élevée de certains neuromédiateurs dans son cerveau. Dopamine et sérotonine, pour être précis.

— Un autre symptôme dû au virus, je suppose, dit Singer.

Teece referma la chemise.

— Là encore, rien de tel chez les chimpanzés infectés.

— Monsieur Teece, dit Singer en soupirant, où voulez-vous en venir ? Nous n'avons tous que trop conscience de la dangerosité de ce virus. Nous concentrons tous nos efforts sur sa neutralisation. L'un de nos chercheurs, Guy Carson, s'y consacre exclusivement.

— Carson. Ah oui, le remplaçant de Franklin Burt. Ce pauvre Dr Burt, qui réside actuellement à la maison de repos de Featherwood Park.

Teece se pencha en avant et, baissant d'un ton, ajouta :

— Ah, là encore, autre chose curieuse, docteur. J'ai parlé à Lloyd Fossey, le médecin traitant de Franklin Burt. Burt aussi a des problèmes de rupture de vaisseaux. Et chez lui aussi la dopamine et la sérotonine sont présentes à un taux incroyablement élevé.

Un silence sidéré accueillit cette nouvelle.

— Bon Dieu ! souffle Singer, le regard perdu dans le vague comme s'il effectuait un calcul.

Teece leva un doigt fin.

— Mais, dit-il, Burt n'a développé aucun anticorps au virus Grip-x, et cela fait des semaines qu'il n'est plus au mont du Dragon. Donc, il ne doit pas être contaminé.

La tension diminua d'un cran.

— Une simple coïncidence, alors, suggéra Nye, qui se renfonça dans le canapé.

— C'est peu probable, répondit Teece. Vous travaillez sur d'autres agents pathogènes mortels ?

Singer secoua la tête.

— Nous avons des virus congelés, les habituels : Marbourg, Ébola, Zaïre, Lassa. Mais aucun d'eux ne provoquerait de démence.

— Oui, c'est sûr, dit Teece. Autre chose ?

— Non.

Teece se tourna vers le responsable de la sécurité.

— Qu'est-il arrivé exactement au Dr Burt ?

— Le Dr Singer a recommandé son renvoi, répondit Nye tout naturellement.

— Docteur Singer ? interrogea Teece.

— Il devenait confus, agité, dit Singer d'une voix hésitante. Nous étions amis. C'était un hypersensible, un homme très gentil et toujours attentif. Même s'il en parlait très rarement, je pense que sa femme lui manquait beaucoup. La pression est énorme, ici... Il faut une grande force de caractère qui lui faisait défaut. C'est ce qui l'a perdu. Lorsque j'ai remarqué chez lui les premiers signes de paranoïa, j'ai recommandé son transfert à l'hôpital central d'Albuquerque.

— La pression, répéta Teece d'un air songeur. Vous me passerez l'expression, docteur, mais je n'ai pas l'impression que nous parlons d'une déprime à la petite semaine de Monsieur Tout-le-monde.

Il regarda à l'intérieur de son porte-documents.

— Le Dr Burt a décroché, si je ne m'abuse, sa maîtrise et son doctorat au Johns-Hopkins en cinq ans – c'est-à-dire en moitié moins de temps que la normale.

— C'est exact, dit Singer. C'était un homme très... brillant.

— Puis, selon le CV qui m'a été transmis, le Dr Burt a fait des gardes au service d'urgence de l'hôpital Meer de Harlem, dans la 155e Rue Est. Vous connaissez ce quartier ?

— Non, répondit Singer.

— La police surnomme ses habitants les « Kleenex ». Une allusion cynique au caractère jetable de la vie dans cette partie du monde. Le Dr Burt faisait des gardes que les externes appellent les « Spéciales 36 ». C'est-à-dire qu'il était de garde aux urgences pendant trente-six heures d'affilée, puis de repos pendant douze, puis de nouveau en service pendant trente-six heures. À ce rythme pendant trois mois.

— Je l'ignorais, dit Singer. Il ne parlait pas beaucoup de son passé.

— Puis, durant ses deux premières années d'internat, le Dr Burt a réussi à écrire une monographie de quatre cents pages intitulée « Métastatisation ». Un travail remarquable. Parallèlement, il était en pleine procédure de divorce avec sa première femme.

Teece s'interrompit puis reprit d'une voix plus forte :

— Et vous êtes en train de me dire que Burt ne serait pas homme à supporter la *pression* ?

Il éclata de rire, mais toute trace d'amusement avait quitté ses traits bien avant qu'il ait repris son sérieux.

Le silence s'installa entre les trois hommes. Au bout d'un moment, l'inspecteur se leva.

— Bien, messieurs, dit-il, je n'abuserai pas davantage de votre temps pour cette fois.

Il rangea le magnétophone et la chemise dans son porte-documents.

— Nul doute que nous aurons d'autres choses à nous dire une fois que j'aurai parlé avec le personnel.

Il gratta le bout pelé de son nez et sourit d'un air fataliste.

— Certains bronzent, d'autres brûlent, dit-il. Je suppose qu'il faut en conclure que je suis de ceux qui brûlent...

La nuit tombait sur la maison en bardeaux blancs qui se trouvait au coin de Church Street et de Sycamore Terrace, à River Pointe, une banlieue de Cleveland. La brise légère de mai faisait bruisser les feuillages alentour. L'aboiement lointain d'un chien et le Klaxon d'un train ajoutèrent une note de mystère à ce quartier tranquille.

La lumière qui brillait à la fenêtre de l'étage n'avait pas la teinte dorée de celle des maisons voisines. Elle était d'un bleu pâle semblable à la lueur d'une télévision, mais sa couleur et son intensité ne se modifiaient jamais. Un promeneur qui se serait arrêté sous la fenêtre ouverte aurait entendu un léger bip continu ainsi que le cliquetis des touches du clavier d'un ordinateur. Mais aucun promeneur ne passait plus par là à cette heure.

À l'intérieur de la pièce, un homme était assis devant un mur nu dans lequel se découpait une porte en bois ; les autres murs étaient tapissés du sol au plafond de casiers en métal où s'entassaient des piles de matériel électronique à donner le vertige. On y trouvait des moniteurs, des disques durs à contrôle par redondance, et des tas d'autres gadgets que bien des gouvernements auraient aimé posséder : sniffeurs de réseaux, dispositifs d'interception des fax, unités de saisie d'images d'écran à distance, brouilleurs de protection par mot de passe, scanneurs-intercepteurs de téléphones cellulaires. Une vague odeur de métal chauffé et d'ozone régnait dans la pièce. De gros câbles entrelacés pendaient entre les casiers, telles des lianes.

L'homme remua, et son fauteuil grinça en guise de protestation. Un bras atrophié se leva au-dessus du clavier fait sur mesure fixé dans un bras du fauteuil. Un doigt déformé se tendit dans la lumière bleutée puis appuya sur une série de touches. Le faible écho d'une tonalité de recherche se fit entendre. Dans l'un des casiers métalliques, un tube à rayons cathodiques s'alluma ; une succession de codes informatiques défilèrent sur l'écran, suivis par le petit logo d'une société.

Le doigt remonta jusqu'à une rangée de touches très grosses et marquées de repères en couleur, et s'abattit sur l'une d'elles.

Les quelques secondes de silence se muèrent en minutes. L'homme assis dans le fauteuil roulant ne croyait pas aux méthodes grossières telles que des attaques en force ou l'inversion d'algorithmes pour scratcher un système informatique. Son programme opérait au point où le trafic externe d'Internet entrait dans le réseau privé de la société, chevauchant, pour ainsi dire, les en-têtes du programme à l'entrée de la porte de l'ordinateur et contournant de la sorte le barrage du mot de passe. Soudain, l'écran clignota, et une avalanche de codes se mit à défiler. Le bras atrophié s'éleva de nouveau et commença à taper, lentement d'abord, puis un peu plus vite, des groupes de codes hexadécimaux, s'interrompant de temps en temps pour attendre une réponse. L'écran devint rouge, et l'intitulé « Système interactif GeneDyne-sous-section

Maintenance » y apparut, suivi d'une courte liste de choix possibles.

Une fois encore, il avait traversé le mur de feu de GeneDyne.

Le bras atrophié se leva pour la troisième fois et lança deux programmes qui allaient travailler en symbiose. Le premier poserait un leurre temporaire sur l'un des fichiers du système d'exploitation, masquant les mouvements du second en le faisant passer pour un inoffensif programme de maintenance alors qu'il serait occupé à créer une voie de communication sûre dans la colonne vertébrale du réseau du mont du Dragon.

Assis dans son fauteuil roulant, l'homme attendit patiemment que les programmes contournent les ponts et les canaux du réseau. Une faible sonnerie se fit enfin entendre, puis une série de messages d'acheminement défila sur l'écran.

Le bras se tendit une fois encore vers le clavier, et le sifflement aigu d'un modem résonna dans la pièce. Un deuxième écran s'alluma, et une phrase, tapée rapidement par une main invisible, y apparut bientôt.

```
  Ah, quand même ! Ça fait une heure que
j'attends ! Ce n'est pas facile de bloquer
mon emploi du temps pour vous !
```

La main flétrie tapa une réponse sur le clavier ouaté.

```
  J'adore quand vous jouez les père Fouettard
avec moi, prof. Mazette ! Vous voulez que je
vous la copie cent fois ?
  Il est trop tard, maintenant, il a dû partir
du labo.
```

> Ô, homme de peu de foi ! Le Dr Carson a
> sûrement un autre ordinateur dans sa cham-
> brette. Nous devrions pouvoir obtenir toute
> son attention, là. Bon, souvenez-vous de la
> procédure.
> Oui. Allons-y.

Le doigt appuya sur une touche, et un autre sous-programme fut lancé, qui envoya une page anonyme à Guy Carson. Vu le contact précédent, le Mime décida de se dispenser de sa carte de visite habituelle ; Carson serait capable de couper son ordinateur en revoyant son logo de présentation. Quelques secondes s'écoulèrent, puis une réponse apparut :

> Ici Carson. Qui êtes-vous ?

Le doigt appuya sur une touche colorisée, balançant un message prétapé sur le réseau.

> Comment ça ? Tu m'as déjà oublié ? Bon, je
> me présente une nouvelle fois : je suis le
> Mime, l'Hermès du multimédia. Je te passe le
> professeur Levine.

Appuyant sur une autre touche, il connecta Levine à la voie de transmission sûre.

> Laissez tomber, *répondit Carson*. Quittez le
> système tout de suite.
> Guy, je vous en prie, ici le professeur
> Levine. Attendez une minute. Laissez-moi par-
> ler.
> Hors de question.

Le Mime appuya sur une autre touche et un autre message apparut sur l'écran.

Une minute, mec, bon Dieu de bon Dieu ! C'est le Mime qui te parle. Nous contrôlons le vertical et l'horizontal. J'ai posé un petit piège dans le nœud de ton réseau, et si tu te déconnectes maintenant tu vas déclencher les alarmes internes. Puis tu devras servir un baratin à ton cher M. Scopes. J'ai bien peur que le seul moyen de te débarrasser du Mime ne soit encore d'écouter - ou plutôt de lire - ce que le bon professeur a à te dire. Je t'explique, cow-boy. À la demande du prof, j'ai créé un moyen grâce auquel tu peux l'appeler. Si jamais tu voulais le contacter, envoie-toi une demande de dialogue à toi-même. Je confirme : à toi-même. Cela initialisera un petit programme pirate que j'ai caché à l'intérieur du réseau. Programme pirate qui te connectera au bon professeur, si et seulement si, bien sûr, son fidèle portable est allumé. Et, maintenant, je m'efface devant le professeur Levine.

Si vous croyez avoir trouvé un moyen de me convaincre, Levine, vous vous trompez. Vous compromettez ma carrière. Je ne veux rien avoir à faire avec vous et votre croisade, quelle qu'elle soit.

Je n'ai pas le choix, Guy. Ce virus est mortel.

Les mesures de sécurité de nos labos sont les meilleures au monde…

Apparemment, elles sont insuffisantes, en tout cas.

C'était un accident stupide.

Comme tous les accidents.

Nous travaillons sur un produit médical qui fera un bien considérable à l'humanité, qui sauvera chaque jour des millions de vies. Alors, ne me dites pas que nous nous fourvoyons.

Guy, je vous crois. Alors, pourquoi manipuler un virus aussi létal que celui-là ?

Là est justement tout le problème. Nous essayons de le neutraliser, de le rendre inopérant. Maintenant, sortez du réseau, SVP.

Pas tout de suite. Quel est donc ce miracle de la médecine auquel vous avez fait allusion ?

Je ne peux pas en parler.

Répondez-moi sur un point : chez l'homme, ce virus modifie-t-il l'ADN des cellules germinales, ou simplement des cellules somatiques ?

Germinales.

J'en étais sûr. Guy, pensez-vous vraiment que vous avez le droit, sur le plan moral, de modifier le génome humain ?

Si c'est pour un mieux, pourquoi pas ? Si nous pouvons protéger définitivement l'humanité contre une maladie mortelle, en quoi cela serait-il immoral ?

Quelle maladie ?

Secret professionnel.

J'ai compris. Vous utilisez ce virus pour réaliser cette modification génétique. Ce virus, est-ce un virus Apocalypse ? Menace-t-il de détruire l'humanité tout entière ? Répondez à cette question et je vous laisse.

Je ne sais pas. Son épidémiologie chez l'homme n'est pas connue. Mais la mortalité est de cent pour cent chez les chimpanzés. Nous prenons toutes les précautions nécessaires. Surtout maintenant.

Contagion par inhalation ?

Oui.

Période d'incubation ?

Entre une journée et deux semaines, selon la souche.

Temps entre apparition des premiers symptômes et décès ?

Variable. Impossible à prévoir avec certitude. Entre quelques minutes et quelques heures.

Quelques minutes ? Dieu du ciel ! Mode du décès ?

J'en ai assez dit. Coupez.

Mode du décès ?

> Augmentation massive des facteurs de stimulation de colonie provoquant œdème et hémorragie cérébrale.
> Pour un virus Apocalypse, c'en est un ! Quel est son nom ?
> Cela suffit, Levine. Plus de questions. Tirez-vous du réseau et n'y revenez plus !

Dans la petite maison au coin de Church Street et de Sycamore Terrace, le bras atrophié de l'homme appuya doucement sur une série de touches. Un des écrans visualisa le programme pirate qui coupa la communication et se glissa hors du réseau GeneDyne. L'autre écran affichait le message affolé de Levine.

> Merde ! Ça a coupé, le Mime. J'ai besoin de plus de temps.

Le Mime tapa sa réponse d'un doigt.

> Relax, professeur ! Votre zèle vous perdra. Bon, passons à l'autre affaire. Préparez votre ordinateur, je vais vous envoyer un fichier très intéressant. Vous verrez que j'ai pu me procurer les informations que vous m'avez demandées. Évidemment. Elles représentaient un défi exceptionnel. Vous seriez étonné du nombre d'unités téléphoniques qu'elles ont nécessité. Une certaine Harriet Smythe, de Northfield, dans le Minnesota, sera passablement contrariée quand elle recevra sa prochaine facture de téléphone, j'en ai peur.

Du bout du doigt, le Mime appuya sur quelques touches et attendit que le fichier soit téléchargé. Puis ce fut le noir total sur les deux écrans. Pendant un moment, les seuls bruits audibles dans la pièce furent le murmure des ventilateurs de l'unité centrale et, entrant par la fenêtre ouverte, les stridulations d'un grillon solitaire dans la tiédeur de la nuit. Ils furent bientôt suivis par un rire caverneux et triomphal qui, au fur et à mesure qu'il prenait de l'ampleur, secoua et malmena le pauvre corps tassé dans le fauteuil roulant.

Le chef cuisinier du mont du Dragon – un Italien qui s'appelait Ricciolini – avait pour habitude de servir en personne le plat principal dans le but de récolter les compliments des dîneurs. Par conséquent, le service était d'une lenteur insupportable. Carson occupait une table au centre de la salle, en compagnie de Harper et de Vanderwagon, et luttait en vain contre les attaques persistantes d'un mal de tête. En dépit de la pression que Scopes faisait peser sur ses épaules, il n'avait rien pu faire de la journée, obsédé qu'il était par sa conversation avec Levine. Il se demandait comment diable ce dernier avait pu pirater le réseau GeneDyne et pourquoi il avait choisi de rentrer en contact avec lui. Au moins, songea-t-il, personne ne s'en est aperçu. À première vue, en tout cas.

Avec un ample geste du bras, le petit chef cuisinier posa les assiettes sur la table et se recula, dans l'expectative. Carson regarda sa portion d'un air méfiant. Le menu annonçait des ris de veau, mais ce qu'il avait devant lui évoquait plutôt quelque organe interne d'un animal.

— Sublime ! s'exclama Harper, sacrifiant à la coutume. Un chef-d'œuvre !

L'Italien inclina imperceptiblement le buste, aux anges. Vanderwagon, silencieux, astiquait ses couverts avec sa serviette.

— Qu'est-ce que c'est, au juste ? s'enquit Carson.
— *Animelle con marsala e funghi !* déclama le chef cuisinier. Ris de veau au marsala et aux champignons.
— Des ris de veau ? répéta Carson.
— Ce n'est pas comme ça qu'on dit ? demanda l'Italien, perplexe. Ris de veau...
— Si, mais je demandais quelle partie de l'animal...

Harper lui flanqua une bourrade dans le dos.

— Il est certains petits secrets qu'il vaut mieux ne pas connaître, cher ami, dit-il.

Avec un sourire figé, l'Italien retourna en cuisine.

— Ils pourraient faire la vaisselle, râla Vanderwagon, en train d'essuyer son verre.

Il le brandit dans la lumière et l'essuya de nouveau.

Harper lança un regard à Teece, qui, à l'autre bout de la salle, dînait seul à une table. Sa méticulosité faisait de lui une caricature des bonnes manières.

— Il t'a déjà parlé ? murmura Harper à l'intention de Carson.
— Non. Et à toi ?
— Il m'a pris la tête toute la matinée.
— Qu'est-ce qu'il t'a demandé ? voulut savoir Vanderwagon.
— Il m'a posé plein de questions sournoises sur l'accident. Ne vous fiez pas à son apparence. Ce type n'est pas né de la dernière pluie.
— Des questions sournoises, répéta Vanderwagon, l'air songeur.

Il prit son couteau et le frotta de plus belle, puis il le reposa en prenant soin de le placer parallèlement à sa fourchette.

— On ne pourrait pas avoir un bon steak de temps en temps ? dit Carson d'une voix plaintive. Je ne sais jamais ce que je mange, ici.

— Considère que nous servons de cobayes pour tester la cuisine internationale, dit Harper, qui coupa un ris de veau en deux et en enfourna une moitié tremblotante. Excellent, ajouta-t-il, la bouche pleine.

Carson prit une bouchée du bout des lèvres.

— Hé, pas mauvais, dit-il. Un peu amer, non ?

— C'est du pancréas, dit Harper.

Carson reposa brusquement sa fourchette contre son assiette.

— Merci beaucoup, dit-il.

— Quel genre de questions ? demanda Vanderwagon.

— Je ne suis pas censé les répéter, dit Harper, avec un clin d'œil à l'adresse de Carson.

Vanderwagon lui décocha un regard pénétrant.

— Sur moi ? demanda-t-il.

— Mais non, pas sur toi, Andrew. Enfin, peut-être une ou deux. Tu étais aux premières loges, comme on dit.

Vanderwagon repoussa sans rien dire son assiette à laquelle il n'avait pas touché.

— C'est du pancréas de veau ? demanda Carson.

— Qu'est-ce que ça peut faire ? dit Harper en prenant une autre bouchée. Ce Ricciolini sait tout accommoder. De toute façon, Guy, tu as grandi en te nourrissant des fameuses « huîtres des montagnes Rocheuses », non ?

— Tu parles, dit Carson. C'est un attrape-touristes, on leur en sert pour se marrer.

— « Si ton œil est pour toi une occasion de péché... » dit Vanderwagon.

Les deux autres le regardèrent.

— Converti au catholicisme ? demanda Harper.
— Oui. « Arrache-le », acheva Vanderwagon.
S'ensuivit un silence gêné.
— Tu vas bien, Andrew ? demanda Carson.
— Oui, oui.
— Tu te souviens de ton cours de biologie de première année ? demanda Harper. Les îlots de Langerhans, ça te dit quelque chose ?
— Arrête, fit Carson.
— Les îlots de Langerhans, poursuivit Harper, malgré la mise en garde de Carson. Ces groupes de cellules du pancréas qui sécrètent des hormones. Je me demande si on peut les voir à l'œil nu.
Vanderwagon regardait fixement son assiette. Tout à coup, d'un geste très appliqué, il prit son couteau et découpa consciencieusement les ris de veau. Il leva le morceau entre ses doigts, regarda attentivement l'incision qu'il y avait pratiquée, puis le laissa retomber dans son assiette, éclaboussant la nappe blanche de sauce et de champignons. Il mouilla sa serviette d'eau, la plia, et s'essuya soigneusement les mains.
— Non, dit-il.
— Non quoi ?
— On ne les voit pas.
— Si Ricciolini savait à quoi on s'amuse avec sa bouffe, il nous empoisonnerait ! dit Harper avec un petit rire.
— Quoi ? s'écria Vanderwagon d'une voix forte.
— Je plaisantais, c'est tout. Calme-toi.
— C'est à lui que je parle.
Autre moment de silence.
— Oui, mon commandant ! cria Vanderwagon.
Et il se mit au garde-à-vous, renversant sa chaise dans son geste. Ses bras étaient tendus sur le côté,

fourchette dans une main, couteau dans l'autre. Lentement, en un mouvement tournoyant, il leva la fourchette vers son visage. Il avait un air réfléchi, empreint de respect. Il donnait l'impression d'être sur le point de prendre une bouchée d'un aliment qu'il n'y avait pas au bout de sa fourchette.

— Andrew, à quoi tu joues, maintenant ? dit Harper, avec un petit rire nerveux. Non mais regardez-le !

Vanderwagon éleva un peu plus la fourchette.

— Assieds-toi, bon sang ! dit Harper.

La fourchette se rapprocha encore de son visage, tremblant légèrement dans la main de Vanderwagon.

Carson comprit ce que le chercheur allait faire juste avant que cela n'arrive. À aucun moment Vanderwagon ne cilla quand il plaça la fourchette contre la cornée de son œil et l'enfonça d'une lente poussée. Pendant une seconde, Carson vit, avec une netteté horrifiante, la membrane oculaire céder sous les dents de la fourchette ; puis il y eut un bruit mou – comme un grain de raisin qu'on écraserait avec le pied –, et un liquide clair éclaboussa la table en un jet visqueux. Carson s'élança en avant, saisit le bras de Vanderwagon et le tira en arrière. La fourchette sortit de l'orbite oculaire et tomba par terre tandis que Vanderwagon hurlait de douleur.

Harper bondit sur ses pieds pour lui venir en aide, mais le bras de Vanderwagon qui tenait le couteau fendit l'air, et Harper se laissa retomber sur sa chaise, regardant d'un air incrédule la zébrure rouge sur le devant de sa chemise. Vanderwagon fit mine de frapper de nouveau, mais, cette fois, Carson s'interposa, lui décochant un coup de poing dans le ventre ; mais Vanderwagon le para, et le poing de Carson glissa sur sa hanche. L'instant d'après, Carson recevait un coup étourdissant sur la tempe. Il tituba, dodelina de la tête, se maudissant d'avoir sous-estimé son adversaire. Il reprit ses esprits et vit que Vanderwagon fonçait sur lui. Il lui balança un crochet du droit, le touchant à la tempe. La tête de Vanderwagon fut projetée sur le côté, et il s'écroula par terre. Carson lui saisit la main qui tenait le couteau et la cogna par terre jusqu'à ce qu'il le lâche. Vanderwagon s'arc-bouta, criant des propos incohérents, du liquide dégoulinant de son œil meurtri. Carson lui assena un coup de poing modéré au menton. Il roula sur le côté et demeura immobile, ses flancs se soulevant au rythme de sa respiration.

Carson recula prudemment ; c'est alors qu'il entendit le vacarme qui régnait dans la salle. Sa main se mit à tressauter, suivant les battements de son cœur. Les autres dîneurs s'étaient approchés, formant un cercle autour de la table.

— Le médecin arrive, lança quelqu'un.

Carson regarda Harper, qui le rassura sur son état d'un signe de tête.

— Je vais bien, fit-il dans un souffle, tandis qu'il appuyait une serviette ensanglantée contre sa poitrine.

Puis Carson sentit une main se poser sur son épaule, et le visage creux et pelé de Teece passa dans son champ de vision. L'inspecteur s'agenouilla à côté de Vanderwagon.

— Andrew ? dit-il.

Vanderwagon tourna son œil sain vers Teece.

— Pourquoi avez-vous fait cela ? lui demanda Teece avec sympathie.

— Fait quoi ?

Teece pinça les lèvres.

— Non, rien..., ajouta-t-il, très calme.

— Il me répète toujours...

— Oui, je comprends, dit Teece.

— D'arracher...

— Qui vous a dit de vous l'arracher ?

— Faites-moi sortir d'ici ! hurla alors Vanderwagon.

— C'est justement ce que nous allons faire, promit Mike Marr, qui fendit le groupe de dîneurs et poussa Teece.

Deux aides-soignants placèrent Vanderwagon sur un brancard. L'enquêteur les suivit jusqu'à la porte, penché sur le brancard, insistant d'une voix douce.

— Qui ? Dites-moi qui !

Mais le médecin avait déjà enfoncé une aiguille dans le bras de Vanderwagon, dont l'œil sain se révulsa dans son orbite sous les effets puissants du narcotique.

Le Salon vert du studio n'était pas vert, mais jaune pâle. Un canapé et plusieurs chaises capitonnées étaient adossés contre les murs, et, au centre, trônait une table basse au plateau éraflé recouverte de numéros de *People*, de *Newsweek*, et de l'*Economist*. Un pot de café, une pile de gobelets en plastique, du lait tourné et des sachets d'édulcorants étaient posés en vrac sur une table d'angle.

Levine décida de ne pas prendre de risque. Il changea de position sur le canapé et regarda autour de lui. Outre Toni Wheeler et lui-même, il n'y avait qu'une seule personne dans la pièce, un homme au teint cireux en costume de laine d'Écosse. Sentant le regard de Levine posé sur lui, l'homme releva la tête puis détourna les yeux, tout en essuyant la sueur qui perlait à son front avec un mouchoir en soie. Il serrait un livre dans la main, *Le Courage d'être différent*, de Barrold Leighton.

Levine dut faire un effort pour écouter ce que Toni Wheeler lui murmurait à l'oreille.

— ... une erreur, disait-elle. Nous n'aurions pas dû venir, et tu le sais bien. Ce n'est pas à ce genre de manifestation qu'il faut te montrer.

Levine poussa un soupir.

— On a déjà parlé de tout ça, dit Levine à voix basse. M. Sanchez s'intéresse à notre affaire.

— Il ne s'intéresse qu'à une chose : la controverse. À quoi bon me payer pour mes conseils si tu ne les suis pas ? Nous devons consolider ton image de patricien digne, d'un homme public engagé dans une croisade contre une science dangereuse. Ce show, c'est tout ce qu'il ne te faut pas !

— Ce qu'il faut, c'est qu'on me voie davantage, répliqua Levine. Les gens savent bien que je dis la vérité. Et j'ai fait de réels progrès, ces dernières semaines. Quand ils auront entendu ça...

Il tapota sa poche de poitrine.

— ... ils sauront ce qu'est une science vraiment dangereuse.

Toni Wheeler secoua la tête.

— Nos derniers sondages montrent que tu commences à être perçu comme un excentrique. Les derniers procès, surtout celui que te fait GeneDyne, jettent une ombre sur ta crédibilité.

— Impossible !

L'homme, en sueur, surprit de nouveau son regard.

— Je te parie que c'est Barrold Leighton en personne, chuchota Levine à sa conseillère en communication. Venu pour faire la promo de son livre. Ce doit être sa première télé. *Le Courage d'être dif-*

férent, ben, mon vieux ! Comme représentant du courage, il y a mieux !

— Ne change pas de conversation. Ta crédibilité bat de l'aile. Ta chaire à Harvard, ton travail pour le Fonds du mémorial de l'Holocauste, ça n'est plus suffisant. Nous devons nous ressaisir, faire une estimation de ton déficit d'image, modifier la perception que le public a de toi. Charles, je te le demande : ne fais pas cette émission.

Une femme passa la tête par l'entrebâillement de la porte.

— Monsieur Levine, s'il vous plaît, appela-t-elle d'une voix plate.

Levine se leva, sourit, adressa un signe de la main à Toni et suivit la femme jusqu'au maquillage. Déficit d'image, tu parles ! songea Levine, tandis qu'il prenait place dans un fauteuil de coiffeur que lui désignait la maquilleuse. Toni Wheeler faisait plus penser au capitaine d'un sous-marin qu'à une conseillère en communication. Elle était intelligente et pleine de bon sens, mais elle n'avait pas encore compris qu'il n'était pas homme à se dégonfler devant l'adversité. En outre, il estimait qu'il avait besoin d'un média comme la télévision. La presse avait à peine parlé de ses révélations sur la catastrophe de Novo-Druzhina. C'était trop vieux et trop loin. Le *Sammy Sanchez Show* de 19 heures était filmé à Boston mais diffusé par une kyrielle de chaînes indépendantes à travers tout le pays. Moins que le *Geraldo*, peut-être, mais tout de même. Il palpa les deux enveloppes dans la poche intérieure de son veston. Il était confiant, et même euphorique. Ça allait être bon, très bon.

Le studio C ressemblait à tous les studios de télévision : une oasis de fausse sobriété délimitée par des panneaux recouverts de papier peint foncé, plantée de chaises en acajou et entourée de projecteurs, de caméras et de câbles rampant par centaines. Levine connaissait bien les deux autres participants : Finley Squires, le pitbull en costume trois-pièces à la botte de l'industrie pharmaceutique, et Theresa Court, qui représentait une association de défense des consommateurs. Ils s'étaient partagé la première tranche de l'émission, mais Levine comptait bien tirer parti de son désavantage. Il s'avança en prenant garde de ne pas trébucher sur les câbles. Sammy Sanchez était assis sur une chaise pivotante à l'autre bout de la table ronde, son visage maigre et rapace tourné vers Levine. D'un signe, il l'invita à s'asseoir tandis qu'était lancé le compte à rebours de la deuxième partie de l'émission.

Au top, Sanchez présenta brièvement Levine aux autres invités et aux deux millions de téléspectateurs, puis il donna la parole à Squires. À la télévision, dans la salle de maquillage, Levine avait entendu Squires insister sur les avantages de la génétique. Il piaffait d'impatience, avec l'impression d'être un boxeur au mieux de sa forme s'avançant sur le ring.

— Vous avez un bébé atteint de la maladie de Tay-Sachs ? demandait Squires. Ou d'anémie falciforme ? Ou d'hémophilie ?

Il regardait la caméra, l'air grave. Puis il désigna Levine sans le regarder.

— Le Dr Levine veut vous refuser le droit de pouvoir guérir votre enfant. Si on le laisse faire, des millions de patients atteints de maladies génétiques vont continuer à souffrir dans leur chair.

Sa voix se brisa.

— Le Dr Levine, reprit-il, appelle son organisation la Fondation de bioéthique. Ne vous laissez pas aveugler. Ce n'est pas une fondation. C'est un lobbying qui s'acharne à vouloir vous barrer l'accès aux extraordinaires thérapies offertes par la génétique. À vous spolier de votre libre arbitre ! À faire souffrir vos enfants !

Sammy Sanchez fit pivoter sa chaise et se tourna vers Levine, les sourcils en point d'interrogation.

— Est-ce exact, docteur Levine ? Votre souhait est-il d'empêcher mon enfant d'avoir accès à de tels traitements ?

— Mais bien sûr que non, dit Levine avec un sourire tranquille. J'ai moi-même une formation de généticien. Après tout, comme je le disais à vos collègues récemment, j'ai participé à la mise au point du blé transgénique Rouille-x, même si j'ai renoncé à en tirer profit. Le Dr Squires déforme mon point de vue à plaisir.

— Généticien de formation, peut-être, mais pas praticien, l'interrompit Squires. La génétique, c'est l'espoir. Le Dr Levine, c'est le désespoir. Ce qu'il appelle une « approche prudente et modérée » n'est en fait qu'une méfiance de principe à l'égard de la science moderne, une attitude moyenâgeuse, en quelque sorte.

Theresa Court faillit intervenir puis se ravisa. Levine lui lança un coup d'œil sans inquiétude : il savait qu'elle se rangerait dans le camp du vainqueur, quel qu'il soit.

— Si j'ai bien compris, dit Sanchez, ce que le Dr Levine souhaite, c'est une plus grande responsabilité de la part des entreprises impliquées dans la recherche génétique. C'est bien cela, docteur ?

— En partie, oui, répondit Levine, se contentant pour le moment de faire passer son message habituel. Mais il faut aussi un plus grand contrôle gouvernemental. Actuellement, les laboratoires de recherche peuvent faire joujou avec les gènes des êtres humains, des animaux, des plantes – et des virus – en toute liberté, ou presque. Des agents pathogènes d'une virulence inimaginable sont en train d'être créés dans certains de ces laboratoires. Il suffit d'un seul accident pour provoquer une catastrophe qui pourrait avoir des conséquences au niveau mondial.

Enfin, Squires daigna regarder Levine. Avec mépris.

— Plus de contrôle gouvernemental. Plus de règlements. Plus de bureaucratie. Plus de mainmise sur la liberté des entreprises. C'est exactement ce dont ce pays n'a pas besoin. Le Dr Levine est un chercheur. Il devrait savoir de quoi il parle ! Et pourtant il s'obstine à vouloir faire peur en propageant des contre-vérités sur la génétique !

Le moment était venu.

— Le Dr Squires s'évertue à me faire passer pour un mystificateur, dit Levine. Je vais vous montrer quelque chose.

Il mit la main dans la poche intérieure de sa veste et en sortit une enveloppe rouge vif qu'il brandit devant la caméra.

— En sa qualité de professeur de biologie, le Dr Squires ne devrait défendre les intérêts de personne – sinon de la vérité.

Levine agita l'enveloppe, espérant que Toni Wheeler, du Salon vert, n'en perdrait pas une miette. Le choix du rouge était une idée de génie.

Il savait que la caméra avait zoomé sur l'enveloppe et que des millions de téléspectateurs attendaient impatiemment qu'il l'ouvre.

— Et si je vous disais maintenant que cette enveloppe contient la preuve que le Dr Squires a été payé deux cent cinquante mille dollars par le groupe GeneDyne, l'une des plus importantes chaînes de laboratoires de génie génétique au monde ? Et qu'il a gardé cette collaboration secrète, même au sein de son université ? Voilà qui donnerait un autre éclairage à ses arguments !

Il posa l'enveloppe devant Squires.

— Ouvrez-la, je vous prie, lui dit-il. Et montrez son contenu à la caméra.

Squires baissa les yeux sur l'enveloppe, ne comprenant pas encore tout à fait le piège qu'on lui tendait.

— C'est ridicule, dit-il enfin, poussant d'un revers de main l'enveloppe, qui tomba par terre.

Levine avait du mal à croire à sa chance. Il se tourna vers la caméra avec un sourire de triomphe.

— Vous voyez ? dit-il. Il sait très bien ce qu'elle contient.

— C'est contraire à la déontologie ! tonna Squires.

— Allez-y, insista Levine. Ouvrez-la.

L'enveloppe était toujours par terre. Squires allait devoir se baisser s'il voulait la ramasser. De toute façon, songea Levine, c'est trop tard pour Finley Squires. S'il l'avait ouverte tout de suite, il aurait pu sauver sa crédibilité.

Le regard de Sanchez passait de l'un à l'autre. Squires commençait à comprendre ce qui lui arrivait.

— C'est la forme d'attaque la plus vile qui soit, dit-il. Vous devriez avoir honte, docteur Levine.

Squires était sur la corde raide mais ne baissait pas sa garde. Levine sortit la deuxième enveloppe de sa poche.

— Et celle-ci, docteur Squires, dit-il, contient des informations sur certains travaux menés au laboratoire de recherche top secret de GeneDyne, celui du mont du Dragon. Ces informations sont extrêmement dérangeantes et du plus grand intérêt pour tout chercheur qui se préoccupe de l'avenir de l'humanité.

Il posa la deuxième enveloppe devant Squires.

— Puisque vous ne semblez pas décidé à ouvrir la première, ouvrez au moins celle-ci, lui dit-il. Que les activités dangereuses auxquelles se livre GeneDyne soient révélées par vous. Prouvez que vous n'êtes pas à la fois juge et partie.

Squires était raide comme un piquet.

— Je ne me laisserai pas intimider par ce terrorisme intellectuel.

Levine sentit son cœur s'emballer. C'était presque trop beau pour être vrai : Squires tombait dans tous les pièges !

— Je ne peux pas l'ouvrir moi-même, dit Levine. GeneDyne réclame à ma Fondation deux cents millions de dollars de dommages et intérêts dans le but de me réduire au silence. Il faut que quelqu'un le fasse à ma place.

Les caméras firent un gros plan de l'enveloppe posée sur la table. Sanchez pivota sur sa chaise, son regard passant d'un jouteur à l'autre.

Theresa Court tendit le bras et s'empara de l'enveloppe.

— Puisque personne n'a le courage de l'ouvrir, je m'en charge ! lança-t-elle.

Ah ! cette brave Theresa, songea Levine. Il s'était douté qu'elle ne pourrait résister à la tentation de jouer un rôle dans le drame qui se nouait.

L'enveloppe contenait un simple feuillet sur lequel figurait un texte tapé dans un caractère ordinaire.

NOM DU VIRUS :	inconnu
PÉRIODE D'INCUBATION :	une semaine
INTERVALLE ENTRE PREMIERS SYMPTÔMES ET DÉCÈS :	entre cinq minutes et deux heures
CAUSE DU DÉCÈS :	œdème cérébral aigu
POUVOIR INFECTANT :	se propage plus vite que le rhume
TAUX DE MORTALITÉ :	cent pour cent – décès de toutes les personnes contaminées
DANGEROSITÉ :	« Virus Apocalypse » : si répandu, accidentellement ou intentionnellement, pourrait détruire l'humanité tout entière
CRÉATEUR :	GeneDyne, Inc.
BUT :	Inconnu. Secret de fabrication protégé par la loi sur la propriété industrielle. Le travail sur ce virus se poursuit sous une surveillance gouvernementale minimale
HISTOIRE :	Tout récemment, un chercheur non identifié ou un technicien des laboratoires du mont du Dragon a contracté ce virus. Cette personne aurait été mise en quarantaine avant que d'autres contaminations puissent avoir lieu. Elle est morte en trois jours. Si la procédure d'isolement n'avait pas eu lieu, ce virus aurait pu se propager à toute la population. Nous pourrions tous être morts à l'heure qu'il est.

Theresa Court lut le document à haute voix, s'interrompant à plusieurs reprises pour lancer à Levine un regard sidéré. Lorsqu'elle en eut terminé, Sanchez repivota sur sa chaise, vers Finley Squires, cette fois.

— Un commentaire ? lui demanda-t-il.

— Pourquoi devrais-je en faire un ? dit Squires avec irritation. Je n'ai rien à voir avec GeneDyne.

— On ouvre la première enveloppe ? proposa Sanchez, un petit sourire malicieux éclairant son visage cadavérique.

— À vous l'honneur, lui dit Squires. Elle ne peut contenir qu'un faux.

Sanchez ramassa l'enveloppe incriminée.

— Theresa, vous seule semblez avoir du courage, lui dit-il, et il la lui tendit.

Elle en déchira vivement le rabat. L'enveloppe contenait une sortie papier informatique montrant qu'un virement de deux cent soixante-cinq mille dollars avait été effectué du compte de GeneDyne Hong Kong sur un compte de la Rigel Bancorp, Antilles néerlandaises.

— On ne voit pas le nom du titulaire du compte, dit Sanchez, qui scrutait le bout de papier.

— Montrez la deuxième page à la caméra, dit Levine.

La page en question était floue mais lisible. C'était l'impression d'une image d'écran saisie subrepticement sur un ordinateur grâce à un moyen coûteux et interdit. Elle contenait des instructions données par Finley Squires à la Rigel Bancorp, Antilles néerlandaises, concernant un virement devant avoir lieu sur son compte – dont le numéro correspondait au précédent.

Un silence glacial s'abattit sur le plateau, puis Sanchez conclut en remerciant ses invités et en souhaitant aux téléspectateurs une bonne soirée en compagnie de Barrold Leighton.

À peine les caméras se furent-elles arrêtées que Squires bondit sur ses pieds.

— Cette mascarade va vous coûter cher ! Je vais vous traîner devant les tribunaux !

Sur ce, il quitta le plateau.

Sanchez pivota vers Levine, un pincement appréciateur aux lèvres.

— Joli coup, dit-il. J'espère pour vous que vous avez les reins solides.

Levine se contenta de sourire.

Sur le chemin de son labo, après être allé chercher des résultats d'analyse en pathologie, Carson progressait tant bien que mal le long des étroits boyaux du « bouillon de culture ». Il était 18 heures passées, et les locaux étaient pratiquement vides. De Vaca était partie depuis quelques heures pour rentrer des analyses d'enzymes dans son ordinateur ; il était l'heure de fermer boutique. Mais autant Carson détestait les lieux, autant il n'était pas pressé d'en partir. Il avait perdu ses compagnons de table : Vanderwagon était retourné à la civilisation, comme prévu ; et Harper était toujours à l'infirmerie.

Sur le seuil du labo, il s'arrêta net. Une silhouette en combinaison de protection s'y trouvait, farfouillant sur son bureau, retournant des objets. Carson appuya sur le bouton de son émetteur.

— Vous avez perdu quelque chose ? demanda-t-il.

L'intrus se redressa et se tourna vers lui... et le visage grillé par le soleil de Gilbert Teece fut visible derrière la visière.

— Docteur Carson ! Quel plaisir de vous rencontrer. Je me demandais si nous ne pourrions pas bavarder un moment.

Teece lui tendit la main.

— Pourquoi pas ? répondit Carson qui se sentait ridicule de serrer la main à l'inspecteur à travers plusieurs couches de caoutchouc. Asseyez-vous.

Teece tourna la tête de tous côtés.

— Je n'ai toujours pas compris comment y arriver, avec cette fichue combinaison, dit-il.

— Alors, je crains qu'il ne vous faille rester debout, répondit Carson, s'avançant et s'asseyant à sa table de travail.

— C'est aussi bien, dit Teece. C'est un honneur, vous savez, de parler à un descendant de Kit Carson.

— Vous êtes bien le seul à le penser.

— N'en blâmez que votre modestie. Je ne crois pas que beaucoup de vos collègues le sachent. Je n'ai aucun mérite : cela figure dans votre dossier. M. Scopes semble priser l'ironie historique de la chose.

Teece s'interrompit puis ajouta :

— Quel homme fascinant, ce M. Scopes...

Carson regarda son interlocuteur avec curiosité.

— Pourquoi avez-vous posé cette question à propos de l'autopsie de Brandon-Smith, l'autre jour, dans la salle de conférences ?

Il y eut un bref silence. Puis Carson entendit le rire de Teece grésiller dans le récepteur de son casque.

— Vous avez grandi parmi les Apaches, pour ainsi dire, non ? lui demanda-t-il. En ce cas, vous connaissez peut-être un de leurs vieux dictons : « Certaines questions sont plus longues que d'autres. » Et celle à laquelle vous faites allusion fait partie des très longues.

Il sourit.

— Mais vous comptez parmi les nouvelles recrues, reprit-il, et ma question ne s'adressait pas à vous. J'aimerais bien que nous évoquions le cas de M. Vanderwagon.

Il surprit la grimace de Carson.

— Oui, je sais, dit-il. C'est terrible. Vous le connaissiez bien ?

— Depuis mon arrivée ici. Nous avions sympathisé.

— Comment était-il ?

— Il vient du Connecticut. Très BCBG, mais je l'aimais bien. Son air sérieux cachait un humour très malicieux.

— Aviez-vous remarqué chez lui quelque chose d'inhabituel, ces derniers temps, avant l'incident de la cafétéria ? Un comportement étrange ? Des changements dans sa personnalité ?

— Il semblait préoccupé, cette semaine... plus renfermé. Vous lui parliez, et il ne répondait pas. Je n'y ai pas trop prêté attention, il faut dire, parce que nous étions tous sous le coup de ce qui s'était passé. En plus, les gens ont souvent un comportement un peu étrange, ici. La tension est incroyablement forte. Tout le monde l'appelle la fièvre du mont du Dragon. Pas vraiment celle du samedi soir...

Teece pouffa d'un rire grésillant.

— Je dois avouer que je la ressens un peu moi-même, dit-il.

— Après l'accident, Andrew a été réprimandé publiquement par Brent. Je pense qu'il en avait gros sur la patate.

Teece hocha la tête.

— « Si ton œil est pour toi une occasion de péché », murmura-t-il. D'après les cassettes que j'ai visionnées, Scopes a cité cette phrase de l'Évangile lors du savon qu'il lui a passé par visioconférence. Mais, malgré tout, se crever un œil est une réaction extrême, même en proie à la plus grande des tensions. Que dit Cornouailles dans *Le Roi Lear*, déjà ? « À bas vile gelée ! Où est ton lustre à présent ? »

Carson ne dit rien.

— Que savez-vous de l'expérience de Vanderwagon au GeneDyne ? demanda Teece.

— Je sais qu'il était très brillant, très estimé. C'était son deuxième séjour ici. Il est diplômé de l'université de Chicago. Mais je ne vous apprends rien, je suppose.

— Il vous a parlé d'ennuis, d'inquiétudes qu'il aurait pu avoir ?

— Non. À part les récriminations habituelles au sujet de l'isolement. C'était un très bon skieur – sport qu'il ne pouvait pas pratiquer ici, évidemment. Il s'en plaignait. Il était plutôt à gauche, et Harper et lui se disputaient souvent à propos de politique.

— Il avait une petite amie ?

— Il m'a parlé d'une certaine Lucy, je crois, dit Carson après réflexion. Elle habite dans le Vermont. Dites... Où a-t-il été emmené ? Vous avez appris quelque chose ?

— On lui fait passer des tests. Qui ne nous ont rien appris de nouveau jusqu'à présent. C'est très difficile, ici, sans aucune ligne téléphonique directe avec l'extérieur. Mais il y a déjà des faits nouveaux assez déroutants que je vous demanderai de ne pas ébruiter pour le moment.

Carson acquiesça.

— Les premiers tests montrent que Vanderwagon souffre de problèmes de santé inhabituels : capillaires hautement perméables et taux très élevé de dopamine et de sérotonine dans le cerveau.

— Perméabilité des vaisseaux sanguins ?

— Pour une raison que nous ignorons, un petit pourcentage de ses cellules sanguines se sont désintégrées, libérant de l'hémoglobine dans diverses parties de son corps. Et l'hémoglobine libre, comme vous le savez, est un poison pour les tissus.

— Est-ce cela qui a provoqué sa crise ?

— Il est encore trop tôt pour se prononcer, répondit Teece. Le taux élevé de dopamine est très significatif. Que savez-vous sur la dopamine et la sérotonine ?

— Pas grand-chose. Sinon que ce sont des neuro-médiateurs.

— C'est exact. À un niveau normal, elles ne posent aucun problème. Mais une concentration trop élevée de l'une ou l'autre dans le cerveau aurait des conséquences dramatiques sur le comportement. On trouve des taux élevés de dopamine chez les schizophrènes et les paranoïaques, par exemple. Les trips au LSD sont dus à une augmentation ponctuelle de ces neuromédiateurs.

— Où voulez-vous en venir ? demanda Carson. Vous pensez qu'Andrew a une forte concentration de neuromédiateurs dans le cerveau parce qu'il est fou ?

— Peut-être, répondit Teece. Ou peut-être est-ce l'inverse. Mais il est inutile de nous perdre dans ce genre de suppositions avant d'en savoir plus. Passons à la raison principale de ma présence ici, et parlons plutôt de cette souche Grip-x sur laquelle vous travaillez. Peut-être pourriez-vous commencer par m'expliquer comment, en travaillant sur le virus pour le rendre inopérant, vous avez réussi à le rendre encore plus nocif...

— Bon Dieu, si je pouvais répondre à cette question...

Carson s'interrompit.

— Nous ne comprenons pas encore comment le virus Grip-x fait son sale boulot, reprit-il. Quand on fait une recombinaison génétique, on ne peut jamais savoir avec certitude ce qui va se passer. Le fonctionnement des séquences génétiques est très complexe ; enlever un gène ou en ajouter un a parfois des conséquences inattendues. C'est un peu comme être face à un logiciel incroyablement compliqué qu'on ne maîtriserait pas tout à fait. On ne sait pas ce qui peut se passer si on rentre telle ou telle donnée ou si l'on modifie telle ou telle ligne de code. Il se peut que rien ne se produise. Il se peut qu'il s'agisse d'une amélioration. Il se peut aussi que tout vous pète à la figure.

Carson avait le sentiment diffus d'être plus sincère avec cet inspecteur que Scopes ne l'aurait souhaité. Mais Teece était très perspicace ; il était inutile d'essayer de jouer au plus fin.

— Pourquoi ne pas utiliser un virus moins dangereux pour servir de véhicule au gène Grip-x ? demanda-t-il.

— C'est difficile à expliquer. Vous devez savoir que le corps humain est composé de deux types de cellules : les somatiques et les germinales. Pour que le gène Grip-x soit un rempart permanent contre la maladie – et qu'il soit héréditaire –, nous devons insérer son ADN dans les lignées germinales. Le virus hôte du gène Grip-x ne doit s'attaquer qu'aux cellules germinales.

— Et en ce qui concerne le problème moral que pose le fait de modifier ces cellules ? D'introduire de nouveaux gènes dans l'espèce humaine ? En avez-vous débattu au mont du Dragon ?

— Écoutez, dit Carson, se demandant pourquoi cette question revenait sans cesse sur le tapis, le changement dont nous parlons est infinitésimal. Nous introduisons un gène qui n'a qu'une centaine de paires de bases. Il immunisera l'homme contre la grippe. Je ne vois pas ce qu'il y aurait d'immoral à ça !

— Mais ne disiez-vous pas à l'instant que modifier, même très peu, un gène pouvait avoir des conséquences inattendues ?

Carson se leva, agacé.

— Oui, bien sûr ! D'où l'utilité des essais à plusieurs phases pour repérer les éventuels effets indésirables. Cette thérapie génique devra être soumise à toute une gamme d'essais, de contrôles, qui coûteront des millions de dollars à GeneDyne.

— Des essais sur l'homme ?

— Bien sûr. On commence par des essais *in vitro*, puis sur des animaux. Ensuite, c'est la phase alpha, avec tests *in vivo* sur un petit groupe de volontaires sur place ; puis la phase bêta, sur un groupe plus large de patients suivis par GeneDyne. Toutes les mesures de précaution sont prises, avec un soin exceptionnel.

Teece opina du bonnet.

— Vous me pardonnerez d'insister, docteur Carson, mais, dans le cas où surgiraient des « effets indésirables inattendus », ne les transmettriez-vous pas à la race humaine puisque vous auriez introduit le gène dans les cellules germinales de quelques patients ? Créant ainsi, peut-être, une nouvelle maladie génétique ? Ou bien une race de gens différents du reste de l'humanité ? Souvenez-vous, il n'a fallu qu'une seule mutation chez un seul individu – un seul – pour introduire le gène de l'hémophilie chez l'homme. Et, aujourd'hui, il y a des milliers d'hémophiles de par le monde.

— GeneDyne n'aurait jamais investi un demi-milliard de dollars sans prendre en compte toutes ces données, dit Carson, se demandant pourquoi il était tellement sur la défensive. Ce n'est pas un laboratoire amateur !

Il fit le tour de son bureau et se planta devant Teece.

— Mon travail est de neutraliser ce virus, dit-il. Et, croyez-moi, c'est une lourde tâche. Ce qu'ils en feront une fois qu'il sera inoffensif ne me regarde pas. Il existe des lois gouvernementales draconiennes qui couvrent chaque centimètre carré de ce problème ! Vous devriez savoir ça. Vous en avez peut-être rédigé la moitié vous-même !

Trois bips résonnèrent dans son casque.

— Nous devons y aller, dit-il. Ils font une décontamination un peu plus tôt, ce soir.

— Très bien, dit Teece. Cela vous ennuierait-il d'ouvrir la marche ? Je crains de me perdre dans ce dédale.

Une fois dehors, Carson s'arrêta, ferma les yeux et laissa le vent chaud du soir lui souffler au visage. Il pouvait presque sentir la tension accumulée et la peur être emportées par la brise du désert. Il cligna des yeux, les rouvrit, remarqua la couleur inhabituelle du soleil couchant et fronça les sourcils. Il se tourna vers Teece.

— Désolé d'avoir été un peu brusque, tout à l'heure. Cet endroit me tape sur les nerfs, surtout en fin de journée.

— Je comprends parfaitement.

Teece s'étira, gratta le bout pelé de son nez, se retourna vers les hauts bâtiments auxquels le soleil couchant donnait un relief particulier.

— Ce n'est pas si mal, ici, une fois que ce satané soleil se couche, dit-il en consultant sa montre. Il faut nous dépêcher si nous ne voulons pas rater le dîner.

— Ouais, dit Carson sans conviction.

— Vous me paraissez aussi enthousiaste que moi, lui dit Teece, qui se tourna vers lui.

Carson haussa les épaules.

— Ça ira mieux demain. Je n'ai pas faim, c'est tout.

— Moi non plus... Et si on allait au sauna ?

— Pardon ? dit Carson, interloqué.

— Au sauna. Je vous y retrouve dans un quart d'heure.

— Vous êtes fou ou quoi ? C'est bien la dernière chose que...

Carson laissa sa phrase en suspens quand, avisant l'expression de Teece, il comprit que ce n'était pas une suggestion, mais un ordre.

— Bon, très bien, dit-il. Dans un quart d'heure.

Et il partit vers sa chambre sans ajouter un mot.

Lors de la conception des laboratoires du mont du Dragon, les architectes, se rendant compte que les occupants seraient pour ainsi dire prisonniers du désert, s'efforcèrent d'offrir le maximum de distractions et de confort matériel possibles. Le centre sportif était mieux équipé que ceux de la plupart des établissements de cure thermale. Il abritait une piste de cinq cents mètres, des terrains de squash, des courts de tennis, une piscine et une salle de musculation. Ce à quoi, dans leur infinie sagesse, les architectes n'avaient pas songé, était que les chercheurs du mont du Dragon ne pensaient qu'à une chose, leur travail, et qu'ils n'avaient guère le loisir de faire du sport. Les seuls à utiliser de temps en temps ces somptueuses installations sportives étaient Carson, qui aimait courir le matin, et Mike Marr, qui passait des heures à faire de la gonflette.

L'élément le plus inattendu du centre sportif était le sauna, un modèle suédois dernier cri avec parois et bancs en cèdre, car autant il était apprécié l'hiver, quand le froid régnait en maître au mont du Dragon, autant il était délaissé l'été.

En sortant des vestiaires pour hommes et en s'approchant du sauna, Carson vit, d'après le thermostat extérieur, que Teece était déjà arrivé. Il tira la porte, se détournant instinctivement de la bouffée d'air chaud qui s'abattit sur lui. Il entra, les yeux irrités, et vit Teece, recroquevillé près du bac de roches volcaniques tout au fond, une serviette blanche nouée autour de sa taille efflanquée. Sa peau blanche formait un contraste hilarant avec son visage brûlé par le soleil. De la sueur lui dégoulinait sur le front et s'accumulait au bout de son nez malmené par le soleil.

Carson s'assit le plus loin possible de l'inspecteur et posa lentement les cuisses sur le bois chaud. Il aspira l'air brûlant par petits à-coups.

— Très bien, monsieur Teece, cria-t-il, furieux. Me voilà !

Teece lui décocha un sourire en coin.

— Non, mais regardez-vous, docteur Carson ! dit-il, haletant. Drapé dans sa virilité offensée ! Mais ne vous inquiétez pas. Je vous ai demandé de venir ici pour une raison précise.

— Je suis impatient de la connaître, affirma Carson, qui sentait un voile de sueur recouvrir sa peau.

Il a dû régler ce putain de thermostat sur soixante-dix degrés, c'est pas possible, pesta-t-il intérieurement.

— Il y a un autre point dont j'aimerais que nous parlions, dit Teece. J'ajoute de la vapeur, je peux ?

Un petit farceur du mont du Dragon avait remplacé l'habituelle louche en bois par une cornue pleine d'eau déminéralisée. Avant que Carson ait eu le temps de protester, Teece s'était emparé de l'objet et versait un bon demi-litre d'eau sur les roches volcaniques. Un nuage de vapeur s'éleva immédiatement, envahissant le sauna.

— Pourquoi m'avoir demandé de venir ici ? maugréa Carson, la tête lui tournant.

— Monsieur Carson, la plupart du temps, je me moque qu'on écoute ce que je dis, prononça la voix désincarnée de Teece dans la vapeur ambiante. En fait, le plus souvent, cela a servi mes buts. Comme dans votre laboratoire cet après-midi. Mais maintenant, ce que je veux, c'est une conversation en tête à tête.

La compréhension se fraya lentement un passage dans l'esprit de Carson. Le bruit courait au mont du Dragon que toutes les conversations échangées en combinaison de protection étaient sur écoute. Manifestement, Teece voulait assurer ses arrières. Mais pourquoi ne pas se rencontrer à la cafétéria ou dans la zone résidentielle ? Carson répondit lui-même à sa question : Radio-Potins soupçonnait Nye d'avoir truffé de micros tous les bâtiments. Teece, apparemment, prenait ces rumeurs au sérieux. Ce qui faisait du sauna – avec sa chaleur et ses vapeurs corrosives – le seul endroit où l'on pouvait parler sans risquer d'être entendu.

Et encore...

— On aurait pu aller se promener le long de la clôture, dit Carson, qui suffoquait.

Teece se matérialisa tout à coup à travers la vapeur. Il s'assit à côté de Carson et secoua la tête.

— J'ai une sainte horreur des scorpions. Bon, écoutez-moi. Vous vous demandez pourquoi je vous ai fait venir ici. Il y a deux raisons à cela. La première : j'ai vu la façon dont vous avez réagi au moment de l'accident de Brandon-Smith sur les enregistrements vidéo. De tous ceux impliqués dans ce projet de recherche et dans cette tragédie, vous êtes le seul à avoir réagi rationnellement. Je peux avoir besoin de votre impartialité dans les jours qui viennent. C'est pour ça que vous êtes le dernier à avoir été interrogé.

— Vous avez déjà parlé à tout le monde ?

Teece était sur place depuis plusieurs jours.

— C'est petit, ici. J'ai appris pas mal de choses. Et il y en a beaucoup d'autres que je soupçonne, mais dont je n'ai pas la preuve.

D'un revers de main, il essuya la sueur qui coulait sur ses yeux.

— La deuxième raison – et la plus importante – concerne votre prédécesseur.

— Franklin Burt ? Comment ça ?

— Je vous ai dit tout à l'heure qu'Andrew Vanderwagon souffrait de lésions des vaisseaux sanguins et d'une présence massive de dopamine et de sérotonine dans le sang. Ce que je ne vous ai pas dit, c'est que Franklin Burt souffre des mêmes symptômes. Et que, selon le rapport d'autopsie, Brandon-Smith aussi, à un degré moindre. Alors, pour quelle raison, à votre avis ?

Carson réfléchit. Cela n'avait aucun sens. À moins que... En dépit de la chaleur intense qui régnait dans le sauna, l'idée qui lui traversa l'esprit le fit frissonner.

— Auraient-ils pu être infectés ? Un virus ? demanda-t-il.

Mon Dieu, songea-t-il, se pourrait-il que ce soit par une souche virale Grip-x ayant une longue période de latence ? L'épouvante l'envahit.

Teece s'essuya les mains sur sa serviette.

— Eh bien, que faites-vous de votre confiance aveugle dans les procédures de sécurité ? Détendez-vous. Vous n'êtes pas le premier à en arriver à cette conclusion. Mais ni Burt ni Vanderwagon n'ont développé d'anticorps au Grip-x. Ils sont séronégatifs. Contrairement à Brandon-Smith. Donc, ce n'est pas cela la cause.

— Alors, je n'ai pas d'explication, dit Carson, poussant un soupir de soulagement. C'est très curieux.

— Comme vous dites, murmura Teece.

Il reversa de l'eau sur les roches. Carson attendit la suite.

— Je suppose qu'à votre arrivée vous avez pris connaissance des travaux du Dr Burt ? reprit Teece.

Carson acquiesça.

— Donc, vous avez lu son agenda électronique ?
— En effet.
— Plusieurs fois, je suppose ?
— Je pourrais le réciter en dormant.
— Où est le reste, à votre avis ?

Il y eut un court moment de silence, interrompu par Carson.

— Que voulez-vous dire ?

— En parcourant les fichiers, quelque chose m'a paru bizarre. J'avais l'impression d'avoir devant moi une partition à laquelle il manquerait des notes. J'ai donc fait une analyse statistique des entrées, et j'ai découvert que durant le mois dernier leur moyenne journalière était passée de deux mille mots environ à quelques centaines. Ce qui m'a amené à la conclusion que Burt, pour des raisons personnelles ou relevant de sa paranoïa, avait commencé à tenir un autre journal. Un journal auquel Scopes et les autres ne pouvaient avoir accès.

— Tout manuscrit est interdit au Mont, dit Carson.

— Je doute qu'au point où il en était Burt se soit soucié du règlement. Quoi qu'il en soit, d'après ce que j'ai compris, M. Scopes aime à errer de nuit dans l'espace cybernétique de GeneDyne, mettant son nez dans les travaux de tout son petit monde. Un journal intime est une parade logique. Je suis sûr que Burt n'était pas le seul dans ce cas-là. Il y a sans doute plusieurs personnes parfaitement saines d'esprit ici qui en tiennent un.

Carson acquiesça, réfléchissant à toute vitesse.

— Ce qui implique..., commença-t-il.

— Oui ? le pressa Teece, la curiosité en éveil.

— Eh bien, Burt parle plusieurs fois d'un « facteur clé ». Si ce journal secret existe, peut-être contient-il cette fameuse clé. Je me disais que ce pourrait être celle qui nous manque pour résoudre l'énigme qui permettrait de rendre le virus Grip-x inopérant.

— Peut-être, concéda Teece.

Il se tut un instant.

— Burt travaillait sur d'autres projets, avant le Grip-x, exact ?

— Oui. Il a inventé le procédé GEF, la technique de filtration déposée par GeneDyne. Et il a mis au point « PurBlood ».

— Ah oui, dit Teece, pinçant les lèvres avec un air de dégoût. Quelle idée déplaisante, ce truc.

— Comment ça ? s'étonna Carson. On peut sauver des milliers de vies avec du sang artificiel. Ça élimine les problèmes d'approvisionnement, de compatibilité des groupes sanguins, et le risque de transfusion d'un sang impur...

— Sans doute, l'interrompit Teece. Mais, tout de même, l'idée qu'on puisse injecter quelques litres de ce succédané dans mes veines me répugne. Si j'ai bien compris, on le produit à partir de cuves de bactéries génétiquement modifiées dans lesquelles on a inséré le gène de l'hémoglobine humaine. Des bactéries qui se trouvent par milliards dans la...

Il baissa d'un ton pour ajouter, presque inaudible, le mot « gadoue ».

Carson éclata de rire.

— Il s'agit du streptocoque, dit-il. C'est vrai, on trouve cette bactérie dans la terre. Le fait est que nous, à GeneDyne, nous en savons plus long sur cette bactérie que sur toute autre forme de vie. C'est le seul micro-organisme, outre le colibacille, dont nous connaissions parfaitement la carte génétique. C'est donc un hôte idéal. Le fait qu'on le trouve dans la terre ne le rend ni plus dégoûtant ni plus dangereux qu'un autre.

— Disons que je suis vieux jeu, alors. Bon, revenons à nos moutons. Le médecin qui suit Burt m'a dit qu'il répétait sans arrêt une phrase apparemment dénuée de sens : « Pauvre alpha. » Avez-vous une idée de ce que cela pourrait bien vouloir dire ?

Est-ce le début d'une phrase plus longue ? Le surnom de quelqu'un ?

Carson réfléchit un moment puis secoua la tête.

— Je doute que ce soit quelqu'un d'ici.

— Un mystère de plus, dit Teece en fronçant les sourcils. Peut-être que son journal nous éclairerait aussi sur ce point. Quoi qu'il en soit, j'ai quelques idées quant à la façon de continuer mon enquête. Je les mettrai en application à mon retour.

— À votre retour ?

— Je pars demain pour Radium Springs déposer mon rapport préliminaire. Les liens avec le monde extérieur sont pratiquement inexistants ici. De plus, je veux consulter mes collègues. C'est pourquoi j'ai voulu vous parler. Vous êtes le seul à avoir une connaissance intime des travaux de Burt. J'aurai besoin de votre entière coopération dans les jours à venir. J'ai comme l'impression que Burt est la clé de toute cette affaire. Nous devons prendre une décision rapide.

— Quelle décision ?

— Celle de savoir si, oui ou non, nous devons autoriser la poursuite de ce projet.

Carson garda le silence. Quoi qu'il advienne, il ne pouvait imaginer que Scopes accepterait de renoncer à cette voie de recherche. Teece se leva et renoua sa serviette autour de sa taille.

— Je vous le déconseille, dit Carson.

— Quoi ?

— De partir demain. On va avoir une grosse tempête de sable.

— Je n'ai rien entendu à ce sujet à la radio, dit Teece, sceptique.

— La radio ne donne pas les prévisions météo pour le désert de Jornada del Muerto, monsieur Teece. N'avez-vous pas remarqué la couleur orange particulière du ciel, au sud, quand nous sommes sortis du « bouillon de culture » ? Elle annonce du mauvais temps, croyez-moi.

— Le Dr Singer me prête un des Hummer. Ces voitures sont aussi solides que des poids lourds.

Pour la première fois, Carson crut voir une lueur d'incertitude passer dans les yeux de Teece. Il haussa les épaules.

— Faites comme vous voulez, dit-il. Mais si j'étais vous, j'attendrais.

Teece secoua la tête.

— Ce que je dois faire ne peut attendre.

Le front de la tempête avait rassemblé ses forces dans le golfe du Mexique, frappant de plein fouet la côte mexicaine de l'État de Tamaulipas. Une fois sur la terre ferme, il dut passer par-dessus la Sierra Madre orientale, où l'air humide de ces hautes altitudes se condensait en gros cumulo-nimbus au-dessus des montagnes. De vastes pluies torrentielles s'abattirent quand le front se déplaça vers l'ouest. Quand il redescendit sur le désert de Chihuahua, il avait perdu toute humidité. Il vira vers le nord, progressant latéralement à travers le bassin et les chaînes des provinces du nord du Mexique. À 6 heures du matin, il entrait dans le désert de Jornada del Muerto.

Le front était désormais complètement sec. Aucun nuage, aucune pluie ne marqua son arrivée. Toute cette énergie se manifesta sous forme de vent.

Avançant à l'intérieur du désert de Jornada, le front prit l'apparence d'un mur de poussière orange de plus de un kilomètre de haut. Il filait sur la terre à la vitesse d'un train express, emportant avec lui des broussailles échevelées, de l'argile, du limon séché et des cristaux de sel ramassés dans les *playas* du sud. À un mètre vingt du sol, le vent brassait des ramilles, des cristaux de sable, des morceaux de cactus desséchés et des bouts d'écorce arrachés aux arbres. À quinze centimètres du sol, le vent était chargé d'éclats de gravier coupants, de petits cailloux et de bouts de bois.

De telles tempêtes ne survenaient qu'une fois tous les dix ans. Elles pouvaient recouvrir de sable le pare-brise d'une voiture au point de le rendre opaque, arracher le toit de caravanes et précipiter les chevaux dans les barbelés.

La tempête atteignit le mont du Dragon à 7 heures du matin, soit cinquante minutes après que Gilbert Teece fut parti à bord d'un Hummer, son gros porte-documents pour tout compagnon de voyage, en direction de Radium Springs.

Scopes était assis à son pianoforte, les doigts immobiles sur les touches noires en bois de palissandre. À côté de la béquille du couvercle ouvragée à la main était posé un journal déchiré et froissé, comme si quelqu'un avait voulu le détruire de colère puis en avait lissé les pages. Il était ouvert sur un article intitulé : « Un prof de Harvard accuse un laboratoire de recherche génétique d'un horrible accident. »

Soudain, Scopes bondit sur ses pieds, s'avança dans le cercle de lumière et se laissa tomber sur le canapé. Il posa le clavier de son ordinateur sur ses genoux et tapa une brève série d'instructions, avec un appel en visioconférence. Devant lui, l'immense écran s'alluma. Un tourbillon de codes informatiques défila sur l'un des bords de l'écran puis céda la place à l'image granuleuse du visage d'un homme. Son double menton débordait d'un col trois fois trop serré. Il regardait l'objectif de la caméra, toutes dents dehors, en homme peu habitué à sourire.

Guten Tag, dit Scopes en un allemand hésitant.

Peut-être serez-vous plus à l'aise si nous parlons votre langue, monsieur Scopes ? dit l'homme en inclinant la tête d'un air patelin.

Nein, répondit Scopes. Je veux pratiquer mon allemand. Parlez lentement et clairement. Et répétez deux fois.

Très bien, dit l'homme.

Deux fois.

Sehr gut, sehr gut, dit l'homme.

Herr Saltzmann, j'ai appris par nos amis communs que vous aviez accès aux archives nazies à Leipzig ?

Das ist richtig. Das ist richtig.

C'est bien là que se trouvent les archives du ghetto de Lodz ?

Ja, ja.

Formidable. J'ai un petit problème, un..., ah, comment dire ?... Un problème d'archives. Le genre de ceux dans lesquels vous vous êtes spécialisé. Je paie très bien, *Herr* Saltzmann. Cent mille deutschmarks.

Le sourire de l'homme s'élargit.

Scopes précisa la nature de son problème en un allemand approximatif. L'homme l'écouta attentivement, et son sourire s'évanouit.

Un peu plus tard, l'écran redevint noir, et une faible sonnerie, à peine audible, résonna dans l'un des appareils posés sur la table en bout de canapé.

Scopes, toujours assis sur le canapé défoncé, le clavier sur les genoux, appuya sur un bouton.

— Oui ?

— Votre déjeuner est prêt.

— Parfait.

Spencer Fairley entra dans la pièce, les chaussons en mousse qu'il portait aux pieds formant un contraste risible avec son costume gris sombre. Il traversa le tapis sans faire de bruit et posa une pizza et une cannette de Coca-Cola sur la table.

— Monsieur désire autre chose ? demanda-t-il.

— Vous avez lu le *Herald*, ce matin ?

Fairley secoua la tête.

— Je suis plutôt lecteur du *Globe*, dit-il.

— Ça ne m'étonne pas. Vous devriez essayer le *Herald* de temps en temps. Beaucoup plus... percutant que le *Globe*.

— Sans façon.

— Il est posé là, dit Scopes, qui désigna le piano.

Fairley s'en approcha et revint, le tabloïd froissé en main.

— Piètre exemple de journalisme, dit-il en parcourant la page.

— Au contraire, dit Scopes avec un large sourire. C'est parfait. Ce petit imbécile s'est mis lui-même le couteau sous la gorge. Il ne me reste plus qu'à lui donner un petit coup de coude.

Il sortit une feuille de papier froissée de la poche de sa chemise. C'était un listing informatique.

— Mes bonnes œuvres de la semaine, dit-il, et il la lui tendit. C'est court, juste un point : un million de dollars au Fonds du mémorial de l'Holocauste.

Fairley releva la tête.

— L'organisation de Levine ?

— Bien sûr. Je veux que ce soit fait publiquement, mais d'une façon très discrète, très digne.

— Puis-je me permettre de vous demander... ? s'enquit Fairley, les sourcils haussés.

— ... pourquoi ? acheva Scopes. Parce que, Spencer, espèce de vieux brahmane, c'est une juste cause. Et, de vous à moi, ils vont perdre sous peu leur plus gros donateur.

Fairley dodelina de la tête.

— De plus, si vous y songez, vous vous rendrez compte qu'il y a des raisons stratégiques à libérer la fondation chérie de Levine d'une trop grande dépendance vis-à-vis de lui.

— Oui, monsieur.

— Oh, Fairley, tenez, ma veste est trouée au coude. Voulez-vous faire les boutiques avec moi ?

Une expression d'extrême dégoût traversa fugacement le visage de Fairley.

— Non, sans façon, monsieur, dit-il d'une voix ferme.

Scopes attendit que la porte se fût refermée, puis il posa le clavier de son ordinateur à côté de lui et prit une part de pizza dans la boîte. Elle était presque froide, exactement comme il l'aimait. Ses yeux se fermèrent de plaisir quand il mordit à belles dents la pâte garnie d'ingrédients divers et gluants.

— *Auf Wiedersehen*, Charles, marmonna-t-il la bouche pleine.

Carson quitta le bâtiment administratif à 17 heures et s'immobilisa, médusé. Tout autour de lui, les installations du mont du Dragon étaient encore sous le coup du passage de la tempête de sable, formes sombres recouvertes d'un voile orangé. Il régnait un silence de mort. Carson inspira profondément, testant l'air. Il était aride, étrangement frais, et avait un goût de poussière de brique. Carson fit un pas en avant et sa botte s'enfonça de quelques centimètres dans la terre recouverte d'une couche poudreuse.

Il s'était mis au travail très tôt ce matin-là, avant le lever du soleil, impatient de commencer l'analyse du virus Grip-x II. Plongé dans sa tâche, il oublia presque la tempête qui faisait rage au-dessus de la forteresse souterraine qu'était le « bouillon de culture ». De Vaca arriva une heure après lui. Elle aussi avait évité le gros de la tempête, mais de peu ; les jurons qu'elle marmonnait et la terre qui maculait son visage, que Carson vit, renfrogné, à travers la visière, l'attestaient.

La surface de la Lune doit ressembler à ça, songea-t-il en regardant le paysage qui s'offrait à sa vue. Ou bien la fin du monde. Il avait essuyé bien des tempêtes quand il vivait sur le ranch, mais ce n'était rien comparé à celle-ci. Sur les façades blanches des bâtiments, sur les fenêtres, le sable s'était accumulé, formant comme de longues nageoires derrière chaque poteau et chaque plan vertical. Carson avait devant lui un monde inquiétant, crépusculaire, monochrome.

Il prit la direction de la zone résidentielle, incapable de voir à plus de dix mètres devant lui. Puis il hésita une seconde, changea de cap et se dirigea vers les écuries. Il se demandait comment Roscoe s'en sortait. Lors de grosses tempêtes, il avait déjà vu des chevaux devenir fous dans leurs box, et parfois se casser une jambe.

Les chevaux allaient bien ; recouverts de poussière, très nerveux, mais sans bobo apparent. Roscoe hennit à la vue de Carson, qui s'approcha et lui donna de petites tapes sur l'encolure, regrettant de n'avoir pas pensé à lui apporter une carotte ou un morceau de sucre. Il inspecta rapidement l'animal puis se redressa, rassuré.

Un bruit étouffé venu de l'extérieur éveilla son attention. Il releva les yeux et vit une ombre se dessiner au-delà du rideau de poussière. *Dieu du ciel, il y a quelque chose de vivant dehors, quelque chose de très gros.* L'ombre disparut puis réapparut. Carson entendit le frottement du portail d'accès qu'on ouvrait. La chose entrait dans le domaine.

Carson scruta par la porte ouverte de l'écurie et vit la silhouette fantomatique d'un cavalier sortir du halo de poussière. L'homme avait la tête baissée, et son cheval avançait difficilement sur ses jambes tremblantes, mort de fatigue. C'était Nye.

Carson recula dans un coin obscur de l'écurie et se cacha dans un box vide. Il n'avait pas du tout envie d'avoir un autre tête-à-tête avec le responsable de la sécurité.

Il entendit la porte se refermer, puis le bruit de bottes foulant lentement le sol de l'écurie. Il s'accroupit et colla son œil à un trou d'une des parois du box.

Nye était recouvert de la tête aux pieds d'un manteau de poussière brune. Seuls ses yeux noirs et sa bouche sèche en rompaient l'uniformité.

Nye s'arrêta devant la sellerie et, lentement, défit l'étui de sa carabine et ses sacoches de selle qu'il suspendit à un crochet mural. Il dessangla son cheval, le dessella et accrocha la selle au mur. Chacun de ses gestes soulevait de petits nuages de poussière grise, tels des minichampignons atomiques.

Nye mena son cheval à son box et disparut de la vue de Carson. Il l'entendit brosser l'animal en lui murmurant des paroles rassurantes puis couper l'attache d'une botte de paille, rafraîchir la litière et remplir son auge. Quelques secondes plus tard, Nye réapparut. Dos à Carson, il se dirigea vers ses sacoches de selle, en déboucla une et en extirpa une pochette en plastique transparent contenant l'objet banni en ces lieux : une feuille de papier froissée. Nye sortit un crayon de la sacoche, se pencha sur la feuille de papier et fit des annotations sur la protection de plastique. Carson pressa davantage son œil contre l'orifice. La feuille de papier paraissait vieille, très abîmée, et, sur sa bordure supérieure, il put distinguer cette phrase écrite à la main en lettres capitales : AL DESPERTAR LA HORA EL ÁGUILA DEL SOL SE LEVANTA EN UNA AGUJA DE FUEGO. (« À l'aube, l'aigle du soleil se dresse sur une aiguille de feu. ») Il ne put voir le reste.

Soudain, Nye se redressa, sur le qui-vive. Il regarda autour de lui, tendant le cou comme s'il cherchait quelle était l'origine d'un bruit. Carson battit en retraite au fond du box. Puis il entendit des bruissements de papier, le cliquetis d'une serrure et des bruits de pas qui s'éloignaient pesamment. Il colla de nouveau son œil au trou de la paroi et vit la silhouette grise happée par la brume.

Au bout de quelques instants, Carson se releva et, jetant un regard intrigué en direction du coffret de pansage, se dirigea vers le box de Muerto, le cheval de Nye. Il était debout, jambes avant écartées, un filet d'écume brunâtre lui dégoulinant de la bouche. Carson se pencha et toucha les tendons de l'animal. Sensibles, mais pas d'inflammation. La couronne des sabots était chaude mais ils étaient en bon état. Les yeux étaient clairs. Nye avait poussé sa monture jusqu'au bout de ses forces. Muerto avait bien dû parcourir cent cinquante kilomètres ces douze dernières heures. Mais il se portait bien et n'avait aucune blessure. Il aurait récupéré d'ici à un jour ou deux. Nye avait su s'arrêter à temps. Et il avait un cheval magnifique. Un zéro marqué au fer rouge sur sa joue droite et un tatouage en haut de son encolure indiquaient qu'il était enregistré auprès de la Fédération équestre et de l'Association des chevaux de course. Carson flatta l'animal avec admiration.

— Tu vaux cher au kilo, toi, lui dit-il.

Carson sortit du box, gagna la porte de l'écurie et scruta la poussière en suspension dans l'air oppressant. Nye n'était plus dans les parages. Carson sortit en fermant doucement la porte puis prit la direction de la zone résidentielle en se demandant pour quelle raison un homme n'hésitait pas à risquer sa vie pendant une formidable tempête de sable ; et pour quelle raison le responsable de la sécurité n'hésitait pas à risquer sa place en trimballant cette feuille de papier sur laquelle était gribouillée une phrase en espagnol dénuée de sens.

Carson traversa la cafétéria et sortit sur la terrasse, l'étui patiné de son banjo cognant contre ses genoux. La nuit était épaisse, la lune cachée derrière des nuages, mais il savait que la silhouette assise, immobile, sur la terrasse était celle de Singer.

Depuis leur dernière conversation à cet endroit même, Carson avait souvent vu Singer, profitant de la soirée au-dehors, grattant la guitare. Égal à lui-même, Singer lui avait souri, ou fait signe de la main, ou lancé un salut joyeux. Mais il avait changé depuis la mort de Brandon-Smith. Il était plus silencieux, plus renfermé. L'arrivée de Teece et la crise inattendue de Vanderwagon à la cafétéria n'avaient pas arrangé les choses. Le soir, il passait toujours un petit moment sur la terrasse, mais, désormais, il restait tête baissée dans le silence environnant, sa guitare posée, muette, à côté de lui.

Au cours des premières semaines de son arrivée, Carson avait souvent rejoint son directeur dehors, à la fraîche, pour bavarder un peu. Mais le temps passant et la pression se faisant plus forte, il avait de plus en plus de données à rentrer sur son ordinateur, dans la solitude de sa chambre, après sa journée de travail. Ce soir-là, pourtant, il s'était décidé à s'accorder du temps. Il aimait bien Singer et était navré de le voir broyer du noir, battre sa coulpe, sans doute, pour les récents événements. Peut-être pourrait-il essayer de lui changer les idées ? En outre, sa conversation avec Teece avait instillé en lui des doutes quant à son travail ; et il savait que Singer, avec sa foi inébranlable dans les vertus de la science, serait un antidote parfait.

— Qui est là ? demanda Singer, très sec.

Les nuages libérèrent la lune dont la pâle clarté donna provisoirement un peu d'éclat à la terrasse. Singer reconnut Carson.

— Ah, c'est vous, dit-il, plus détendu. Bonsoir, Guy.

Carson s'assit à côté du directeur. Même si la terrasse avait été nettoyée après la tempête, de petits nuages de poussière s'élevèrent quand il se laissa tomber sur la chaise.

— Belle nuit, dit-il après un moment de silence.
— Incroyable.

Comme pour tenir la dragée haute à la tempête, le désert offrait un coucher de soleil spectaculaire qui embrasait le ciel par-delà la brume sèche.

Sans un mot, Carson ouvrit l'étui du banjo et en sortit son Gibson à cinq cordes. Singer le regarda faire, une lueur d'intérêt ravivant ses yeux fatigués.

— Splendide, dit-il en plissant les yeux pour mieux voir l'instrument sous le clair de lune. Bon Dieu. La membrane en cuir de veau est d'origine ?
— Oui.

Carson pinça les cordes du bout des doigts.

— Ces instruments n'aiment pas les conditions de vie dans le désert, dit-il, et je dois toujours le réaccorder. Un de ces jours, je vais craquer et m'en acheter un en plastique. Tenez, regardez-le de plus près.

Il tendit l'instrument à Singer, qui le prit et le fit tourner entre ses mains.

— Manche et résonateur en acajou, dit-il. Cordier Presto d'origine. Cercle de tension en fils d'étain, je suppose ?

— Oui. Ils sont un peu tordus, d'ailleurs.

Singer lui rendit le banjo.

— C'est une pièce de musée que vous avez là. Vous la tenez d'où ?

— D'un ouvrier qui travaillait sur le ranch de mon grand-père. Il a dû partir du jour au lendemain, et c'est une des choses qu'il a laissées derrière lui. Pendant des années, il a servi de ramasse-poussière en haut d'une étagère ; jusqu'à ce que j'aille en fac et que j'attrape le virus du *bluegrass*.

Au fil de leur conversation, Singer avait perdu un peu de sa morosité.

— Écoutons ce que ça donne, dit-il en prenant sa vieille guitare.

Il gratta quelques accords d'un air songeur, l'accorda, puis se lança dans une interprétation de « Salt Creek », air reconnaissable entre tous. Carson l'écouta, marquant le rythme par des hochements de tête tout en improvisant un accompagnement. Il n'avait plus joué de banjo depuis des mois, et ses accords n'étaient plus ce qu'ils étaient à Harvard ; mais, peu à peu, il retrouva sa dextérité et tenta quelques enchaînements. Puis, tout à coup, il se rendit compte que c'était Singer qui jouait l'accompagnement tandis que lui s'était lancé dans un solo, riant presque de soulagement en constatant qu'il démarrait toujours aussi sec et que son jeu était toujours aussi mélodique.

Ils terminèrent sur un riff d'enfer, et Singer enchaîna immédiatement avec « Clinch Mountain Backstep ». Carson se mit au diapason, impressionné par la virtuosité de son directeur. Singer, quant à lui, s'abandonnait totalement à la musique et jouait avec passion, en homme soudain allégé d'un terrible fardeau.

Carson accompagna Singer, de plus en plus à l'aise, et s'autorisa enfin à jouer *groovy*, ce qui fit sourire son partenaire qui l'encouragea d'un signe de tête. Singer se joignit bientôt à lui, et ils terminèrent en plaquant un accord assourdissant.

— Je vous remercie, Guy, dit Singer, qui reposa sa guitare et s'essuya les mains avec un air heureux. On aurait dû faire ça depuis longtemps. Vous êtes un excellent musicien.

— Je suis loin derrière vous, mais merci quand même.

Le silence retomba tandis que les deux hommes regardaient la nuit autour d'eux. Singer se leva et alla se servir à boire à la cafétéria. Un homme échevelé passa devant la terrasse, comptant sur ses doigts et marmonnant des paroles incompréhensibles – en russe, crut reconnaître Carson – sur un ton angoissé. Ce doit être le fameux Pavel, songea Carson. L'homme tourna dans une allée et disparut dans la nuit. Quelques instants plus tard, Singer était de retour. Sa démarche était redevenue plus pesante. Le poids de ses soucis et de ses responsabilités lui était retombé sur les épaules.

— Alors, comment ça se passe, Guy ? lui demanda-t-il en se rasseyant sur sa chaise. Ça fait des lustres qu'on ne s'est pas parlé.

— Je suppose que la visite de Teece vous aura pas mal accaparé, répondit Carson.

La lune avait une fois de plus disparu derrière une épaisseur de nuages, et Carson sentit, à défaut de le voir, Singer se raidir à la mention du nom de l'inspecteur.

— Quel enquiquineur, celui-là ! dit Singer, mi-figue, mi-raisin.

Il but une gorgée de son cocktail.

— Je ne peux pas dire que j'aie accroché avec ce M. Teece, reprit-il. Encore un qui veut faire croire qu'il a tout compris mais qui refuse toujours de dire quoi que ce soit. J'ai l'impression qu'il obtient ses infos en divisant pour mieux régner. Vous voyez ce que je veux dire ?

— Je ne lui ai pas parlé très longuement. Il ne m'a pas paru approuver nos travaux, dit Carson en choisissant ses mots.

Singer poussa un soupir résigné.

— Vous savez, Guy, il ne faut pas attendre que tout le monde comprenne – et *a fortiori* soutienne – ce que nous faisons. C'est d'autant plus vrai pour les bureaucrates et les législateurs. J'ai rencontré pas mal de Teece dans ma carrière. La plupart du temps, ce sont des chercheurs ratés. On ne doit jamais perdre de vue la jalousie latente chez ces énergumènes. Enfin… son rapport tombera tôt ou tard.

— Tôt, à mon avis, dit Carson, qui regretta immédiatement ses paroles.

Il sentit le regard de Singer se poser sur lui.

— Oui, dit-il. Il est parti sur les chapeaux de roue, c'est le moins qu'on puisse dire. Il a insisté pour prendre un des Hummer. Je crois bien que c'est à vous qu'il a parlé en dernier.

— Il m'a dit qu'il s'était réservé pour la fin ceux qui travaillaient sur le Grip-x.

— Ah, répondit Singer, éclusant son verre et le posant lourdement par terre.

Il regarda à nouveau Carson.

— Eh bien, il doit savoir, pour Levine, à l'heure qu'il est. Ce qui ne facilitera pas les choses pour nous. Il va nous revenir avec toute une batterie de nouvelles questions, je vous parie ce que vous voulez.

Un frisson glacé parcourut Carson.

— Levine ? demanda-t-il du ton le plus détaché possible.

Singer ne le quittait pas des yeux.

— Vous n'êtes pas au courant ? Vous m'étonnez. On ne parle que de ça. Charles Levine, directeur de la Fondation de bioéthique. Il a fait quelques déclarations qui nous sont préjudiciables sur une chaîne de télévision nationale il y a quelques jours. Les actions GeneDyne sont en chute libre.

— Ah oui ?

— Elles ont baissé de cinq points et demi aujourd'hui encore. La société a perdu près de un demi-milliard de dollars en parts de marché. Inutile de vous dire les conséquences que cela a sur vos actions.

Carson ne fit pas de commentaire. Il ne se faisait guère de souci pour son miniportefeuille d'actions GeneDyne. C'était autre chose qui l'inquiétait...

— Qu'a dit Levine exactement ? demanda-t-il.

— Oh, ça n'a pas vraiment d'importance, dit Singer en haussant les épaules. Ce ne sont que des mensonges, de toute façon, des mensonges éhontés. Le problème, c'est que des connards les gobent ! Des connards qui n'attendent que ça pour nous mettre des bâtons dans les roues !

Carson s'humecta les lèvres. C'était la première fois qu'il entendait Singer être grossier. Et ça ne lui allait guère.

— Et... que va-t-il se passer ? demanda-t-il.

Un air de satisfaction traversa brièvement le visage de Singer.

— Brent va s'en occuper, dit-il. C'est le genre de petit jeu qu'il affectionne.

L'hélicoptère approcha du mont du Dragon, venant de l'est, traversa l'espace aérien réservé de la base de missiles de White Sands, non soumise à la réglementation aérienne civile. Il était minuit passé, et la lune avait disparu ; le désert n'était plus qu'un immense tapis noir. Les pales de l'hélicoptère étaient spécialement conçues pour un usage militaire, et le moteur était équipé de générateurs spéciaux destinés à minimiser les caractéristiques sonores de l'appareil. Les phares et la radiobalise étaient coupés ; le pilote utilisait un radar pour chercher sa cible.

La cible en question était un petit émetteur placé au centre d'une pellicule de polyester Mylar, qui faisait réflecteur, maintenu par des pierres disposées en cercle. À côté se trouvait un Hummer, moteur et phares éteints.

L'hélicoptère se posa tout près du Mylar que les pales réduisirent en miettes. Au moment où le train d'atterrissage touchait le sol du désert, la silhouette sombre d'un homme descendit du Hummer et courut vers la porte de l'hélicoptère avec, dans une main, une valise en métal de forme bizarre marquée du logo GeneDyne. La porte de l'hélicoptère coulissa, et deux mains se tendirent pour prendre la valise. À peine la porte se fut-elle refermée que l'appareil redécolla, vira et disparut dans la nuit. Le Hummer redémarra et s'éloigna, phares éteints, en suivant les traces de pneus qu'il avait laissées en venant. Un morceau du Mylar, soulevé par une colonne d'air chaud, tourbillonna dans les airs et fut emporté au loin. Quelques instants plus tard, un profond silence avait repris possession du désert.

Ce dimanche-là, le soleil se leva sur un ciel sans nuages. Au mont du Dragon, le « bouillon de culture » était fermé pour décontamination hebdomadaire, et, jusqu'aux exercices de fausse alerte du soir, les scientifiques seraient livrés à eux-mêmes.

Attendant que son café soit prêt, Carson regardait par la fenêtre le sombre cône du mont du Dragon, à peine visible dans la lumière de l'aube. En général, il occupait ses dimanches comme les autres : il s'isolait dans sa chambre, son portable pour seule compagnie, et rattrapait son retard de travail. Mais, aujourd'hui, il avait décidé d'escalader le mont du Dragon – petite excursion qu'il se promettait de faire depuis son arrivée. De plus, son bœuf avec Singer sur la terrasse avait réveillé son envie de jouer et il craignait que les notes sèches et nasillardes du banjo résonnant à travers la résidence ne provoquent une avalanche de réactions courroucées sur la messagerie électronique.

Il versa le café dans une Thermos, mit son banjo en bandoulière et se dirigea vers la cafétéria pour prendre quelques sandwichs. Le personnel de cuisine, qui d'habitude babillait à qui mieux mieux, était plongé dans un silence morose. Le choc qui avait suivi la crise de Vanderwagon était pourtant passé. Ce doit être l'heure matinale, songea Carson. Tout le monde semblait broyer du noir, en ce moment.

Après être passé au poste de garde, Carson s'engagea sur la piste qui sinuait vers le nord-est. Une fois au pied du Mont, il commença l'escalade, quittant la piste au profit d'un sentier étroit et escarpé. Son banjo pesait lourd sur son dos ; les scories glissaient sous ses pieds. Une demi-heure d'effort le fit arriver au sommet.

C'était un cône classique, au centre incurvé à l'ancien point d'émission du volcan. Quelques buissons de prosopis poussaient au bord. Du côté opposé se trouvaient un groupe de tours hertziennes et une maisonnette blanche entourée d'un grillage.

Carson se retourna, essoufflé, disposé à jouir du panorama qu'il avait bien mérité. À cet instant précis de l'aurore, le sol du désert était comme une immense flaque de lumière miroitante, tourbillonnante, apparemment sans fond. Carson pouvait la voir gagner du terrain sur l'étendue du désert, d'est en ouest, grignotant tout sur son passage, illuminant les collines, gommant les lits des ruisseaux à sec, jusqu'à ce qu'elle bascule de l'autre côté de la Terre en laissant un manteau rutilant dans son sillage.

À quelques kilomètres de là, Carson distingua les ruines du village anasazi – il s'appelait Kin Klizhini – dont les ombres dessinaient de longues balafres noires sur la plaine poussiéreuse.

Il choisit un emplacement confortable derrière un gros bloc de tufs. Posant le banjo à côté de lui, il s'étira et ferma les yeux, jouissant des délices de la solitude.

— Merde, dit une voix connue quelques minutes plus tard.

Carson sursauta et ouvrit les yeux, pour voir de Vaca, campée devant lui.

— Qu'est-ce que vous faites ici ? dit-elle.

Carson attrapa l'étui de son banjo et le lui mit sous le nez. Sa journée était d'ores et déjà gâchée.

— C'est quoi, ça, à votre avis ?

— Vous êtes dans mon coin. Je viens ici tous les dimanches.

Sans un mot de plus, Carson se leva avec effort et commença à s'éloigner. Il ne voulait surtout pas s'engueuler avec son assistante aujourd'hui. Il sellerait Roscoe et irait jouer du banjo plus loin dans le désert.

Il s'immobilisa devant l'expression de de Vaca.

— Vous allez bien ? lui demanda-t-il.

— Pourquoi ça n'irait pas ?

Carson la dévisagea. Son instinct lui dictait de filer sans insister.

— Vous avez l'air contrariée, dit-il.

— Pourquoi vous ferais-je confiance ? demanda brusquement de Vaca.

— Pourquoi pas ?

— Vous êtes un des leurs, dit-elle.

Au-delà de ses accents accusateurs, Carson perçut une peur bien réelle.

— Mais qu'est-ce qui se passe ? demanda-t-il.

De Vaca resta silencieuse un long moment.

— Teece a disparu, finit-elle par dire.

Carson se détendit.

— Oh, c'est ça ! dit-il. J'ai parlé avec lui avant-hier soir. Il est parti à Radium Springs en Hummer. Il sera de retour demain.

Elle secoua la tête, agacée.

— Vous ne comprenez pas ce que je vous dis ou quoi ? Après la tempête, on a retrouvé le Hummer dans le désert. Vide.

Oh, non, merde. Pas Teece.

— Il a dû se perdre dans la tempête de sable.

— C'est ce que tout le monde dit.

Il lui décocha un regard perçant.

— Qu'est-ce que vous sous-entendez, au juste ?

— J'ai surpris une conversation entre Nye et Singer. Nye disait que Teece n'avait toujours pas été retrouvé. Ils se disputaient.

Carson se tut. Nye...

— Vous croyez qu'il a été assassiné ?

De Vaca ne dit rien.

— Le Hummer a été retrouvé à combien de kilomètres du mont du Dragon ? demanda Carson.

— Je n'en sais rien. Pourquoi ?

— Parce que j'ai vu Nye rentrer à cheval après la tempête. Il était sans doute parti à la recherche de Teece.

Il lui raconta ce dont il avait été témoin l'avant-veille dans l'écurie. De Vaca l'écouta attentivement.

— Vous pensez qu'il était sorti en pleine tempête pour retrouver Teece ? demanda-t-elle. Il venait d'enterrer un cadavre, plutôt. Entre lui et ce con de Mike Marr !

Carson pouffa.

— C'est ridicule, dit-il. Nye est peut-être un enfoiré, mais pas un assassin.

— Marr est capable de tuer.

— Marr ? Il est con comme un balai. Il n'est pas assez intelligent pour commettre un meurtre.

— Ah oui ? Mike Marr a été officier de renseignements au Vietnam. Un rat d'égout. Il a œuvré au Triangle de fer, il a fouillé des centaines de kilomètres de tunnels secrets, à chercher les Viêt-cong et leurs planques d'armes, et à descendre tous ceux qu'il trouvait sur son passage. C'est de là qu'il tient sa blessure à la jambe. Il était descendu dans un trou, il suivait un tireur isolé. Il a déclenché un piège, et le tunnel s'est effondré sur sa jambe.

— Comment savez-vous tout ça ?

— C'est lui qui me l'a raconté.

Carson se mit à rire.

— Alors, comme ça, vous êtes « potes » ? C'était avant ou après vous avoir flanqué un coup de crosse dans le bide ?

De Vaca tiqua.

— Je vous ai déjà dit que cet enfoiré m'avait draguée à mon arrivée. Un jour, il m'a coincée dans la salle de gym et m'a raconté sa vie, en espérant m'impressionner avec ses histoires de dur à cuire. Quand il a vu que ça ne marchait pas, il m'a mis la main au cul. Encore un qui croit que les Hispanos ont la cuisse légère...

— Et que s'est-il passé ?

— Je lui ai dit que s'il insistait il allait se prendre un coup de pied dans les *huevos*.

Carson se remit à rire.

— Je suppose qu'il lui aura fallu la gifle, au pique-nique, pour calmer ses ardeurs. Enfin, bref, pourquoi lui ou quelqu'un d'autre voudrait tuer un inspecteur de l'OSHA ? C'est insensé. Le mont du Dragon serait fermé du jour au lendemain.

— Pas si sa mort passait pour un accident, répliqua de Vaca. La tempête fournissait une excellente occasion. Nye qui va se baguenauder à cheval pendant une tempête de sable, vous ne trouvez pas ça bizarre, vous ? Et pourquoi nous a-t-on caché la disparition de Teece ? Peut-être qu'il avait découvert quelque chose qu'il n'était pas censé savoir...

— C'est-à-dire ? Vous pouvez aussi avoir mal compris ce que vous avez entendu. Après tout...

— J'ai parfaitement compris. Vous êtes né de la dernière pluie, *cabrón* ? Il y a des milliards de dollars en jeu. Vous pensez que le but est de sauver des vies ? Mais non ! Le but, c'est de faire un maximum de fric. Et s'il y a le moindre risque de perdre cet argent...

Elle le regardait, des flammes dans les yeux.

— Mais pourquoi tuer Teece ? Nous avons eu un terrible accident dans le niveau 5, mais le virus ne s'est pas échappé. On ne déplore qu'une victime. Personne n'a tenté d'étouffer l'affaire. Tout au contraire.

— Qu'une victime, répéta de Vaca. Non mais, écoutez-le ! Il se passe autre chose ici. Je ne sais pas ce que c'est, mais les gens se comportent bizarrement. Vous n'avez pas remarqué ? Je pense que la pression constante met les gens à cran. Si Scopes est si intéressé à sauver des vies, pourquoi ces délais impossibles ? Nous travaillons sur le plus dangereux des virus. Au moindre faux pas, *adiós muchachos*. La vie de plusieurs personnes a déjà été brisée à cause de ce projet. Burt, Vanderwagon, Fillson, l'animalier, Czerny, le garde de sécurité. Sans parler de Brandon-Smith. Combien d'autres encore seront gâchées ?

— Susana, vous ne connaissez pas cette industrie, cela se voit, dit Carson avec lassitude. Tous les grands progrès de l'humanité ont été accompagnés de souffrance. Nous allons sauver la vie de millions de gens, vous l'oubliez ?

Mais, à ses oreilles, les mots lui parurent soudain creux.

— Oh, tout cela est très noble, dit de Vaca. Mais est-ce vraiment un progrès ? De quel droit modifier le génome humain ? Plus ça va et plus je pense que ce que nous faisons est fondamentalement mauvais.

— Vous ne parlez pas en scientifique. Nous ne refaisons pas la race humaine, nous voulons éradiquer la grippe.

De Vaca donnait de furieux coups de talon dans les scories, y creusant une minitranchée.

— Nous modifions les cellules germinales, dit-elle. Nous allons trop loin.

— Nous cherchons à débarrasser notre code génétique d'un petit défaut.

— Un « défaut » ? Qu'est-ce que vous appelez un défaut, au juste, Carson ? Avoir le gène de la calvitie en est-il un ? Être petit, c'est un défaut ? Avoir telle ou telle couleur de peau ? Ou les cheveux frisés ? Et être un peu timide, peut-être ? Une fois que nous aurons éradiqué la grippe, nous enchaînerons sur quoi ? Pensez-vous sincèrement que la science ne va pas vouloir rendre les gens plus intelligents, plus grands, plus beaux, plus ceci et moins cela ? Surtout quand il y a des milliards de dollars à la clé !

— De toute façon, ce serait sous haute réglementation, dit Carson.

— Réglementation ! Et qui va décider de ce qui est le mieux ? Vous ? Moi ? Le gouvernement ? Brent Scopes ? Pas de problème : on élimine les gènes qui nous déplaisent, ceux dont personne ne veut ; ceux de l'obésité, de la laideur, de l'antipathie ; ceux qui codent les défauts. Retirez vos œillères une seconde, Carson, et dites-moi les conséquences que tout cela aurait pour l'humanité.

— On est loin de pouvoir faire tout ça, murmura Carson.

— Foutaises ! Que faisons-nous d'autre avec le Grip-x ? La cartographie du génome humain est presque complète. Les modifications seront peut-être minimes au début, mais elles deviendront de plus en plus importantes. Les différences entre l'ADN humain et celui du chimpanzé sont de moins de deux pour cent, et regardez l'immense écart entre les deux races. Il ne faudra pas de grosses modifications du génome pour rendre la race humaine complètement méconnaissable.

Carson garda le silence. Il avait entendu ces arguments des milliers de fois, mais aujourd'hui seulement – en dépit des gros efforts qu'il faisait pour résister – il les trouvait fondés. Peut-être était-il trop fatigué pour avoir l'énergie de contredire de Vaca ? Ou peut-être était-ce l'expression qu'il avait vue sur le visage de Teece quand celui-ci lui avait dit : « Ce que je dois faire ne peut pas attendre ».

Ils restèrent silencieux à l'ombre des tufs volcaniques, regardant le groupe de beaux bâtiments blancs, en contrebas, formé par les laboratoires de recherche GeneDyne, tremblotants comme un mirage dans la chaleur montante. Et Carson, tout en essayant de lutter, sentit quelque chose se briser en lui. Il éprouvait exactement la même sensation que le jour où, adolescent, il avait assisté à la vente aux enchères du ranch, morceau par morceau. Il avait toujours été convaincu que les meilleurs espoirs pour l'avenir de l'humanité résidaient dans la science. Et là, pour une raison qu'il n'arrivait pas encore à formuler, cette conviction menaçait de se dissoudre sous les vagues de chaleur montant du désert.

Il se racla la gorge et secoua la tête, comme pour rompre le fil de sa pensée.

— Si votre opinion est arrêtée, que comptez-vous faire ?

— Me tirer d'ici au plus vite et dire aux gens ce qui se passe.

Carson hocha la tête.

— Mais ce qui se passe est cent pour cent légal. De la recherche génétique dans le cadre de la réglementation de la FDA. Vous ne pouvez rien contre.

— Sauf si quelqu'un s'est fait assassiner. Il se passe quelque chose de louche ici, et Teece avait découvert quoi.

Carson la considéra. Elle était assise, adossée contre la roche, genoux sous le menton, ses cheveux aile de corbeau fouettés par le vent. Et puis merde, songea-t-il. Allons-y.

— J'ignore ce que Teece avait découvert, dit-il. Mais je sais ce qu'il cherchait.

De Vaca le regarda d'un air intrigué.

— C'est-à-dire ?

— Il avait la conviction que Franklin Burt tenait un journal secret. C'est ce qu'il m'a dit la veille de son départ. Il m'a dit aussi que Vanderwagon et Burt avaient tous deux des taux très élevés de dopamine et de sérotonine dans le sang. Ainsi que Brandon-Smith, à un degré moindre.

De Vaca accusa le coup.

— Il pensait que le journal de Burt, s'il existe, pourrait être éclairant sur les causes de ces symptômes, ajouta Carson. Teece comptait le chercher à son retour.

— Alors, dit de Vaca en se relevant, vous allez m'aider, ou pas ?

— À faire quoi ?

— À trouver ce journal. À découvrir le secret du mont du Dragon.

Charles Levine avait pris l'habitude d'arriver à Greenough Hall de très bonne heure et de s'enfermer dans son bureau après avoir laissé un petit mot à l'intention de Ray, l'informant qu'il n'était là pour personne. Il s'était provisoirement déchargé de ses cours sur deux maîtres auxiliaires et avait annulé son cycle de conférences pour les mois à venir, suivant en cela les derniers conseils prodigués par Toni Wheeler avant qu'elle ne démissionne. Pour une fois, Levine l'avait écoutée. Ses confrères faisaient peser sur lui une pression de plus en plus forte, et les messages téléphoniques que lui laissait le doyen de l'université se faisaient de plus en plus acerbes. Levine flairait le danger et – ce qui allait contre sa nature – il avait décidé de faire profil bas pour le moment.

Aussi fut-il surpris de tomber sur un homme qui l'attendait patiemment devant la porte close de son bureau à 7 heures du matin. Machinalement, Levine lui tendit la main, mais l'homme se contenta de le regarder.

— Que puis-je pour vous ? demanda Levine en ouvrant la porte de son bureau et en invitant son visiteur à y entrer.

L'homme s'assit avec raideur, tenant fermement sa serviette sur les genoux. Il avait d'épais cheveux gris et des pommettes saillantes. Levine lui donnait dans les soixante-dix ans.

— Je me présente : Jacob Perlstein, dit-il. Je suis historien. Je travaille pour la Fondation de recherches sur l'Holocauste de Washington.

— Ah oui ! Je connais votre travail. Votre réputation est sans égale.

Perlstein était mondialement connu pour le zèle inébranlable qu'il mettait à retrouver et à dévoiler des archives provenant des camps de la mort nazis et des ghettos juifs de l'Europe de l'Est. Levine s'assit dans son fauteuil, intrigué par l'air hostile de son visiteur.

— J'irai droit au but, dit celui-ci en fixant Levine de ses yeux noirs, les sourcils froncés.

Levine l'y encouragea d'un signe de tête.

— Vous avez déclaré que votre père, juif, avait sauvé la vie de nombreux Juifs en Pologne. Qu'il avait été arrêté par les nazis et torturé à mort par Mengele à Auschwitz.

Levine n'apprécia pas la formulation mais ne dit rien.

— Torturé en subissant des expériences médicales. C'est bien cela ?

— Oui, dit Levine.

— Comment l'avez-vous appris ? lui demanda Perlstein.

— Pardonnez-moi, monsieur Perlstein, mais je ne suis pas certain d'apprécier la façon dont vous me posez ces questions.

Perlstein continua à le regarder sans broncher.

— Ma question est pourtant simple, dit-il. J'aimerais que vous me disiez comment vous avez appris tout cela.

Levine faisait de gros efforts pour dominer son irritation grandissante. Il avait raconté cette histoire un nombre incalculable de fois lors d'interviews ou de collectes de fonds. Perlstein avait sûrement déjà dû l'entendre.

— Parce que j'ai fait une recherche personnelle, dit-il. Je savais que mon père était mort à Auschwitz, mais c'est tout. J'étais très jeune à la mort de ma mère. J'avais besoin de savoir ce qui lui était arrivé. J'ai passé pas loin de quatre mois en Allemagne de l'Est et en Pologne à éplucher les archives nazies. C'était une période dangereuse, et je faisais un travail dangereux. Quand j'ai fini par découvrir la vérité... eh bien, vous imaginez sans peine ce que j'ai pu ressentir. Cela a changé mon point de vue sur la science, sur la médecine et sur la génétique, ce qui...

— Ce dossier concernant votre père, l'interrompit Perlstein, où l'avez-vous trouvé ?

— À Leipzig, où sont classées toutes les archives concernant cette période. Vous le savez aussi bien que moi.

— Et votre mère, enceinte, s'est enfuie et vous a emmené en Amérique. Vous avez pris son nom, Levine, et non celui de votre père, Berg.

— C'est exact.

— Une histoire très émouvante, dit Perlstein. Curieux, Berg n'est pas un nom très courant chez les Juifs.

Levine se leva.

— Je n'apprécie pas le ton que vous prenez, monsieur Perlstein. Je vous demande de donner la raison de votre visite et de partir.

L'homme ouvrit sa serviette et en sortit une chemise qu'il posa avec un air de dégoût sur le bord du bureau de Levine.

— Examinez ces documents, je vous prie, dit-il.

Levine ouvrit la chemise et y trouva une fine liasse de photocopies. Il les reconnut immédiatement : les lettres gothiques à moitié effacées, les cachets en croix gammées ramenèrent à sa mémoire les horribles semaines qu'il avait passées de l'autre côté du rideau de fer, enfermé dans des salles humides à farfouiller dans des cartons, ne puisant ses forces que dans son désir irrépressible de connaître la vérité.

Le premier document était la reproduction couleur d'une carte du Parti nazi, identifiant un certain Heinrich Berg comme *Obersturmführer* de la *Schutzstaffel* – les SS – en poste au camp de Ravensbrück. La photographie était encore en excellent état, et la ressemblance frappante.

Levine feuilleta rapidement les autres photocopies, avec une incrédulité grandissante. Il y avait là des documents d'archive des camps, des listes de prisonniers, un rapport de la compagnie qui avait libéré Ravensbrück, une lettre d'un survivant affranchie en Israël, et une attestation sous serment. D'autres documents révélaient qu'une jeune Polonaise du nom de Miyrna Levine avait été envoyée à Ravensbrück pour « traitement ». Une fois là-bas, elle avait été remarquée par Berg, était devenue sa maîtresse puis avait été transférée à Auschwitz. Elle y avait survécu en servant d'informatrice sur les mouvements de résistance à l'intérieur du camp.

Levine leva les yeux vers Perlstein, qui soutint son regard d'un air accusateur.

— Comment osez-vous colporter de tels mensonges ? dit Levine d'une voix perçante quand, enfin, il eut recouvré l'usage de la parole.

— Ainsi, vous continuez à nier, dit Perlstein avec un soupir méprisant. Je n'en attendais pas moins. Et vous, comment osez-vous colporter de tels mensonges ? Votre père était un officier SS et votre mère une traître qui a envoyé des centaines de gens à la mort. Vous n'êtes pas coupable des péchés de vos géniteurs, mais le mensonge sur lequel vous vivez n'a rien à envier à leur scélératesse et dévalorise le travail que vous faites. Vous prétendez rechercher la vérité pour les autres alors que vous n'avez pas voulu regarder la vôtre en face. Vous avez permis que le nom de votre père soit gravé parmi ceux des justes au Yad Vashem : Heinrich Berg, officier SS ! C'est une insulte aux vrais martyrs. Et cette insulte sera connue de tous.

Les mains de l'homme tremblaient sur sa serviette.

Levine faisait des efforts surhumains pour garder son calme.

— Ces documents sont des faux, s'écria-t-il. Et vous n'êtes pas stupide au point d'y croire. Les communistes d'Allemagne de l'Est sont célèbres pour...

— Depuis que j'ai pris connaissance de ces documents, il y a quelques jours, leurs originaux ont été examinés par trois experts indépendants qui les ont authentifiés. Il ne peut y avoir d'erreur.

Cette fois, Levine bondit de son siège.

— Sortez ! hurla-t-il. Vous êtes manipulé par les révisionnistes. Sortez et remportez ces saloperies !

Il s'avança vers lui, l'air menaçant, le bras levé.

Le vieil homme essaya de fermer sa serviette, il se baissa, effarouché, et son contenu se répandit sur le sol. Sans se donner la peine de le ramasser, il battit en retraite dans le bureau du secrétaire puis sortit dans le couloir. Levine claqua la porte de son bureau et s'y adossa, le pouls battant à ses tempes. C'était un mensonge outrageant, éhonté, et il rétablirait la vérité sans tarder... Il avait les photocopies certifiées conformes des documents authentiques, Dieu merci... Il lui suffirait de faire appel à un contre-expert, et les faux seraient démasqués. Cette insulte à la mémoire de son père était comme un coup de poignard dans le cœur, mais ce n'était pas la première fois qu'on l'attaquait de façon aussi immonde et ce ne serait sans doute pas la dernière...

Son regard se posa sur la serviette, son contenu et ses ignominies éparpillés sur le sol, et une pensée terrible lui traversa l'esprit.

Il se précipita vers un meuble fermé à clé, l'ouvrit d'un geste brusque, en sortit une chemise marquée du simple nom « Berg » et l'ouvrit.

Elle était vide.

— Scopes, murmura-t-il.

Le lendemain, avec un ton de regret infini, le *Boston Globe* publiait l'histoire en une.

Muriel Page, vendeuse bénévole à la boutique de l'Armée du salut de Pearl Street, observait un jeune homme aux cheveux en bataille qui fouillait dans un tas de vestes de sport. C'était la deuxième fois de la semaine qu'il venait, et Muriel ne pouvait s'empêcher d'avoir un peu pitié de lui. Il n'avait pas l'air d'un SDF – il était propre et alerte – mais plutôt d'un jeune sans le sou. Il avait un visage d'adolescent, un air un peu gauche qui lui rappelait son propre fils, marié maintenant et qui était parti s'installer en Californie. Celui-là ne devait pas manger correctement, c'était sûr.

Le jeune homme retournait les vestes avec des gestes rapides, jaugeant celles qui lui passaient sous les yeux.

Il s'arrêta soudain et en tira une du lot. Il l'enfila par-dessus son T-shirt noir et marcha vers un miroir tout proche. Muriel, qui le regardait du coin de l'œil, dut reconnaître qu'il avait du goût. Il avait choisi une très jolie veste à revers étroits, imprimée de petits triangles et de carrés rouges et jaunes sur fond noir. Elle devait dater du début des années 1950. Très élégante, mais pas le genre de veste – pensa-t-elle, un peu nostalgique – que la plupart des jeunes gens d'aujourd'hui aiment porter. Les vêtements étaient tellement plus chic de son temps !

Le jeune homme pirouettait, examinant son reflet sous divers angles, l'air ravi. Il s'avança vers la caisse, et Muriel sut que c'était vendu.

Elle retira l'étiquette.

— Cinq dollars, s'il vous plaît, dit-elle avec un beau sourire.

Les traits du jeune homme s'affaissèrent derrière ses lunettes noires.

— Oh, dit-il, je croyais que...

Muriel hésita un instant. Cinq dollars représentaient sans doute plusieurs repas pour lui, qui avait l'air de ne pas manger à sa faim. Elle se pencha en avant et chuchota, avec un air faussement conspirateur :

— Je vous la laisse pour trois dollars, si vous ne le dites à personne...

Elle caressa la veste.

— C'est de la pure laine, dit-elle.

Un sourire illumina le visage du jeune homme, qui repoussa une mèche rebelle en un geste empreint de timidité.

— C'est très gentil, dit-il, sortant trois billets froissés de sa poche.

— C'est une belle veste, dit Muriel. Quand j'étais jeune, un homme qui portait une veste comme celle-là... ben...

Elle fit un clin d'œil malicieux au jeune homme. Il la regarda sans rien dire et, tout de suite, elle se sentit bête. Elle s'empressa d'écrire le reçu et le lui tendit.

— J'espère qu'elle vous profitera, lui dit-elle.

— C'est sûr.

Elle se pencha de nouveau vers lui.

— Vous savez, de l'autre côté de la rue, juste en face, on a un endroit très bien où vous pourrez manger chaud. C'est gratuit et sans contrepartie.

Le jeune homme parut sceptique.

— Pas de baratin religieux ? demanda-t-il.

— Absolument pas. On ne peut pas obliger quelqu'un à avoir la foi, mais on peut offrir un repas chaud et nourrissant. Tout ce que nous vous demandons, c'est de n'être ni sous l'effet de l'alcool ni sous celui de la drogue.

— Vraiment ? Je croyais que l'Armée du salut était un groupe religieux.

— Oui, mais on ne peut pas penser au salut de son âme si l'on se demande ce qu'on va manger demain. En nourrissant le corps, on libère l'âme.

Le jeune homme la remercia et sortit. Jetant un coup d'œil discret par la vitrine, Muriel fut heureuse de le voir se diriger tout droit vers la soupe populaire, prendre un plateau à l'entrée, se mettre dans la queue et engager la conversation avec un homme devant lui.

Muriel sentit les larmes lui monter aux yeux. L'air dans la lune, un peu perdu de ce garçon lui rappelait tellement son fils. Pourvu que sa vie s'arrange avant qu'il ne soit trop tard, se dit-elle.

Le lendemain matin, la boutique de l'Armée du salut et la soupe populaire de Pearl Street reçurent un don anonyme de deux cent cinquante mille dollars, et Muriel Page fut la première surprise d'apprendre que c'était en hommage à son travail.

Carson et de Vaca redescendirent le sentier en silence et reprirent le chemin du laboratoire.

— Alors ? demanda de Vaca.

— Alors quoi ?

— Vous... tu ne m'as toujours pas dit si... enfin... si tu m'aiderais à découvrir ce journal, murmura-t-elle d'un ton pressant.

— Susana, j'ai beaucoup de travail. Toi aussi, entre parenthèses. Ce journal, à supposer qu'il existe, ne va pas s'envoler. Je vais y réfléchir, d'accord ?

De Vaca le dévisagea et, tournant les talons sans un mot, entra dans la résidence.

Carson la regarda s'éloigner ; avec un soupir, il s'engagea dans l'escalier et déboucha dans le couloir obscur et frais du premier étage. Peut-être Teece avait-il raison à propos de ce journal secret. Et peut-être Susana avait-elle raison au sujet de Nye. Auquel cas, l'opinion de Teece n'avait plus guère d'importance. Mais ce qui inquiétait le plus Carson était le souvenir de cet affreux moment où il avait senti vaciller ses certitudes. Il décida de ne plus y penser pour le moment. Demain, peut-être, il aurait la force de regarder les choses en face.

Une fois dans sa chambre, il contempla les murs d'un blanc sale pendant une petite minute, rassemblant l'énergie nécessaire pour allumer son portable et commencer à classer les résultats des essais concernant le virus Grip-x II. Son regard se posa sur l'étui cabossé de son banjo.

Oh, fait chier, songea-t-il. Il jouerait un petit moment. Sans plectre, pour amortir le son. Juste cinq minutes. Dix, maxi. Histoire de se changer les idées. Puis il se remettrait au travail.

Au moment où il sortait son instrument, il vit une feuille de papier pliée posée sur le fond en feutre jauni de l'étui. Il la prit et la déplia sur ses genoux.

Cher Guy,

J'ai toujours eu horreur de cet instrument infernal. Mais, pour une fois, j'espère que vous allez en jouer. Apparemment, vous êtes sorti tôt ce matin, et je ne peux retarder davantage mon départ. Ce stratagème me paraît le meilleur – le seul, en fait – moyen de vous contacter.

Ainsi que je vous l'ai dit, je pars pour deux ou trois jours. Depuis notre conversation, j'ai essayé, en vain, de trouver où Burt pouvait avoir caché son journal.

Vous connaissez les installations du mont du Dragon, ses environs et – le plus important – le travail de Burt. Il est tout à fait possible que, sans le vouloir peut-être, il ait laissé un indice sur l'endroit où se trouve ce journal. Auriez-vous l'obligeance de parcourir les notes électroniques du Dr Burt pour voir si vous n'y trouveriez pas une piste quelconque ?

N'essayez pas toutefois de trouver ce journal par vous-même. Laissez-moi faire à mon retour. En attendant, merci de ne parler de cela à personne.

Eussé-je disposé de plus de temps, je ne vous aurais pas chargé de ce fardeau. J'ai eu le sentiment que je pouvais vous faire confiance. J'espère ne pas m'être trompé.

Bien à vous,

Gil Teece

Carson relut ce mot écrit à la hâte. Teece avait dû venir le matin de la tempête de sable et, ne le trouvant pas, avait laissé ce message à l'endroit où Carson aurait le plus de chances de le trouver. Quand il avait ouvert son étui sur la terrasse de la cafétéria, il n'avait pas dû le voir à cause de la nuit noire. Il éprouva une peur rétrospective à l'idée que la feuille de papier aurait pu tomber par terre et être trouvée plus tard par Singer. Ou Nye.

Il repoussa cette pensée avec colère. *Encore deux jours à ce rythme, et je vais devenir aussi parano que de Vaca. Ou Burt.* Il fourra la feuille de papier dans sa poche arrière, décrocha le téléphone et appela la chambre de de Vaca.

— Alors, comme ça, c'est là que tu habites, Carson ? Évidemment, ils t'ont donné une chambre avec vue. La mienne donne sur l'incinérateur.

De Vaca s'écarta de la fenêtre.

— On dit que la façon dont quelqu'un décore son intérieur est un bon baromètre de sa personnalité, poursuivit-elle, laissant son regard glisser sur les murs nus. Je comprends mieux...

Elle se pencha par-dessus l'épaule de Carson, qui attendait que son portable soit chargé.

— Environ un mois avant son départ du mont du Dragon, dit Carson, les notes de Burt deviennent plus concises. Si Teece a raison, ce doit être la période où il a commencé à tenir un journal clandestin. S'il y a là un indice quant à l'endroit où il l'a caché, à mon avis, c'est dans les notes de cette période que nous le trouverons.

Il ouvrit l'agenda. À mesure que les formules et les listes de données défilaient devant ses yeux, il repensait à la première fois qu'il les avait compulsées, au « bouillon de culture » – il y avait une éternité, lui semblait-il. Le cœur lui manqua quand il parcourut une fois encore le compte rendu des expériences ratées, le récit d'espoirs déçus. Il était mal à l'aise : c'était si proche de ce qu'il ressentait.

Peu à peu, les notations scientifiques de Burt étaient supplantées par ses conversations avec Scopes, ses notes personnelles, voire ses rêves.

```
20 mai. La nuit dernière, j'ai rêvé que je
m'étais perdu dans le désert. Je marchais en
direction des montagnes, et il faisait de plus
en plus noir. Soudain, une grande lumière a
jailli, comme une deuxième aube, et un immense
champignon atomique s'est élevé de l'autre côté
de la chaîne de montagnes. J'ai su alors que
j'assistais à l'explosion de Trinity Site. J'ai
vu la vague de surpression arriver sur moi,
et je me suis réveillé.
```

— S'il écrivait des trucs pareils dans cet agenda-là, dit Carson, pourquoi se serait-il donné la peine d'en tenir un secret ?

— Continue, le pressa de Vaca.

Il fit défiler le texte.

```
2 juin. Quand j'ai secoué mes chaussures ce
matin, un petit scorpion est tombé par terre,
tout affolé. Il m'a fait pitié, je l'ai porté
dehors...
```

— Continue, continue, répéta de Vaca, impatiente.

Carson s'exécuta. Des poèmes apparurent bientôt au milieu de tableaux et de notations techniques. Puis la démence de Burt se fit plus perceptible, sous la forme d'un salmigondis d'images délirantes, de récits de cauchemars et d'expressions dénuées de sens. Enfin venait l'ultime et terrifiant dialogue avec Scopes, une dernière diatribe apocalyptique, et le marqueur de fin de document apparut sur l'écran.

Carson et de Vaca se regardèrent.

— Il n'y a rien, là-dedans, dit Carson.

— Nous ne sommes pas dans la tête de Burt, dit de Vaca. Si tu étais Burt et que tu veuilles glisser un indice dans cet agenda, comment t'y prendrais-tu ?

— Je crois que je ne le ferais pas, dit Carson en haussant les épaules.

— Mais si ! Teece avait raison : consciemment ou non, c'est dans la nature humaine. D'abord, il ne te faudrait pas perdre de vue que Scopes va tout lire. D'accord ?

— Oui.

— Alors, à ton avis, qu'est-ce qui a le plus de chances de ne pas être lu par Scopes ?

Il y eut un silence.

— Les poèmes ! dirent-ils à l'unisson.

Carson revint en arrière jusqu'à la page où les premiers poèmes apparaissaient, puis fit redéfiler le texte lentement. La plupart, mais pas tous, étaient d'inspiration scientifique : la structure de l'ADN, les quarks et les gluons, le Big Bang.

— Tu as remarqué que les poèmes commencent au moment où les notes deviennent plus brèves ? fit Carson.

— C'est la première fois que je lis des poèmes comme ceux-là, dit de Vaca. Ils sont beaux, dans leur genre.

Et elle lut à voix haute.

```
Il y a une ombre sur cette plaque de verre.
Une longue exposition au rayon d'émission
De l'hydrogène alpha
Donne de bons résultats.
M82, autrefois, était dix milliards d'étoiles,
Et maintenant elle est retournée à la lente et
paresseuse poussière de la création.
Faut-il voir là l'œuvre sublime
Du Dieu qui a embrasé le Soleil ?
```

— Je ne comprends rien, dit-elle.

— La Messier 82 est une nébuleuse très étrange de la constellation de la Vierge. Cette galaxie a explosé et anéanti des milliards d'étoiles.

— Intéressant, dit de Vaca. Mais je ne crois pas que ce soit ce que l'on cherche.

Ils firent défiler le texte plus avant.

> Maison noire sous le soleil drapé
> Les corbeaux s'envolent à ton approche,
> Ils tournoient, planent dans les airs
> Croassant devant cette offense
> Attendant le retour du vide.
> Le grand kiva
> Est à moitié enseveli sous le sable,
> Mais le sipapu
> Est toujours grand ouvert.
> Il déverse son cri silencieux sur le Quatrième Monde.
> À ton départ,
> Les corbeaux se reposeront,
> Croassant de satisfaction.

— Moi, je trouve ça beau, remarqua de Vaca. Quelque part, ça ne m'est pas étranger. Je me demande quelle est cette maison noire...

Carson se redressa brusquement.

— Kin Klizhini, dit-il. En apache, ça veut dire : « maison noire ». Il veut parler des ruines indiennes qui se trouvent au sud.

— Tu parles l'apache ? demanda de Vaca, qui le dévisagea avec curiosité.

— Au ranch, la plupart de nos ouvriers étaient des Apaches. Ils m'ont appris les rudiments de leur langue quand j'étais gosse.

Ils relurent le poème en silence.

— Bah, je ne vois rien, dit Carson, prêt à faire défiler le texte.

— Attends, dit de Vaca, l'arrêtant d'un geste. Le *kiva* était le lieu de culte souterrain des Indiens Anasazis. Au centre de cette pièce se trouvait un trou appelé le *sipapu*, censé relier le monde des humains à celui des esprits qui se trouvaient sous terre et qu'ils appelaient le Quatrième Monde. Nous vivons dans le Cinquième.

— Oui, je sais tout ça, dit Carson, mais je ne vois toujours pas le rapport.

— Relis le poème. Si le *kiva* est plein de sable, comment le *sipapu* pourrait-il être ouvert ?

Carson la regarda.

— Tu as raison, dit-il.

Elle le regarda et sourit.

— Ah, quand même, *cabrón*, tu finis par l'admettre !

Ils décidèrent de s'y rendre à cheval afin d'être revenus à temps pour la fausse alerte du soir. Le soleil se trouvait au zénith et la chaleur était à son comble.

Carson regarda de Vaca, qui jetait une selle sur le dos de l'appaloosa à la queue tressée.

— Je suppose que tu sais monter, lui dit-il.

— Et comment ! répondit de Vaca, qui boucla la sous-ventrière et attacha une gourde à la selle. Tu crois que les Anglos ont le monopole ? Quand j'étais petite, j'avais un cheval qui s'appelait Barbare. C'était un barbe, le cheval des conquistadors.

— Je n'en ai jamais vu.

— Ce sont les meilleurs chevaux pour le désert. Petits et robustes. Mon père en avait acheté un lot au ranch des Romero. Des pure race. Jamais aucun croisement avec des chevaux anglos. Le vieux Romero disait que ses ancêtres et lui avaient toujours abattu tous les étalons *gringos* qui venaient renifler leurs juments.

Elle rit et sauta en selle. Carson apprécia la façon dont elle se tenait : bien en équilibre et décontractée.

Il enfourcha Roscoe, et ils se dirigèrent au pas jusqu'au portail. Là, ils tapèrent le code de sortie sur le digicode puis partirent en direction de Kin Klizhini.

De Vaca renversa la tête en arrière et repoussa sa masse de cheveux.

— Malgré tout ce qui s'est passé, dit-elle, je ne me lasse pas de la beauté de cet endroit.

Carson approuva de la tête.

— Quand j'avais seize ans, dit-il, j'ai passé tout un été dans un ranch dans la partie nord du désert de Jornada, le « Diamond Bar ».

— Ah oui ? Et, là-bas, le désert est comme ici ?

— À peu près. Au nord, on est entouré par les montages de Fra Cristóbal, qui forment écran. C'est un peu plus vert que par ici.

— Tu étais ouvrier sur ce ranch ?

— Oui. Après que mon père a perdu son ranch, j'y ai gardé les troupeaux tout un été. Le « Diamond Bar » était un grand ranch ; environ quatre cents kilomètres carrés, entre les montagnes San Pascal et la Sierra Oscura. Le vrai désert commençait à la pointe sud de la propriété, à un endroit appelé la Porte de lave : une immense coulée de lave qui va jusqu'au pied des montagnes Fra Cristóbal. La coulée et les montagnes sont séparées par un étroit cañon d'une centaine de mètres de large. L'ancienne Piste espagnole passait par là.

Il rit.

— La Porte de lave, pour moi, c'était celle de l'enfer. Personne ne se serait risqué plus au sud ; on n'était pas sûr d'en revenir. Et, pourtant, voilà que j'y suis !

— Mes ancêtres ont suivi cette piste avec Oñate en 1598, dit de Vaca.

— La Piste espagnole ? Ils ont traversé le Jornada ?

Elle acquiesça, plissant les yeux pour se protéger du soleil.

— Comment ont-ils trouvé de l'eau ?

— Ah, revoilà le doute sur ton visage, *cabrón*. Mon grand-père m'a raconté qu'ils ont attendu de n'avoir plus d'eau, et qu'au crépuscule ils ont fait marcher leurs troupeaux toute la nuit et se sont arrêtés vers 4 heures du matin pour les faire paître. Un peu plus loin, leur guide apache les a conduits à une source appelée la source de l'Aigle. On ne sait plus où elle se trouve.

Carson se risqua à poser une question qui, depuis quelque temps, lui brûlait les lèvres.

— D'où, exactement, vous vient le nom de Cabeza de Vaca ?

Elle le regarda avec hauteur.

— Et celui de Carson, il vous vient d'où ?

— Reconnais que « Tête de Vache », c'est un peu bizarre.

— Et « Fils de Voiture », tu trouves ça mieux ?

— Excuse-moi, se rétracta Carson.

— Si tu connaissais un peu mieux l'histoire espagnole, dit de Vaca, tu le saurais. En 1212, un simple soldat de l'armée espagnole, en signalant l'entrée d'un col par le crâne d'une vache, a permis à l'armée de remporter une victoire sur les Maures ; il s'est vu offrir un titre royal et le droit de porter le nom « Cabeza de Vaca ».

— Fascinant, dit Carson, qui étouffa un bâillement. Et sans doute apocryphe.

— Alonso Cabeza de Vaca fut l'un des premiers colons européens en Amérique. Nous descendons d'une des plus anciennes et des plus importantes familles européennes d'Amérique. Tu sais, je n'attache pas beaucoup d'importance à ce genre de chose.

Mais, à la fierté qu'il lisait sur son visage, Carson en conclut qu'elle devait, au contraire, y prêter beaucoup de valeur.

Ils chevauchèrent un moment en silence, jouissant de la chaleur de la journée et du balancement régulier de leurs montures. De Vaca galopait légèrement en tête, détendue, la main gauche sur les rênes et la droite sur la boucle de son ceinturon. Comme ils arrivaient aux abords des ruines, elle arrêta son cheval.

Carson la rejoignit ; elle le regarda, une lueur amusée dans ses yeux violets.

— Le dernier arrivé est un *pendejo*, dit-elle tout à coup.

Éperonnant son cheval, elle le fit partir au galop. Et, le temps que Carson réagisse, elle avait déjà pris trois longueurs d'avance ; son cheval fonçait au triple galop, oreilles couchées, et de ses sabots il envoyait du gravier au visage de Carson, qui le talonnait.

Carson rattrapa de Vaca, et les deux chevaux galopèrent côte à côte, sautant par-dessus les buissons. Les ruines étaient plus proches, et les hautes murailles de pierre se dressaient contre le ciel azur. Carson savait qu'il avait le meilleur cheval, et pourtant il vit, sidéré, de Vaca se coucher sur l'encolure du sien et l'encourager d'une voix basse mais électrisante. Carson éperonna Roscoe en vain. Ils passèrent comme des flèches entre les deux murailles en ruine, de Vaca en tête d'une demi-longueur, ses cheveux fouettant l'air comme des flammes noires. Carson vit un haut mur se dresser soudain devant eux. Une nuée de corbeaux s'envolèrent en poussant leurs cris rauques au moment où les deux chevaux sautaient le mur et se retrouvaient hors des ruines. Carson et de Vaca les firent passer au petit galop, puis au trot, et leur firent faire demi-tour en leur caressant l'encolure.

De Vaca avait le visage écarlate et les cheveux en bataille. Sa cuisse était mouillée par l'écume du cheval.

— Pas mal, dit-elle, l'air heureux. Tu as failli me rattraper.

Carson raccourcit ses rênes.

— Tu as triché, lui dit-il, surpris de la mauvaise humeur qui transparaissait dans sa voix. Tu es partie avant moi.

— Tu as le meilleur cheval.

— Tu es la plus légère.

— Vois les choses en face, *cabrón*, tu as perdu, dit-elle en riant.

Carson se força à sourire.

— Je gagnerai la prochaine fois.

— C'est toujours moi qui gagne.

Ils atteignirent les ruines, mirent pied à terre et attachèrent leurs chevaux à un rocher.

— Le *kiva* était en général au centre du village, ou alors hors de l'enceinte, dit de Vaca. Espérons qu'il ne se soit pas complètement écroulé.

Les corbeaux tournoyaient au-dessus de leurs têtes, leurs cris lointains se répercutant dans l'air sec.

Carson regarda autour de lui avec curiosité. Les murs avaient été bâtis en pisé avec des roches volcaniques. Le tracé d'anciennes salles était visible sur les trois côtés des ruines en U et s'ouvrait sur une place centrale. Le sol était jonché de tessons de poteries et de morceaux de silex recouverts de sable.

Ils s'avancèrent jusqu'à l'ancienne place du village. De Vaca s'agenouilla devant une très haute fourmilière. Les fourmis s'étaient réfugiées à l'intérieur pour fuir la chaleur. De Vaca lissa doucement le gravier de ses doigts.

— Qu'est-ce que tu fais ? demanda Carson.

Sans répondre, de Vaca ramassa quelque chose sur la fourmilière, qu'elle tint entre le pouce et l'index.

— Regarde, dit-elle.

Elle lui posa l'objet dans le creux de la main : il s'agissait d'une perle de turquoise parfaitement lisse avec, en son milieu, un trou si minuscule qu'il donnait l'impression que seul un cheveu avait pu le percer.

— Ils polissaient leurs turquoises en les frottant avec des brins d'herbe, dit-elle. On ne sait toujours pas comment ils s'y prenaient pour faire des trous aussi petits et parfaits sans utiliser d'outil en métal. On pense que c'est peut-être en faisant tourner une lamelle d'os très fine contre la pierre. Ce qui devait leur prendre des heures.

Ils gagnèrent le centre de la place.

— Il n'y a rien, ici, dit Carson.

— On se sépare et on cherche au-delà de ce périmètre. Je prends le demi-cercle nord, tu prends le sud.

Carson passa de l'autre côté des ruines et fit des allers-retours en suivant un arc de cercle de plus en plus large, scrutant le sol du désert. La violente tempête de sable et les vents secs avaient effacé toute trace de pas ; il était impossible de dire si Burt était venu. Des siècles auparavant, le toit du *kiva* aurait été visible au niveau du sol ; seul le trou pour l'évacuation de la fumée aurait signalé son existence. Même s'il était certain que son toit s'était écroulé depuis belle lurette, il y avait une chance qu'il soit resté intact et soit enseveli sous les sables transportés par les vents.

Carson localisa le *kiva* à une centaine de mètres au sud-ouest des ruines. Le toit s'était effondré, et il ne restait de la salle du *kiva* qu'une dépression circulaire d'une dizaine de mètres de large sur deux de profondeur. De ses murs en pierre volcanique sortaient quelques bouts d'anciennes poutres de soutènement. Carson appela de Vaca, qui arriva au pas de course, et ils contemplèrent ces vestiges en silence. Près du fond, le pisé était encore visible ainsi que des traces de peinture rouge. Le sol était complètement recouvert de sable.

— Alors, où est ce fameux *sipapu* ? demanda Carson.

— Il est toujours situé au centre exact du *kiva*. Aide-moi à descendre.

Elle se laissa glisser le long de la paroi, gagna le centre du cercle et commença à creuser le sable à mains nues. Carson sauta à ses côtés et fit de même. À une quinzaine de centimètres de profondeur, leurs doigts rencontrèrent une pierre plate. De Vaca, excitée comme une puce, déblaya le sable qui la recouvrait et la poussa sur le côté.

Là, dans le trou du *sipapu*, se trouvait un récipient en plastique transparent étiqueté « GeneDyne » encore intact. Il contenait un petit calepin écorné à la reliure en toile vert olive maculée de taches.

— *Madre de Diós*, murmura de Vaca.

Elle prit la boîte, ôta le couvercle, sortit le calepin et l'ouvrit, le tenant entre eux deux de façon qu'ils puissent le lire ensemble.

La première page, datée du 18 mai, était couverte d'une écriture si serrée qu'il y avait deux lignes par carreau. De Vaca le feuilleta rapidement, n'en croyant pas ses yeux.

— On ne peut pas ramener ça au mont du Dragon, dit Carson.

— Je sais bien. Lisons-le ici.
Elle retourna à la première page.

18 mai

Très chère Amiko,

Je t'écris depuis les ruines d'un *kiva* des Indiens Anasazis, un lieu sacré, pas très loin de mon laboratoire.

Pendant que nous faisions mes bagages, le matin de mon départ pour Albuquerque, j'ai mis ce vieux calepin dans la poche de ma veste. Un réflexe. Je pensais m'en servir pour prendre mes notes d'ornithologue amateur, mais je crois que je lui ai trouvé un meilleur usage.

Tu me manques énormément. Ici, les gens sont plutôt sympas. Je pense que je peux considérer que certains, comme le directeur, John Singer, sont des amis. Mais nous sommes avant tout des confrères travaillant ensemble à un but commun. La pression est très forte ; constante. On nous demande toujours de faire plus vite, de réussir. Je sens que je me renferme de plus en plus sur moi-même. L'immensité de ce désert affreux accroît mon sentiment de solitude. J'ai l'impression d'être sur une autre planète.

Ici, papier et stylo sont strictement interdits. Brent veut pouvoir savoir à tout moment ce qu'on fait. Parfois, j'en arrive à croire qu'il veut pouvoir savoir ce qu'on pense. Ce petit journal te sera destiné. Il y a certaines choses que je veux te dire. Des choses qui n'apparaîtront jamais dans les fichiers informatiques du réseau GeneDyne. En bien des façons, Brent est encore un gamin qui a des idées de gamin ; et l'une de ces idées est de s'imaginer pouvoir contrôler tout ce que les autres font et pensent.

J'espère que tu ne t'inquiéteras pas en lisant tout ça. Mais, suis-je bête, il est vrai que lorsque tu liras ces lignes je serai à tes côtés. Et tout ça ne sera plus que des souvenirs. Peut-être, avec le recul, serai-je capable de rire de mes futiles récriminations. Ou d'être fier de ce que nous avons accompli ici.

Il me faut marcher longtemps pour atteindre ce *kiva* – tu sais quel piètre cavalier je fais. Mais ça me fait tant de bien de venir passer un moment seul avec toi. Mon journal ne risque rien ici, sous le sable. Personne ne sort jamais de l'enceinte à part le responsable de la sécurité, et lui-même semble occupé à ses propres affaires avec le désert.

À très vite.

25 mai

Ma femme chérie,

Il fait une chaleur terrible aujourd'hui. J'oublie toujours à quel point on a besoin d'eau dans cet épouvantable désert. J'en apporterai deux gourdes la prochaine fois.

Il n'est pas étonnant que, dans cette région aride, la religion des Anasazis ait été tournée vers le contrôle de la nature. C'est ici, dans le *kiva*, que les prêtres demandaient à l'Oiseau du Tonnerre de faire tomber la pluie.

Ô divinité mâle !
En mocassins de noirs nuages, viens à nous,
Que le zigzag de l'éclair jaillisse au-dessus de ta
tête et vole jusqu'à nous,
Je souhaite que les eaux écumeuses recouvrent
les racines du blé sacré
Noirs et abondants soient les nuages,
Noires et abondantes les brumes,
Beau et blond le blé, jusqu'à la fin des temps, grâce à toi.

C'est ainsi qu'ils priaient. C'est un désir très ancien que celui de savoir et de pouvoir, cette fringale de contrôler les secrets de la nature, de faire pleuvoir.

Mais la pluie n'est pas tombée. Pas plus qu'aujourd'hui.

Que penseraient-ils s'ils nous voyaient, peinant jour après jour dans nos antres souterrains, travaillant dans le but non plus de dominer la nature, mais de la remodeler selon notre volonté ?

Je ne peux pas écrire davantage aujourd'hui. Le problème qu'on m'a donné à résoudre exige tout mon temps et toute mon énergie. Difficile d'y échapper, même ici. Mais je reviendrai bientôt, amour.

4 juin

Très chère Amiko,

Pardonne ma longue absence. Notre emploi du temps au labo a été infernal. Il n'y aurait pas les décontaminations réglementaires, je suis sûr que Brent nous ferait travailler vingt-quatre heures sur vingt-quatre.

Brent. Que t'ai-je dit sur lui ? C'est étrange. Je n'aurais jamais pensé ressentir un jour tant de respect et tant d'antipathie pour le même homme. Je dirai même que je le hais. Même quand il ne me pousse pas à travailler plus vite, je vois toujours son visage devant moi, l'air mécontent parce que les résultats ne sont pas à la hauteur de ses espérances. Je l'entends me murmurer à l'oreille : *Je ne vous donne plus que cinq minutes. Et une seule autre série d'essais.*

Brent est, je crois, l'homme le plus complexe que je connaisse. Brillant, frivole, immature, détaché, impitoyable. Il a un gros stock personnel d'aphorismes dans lequel il puise à la moindre occasion, les citant avec délectation. Il fait don de millions de dollars et va mégoter pour quelques centaines. Il peut être d'une gentillesse asphyxiante envers l'un et d'une cruauté impitoyable envers l'autre. Il a une extraordinaire culture musicale. Il possède le dernier – et le plus beau – piano de Beethoven, celui qui, dit-on, lui a inspiré ses trois dernières sonates. Tu imagines le prix !

Je n'oublierai jamais notre premier entretien. À l'époque, je travaillais toujours pour GeneDyne Manchester ; c'était peu de temps après la mise au point de ma méthode de filtration. Nos premiers résultats étaient excellents, et on était tous enthousiasmés. Cette méthode promettait de diminuer de moitié le temps de production. Toute l'équipe du labo ne se tenait plus de joie. Ils me disaient qu'ils allaient me proposer comme président.

Là-dessus, coup de fil de Brent Scopes. J'ai supposé que c'était pour me féliciter ; m'accorder une autre prime, peut-être. Au lieu de ça, il me demande de prendre le premier avion pour Boston. Je devais tout laisser en plan, disait-il, pour prendre la direction d'un projet crucial de GeneDyne. Il ne m'a même pas laissé le temps de terminer mes derniers essais ; mon équipe de Manchester s'en chargerait.

Tu te souviens de mon voyage à Boston. Je suis sûr que j'ai dû te paraître très évasif à mon retour, et je te prie de m'en excuser. Brent a l'art de vous ranger sous sa bannière. Il a l'enthousiasme contagieux. Mais je ne vois pas pourquoi je ne t'en parlerais pas maintenant. De toute façon, ce sera dans tous les journaux d'ici à quelques mois.

Ma tâche – en gros – était de mettre au point un sang artificiel. GeneDyne mettait à ma disposition les immenses moyens pour fabriquer génétiquement du sang humain. Le travail préparatoire était déjà fait, disait Brent. Mais il voulait quelqu'un de mon profil et ma qualification pour mener à bien le projet. Mon travail sur la technique de filtration faisait de moi le candidat idéal.

C'était une idée noble, je l'admets, et l'exposé de Brent était superbe. Jamais plus les hôpitaux ne seraient à court de sang, disait-il. Jamais plus les gens n'auraient à craindre qu'on leur transfuse un sang contaminé. Jamais plus ceux qui ont un groupe sanguin rare ne mourraient par manque de donneur. Le sang artificiel GeneDyne ne serait soumis à aucun risque de contamination, conviendrait à tous les groupes et serait disponible en quantités illimitées.

J'ai donc quitté Manchester – je t'ai quittée, toi, notre maison, et tout ce qui m'était cher – pour venir dans ce désert. Pour tenter de réaliser le rêve de Brent Scopes et, avec de la chance, rendre le monde plus vivable. Le rêve persiste. Mais à quel prix.

12 juin

Amiko, ma chérie,

J'ai décidé de continuer le récit que j'ai entrepris la dernière fois. C'est peut-être, inconsciemment, l'idée que j'avais en commençant ce journal. Tout ce que je peux te dire, c'est qu'après avoir quitté ce *kiva*, l'autre jour, j'ai ressenti une formidable sensation de soulagement. Aussi vais-je tout te raconter, pour mon bien, si ce n'est pour celui de l'humanité.

Je me souviens d'un matin, il y a environ quatre mois. J'avais dans la main un flacon de sang. C'était du sang humain, et pourtant il avait été fabriqué par l'une des formes de vie les plus éloignées qui soient de l'homme : le streptocoque, une bactérie qu'on trouve dans la terre, entre autres. J'ai épissé le gène humain de l'hémoglobine avec le « strep », le forçant à produire de l'hémoglobine. En grandes quantités.

Pourquoi utiliser le streptocoque ? Parce que nous en savons plus sur cette bactérie que sur toutes les autres formes de vie de la planète. Nous avons la cartographie de tout son génome. Nous savons comment le modifier génétiquement.

Tu me pardonneras de simplifier le processus. En me servant de cellules provenant d'une série cellulaire de la joue d'un homme (moi, en l'occurrence), j'ai retiré un gène situé sur le quatrième chromosome,

16 s ADN r, locus D3401. Je l'ai multiplié un million de fois, j'ai inséré les copies dans le « strep » et les ai mises en culture dans de grandes cuves emplies d'une solution protidique. Malgré les apparences, ma chérie, tout cela n'a pas été très difficile. Cela a déjà été réalisé maintes fois avec d'autres gènes, dont celui de l'insuline.

Nous avons rendu cette bactérie – cette forme de vie extrêmement primitive – infinitésimalement humaine. Chaque bactérie est porteuse d'une part infime, invisible de l'être humain. Cette partie humaine, par essence, conditionne la bactérie et l'oblige à une chose : produire de l'hémoglobine.

Et ça, pour moi, c'est magique – la vérité imparable de la génétique, la promesse jamais trahie.

Mais c'est aussi là que toutes les difficultés commencent.

Je devrais peut-être m'expliquer. La molécule de l'hémoglobine consiste en un groupe de protéines, qu'on appelle les globines, et en une fraction non protéique, qu'on appelle l'hème. Elle véhicule l'oxygène dans le sang et troque cet oxygène contre du gaz carbonique qu'elle déverse dans les poumons, qui se chargent de le rejeter.

C'est une molécule fort intelligente et fort complexe. Malheureusement, l'hémoglobine « libre » est un poison mortel. Si on en injectait à l'homme, elle serait sans doute fatale. L'hémoglobine doit être contenue dans quelque chose, en principe, un globule rouge.

Il nous fallait donc concevoir un contenant hermétique qui rendrait l'hémoglobine inoffensive. Un sac microscopique, si tu préfères. Mais un vecteur qui « respirerait », qui permettrait à l'oxygène et au gaz carbonique de passer.

Notre solution a été de fabriquer ces petits « sacs » à partir de la membrane de cellules rompues. Je me suis servi d'une enzyme appelée « lyase ».

Puis vient la dernière difficulté : purifier l'hémoglobine. Ce qui peut paraître très simple.

Mais ça ne le fut pas.

Nous avons fait pousser les bactéries dans d'immenses cuves. À mesure que la quantité d'hémoglobine produite par les bactéries augmentait, elle empoisonnait le contenu de la cuve. Tout mourait. Il ne nous restait plus qu'une soupe de saloperies : des molécules d'hémoglobine mélangées à des bactéries mortes ou en train de mourir ; des bouts d'ADN et d'ARN ; des fragments chromosomiques ; des bactéries aberrantes.

Le problème était de purifier cette soupe – de séparer la bonne hémoglobine de l'ivraie – de façon qu'il ne nous reste que de l'hémoglobine humaine pure. Et elle devait être extrêmement pure. Être transfusé, ce n'est pas comme avaler un petit comprimé. Des litres de cette substance allaient peut-être être introduits chez un être humain. La plus petite impureté, multipliée par la quantité, pouvait provoquer des effets indésirables imprévisibles.

C'est à peu près à cette période qu'on a appris ce qui se passait à Boston. Ceux du marketing étaient déjà en train d'étudier – en grand secret – comment commercialiser notre sang fabriqué génétiquement. Ils ont réuni des groupes de citoyens ordinaires et se sont rendu compte que la plupart étaient terrifiés à l'idée d'être transfusés par crainte d'une contamination – le virus de l'hépatite, du sida ou autre. Les gens veulent être sûrs que le sang qu'ils reçoivent ne présente aucun risque.

Ainsi, notre produit fini fut baptisé « PurBlood ». Et la note de service est arrivée du siège : dorénavant, dans tous les journaux, revues, notes et interviews, le produit serait désigné sous le nom de « PurBlood ». Quiconque l'appellerait par son nom de fabrication, Hémocyl, serait sanctionné. Et, précisait la note, l'utilisation des mots « génie génétique » ou

« artificiel » était *verboten*. Le public n'aimait pas l'idée de manipulation génétique pour quoi que ce soit. Ils ne voulaient pas de tomates transgéniques ni de lait génétiquement modifié, et ils détestaient purement et simplement l'expression « sang artificiel fabriqué génétiquement ». Je comprends leur point de vue, remarque. L'idée d'avoir une telle substance injectée dans ses veines a de quoi effaroucher le profane.

Le soleil baisse à l'horizon, mon amour. Je dois partir. Mais je reviendrai demain. Je vais dire à Brent que j'ai besoin d'une journée de repos. Ce qui est vrai. Si tu savais à quel point me confier à ces pages me soulage !

13 juin

Très chère Amiko,

J'en arrive à la partie la plus difficile de mon récit. La partie que, en fait, je n'étais pas sûr jusqu'à présent de vouloir te raconter. Il sera toujours temps de brûler ces pages si ma résolution flanche. Mais c'est un secret que je ne peux plus garder pour moi seul.

... Je me suis donc lancé dans le processus de purification. Nous avons fait fermenter la solution pour libérer l'hémoglobine de sa prison bactérienne. Nous l'avons centrifugée. Nous l'avons filtrée. Fractionnée. En vain.

L'hémoglobine est une protéine extrêmement fragile, vois-tu. On ne peut pas la chauffer ; on ne peut pas utiliser d'agents chimiques puissants ; on ne peut ni la stériliser ni la distiller. Chaque fois que j'ai voulu purifier de l'hémoglobine, j'ai fini par la détruire. La structure fragile de la molécule ne tenait pas le choc : elle se « dénaturait ». Devenait inutilisable.

Il nous fallait trouver un système de purification plus délicat. C'est alors que Brent a suggéré que nous nous servions de mon procédé de filtration.

J'ai tout de suite su que c'était la solution. Il n'y avait aucune raison pour que ça ne marche pas. Sans doute est-ce par fausse modestie que je n'y avais pas pensé moi-même.

La technique que j'avais mise au point à Manchester consistait en une variante d'électrophorèse sur gel, méthode permettant de séparer, au moyen d'un champ électrique, les différents composants d'une solution.

La mettre en place a pris du temps – et Brent a commencé à montrer des signes d'impatience. Finalement, grâce à ce procédé, j'ai réussi à purifier trois litres de « PurBlood ».

Ma technique a marché au-delà de mes espérances les plus folles. Utilisant deux litres comme échantillons, j'ai pu démontrer que le mélange était pur à seize pour un million. Autrement dit, sur un million de molécules d'hémoglobine, on ne trouvait que seize particules étrangères. Et sans doute moins.

Cela peut paraître pur – et l'est suffisamment pour la plupart des médicaments. Mais, dans ce cas-là, ce n'était pas encore suffisant. La FDA avait décrété – une de ses lubies – que cent pour un milliard, c'était sans risque ; mais que seize pour un million, ça ne l'était pas.

Comprends-moi bien, surtout. Je croyais – et je le crois toujours – que « PurBlood » était beaucoup plus pur que cela. Seulement je n'arrivais pas à le prouver. La différence est cruciale. Mais, pour moi, la distinction était injuste et artificielle.

Il restait un essai à faire pour vérifier sa pureté – l'essai ultime –, que je n'avais pas pratiqué à cause des réglementations de la FDA. Je l'ai réalisé en secret. Pardonne-moi, amour, mais un soir, au labo, je me suis prélevé un demi-litre de mon sang. Puis je me suis injecté une quantité équivalente de « PurBlood ».

J'ai agi un peu vite, j'en conviens. Mais « PurBlood » est passé comme une lettre à la poste. Il ne m'est rien arrivé, et tous mes examens médicaux ont été satisfaisants. Naturellement, je ne pouvais officialiser ces résultats, mais au moins avais-je la satisfaction de savoir que « PurBlood » était pur.

Alors, j'ai fait autre chose. J'ai dilué une quantité infinitésimale d'eau déminéralisée dans le dernier demi-litre de « PurBlood » et j'ai refait toute la batterie de tests qui évalue automatiquement le degré de pureté. J'ai obtenu comme résultat une pureté de quatre-vingts sur un milliard. Bien en deçà de la limite prônée par la FDA.

J'avais fait tout ce que j'avais à faire. Je n'ai *pas* fait de rapport, je n'ai falsifié *aucun* chiffre ni *aucun* résultat. Lorsque Scopes a téléchargé les résultats des essais ce soir-là, il savait ce qu'ils signifiaient. Le lendemain, il m'a félicité. Il était aux anges.

La question que je me pose aujourd'hui – et celle que tu me poseras peut-être – est : pourquoi ai-je fait ça ?

Pas pour l'argent. Je m'en suis toujours plus ou moins fichu, tu le sais bien, Amiko chérie. L'argent amène plus d'ennuis qu'il n'en mérite.

Pas pour la gloire, qui est un terrible fléau.

Pas pour sauver des vies – même si c'est ce que je me suis dit, ce n'est pas la raison.

Je pense que c'était peut-être, tout simplement, le désir de résoudre ce dernier problème, de franchir la dernière étape du processus de fabrication. C'est ce même désir, sans doute, qui a poussé Einstein à écrire à Roosevelt pour l'avertir des dangers de l'atome ; ce même désir qui a poussé Oppenheimer à fabriquer la bombe et à faire un essai à moins de quarante kilomètres d'ici ; ce même désir qui poussait les prêtres anasazis à se réunir dans cette salle souterraine et à exhorter l'Oiseau du Tonnerre à faire tomber la pluie.

Mais – et c'est ce qui m'obsède, ce qui m'a poussé à coucher tout cela par écrit – la réussite de « PurBlood » ne change rien au fait que j'ai triché.

Je m'en rends parfaitement compte. Surtout maintenant que... maintenant que « PurBlood » est produit à grande échelle et que je me cogne la tête sur un autre problème, encore plus insoluble.

En tout cas, ma chérie, j'espère que tu auras cœur à me comprendre. Une fois que je serai délivré de cet endroit, je m'engage à ne plus jamais m'éloigner de toi.

Et ce moment viendra peut-être plus tôt que tu ne le crois. Je commence à soupçonner certains, ici... mais je te parlerai de tout ça une autre fois. J'en reste là pour aujourd'hui.

Tu ne sauras jamais le bien que me fait ce petit journal intime !

30 juin

Il m'a fallu beaucoup de temps pour venir aujourd'hui. J'ai dû prendre un itinéraire détourné. La femme de ménage qui nettoie ma chambre m'a regardé d'un air bizarre, et je ne veux surtout pas qu'elle me suive. Elle en parlera à Brent, tout comme mon assistante et l'administrateur du réseau l'ont fait.

C'est parce que j'ai découvert la clé. Alors, maintenant, je dois toujours être sur mes gardes.

On les reconnaît à la façon dont ils laissent traîner les choses sur leur bureau. Leur manque d'ordre les trahit. Et ils sont bouffés par les germes. Des milliards de bactéries et de virus se cachent dans les moindres replis de leur corps. J'aimerais en parler à Brent, mais je dois continuer comme si de rien n'était, comme si tout était absolument normal.

Je crois qu'il vaut mieux que je ne revienne plus ici.

Carson resta silencieux. Le soleil commençait à se coucher, gigantesque ballon en équilibre sur l'horizon. Les ruines dégageaient une odeur de poussière et de chaleur mêlée à un faible relent de pourriture. L'un des chevaux hennit d'impatience, et l'autre surenchérit.

De Vaca sursauta. Elle remit vivement le calepin dans son récipient, le replaça dans le *sipapu*, remit la pierre plate par-dessus et lissa le sable chaud pour dissimuler la cachette.

Elle se releva et épousseta son jean.

— On ferait mieux de rentrer, dit-elle. Ils vont se poser des questions si on n'est pas là pour la fausse alerte.

Ils sortirent des ruines du *kiva*, remontèrent à cheval et reprirent lentement le chemin du mont du Dragon.

— Burt, qui l'aurait cru ! murmura de Vaca, tandis qu'ils chevauchaient côte à côte. Lui, truquant ses résultats !

Carson restait silencieux, perdu dans ses pensées.

— Et se servant de lui-même comme cobaye ! poursuivit de Vaca.

Carson se redressa, frappé par une idée.

— Je suppose que c'est ce qu'il voulait dire par « pauvre alpha », dit-il.

— Quoi ?

— Teece m'a raconté que Burt n'arrêtait pas de répéter « pauvre alpha, pauvre alpha ». Je suppose qu'il voulait parler de lui-même en tant que sujet alpha de l'essai. Mais, bon, je n'irai pas jusqu'à dire qu'il a été cobaye. Ça lui ressemblait bien. Un homme comme lui ne risquerait pas la vie de milliers de gens avec un sang douteux. Et il avait des délais extrêmement courts pour démontrer sa pureté. Alors, il l'a testé sur lui. Il y a d'autres exemples de ce genre. Ce n'est pas tout à fait illégal, d'ailleurs.

Il regarda de Vaca.

— On ne peut que l'admirer d'avoir risqué sa vie, dit-il. Et il a eu le dernier mot. Il a prouvé que « PurBlood » était sans risque.

Carson se tut. Quelque chose le tracassait, lié à ce qu'ils avaient lu dans le journal, mais sur quoi il ne pouvait pas mettre le doigt... comme un rêve dont il n'arriverait pas à se souvenir.

— Ç'a été vraiment son dernier mot, dit de Vaca. Depuis, il radote à l'asile !

— Tu es dure, dit Carson en grimaçant.

— Peut-être. Mais il faut dire que tout le monde parle de Burt comme s'il était plus grand que nature. Celui qui a inventé la technique de filtration GeneDyne, créé synthétiquement « PurBlood » ! On sait maintenant qu'il a truqué ses résultats.

C'était ça ! Carson se rendit compte de ce qui, en lisant le journal de Burt, l'avait frappé inconsciemment.

— Susana, que sais-tu de sa technique de filtration ?

Elle se tourna vers lui, intriguée.

— La filtration inventée par Burt quand il travaillait à Manchester, reprit Carson. Tu viens d'en parler. Nous avons toujours présupposé qu'elle marchait sur le Grip-x. Et si ce n'était pas le cas ?

Un certain agacement passa sur le visage de de Vaca.

— On a fait essai sur essai pour s'assurer que la souche virale sortant du filtre était absolument pure.

— Pure, oui. Mais est-ce la même souche que celle du départ ?

— Comment une technique de filtration pourrait-elle modifier une souche ? Ça n'a pas de sens.

— Quel en est le principe ? répliqua Carson. On crée un champ électrique qui fait passer les molécules lourdes de la protéine à travers un filtre à gel, d'accord ? La charge électrique est équivalente au poids de la molécule qu'on veut obtenir. Toutes les autres restent prisonnières du gel pendant que la molécule qu'on désire sort par le filtre.

— Et alors ?

— Et si la charge électrique, ou pourquoi pas le gel lui-même, provoquait des changements infinitésimaux dans la structure de la protéine ? Et si ce qui sortait n'était plus ce qu'on y avait mis ? Le poids moléculaire serait le même, mais la structure serait imperceptiblement modifiée. Au point que ce changement ne serait pas décelé par les tests standards. Il suffit d'un minuscule changement de l'enveloppe protéique d'une particule virale pour créer une nouvelle souche.

— C'est impossible, dit de Vaca. Sa technique a été testée et déposée. On s'en est déjà servi pour fabriquer d'autres produits synthétiques. Si quelque chose clochait, on s'en serait aperçu depuis longtemps.

Carson arrêta Roscoe.

— Est-ce que les tests sur la pureté ont envisagé cette possibilité-là ?

De Vaca ne répondit pas.

— Susana, c'est la seule chose que nous n'ayons pas vérifiée.

Elle se tourna vers lui et le regarda un long moment.

— Bon, d'accord, finit-elle par dire. Vérifions !

L'institut de Dark Harbor était installé dans un vieux manoir biscornu de style victorien perché au sommet d'un piton rocheux au-dessus de l'océan

Atlantique. Il comptait cent vingt membres honoraires, dont seulement une dizaine de résidents. Ils n'avaient qu'un seul devoir : réfléchir. Les conditions d'admission se résumaient en un mot, génie.

Les membres de l'institut avaient beaucoup d'affection pour leur manoir, dont cent vingt ans d'intempéries avaient émoussé tous les angles droits. Ils appréciaient surtout son isolement. Les voisins les plus proches – qui, pour la plupart, ne venaient qu'à la période estivale – n'avaient pas la plus petite idée de l'identité de ces binoclards et binoclardes à l'air respectable qui arrivaient et repartaient sans crier gare.

Edwin Bannister, rédacteur en chef adjoint du *Boston Globe*, régla la note de son auberge et supervisa le rangement de ses bagages à l'arrière de sa Range Rover, souffrant toujours d'un vague mal de tête dû au mauvais vin de Bordeaux bu au dîner de la veille. Il donna un pourboire au porteur, fit le tour de la Rover en embrassant du regard la petite ville de Dark Harbor, son port, ses bateaux de pêche, le clocher de son église, son air marin. Beaucoup trop vieillot. Il préférait Boston, et l'atmosphère enfumée de la Black Key Tavern.

Il consulta le plan dessiné à la main qu'on lui avait faxé au journal. L'institut se trouvait à huit kilomètres de là. En dépit des assurances qu'il avait reçues, il doutait que son hôte soit réellement là.

Bannister démarra et prit la départementale 24. L'étroite route longeait la côte en ligne droite, passant par une série de promontoires. Il baissa sa vitre et entendit le grondement lointain du ressac, le cri des mouettes et le tintement funeste d'une bouée.

La route émergea au milieu d'un champ couvert de buissons de myrtilles et clôturé par de vieilles barrières en rondins. Bannister s'arrêta devant un haut portail en bois flanqué d'une guitoune en bardeaux où se tenait le gardien.

— Bannister, du *Globe*, dit-il, sans un regard pour lui.

— Oui, monsieur.

Le portail s'ouvrit en geignant, et Bannister nota au passage, amusé, que les rondins des battants étaient renforcés, à l'intérieur, par des barres en acier. Aucune voiture piégée ne risque de venir faire la bombe ! pensa-t-il.

Le hall d'entrée du manoir, lambrissé de chêne, semblait désert. Bannister se dirigea vers le petit salon. Un feu flambait dans l'immense cheminée ; une enfilade de fenêtres à croisées donnaient sur l'océan, étincelantes dans la lumière du matin. On entendait les faibles échos d'un air de musique.

De prime abord, Bannister s'était cru seul. Puis, dans un coin, il avisa un homme assis dans un fauteuil en cuir qui buvait du café en lisant un journal. Il portait des gants blancs. Les pages du journal, quand il les tournait, bruissaient entre ses doigts.

L'homme releva la tête.

— Edwin ! s'exclama-t-il, souriant. Merci d'être venu.

Bannister reconnut immédiatement ces cheveux hirsutes, ces taches de rousseur, cet air adolescent, cette veste sport rétro sur le T-shirt noir. Il était donc venu, finalement.

— Ça me fait plaisir de vous voir, Brent, dit Bannister, qui s'assit dans un fauteuil qui lui tendait les bras.

Machinalement, il chercha des yeux un domestique.

— Café ? demanda Scopes, qui n'avait pas fait mine de lui tendre la main.

— Merci.

— Chacun se sert, ici, dit Scopes. C'est sur l'étagère.

Bannister s'extirpa du fauteuil puis revint s'y installer avec une tasse de café qu'il jugea médiocre.

Les deux hommes restèrent silencieux, et au bout d'un moment Bannister se rendit compte que Scopes écoutait la musique. Il but une gorgée de café et eut la surprise de le trouver délicieux.

Le morceau prit fin. Scopes poussa un soupir de plaisir, plia le journal avec soin et le posa à côté d'un porte-documents ouvert au pied de sa chaise. Il ôta ses gants noircis par l'encre et les laissa tomber sur le journal.

— *L'Offrande musicale*, de Bach, dit-il. Vous connaissez ?

— Oui, bien sûr, répondit Bannister en espérant que Scopes ne poserait pas de question qui révélerait son mensonge.

Bannister ne connaissait pratiquement rien à la musique.

— L'un des canons de *L'Offrande* a pour titre « Quaerendo invenietis », « Qui cherche trouve ». Une petite devinette : Bach demande par là à ceux qui l'écoutent de voir s'ils peuvent déceler le code canonique complexe qu'il a utilisé pour écrire cette œuvre.

Bannister fit oui de la tête.

— Je pense souvent que cela s'applique parfaitement au génie génétique, reprit Scopes. Face à un organisme fini – l'être humain, par exemple –, on se demande quel code génétique complexe a été utilisé pour créer une telle merveille. Puis l'on se dit, bien entendu : si l'on devait modifier une partie minuscule de ce code, comment cela se traduirait-il en chair et en sang ? Tout comme changer une seule note d'un canon peut parfois transformer complètement la ligne mélodique.

Bannister plongea la main dans la poche de sa veste et en sortit un magnétophone. Après l'avoir mis en marche, il se carra dans son fauteuil, mains croisées.

— Edwin, ma société est dans une situation fâcheuse.

— Comment cela ?

Bannister savait déjà que ça allait être bien. Tout ce qui poussait Scopes hors de sa tanière était bon.

— Vous êtes au courant des attaques répétées de Charles Levine contre GeneDyne. J'espérais que les gens verraient clair dans son jeu et à qui ils avaient affaire, mais ça met trop de temps. En allant se cacher sous les jupes de l'université de Harvard, il a acquis une crédibilité que je n'aurais pas crue possible.

Scopes se tut et hocha la tête.

— Je connais le Dr Levine depuis plus de vingt ans, reprit-il. En fait, à une époque, j'étais l'un de ses meilleurs amis. Cela me fait beaucoup de peine de voir ce qui lui est arrivé. Je veux parler de toutes ces déclarations au sujet de son père, et voilà qu'on apprend qu'il était un officier SS. Bon, je ne veux pas jeter la pierre à un homme pour avoir voulu protéger la mémoire de son père, mais était-il obligé, avec une histoire si choquante, d'en faire un héros ? Cela montre, en tout cas, que cet homme n'hésite pas à maquiller la vérité pour arriver à ses fins. Et qu'on ne doit pas prendre ses déclarations pour argent comptant. Ce que la presse a plus ou moins fait jusqu'à présent. Excepté le *Globe*, et je vous en remercie.

— Nous ne publions jamais rien sans avoir vérifié les sources, répondit Bannister.

— Je le sais, et je l'apprécie. Et je suis certain qu'on l'apprécie également à Boston, étant donné que GeneDyne est l'un des plus gros employeurs de l'État.

Bannister inclina la tête.

— Quoi qu'il en soit, Edwin, je ne peux plus me permettre de rester les bras croisés devant ces attaques calomnieuses. J'ai besoin de votre aide.

— Brent, vous savez bien que je ne peux rien faire, dit Bannister.

— Mais si, mais si, répliqua Scopes avec un geste impatient de la main. La situation est la suivante : nous travaillons dans notre laboratoire du mont du Dragon sur un projet top secret. S'il est « secret », ce n'est pas parce qu'il est particulièrement dangereux, mais pour nous protéger d'une concurrence énorme. Nous sommes dans un cas de figure où le gagnant rafle tout... Vous voyez ce que je veux dire. Le premier laboratoire à déposer un brevet pour un médicament gagne des milliards de dollars pendant que les autres bouffent leurs investissements en recherche et développement.

Bannister refit oui de la tête.

— Edwin, je peux vous assurer – à vous, dont je respecte l'opinion – que rien d'extraordinairement dangereux n'est en cours au mont du Dragon. Nous avons le seul laboratoire niveau 5 au monde, et notre prévention en matière de risques est la meilleure. Mais je ne vous demande pas de me croire sur parole.

Il sortit une chemise de son porte-documents et la posa devant Bannister.

— Cette chemise contient la totalité de notre dossier « Incidents techniques ». En principe, ces informations sont confidentielles, pourtant je tiens à ce que vous les ayez pour votre article. Mais n'oubliez pas : vous ne les tenez pas de moi.

Bannister baissa les yeux sur la chemise mais ne la prit pas.

— Je vous remercie, Brent. Vous savez toutefois que je ne me contenterai pas de votre parole quand vous affirmez que vous ne travaillez pas sur des virus dangereux. Le Dr Levine prétend...

Scopes éclata de rire.

— Oui, je sais, je sais, dit-il. Le virus Apocalypse.

Il se pencha vers Bannister.

— Et c'est justement pour vous en parler que je vous ai fait venir. Cela vous intéresserait-il de savoir quel est ce virus si terriblement dangereux sur lequel nous travaillons ? Celui qui, au dire de Levine, provoquerait la fin du monde ?

Bannister fit encore oui de la tête, sa longue expérience l'ayant fait passer maître dans l'art subtil de dissimuler son impatience.

Scopes le regardait avec malice, tout sourire.

— Edwin, ce sera *off the record*, bien entendu.

— Je préférerais...

Scopes tendit le bras et coupa le magnétophone.

— Un laboratoire japonais travaille sur une voie de recherche similaire, dit-il. Et, dans ses travaux sur les cellules germinales, il est même en avance sur nous. S'ils aboutissent les premiers, on est morts. Le gagnant rafle tout, Edwin. Je vous parle d'un marché annuel d'environ quinze milliards de dollars. Je n'aimerais pas voir les Japonais creuser l'écart avec nous, et encore moins devoir fermer GeneDyne Boston, tout ça parce que Edwin

Bannister du *Globe* aurait révélé sur quel virus nous travaillons.

— Je comprends votre point de vue, dit Bannister, déglutissant avec peine.

Il était parfois nécessaire de travailler *off the record*.

— Bien, dit Scopes. C'est l'influenza.

— Le quoi ? demanda Bannister.

Le sourire de Scopes s'élargit.

— La grippe, dit-il. Le virus de la grippe est le seul virus sur lequel nous travaillons actuellement au mont du Dragon. Voilà le prétendu virus Apocalypse de Levine !

Scopes se carra dans son fauteuil, l'air triomphant.

Bannister se sentit tout à coup happé par le vide laissé par un scoop qui lui claquait entre les doigts.

— C'est tout ? dit-il. Le virus de la grippe ?

— Oui. Vous avez ma parole. Je veux que vous puissiez écrire en toute conscience que GeneDyne ne travaille pas sur des virus dangereux.

— Mais pourquoi la grippe ?

Scopes prit un air surpris.

— Cela ne vous semble pas évident ? En termes de productivité, des millions de dollars sont perdus chaque année à cause de la grippe. Nous essayons de trouver un remède contre cette maladie. Pas un vaccin à renouveler chaque année et qui ne marche qu'une fois sur deux. Non. Je vous parle d'un vaccin unique et définitif.

— Mon Dieu, dit Bannister.

— Imaginez les effets que cela aura sur nos actions si nous réussissons. Les détenteurs d'actions GeneDyne vont devenir riches, très riches – d'autant plus riches qu'elles ont sérieusement baissé, ces derniers temps, grâce à notre cher ami le Dr Levine. Non pas riches demain, mais d'ici à quelques mois, quand nous annoncerons notre découverte et que nous aurons obtenu tous les feux verts administratifs.

Scopes sourit.

— Et nous allons réussir, acheva Scopes, baissant d'un ton.

Il tendit le bras et réenclencha le magnétophone.

Bannister se tint coi. Il essayait de concevoir ce que pouvaient bien représenter plusieurs quinzaines de milliards de dollars.

— Nous avons intenté un procès en diffamation contre le Dr Levine, reprit Scopes. Vous avez fait un excellent travail au *Globe* en vous faisant l'écho de nos poursuites contre lui et Harvard. J'ai du nouveau de ce côté-là. Harvard vient d'abroger la charte universitaire de la fondation de Levine – ce qui devrait, sous peu, être rendu public. J'ai pensé que cela pouvait vous intéresser. Nous retirons notre plainte contre Harvard, bien entendu.

— Je vois, dit Bannister, qui pensait à toute allure.

Il y aurait peut-être un moyen de tirer parti de tout ça, après tout.

— La commission de titularisation de l'université réexamine le contrat du Dr Levine. Chaque contrat universitaire comprend une clause qui stipule que la titularisation peut être annulée en cas de « turpitude morale ».

Scopes rit tout bas.

— On se croirait revenu à l'époque victorienne, dit-il, mais je crains bien que les carottes de Levine ne soient cuites, archicuites...

— Je vois.

— Nous ne savons pas encore trop comment il s'y est pris, mais les quelques onces de vérité qui émaillent ses divagations tendraient à prouver qu'il a utilisé des moyens illégaux, pour ne pas dire contraires à l'éthique, pour se procurer des informations confidentielles au sein de GeneDyne.

Scopes fit glisser une autre chemise vers Bannister.

— Vous trouverez tous les détails là-dedans, dit-il. Je suis sûr que vous en apprendrez davantage avec vos méthodes. Il va de soi que mon nom ne doit être cité nulle part. Si je vous raconte tout cela, c'est que vous êtes le journaliste dont j'admire le plus la déontologie et que je veux vous permettre d'écrire un article argumenté et honnête. Laissons à d'autres journaux le soin de se faire, sans qu'ils les vérifient, l'écho des ragots de Levine. Je suis sûr que le *Globe* saura se montrer plus prudent.

— Nous vérifions *toujours* nos informations, dit Bannister.

Scopes approuva.

— Je compte sur vous pour rétablir la vérité, dit-il.

Bannister se raidit imperceptiblement.

— Brent, ce sur quoi vous pouvez compter, c'est un papier qui expose les faits de la manière la plus objective et la plus vraie possible.

— J'y compte bien. Et c'est pourquoi je vais être totalement franc avec vous en vous disant qu'une des accusations portées par Levine est en partie vraie.

— À savoir ?

— À savoir qu'effectivement nous avons eu à déplorer un décès au mont du Dragon. Nous taisions cette affaire tant que la famille n'avait pas été avertie, mais Levine, je ne sais comment, en a eu vent.

Scopes s'interrompit, le visage assombri à cette évocation.

— Un de nos meilleurs chercheurs est décédé suite à un accident du travail, reprit-il, pour n'avoir pas, comme vous le verrez dans ces documents, respecté toutes les règles de sécurité. Nous en avons immédiatement averti les autorités compétentes, qui ont dépêché un inspecteur au mont du Dragon. Une pure formalité, bien entendu. Le laboratoire est toujours en activité.

Il prit un temps et ajouta :

— Je connaissais bien cette femme. Elle était un peu – voyons, comment dire ? – originale. Passionnée par son travail. Une forte personnalité, brillante, c'est indéniable. Vous savez, c'est très difficile pour une femme de faire carrière dans le milieu scientifique, encore aujourd'hui. Elle a eu des moments durs avant de travailler pour GeneDyne. J'ai perdu autant une amie qu'un de mes meilleurs chercheurs.

Il lança un regard furtif à Bannister puis baissa les yeux.

— La responsabilité incombe au P-DG, dit-il. Et cela me hantera jusqu'à la fin de mes jours.

Bannister le regardait, sincèrement ému.

— Comment est-elle... ? commença-t-il.

— D'une blessure à la tête, dit Scopes.

Puis il consulta sa montre.

— Bon sang ! s'exclama-t-il. Je suis en retard. Vous voulez savoir autre chose, Edwin ?

Bannister prit son magnétophone.

— Pas pour le moment...

— Bon. Si vous voulez bien m'excuser. N'hésitez pas à me téléphoner si vous avez d'autres questions.

Bannister observa la silhouette fluette de Scopes tandis qu'il quittait la pièce de sa démarche en canard, trimballant un porte-documents trois fois trop grand pour lui. Quel type étonnant. Et qui valait son pesant d'or.

En longeant la côte en sens inverse, Bannister ne cessait de penser à ce chiffre de quinze milliards de dollars et aux effets qu'une telle annonce aurait sur les actions GeneDyne. Il se demanda quel était leur cours actuel. Il faudrait qu'il vérifie ça. Ça ne mangerait pas de pain de téléphoner à son agent de change pour lui demander de placer son argent ailleurs que sur des comptes d'épargne exonérés d'impôts.

Carson leva la tête et regarda à travers sa visière l'énorme horloge à affichage numérique accrochée au mur du labo. 22 h 45.

Une heure auparavant, le « bouillon de culture » était en proie à une agitation des plus folles, entre le hululement continu de la sirène d'alarme et la débandade des chercheurs se précipitant, gênés par leurs combinaisons, le long des couloirs bas de plafond. Il régnait dans le laboratoire maintenant désert un silence quasi surnaturel. Le seul son audible était le souffle de l'arrivée de l'oxygène dans sa combinaison et le bourdonnement discret du recyclage de l'air. Les chimpanzés, affolés par l'alarme, avaient fini par retrouver leur calme et par sombrer de nouveau dans un sommeil agité. De son labo à l'éclairage blafard, Carson voyait le couloir baigné d'une lumière rougeâtre, plein de zones d'ombre.

Étant donné que le « bouillon de culture » était décontaminé tous les soirs de la semaine et de nouveau au cours du week-end, il était rare que Carson y reste si tard. Même si l'éclairage tamisé du soir apportait une dimension un peu effrayante et déroutante, il aimait mieux ça. Les exercices de fausse alerte niveau 1, depuis la mort de Brandon-Smith, étaient un supplice. Désormais, c'était Nye qui les supervisait depuis la sous-station de sécurité située au dernier sous-sol du « bouillon de culture », et ses ordres lancés d'un ton brutal irritaient Carson au plus haut point.

L'avantage de ces exercices imposés était que, grâce à eux, Carson avait acquis une plus grande liberté de mouvements dans le « bouillon de culture ». Ils lui avaient appris à mieux gérer sa combinaison, à se déplacer plus rapidement dans les labos et les couloirs, en évitant adroitement les obstacles et en maniant les prises d'air machinalement.

Il détourna les yeux de l'horloge murale et regarda de Vaca, qui le considérait d'un air sceptique.

— Comment comptes-tu vérifier ta petite théorie ? lui demanda-t-elle sur l'émetteur individuel.

Sans répondre, Carson se tourna vers le congélateur du laboratoire, tapa la combinaison d'ouverture et en sortit deux tubes à essai contenant des échantillons de souches Grip-x. Les tubes étaient fermés par d'épais opercules en caoutchouc. Le virus se présentait sous la forme d'un fin dépôt cristallin. *Je pourrais manipuler ça des milliers de fois*, songea Carson, *je ne m'habituerai jamais au fait que c'est potentiellement plus dangereux pour l'humanité que la plus puissante des bombes H.* Il posa les deux tubes à l'intérieur de la chambre de bioprotection, qu'il referma soigneusement, attendant que les échantillons soient à température ambiante.

— Pour commencer, dit-il, nous allons diviser le virus et le débarrasser de son matériel génétique.

Il se dirigea vers une armoire métallique à l'autre bout du labo et en sortit des réactifs ainsi que deux flacons hermétiquement fermés étiquetés DÉOXYRIBASE.

— Passe-moi un Soloway numéro 4, dit-il à de Vaca.

L'usage des seringues hypodermiques étant considéré comme trop dangereux pour toute autre opération que l'inoculation aux chimpanzés, d'autres moyens de transfert des matériaux avaient dû être trouvés. Le déplaceur Soloway – du nom de son inventeur – utilisait des aiguilles creuses en plastique à extrémité émoussée qui permettaient d'aspirer le liquide d'un contenant et de le réinjecter dans un autre.

Carson attendit que de Vaca ait placé les instruments à l'intérieur de la chambre de bioprotection. Puis, passant ses mains gantées par les ouvertures frontales, il inséra l'une des canules du Soloway dans un réactif et l'autre à travers l'opercule de l'un des tubes à essai. Un liquide trouble gicla à l'intérieur. Carson fit tourner lentement le tube dans sa main, et la solution devint plus limpide.

— Nous venons de tuer un milliard de virus, annonça Carson. Il ne reste plus qu'à les dénuder et à retirer leur enveloppe protéique.

En utilisant le même procédé que précédemment, Carson injecta quelques gouttes d'un liquide bleu à travers l'opercule en caoutchouc, et retira cinq centimètre cubes de la solution obtenue qu'il réinjecta dans le flacon de déoxyribose. Il attendit que l'enzyme ait hydrolysé l'ARN du virus, d'abord sur ses paires de bases, puis sur ses acides nucléiques.

— Maintenant, débarrassons-nous des acides nucléiques, dit Carson.

Il mesura précisément l'acidité de la solution puis procéda à un titrage à l'aide d'un pH-mètre. Ensuite, il vida la solution, centrifugea le précipité et transféra le restant de particules virales de Grip-x, pures et non filtrées, dans un petit flacon.

— Voyons à quoi ressemble cette bonne vieille molécule, dit Carson.

— Diffraction aux rayons X ?

— Tu as tout compris.

Carson plaça avec précaution le flacon de Grip-x dans une boîte stérile, qu'il ferma hermétiquement. Puis, tenant la boîte à bout de bras, il se décrocha de sa prise d'air et suivit de Vaca dans le couloir vers le noyau central du « bouillon de culture » pour enfin franchir le dernier sas et entrer dans un laboratoire désert. Une seule loupiote rouge luisait au plafond. Déjà petite, la pièce était mangée par un appareil cylindrique de deux mètres cinquante de haut en acier inoxydable qui trônait au centre. À côté se trouvait un encastrement qui abritait un poste de travail informatique. Il n'y avait ni boutons, ni commutateurs, ni cadrans sur le cylindre ; le microscope électronique était entièrement contrôlé par ordinateur.

— Mets-le en route, dit Carson. Je vais préparer l'échantillon.

De Vaca s'assit au poste de travail et tapa sur une série de touches. Il y eut un déclic suivi d'un bourdonnement sourd qui augmenta progressivement d'intensité jusqu'à se faire supplanter par le sifflement de l'air évacué de l'intérieur du cylindre. De Vaca tapa d'autres commandes, réglant le rayon de diffraction à la bonne longueur d'ondes.

Quelques instants plus tard, le terminal bipait pour signaler que tout était prêt.

— Ouvre la chambre photographique, dit Carson.

De Vaca tapa une autre commande, et un support en verre dépoli sortit à la base du cylindre. Il contenait une fine lamelle amovible.

Se servant d'une micropipette, Carson prit une seule goutte de la solution protéique et la plaça sur la lamelle. Le support se remit en place automatiquement.

— Refroidissement.

Un bourdonnement se fit entendre pendant le processus de refroidissement de la goutte de la solution, faisant chuter sa température interne à zéro.

— Vidage.

Carson attendit impatiemment que la chambre contenant le spécimen se soit vidée de son air, ce qui allait éliminer toutes les molécules liquides de la solution. Ce faisant, un faible champ électromagnétique allait permettre aux molécules protéiques de se poser dans la configuration d'énergie la plus basse. Il ne resterait plus alors qu'une pellicule microscopique de protéines pures disposées avec symétrie sur la plaque de titane, stabilisées à deux degrés au-dessus de zéro.

— Paré, dit de Vaca.

— Alors, allons-y.

L'étape suivante paraissait toujours magique à Carson. L'énorme appareil commença à générer des rayons X, les envoyant à la vitesse de la lumière dans le vide à l'intérieur du cylindre. Les rayons se concentreraient sur les molécules puis seraient réfractés et frapperaient des puces CCD qui renverraient l'image de cette diffraction sur l'écran de l'ordinateur.

Carson avait les yeux fixés sur l'écran, où apparaissait une image floue constituée de bandes sombres et claires.

— Le point, s'il te plaît.

En se servant d'un lecteur optique, de Vaca manipula une série de grilles de diffraction qui, à l'intérieur du cylindre, réglaient la trajectoire des rayons X sur l'échantillon. Lentement, l'image sur l'écran devint nette : un ensemble complexe de cercles opaques et lumineux qui évoqua à Carson sa surface d'un étang ridée par la pluie.

— Super, dit-il. Vas-y mollo.

Ces manipulations étaient très minutieuses, et Carson savait que de Vaca avait le geste précis.

— Je ne peux pas faire mieux, dit-elle. Prêt pour cliché et sauvegarde des données.

— Je les veux sous seize angles, s'il te plaît.

De Vaca tapa sur plusieurs touches, et les puces CCD photographièrent la diffraction sous seize angles différents.

— C'est bon, dit-elle.

— Mettons tout ça en mémoire dans l'unité centrale.

L'ordinateur de la machine commença à copier ces données dans le réseau GeneDyne, d'où elles furent envoyées via une autre ligne à 110 000 bits par seconde au supercalculateur de GeneDyne Boston. Les travaux demandés par le mont du Dragon étaient prioritaires sur tous les autres, aussi le supercalculateur commença-t-il immédiatement à traduire l'image de la diffraction aux rayons X en un modèle à trois dimensions de la molécule du Grip-x. Pendant un peu plus d'une minute, ceux qui faisaient des heures supplémentaires au siège de GeneDyne, à Boston, remarquèrent un ralentissement dans le traitement de leurs données tandis que plusieurs trillions d'opérations en virgule flottante étaient effectuées et rebasculées au mont du Dragon, où l'image fut reconstituée sur le poste de travail du microscope électronique.

Puis cette image apparut sur l'écran : un assemblage stupéfiant et complexe de sphères aux couleurs vibrantes, irisées d'arcs-en-ciel aux profondes nuances de pourpre, de rouge et de jaune – les protéines qui constituaient le virion du Grip-x.

— Et voilà, dit Carson, qui regarda l'image par-dessus l'épaule de de Vaca.

— La cause de tant de souffrances et de morts, résonna la voix de Susana dans son écouteur.

Carson contempla l'image pendant un moment encore, fasciné. Puis il se redressa.

— On va purifier le deuxième tube à essai selon la technique de filtration de Burt. C'est bientôt l'heure de la décontamination ; il va falloir quitter le « bouillon » pendant une heure ou deux ; on reviendra voir si la molécule s'est modifiée.

— Tu parles ! marmonna de Vaca. Je suis trop fatiguée pour te contredire. Allons-y.

Au moment où l'image de la particule virale Grip-x après filtration se cristallisa sur l'écran de l'ordinateur, l'aube se levait sur le désert. Une fois encore, Carson s'émerveilla devant la beauté de la molécule : elle semblait irréelle, et pourtant elle donnait la mort.

— Comparons les deux molécules, dit-il.

De Vaca sépara l'écran en deux fenêtres et fit apparaître l'image de la particule virale non filtrée à côté de celle qu'ils venaient d'obtenir.

— À vue d'œil, elles sont identiques, dit-elle.

— Fais-les tourner toutes les deux de quatre-vingt-dix degrés sur l'axe des abscisses.

— Pas de différence, dit de Vaca.

— Même chose sur l'axe des ordonnées.

Ils regardèrent l'image tourner sur elle-même dans l'axe vertical. Tout à coup, l'air se chargea d'électricité.

— *Madre de Diós*, murmura de Vaca.

— Regarde, l'un des replis tertiaires de la molécule filtrée s'est déroulé ! s'exclama Carson, surexcité.

— Même molécule, même composition chimique, mais forme différente. Tu avais raison.

— J'ai bien entendu ? demanda Carson en la regardant avec un sourire malicieux.

— OK, *cabrón*. Un point pour toi.

— C'est la forme des protéines qui fait toute la différence, dit Carson. Nous savons maintenant pourquoi le virus mute et retrouve sa forme létale. Ce que nous faisons toujours en dernier, avant les tests *in vivo*, c'est purifier la solution en utilisant la technique de filtration. Et c'est justement cette technique qui fait muter le virus !

— C'est Burt qui l'a mise au point à Manchester. Si elle est défaillante, c'est sûr qu'on se planterait, dès le début.

Carson approuva.

— Et pourtant personne, et *a fortiori* Burt, n'a pensé à remettre le processus en cause, dit-il. Il faut dire qu'il l'avait déjà utilisé sans problème. On se triturait les méninges pour rien. L'épissage, et tout le reste, n'avait rien à voir là-dedans.

Il s'adossa à une armoire. Il commençait à se rendre compte de l'ampleur de leur découverte, et ses nerfs étaient à fleur de peau.

— Génial, Susana ! Après tout ce temps, on vient enfin de résoudre le problème ! Il ne nous reste plus qu'à adopter une autre technique de filtration.

Ça nous prendra peut-être du temps, mais au moins nous connaissons le coupable, maintenant. Le Grip-x n'a pas de défaut de fabrication.

Il voyait d'ici le visage réjoui de Scopes.

De Vaca gardait le silence.

— Tu n'es pas d'accord ? lui demanda Carson.

— Si.

— Alors, quel est le problème ? Pourquoi fais-tu cette tête ?

Elle le considéra un long moment.

— Nous savons qu'un défaut dans la technique de filtration a provoqué la mutation de l'enveloppe protéique du virus. Ce que j'aimerais savoir, c'est sa conséquence sur « PurBlood ».

Carson la regarda sans comprendre.

— Mais quelle importance ?

— Comment ça, quelle importance ? Si ça se trouve, « PurBlood » est hyperdangereux !

— Ce n'est pas du tout la même chose, répliqua Carson. Nous ne savons pas si le défaut du processus de filtration affecte autre chose que la particule virale. En plus, le degré de pureté nécessaire au vaccin n'est pas forcément le même que pour fabriquer l'hémoglobine.

— Facile à dire, *cabrón*. On voit que ce sang-là ne coule pas dans tes veines !

Carson dut faire un effort sur lui-même pour garder son calme. Cette femme essayait de gâcher sa plus grande réussite professionnelle.

— Susana, dit-il, réfléchis une seconde. Burt l'a essayé sur lui, et il vit toujours. Cela fait des mois que la FDA fait des essais en vue d'accorder l'agrément. Si quelqu'un était tombé malade, on l'aurait su. Teece l'aurait su. Et la FDA n'aurait pas laissé passer ça, crois-moi.

— Personne n'est malade ? Alors, dis-moi, que fait Burt à l'hôpital psy ? Hein ?

— Sa dépression nerveuse a eu lieu plusieurs mois après qu'il s'est injecté du « PurBlood ».

— Et alors ? Il y a peut-être un lien. Peut-être que le produit s'est décomposé dans l'organisme, on ne sait pas.

Elle regarda Carson avec un air de défi.

— Je veux savoir si cette technique affecte « Pur-Blood ».

Carson poussa un profond soupir.

— Écoute, il est 7 h 30 du matin. Nous venons de faire l'une des plus grandes découvertes dans l'histoire de GeneDyne. Je dors debout. Je dois faire mon rapport à Singer. Et, après, je compte prendre une douche et un repos bien mérités.

— Va chercher ton Oscar, fit de Vaca, hautaine. Moi, je reste ici et je termine ce qu'on a commencé.

Elle éteignit le microscope électronique, se déconnecta de la prise d'air d'un geste empreint de colère, puis se détourna et quitta la salle tambour battant. Tandis qu'il la regardait s'éloigner, Carson entendit dans son récepteur les voix de ceux qui annonçaient leur arrivée au labo. La journée de travail commençait. Avec lassitude, il se décolla de l'armoire. Dieu qu'il était fatigué ! De Vaca pouvait faire joujou avec « PurBlood » autant qu'elle le voulait. Il allait répandre la bonne nouvelle.

Dehors, Carson inspira l'air matinal avec délectation. Il était épuisé mais euphorique. Même si d'autres obstacles l'attendaient sur sa route, il savait que la découverte qu'ils venaient de faire annonçait la dernière ligne droite.

Il gravit les marches du bâtiment administratif quatre à quatre et se dirigea vers le bureau de Singer, à l'autre bout du hall d'entrée. La porte, ouverte, renvoyait un rectangle de lumière sur les surfaces blanches. Quelque part, une imprimante crépitait.

En entrant dans le bureau, Carson trouva Singer assis près de la cheminée. Un homme était à ses côtés, le dos à Carson ; un homme qui arborait une queue-de-cheval et un chapeau de brousse.

Singer tourna la tête vers le nouveau venu.

— Ah, Guy, dit-il. M. Nye et moi allions avoir un entretien en privé.

— John, dit Carson, qui fit un pas en avant, il y a quelque chose qui devrait...

Nye fit volte-face, puis, d'un geste impatient de la main, lui coupa la parole.

— Guy, plus tard, si cela ne vous dérange pas, dit Singer, qui se pencha vers la table basse pour redresser un magazine.

— Docteur Singer, c'est extrêmement important.

Singer releva la tête et le regarda d'un air perplexe.

Carson fut frappé de voir qu'il avait les yeux injectés de sang et un peu jaunes. Il ne semblait pas l'avoir entendu. Carson le vit saisir un œuf en malachite sur la table basse et commencer à le tourner et à le retourner.

Nye, les bras croisés, fusilla Carson du regard.

— Alors ? dit-il. Qu'y a-t-il de si important ?

Carson regarda Singer reposer l'œuf en prenant un soin maniaque à le replacer exactement dans la même position. Puis, de la main, il effleura tous les objets qui se trouvaient sur la table, les rangeant machinalement, en alignant certains, en déplaçant d'autres.

— Alors, Carson ? demanda Nye plus sèchement.

Singer tourna de nouveau la tête vers Carson, l'air surpris, comme s'il avait oublié sa présence. Il avait les yeux larmoyants.

En un instant, d'autres images s'imposèrent à Carson. La manie qu'avait Brandon-Smith de se frotter les cuisses ; la maniaquerie avec laquelle elle rangeait ses bibelots sur son bureau ; l'entêtement avec lequel Vanderwagon avait astiqué ses couverts à la cafétéria, le soir où il s'était crevé l'œil.

L'œil. Encore un autre point commun : tous avaient les yeux injectés de sang.

Soudain, tout devint parfaitement, terriblement clair.

— Oh, ça peut attendre, dit Carson, qui battit en retraite.

Nye le suivit du regard tandis qu'il sortait du bureau sans un mot de plus et refermait la porte.

Dans l'obscurité de sa suite à l'institut de Dark Harbor, Scopes se lavait méticuleusement les mains. Puis il commença à faire les cent pas en attendant l'hélicoptère qui le rapatrierait à Boston. La baie vitrée offrait une vue spectaculaire sur l'océan houleux, mais les lourdes tentures étaient tirées.

Soudain, Scopes se figea. Puis il se précipita sur son ordinateur portable. Il savait que l'institut avait une connexion privilégiée avec Flashnet. De là, grâce à sa clé d'accès, il pourrait entrer dans le réseau GeneDyne.

Quelque chose le tracassait depuis plusieurs jours ; quelque chose sur quoi il avait enfin réussi à mettre le doigt grâce à sa conversation avec le rédacteur en chef du *Globe*. Il avait tout de suite compris que Levine, vu la précision de ses révélations sur Brandon-Smith et le Grip-x, tenait ses informations de quelqu'un qui se trouvait à l'intérieur de GeneDyne, et non de la FDA. Mais ce qu'il n'avait pas relevé, c'était le timing.

Levine connaissait des détails sur le Grip-x que même ce sale fouinard de Teece n'aurait pu savoir sans se rendre sur place. Levine avait balancé ses saloperies à la télévision alors que Teece se trouvait toujours au Nouveau-Mexique. Et il n'y avait pas de ligne téléphonique longue distance au Mont ; le seul moyen de communication avec l'extérieur était le réseau GeneDyne. Scopes était bien placé pour le savoir, puisque c'était lui qui avait instauré ce système.

Cela impliquait non seulement que Levine avait obtenu ses renseignements d'une source à l'intérieur de GeneDyne – et même à l'intérieur du mont du Dragon –, mais aussi qu'il avait réussi à trouver un moyen d'accès au cyberespace de GeneDyne.

Une fois connecté au réseau GeneDyne, Scopes travailla en silence et avec la plus grande concentration. En quelques minutes, il se retrouva dans une région accessible à lui seul. De là, il pouvait prendre le pouls de toute l'organisation : les téraoctets de données qui couvraient chaque mot de chaque projet, la messagerie électronique, les fichiers exécutables et les conversations de tous les employés de GeneDyne des dernières vingt-quatre heures. Le temps de taper sur quelques autres touches, et Scopes passa de sa région personnelle à un serveur spécialisé ne contenant qu'une seule et massive application qu'il avait baptisée, avec malice, Ciferespace.

Lentement, un paysage étrange se matérialisa sur l'écran de son portable ; un paysage qui ne ressemblait en rien aux paysages terrestres ; un paysage trop complexe, trop symétrique pour être le seul fait de l'imagination d'un homme. C'était l'espace virtuel du cyberespace de GeneDyne. Cette application, grâce à des liens directs avec le système d'exploitation de GeneDyne, pouvait transformer des flots de données, des contenus de mémoire et tout processus actif en formes, surfaces, ombres et sons. Un sifflement bizarre, comme une note de musique soutenue, vibra dans le haut-parleur du portable. Aux yeux du profane, un tel paysage aurait paru surréaliste, insolite, mais à ceux de Scopes, qui aimait à errer à travers cette jungle étrange tard dans la nuit, il était aussi familier que le jardin de la maison de son enfance.

Scopes se promena au hasard dans ce paysage, aux aguets. Un instant, il fut tenté de se rendre en un lieu particulier de ce paysage – un secret parmi les secrets –, mais il y renonça. Il n'avait pas le temps.

Tout à coup, Scopes se redressa sur son siège, retenant son souffle. Quelque chose clochait dans ce paysage. Il y avait un fil. Un fil dont on ne remarquait la présence que par ce qu'il masquait. Au moment où Scopes traversa ce fil, la musique bizarre fut coupée net. C'était un tunnel de vide, une absence de données, un trou noir dans le cyberespace. Scopes devina ce que ce devait être : une voie de données cachée – qui n'avait été repérable que pour avoir trop bien voulu se cacher. Celui qui l'avait programmée était sublimement intelligent. Ce ne pouvait être Levine. Levine était un homme brillant, certes, mais l'informatique avait toujours été son point faible.

Levine n'opérait pas seul.

Scopes accéda à son ensemble d'outils numériques et sélectionna un relais transparent pour l'insérer dans la voie de données. Lentement, avec un soin infini, il commença à suivre le fil, tournant, virant, au gré de son tracé labyrinthique, remontant méthodiquement jusqu'à la cible qui se cachait au bout.

Carson trouva de Vaca en train de travailler au labo C. Un petit flacon de « PurBlood », posé sur la chambre de bioprotection, était toujours fumant des suites de son exposition à très basse température.

— Huit heures que tu avais disparu ! lui dit-elle sur l'émetteur individuel. Qu'est-ce qu'il s'est passé, ils t'ont envoyé par avion à Boston pour aller chercher ton Oscar ?

Carson gagna son tabouret et s'y laissa tomber, hébété.

— J'étais aux archives de la bibliothèque, répondit-il.

De Vaca fit tourner l'écran de son ordinateur vers lui.

— Regarde ça.

Carson ne réagit pas tout de suite. Finalement, il se tourna vers l'écran, impatient de savoir ce que de Vaca avait peut-être découvert.

Il vit, côte à côte, les images de deux capsules phospholipidiques. L'une avait un aspect uniforme et parfait ; l'autre un aspect difforme, plein de trous et de déchirures là où, manifestement, l'ordonnance initiale des molécules avait été bouleversée.

— La première image montre une « cellule » de « PurBlood » non filtrée, dit de Vaca. La deuxième, ce qui lui arrive après filtration.

La surexcitation de de Vaca était à son comble ; Carson la percevait dans sa voix qui grésillait dans le haut-parleur de son casque.

— Bon, tu te souviens de la méthode de fabrication du « PurBlood », reprit-elle, prenant le silence de Carson pour de l'incrédulité. Une fois l'hémoglobine encapsulée, elle doit être purifiée à cause des effets secondaires dus au moyen de fabrication et des toxines produites par la bactérie. Et, pour ça, on a aussi utilisé la filtration de Burt...

De Vaca s'interrompit, interloquée par l'attitude de Carson. Il s'était placé entre elle et l'objectif de la caméra vidéo du labo et, de ses mains gantées, lui faisait signe de se taire. Elle le vit secouer la tête et articuler muettement : « Chut. »

— Qu'est-ce qu'il se passe, *cabrón* ? demanda-t-elle, contrariée. Tu as trop forcé sur le peyotl ?

D'un geste vif, Carson lui intima d'attendre. Puis son regard fit le tour du labo, comme s'il cherchait quelque chose. Tout à coup, il ouvrit une armoire métallique, prit un gros flacon de poudre désinfectante et commença à en saupoudrer le dessus en verre de la chambre de bioprotection. Puis, s'arrangeant pour rester masqué à la vue de la caméra, il forma des lettres sur la fine couche de poudre blanche.

N'utilise pas l'émetteur.

De Vaca contempla un moment ces mots puis, tendant le bras, elle traça un gros point d'interrogation sur la poudre.

Écris la suite ICI, traça Carson.

De Vaca, non sans avoir décoché à Carson un regard d'incompréhension, écrivit :

« *PurBlood* » *contaminé par sa filtration, Burt s'est servi de lui comme sujet alpha. D'où son problème.*

Carson effaça le message et remit de la poudre. Puis, très vite, il écrivit :

RÉFLÉCHIS. *Si Burt était sujet alpha, qui étaient sujets bêta ?*

Il vit la peur envahir peu à peu le visage de de Vaca. Elle articula des mots qu'il ne put comprendre.

Il écrivit :

Bibliothèque. Dans une demi-heure.

Après qu'elle lui eut donné un signe d'assentiment, il fit voler la poudre d'un revers de sa main gantée.

La bibliothèque du mont du Dragon était un îlot de rusticité dans un désert high-tech : ses tentures en vichy jaune, ses poutres de plafond mal équarries, son plancher grossier avaient été conçus pour évoquer un gîte style western. L'intention des décorateurs avait été que cette pièce forme un contraste par rapport au blanc immaculé du reste du complexe. Vu l'embargo qui frappait tout article de papeterie au mont du Dragon, la bibliothèque contenait uniquement des données électroniques que les chercheurs, surchargés de travail, n'avaient guère le loisir de venir consulter. Carson n'y était venu que deux fois depuis son arrivée : la première, lors de son repérage des lieux ; la deuxième, quelques heures plus tôt, après avoir laissé Singer et Nye en tête à tête.

En refermant la lourde porte derrière lui, il fut heureux de constater que de Vaca était la seule occupante des lieux. Assise dans un fauteuil blanc canné, elle somnolait, ses longs cheveux noirs retombant sur le visage. Elle releva la tête à son approche.

— La journée a été longue, dit-elle. Et la nuit aussi.

Elle le considéra, dans l'expectative.

— Ils vont se demander pourquoi on a quitté le « bouillon de culture », ajouta-t-elle à voix basse.

— Ils se seraient posé encore plus de questions si je t'avais laissée continuer tout à l'heure, chuchota Carson.

— Eh bien, moi qui pensais que j'étais parano. Tu crois vraiment qu'on est sur écoute, *cabrón* ?

— On ne peut pas courir ce risque, dit Carson en hochant la tête.

De Vaca se raidit légèrement.

— Ne commence pas à jouer les Vanderwagon, Carson. Bon, c'est quoi, cette histoire de sujets bêta pour le « PurBlood » ?

— Je vais te montrer.

Il la guida jusqu'à un terminal de données, à l'autre bout de la salle. Il tira deux chaises, posa le clavier de l'ordinateur sur ses genoux et entra son code personnel.

— Quelle recherche as-tu faite sur le « PurBlood » depuis que tu es arrivée ? demanda-t-il.

— Pas grand-chose, répondit de Vaca avec un haussement d'épaules. J'ai compulsé les derniers résultats de labo de Burt. Pourquoi ?

— Exactement, fit Carson. J'ai fait la même chose : échantillons, notes prises par Burt au moment où il commençait à se consacrer au Grip-x. Si nous nous sommes intéressés au « PurBlood », c'est uniquement parce que Burt avait travaillé dessus avant de passer à notre projet actuel, le vaccin Grip-x.

Il appuya sur quelques touches.

— Je suis allé voir Singer ce matin, reprit-il. Mais je n'ai pas pu lui parler. Donc, je suis venu ici. Je me souvenais de ce que tu m'avais dit sur « PurBlood », et je voulais en savoir un peu plus sur son évolution. Regarde ce que j'ai découvert.

Il désigna l'écran.

mol_desc_un	vcf	10.240.342	1/11/95
mol_desc_deux	vcf	12.320.302	1/11/95
mol_symé	vcf	41.234.913	14/12/95
hémocyl_grp_r	vcf	7.713.653	03/01/96
diffrac_série_a	vcf	21.442.521	05/02/96
diffrac_série_b	vcf	6.100.824	06/02/96
pr	vid	940.213.727	27/02/96
transfec_locus_h	vcf	18.921.663	10/03/96

— Ce sont les fichiers vidéo archivés concernant les recherches sur le « PurBlood », poursuivit-il à voix basse. La plupart sont les données habituelles : animations de molécules, etc. Mais regarde l'avant-dernière ligne, celle intitulée « pr ». Tu as vu son extension ? Elle indique que l'origine est une caméra vidéo qui n'est pas du format de compactage utilisé pour les documents courants. Et sa taille. Énorme ! Presque un giga-octet.

— De quoi s'agit-il ?

— D'un montage vidéo à but promotionnel.

Grâce à une autre commande, Carson ouvrit le logiciel vidéo et demanda la lecture du document. Une image apparut sur l'écran, granuleuse mais parfaitement nette.

— Regarde attentivement, dit Carson. Il n'y a pas de bande-son correspondante.

Un cortège de Hummer s'approche à travers le désert. La caméra zoome rapidement sur les installations du mont du Dragon : bâtiments blancs sur ciel très bleu du Nouveau-Mexique.

La caméra revient sur les voitures maintenant garées au parking du mont du Dragon. La portière passager de celle de tête s'ouvre, et un homme en descend. Il se campe sur le tarmac, saluant, souriant, serrant des mains.

— Scopes, murmura Carson.

Le personnel au complet est venu l'accueillir. Bourrades amicales et grands sourires.

— On croirait un camp de vacances, dit de Vaca. C'est qui, ce type à côté de Singer ?
— Franklin Burt.

Maintenant, Burt se tient au côté de Scopes sur le tarmac et s'adresse à la foule. Scopes lui passe un bras autour des épaules, puis ils lèvent les bras en un geste de victoire. La caméra se tourne sur la foule.

On passe dans le gymnase du mont du Dragon. Tout l'équipement sportif a été retiré, et au centre se trouvent deux rangées de chaises, alignées avec soin. Elles sont toutes occupées. Apparemment, par le personnel du mont du Dragon. La caméra, placée en hauteur, fait le point sur une estrade dressée au fond de la salle. Scopes fait un discours à la foule enthousiaste.

Pendant qu'il parle, la caméra balaie la foule. Certains visages se sont assombris, trahissent le doute.

Une infirmière entre dans le champ, poussant un chariot auquel est fixée une perfusion avec un seul sachet de sang.

Scopes s'assoit sur le bord du chariot, et l'infirmière lui retrousse une manche. Franklin Burt monte sur scène et commence à parler avec passion, allant et venant sur l'estrade.

La caméra zoome sur l'infirmière, qui tamponne l'avant-bras de Scopes et le pique. Puis elle suspend le sachet de sang et règle le débit de la perfusion. Burt se met alors à parler à Scopes, surveillant manifestement ses signes vitaux.

— Oh, mon Dieu ! dit de Vaca. Il reçoit du « Pur-Blood », c'est ça ?

Quelques plans de coupe, puis gros plan sur le sachet de sang vide. L'infirmière retire la perfusion, applique une compresse sur le bras de Scopes et le lui plie pour cautériser la veine.

Scopes se redresse avec un grand sourire et lève son autre bras en signe de victoire.

La caméra se tourne vers le public en train d'applaudir. Certains avec enthousiasme, d'autres du bout des doigts. Un chercheur se lève. Puis un autre. Bientôt, Scopes reçoit une *ovation* debout. Une deuxième infirmière vient sur l'estrade, poussant deux chariots de perfusions, avec sur chacun d'eux deux douzaines de sachets de sang.

Nye saute sur l'estrade. Il serre la main de Scopes et retrousse sa manche gauche. L'infirmière le perfuse.

Un autre chercheur s'avance, puis un ouvrier de la maintenance. Puis Singer lui-même, et la foule l'applaudit à tout rompre. Gros plan sur le visage rond de Singer. Il est blanc comme un linge et des gouttes de sueur perlent à son front. Pourtant, lui aussi retrousse sa manche, et bientôt le sang artificiel coule dans ses veines.

La foule se lève comme un seul homme. En quelques secondes, une file se forme de l'estrade jusqu'au dernier rang de chaises.

— Regarde ! s'exclama de Vaca. Brandon-Smith ! Vanderwagon ! Et Pavel machin-truc-chose. Et... oh, mon Dieu !

D'un geste brusque, Carson arrêta la vidéo, ferma le fichier et éteignit l'ordinateur.

— Allons faire un tour, dit-il.

— C'étaient donc eux, les sujets bêta, dit de Vaca, tandis qu'ils longeaient à pas lents la clôture intérieure. Tu crois qu'ils ont tous été transfusés ?

— Sans exception, dit Carson. Des gardes à Singer lui-même. Tout le monde sauf nous. Nous sommes les seuls nouveaux venus depuis le 27 février, la date figurant sur ce fichier.

— Comment as-tu deviné ça ? demanda de Vaca, qui marchait, épaules rentrées, bras croisés, comme frigorifiée malgré la chaleur de cette fin d'après-midi.

— Quand je suis allé voir Singer ce matin, j'ai remarqué qu'il alignait scrupuleusement tous les objets qui se trouvaient sur la table. Ces gestes ne lui ressemblaient pas ; ils avaient un côté obsessionnel qui m'a rappelé le comportement de Vanderwagon, juste avant qu'il ne se crève l'œil, et de Brandon-Smith, à la fin. J'ai aussi remarqué qu'il avait les yeux injectés de sang et le globe oculaire ictérique. Exactement comme Vanderwagon. Et Nye. Tu ne trouves pas que ça fait beaucoup de gens qui ont les yeux injectés de sang par ici ? J'ai donc décidé de venir faire quelques petites recherches à la bibliothèque.

— Et tu es tombé sur cette cassette.

— Exactement. Je suppose que l'idée de se servir de l'équipe du mont du Dragon comme groupe bêta vient de Scopes. C'est une chose assez courante dans certains laboratoires de recherche, tu sais, de prendre un groupe de volontaires au sein du personnel. Ils l'ont filmé en pensant sans doute que ça ferait une excellente promo.

— Certains « volontaires » ne paraissaient pourtant pas très convaincus, ironisa de Vaca.

Carson approuva.

— Scopes est un orateur brillant. Entre lui, Burt et la pression, tout le monde a fini par se soumettre à l'essai.

— Mais que va-t-il leur arriver, maintenant ? demanda de Vaca, s'efforçant de ne pas céder à la panique.

— Apparemment, le « PurBlood » a un effet toxique sur leur organisme. Peut-être que des impuretés se sont logées dans la coque des phospholipides et ont muté son ADN. Nous n'avons pas le temps de vérifier ça. Au fur et à mesure que la coque se désintègre, les premiers symptômes apparaissent.

— Comment être sûr que c'est à cause du « PurBlood » ?

— Qu'est-ce que ça peut être d'autre ? Ils ont tous été transfusés. Et tous présentent les mêmes symptômes.

— La dopamine, murmura de Vaca. Que t'a dit Teece sur la dopamine, déjà ?

— Que Burt et Vanderwagon avaient un taux trop élevé de dopamine et de sérotonine. Brandon-Smith aussi, à un moindre degré. Il m'a expliqué que lorsque ces neuromédiateurs sont en surnombre dans le cerveau ils favorisent la paranoïa, les hallucinations, un comportement psychotique.

Toi qui as fait deux années de médecine, il a raison ?

De Vaca s'arrêta.

— Continue de marcher, la pressa Carson.

— Oui, répondit-elle enfin. Il a raison. La production des composés chimiques de notre corps obéit à un équilibre fragile. S'il y a eu mutation de l'ADN du « PurBlood » et qu'il ordonne à l'organisme de produire de grandes quantités de...

Elle s'interrompit, songeuse.

— La détresse mentale et la désorientation pourraient se manifester, à quoi pourrait s'ajouter un comportement compulsionnel. Voire, dans les cas graves, une paranoïa extrême et une psychose fulminante.

— Et la porosité des vaisseaux sanguins décrite par Teece doit être un autre symptôme, ajouta Carson.

— L'hémoglobine pure pénétrant à travers les parois des capillaires ne ferait qu'aggraver les choses. Elle empoisonnerait le sang. Des yeux injectés de sang seraient le moindre des maux.

Ils marchèrent quelques minutes en silence.

— Burt a été le sujet alpha, reprit Carson. C'est logique qu'il ait été le premier à tomber malade. La semaine dernière, ç'a été au tour de Vanderwagon. Tu as remarqué un comportement bizarre chez d'autres ?

Après réflexion, de Vaca fit oui de la tête.

— Hier, au petit déjeuner, une technicienne du labo de séquençage m'a engueulée parce que je m'étais assise sur sa chaise. Je me suis relevée, mais elle n'a pas lâché le morceau. D'habitude, elle est très effacée. J'ai mis ça sur le compte de la tension.

— Apparemment, les gens sont affectés à des degrés divers. Mais ce n'est plus qu'une question de temps avant que...

Il se tut. Achever sa phrase eût été superflu. *Avant que tout le personnel de ce laboratoire – de ce laboratoire isolé en plein désert, gardien d'un virus qui pourrait détruire l'humanité – devienne fou.*

Soudain, une autre idée le frappa.

— Susana, dit-il, tu sais quand est prévue la mise sur le marché de « PurBlood » ?

De Vaca secoua la tête.

— J'ai lu des notes à ce sujet ce matin à la bibliothèque, dit-il. Le service marketing de GeneDyne est en train de monter un gros coup médiatique. Ils veulent le sortir en fanfare. Ils ont choisi quatre services hospitaliers dans le pays. Cent hémophiles et des enfants qui vont être opérés seront les premiers à « bénéficier » de « PurBlood ».

— C'est prévu pour quand ?

— Pour le 3 août.

— Mais c'est vendredi ! s'écria de Vaca, qui porta une main à sa bouche.

Carson acquiesça.

— Nous devons prévenir les autorités. Il faut qu'elles arrêtent la production de « PurBlood » et envoient une équipe de soins de toute urgence.

— Et comment veux-tu qu'on s'y prenne ? Les seules liaisons longue distance, ici, sont le réseau de lignes à destination de Boston. Même si on réussissait à y avoir accès, qui nous croirait ?

Carson réfléchit un moment.

— Peut-être Scopes est-il déjà malade ?

— Même si c'est le cas, personne ne fera le lien entre lui et ce qui se passe ici, dit de Vaca avec rage.

— Peut-être aussi qu'on s'inquiète pour rien. Si la paranoïa se développe parmi tous les résidents du mont du Dragon, est-ce qu'elle ne les montera pas les uns contre les autres ; au moins, eux ne seraient pas menaçants pour l'extérieur ?

De Vaca secoua la tête.

— Dans cette atmosphère ? Il y a peu de chances. Surtout avec quelqu'un d'aussi charismatique que Scopes à la tête. C'est la situation idéale pour une folie généralisée. Tout le monde va être à côté de ses pompes. Ou, comme on dit en médecine, fou à délier.

Carson grimaça.

— Super. Cela ne nous laisse plus qu'une solution.

— Laquelle ?

— Nous tirer d'ici au plus vite.

— Comment ?

— Ça, je ne sais pas.

De Vaca le gratifia d'un sourire narquois.

Tout à coup, elle se figea et lui donna un coup de coude.

— Regarde.

Carson suivit son regard. Devant eux se trouvait le parking : une demi-douzaine de Hummer blancs, rutilants, garés en épi telles des sentinelles, projetant de longues ombres sur le sol gravillonné du parking.

Ils s'approchèrent des véhicules avec une indifférence feinte.

— D'abord, chuchota Carson, il faut qu'on trouve les clés. Et puis il faudra qu'on sorte de l'enceinte sans se faire remarquer.

Soudain, de Vaca s'agenouilla dans la poussière.

— Qu'est-ce que tu fais ? demanda Carson.

— Je relace ma chaussure.

— Tu portes des ballerines !

— Je sais bien, idiot, dit de Vaca, qui se redressa.

Elle s'épousseta le genou, rejeta ses cheveux en arrière et le regarda.

— Il n'existe pas une voiture que je ne puisse faire démarrer en trafiquant les fils.

Carson la dévisagea.

— J'en ai volé plus d'une, dit-elle.

— Je veux bien le croire.

— Juste pour le fun, s'empressa-t-elle d'ajouter.

— Hum, hum ! Mais ces voitures-là sont d'anciens véhicules militaires, et nous sommes dans une ancienne base top secret. Il ne s'agit pas de piquer une Volvo !

De Vaca se rembrunit et donna de petits coups de talon dans la terre.

— À mon arrivée, reprit Carson, on m'a laissé entendre que la sécurité était plus efficace qu'il n'y paraissait. Même si nous réussissons à sortir du périmètre, ils se lanceront à notre poursuite et ne nous lâcheront pas.

Ils ne dirent rien pendant un long moment.

— Il y a deux autres possibilités, dit de Vaca. Partir à cheval. Ou à pied.

Carson regarda l'immensité du désert autour d'eux.

— Il faudrait être fou pour tenter une chose pareille.

Ils se turent, contemplant le désert. Carson se rendit compte que, pour le moment, il ne ressentait aucune peur ; rien qu'un poids oppressant sur ses épaules, comme s'il portait un fardeau écrasant. Il se demandait s'il devait en conclure qu'il était courageux ou simplement épuisé.

— Teece m'a paru très opposé à ce sang artificiel, dit-il. Je suis sûr que son départ précipité a un rapport avec « PurBlood ». Il avait sans doute suffisamment de doutes sur nos travaux sur le Grip-x pour vouloir empêcher la mise sur le marché de nos autres produits, du moins jusqu'à ce qu'il soit certain qu'ils ne présentaient aucun risque. Ou jusqu'à ce qu'il en sache plus sur Burt.

Il remarqua tout à coup que de Vaca s'était raidie.

— On vient, chuchota-t-elle.

Des bruits de pas se rapprochèrent, puis Harper apparut à l'autre bout de l'allée couverte, venant de la zone résidentielle. Carson remarqua, sous la chemise du chercheur, un renflement causé par un bandage.

Harper s'arrêta à leur hauteur.

— Prêts pour le dîner ? leur demanda-t-il.

— Oui, oui, répondit Carson après une brève hésitation.

— Ben, venez, alors !

Le réfectoire était bondé ; seules quelques tables étaient encore libres. Carson prit place en regardant autour de lui. Depuis le départ de Vanderwagon, il avait pris l'habitude de dîner seul, bien après la cohue. Tout à coup, il se sentit mal à l'aise de voir un si grand nombre de « Mont-Dragonnais » ensemble. *Était-il possible qu'ils soient tous...* Il repoussa cette idée.

Un serveur s'approcha de leur table. Tout en commandant à boire, Carson remarqua que l'homme n'avait de cesse de lisser une moustache imaginaire : d'abord le côté gauche, puis le droit, puis le gauche, puis le droit. Sa lèvre supérieure était irritée tant il se la mordillait.

— Alors ! dit Harper, tandis que le serveur s'éloignait. Qu'est-ce que vous avez fabriqué, tous les deux ?

Carson ne releva pas la question. Il venait de comprendre ce qui contribuait à son malaise.

Il régnait dans le réfectoire une atmosphère feutrée, presque compassée. Toutes les tables étaient occupées, tout le monde mangeait, mais les conversations étaient rares. Il semblait que les dîneurs mangeaient plus par habitude que par appétit. La question de Harper parut faire tinter trois douzaines de verres. Bon Dieu, je dormais ou quoi ? songea Carson. Comment ne m'en suis-je pas aperçu plus tôt ?

Harper prit la bière que le serveur lui tendait. Carson et de Vaca buvaient des cocktails de fruits.

— Tu ne bois plus d'alcool ? demanda Harper, qui avala une longue goulée de bière.

Carson lui répondit par un signe de tête négatif.

— Tu n'as toujours pas répondu à ma question, dit Harper en lissant ses fins cheveux châtains d'un geste nerveux. Je viens de te demander ce que vous faisiez tous les deux ces derniers temps.

Son regard passait de l'un à l'autre. Il n'arrivait pas à maîtriser les clignements de ses yeux injectés de sang.

— Oh, pas grand-chose, répondit de Vaca, assise très droite, le regard fixé sur son assiette vide.

— Pas grand-chose ? répéta Harper, comme s'il entendait ces mots pour la première fois. Pas grand-chose. Comme c'est bizarre. Nous travaillons sur le plus grand produit de toute l'histoire de GeneDyne, et vous ne faites pas grand-chose.

Carson acquiesça, regrettant que Harper parle si fort. Et même s'ils réussissaient à s'échapper en

Hummer, songeait-il, que diraient-ils une fois de retour à la civilisation ? Qui croirait deux énergumènes à l'air égaré, surgis du désert avec une histoire pareille ? Il leur fallait charger des preuves sur un portable et les emmener avec eux. Mais pouvaient-ils laisser le Grip-x entre les mains de gens qui étaient en train de devenir fous ? Non que leur présence y change quoi que ce soit. À moins qu'ils ne réussissent à faire parvenir les preuves à Levine. Bien sûr, ils n'allaient pas pouvoir transmettre des giga-octets sur le Net, cela se remarquerait, mais...

Il sentit qu'une main tordait le devant de sa chemise. C'était celle de Harper.

— Je te cause, connard, dit-il, en tirant Carson vers lui.

Celui-ci allait protester quand il sentit une pression sur son avant-bras, l'invitant à rester calme.

— Excuse-moi, marmonna-t-il.

De Vaca lâcha son avant-bras.

— Pourquoi tu m'ignores ? demanda Harper d'une voix de stentor. Pourquoi tu ne veux pas me répondre ?

— Excuse-moi, George, je pensais à autre chose, voilà tout.

— On est très occupés, en ce moment, intervint de Vaca, qui faisait de son mieux pour paraître enjouée. Beaucoup de choses à penser...

Carson sentit le poing de Harper se refermer sur sa chemise.

— Mais tu viens de dire que vous ne faisiez pas « grand-chose » ! tonna-t-il. Tu l'as dit, ne va pas prétendre le contraire ! Alors, où est la vérité ?

Carson jeta un coup d'œil autour de lui. Ceux des tables voisines les regardaient, et, malgré leur air absent et indifférent, Carson perçut cette attente résignée qu'il n'avait pas revue depuis une bagarre dans un bar dont il avait été témoin bien des années auparavant.

— George, dit de Vaca, il paraît que tu as fait une découverte importante, l'autre jour ?

— Quoi ? fit Harper.

— C'est le Dr Singer qui me disait que tu avais permis de faire une avancée extraordinaire.

Harper laissa retomber sa main, oubliant Carson.

— Il a dit ça ? Oh, ça ne me surprend pas.

De Vaca sourit et posa une main sur le bras de Harper.

— Et puis, tu sais, j'ai été très impressionnée par la façon dont tu as maîtrisé Vanderwagon.

Harper se rassit et la regarda.

— Merci, dit-il au bout d'un moment.

— Je voulais te le dire plus tôt, reprit-elle. Je suis impardonnable. Excuse-moi.

Carson observa de Vaca, qui regardait intensément Harper avec un air de profonde sympathie et de parfaite compréhension. Puis, de façon significative, elle fit glisser son regard jusqu'aux mains de Harper. Inconscient de ce qu'elle sous-entendait, celui-ci les regarda et se mit à examiner ses ongles.

— Regardez-moi ça, dit-il. Ce qu'ils sont noirs. Merde. Avec tous les germes qui traînent ici, on n'est jamais trop prudent.

Sans un mot de plus, il se leva de table et prit la direction des lavabos.

— Bon Dieu, souffla Carson.

Aux tables voisines, les chercheurs avaient repris leur repas, mais une sensation étrange flottait dans l'air – un silence pesant, attentif.

— Je dirai que venir ici était une mauvaise idée, murmura de Vaca. Je n'ai pas faim, de toute façon.

Carson, qui s'efforçait de calmer sa respiration, ferma les yeux un instant. À peine les eut-il clos qu'il lui sembla que le monde se dérobait sous ses pieds. Dieu, qu'il était fatigué !

— Je ne suis plus capable de réfléchir, dit-il. Retrouvons-nous en radiologie à minuit. Entre-temps, essaie de te reposer.

— Tu plaisantes ? ricana de Vaca. Comment veux-tu que j'arrive à dormir ?

Carson la regarda.

— Je crains que l'occasion ne se représente pas de sitôt, lui dit-il.

Charles Levine regardait fixement la chemise bleue qu'il tenait entre les mains. Son rabat était constellé de cachets, et une large signature en zébrait le sceau central. Il s'apprêtait à l'ouvrir, mais il suspendit son geste. Il savait d'ores et déjà ce qu'elle contenait. Il se dit qu'il allait la jeter à la poubelle, mais cela aussi était inutile. Détruire ce document ne le ferait pas disparaître.

Il regarda par la porte ouverte de son bureau, au-delà des cartons et des caisses de déménagement. Le secrétariat était vide. À peine une semaine plus tôt, Ray était assis là, à filtrer les appels téléphoniques et à renvoyer gentiment les importuns. Ray avait été fidèle jusqu'à la fin, contrairement à bon nombre de ses collègues ou membres de la Fondation. Comment était-il possible que le travail d'une vie soit compromis, détruit en si peu de temps ?

Il s'assit dans son fauteuil, regardant sans le voir le seul objet à ne pas être encore empaqueté : son ordinateur portable, toujours sous tension et connecté au réseau du campus. À peine quelques jours plus tôt, il avait lancé sa ligne dans les eaux profondes et froides du réseau GeneDyne, dans l'espoir de pêcher des arguments pour sa croisade. Or c'était un Léviathan qui avait mordu à l'hameçon ; un *kraken* meurtrier qui avait détruit tout ce à quoi il tenait.

Sa plus grosse erreur était d'avoir sous-estimé Brent Scopes. Ou surestimé, c'est selon. Le Scopes qu'il avait connu n'aurait pas porté un tel coup bas. Peut-être, songea Levine, peut-être était-il lui-même coupable – coupable d'exagérations, de conclusions hâtives, voire de ne pas avoir respecté la déontologie en piratant le réseau GeneDyne comme il l'avait fait. Il avait provoqué Scopes. Mais que celui-ci salisse la mémoire de son père assassiné, c'était inexcusable, immoral. Malgré tout ce qui s'était passé, Levine avait toujours gardé le souvenir de leur amitié – une amitié profonde fondée sur une très grande complicité intellectuelle dont il n'avait jamais retrouvé l'équivalent ; une amitié dont il n'avait pu faire le deuil, et sur laquelle il avait toujours cru que Scopes portait le même regard que lui.

Désormais, il était évident qu'il s'était trompé du tout au tout.

Levine laissa errer son regard sur les étagères vides, les armoires ouvertes, les nuages de poussière remuée encore en suspension dans l'air. La perte de sa Fondation, de sa réputation, de sa titularisation changeait tout. Il n'avait pas le choix. À partir de cette constatation, un plan commença à prendre forme dans sa tête.

Après la tombée de la nuit, le mont du Dragon était la demeure de milliers d'ombres. Des allées couvertes et des bâtiments multiformes émanait une lueur bleu pâle sous la clarté d'un croissant de lune. Les rares bruits sur le gravier ne faisaient que décupler l'ampleur du silence et de la solitude des lieux. Au-delà du fin collier de lumière qui suivait le tracé de l'enceinte extérieure commençaient les ténèbres, qui s'étendaient dans toutes les directions sur plus d'une centaine de kilomètres.

Carson marchait en direction du service de radiologie. Il n'y avait personne dehors. La zone résidentielle était plongée dans un silence que sa nervosité ne faisait que rendre plus impressionnant. Il avait choisi de donner là son rendez-vous à de Vaca, car ce service, qui avait été supplanté par de nouvelles installations à l'intérieur du « bouillon de culture », n'était plus guère utilisé, et c'était le seul labo à faible risque disposant d'un accès à tout le réseau GeneDyne. Maintenant, il n'était plus très sûr d'avoir fait le bon choix. La radiologie était hors de son parcours habituel, derrière l'atelier d'usinage, et, si jamais il rencontrait quelqu'un, il aurait du mal à expliquer sa présence.

Il entrebâilla la porte du labo puis attendit. Une pâle lumière luisait à l'intérieur de la pièce, et il entendit bouger.

— Oh, Carson, tu m'as fichu une de ces trouilles !

C'était de Vaca, fantôme blême qui se détachait dans la lueur de l'écran d'un ordinateur. Elle lui fit signe d'entrer.

— Qu'est-ce que tu fais ? lui demanda-t-il en prenant place à côté d'elle.

— Je suis arrivée plus tôt. Écoute, j'ai pensé à un moyen de vérifier si on a raison, à propos de « PurBlood ».

Tout en tapant, elle parlait rapidement et à voix basse.

— On passe une visite médicale par semaine, d'accord ?

— Inutile de me le rappeler.

— Eh bien, tu ne comprends pas ? On peut voir les résultats des prises de sang.

La lumière se fit en Carson. Les visites médicales comprenaient une ponction lombaire. Ils pouvaient donc vérifier les taux de dopamine et de sérotonine dans le liquide céphalo-rachidien.

— Mais on n'a pas accès à ces données, objecta-t-il.

— Tu es loin du compte, *cabrón*. C'est déjà fait. J'ai travaillé en médecine la première semaine de mon arrivée, ne l'oublie pas. Mon accès aux serveurs médicaux n'a jamais été annulé.

Dans la clarté de l'écran, ses pommettes bleutées saillaient dans l'obscurité.

— J'ai commencé par vérifier quelques rapports, mais il y a trop de données pour piocher au hasard, dit-elle. J'ai donc tout de suite demandé le langage d'extraction des résultats médicaux.

— Qu'est-ce que ça donne ? Les taux de dopamine et de sérotonine dans le sang de chacun d'entre nous ?

De Vaca secoua la tête.

— Une ponction lombaire ne nous renseigne pas sur les neuromédiateurs, dit-elle. Mais leurs produits de dégradation – leurs métabolites –, oui. La HVA est celui de la dopamine, et l'hydroxyindoléacétique-5, celui de la sérotonine. J'ai donc demandé au programme de me les sortir. Et, par acquit de conscience, j'ai demandé au programme d'afficher les MHPG et les VMA, qui sont les produits de dégradation d'un autre neuromédiateur, la norépinéphrine. De cette façon, nous pourrons comparer les résultats.

— Et ?

— Et je ne sais pas encore. Ah, voilà.

L'écran s'emplit de données.

	MHPG	HVA	VMA	5-HIA--A
Aaron	1	6	1	5
Alberts	1	9	1	10
Bowman	1	12	1	9
Bunoz	1	7	1	6
Carson	1	1	1	1
Cristoferi	1	8	1	5
Davidoff	1	8	1	8
De Vaca	1	1	1	1
Donergan	1	10	1	8
Ducely	1	7	1	9
Engles	1	7	1	6
APPUYER SUR « ENTRER » POUR SUITE			

— Mon Dieu, murmura Carson.

De Vaca hocha la tête, la mine lugubre.

— Regarde, dans tous les cas, les taux de dopamine et de sérotonine dans le cerveau sont supérieurs à la normale.

Carson fit défiler le reste de la liste.

— Regarde Nye ! s'exclama-t-il soudain, désignant l'écran. Métabolites de la dopamine, quatorze fois supérieurs à la normale ! Métabolites de la sérotonine, douze fois supérieurs à la normale !

— Avec des taux pareils, c'est la paranoïa dangereuse, voire la schizophrénie. Je parie qu'il a senti que Teece était un danger pour le mont du Dragon – ou peut-être pour lui-même – et qu'il lui a tendu un piège dans le désert. Je me demande si ce salaud de Marr est aussi dans le coup. Tu ne croyais pas si bien dire quand tu disais qu'il faudrait être fou pour tuer Teece.

Carson lui décocha un regard.

— Comment se fait-il que ces résultats anormaux n'aient pas été signalés ? demanda-t-il.

— Parce qu'on ne mesure pas le taux des neuromédiateurs dans un labo comme le mont du Dragon. On recherche des anticorps à tel ou tel virus, des choses comme ça. Alors, à moins de faire une recherche spécifique des métabolites, on ne les vérifie pas.

Carson secoua la tête, incrédule.

— Peut-on faire quelque chose pour contrer ces effets ?

— Difficile à dire. On peut essayer un antagoniste à la dopamine, comme la chlorpromazine. Ou l'imipramine, qui bloque le transport de la sérotonine. Mais avec des taux aussi élevés je doute qu'on obtienne une amélioration. Nous ne savons même pas si ce processus peut être inversé. À supposer qu'on ait des stocks suffisants de ces médicaments et qu'on trouve un moyen de les administrer à toutes les personnes ici présentes.

Carson ne quittait pas l'écran des yeux, en proie à une espèce de fascination morbide. Puis, tout à coup, il plaça les mains au-dessus du clavier et copia ces données sur le fichier d'un lecteur local du terminal. Puis il ferma le document et quitta le programme.

— Mais qu'est-ce que tu fabriques ? s'écria de Vaca, qui se tourna vers lui.

— On en a assez vu. Scopes aussi fait partie des sujets bêta, tu te souviens ? S'il nous surprend on est cuits.

Il ferma le fichier et entra son mot de passe personnel. Tout en attendant que les messages d'ouverture aient fini de défiler, il sortit deux disquettes de sa poche.

— Je suis retourné à la bibliothèque et j'ai copié la plupart des données importantes sur ces disquettes : le film vidéo, la technique de filtration mise au point par Burt, mes propres notes sur le Grip-x, les notes de Burt. Je vais y ajouter tous ces résultats...

Il s'interrompit, le regard fixé sur l'écran, où un message s'était inscrit.

« Bonsoir, Guy Carson.
Vous avez un message en attente. »

Vivement, Carson ouvrit sa messagerie électronique.

```
Ciao, Guy,
    Je n'ai pu faire autrement que remarquer
que vous étiez encore plongé dans le programme
de modélisation à point d'heure ce matin. Cela
me fait chaud au cœur de voir que vous tra-
vaillez la moitié de la nuit, mais je n'ai
pas trop compris, en consultant l'agenda, ce
que vous y faisiez exactement.
    Je suis sûr que vous ne perdriez ni votre
temps ni le mien à des choses inutiles. Dois-
je en conclure que vous avez fait une décou-
verte ? J'espère que oui, pour moi comme pour
vous. Je ne veux pas de belles images, je veux
des résultats. Le temps nous manque cruellement.
```

    Ah oui, j'allais oublier. Pourquoi cet inté-
rêt soudain pour le « PurBlood » ?
    J'attends votre réponse.

                                        Brent.

— Mon Dieu, dit de Vaca. J'ai l'impression de sentir son souffle sur ma nuque.

— Le temps nous manque cruellement, il ne peut pas mieux dire, marmonna Carson. S'il savait !

Il glissa l'une des disquettes dans le logement et copia les résultats d'analyse du liquide céphalo-rachidien. Puis il lança le mode « dialogue » du réseau.

— Qu'est-ce qui te prend ? s'écria de Vaca. Tu comptes appeler qui ?

— Chut, regarde ! dit Carson, tout en continuant à taper.

    Cible : Guy Carson Biomed. Dragon. GeneDyne.

— Alors là, au moins, je suis sûre que t'es barje, dit de Vaca. Tu t'appelles toi-même ?

— Levine m'a dit que si jamais je voulais le contacter je devais demander à dialoguer avec moi-même. Cela initierait un agent de communication qui me connecterait à son ordinateur.

— Tu veux lui envoyer les infos sur « PurBlood » ?

— Oui. C'est le seul qui puisse nous aider.

Carson attendit, luttant pour rester calme. Il imagina le petit programme pirate se faufilant ni vu ni connu dans les méandres du réseau GeneDyne, se connectant à un service d'accès public puis à l'ordinateur de Levine. Quelque part, le portable de son ancien professeur ne devrait pas tarder à afficher un message. À supposer, bien sûr, qu'il soit branché sur le réseau et que Levine soit dans les parages. Vite, vite.

C'est alors qu'un message apparut sur l'écran.

```
Bonjour. J'espérais votre appel.
```

Carson se mit à taper comme un fou.

```
    Docteur   Levine,   accordez-moi   toute   votre
attention.  État  d'urgence  au  mont  du  Dragon.
Vous aviez raison à propos du virus. Mais c'est
encore plus grave que vous ne le pensiez. Nous
ne  pouvons  rien  faire  sur  place.  Nous  avons
besoin  de  votre  aide.  Vous  devez  agir  très
vite. C'est  de  la  plus  haute  importance.  Je
vais  vous  transmettre  la  copie  d'un  document
vidéo qui vous expliquera la situation, ainsi
que  des  fichiers  d'informations  complémentaires.
Autre  chose :  je  vous  en  prie,  faites  tout
votre  possible  pour  nous  faire  sortir  d'ici  au
plus  vite.  Je  crois  vraiment  que  nous  sommes
en  danger.  Et  faites  tout  ce  qui  est  en  votre
pouvoir  pour  retirer  les  stocks  de  Grip-x  des
mains  de  l'équipe  du  mont  du  Dragon.  Comme
vous  le  verrez  dans  les  documents  que  je  vous
transmets,  ils  ont  tous  besoin  d'un  suivi  médi-
cal  immédiat. Je  commence  la  transmission  des
données par la procédure standard.
```

Il initia la télétransmission, et un signal de réception s'alluma sur l'ordinateur. Carson se carra dans son siège pour attendre la fin de l'opération. Même avec un compactage et une largeur de bande maximaux, il faudrait au moins quarante minutes au réseau pour transmettre toutes ces données. Il y avait de fortes chances pour que, la prochaine fois que Scopes se connecterait, il s'aperçoive de cette utilisation exceptionnelle des ressources. Ou

que l'un de ses laquais du Net la lui signale. Et qu'allait-il bien pouvoir répondre à son courrier ?
Soudain, le flot de données s'interrompit.

```
Guy, vous êtes là ?
Nous sommes là. Qu'est-ce qui ne va pas ?
« Nous » ? Quelqu'un est avec vous ?
Mon assistante. Elle est au courant de la
situation.
C'est très bien. Bon, écoutez-moi. Y a-t-il
quelqu'un qui pourrait vous aider sur place ?
Non. Nous sommes isolés. Docteur Levine,
laissez-moi continuer la télétransmission.
Nous n'avons pas le temps. J'en ai reçu
assez pour mesurer l'ampleur du problème, et
ce que je n'ai pas, je peux me le procurer
directement sur le Net de GeneDyne. Merci de
m'avoir fait confiance. Je me charge de pré-
venir immédiatement les autorités compétentes
pour qu'elles prennent la situation en main.
Docteur Levine, écoutez-moi, nous devons
absolument partir d'ici. Nous pensons que
l'inspecteur de l'OSHA qui était venu enquêter
a peut-être été assassiné.
Ah bon ? Écoutez, je vais commencer par vous
aider à sortir de là, de Vaca et vous. Mais
continuez à travailler comme d'habitude et ne
cherchez pas à vous enfuir. Restez calmes.
D'accord ?
D'accord.
Guy, vous avez fait un travail brillant.
Dites-moi comment vous avez découvert ces
informations ?
```

Alors qu'il se préparait à répondre, Carson fut soudain parcouru par un frisson glacé.
De Vaca et vous. Mais il n'avait jamais mentionné le nom de de Vaca à Levine.

```
Qui êtes-vous ? tapa-t-il.
```

Tout à coup, les pixels commencèrent à se dissoudre en une tempête de neige. Le haut-parleur situé sur le flanc du terminal s'éveilla avec un sifflement d'électricité statique. De Vaca en resta bouche bée. Carson, vissé à sa chaise, regardait l'écran, incrédule, changé en statue de sel par le désespoir. Entendait-il vraiment un rire rauque se mêler aux grésillements de l'électricité statique en une fugue infernale ? Était-ce bien un visage qui se formait lentement dans le marasme qui régnait sur l'écran : oreilles décollées, lunettes à verres épais, mèche rebelle ?

Tout à coup, l'écran s'éteignit, et le sifflement cessa. La pièce se retrouva plongée dans l'obscurité et le silence. Alors, Carson et de Vaca entendirent l'alarme du mont du Dragon pousser son hurlement plaintif et lugubre sur les sables du désert.

Troisième partie

— Filons, dit Carson, qui éteignit l'ordinateur d'un coup d'index.

Ils sortirent en catimini du labo de radiologie et refermèrent doucement la porte derrière eux. Carson surveilla les environs. Personne. Des signaux lumineux d'urgence clignotaient le long de la clôture. Des projecteurs s'allumèrent, d'abord dans la tour de garde de devant, puis dans celle de derrière, et se mirent à balayer lentement de leur faisceau ivoire le périmètre intérieur. La faible lune laissait de larges pans d'obscurité. Carson entraîna de Vaca à l'abri de l'atelier d'usinage. Ils le longèrent, plaqués contre la façade, tournèrent au coin puis traversèrent une allée en courant jusqu'à une zone d'ombre derrière l'incinérateur.

Ils entendirent un cri et le bruit lointain d'une course précipitée.

— Il ne leur faudra que quelques minutes pour s'organiser, dit Carson. C'est notre seule chance de sortir d'ici.

Il palpa sa poche, s'assurant qu'il avait bien les disquettes contenant les preuves.

— On dirait que tu vas avoir l'occasion de me prouver tes talents de voleuse de voiture, finalement. Prenons un Hummer tant qu'il est encore temps.

De Vaca hésitait.

— Dépêche-toi ! la pressa Carson.

— On ne peut pas, chuchota-t-elle farouchement à son oreille. Pas avant d'avoir détruit les stocks de Grip-x.

— Tu es folle ? s'écria Carson.

— Si on laisse le Grip-x entre les mains de ces barjes, on ne survivra pas, même si on réussit à s'enfuir. Tu as vu ce qui est arrivé à Vanderwagon, et à Harper ? Il suffit que quelqu'un sorte d'ici avec un flacon de Grip-x, et on peut dire adieu à la vie.

— On ne peut pas emporter les stocks avec nous, ça, c'est sûr.

— Non, mais écoute-moi. Je sais comment les détruire et nous échapper en même temps.

Carson vit des silhouettes sombres courir entre les bâtiments, des gardes portant des armes de poing de mauvais augure. Il poussa de Vaca dans l'ombre.

— Il faut qu'on entre dans le « bouillon de culture », poursuivit-elle.

— Laisse tomber. On serait faits comme des rats.

— Non, Guy, c'est le dernier endroit où ils penseront à nous chercher.

Carson réfléchit quelques instants.

— Tu as peut-être raison, mais même un fou n'y retournerait pas en ce moment.

— Fais-moi confiance, dit de Vaca, qui le prit par la main et l'entraîna à sa suite.

— Attends, Susana ! dit Carson au moment où ils allaient quitter l'ombre protectrice de l'incinérateur.

— Grouille-toi, *cabrón* !

Carson la suivit à travers une cour obscure d'où ils gagnèrent l'enceinte d'isolement. Haletants, ils se plaquèrent contre la façade du bâtiment.

Un coup de feu claqua dans la nuit du désert. Plusieurs autres suivirent aussitôt.

— Ils tirent sur des ombres, dit Carson.

— Ou bien ils s'entre-tuent. Qui sait à quel point ils sont devenus fous ?

Le faisceau d'un projecteur traçait son arc de cercle blafard dans leur direction. Ils se tapirent à l'ombre du bâtiment. Après un coup d'œil de reconnaissance, ils coururent jusque dans le hall désert et gagnèrent l'ascenseur qui menait à l'entrée du laboratoire de biosécurité niveau 5.

— J'aimerais bien connaître ton plan, dit Carson, une fois la descente amorcée.

Elle tourna vers lui ses yeux violets écarquillés.

— Écoute, tu te rappelles de ce vieux Pavel dont je t'ai parlé, celui qui a réparé mon baladeur ? Je l'ai revu à la cafétéria, on a fait un backgammon. Il aime parler, sans doute plus qu'il ne le devrait. Il m'a raconté qu'à l'époque où ce site a été créé pour l'armée celle-ci a insisté pour que soit installé un système de sécurité intégré qui protégerait contre une catastrophe, telle la propagation d'un agent hautement pathogène à l'intérieur du « bouillon de culture ». Ce système a été désactivé quand le mont du Dragon est tombé dans le privé, mais il n'a pas été démonté. Pavel m'a expliqué comment on pouvait le réactiver. C'est très simple.

— Susana, comment pourrions-nous...

— Tais-toi et écoute-moi. On va faire sauter toute cette *chingadera*. On appelle ce système de sécurité intégré « alerte niveau 0 ». Il inverse les flux laminaires de l'incinérateur d'air, et ce faisant il inonde le « bouillon de culture » d'air chauffé à plus de cinq cents degrés et stérilise tout. Seuls quelques anciens, comme Singer et Nye, sont au courant.

Elle sourit dans la cabine chichement éclairée.

— Lorsque cette masse d'air surchauffé rencontrera les combustibles qui se trouvent là-dedans, dit-elle, cela fera un sacré boum.

— Oui, comme tu dis. En nous grillant au passage.

— Non. Il faudra plusieurs minutes pour que les flux d'air s'inversent. Tout ce que nous devons faire, c'est enclencher ce système d'alarme, ressortir et attendre que ça saute. Dans la panique que cela ne manquera pas d'occasionner, on aura tout le loisir de prendre un Hummer et de filer.

La porte de l'ascenseur s'ouvrit sur un couloir plein d'ombres. Ils se dirigèrent au pas de course vers la porte en métal gris du « bouillon de culture. » Carson prononça son nom devant l'identificateur vocal, et la porte s'ouvrit avec un cliquetis.

— Si ça se trouve, ils sont en train de nous surveiller en ce moment même via la vidéo, dit-il tandis qu'ils enfilaient leurs combinaisons de protection.

— C'est possible, répondit de Vaca. Mais, vu le bordel qui règne au-dessus en ce moment, je pense qu'ils ont des choses plus importantes à faire.

Ils vérifièrent réciproquement l'étanchéité de leurs combinaisons et passèrent sous la douche de décontamination. Là, immobile sous les jets de liquide toxique, à regarder la silhouette de cosmonaute de De Vaca à côté de lui, Carson se laissa gagner par une impression d'irréalité. *Ils nous cherchent. Ils veulent nous tuer. Et nous allons nous enfermer dans le « bouillon de culture. »* Il se sentit une fois encore oppressé par une peur claustrophobe qui lui serrait la poitrine comme un étau. *Ils vont nous trouver. On sera faits comme des rats, et...* Il inspira de longues goulées d'oxygène, emplissant ses poumons par saccades.

— Ça va, Guy ?

La voix calme de Susana qui résonna dans son casque le rasséréna et le fit revenir, un peu honteux, à la raison. Il fit oui de la tête, et ils passèrent dans la chambre de séchage.

Deux minutes plus tard, ils pénétraient dans le « bouillon de culture ». La sirène d'alarme générale résonnait, monotone, dans les couloirs déserts, accompagnée du vacarme étouffé de la perpétuelle révolte des chimpanzés. Carson regarda les murs blancs, à la recherche d'une horloge. Bientôt minuit et demi. L'éclairage des couloirs était réglé au minimum et le resterait jusqu'à l'arrivée de l'équipe de décontamination à 2 heures du matin. Sauf que cette fois – avec un peu de chance – ils n'auraient plus rien à décontaminer.

— Nous devons nous rendre à la sous-station de sécurité, dit de Vaca. Tu sais où elle se trouve ?

— Oui.

Carson ne le savait que trop. La sous-station de sécurité du niveau 5 était située au dernier sous-sol du « bouillon de culture ». Exactement sous la zone de quarantaine.

Ils longèrent rapidement les couloirs jusqu'au puits central. Carson laissa de Vaca passer la première puis s'engagea sur l'échelle pour descendre à sa suite. Au-dessus de sa tête, il pouvait voir l'énorme tête centrale de l'arrivée d'air qui, d'ici à quelques minutes, allait peut-être répandre de l'air surchauffé dans tout le bâtiment.

La sous-station de sécurité consistait en une pièce circulaire, exiguë, basse de plafond, uniquement meublée de quelques chaises pivotantes. Des rangées d'écrans vidéo habillaient les murs, offrant des vues du « bouillon de culture » désert sous toutes ses coutures. Une console de commande y trônait.

De Vaca s'assit à la console et commença à taper, lentement tout d'abord, puis de plus en plus vite.

— Bon, tu joues à quoi, là ? s'impatienta Carson, qui se raccorda à une autre prise d'air.

— *Calmos, cabrón*. Tout se passe exactement comme Pavel me l'avait dit. Toutes ces protections sont destinées à empêcher un accident de se produire, pas à empêcher quelqu'un de déclencher délibérément une alarme. À quoi bon ! Je vais donc activer les paramètres d'une alerte niveau 0 et déclencher l'alarme.

— Et ensuite, on disposera de combien de temps pour sortir d'ici ?

— De tout notre temps, crois-moi.

— À savoir, précisément ?

— Arrête de me chercher ! Tu ne vois pas que je suis occupée ? Plus que quelques commandes, et c'est bon.

Carson la regarda pianoter sur les touches.

— Susana, dit-il d'une voix plus calme, réfléchissons encore quelques instants. Devons-nous vraiment détruire tout le labo 5 ? Et les chimpanzés ? Et notre travail ?

De Vaca cessa de taper et lui fit face.

— Tu crois qu'on a le choix ? Les chimpanzés mourront, de toute façon, puisqu'ils ont tous reçu le virus Grip-x. On leur rend service.

— Je sais bien. Mais ces installations ont permis de faire de grandes avancées. Il faudra des années pour reprendre tout ce travail. Maintenant qu'on sait ce qui ne va pas avec le vaccin Grip-x, on peut le modifier.

— Et si on se fait descendre, qui va s'en charger ? dit de Vaca avec colère. Et si un fou met la main sur le virus, qui va se soucier du coup que nous portons aux profits de GeneDyne ? Je vais...

— Carson, de Vaca ! résonna la voix sévère de Nye. Écoutez-moi attentivement. Applicable immédiatement : votre mission auprès des laboratoires GeneDyne est terminée. Vous êtes entrés sans autorisation sur la propriété privée de GeneDyne, et votre présence dans le laboratoire niveau 5 est considérée comme un acte de vandalisme. Si vous décidez de vous rendre, je peux garantir votre sécurité. Dans le cas contraire, vous serez pourchassés et devrez en assumer les conséquences. Vous n'avez aucun moyen de vous échapper.

— Au temps pour moi, en ce qui concerne la télésurveillance, marmonna de Vaca.

— Il se peut que les liaisons privées soient sur écoute, dit Carson. Dis-en le moins possible.

— Aucune importance. J'ai fini.

De Vaca tapa plus lentement puis s'arrêta. Elle souleva alors une grille de sécurité qui protégeait une série de manettes de commande noires et releva la plus haute.

Immédiatement, une sirène se déclencha en continu, couvrant la précédente, et une flopée de voyants lumineux se mirent à clignoter tous azimuts.

« Attention, attention, résonna une voix féminine très posée et inconnue dans le casque de Carson. Une alerte niveau 0 sera initiée dans soixante secondes. »

De Vaca fit basculer un autre bouton de commande et renversa la console d'un coup de pied, juste pour le plaisir. Une pluie d'étincelles jaillit vers sa combinaison.

« Sécurité intégrée activée, dit la voix. Le compte à rebours va commencer. »

— Tu as réussi, dit Carson.

De Vaca appuya sur le bouton d'alerte générale de sa combinaison de protection, de façon que tout le monde, sur le site, puisse l'entendre.

— Nye ! dit-elle. Je veux que vous m'écoutiez très attentivement.

— Vous n'avez qu'une chose à me dire : oui ou non, répliqua Nye avec froideur.

— Écoutez-moi, *canalla* ! Nous nous trouvons à la sous-station de sécurité. Nous avons initié une alerte niveau 0. Stérilisation totale et non sélective !

— De Vaca, si vous...

— Vous ne pouvez plus l'annuler, elle a démarré. Vous comprenez ce que ça signifie ? Dans quelques minutes, l'air du niveau 5 sera chauffé à cinq cents degrés. Tout va flamber comme à l'enterrement d'un chef viking. Quiconque se trouvera dans un rayon de trois cents mètres sera transformé en chair à pâtée !

Comme pour confirmer ses dires, la voix calme de l'inconnue résonna sur la ligne générale : « Alerte niveau 0 initiée. Il vous reste dix minutes pour évacuer les lieux. »

— Dix minutes ! s'exclama Carson. Oh, mon Dieu.

— De Vaca, dit Nye. Vous êtes encore plus barje que je ne le pensais. Vous ne pouvez pas réussir. Vous m'entendez ?

De Vaca éclata de rire.

— C'est moi qui suis folle ? dit-elle. Ce n'est pas moi qui vais me baguenauder dans le désert en tenue de brousse à dada sur mon bidet !

— Tais-toi, Susana, dit Carson.

S'ensuivit un silence de mort sur la ligne.

De Vaca se tourna vers Carson, furieuse. Puis, tout à coup, son expression changea.

— Guy, regarde ! dit-elle sur son émetteur individuel, en désignant quelque chose derrière lui.

Carson se retourna pour faire face au mur tapissé d'écrans vidéo. Il balaya du regard les multiples images en noir et blanc, ignorant ce qui avait retenu l'attention de de Vaca. Les laboratoires, les couloirs, les zones de stockage étaient tous déserts.

Tous sauf un. Dans le couloir principal qui partait de la porte d'accès, Carson vit une silhouette solitaire avancer. Sa démarche avait quelque chose de furtif et d'assuré qui lui fit froid dans le dos. Sa combinaison de protection disposait d'une réserve d'oxygène supplémentaire ; c'était celle des membres de l'équipe de sécurité. Dans une main, l'homme tenait un objet long et noir qui ressemblait à une matraque. Quand il fut plus proche de l'objectif de la caméra, Carson vit que c'était en fait une carabine à deux coups dotée d'une poignée pistolet.

Puis il remarqua la démarche de l'homme. Il avait une jambe raide.

— Mike Marr, murmura de Vaca.

Carson avança la main vers le tableau de commande de sa combinaison pour répondre mais arrêta son geste. Son instinct lui disait qu'autre chose n'allait pas. Quelque chose de grave. Il se concentra, s'efforçant de mettre le doigt sur ce que lui avait signalé son subconscient.

C'est alors que la vérité le frappa comme la foudre.

Au fil des heures innombrables qu'il avait passées dans le « bouillon de culture », en fond sonore à tous les bips, annonces et voix qui avaient résonné dans son casque, il avait toujours entendu le même son, continuel et rassurant, celui de l'oxygène arrivant dans sa combinaison.

Il ne l'entendait plus.

Carson se déconnecta vivement de sa prise d'air et se reconnecta à une autre.

Toujours rien.

Il se tourna vers de Vaca, qui l'observait. À son regard, il sut qu'elle avait compris.

— Le salaud a coupé l'arrivée d'air, souffla-t-elle. Il nous reste neuf minutes pour évacuer les lieux.

Carson fit « chut » en levant un doigt ganté devant sa visière.

Combien de temps, articula-t-il.

De Vaca brandit une main, doigts écartés. Neuf minutes d'autonomie d'oxygène.

Cinq minutes. Bon Dieu, le temps qu'il fallait pour décontaminer... Carson lutta pour repousser la peur panique qui le gagnait. Il jeta un regard aux écrans vidéo pour voir où en était Marr. Il le repéra dans la zone de production.

Il se rendit compte qu'il ne leur restait plus qu'une solution.

Il se déconnecta de la prise d'air devenue inutile et fit signe à de Vaca de le suivre hors de la sous-station de sécurité vers le puits central. Empoignant le premier barreau de l'échelle métallique, Carson tendit le cou vers le sommet. L'énorme arrivée d'air, cinq niveaux au-dessus d'eux, planait tel un oiseau de mauvais augure au pinacle du « bouillon de culture ». Aucun signe de Marr. Carson grimpa à l'échelle aussi vite qu'il le put, passa devant les générateurs, les labos de dépannage, et arriva à hauteur des locaux de stockage du premier sous-sol. Il s'accroupit derrière une rangée de hauts congélateurs, suivi par de Vaca.

Il se tourna vers elle, lui fit signe de ne pas bouger, puis s'efforça de ralentir sa respiration pour faire durer ce qui lui restait d'oxygène. Il jeta un coup d'œil dans l'obscurité en direction de l'échelle du puits central.

Carson savait qu'il n'y avait aucun moyen de sortir du « bouillon de culture » sans passer par la douche de décontamination. Marr le savait aussi bien que lui. Il les chercherait d'abord au niveau du sas de sortie. Ne les y voyant pas, il supposerait qu'ils étaient encore dans la sous-station de sécurité. Marr savait très bien qu'ils ne seraient pas assez fous pour perdre du temps dans une autre partie du « bouillon de culture », alors qu'ils n'avaient presque plus de réserve d'oxygène et que tout allait sauter d'ici à quelques minutes.

Du moins Carson espérait-il que Marr savait tout ça.

« Il vous reste huit minutes pour évacuer les lieux. »

Ils attendirent dans le noir, les yeux rivés sur l'échelle. Carson sentit que de Vaca le poussait du coude, mais il lui fit signe de ne pas bouger. Il se demanda, au passage, quel agent pathogène terrifiant contenait le congélateur derrière lequel ils étaient tapis. Les secondes passaient. Carson commença à avaler de petites goulées d'air, en se demandant si son plan ne les avait pas condamnés à mort.

Soudain, une jambe revêtue d'une combinaison rouge apparut sur l'échelle. Carson poussa de Vaca dans l'ombre. La silhouette de Marr apparut complètement et s'arrêta. Il inspecta le sous-sol du regard puis reprit sa descente vers la sous-station de sécurité.

Carson attendit le plus longtemps qu'il le put. Puis il avança sous l'éclairage rougeâtre, de Vaca sur les talons. Il regarda prudemment vers le bas de l'échelle : personne. Marr devait avoir atteint le dernier sous-sol et se diriger vers la station de sécurité. Il devait s'en approcher lentement, au cas où Carson serait armé.

Carson fit signe à de Vaca de monter et de l'attendre au sas de sortie. Il monta à sa suite et se dirigea rapidement vers le zoo.

La panique régnait parmi les chimpanzés, affolés par le hurlement ininterrompu des sirènes. Ils lui jetaient des regards furieux, donnant des coups d'une rare férocité. Plusieurs cages vides et silencieuses témoignaient des dernières victimes du virus.

Carson s'approcha des cages. Puis, avec prudence pour éviter les pattes qui se tendaient vers lui à travers les portes grillagées, il débloqua les fermetures une à une. Enragés par sa présence, les animaux redoublèrent d'agressivité. Carson avait l'impression que leurs cris désespérés faisaient vibrer sa combinaison.

« Il vous reste sept minutes pour évacuer les lieux. »

Carson fonça dehors et longea le couloir jusqu'au sas de sortie. Le voyant approcher, de Vaca ouvrit la porte étanche, et ils passèrent sous la douche de décontamination. Tandis que les agents stérilisants se déversaient sur eux, Carson resta près de la porte du sas, surveillant le « bouillon de culture » par le judas vitré. Maintenant, les martèlements des singes avaient dû faire glisser les verrous et ouvrir les portes des cages. Il imagina les animaux malades et furieux en train de galoper partout, sur les tables, dans les couloirs…, descendant par l'échelle.

« Il vous reste cinq minutes pour évacuer les lieux. »

Soudain, Carson se rendit compte que ses poumons n'inspiraient plus d'air. Il se tourna vers de Vaca et fit glisser son index devant sa gorge en un geste éloquent. S'ils continuaient à essayer de respirer, ils n'inspireraient que du gaz carbonique.

La douche jaunâtre cessa, et la porte de communication avec la chambre de séchage s'ouvrit. Sous le mugissement des énormes ventilateurs à air chaud, Carson avait de plus en plus de mal à lutter contre le besoin irrépressible de respirer qui lui brûlait les poumons. Il regarda de Vaca. Appuyée contre un mur, elle semblait faiblir. Elle secoua la tête.

Était-ce un coup de fusil qu'il venait d'entendre ? Avec le bruit des ventilateurs, Carson n'en était pas sûr.

Soudain, la porte du dernier sas s'ouvrit, et de Vaca et lui se précipitèrent, titubants, dans le vestiaire. Carson aida de Vaca à ôter son casque puis tira désespérément sur le sien et le jeta par terre en inspirant une bonne goulée d'air frais.

« Il vous reste trois minutes pour évacuer les lieux. »

Ils bataillèrent avec leur combinaison, les ôtèrent puis quittèrent la pièce, passèrent dans le couloir et gagnèrent l'ascenseur.

— Ils nous attendent peut-être dehors, dit Carson.
— Aucun risque, haleta de Vaca, qui prenait de grandes inspirations. Ils doivent tous être en train de détaler comme des lapins.

Les couloirs du bâtiment étaient toujours obscurs et déserts. Carson et de Vaca piquèrent un sprint jusqu'au patio, ne s'arrêtant qu'un instant à la porte. Carson l'entrouvrit, et le hurlement des sirènes vint à leur rencontre. Il regarda autour de lui puis se précipita vers un coin d'ombre, faisant signe à de Vaca de le suivre.

Le mont du Dragon était dans le chaos. Carson apercevait plusieurs personnes blotties les unes contre les autres, par petits groupes, les unes parlant, les autres criant. Quelques chercheurs se tenaient dans une flaque de lumière devant la zone résidentielle – certains, en pyjama – et parlaient, surexcités. Carson vit Harper parmi eux, qui brandissait le poing. On voyait des silhouettes marcher ou courir entre les faisceaux inquisiteurs des projecteurs.

Carson et de Vaca traversèrent rapidement le périmètre intérieur et firent halte à l'ombre de l'incinérateur. Comme Carson scrutait la nuit, ses yeux tombèrent sur le parking. Cinq ou six gardes armés surveillaient les Hummer éclairés plein pot par une rangée de projecteurs. Au centre du groupe, Nye. Carson le vit faire un geste en direction du « bouillon de culture ».

— Les écuries ! cria Carson à l'oreille de Susana.

Les chevaux étaient dans leurs box, nerveux, conscients de la panique générale. De Vaca leur mit le harnais et les mena à la sellerie pendant que Carson prenait les selles et les tapis.

Tandis que Carson s'apprêtait à seller Roscoe, la terre se mit à trembler sous ses pieds. Puis une lumière aveuglante illumina l'intérieur des écuries. L'explosion commença par un grondement sourd qui enfla de plus en plus. Carson sentit les écuries vaciller sous la vague de surprise. Les fenêtres du mur du fond volèrent en éclats, projetant des morceaux de verre et de bois sur le sol. Le cheval de De Vaca rua, terrorisé.

— Là, là, lui murmura-t-elle en l'attrapant par les rênes et en lui caressant l'encolure.

Carson regarda autour de lui, aperçut les sacoches de selle de Nye, les prit et les jeta à de Vaca.

— Il doit y avoir des outres à l'intérieur, remplis-les à une auge ! lui cria-t-il, et il jeta les tapis de selle sur le dos des chevaux et s'empara d'une selle.

Quand elle revint au pas de course, il était en train de sangler Roscoe. Carson cala les sacoches de selle contre les quartiers et les attacha avec une sangle pendant que de Vaca se mettait en selle.

— Attends une minute, dit Carson.

Il courut dans la sellerie et décrocha deux chapeaux de monte. Puis il revint, monta Roscoe et, avec de Vaca, sortit par la porte ouverte.

La chaleur de l'incendie les frappa au visage comme ils se retournaient pour voir l'ampleur des dégâts. Le laboratoire de filtration, qui formait le toit du « bouillon de culture », n'était plus qu'un cratère d'où jaillissaient des flammes qui semblaient lécher le ciel. Le toit en béton du bâtiment administratif s'était complètement déformé et rougeoyait. Dans la zone résidentielle, des rideaux claquaient éperdument à une centaine de fenêtres béantes. Un incendie dévastait l'incinérateur, colorant le sable alentour d'une vive teinte orangée.

L'explosion avait jeté un souffle de destruction sur tout le complexe, arrachant le toit de la cafétéria et couchant une grande partie du périmètre de clôture.

— Suis-moi ! cria Carson à de Vaca, et il talonna son cheval.

Les deux cavaliers s'élancèrent à travers la fumée et les flammes, sautèrent par-dessus la clôture défoncée et partirent au galop à travers le désert, dans l'obscurité amie.

À huit cents mètres du mont du Dragon, une fois loin du brasier, Carson fit passer son cheval au trot.

— On a une longue route à faire, dit-il à de Vaca, qui se régla sur son allure. Autant ne pas fatiguer nos chevaux.

À cet instant, une nouvelle explosion secoua les décombres du bâtiment administratif, et une énorme boule de feu s'éleva du trou dans le sol qu'avait été le « bouillon de culture » et roula vers le ciel. Une série d'explosions moins fortes giflèrent la nuit : le laboratoire de transfection tomba en poussière ; les murs du bâtiment résidentiel se fissurèrent puis s'écroulèrent.

Les projecteurs et autres éclairages du mont du Dragon s'éteignirent d'un coup, ne laissant pour tout repère du complexe GeneDyne que le rougeoiement vacillant des flammes de l'incendie qui ravageait les bâtiments.

— Paix aux cendres de mon banjo, murmura Carson.

Comme il faisait tourner son cheval pour repartir dans la nuit, il vit des points lumineux trouer l'obscurité du désert et venir vers eux, lui semblait-il, apparaissant et disparaissant au gré des irrégularités du terrain. Soudain, des phares puissants s'allumèrent, projetant leurs longs faisceaux jaunes sur le désert.

— *Qué chinga'o*, dit de Vaca. Les Hummer n'ont pas été détruits par l'explosion. On n'ira jamais plus vite qu'eux, dans ce désert.

Carson ne dit rien. Avec de la chance, ils pourraient échapper aux Hummer. Ce qui l'inquiétait plus, c'était l'insuffisance de leur réserve d'eau.

Seul dans sa pièce octogonale, Scopes faisait le point.

Le destin de Carson et de de Vaca était scellé. Ils ne pouvaient pas s'échapper.

Il avait intercepté leur téléchargement et l'avait coupé presque immédiatement. Mais le relais transparent dont il s'était servi comme alarme n'avait pas stoppé le tout début de la copie des données. Il était toujours possible que Levine – ou celui qui piratait le réseau GeneDyne pour lui – ait reçu cette transmission avortée. Mais Scopes avait déjà pris les mesures nécessaires pour qu'une telle chose ne se reproduise plus. Des mesures drastiques, certes, mais indispensables. Surtout en cette période délicate.

Une chose était sûre : très peu d'informations avaient pu passer. Et elles ne devaient pas trop avoir de sens. Toutes concernaient « PurBlood ». Même si Levine avait reçu ces données, il n'aurait rien appris de crucial sur le Grip-x. Et il était dorénavant si discrédité que personne n'accorderait foi à ce qu'il pourrait raconter.

Toutes les précautions avaient été prises. Il pouvait continuer comme prévu. Il n'y avait pas à s'inquiéter.

Alors, pourquoi cette angoisse larvée ?

Assis sur son canapé défoncé et confortable, Scopes s'efforçait d'analyser son malaise. Ce genre d'état d'âme lui était étranger, et en cela l'intéressait. Peut-être venait-il du fait qu'il s'était complètement mépris sur le compte de Carson ? La trahison de de Vaca lui semblait compréhensible, surtout depuis l'incident. Mais Carson était la dernière personne qu'il aurait soupçonnée d'espionnage industriel. Un autre que lui aurait éprouvé une colère terrible, voire écrasante, devant une telle trahison. Mais Scopes ne ressentait qu'une profonde tristesse. Ce jeunot était très brillant. Maintenant, c'était à Nye de se charger de lui.

Nye... Ça lui rappelait qu'un certain M. Bragg avait laissé deux messages plus tôt dans la journée pour demander des nouvelles de son enquêteur, M. Teece. Il faudrait qu'il demande à Nye de se renseigner.

Il pensa de nouveau aux informations que Carson avait pu transmettre. Il n'y en avait pas tant que ça, et il ne les avait pas regardées de près. Juste quelques documents concernant « PurBlood ». Scopes se souvint que Carson et de Vaca avaient consulté les fichiers « PurBlood ». Pourquoi cet intérêt soudain ? Avaient-ils l'intention de saboter ce produit, de même que le Grip-x ? Et à quoi Carson faisait-il allusion quand il disait que tout le monde avait besoin d'une prise en charge médicale immédiate ?

Il devait creuser la question. En fait, il serait plus prudent qu'il examine de près les données qui avaient eu le temps d'être transmises ainsi que les interventions de Carson sur le réseau ces derniers jours. Peut-être trouverait-il le temps de le faire après son programme de ce soir.

À cette pensée, Scopes tourna les yeux vers la porte lisse et noire d'un coffre-fort encastré dans le mur opposé. Il avait été forgé, à sa demande, dans la structure d'acier de la tour GeneDyne quand celle-ci avait été construite. Il était le seul à en connaître la combinaison, et, s'il mourait, la charge de dynamite nécessaire pour l'ouvrir réduirait tout son contenu en poussière. Tandis que Scopes visualisait ce contenu, son sentiment d'angoisse diffuse se dissipa très vite : une petite boîte de bioprotection – arrivée récemment du mont du Dragon par hélicoptère militaire – avec, à l'intérieur, une ampoule emplie d'azote et contenant une souche virale très spéciale. S'il regardait cette ampoule de près, Scopes pourrait y voir un élément trouble en suspension dans le liquide. Étonnant de penser qu'une chose d'apparence si insignifiante pouvait avoir tant de prix.

Il vérifia l'heure à sa montre : 22 h 30, heure de la côte est.

Un moniteur posé à côté du canapé émit un bref signal sonore, et un immense écran s'alluma. Y apparut une flopée de données tandis que la voie descendant du satellite était décryptée ; puis un message apparut en très gros caractères.

```
   LIAISON DE DONNÉES TELINT-2 ÉTABLIE, ENCRYP-
TAGE DES DONNÉES VALIDÉ. COMMENCEZ TRANSMIS-
SION.
```

Le message disparut, cédant la place à un autre.

```
   Monsieur Scopes. Nous sommes prêts à faire
une offre à trois milliards de dollars. Offre
non négociable.
```

Scopes tira son clavier vers lui et commença à taper. Comparés aux concurrents, les militaires étaient des tapettes.

```
   Très cher général Harrington. Toute offre
est négociable. Je suis prêt à accepter quatre
milliards de dollars pour le produit dont nous
```

avons parlé. Je vous donne douze heures pour prendre les dispositions nécessaires.

Scopes sourit. Il effectuerait le reste des négociations d'un autre endroit. Un endroit secret où il serait dorénavant plus à l'aise que dans le monde de tous les jours.

Il recommença à taper, et, tandis qu'il donnait une série d'ordres, les mots sur l'écran géant commencèrent à disparaître pour céder la place à un paysage étrange et fabuleux. Tout en tapant, Scopes récita pour lui-même, à voix basse, ses vers préférés de *La Tempête* :

Rien chez lui de corruptible
Dont la mer ne vienne à faire
Quelque trésor insolite[1].

Charles Levine était assis au bord du lit, le regard fixé sur le téléphone calé contre l'oreiller devant lui. L'appareil était de couleur bordeaux, et les mots « Propriété de l'Holiday Inn, Boston Ma », étaient gravés en lettres blanches au dos du combiné. Pendant des heures, il avait parlé dans ce téléphone, crié, cajolé, supplié. Il n'avait plus rien à ajouter.

Il se leva lentement, s'étira pour détendre ses jambes endolories et s'approcha de la baie vitrée coulissante. Les rideaux se gonflaient sous une brise légère. Il sortit sur le balcon, s'accouda à la rambarde et inspira l'air de la nuit. Les lumières du motel scintillaient dans la tiédeur environnante, tel un manteau de diamants jeté négligemment sur le paysage. Une voiture tourna le coin de la rue,

---

1. Dans la traduction de Pierre Leyris, aux éditions Garnier-Flammarion. *(N.d.T.)*

et ses phares illuminèrent les devantures miteuses des boutiques de ce quartier ouvrier et les stations-service désertes.

Le téléphone sonna. Levine fut tellement surpris de recevoir un appel – après tant de déconvenues, de refus – qu'il demeura immobile un moment, regardant le téléphone par-dessus son épaule. Puis il se décida à décrocher.

— Allô ! dit-il, enroué d'avoir trop parlé.

Le bourdonnement caractéristique d'un modem résonna dans l'écouteur.

Levine raccrocha vivement et raccrocha la prise du téléphone à son portable, qu'il alluma. La sonnerie du téléphone retentit de nouveau, bientôt suivie du concert de bruits qui indiquait que les deux appareils négociaient.

```
Comment va, prof ?
```

Les mots défilèrent sur l'écran sans l'habituel logo d'ouverture du programme.

```
Je suppose qu'il convient toujours de vous
appeler « prof », non ?
Comment m'avez-vous trouvé ? tapa Levine.
Sans problème, lui fut-il répondu.
Ça fait des heures que je suis au téléphone.
J'ai appelé tous ceux que je pouvais appeler.
Collègues, amis des commissions de réglemen-
tation, journalistes, et même anciens étu-
diants. Personne ne me croit.
Je vous crois.
C'est du travail de professionnel. À moins
de pouvoir prouver mon innocence, j'ai défi-
nitivement perdu toute crédibilité.
Pas de panique, prof. Tant que vous me fré-
quentez, votre solvabilité est assurée, à
défaut d'autre chose.
```

Il n'y a qu'une personne que je n'aie pas contactée : Brent Scopes. C'est le prochain sur ma liste.

Minute, mec ! *répondit le Mime*. Même si vous réussissiez à lui parler, je doute qu'il s'intéresse à vos petits problèmes en ce moment.

On ne sait jamais, le Mime.

Une seconde, prof. Je ne vous ai pas contacté simplement pour vous présenter mes condoléances. Il y a quelques heures, votre petit cow-boy préféré, Carson, a tenté de vous appeler pour vous envoyer un appel au secours. Qui a été presque tout de suite intercepté et coupé. Je n'ai pu retrouver que la première partie de la transmission. Prêt à recevoir ?

Levine lui répondit oui.

OK, écrivit le Mime. Chaud devant !

Levine consulta sa montre : minuit moins dix.

Carson et de Vaca chevauchaient dans la nuit veloutée, sous une vaste rivière d'étoiles. Le terrain était en pente douce et ils se retrouvèrent bientôt dans le lit à sec d'un ruisseau. Les sabots des chevaux s'enfonçaient dans le sable mou. Le scintillement des étoiles suffisait à peine à éclairer le sol à leurs pieds. La lune, Carson le savait, serait leur mort.

Ils suivirent le cours du ruisseau en silence.

— Ils pensent qu'on va se diriger vers le sud, vers Radium Springs et Las Cruces, dit enfin Carson. Ce sont les villes les plus proches en dehors d'Engle, qui appartient à GeneDyne, de toute façon. À une centaine de kilomètres. Il faut du temps pour retrouver quelqu'un dans ce désert, surtout à cause de la lave. Alors, à la place de Nye, je suivrais les traces jusqu'à ce que je sois sûr que ceux que je poursuis vont vers le sud, puis je déploierais les Hummer en éventail jusqu'à ce que le gibier soit intercepté.

— Ça me paraît logique, résonna la voix de de Vaca dans le noir.

— Alors, on ne va pas lui refuser ce plaisir. On va se diriger plein sud comme si on allait à Radium Springs. Quand on arrivera à hauteur du *Malpaís*, on escaladera la coulée de lave pour que nos traces soient moins repérables. Puis on tournera à quatre-vingt-dix degrés vers l'est, on chevauchera pendant quelques kilomètres, et on obliquera vers le nord.

— Mais la première ville au nord est à plus de deux cents kilomètres !

— C'est justement pour ça qu'il faut qu'on aille dans cette direction. Mais on ne sera pas obligé d'aller jusqu'à une ville. Tu te souviens du Diamond Bar dont je t'ai parlé ? Je connais le nouveau propriétaire du ranch. Il y a un camp à la pointe sud de la propriété, on peut y aller. On l'appelle le Camp de la lave. Je dirai qu'il est à environ cent soixante kilomètres d'ici, à trente ou à quarante kilomètres après la Porte de lave.

— Les Hummer ne pourront pas nous suivre sur la lave ?

— Elle est acérée et mettrait des pneus ordinaires en lambeaux. Les Hummer sont équipés d'un système anticrevaison, mais, même ainsi, je doute qu'ils puissent rouler longtemps sur la lave. Une fois qu'ils seront persuadés qu'on se dirige vers le sud, ils longeront la coulée en espérant nous couper la route plus loin.

Carson dirigea son cheval vers le sud, suivi par de Vaca. En franchissant une colline au pied de laquelle finissait le lit du ruisseau, ils virent encore, au nord, les reflets orangés de l'incendie qui ravageait le complexe GeneDyne. À mi-distance dans le désert obscur, les phares des Hummer se rapprochaient dangereusement.

— Je pense qu'on ferait mieux d'accélérer, dit Carson. Une fois qu'on les aura lancés dans la fausse direction, on pourra faire reposer les chevaux.

Ils les firent passer au galop. Cinq minutes plus tard, le relief déchiqueté de la coulée de la lave se dressait devant eux. Ils mirent pied à terre, prirent les chevaux par la bride et commencèrent leur ascension.

— Si je me souviens bien, dit Carson, la coulée oblique vers l'est. Suivons-la pendant quatre à cinq kilomètres avant d'obliquer vers le nord.

Ils traversèrent la coulée de lave au pas, laissant le temps aux chevaux de prendre appui sur les blocs de pierre irréguliers. Une chance que les chevaux voient mieux que nous la nuit, songea Carson, qui n'arrivait même pas à distinguer la forme de la lave, aussi noire que la nuit. Seuls quelques yuccas, des touffes de lichen, des amoncellements de sable et l'herbe qui poussait dans les interstices de la roche lui donnaient une idée du sol qu'il foulait. La progression était plus aisée près du bord de la coulée. Vers l'intérieur, Carson voyait de gros blocs qui se dressaient contre le ciel nocturne telles des sentinelles de basalte lui cachant les étoiles.

Jetant un coup d'œil en arrière, il vit que les lumières des phares des Hummer s'approchaient rapidement. Les véhicules s'immobilisaient à intervalles réguliers – sans doute lorsque Nye descendait de voiture pour vérifier leur piste. La coulée les ralentirait mais ne les arrêterait pas.

— Et l'eau ? demanda de Vaca tout à coup. On en aura assez ?

— Non, dit Carson. Il va falloir en trouver.

— Mais où ?

Carson ne lui répondit pas.

Nye, resté seul dans le parking vide, scrutait l'obscurité. Les flammes faisaient danser son ombre sur le sable. Derrière lui, l'incendie dévorait les restes du mont du Dragon, mais il n'en faisait pas cas.

Un agent de la sécurité vint vers lui au pas de course, haletant, le visage noir de suie.

— Plus d'eau pour les tuyaux d'incendie d'ici à cinq minutes, chef, dit-il. On puise dans les réserves d'urgence ?

— Pourquoi pas ? répondit Nye, l'air absent, sans même regarder l'homme.

Il venait d'essuyer un échec cuisant. Il s'en rendait compte. Carson lui avait filé entre les doigts, non sans détruire les locaux qui étaient sous sa responsabilité personnelle. Fugacement, il songea à ce qu'il pourrait bien raconter à Brent Scopes. Il chassa cette pensée. C'était le plus beau plantage de sa carrière, encore pire que le précédent, celui dont il ne voulait pas se souvenir. Il n'y avait pas de possibilité de rédemption.

Restait celle de la vengeance. Carson était responsable, et Carson allait payer. Et la salope d'Hispano aussi. Il ne les laisserait pas s'enfuir.

Il regarda les feux arrière des Hummer diminuer dans la nuit, et sa bouche se tordit en un sourire méprisant. Singer était un imbécile. Il était impossible de suivre quelqu'un en Hummer dans le désert. On devait s'arrêter tout le temps, descendre de voiture, repérer les traces ; on aurait plus vite fait à pied. En outre, Carson connaissait bien le désert. Et les chevaux. Il avait sans doute plus d'un tour dans sa poche pour brouiller les pistes. Les coulées de lave du désert de Jornada étaient si labyrinthiques qu'il faudrait des années pour en connaître tous les recoins. Et il ne fallait que quelques heures pour que le vent efface les empreintes sur le sable.

Nye savait tout ça. Et aussi qu'il était impossible de ne pas laisser de traces dans le désert. Il restait toujours une ligne sur un rocher ou sur le sable. Les dix années qu'il avait passées à travailler à la sécurité dans le Rub'al-Khali, le « quartier vide », lui avait appris tout ce qu'un homme devait savoir sur le désert.

Il jeta par terre sa radio devenue inutile et prit la direction des écuries. Il marchait sans prêter attention aux cris désespérés, au crépitement des flammes, au fracas des structures métalliques qui s'effondraient. Il venait de penser à autre chose. Carson était peut-être plus malin qu'il ne le croyait. Peut-être avait-il eu l'idée de voler ou même d'estropier son cheval, Muerto, en partant. Il accéléra le pas.

En franchissant les portes fracassées des écuries, Nye regarda machinalement vers le coffret de pansage verrouillé dans lequel il rangeait sa carabine. Toujours là.

Soudain, il se figea. Ses sacoches de selle n'étaient plus accrochées à leurs clous. Pourtant, il était certain de les y avoir vues la veille. De la poussière rougeâtre était en suspension devant ses yeux. Carson avait pris les sacoches et les deux outres de quatre litres. Piètre réserve d'eau pour lutter contre le Jornada del Muerto, le « Voyage de la Mort ».

Ce n'était pas tant la disparition de ses outres qui le chiffonnait. Autre chose avait disparu ; quelque chose de bien plus important. Il avait toujours cru que ses sacoches fournissaient la cachette idéale pour son secret. Et Carson venait de les voler. Carson avait détruit sa carrière, et, maintenant, il allait lui prendre la dernière chose qui lui restait. Pendant quelques instants, la colère chauffée à blanc le cloua sur place.

Puis il entendit le hennissement familier de son cheval. Alors, malgré sa fureur, Nye se fendit d'un petit sourire. Car il savait à présent que la vengeance n'était pas une éventualité ; c'était une certitude.

Tandis qu'ils se dirigeaient vers l'est, Carson remarqua que les phares des Hummer s'éloignaient à leur gauche, vers le *Malpaís*. Là, avec de la chance, ils perdraient leur trace. Seul un expert en traque, et à pied, pourrait les suivre. Nye était doué, mais pas assez pour repérer les traces de chevaux sur de la lave. Quand il perdrait leur piste, Nye supposerait qu'ils avaient pris un raccourci à travers la coulée et se dirigeaient toujours vers le sud. De plus, avec du « PurBlood » souillé coulant dans ses veines, il n'était plus une menace pour personne, sauf pour lui-même. Quoi qu'il en soit, songea Carson, de Vaca et lui étaient libres. Libres de revenir à la civilisation et d'avertir le monde des dangers de la commercialisation programmée de « PurBlood ».

Ou de mourir de soif.

Il tâta l'outre suspendue sur le côté de sa selle. Elle contenait quatre litres d'eau, ce qui était très peu. Mais il se rendait compte que c'était secondaire pour le moment.

Carson fit halte. Les Hummer s'étaient arrêtés au bord de la coulée de lave, à un kilomètre et demi environ.

— Trouvons un coin en contrebas pour cacher les chevaux, dit-il. Je veux être sûr que les Hummer continuent vers le sud.

Ils descendirent au creux d'un éboulis. De Vaca tint les chevaux par la bride tandis que Carson escaladait une hauteur pour observer.

Il se demanda pourquoi leurs poursuivants n'avaient pas éteint leurs phares. En l'occurrence, ils étaient aussi discrets qu'un bateau de croisière sur un océan sans lune, visibles à plus de dix kilomètres. Bizarre que Nye ne pense pas à ça.

Les phares ne bougèrent pas pendant une ou deux minutes. Puis les véhicules commencèrent à monter le long de la coulée de lave pour s'immobiliser encore. Pendant un moment, Carson craignit qu'ils ne réussissent à repérer leur piste et ne viennent vers eux. Mais non. Ils continuèrent plein sud, à une vitesse plus rapide à présent, la lumière des phares tressautant au gré des irrégularités de la lave.

Carson rejoignit de Vaca.

— Ils vont vers le sud, dit-il.

— Dieu soit loué !

Carson hésita.

— J'ai réfléchi, dit-il. Je crains qu'on ne soit obligés de garder cette eau pour les chevaux.

— Et nous ?

— Un cheval a besoin de trente-cinq litres d'eau par jour dans le désert. Vingt si on ne monte que la nuit. Si nos chevaux s'écroulent, on est foutus. Peu importe combien d'eau on a, on ne tiendrait pas plus de huit kilomètres sur cette lave ou sur ce sable. Mais les chevaux, même une petite quantité d'eau les fait tenir seize ou vingt kilomètres de plus. Ce qui nous donnera une chance de trouver de l'eau.

De Vaca ne dit rien.

— Ça va être très dur de ne pas boire quand on aura soif, dit Carson. Mais on doit garder l'eau pour les chevaux. Si tu veux, je prendrai ton outre le moment venu.

— Pour boire à ma santé ? fit de Vaca, sarcastique.

— Il faudra une discipline de fer quand la situation va empirer. Et, crois-moi, elle va empirer. Alors, avant qu'on continue, il y a une autre règle sur la soif que tu dois connaître. Il ne faut jamais, jamais, en parler. Même si tu n'en peux plus, ne parle pas d'eau. Ne pense pas à l'eau.

— Est-ce que ça veut dire qu'on va devoir en arriver à boire notre pisse ?

Dans le noir, Carson ne put déterminer si elle était sérieuse ou si elle le provoquait.

— Ça n'arrive que dans les romans. Voici ce qu'on fait : quand tu auras envie d'uriner, retiens-toi. Dès que tu auras soif, ton corps réabsorbera l'eau automatiquement. Et ton envie d'uriner disparaîtra. Au bout d'un moment tu devras pisser, c'est sûr, mais alors il y aura tant de sel dans tes urines qu'il ne servirait à rien de les boire.

— Comment tu sais tout ça ?

— J'ai grandi dans un désert comme celui-là.

— Oui, dit de Vaca, et je parie qu'avoir du sang ute dans les veines y est aussi pour quelque chose.

Carson ouvrit la bouche pour répondre puis se ravisa. Le moment était mal choisi pour une dispute.

Ils continuèrent à cheminer vers l'est pendant un peu plus de un kilomètre, progressant lentement, tenant les chevaux par la bride, leur laissant le temps de trouver leurs appuis. Parfois, un cheval qui trébuchait sur la lave faisait jaillir de petites étincelles sous ses sabots. De temps en temps, Carson escaladait une hauteur pour regarder vers le sud. Pour constater que chaque fois les Hummer étaient un peu plus loin. Au bout d'un moment, leurs feux arrière finirent par disparaître complètement.

En redescendant de sa dernière inspection, Carson se demanda s'il devait annoncer la mauvaise nouvelle à de Vaca. Même avec les huit litres d'eau, les chevaux ne pourraient pas faire la moitié du chemin prévu. Il fallait coûte que coûte qu'ils trouvent de l'eau au moins une fois sur le parcours.

Nye sangla Muerto et vérifia que la selle ne tournait pas. Il n'avait rien oublié. La carabine était au chaud dans son étui, calée contre sa cuisse droite où il pouvait dégainer d'un geste fluide. Le tube en métal contenant ses cartes topographiques du Bureau de recherches géologiques et minières était en lieu sûr.

Il fixa à sa selle des sacoches et les bourra de munitions. Puis il emplit d'eau deux outres de quinze litres, les attacha ensemble et les jeta de part et d'autre du troussequin. Cela augmentait la charge de vingt kilos, mais c'était nécessaire. Il y avait de grandes chances qu'il n'ait même pas à pister Carson et de Vaca ; avec leurs huit litres d'eau, ils n'iraient pas loin. Mais Nye ne voulait rien laisser au hasard. Il voulait voir leurs cadavres desséchés, être certain que le secret serait de nouveau à lui, rien qu'à lui.

Au pommeau de sa selle, il fixa un petit sac contenant une miche de pain et un épais morceau de cheddar. Il vérifia que sa torche électrique fonctionnait et la rangea dans l'une des sacoches avec des piles de rechange.

Nye se préparait avec méthode. Inutile de se presser. Muerto était un cheval d'endurance en bien meilleure forme que les deux canassons que Carson et de Vaca avaient pris. Probable qu'ils les avaient poussés au galop dès le début pour échapper aux Hummer, ce qui devait les avoir déjà mis à plat. Seuls les inconscients et les acteurs d'Hollywood poussaient leurs chevaux au galop. Si Carson et sa complice espéraient traverser le désert, ils avaient intérêt à y aller mollo. Et, de toute façon, quand les chevaux commenceraient à souffrir de la soif, ils traîneraient la patte. Nye pensait que, sans eau et de nuit, ils tiendraient une soixantaine de kilomètres au maximum avant de s'écrouler. De jour, ils ne tiendraient pas plus de la moitié. N'importe quel animal couché, immobile, sur le sol du désert – ou même ceux qui avançaient lentement ou avec difficulté – attirait immédiatement une nuée de vautours au-dessus d'eux. Rien que cela devrait lui permettre de les repérer.

Mais, même sans vautours, il saurait les retrouver. Pister quelqu'un était à la fois un art et une science, au même titre que la musique et la physique nucléaire. Cela demandait une grande part de connaissances théoriques et une intelligence intuitive – et son séjour dans le « quartier vide » lui avait donné les deux. Ses années de recherches dans le désert de Jornada del Muerto avaient affiné son art.

Il vérifia une dernière fois son équipement. Parfait. Il se mit en selle et sortit des écuries, suivant les empreintes des chevaux de Carson et de de Vaca qu'éclairaient les reflets de l'incendie. À mesure qu'il s'éloignait du complexe en feu et s'enfonçait dans le désert, l'obscurité reprenait le dessus. De temps à autre, il allumait sa torche électrique pour ne pas perdre leur piste, qui allait vers le sud. Exactement ce qu'il avait pensé : ils avaient poussé leurs chevaux au galop. Excellent. Chaque minute galopée ici serait un kilomètre de perdu plus tard. Ils avaient laissé une piste que le premier imbécile venu pouvait suivre. Et un imbécile est en train de la suivre, songea Nye avec amusement, en voyant la myriade de traces de pneus zigzaguant sur le sable au gré des hésitations des conducteurs.

Il s'arrêta dans l'obscurité. Une voix venait de murmurer son nom. Il pivota sur sa selle et scruta l'infinité du désert autour de lui. Puis, au bout d'un moment, il fit repartir son cheval au petit trot.

Le temps, l'eau, le désert : tous les atouts étaient de son côté.

Carson s'immobilisa à la pointe extrême de la coulée de lave et regarda vers le nord. La voûte de la Voie lactée s'étirait sur le ciel et s'enfonçait au-delà de l'horizon. Ils dérivaient sur une mer de ténèbres. Au nord, de lointaines lueurs rougeoyantes signalaient le mont du Dragon.

Il huma l'odeur des herbes et des buissons secs qui embaumaient dans la fraîcheur de la nuit.

— Nous devons effacer nos traces à partir de maintenant, dit-il.

De Vaca prit les deux chevaux par la bride et, ouvrant la marche, les mena au bas de la coulée de lave et s'éloigna dans l'obscurité. Carson la suivit. Arrivé au bord de la coulée, il se retourna, ôta sa chemise, la roula en boule, s'accroupit et commença à aller à reculons sur le sable. À chaque pas, il le lissait devant lui avec sa chemise, effaçant leurs empreintes. Il travaillait lentement et soigneusement. Il savait que rien ne pouvait complètement faire disparaître des traces sur le sable. Mais c'était déjà bien. En Hummer, ils passeraient sans les remarquer.

Il continua ce petit manège sur une centaine de mètres, juste pour être sûr. Puis il se redressa, secoua sa chemise et la remit. Le tout avait pris dix minutes.

— Bon, ça ira, dit-il. Il rattrapa de Vaca et se mit en selle. À partir d'ici, on va vers le nord. Ce qui va nous faire revenir à cinq kilomètres du mont du Dragon.

Il leva les yeux vers le ciel pour localiser l'étoile Polaire et fit passer son cheval au petit trot, l'allure la plus appropriée. De Vaca trottait à ses côtés. Ils avancèrent en silence dans la nuit veloutée. Carson consulta sa montre. Une heure du matin. Encore quatre heures avant l'aube ; le temps de parcourir une quarantaine de kilomètres, s'ils pouvaient conserver cette allure – ce qui leur en laissait encore cent soixante devant eux. Il huma de nouveau l'air, avec plus d'attention cette fois. Il avait une âpreté qui annonçait la possibilité d'une rosée avant l'aube.

Avancer durant la grosse chaleur du jour était hors de question. Cela voulait dire qu'il fallait trouver un endroit abrité où cacher les chevaux et les faire brouter.

— Tu disais que tes ancêtres étaient passés par là en 1598 ? dit Carson.

— Oui. Vingt-deux ans avant que les pèlerins accostent à Plymouth Rock.

Carson ignora cette pique.

— Tu ne m'avais pas parlé d'une source ? demanda-t-il.

— *El Ojo del Águila*. Ils avaient commencé la traversée du Jornada et ont été à court d'eau. Un Apache leur a montré une source cachée.

— Où ?

— Si je le savais ! On ne sait plus où elle est située. Je crois que c'est dans une grotte au pied des montagnes Fra Cristóbal.

— Mais elles sont à près de cent kilomètres d'ici !

— J'avoue que je n'ai pas fait une reconnaissance du terrain quand on m'a raconté cette histoire. Je sais que c'était dans une grotte, j'entends encore mon *abuelito* me dire que l'eau avait été bue par la grotte et avait disparu.

Carson hocha la tête. La coulée de lave et les montagnes étaient truffées de grottes. Ils ne pourraient jamais repérer une source qui ne coulait pas à la lumière du jour, où elle permettait une vie végétale.

Ils continuèrent à trotter, le silence n'était rompu que par le cliquètement des anneaux de la selle et le couinement du cuir. Une fois encore, Carson leva le nez vers les étoiles. C'était une belle nuit. En d'autres circonstances, il aurait pris plaisir à cette balade nocturne. Il huma l'air de nouveau. Oui, il y aurait de la rosée tout à l'heure, c'était sûr. C'était signe de chance. Mentalement, il ajouta quinze kilomètres à la distance qu'ils pourraient parcourir sans eau.

Levine lut la dernière page, incomplète, que Carson avait voulu transmettre, puis s'empressa de la mettre en mémoire.

```
Le Mime, êtes-vous sûr de tout ça ? tapa-
t-il.
```

Vouais, *lui fut-il répondu*. Scopes a été très malin, je le reconnais en toute humilité. Il a découvert mon moyen d'accès et greffé un relais transparent sur le logiciel qui a déclenché une alarme quand Carson a voulu nous contacter.

Parlez clairement, le Mime !

Ce salopard a tendu une corde à travers mon chemin secret, Carson s'est pris les pieds dedans et est tombé par terre, tête virtuelle la première. Mais ! Sa télétransmission avortée est restée sur le Net. J'ai pu la récupérer.

Des risques que vous ayez été découvert ?

Découvert ? Moi ? VVR ?

Je ne comprends pas VVR.

Vous voulez rire ? Je suis trop bien caché. Toute tentative de me débusquer s'enliserait dans un dédale de commandes tous azimuts. Mais, apparemment, Scopes n'a pas cherché à me découvrir. Tout le contraire. Il a creusé des douves autour de GeneDyne.

Comment ça ?

Il a coupé purement et simplement toute transmission depuis le siège de GeneDyne. Impossible de contacter la boîte ni par téléphone, ni par fax, ni par ordinateur. *Idem* pour tous les autres sites.

Si cette transmission est vraie, « PurBlood » est contaminé par un gène terrible et Scopes fait partie des victimes. Vous croyez qu'il le sait ? Est-ce pour cela qu'il a bloqué les accès ?

Peu de chances, *répondit le Mime*. Quand je me suis rendu compte que Carson essayait de nous joindre, voyez-vous, je suis moi-même entré dans le cyberespace de GeneDyne. Très vite, je me suis aperçu de ce qui n'allait pas. J'ai compris que notre accès avait été découvert. Je ne pouvais me retirer sans être démasqué. Alors, j'ai collé mon oreille contre la porte pour écouter tous les bavardages non protégés sur le Net. J'ai appris des trucs très intéressants avant que Scopes ne leur coupe le sifflet.

À savoir ?

À savoir que Carson a bien ri le dernier. Du moins, je crois. Un quart d'heure après que Scopes a coupé la télétransmission, il y a eu un affreux crash du système et toutes les communications en provenance du mont du Dragon ont cessé. Une bouillie infâme.

Scopes a voulu isoler le mont du Dragon ?

Not at all, professeur. Le siège a tout essayé pour rétablir la liaison. Des installations telles que celles du mont du Dragon ont une pléthore de programmes de secours sur leur yin-yang. Ce qui s'est passé a été si dévastateur que tout a été mis K-O d'un coup. Quand Scopes s'est rendu compte qu'il ne pouvait plus joindre le mont du Dragon, il a quitté le Net de GeneDyne.

Mais je... dois absolument... entrer en communication avec Scopes, tapa Levine. Il est vital qu'il s'oppose à la commercialisation de « Pur-Blood ». Personne ne me croira, moi. Il est primordial que je le convainque.

Vous ne m'écoutez pas, prof ! Scopes a réellement coupé toutes les liaisons. On ne pourra se connecter au réseau GeneDyne que lorsqu'il aura décidé que l'état d'urgence est terminé. Impossible de pirater une zone vierge, professeur. Sauf...

Quoi ?

Sauf qu'il y a UNE voie de transmission qui part de GeneDyne Boston. J'ai découvert sa signalisation sur les bords des douves. C'est une voie montant depuis le serveur personnel de Scopes jusqu'à un satellite de communication Telint-2.

Une chance de pouvoir me mettre en contact avec Scopes via ce satellite ?

Aucune. C'est une ligne bidirectionnelle spécialisée. De plus, celui avec qui papote Scopes utilise une technique de cryptage hautement inhabituelle. Un chiffrement de bout en bout qui me paraît bien militaire. Quoi que ce soit, je ne peux rien contre, à moins d'avoir un Cray-2.

```
    Il y a du trafic sur la liaison ?
    Un petit bit par-ci, par-là. Quelques mil-
liers à intervalles irréguliers.
```

Levine regarda l'écran, intrigué. L'insolence était toujours perceptible dans le propos, mais la vantardise éhontée du Mime était anormalement en sourdine.

Il se carra dans sa chaise, songeur. Se pouvait-il que Scopes ait coupé tout le réseau à cause de « PurBlood » ? Que se passait-il exactement au mont du Dragon ? Qu'en était-il de ce virus dangereux sur lequel travaillait Carson ?

Il n'avait pas le choix : il devait parler à Scopes, l'avertir des dangers de « PurBlood ». Quoi qu'il puisse lui reprocher, Scopes n'était pas homme à mettre sciemment sur le marché un produit médical dangereux. Ce serait la fin de son empire. Sans compter, bien entendu, que si Scopes avait lui-même fait partie des sujets bêta il aurait immédiatement besoin d'un traitement médical.

```
    Il est impératif que j'entre en contact avec
Scopes, écrivit Levine. Comment puis-je faire ?
    Un seul moyen. Vous rendre dans les locaux
de GeneDyne Boston.
    Mais c'est impossible. Le service de sécurité
est écrasant.
    Je m'en doute ! Mais l'élément le plus faible
de tout système de sécurité, ce sont les gens.
Je m'attendais à votre demande, aussi, j'ai
déjà déblayé le terrain. Quand j'ai commencé
à pirater le Net de GeneDyne pour vous, il
y a quelques mois, j'ai téléchargé leur réseau
et leur système de sécurité. Si vous réussissez
à vous faufiler dans la tour, alors, vous
pourrez entrer en contact avec Scopes. Mais,
avant, j'aurai besoin de m'occuper d'un petit
détail.
```

Je ne suis pas un pirate, le Mime. Il va falloir que vous veniez avec moi.

Impossible.

Vous devez bien être en Amérique du Nord. Où que vous soyez, vous pouvez prendre l'avion et être à Boston dans quelques heures. Je vous paie le billet.

Non.

Pourquoi ?

Je ne peux pas.

Ce n'est plus un jeu, le Mime. La vie de milliers de gens en dépend.

Écoutez-moi, professeur. Je vais vous aider à pénétrer dans l'immeuble. Je vais vous expliquer comment me contacter une fois que vous serez à l'intérieur. Il y a de nombreux systèmes de sécurité qui devront être contrecarrés si vous voulez arriver jusqu'à Scopes. Oubliez l'espace réel. Vous allez devoir faire un voyage dans le cyberespace, prof. Je vais vous envoyer une série de programmes d'attaque que j'ai conçus spécialement pour GeneDyne. Ils vous permettront de rentrer sur le Net.

J'ai besoin de vous sur les lieux, le Mime ; pas d'un service d'aide longue distance. Je n'aurais jamais cru que vous étiez du genre lâche. Vous devez…

L'écran s'éteignit. Levine attendit impatiemment, se demandant à quel petit jeu jouait le Mime.

Soudain, une image se matérialisa sous ses yeux.

Levine regarda l'écran, interdit. L'image était si inattendue qu'il lui fallut plusieurs secondes pour se rendre compte qu'il était en train de regarder la description structurelle d'un agent chimique. Il lui fallut nettement moins de temps pour comprendre lequel.

— Mon Dieu, murmura-t-il. La thalidomide. Un enfant de la thalidomide.

Il comprit alors pourquoi le Mime ne pouvait pas venir à Boston. Et aussi – pour la première fois – pourquoi il piratait les réseaux informatiques des gros laboratoires pharmaceutiques avec une telle soif de vengeance. Pourquoi il l'aidait, en fait.

On frappa à la porte de la chambre.

Levine alla ouvrir et se trouva face à un garçon d'étage mal peigné en veste rouge deux fois trop petite pour lui. Le jeune homme lui tendit, au bout d'un cintre, un costume marron foncé protégé par du plastique.

— Votre uniforme, dit-il.

— Mais je n'ai pas... commença Levine.

Il s'interrompit, remercia le garçon d'étage et referma la porte. Il n'avait rien donné au pressing.

Le Mime, si.

Nye conclut, d'après l'enchevêtrement de traces aux abords de la coulée de lave, que Singer et ses hommes s'étaient arrêtés et avaient tourné en rond un moment, s'arrangeant, dans leur sottise, pour brouiller celles de Carson et de de Vaca. Puis les Hummer étaient montés sur la coulée en éraflant et en marquant le sol à qui mieux mieux. Ce jobard ne connaissait même pas la règle numéro un de tout pisteur : ne jamais brouiller les pistes.

Nye s'arrêta, attendit, et il entendit de nouveau la voix, plus claire cette fois, qui murmurait dans l'obscurité amie. Carson n'avait pas continué vers le sud. Une fois sur la coulée de lave, il avait obliqué vers l'est ou vers l'ouest, espérant se débarrasser de ses poursuivants. Puis, soit il avait fait demi-tour vers le nord, soit il était reparti vers le sud en angle droit.

À voix basse, Nye ordonna à Muerto de ne pas bouger. Il mit pied à terre et gravit la coulée, sa torche électrique en main. Il s'éloigna sur une centaine de mètres vers l'ouest, loin de l'embrouillamini laissé par les Hummer, puis se retourna et fit glisser le faisceau de sa torche par terre, en quête de marques de sabots sur la roche.

Rien. Il allait faire la même chose de l'autre côté.

C'est alors qu'il la vit : la couleur crayeuse de l'arête d'une roche éraflée par un coup de sabot. Pour être sûr, il continua ses recherches jusqu'à ce qu'il trouve une autre balafre blanchâtre sur la lave noire, puis une autre encore, ainsi qu'une pierre retournée. Les chevaux avaient trébuché ici et là, frappant les roches de leurs sabots ferrés, laissant des traces indiscutables de leur passage. Carson et de Vaca avaient tourné à quatre-vingt-dix degrés et se dirigeaient vers l'est.

Mais sur quelle distance ? Reprendraient-ils vers le sud ou bien iraient-ils vers le nord ? Nye n'avait vu d'eau dans le désert de Jornada que dans les *playas* temporaires laissées par les gros orages. À part l'averse, le jour où, pour la première fois, il avait soupçonné Carson de vouloir lui voler son secret, il n'avait pas plu depuis des mois.

Le sud paraissait être l'itinéraire désigné, étant donné que le trajet au nord serait beaucoup plus long et les ferait passer sur d'autres coulées de lave.

Nul doute que Carson penserait que ses poursuivants supposeraient cela.

« Le nord », dit la voix.

Nye s'immobilisa et écouta. Il connaissait cette voix. Insolente. Nasillarde. Avec des intonations cockney dont aucun séjour dans les écoles privées d'Angleterre, aussi long soit-il, n'aurait pu avoir raison. D'une certaine façon, cela lui semblait parfaitement naturel de l'entendre. Il se demanda vaguement à qui elle pouvait bien appartenir.

Il retourna auprès de Muerto. Il valait mieux être tout à fait sûr des intentions des deux fuyards. Ils avaient bien dû descendre de la coulée de lave à un moment. Et c'était là, Nye le savait, qu'il pourrait retrouver leur trace.

Il décida de chevaucher le long de l'arête nord de la coulée. S'il ne voyait rien, il passerait au côté sud.

Une demi-heure plus tard, il avait repéré les traces sur le sable, là où ce pauvre Carson s'était escrimé à effacer celles de leur passage. La voix avait donc raison : ils étaient repartis vers le nord, finalement. La régularité du balayage de Carson le faisait ressortir sur le sable. Nye suivit ces marques avec soin jusqu'à l'endroit où le sol s'enfonçait de nouveau sous les empreintes des chevaux, aussi visibles que des balises sur l'autoroute, allant tout droit vers l'étoile Polaire.

Ce serait plus facile qu'il ne l'avait cru. Il rattraperait Carson vers le lever du soleil. Avec sa Holland & Holland, il pourrait l'abattre à cinq cents mètres. Il serait mort avant même d'avoir entendu le coup de feu. Il n'y aurait pas de confrontation finale, pas de supplications désespérées. Rien qu'un coup de feu net et précis, et un deuxième pour l'autre garce. Alors, il serait enfin libre de trouver la chose qui était tout pour lui, dorénavant : l'or du mont du Dragon.

Il refit ses calculs. Il les avait faits tant de fois déjà ! La quantité d'or portable à dos de mulet oscillait entre quatre-vingt-dix et cent vingt kilos. En tout, plus de un million de dollars en lingots d'or – lingots qui seraient sans doute frappés d'un poinçon datant d'avant la Révolte de la Nouvelle-

Espagne, ce qui devait multiplier leur valeur au minimum par dix.

Il était libéré, maintenant, libéré de Scopes. Il n'y avait plus que Carson – Carson, le traître qui avançait dans la nuit, Carson, le voleur, le faux jeton qui se mettait en travers de sa route. Une balle lui réglerait son compte.

Vers 3 heures du matin, la fraîcheur de l'air s'était intensifiée. Carson et de Vaca arrivèrent au sommet d'une colline et descendirent dans ce qui semblait être une vaste cuvette herbeuse. Cela faisait près de deux heures qu'ils avaient continué vers le nord. Aucune lumière derrière eux. Les Hummer avaient disparu pour de bon.

Carson mit pied à terre et s'accroupit pour tâter les brins d'herbe. Graminées riches en protéines : excellent pour les chevaux.

— On va faire une halte de deux ou trois heures, dit-il. Pour faire brouter les chevaux.

— Tu ne penses pas qu'on devrait continuer tant qu'il fait nuit ? Ils peuvent envoyer des hélicoptères à nos trousses.

— Pas au-dessus de la zone militaire. De toute façon, on n'ira pas loin dans la journée si on ne trouve pas un endroit où se cacher. Mais il faut tirer parti de cette rosée. Tu serais surprise de voir la quantité d'eau que les chevaux peuvent ingurgiter en broutant l'herbe humide de rosée. On ne peut pas se permettre de laisser passer ça. Une heure ici, c'est au moins quinze kilomètres de gagnés.

— Ah, répondit de Vaca. Un vieux truc de Ute, sans doute.

Carson se tourna vers elle, que l'obscurité masquait.

— Ce n'était déjà pas drôle la première fois, dit-il. Ce n'est pas parce que j'ai un Ute parmi mes ancêtres que je suis un Indien pour autant.

— On dit un Amérindien, le taquina-t-elle.

— Arrête, Susana, même nos Indiens viennent d'Asie, personne n'est « amérindien ».

— Je me trompe, ou bien y a-t-il une touche d'agacement dans ta voix, *cabrón* ?

Carson l'ignora et prit la longe attachée à l'un des anneaux de la selle de Roscoe, en enroula une extrémité autour d'une jambe avant du cheval, fit un double nœud, tira sur la corde, en enroula l'autre extrémité autour de l'autre jambe avant et refit un double nœud. Il répéta l'opération sur le cheval de de Vaca. Puis il les dessangla et fit passer les sanglons dans les anneaux du mors.

— C'est un bon moyen de les entraver, dit de Vaca.

— Le meilleur.

— Pourquoi passer les *cinchas* comme ça ?

— Écoute.

Ils restèrent silencieux un moment et n'entendirent que le cliquètement des boucles des sanglons contre les anneaux du mors des chevaux, qui s'étaient tout de suite mis à brouter.

— D'habitude, j'amène toujours une clochette avec moi, dit Carson. Mais ce système marche aussi bien. Dans la nuit, on l'entend à trois cents mètres à la ronde. Sans ça, les chevaux disparaîtraient dans le noir et on ne pourrait jamais les retrouver.

Il s'assit sur le sable, s'attendant que de Vaca lui balance une autre pique à propos de ses lointaines origines utes.

— Je dois admettre, *cabrón*, dit-elle, sa voix trouant la nuit sans plus aucune trace d'ironie, que tu m'épates.

— Comment ça ?

— Eh bien, pour commencer, il faut avoir du cran pour se lancer dans la traversée du Jornada.

Carson cligna des paupières, pris de court par le compliment tout en se demandant si elle n'était pas un brin sarcastique.

— On a encore beaucoup de chemin à faire, dit-il. On n'en a fait qu'un cinquième.

— C'est vrai, mais je peux déjà te dire que sans toi je n'avais aucune chance.

Carson ne fit pas de commentaire. Il n'oubliait pas qu'ils avaient moins de cinquante pour cent de chances de trouver de l'eau. Autrement dit, moins d'une chance sur deux de survivre.

— Il était grand, le ranch de ton père ?

— Ouais. Mon père se prenait pour le roi de la magouille, toujours à acheter des ranchs pour les revendre, et puis en racheter. À perte, en général. La banque a fait saisir quatorze terres qui étaient dans ma famille depuis un siècle. Plus des droits de pâture sur deux cents autres. C'était très étendu, mais des terres brûlées, pour la plupart. Les troupeaux et les chevaux n'avaient même pas de quoi survivre.

Il s'allongea sur le dos.

— Je me revois, tout gosse, en train de réparer les clôtures, reprit-il. Il y avait presque cent kilomètres de clôture extérieure, et trois cents de clôture intérieure. Il nous fallait tout l'été, à mon frère et à moi, pour en faire le tour et les réparer au fur et à mesure. Ce qu'on a pu se marrer, bon sang ! On avait chacun un cheval, plus un mulet pour porter les fils de fer barbelés, tout le matériel, et nos sacs de couchage, et les vivres. Ce mulet était un sacré fils de pute ! Il s'appelait Bobb. Avec deux « b ».

De Vaca se mit à rire.

— On dormait à la belle étoile, poursuivit Carson. Le soir, on entravait les chevaux et on trouvait un endroit plat pour étaler nos sacs de couchage et allumer un feu. En partant du ranch, on prenait toujours un gros steak congelé dans nos sacoches. S'il était assez gros, il était tout juste dégelé à l'heure du dîner. Les jours suivants, c'était haricots et riz. Après dîner, on se couchait sur le dos, le nez dans les étoiles, on buvait du café pendant que le feu s'éteignait doucement...

Carson s'interrompit. Ces souvenirs ressemblaient à un rêve vieux de mille ans. Et, pourtant, les étoiles qu'il regardait enfant étaient celles-là mêmes qui scintillaient ce soir dans le ciel.

— Ça a dû être un coup dur, pour toi, de perdre ce ranch, murmura de Vaca.

— C'est peut-être le truc le plus dur qui me soit arrivé. Cette terre, c'était un peu de mon corps, de mon âme.

Carson avait soif. Il tâtonna sur le sable à côté de lui et trouva un petit caillou. Il le frotta contre son jean et le mit dans sa bouche.

— Félicitations pour la façon dont tu t'y es pris pour semer Nye et les autres *pendejos* en Hummer.

— Ce sont des imbéciles. Notre vrai ennemi, c'est le désert.

Le compliment anodin de de Vaca lui donna à réfléchir. Il leur avait été facile de semer leurs poursuivants. Trop facile. Ils n'avaient pas coupé leurs phares ; ils ne s'étaient même pas donné la peine de se séparer pour chercher leurs traces sur la coulée de lave. Ils avaient tous filé plein sud comme des *lemmings*. Carson était surpris que Nye ait pu être aussi naïf.

Non. Nye ne pouvait pas être aussi naïf.

Pour la première fois, Carson se demanda si Nye était parti avec les Hummer. Plus il y pensait, moins cela lui semblait probable. Était-il resté au mont du Dragon pour régler la situation ?

Carson se rendit compte, avec un frisson glacé, que Nye devait forcément être parti à leur poursuite. Mais pas au volant d'un gros Hummer peu maniable.

Merde. Il aurait dû prendre le cheval pie ; ou, au moins, lui enfoncer profondément un clou dans un sabot.

Se maudissant pour son manque de discernement, il regarda l'heure à sa montre : 3 h 45.

Nye examinait les traces de sabots qui continuaient vers le nord. Sous le puissant éclairage de sa torche halogène, il distinguait les microscopiques grains de sable écrasés en masse compacte sur les bords des empreintes. Elles étaient récentes, friables ; aucun souffle de vent ne les avait encore malmenées. Elles ne dataient pas de plus d'une heure. Carson et de Vaca avançaient au petit trot, ils n'essayaient plus de se faire discrets. Ils devaient avoir une dizaine de kilomètres d'avance. Au lever du soleil, ils trouveraient un abri pour se reposer durant la grosse chaleur de la journée.

C'est alors qu'il leur tomberait sur le poil.

Il remonta en selle et fit passer Muerto au trot rapide. Le meilleur moment, ce serait juste à l'aube, avant qu'ils aient le temps de se rendre compte qu'ils étaient suivis. *Reste en arrière, attends qu'il fasse assez jour pour être sûr de ton coup quand tu tireras*. Muerto résistait bien ; sa robe était à peine mouillée de sueur. Nye pouvait continuer à cette allure pendant encore quatre-vingts kilomètres. Et il avait plusieurs dizaines de litres d'eau.

Soudain, il éteignit sa torche et arrêta son cheval. Il venait d'entendre quelque chose. Une brise légère, soufflant du sud, emporta le bruit avec elle. Nye caressa Muerto et attendit. Cinq minutes s'écoulèrent. Dix. La brise changea de cap, et alors lui parvinrent les échos d'une discussion, puis un faible tintement qu'il associa à celui d'un anneau de selle.

Ils s'étaient déjà arrêtés. Ces idiots s'imaginaient qu'ils avaient semé leurs poursuivants. Nye attendit, le souffle court. La voix – l'autre voix – ne disait rien.

Il sauta à terre et mena son cheval au pied d'une crête, derrière lui, où il serait caché et pourrait brouter en paix. Puis, sans faire de bruit, il s'approcha au bord du surplomb. Il entendit, plus distincts, des murmures montant de la cuvette obscure.

Il était couché à plat ventre à trois cents mètres d'eux, estimait-il. Peut-être faisaient-ils des plans sur la comète sur la façon dont ils dépenseraient l'or. Son or. S'il avait été plus tôt, cela l'aurait amusé de signaler sa présence. Ils seraient tout de suite partis en courant, bien sûr, sans aucune chance de retrouver leurs chevaux. Les descendre aurait consisté alors en une bonne – mais brève – chasse à courre. Et, tirer sur quelqu'un dans le désert, c'était presque aussi bien que chasser le bouquetin dans les Hedjaz. Sauf que le bouquetin court à soixante kilomètres à l'heure, et l'homme à vingt.

Traquer ce salaud de Teece s'était révélé un excellent entraînement. La tempête de sable avait fourni une complication intéressante qui lui avait permis – en laissant Muerto sur le parcours du Hummer afin de pousser Teece à en descendre – de se cacher facilement. Cette demi-portion s'était révélée drôlement résistante, se repliant dans la tempête, puis courant, luttant jusqu'au bout. Peut-être avait-il flairé une embuscade ? Quoi qu'il en soit, à la fin, il avait refusé à Nye le plaisir de laisser la peur de la mort luire dans son regard et d'implorer sa pitié d'une voix tremblante. Depuis, cette tapette était couchée à six pieds sous terre, hors de portée des becs des vautours et des pattes des coyotes. Il avait emporté ses sales petits secrets dans sa tombe.

Mais tout ça s'était passé il y avait une éternité. Bien avant que Carson s'échappe en volant son secret à lui. Le seul et unique flambeau de sa loyauté envers GeneDyne, le symbole de son dévouement aveugle à Scopes avait été ravagé par l'incendie. À présent, rien ne le détournait plus de son but.

Il consulta sa montre. Plus qu'une heure avant les premières lueurs de l'aube.

GeneDyne Boston, siège de GeneDyne International, était un Léviathan postmoderne qui se dressait au-dessus du front de mer. Bien que le Boston Aquarium se plaigne amèrement que ce géant lui fasse de l'ombre pendant toute la journée ou presque, cette tour de soixante étages en granit noir et marbre d'Italie était considérée comme l'une des plus belles réussites architecturales de la ville. L'été, son hall d'entrée était bondé de touristes qui se faisaient photographier sous le *Mezzo-*

forte de Calder, le plus grand mobile au monde. Tous les jours, sauf par grand froid, les badauds s'alignaient devant la tour, appareils photo en main, pour admirer la féerie des eaux dispensée par cinq fontaines.

Mais la plus grande attraction de GeneDyne Boston, c'étaient les écrans de réalité virtuelle qui habillaient les murs du grand hall. De trois mètres cinquante de haut et dotés d'une image à très haute définition, ils présentaient les divers sites GeneDyne à travers le monde : Londres, Bruxelles, Nairobi, Budapest. Ils diffusaient un paysage d'un réalisme à couper le souffle. Étant donné que le système était géré par ordinateur, il n'y avait pas de parasites ; les arbres étaient bercés par une brise légère devant les laboratoires GeneDyne Bruxelles, et des bus rouges à impériale roulaient devant GeneDyne Londres. Des nuages filaient sur des cieux qui s'éclaircissaient et s'assombrissaient au fil de la journée. Ces installations étaient l'exemple le plus visible de la passion de Scopes pour les nouvelles technologies. Quand les paysages étaient changés, le 15 de chaque mois, le journal télévisé local ne manquait jamais de faire un sujet sur ces nouvelles images.

De sa place de parking, derrière la tour, Levine leva la tête, regardant d'un air sceptique l'endroit où la façade lisse s'affinait soudain vers le sommet. Les derniers étages, il le savait, étaient l'antre de Scopes. Aucune caméra, aucun appareil photo n'avait plus pénétré dans ce domaine réservé depuis la parution d'une photo dans *Vanity Fair* cinq ans plus tôt. Quelque part, au soixantième étage, par-delà les postes de sécurité et les serrures contrôlées par ordinateur, se trouvait la célèbre pièce octogonale de Scopes.

Levine baissa la tête, se carra dans le siège de sa camionnette et reprit la lecture d'un gros manuel broché intitulé *Téléphonie digitale*.

Fidèle à sa parole, le Mime préparait Levine depuis deux heures, battant le rappel de ses contacts dans les milieux byzantins du piratage informatique, puisant dans de lointains blocs d'informations, tissant de mystérieuses toiles de données. Un par un, des inconnus s'étaient présentés à la porte de sa chambre d'hôtel. Des petits jeunes, pour la plupart ; les pupilles de l'« underground » de l'informatique. L'un d'eux lui avait apporté un badge d'identification au nom de Joseph O'Roarke, de la Compagnie de téléphone de la Nouvelle-Angleterre. Levine se reconnut sur la photo : elle était parue dans *Business Week* deux ans plus tôt. Le badge se fixait à la poche de poitrine de l'uniforme apporté par le garçon d'étage un peu plus tôt.

Un gamin au sourire insolent lui avait livré une espèce de boîtier électronique du genre de celui qui lui servait à ouvrir son garage. Un autre lui avait apporté plusieurs manuels techniques – bibles illégales qui circulaient sous le manteau au sein de la communauté des spécialistes ès piratages des lignes téléphoniques. Et, pour finir, un type un peu plus âgé que les autres lui avait apporté les clés de la camionnette d'une compagnie de téléphone qui l'attendait au parking de l'Holiday Inn. Levine devait les laisser sous le tableau de bord. Le jeune homme lui avait dit qu'il devait récupérer la camionnette autour de 3 heures du matin. Sans préciser pourquoi.

Le Mime était resté en contact fréquent avec Levine via le modem, à lui transmettre les plans de la tour, à le briefer sur les dispositifs de sécurité qu'il devrait franchir et sur la couverture qu'il devrait prendre pour pénétrer à l'intérieur de la tour GeneDyne. Pour finir, il avait chargé sur le portable de Levine un programme d'aide détaillé.

Maintenant, le portable posé à côté de lui, éteint, et le Mime en un lieu lointain et non localisable, Levine était désormais seul en piste.

Il reposa le manuel, ferma les yeux et murmura une courte prière dans l'obscurité confinée et silencieuse de l'habitacle. Puis il prit son portable, descendit de la camionnette, en referma la portière avec bruit et s'éloigna sans se retourner. L'air vif du port était chargé d'un vague relent de diesel. Levine s'efforça d'adopter la démarche décontractée de tous les réparateurs du monde. Le téléphone orange d'essai de ligne cognait contre sa hanche. Levine repassa dans sa tête les diverses directions que pourrait prendre la conversation qui allait avoir lieu. Il déglutit avec peine. Il y avait tant de possibilités, et il était si peu préparé !

Arrivé devant une porte anonyme située à l'arrière de la tour, il appuya sur le bouton d'un Interphone. Il y eut un long moment de silence durant lequel Levine lutta contre une envie irrépressible de faire demi-tour. Puis un grésillement se fit entendre.

— Oui ? dit une voix.

— Compagnie du téléphone, précisa Levine sur un ton qu'il espérait neutre.

— À quel sujet ?

L'homme ne paraissait pas particulièrement impressionné.

— Nos ordinateurs ont montré que les lignes T-1 étaient coupées, dit Levine. Je viens pour vérification.

— Toutes les lignes avec l'extérieur sont coupées, ajouta l'homme. C'est provisoire.

Levine hésita.

— Vous ne pouvez pas couper des lignes louées sans l'accord de notre compagnie, dit-il. C'est contraire au règlement.

— C'est convenu.

Merde.

— C'est quoi, ton nom, mec ? demanda Levine.

— Weiskamp.

— Bon, écoute-moi, Weiskamp. Le règlement exige que les liaisons en cours ne soient pas coupées. Je n'ai pas envie de m'enquiquiner à retourner à la boîte pour remplir un tas de paperasses à ce sujet. Et je suis sûr que ton boss et toi, vous n'avez pas envie de donner de longues explications à la compagnie. Donc, je vais poser une charge provisoire sur les lignes. Une fois que vous rebrancherez le système, les sites se rouvriront automatiquement.

Levine espérait qu'il était plus convaincant que la voix désincarnée qui résonnait dans l'Interphone.

Pas de réponse.

— Sinon, on va être obligés d'enlever manuellement les circuits au niveau de la boîte de dérivation extérieure, dit-il. Et vous n'aurez que couic quand vous voudrez rouvrir les lignes.

Un son évoquant un soupir résonna dans le haut-parleur de l'Interphone.

— Identifiez-vous.

Levine regarda autour de lui, repéra l'objectif d'une caméra pointant distraitement au coin de l'encadrement de la porte et leva son badge dans sa direction. Tout en attendant, il se demanda pourquoi il avait donné le nom de O'Roarke. Il pria le ciel qu'un enseignant juif de Brooklyn sache imiter l'accent traînard d'un Bostonien d'origine irlandaise.

Un cliquètement sonore retentit, suivi du bruit de quelque chose de lourd qui roulait en arrière. La porte tourna sur ses gonds, et Levine se trouva face à un homme grand, aux cheveux blonds et longs dont les boucles retombaient sur le col gris et bleu de son uniforme GeneDyne.

— Par ici, dit l'homme, qui fit signe à Levine d'entrer.

Tenant avec précaution son portable, Levine suivit l'homme dans un escalier métallique qui s'enfonçait vers le sous-sol. D'en dessous montait le bourdonnement sourd d'un groupe électrogène. Les murs de béton suintaient d'humidité.

Le garde ouvrit une porte sur laquelle figurait l'écriteau : ACCÈS INTERDIT AUX PERSONNES ÉTRANGÈRES AU SERVICE, puis il s'effaça pour le laisser passer. Levine entra dans une pièce emplie du sol au plafond de ce qu'il supposa être des commutateurs numériques et des relais de circuits. Il savait que le cerveau de GeneDyne – le supercalculateur qui nourrissait le gigantesque réseau global – se trouvait ailleurs, mais cette pièce contenait les entrailles du système, les câbles qui permettaient aux occupants de la tour de se connecter à un vaste système nerveux électronique.

Au fond, il aperçut la console de relais. Un autre garde y était assis, le regard fixé sur un écran de contrôle. Il tourna la tête à l'arrivée de Levine.

— Qui est-ce ? demanda-t-il à son collègue, la mine renfrognée.

— À ton avis ? rétorqua Weiskamp. La fée Clochette ? Il est venu pour le téléphone.

— Je dois installer une terminaison provisoire, dit Levine, posant son portable sur le terminal et balayant du regard la profusion de commandes, en quête de la fiche qui, selon le Mime, devait forcément s'y trouver.

— Qu'est-ce que c'est que cette histoire ? dit le garde.

— Disons que vous n'avez pas coupé les lignes, rétorqua Levine.

Le garde marmonna dans sa barbe, menaçant de lui « couper autre chose », mais il ne tenta pas de l'arrêter. Levine continua à examiner le tableau de commandes, une petite alarme déclenchée dans sa tête : ce deuxième garde allait poser problème.

Ah, voilà : le port d'accès du réseau. Le Mime lui avait dit que la tour GeneDyne était si totalement mise sur réseau que même les bacs de douche des salles de bains disposaient de fiches murales à l'intention des cadres dynamiques. Vivement, Levine ouvrit son portable et le connecta au port d'accès.

— Qu'est-ce que vous faites ? lui demanda, d'un air soupçonneux, le garde assis à la console.

— Je passe le programme de terminaison.

— Vous êtes le premier que je vois utiliser un ordinateur, dit le garde.

— On n'arrête pas le progrès, répondit Levine avec un haussement d'épaules. Maintenant, il suffit d'envoyer un signal de terminaison sur la ligne jusqu'à l'unité de contrôle. Complètement automatique !

Le logo d'une compagnie de téléphone apparut sur l'écran du portable, suivi d'un défilement de données. Malgré son trac, Levine dut se retenir pour ne pas sourire. Le Mime avait pensé à tout.

Pendant que l'écran affichait allègrement des inepties tarabiscotées destinées à endormir la méfiance des gardes, un programme spécialement conçu par le Mime s'insérait dans le réseau GeneDyne.

— Je pense qu'il vaudrait mieux prévenir Endicott, dit le plus réticent des deux gardes.

Dans la tête de Levine, l'alarme se mit à sonner plus fort.

— Oh, la ferme ! fit Weiskamp, agacé. On n'entend que toi !

— Tu connais la musique, mec. Endicott doit donner le feu vert pour toute opération de maintenance d'un service extérieur.

Le portable sonna, et le logo de la compagnie de téléphone reparut sur l'écran. Levine s'empressa de le débrancher du port d'accès.

— Tu vois, dit Weiskamp. C'est fait.

— Bon, j'y vais, dit Levine, au moment où le garde récalcitrant tendait la main vers un Interphone. La compta vous enverra une facture détaillée une fois que vous serez de nouveau en ligne.

Levine regagna le hall. Weiskamp ne l'avait pas suivi. Tant mieux ; un rôle qu'il n'aurait pas à jouer.

Mais l'autre garde, le méfiant, était sans doute en train d'en référer à Endicott. Et c'était mauvais. Si cet Endicott en question décidait d'appeler la compagnie de téléphone pour vérifier qu'elle avait bien envoyé un certain O'Roarke...

En haut des marches, Levine tourna à droite et s'engagea dans un petit couloir. Il trouva la rangée des ascenseurs de service juste en face, ainsi que le Mime le lui avait assuré.

Il monta jusqu'au premier étage. La porte s'ouvrit d'un coup sur un autre monde. Disparus la grisaille du béton et les tubes au néon. À leur place, une épaisse moquette indigo partait des ascenseurs et recouvrait un élégant couloir ; des violettes encastrées dans le plafond y jetaient de petits cercles d'une douce lumière. Levine remarqua de larges carrés noirs espacés sur les murs à intervalles réguliers. Intrigué, il y regarda de plus près et se rendit compte qu'il s'agissait d'écrans plats, éteints pour le moment. Au cours de la journée, ils présentaient sans doute des images numériques d'œuvres d'art, ou le plan de l'étage, ou encore les cotations boursières – ou tout ce que l'on pouvait imaginer.

Levine sortit de l'ascenseur, longea un couloir désert, tourna au bout et se trouva, cette fois, face aux ascenseurs publics. Il appuya sur le bouton d'appel pour monter. Une sonnerie tinta, et la porte d'un des ascenseurs s'ouvrit sans bruit. Levine regarda autour de lui une dernière fois et s'engouffra à l'intérieur. Le sol de la cabine était recouvert de la même luxueuse moquette indigo. Les parois latérales étaient d'un bois clair et dense – du tek, crut reconnaître Levine ; celle du fond, en verre, offrait une vue spectaculaire sur le port de Boston de nuit. D'innombrables lumières scintillaient à ses pieds.

Étage, s'il vous plaît, murmura l'ascenseur.

Il devait faire vite, maintenant. Localisant le plot de connexion du réseau sous le téléphone d'appel en cas d'urgence, il y brancha son portable et tapa une commande brève : Rideau.

Il attendit que le programme du Mime interrompe l'alimentation vidéo de la caméra de surveillance, enregistre dix secondes d'images dans l'ascenseur voisin et les passe en boucle. À partir de cet instant, la caméra de surveillance montrerait un ascenseur vide : commode vu qu'il allait être mis hors service.

Étage, s'il vous plaît, répéta l'ascenseur.

Levine tapa une autre commande : estropié.

Les lumières de l'ascenseur baissèrent d'intensité, puis revinrent à la normale. Les portes se fermèrent. Levine regarda les numéros des étages s'afficher au-dessus de la porte. Après le septième étage, la cabine stoppa en douceur.

Votre attention, je vous prie, dit la voix douce. *Cet ascenseur est en panne.*

Levine décrocha le téléphone portable orange de sa ceinture, s'assit en tailleur en s'adossant contre la porte de l'ascenseur, son ordinateur en équilibre sur les genoux. Il plongea la main dans une de ses poches et en sortit le boîtier que le jeune pirate lui avait donné plus tôt dans la soirée. Il le fixa à l'ordinateur. D'une extrémité de l'appareil, il tira une courte antenne télescopique. Puis il tapa une autre commande.

L'écran s'éclaircit et la réponse apparut presque instantanément.

```
    Salut, patron ! J'en conclus que tout s'est
bien passé et que vous êtes en sécurité dans
l'ascenseur, entre le septième et le huitième
étage.
    Je suis bien entre les étages sept et huit,
tapa Levine. Mais je ne suis pas sûr que tout
se soit bien passé. Un dénommé Endicott a
peut-être été prévenu de ma présence.
    J'ai déjà vu ce nom. Je crois que c'est
le responsable de la sécurité. Une seconde.
```

À nouveau, l'écran se vida.

J'ai fait un rapide tour d'horizon des activités sur le Net à l'intérieur de la tour GeneDyne, *reprit le Mime au bout de quelques minutes*. Tout semble tranquille dans le camp adverse. Prêt ?

Contre toute raison, Levine répondit :

Oui.
Très bien. Souvenez-vous de ce que je vous ai dit, prof. Scopes, et Scopes seul, contrôle la sécurité informatique des étages supérieurs de la tour. Cela veut dire que vous allez devoir vous faufiler à l'intérieur de son cyberespace personnel. Je vous ai dit ce que j'en savais. Ça ne ressemble à rien de ce que vous pouvez imaginer. On ne connaît pas trop le cyberespace de Scopes, sinon les quelques images de travail qu'il a montrées il y a des années au Centre de hautes études neurocybernétiques. À l'époque, il parlait d'une nouvelle technologie qu'il mettait au point appelée « Ciferespace ». C'est une sorte d'espace à trois dimensions, son port d'attache privé d'où il peut surfer sur le Net à son gré. Depuis, *nada*. Je suppose que la chose est si audacieuse qu'il a voulu la garder pour lui. Je soupçonne, d'après les compilateurs, que le programme a jusqu'à quinze millions de lignes de code. C'est le nec plus ultra de la programmation, prof. J'ai localisé le serveur de son Ciferespace et je peux vous fournir un outil de navigation qui vous permettra d'y avoir accès. Mais pas plus. Vous devez être physiquement à l'intérieur de la tour pour vous brancher.
Mais ne puis-je pas vous emmener avec moi en utilisant cette liaison à distance ?
Négatif, *lui répondit le Mime*. L'unité infrarouge omnidirectionnelle attachée à votre portable ne nous permet de communiquer que via

le Net standard, et uniquement à partir d'un point d'accès itinérant. L'émetteur-récepteur interne de GeneDyne est situé au septième étage, à un jet de pierre de votre ascenseur. C'est pour ça que je vous ai coincé ici.

Y a-t-il autre chose que vous puissiez me dire ?

Oui : je peux vous dire qu'à côté des ressources informatiques de ce Scopes les essais de lancement de missiles air-sol sont de la gnognote. Elles contiennent des téra-octets entiers de mémorisation de données. Seuls des documents vidéo peuvent en bouffer autant. Ce sera peut-être bien plus réel que vous ne l'imaginez.

Peu de chances, sur l'écran de vingt centimètres d'un portable, *répondit Levine*.

Vous dormiez pendant mes cours, m'sieur le prof ? Scopes travaille sur des canevas bien plus vastes, dans son QG. Ou ne l'auriez-vous pas remarqué ?

Levine fixa son écran, interdit. Puis il comprit ce que le Mime voulait dire.

Il leva les yeux de son portable. L'ascenseur offrait une vue à couper le souffle, mais il y avait quelque chose d'étrange que, dans sa précipitation, il n'avait pas remarqué. Les étoiles, à l'est, scintillaient au-dessus du paysage tranquille. Le port s'étalait sous ses yeux en une myriade de minuscules points lumineux dans la tiédeur de la nuit du Massachusetts.

Et, pourtant, il n'était qu'au septième étage. Il n'aurait pu voir ce panorama que de beaucoup plus haut.

Ce n'était pas une paroi vitrée qu'il avait devant lui, mais un visuel à écran plat montrant l'image virtuelle d'une vue imaginaire depuis la tour GeneDyne.

J'ai compris, *tapa-t-il*.

Félicitations. J'ai signalé votre ascenseur comme étant hors service. Ce qui devrait vous mettre à l'abri d'éventuels curieux. Cela dit, à votre place, je ne m'attarderais pas plus que nécessaire. Je vais rester sur le Net aussi longtemps que possible pour réactualiser régulièrement la panne afin d'éviter tout soupçon. C'est la seule protection que je puisse vous garantir, j'en ai peur.

Merci, le Mime.

Encore un mot. Vous disiez que tout ça n'était pas un jeu. Je vous demande de ne pas l'oublier. GeneDyne voit les intrus d'un sale œil, que ce soit à l'intérieur ou à l'extérieur de son cyberespace. Vous embarquez pour un voyage très dangereux. Si l'on vous découvre, je serai obligé de filer. Je ne pourrai rien faire pour vous et je n'ai pas l'intention d'être un martyr pour la deuxième fois. C'est que, voyez-vous, s'ils m'identifiaient, ils me prendraient tous mes ordinateurs. Et, si cela arrivait, ce serait ma mort.

Je comprends.

Il y eut un moment de blanc.

Il est possible que ce soit la dernière fois que nous nous parlions, professeur. Je tiens à vous dire que j'ai apprécié notre collaboration.

Moi de même.

MTRRUTMY ; MTWARAYB ; AMYBIHEAHBTDKYAD.

Pardon ?

Rien. Juste un vieux dicton irlandais un peu sentimental, professeur Levine. Au revoir.

L'écran devint noir. Levine n'avait pas eu le temps de déchiffrer l'acronyme d'adieu du Mime. Il prit une profonde inspiration pour se donner du courage et, dans la foulée, tapa une autre commande.

— Qu'est-ce qu'il y a ? s'écria de Vaca, comme Carson se dressait sur son séant.
— J'ai senti une odeur, chuchota-t-il. Celle d'un cheval, je dirais.

Il humecta le bout de son index et le brandit.
— Un des nôtres ?
— Non. Le vent vient d'une autre direction. Je suis sûr d'avoir senti l'odeur de sueur d'un cheval. Derrière nous.

Ils se turent. Carson sentit son estomac se nouer. Nye. Et il n'était pas loin !
— Tu en es sûr ?

Carson lui plaqua une main sur la bouche.
— Écoute, lui chuchota-t-il dans le creux de l'oreille. Nye est posté quelque part, pas loin. Il n'est pas parti avec les Hummer. Au lever du jour, on est morts. Il faut qu'on parte. Et en silence. Tu comprends ?
— Oui, répondit de Vaca, tendue.
— On va se diriger à l'oreille vers nos chevaux. Mais il va nous falloir avancer au jugé. Il ne suffira pas de mettre un pied devant l'autre ; avant de le poser, il faudra s'assurer que le sol est nu. Si on marche sur de l'herbe sèche ou une broussaille, il l'entendra. On va devoir désentraver les chevaux sans faire le moindre bruit. Et il ne faut pas les monter tout de suite, mais les éloigner en marchant. Il vaut mieux qu'on reparte vers l'est, vers la coulée de lave. C'est notre seule chance de lui échapper. Prends à quatre-vingt-dix degrés à droite de l'étoile Polaire.

De Vaca acquiesça vigoureusement.

— J'irai dans la même direction, reprit-il à voix basse, mais n'essaie pas de me suivre. Il fait trop noir. Va le plus possible en ligne droite. Et baisse-toi une fois en selle, car il pourrait voir ton ombre, avec les étoiles. On se retrouvera au lever du soleil...

— Mais... s'il nous entend ?

— S'il nous poursuit, tu gagnes la coulée de lave au triple galop. Une fois là, tu descends de cheval, tu lui files une grande claque sur la croupe et tu cours te cacher le mieux que tu peux. Il y a toujours une chance pour qu'il suive le cheval... Je ne peux pas faire mieux, je suis désolé.

Ils restèrent silencieux. Carson se rendit compte que de Vaca tremblait légèrement. Il la lâcha. Il chercha sa main, la trouva dans le noir et la serra très fort.

Ils avancèrent à pas lents en s'orientant au cliquètement des anneaux de selle. Carson savait que leurs chances de survie, déjà faibles, se réduisaient maintenant à un fil. C'était déjà assez difficile comme ça sans Nye. Mais il les avait retrouvés. Et très vite. À aucun moment il ne s'était laissé berner par leur détour sur la coulée de lave. Il avait un meilleur cheval que les leurs. Et sa foutue carabine.

Carson se rendit compte qu'il avait grandement sous-estimé Nye.

Tandis qu'il marchait accroupi sur le sable, la vision de son grand-oncle Charley, le métis ute, s'imposa à son esprit. Il se demanda quel caprice synaptique lui faisait penser à lui en cet instant.

La plupart des histoires que lui racontait le vieil homme parlaient d'un ancêtre ute nommé Gato qui avait mené plusieurs attaques de troupeaux contre les Navajos et la cavalerie américaine. Charley adorait raconter ses hauts faits. Il avait plein de récits sur ses exploits de pisteur et sur le don qu'il avait avec les chevaux. Et ses différents trucs pour semer ses poursuivants – le plus souvent de la gent officielle. Charley prenait un vif plaisir à lui raconter toutes ces aventures, assis dans son rocking-chair au coin du feu.

Dans le noir, Carson trouva Roscoe et commença à dénouer le licol de ses antérieurs tout en lui murmurant des paroles rassurantes pour éviter qu'il ne s'effarouche et ne hennisse. Le cheval cessa de brouter et dressa les oreilles. Carson lui caressa doucement l'encolure, ôta son entrave et, prudemment, fit glisser les sanglons hors de l'anneau du mors. Puis, avec un soin infini, il enroula les rênes autour du pommeau de la selle. Il s'immobilisa, aux aguets : il régnait dans la nuit un silence absolu.

Tenant Roscoe par la bride, Carson s'éloigna vers l'ouest.

Une de ses jambes s'était engourdie. Nye, avec moult précautions, changea de posture et coinça sa carabine sous le bras. Les toutes premières lueurs de l'aube commençaient à peine à poindre au-dessus des montagnes Fra Cristóbal. Encore dix minutes. Moins, peut-être. Il scruta l'obscurité environnante pour s'assurer une fois de plus qu'il était bien caché. Il se retourna et vit la silhouette de son cheval, toujours immobile, aux ordres. Il sourit. Seuls les Anglais savaient dresser les chevaux. Le folklore du cow-boy américain, c'était du vent. Ils n'y connaissaient rien.

Il tourna la tête vers la cuvette étendue et peu profonde. D'ici à quelques minutes, la lumière du jour lui montrerait ce qu'il voulait voir.

Avec un soin extrême, il ôta le cran de sûreté de sa Holland & Holland. Une cible immobile, endormie peut-être, à trois cents mètres de distance. Il sourit à cette idée.

Le ciel s'éclaircit au-dessus des montagnes, et Nye fouilla la cuvette du regard en quête de la forme d'un cheval ou d'un être humain. Il distingua quelques yuccas isolés qui, dans la pénombre, ressemblaient à s'y méprendre à des gens. Mais rien d'assez gros pour être un cheval.

Il attendit, écoutant le battement lent et puissant de son cœur. Il fut heureux de constater que sa respiration était régulière, que ses paumes n'étaient pas moites contre la crosse de la carabine.

Alors, peu à peu, il prit conscience qu'en contrebas il n'y avait personne.

Et la voix, à nouveau, se fit entendre : un ricanement bas, cynique. Il se retourna et vit comme une ombre dans le petit jour.

— Mais qui vous êtes, bordel ? murmura-t-il.

Le ricanement gagna en intensité jusqu'à se muer en un rire sonore qui se répercuta aux quatre vents. Nye songea que ce rire ressemblait étonnamment au sien.

En un instant, Boston fut plongé dans le noir.

La vue époustouflante qu'offrait l'ascenseur disparut. Le paysage lui avait semblé si réel que, durant une seconde terrifiante, Levine crut bien qu'il était devenu aveugle. Puis il se rendit compte qu'il voyait toujours les loupiotes de la cabine et que ce n'était que l'écran plat devant lui qui s'était éteint. Il tendit la main pour en toucher la surface. Elle était dure et opaque, semblable aux panneaux qu'il avait vus dans le couloir de la tour.

Puis, tout à coup, la cabine de l'ascenseur fut deux fois plus profonde. Plusieurs hommes d'affaires, attaché-case en main, le regardaient de haut. Levine faillit faire tomber son ordinateur et bondir sur ses pieds avant de se rendre compte qu'une fois encore ce n'était qu'une image sur l'écran : une image qui donnait l'impression que l'ascenseur était peuplé de membres imaginaires du personnel de GeneDyne. Levine ne put s'empêcher d'admirer la définition parfaite de l'image.

Celle-ci disparut, cédant la place à des ténèbres béantes. La Lune grise tournait paresseusement dans l'éther, révélant sans honte les cratères qui crevaient sa surface. Loin derrière, Levine apercevait la Terre, bille bleutée en suspension dans le noir de l'Univers. La sensation d'infini était incroyable ; Levine dut fermer les yeux une bonne minute pour dominer son vertige.

Il comprit ce qu'il se passait. Le programme de liaison du Mime avait dû pénétrer dans le serveur privé de Scopes et bousculer la routine du logiciel qui gérait les projections dans l'ascenseur. Provisoirement livrées à elles-mêmes, les diverses images disponibles défilaient, tel un diaporama fantastique et somptueux. Levine se demanda quelles autres vues Scopes avait programmées pour la joie ou la consternation des usagers de ses ascenseurs.

Une autre image apparut, et Levine se retrouva face à un paysage bizarre : une construction à trois dimensions composée de rues et d'édifices s'étirant à l'infini. Il était censé regarder cette vue depuis une plate-forme d'où partait une série de ponts et de passages pour piétons : certains vers le haut, d'autres vers le bas, d'autres encore horizontalement, à perte de vue. Au milieu de tout cela se dressaient des dizaines d'édifices immenses, comptant d'innombrables fenêtres où brillait de la lumière, et entre lesquels coulaient des torrents de lumière colorée qui partaient, zigzaguant comme l'éclair, vers l'infini.

Le décor était superbe, étourdissant de complexité, mais au bout de quelques minutes Levine commença à s'impatienter, se demandant pourquoi le programme du Mime mettait autant de temps à accéder au cyberespace de GeneDyne. Il changea de position.

Le paysage bougea.

Levine baissa les yeux et vit que, par inadvertance, il avait déplacé la boule de commande montée sur le clavier de son portable. Il posa la main dessus et la fit tourner.

Instantanément, le sol de mosaïque qu'il voyait devant lui s'effondra, et il se retrouva en équilibre au bord de l'espace, sur une voie très fine qui s'étirait devant lui, flottant comme le fil d'une toile d'araignée dans le vide infini et ténébreux. La fluidité avec laquelle l'image avait bougé sur l'écran restituait l'impression de mouvement vers l'avant avec un réalisme quasi insupportable.

Levine prit une profonde inspiration. Il ne regardait plus une simple image vidéo, cette fois : il était entré dans le cyberespace de Scopes.

Il releva la main de son clavier, le temps de reprendre son équilibre. Puis, prudemment, il posa une main sur la boule de commande et l'autre sur les touches du curseur du portable. Laborieusement, il entreprit d'apprendre comment contrôler ses gestes dans ce paysage bizarroïde. L'immensité de l'écran et la définition de l'image d'un réalisme étonnant rendaient l'exercice difficile. Levine était en permanence gêné par sa sensation de vertige.

Même s'il savait qu'il se trouvait dans un cyberespace, la peur de tomber dans le vide rendait ses gestes lents et empesés.

Il finit par poser le portable à côté de lui et se massa le dos. Il jeta un coup d'œil rapide à sa montre et fut sidéré de voir qu'il était là depuis trois heures. Trois heures, et il n'avait pas bougé de la plate-forme. La fascination qu'exerçait ce monde virtuel était à la fois stupéfiante et inquiétante. Il était temps qu'il trouve Scopes.

Au moment où il reportait ses mains sur le clavier, Levine prit conscience d'un son sourd et continu – un soupir, un fredonnement – qui provenait des haut-parleurs de l'ascenseur. Impossible de dire quand il avait commencé – peut-être depuis qu'il était là. Levine était incapable de deviner son utilité.

Son inquiétude grandit. Il devait dénicher Scopes dans cette représentation tridimensionnelle du cyberespace de GeneDyne, lui expliquer la gravité de la situation. Mais comment faire ? Il était évident que ce cyberespace était bien trop vaste pour qu'on s'y promène au hasard. Et, même s'il trouvait Scopes, le reconnaîtrait-il ?

Il devait réfléchir, et vite. Si immense et compliqué soit-il, ce paysage devait avoir un sens, une structure logique. Ces dernières années, Scopes était resté très secret sur son projet de cyberespace. On n'en savait presque rien, sinon le fait qu'il l'avait créé pour faciliter ses incursions dans l'ensemble du réseau GeneDyne.

Il paraissait évident que l'ensemble – les surfaces, les formes, et peut-être les sons – était la représentation du matériel, des logiciels et des données du réseau GeneDyne.

Levine s'engagea sur une voie choisie au hasard et avança prudemment, s'efforçant de s'habituer à l'étrangeté de la sensation de mouvement sur le vaste écran face à lui. Il se trouvait sur un pont sans rambarde, suspendu dans le vide. Sa structure devait représenter quelque chose, mais quoi ? Des configurations octales ? Des séquences binaires ?

La voie sinuait entre plusieurs édifices de formes et de tailles diverses pour se terminer devant une porte massive. Levine s'en approcha et essaya de passer à travers. L'étrange musique qui flottait dans l'air devint plus forte, mais rien ne se passa. Il fit demi-tour jusqu'à une intersection et prit une autre voie qui traversait l'une des rivières multicolores qui coulaient entre les édifices. Levine fit un pas dedans, et elle se mua en un torrent de codes hexadécimaux ruisselant à une vitesse étourdissante. Levine s'empressa d'en sortir.

Il venait de faire une découverte : ces flots polychromes étaient des opérations de transfert de données.

Jusqu'à présent, il ne s'était servi que de la boule de commande et des touches du curseur de son portable. Le programme du cyberespace reconnaîtrait certainement une frappe au clavier, quelle qu'elle soit : mnémonique, commande ou raccourci. Il tapa la phrase universellement connue des codeurs testant de nouveaux langages informatiques : Salut, le monde.

Quand il appuya sur la touche « Entrer », les mots « Salut, le monde » furent répétés en un murmure musical dans les haut-parleurs et renvoyés à tous les échos pour finir par s'évanouir derrière l'étrange et perpétuel soupir.

Puis plus rien.

Scopes ! tapa Levine.

Le nom retentit et mourut comme un cri. Levine réessaya. Toujours rien.

Il regretta que le Mime ne soit pas là pour l'aider et consulta de nouveau sa montre. Une heure s'était écoulée, et il n'était pas plus avancé. Il détourna le regard de l'écran et contempla la cabine minuscule de l'ascenseur. Il ne disposait pas d'un temps illimité. Cela faisait déjà trop longtemps qu'il se baladait au petit bonheur la chance. Il devait réfléchir, et vite.

Que fait-on quand on est coincé dans une application ? Ou dans un jeu informatisé ?

On demande de l'aide.

Il tapa le mot : Aide.

Le paysage se modifia imperceptiblement. Quelque chose se forma, hors du néant, loin devant lui. La chose tourna en rond puis s'arrêta, semblant avoir remarqué sa présence. Alors, elle fonça droit sur lui à une vitesse stupéfiante.

Quand il lui sembla avoir parcouru assez de chemin, Carson monta en selle. Il ne cessait de repasser dans sa tête son altercation avec Nye. Il se souvenait de son rire sadique qui avait résonné dans le désert jusqu'à lui. Il s'attendait à réentendre ce rire – mais beaucoup plus proche cette fois –, accompagné du bruit sec d'une balle qu'on loge dans le magasin d'une carabine. Pour se changer les idées, il repensa aux histoires sur Gato. Le jour où Gato avait fini par comprendre comment marchait ce télégraphe. Il avait coupé les fils puis les avait rattachés avec de très fines lanières de cuir pour masquer l'endroit de son sabotage. La cavalerie était devenue dingue, lui avait raconté son grand-oncle.

Gato avait plus d'un tour dans son sac pour tromper ses poursuivants. Il descendait le lit des torrents puis en faisait sortir son cheval à reculons. Il dessinait de fausses empreintes de sabots sur les roches glissantes de canyons à pic ou de l'autre côté de falaises avec un fer à cheval ou un caillou...

Carson se creusa la tête. Quoi encore ?

Le jour naissait. D'un instant à l'autre, Nye allait se rendre compte qu'ils étaient partis. Ce qui leur donnait une demi-heure d'avance au maximum. À moins que Nye ne s'en soit aperçu plus tôt. Il était beaucoup trop près ; Carson devait absolument gagner du terrain.

Il scruta les alentours sous le jour naissant. Avec un immense soulagement, il distingua la petite silhouette de de Vaca, grise dans la pénombre, qui trottait à environ cinq cents mètres devant lui. Il fit passer Roscoe au petit galop.

Le problème était que, même sur la coulée de lave, les cinq cents kilos de l'animal étaient répartis sur quatre fers de rien du tout qui laissaient des traces blanchâtres sur la roche. Il était bien plus facile de les suivre que s'ils avaient été dans une prairie. Et Nye avait déjà fait la preuve qu'il n'était pas né de la dernière pluie. Au moins la lave le ralentirait-il.

Carson rattrapa de Vaca et fit passer son cheval au trot pour chevaucher à sa hauteur. L'image de son grand-oncle Charley s'imposa de nouveau à lui : le visage du vieil homme hilare au coin du feu, se balançant dans son rocking-chair. Riant en parlant de Gato, le filou. Gato, la bête noire des Blancs.

— Oh, ce que je suis contente de te revoir, dit de Vaca, lui prenant la main tout en trottant.

La chaleur de son étreinte, le contact de sa peau douce après ce long et effrayant trajet dans la nuit réchauffèrent le cœur de Carson. Il scruta la coulée de lave qui s'étendait devant eux, ligne déchiquetée et noire contre l'horizon.

— Enfonçons-nous dans cette lave, dit-il. Je crois que j'ai une idée.

La chose pila devant lui. Levine eut la surprise de constater qu'il s'agissait d'un petit chien, apparemment un colley nain. Il le regarda, fasciné, s'émerveillant devant le réalisme avec lequel cet animal de synthèse remuait la queue et dressait les oreilles. Jusqu'à sa truffe noire qui luisait dans la lumière factice qui les environnait.

```
Comment tu t'appelles ? tapa Levine.
Maisdort, dit la voix.
```

Le petit chien leva la tête, exhibant un collier auquel pendillait une petite plaque. Levine y regarda de plus près et lut : MAISDORT, PROPRIÉTÉ DE BRENTWOOD SCOPES. Il ne put s'empêcher de sourire. Scopes n'était pas si différent des pirates informatiques et autres traficoteurs de lignes téléphoniques, somme toute.

```
Je cherche Brent Scopes, écrivit Levine.
Je comprends, dit la voix du chien.
Tu peux me conduire jusqu'à lui ?
Non.
Pourquoi ?
Je ne sais pas où il est.
```

Levine rongea son frein.

Quel genre de programme es-tu ? demanda-t-il.

Je suis l'élément frontal d'un programme d'aide. Malheureusement, ce programme n'a jamais été initié, je crains de ne pouvoir vous être d'aucune utilité.

Tu sers à quoi, alors ?

Ma fonctionnalité vous intéresse ? Je suis un programme conçu par Brent Scopes, sa version à lui du C++, qu'il appelle C. Il s'agit d'un langage spécialisé : objet avec extensions visuelles. À l'origine, il est utilisé en modélisation géométrique tridimensionnelle, avec crochets pour ombrage de polygones, sources lumineuses, et divers outils de restitution. Il assure aussi le soutien du Wan en utilisant une variante du protocole TCP/IP.

Levine n'était pas plus avancé.

Pourquoi ne peux-tu pas m'aider ? *tapa-t-il.*

Comme je l'ai déjà dit, le sous-système d'aide n'a jamais été implanté. En tant que programme spécialisé : objet, j'ai accès à certaines catégories d'objets de base, comme les sous-programmes IA et les algorithmes de mémorisation de données. Mais je ne peux accéder au fonctionnement d'autres objets, tout comme ils ne peuvent accéder au mien, sans le code nécessaire.

Levine hocha la tête. Le fait que le programme d'aide n'ait jamais été initié ne le surprenait pas ; après tout, Brent n'avait pas besoin d'aide pour circuler dans son cyberespace, et personne d'autre que lui n'était censé s'y aventurer. Maisdort était sans doute l'un des tout premiers éléments créés par Brent, quand il voulait mettre sa création sous le sceau du secret.

```
    Alors, à quoi tu sers ? écrivit Levine.
    De temps en temps, je tiens compagnie à
M. Scopes. Je vois que vous n'êtes pas M. Scopes,
vous.
    À quoi ?
    Parce que vous êtes perdu. Si vous étiez
M. Scopes…
    Aucune importance.
```

Levine se dit qu'il valait mieux ne pas continuer dans cette direction. Il ne savait toujours pas quels types de mécanismes de protection existaient dans ce cyberespace.

Il réfléchit une minute. Il avait devant lui un compagnon spécialisé : objet doté de liens d'intelligence artificielle. Comme le vieux programme pseudo-thérapeutique Eliza, poussé à l'extrême. Maisdort. Le Cerbère du cyberespace de Scopes.

```
    Tu ne peux donc rien pour moi ? tapa-t-il.
    Je peux vous offrir des citations délicieu-
sement cyniques pour votre plus grande joie.
```

Logique. Ça collait avec le goût obsessionnel de Scopes pour les aphorismes.

```
    Par exemple : « Si vous trouvez un chien
affamé et que vous lui rendez la santé, il
ne vous mordra pas. C'est la principale dif-
férence entre le chien et l'homme. » Mark
Twain. Ou encore : « Il ne suffit pas de réus-
sir ; d'autres doivent échouer. » Gore…
    Couché, Maisdort !
```

Levine sentait son impatience grandir. Il était venu pour trouver Scopes, pas pour papoter avec un chien dans ce labyrinthe cybernétique. Il consulta sa montre : encore une demi-heure de perdue. Il continua d'avancer, arriva à une autre intersection, tourna au hasard et erra entre d'immenses édifices, Maisdort à ses basques.

Puis Levine vit quelque chose d'inhabituel : un immeuble particulièrement imposant, à l'écart. En dépit de sa hauteur vertigineuse et de son emplacement central, aucune bande de lumière ne partait de son toit vers les autres édifices.

```
Quelle est cette tour ? tapa Levine.
Je ne sais pas, répondit Maisdort.
```

Levine regarda la tour plus attentivement. Même si sa forme était presque trop parfaite – l'œuvre d'un ordinateur dans un univers cybernétique –, le doute n'était pas permis.

C'était la tour de GeneDyne Boston.

Une réplique de la tour à l'intérieur de l'ordinateur. Que représentait-elle ? La réponse lui vint instantanément : c'était la reproduction dans le cyberespace du système informatique du siège GeneDyne : réseau, terminaux, système de sécurité devaient se trouver à l'intérieur de cette tour virtuelle. Les autres édifices qui l'entouraient représentaient les divers sites GeneDyne à travers le monde. Si aucun torrent de lumière ne partait du toit de la maison mère, c'est que toutes les liaisons extérieures avaient été coupées. Si le Mime avait pu en apprendre davantage sur le fonctionnement du programme de Scopes, peut-être aurait-il pu y faire entrer Levine, ce qui lui aurait fait gagner un temps précieux.

Levine s'approcha, intrigué, empruntant une voie d'accès qui descendait en pente douce jusqu'au pied de la tour. Comme il s'approchait de l'entrée, la musique étrange se mua en un bourdonnement agressif. La porte était verrouillée. Levine regarda à l'intérieur du hall à travers la vitre. Là, reproduit avec un sens du détail époustouflant, il vit le mobile de Calder, le poste de garde. Il n'y avait personne, mais il nota avec surprise que la rangée d'écrans derrière le bureau de la sécurité diffusaient des images de télésurveillance.

```
    Comment je fais pour entrer ? demanda-t-il
à Maisdort.
    Si je le savais !
```

Levine réfléchit un moment, fouilla dans ses connaissances parcellaires des techniques informatiques modernes.

```
    Maisdort. Tu es un objet d'aide ?
    Exact.
    Et tu m'as dit que tu étais un élément
frontal d'autres objets et d'autres sous-
programmes.
    Exact.
    Qu'est-ce que ça veut dire, au juste ?
    Je sers de jonction entre l'utilisateur et
le programme.
    Donc, tu reçois des ordres et tu les trans-
mets aux autres programmes pour qu'ils les
exécutent.
    Oui.
    Sous forme de frappe au clavier ?
    C'est exact.
    Et la seule personne qui se serve de toi,
c'est Brent Scopes ?
    Oui.
    Tu gardes les ordres en mémoire ?
    Oui.
    Tu es déjà venu ici ?
    Oui.
    Répète toutes les frappes au clavier ayant
eu lieu ici, je te prie.
```

« La folie : une adaptation parfaitement rationnelle à celle du monde » Laing.

Ainsi parla Maisdort.

Un jingle tinta dans les haut-parleurs. Puis la porte s'ouvrit avec un déclic.

Levine sourit en se rendant compte que les aphorismes devaient faire office de mots de passe. Encore une autre utilisation du jeu qui avait été le leur. De plus, les citations constituaient d'excellents sésames ; elles étaient longues, compliquées et ne pouvaient être découvertes par hasard ou par activation du dictionnaire. Scopes les connaissait par cœur et n'avait donc pas à les écrire. Idéal.

Maisdort allait être plus utile qu'il ne le savait lui-même.

Vivement, Levine manœuvra la boule de commande pour se faufiler à l'intérieur du hall et passa devant le poste de garde. Il s'arrêta une seconde, s'efforçant de se souvenir des plans des locaux que le Mime lui avait fait parvenir plus tôt. Il dépassa les ascenseurs principaux et se dirigea vers un poste de garde moins important qui, dans la réalité, devait grouiller d'agents. Derrière se trouvait une autre rangée d'ascenseurs, moins nombreux que les précédents. Levine s'approcha du premier et appuya sur le bouton d'appel. La porte s'ouvrit, et, d'une manœuvre, il entra dans la cabine. Il tapa le nombre 60 sur son clavier : le dernier étage de la tour GeneDyne, là où se trouvait la fameuse pièce octogonale de Scopes.

Merci, dit la même voix neutre qui avait résonné dans son ascenseur. Tapez le mot de passe, s'il vous plaît.

Maisdort, frappe au clavier à cet endroit ! tapa Levine.

« Certes, il faut pardonner à ses ennemis, mais pas avant qu'ils soient pendus » Heine.

Tandis que l'ascenseur du cyberespace filait vers le soixantième étage, Levine s'efforça de ne pas réfléchir à la situation paradoxale qu'il était en train de vivre : entré clandestinement dans un réseau informatique où il se trouvait, assis en tailleur entre deux étages, dans l'ascenseur virtuel d'un cyberespace tridimensionnel.

L'ascenseur virtuel ralentit, puis s'arrêta. Grâce à la boule de commande, Levine en sortit et se retrouva dans un couloir au bout duquel il aperçut un autre poste de garde situé sous le regard mauvais et vigilant d'une multitude d'écrans en circuit fermé. Tout le soixantième étage et ceux immédiatement en dessous étaient sous contrôle vidéo. Levine s'approcha des écrans et les regarda un à un. Ils montraient des pièces, des couloirs, d'énormes installations informatiques – et même le poste de garde où il se trouvait. Mais point de Scopes.

Grâce aux plans fournis par le Mime, Levine savait que la pièce octogonale se trouvait au centre de la tour. Sans fenêtre. Scopes ne voulait avoir vue que sur un écran d'ordinateur.

Levine passa devant le poste de garde et tourna sur la gauche dans un couloir à l'éclairage tamisé au bout duquel se trouvait un autre poste de garde. Il passa devant sans s'arrêter et déboucha dans un petit hall flanqué de deux portes. Tout au bout se trouvait une porte massive. Close.

Cette porte, Levine le savait, menait à la pièce octogonale.

Levine manœuvra sa boule de commande pour s'approcher de la porte. Fermée à clé.

Maisdort, tapa-t-il, frappe sur le clavier ici ?

Vous allez me laisser ? demanda le cyber-toutou avec, crut percevoir Levine, une note de tristesse dans la voix.

Pourquoi cette question ?

Je ne peux pas vous suivre au-delà de cette porte.

Levine hésita.

Désolé, Maisdort, mais je dois continuer. S'il te plaît, reproduis la frappe sur le clavier à cet endroit.

Bon, d'accord. « Si toutes les filles qui ont assisté au match Harvard-Yale avaient le ballon, je n'en serais pas autrement surprise » Dorothy Parker.

Avec un déclic retentissant, l'imposante porte noire s'entrebâilla. Levine attendit. Puis, prenant une profonde inspiration, il manœuvra la boule de commande pour s'avancer dans ce qui, il le savait, devait être le mystérieux Ciferespace de Scopes.

Nye se tenait au centre de la cuvette, tenant Muerto par la bride. L'histoire de son échec cuisant était clairement écrite sur le sable et sur l'herbe. Il n'avait rien entendu, bordel ! Il lui paraissait presque inconcevable qu'ils aient pu filer. Pourtant, les traces ne mentaient pas.

Il se retourna : l'ombre était toujours à ses côtés, mais la regarder la faisait disparaître.

Il marcha jusqu'à l'extrémité de la cuvette. Ils étaient partis vers la coulée de lave où, sans doute, ils espéraient le semer. Chevaucher sur la lave serait lent, mais il n'aurait aucun mal à retrouver leur trace. Avec seulement huit litres d'eau, leurs chevaux n'allaient pas tarder à montrer des signes de fatigue. Inutile de se presser. La fin du désert de Jornada était encore à près de deux cents kilomètres.

Nye remonta en selle. Ils s'étaient éloignés à pied un moment avant de monter à cheval. Les traces se séparaient petit à petit – c'était une ruse. Nye suivit les empreintes les plus profondes, sachant que ce devait être celles de Carson.

Le soleil apparut au-dessus des montagnes, jetant des ombres immenses vers l'horizon. Au fur et à mesure qu'il montait dans le ciel, elles se rétrécissaient, et une odeur de sable chaud et d'*hediondillas* s'élevait dans l'air. Il allait faire chaud. Très chaud. Et nulle part il ne ferait plus chaud que dans les noirs lits de lave du *Malpaís*.

Nye ne manquait ni d'eau ni de munitions. La petite heure qu'ils avaient d'avance sur lui ne devait pas représenter plus de six, sept kilomètres. Et cet écart diminuerait considérablement quand ils seraient ralentis par la lave. Il n'avait plus l'atout de la surprise, mais le fait qu'ils sachent qu'il les suivait les obligerait à se déplacer durant les grosses chaleurs de la journée.

À huit cents mètres de la coulée, les traces se rejoignaient. Sans même avoir à mettre pied à terre, il voyait les marques blanchâtres sur le basalte, là où la roche avait éclaté sous les fers des chevaux. Maintenant qu'il faisait jour, les suivre serait un jeu d'enfant.

Il était encore tôt, et la température plafonnait à un confortable vingt-six degrés. D'ici à une heure, il ferait trente-sept ; dans deux, quarante. À mille deux cents mètres d'altitude, sous un soleil de plomb, avec comme seule ombre visible celle du ventre de son cheval, il les aurait tués avant la tombée de la nuit. Et, si ce n'était lui, ce serait le désert.

La coulée étendait sa masse compacte à l'infini. Par endroits, elle était trouée de failles où s'amassaient des éboulis de lave, blocs hexagonaux qui s'étaient détachés de la roche où les toits des galeries souterraines s'étaient écroulés. Ailleurs, c'étaient des rides de pression où la coulée d'origine avait entassé des piles énormes de bois et de blocs de lave. Déjà, le sol luisait sous les effets du basalte qui absorbait et réverbérait la chaleur du soleil.

Muerto avançait avec prudence. Ses sabots résonnaient sur la roche. Un lézard jaillit d'une fissure. Penser à Carson et à de Vaca avec si peu d'eau par cette chaleur donna soif à Nye. Il se revigora en buvant une bonne rasade à l'une de ses outres. L'eau, encore fraîche, avait un agréable arrière-goût de lin.

L'ombre était toujours là, marchant infatigablement à côté de son cheval, à peine visible. Elle n'avait plus rien dit. Nye se surprit à être réconforté par cette présence.

Au bout de plusieurs kilomètres, il mit pied à terre pour suivre les traces avec plus de facilité.

Carson et de Vaca avaient continué vers l'est en direction d'un petit cône de scories, ouvert du côté ouest, qui dressait ses deux pointes vers le ciel farouche. Les traces menaient tout droit à la petite ouverture.

Nye éprouva une joie triomphante. Carson et de Vaca ne pouvaient être allés là que pour une seule raison : y chercher refuge. Ils avaient cru le semer en passant par la coulée de lave. Ils savaient que traverser le désert en plein jour était suicidaire et ils comptaient attendre à l'abri du cône de scories et repartir à la tombée de la nuit.

Nye remarqua alors un filet de fumée qui montait en volutes depuis la partie intérieure du cône. Il s'arrêta, incrédule. Carson avait dû chasser, attraper un lapin, sans doute, et ils bâfraient. Il examina le sol très attentivement, en quête d'éventuelles traces qui révéleraient une ruse. Carson avait prouvé qu'il ne manquait pas de ressources. Peut-être y avait-il une autre piste de l'autre côté.

Laissant Muerto à bonne distance, Nye fit discrètement le tour du cône de scories. La fumée, les traces pouvaient être un piège.

Mais il n'en décela aucun. Et aucune trace qui s'éloignait. Les deux autres étaient toujours là.

Nye sut tout de suite ce qu'il devait faire : escalader le cône de scories par l'arrière, là où les murs de lave dressaient leurs flancs déchiquetés vers le ciel. Une fois au sommet, il pourrait tirer sans problème dans n'importe quelle partie du cône. Ils n'auraient nulle part où se replier.

Il retourna chercher Muerto et, marchant lentement en arc de cercle, le mena du côté sud-est du cône. Là, dans l'ombre épaisse et silencieuse, il lui ordonna de ne pas bouger. Avec une grande prudence, il commença à escalader le cône de scories, carabine en bandoulière, une boîte de munitions dans la poche. Les scories étaient petites et chaudes sous ses mains. Elles glissaient sous ses pas, mais il savait que les deux autres ne l'entendraient pas d'où ils étaient.

En quelques minutes, il atteignit le sommet. Il libéra le cran de sûreté de sa Holland & Holland et rampa jusqu'au bord.

Trois cents mètres plus bas, il distingua un feu de camp qui couvait. Un bandana et un T-shirt qu'ils avaient dû laver séchaient côte à côte, étalés sur un buisson. C'était bien leur campement, et ils n'étaient pas partis. Mais où étaient-ils ?

Nye scruta les environs. Il aperçut une cavité dans les replis d'une paroi du cône. Ils devaient se reposer à l'ombre. Et les chevaux ? Carson avait dû les entraver, et ils devaient brouter un peu plus loin.

Nye s'assit pour attendre, la joue contre la crosse de sa carabine. Dès qu'ils sortiraient de leur tanière, il les abattrait.

Quarante minutes passèrent. Puis Nye vit l'ombre qui, maintenant, ne le quittait plus d'une semelle, commencer à montrer des signes d'impatience.

— Qu'est-ce qu'il y a ? chuchota-t-il.
— Tu es un idiot, murmura la voix. Un idiot, un idiot, un...
— Quoi ?
— Un homme et une femme morts de soif utiliseraient ce qu'il leur reste d'eau pour laver un bandana ? souffla la voix d'un ton moqueur. Idiot, idiot, idiot...

Nye sentit un picotement sur sa nuque. La voix avait raison. Cette espèce de pourriture avait réussi une fois de plus à lui échapper. Nye se redressa en poussant un juron et se laissa glisser le long de la paroi intérieure du cône de scories, sans plus se soucier de se faire discret. Il fit le tour du feu de camp et vit tout de suite la mise en scène. Le bandana et le T-shirt étaient deux leurres destinés à lui faire croire que le campement était occupé. Rien n'indiquait que Carson et de Vaca se soient même arrêtés un moment, bien qu'il vît des traces de sabots qui prouvaient que les chevaux étaient restés là un certain temps. Ils avaient fait le feu de camp à la hâte avec des broussailles encore vertes pour être sûrs qu'elles fumeraient.

Ils avaient maintenant une heure et quarante minutes d'avance. Peut-être un peu moins, en tenant compte du temps qu'il leur avait fallu pour composer cette foutue nature morte.

Nye regagna l'ouverture du cône et s'efforça de découvrir par où ils étaient partis, luttant pour empêcher la colère et la panique de lui brouiller les idées. Comment avait-il pu ne pas voir les traces de leur départ ?

Il arpenta les alentours du cône, examina minutieusement les abords de l'entrée, suivit les traces vers l'intérieur, puis en sens inverse. Il répéta l'opération une fois. Deux. Puis il s'éloigna d'une centaine de mètres du cône, espérant découvrir la piste qui s'éloignait d'ici. Il devait bien y en avoir une.

Mais aucune trace ne partait du cône de scories. Ils étaient entrés ici et s'étaient évaporés. Carson avait rusé, mais comment ?

— Explique-moi comment, dit-il à haute voix, faisant volte-face vers l'ombre.

Elle s'éloigna de lui, sombre présence à la limite de son champ de vision, et garda un silence dédaigneux.

Nye retourna au campement d'opérette et fouilla de nouveau la cavité, plus à fond cette fois. Rien. Il recula, scrutant le sol : sable entassé par le vent... strates de scories... Sur un côté, il vit une zone remuée qu'il n'avait pas encore examinée. Il se mit à quatre pattes, les yeux à quelques centimètres du sol. Certaines marques dessinaient un embrouillamini inextricable. Carson avait fait quelque chose avec les chevaux à cet endroit. Et c'était là que les marques se terminaient.

Enfin, pas tout à fait. Nye découvrit une empreinte partielle, à peine visible, dans le sable à quelques mètres de là. Elle expliquait très clairement pourquoi il n'y avait plus de marques sur la roche.

L'enfoiré avait déferré ses chevaux.

D'ici à quelques kilomètres, se dit Carson, ils devraient arriver à l'extrémité de la coulée de lave. Il savait qu'il était crucial de faire repasser les chevaux sur le sable le plus vite possible. Même s'ils ne les montaient plus, leurs sabots seraient très vite enflammés ; à marcher sur la lave, ils finiraient par boiter. Et puis il y avait toujours la possibilité d'une catastrophe : un cheval se mettant le sabot à vif ou même se cassant une jambe.

Il savait que, même déferrés, les chevaux laisseraient des traces : les stries légères et écaillées dues à la kératine des sabots ; deux ou trois pierres renversées ; des brins d'herbe écrasés ; quelques empreintes sur les amas de sable. Mais ces marques étaient très ténues. Au moins ralentiraient-elles considérablement Nye. Pourtant, Carson prit le risque de rester sur la lave pendant quelques kilomètres encore. Ils devraient alors referrer leurs chevaux et passer sur le sable.

Il avait décidé de repartir vers le nord. S'ils voulaient sortir vivants du désert de Jornada, ils n'avaient pas le choix. Mais, plutôt que de prendre plein nord, ils étaient partis vers le nord-est, changeant de cap, zigzaguant, faisant même, à un moment, demi-tour, dans le but de désorienter et d'énerver Nye. Par moments, ils avaient marché à distance l'un de l'autre, préférant laisser deux pistes discrètes plutôt qu'une seule trop évidente.

Carson pinça la peau de son cheval, à l'encolure.

— Pourquoi tu fais ça ? lui demanda de Vaca.
— Je vérifie qu'il n'est pas déshydraté.
— Comment ça ?
— En pinçant la peau de l'encolure, par la rapidité avec laquelle les plis se remettent en place. La peau d'un cheval perd de son élasticité quand il a soif.
— Encore un héritage de ton ancêtre ute ?
— Oui, rétorqua Carson, irrité. En l'occurrence, oui.
— On dirait bien que tu tiens de lui bien plus que tu ne veux l'admettre.

Carson sentit son irritation grandir.

— Écoute, si c'est ton truc de me fantasmer en Indien, ne te gêne pas. Moi, je sais ce que je suis.
— Je commence à me dire que c'est justement ce que tu ne sais pas.
— Sans blague ? Tu comptes me faire un petit topo sur mon prétendu problème identitaire ? Si c'est là ton idée de la psy, je comprends que tu aies raté tes études.

De Vaca se rembrunit.

— Je n'ai pas raté mes études, *cabrón*. Je n'ai pas eu les moyens de les continuer, je te l'ai déjà dit !

Ils chevauchèrent un moment en silence.

— Tu devrais être fier d'avoir du sang indien dans les veines, reprit-elle. Tout comme je suis fière du mien.
— Tu n'es pas indienne.
— Presque pas. Les conquistadors ont épousé les *conquistas*. On est tous frères et sœurs, *cabrón*. La plupart des familles hispanos du Nouveau-Mexique ont du sang aztèque, nahuatl, navajo ou pueblo dans les veines.

— Ne m'inclus pas dans ton utopie multiculturelle. Et arrête de m'appeler *cabrón* à tout bout de champ.

De Vaca se mit à rire.

— Réfléchis donc au fait qu'on doit notre survie à ton hurluberlu de grand-oncle mi-ute amateur de whisky, dit-elle. Et demande-toi de quoi tu dois être fier !

Il était 10 heures. Le soleil grimpait dans le ciel. Cette conversation leur faisait perdre une énergie précieuse. Carson ressentit les premières affres de la soif : une douleur persistante et sourde. Pour le moment, elle était juste crispante, mais, au fil des heures, ça irait de mal en pis. Ils devaient quitter la coulée de lave et commencer à chercher de l'eau.

La chaleur s'élevait de la roche en vagues ondoyantes. La plaine noire de la lave s'étirait de toutes parts, montant et descendant, pour finir enfin sur la ligne d'horizon nette et claire. Çà et là, Carson voyait des mirages tremblotants. Certains ressemblaient à des flaques d'eau bleutée qui vibraient comme si leur surface était agitée par le vent ; d'autres étaient des pans verticaux, montagnes de lave lointaines et irréelles ; d'autres encore planaient au-dessus de la ligne d'horizon, reflets grossis de la coulée. C'était un paysage surréaliste.

Vers midi, tout blanchit sous la chaleur, à l'exception de la lave qui, au contraire, parut encore plus noire, comme si elle absorbait la lumière. De quelque côté que Carson se tournât, il sentait le soleil sur lui, sa chaleur quasi insupportable. L'air était de plus en plus lourd. De plus en plus étouffant.

Carson releva la tête. Plusieurs oiseaux, au nord-ouest, tournoyaient paresseusement à haute altitude. Des vautours au-dessus du cadavre d'une antilope, sans doute. La nourriture était rare dans le désert – même pour eux.

Il regarda plus attentivement les points noirs qu'ils formaient au loin sur le ciel. Il n'y avait aucune raison pour qu'ils tournoient ainsi sans se poser ; à moins qu'il n'y ait d'autres charognards à la curée. Des coyotes, peut-être.

Ce qui serait une chance.

— Allons vers le nord-ouest, dit Carson.

Ils obliquèrent à quatre-vingt-dix degrés, à distance l'un de l'autre pour embrouiller Nye, et prirent la direction des oiseaux lointains.

Carson se souvint d'une fois où il avait souffert de la soif. Il travaillait alors sur une partie éloignée du ranch qu'on appelait le Coal Canyon. Il était parti à la recherche d'une vache qui s'était égarée dans le canyon – l'une des « Brahmanes » primées de son père – espérant trouver refuge et à boire à l'*Ojo del Perillo*. Mais, contrairement à son attente, il avait trouvé l'*Ojo* à sec et dû tenir toute la nuit sans boire. Au matin, son cheval s'était pris les jambes dans sa longe et, ruant de peur, s'était brisé un tendon. Carson avait marché pendant une cinquantaine de kilomètres sans trouver la moindre goutte d'eau, sous une chaleur presque aussi forte que celle-là. Il se revoyait arrivant à Witch Well, buvant à en vomir, buvant de nouveau pour vomir encore, sans pour autant étancher sa soif. Quand, finalement, il était arrivé au ranch, c'est le vieux Charley qui lui avait sauvé la mise grâce à une potion infecte de son cru, à base d'eau, de sel collecté dans un puits salant voisin, de cendres de crins de cheval et d'herbes diverses. Ce n'est qu'en ingurgitant ce breuvage que Carson avait eu raison de sa soif.

Il se rendait compte à présent qu'il souffrait d'une importante carence électrolytique due à sa déshydratation. La potion du diable de Charley lui faisait cruellement défaut.

Les puits salants ne manquaient pas dans le désert de Jornada. Carson devait penser à ramasser du sel en prévision du moment où ils trouveraient de l'eau.

Ses pensées furent interrompues par un bruissement droit devant eux, sur la coulée de lave. Pendant une seconde, il se demanda si ce n'était pas déjà une hallucination due à la soif, mais Roscoe redressa brusquement l'encolure, tiré de sa léthargie, et fit un écart.

— Là, là, dit Carson. Calme.

Il se tourna vers de Vaca et lui cria :

— Serpent à sonnette droit devant !

De Vaca arrêta son cheval. Le bruit de crécelle se fit plus insistant.

— Mon Dieu, dit-elle en reculant.

Carson scruta le sol devant eux. Le serpent devait être à l'ombre ; il faisait bien trop chaud au soleil, même pour un crotale.

Alors, il le vit : gras, bigarré, en S, dressé sur sa queue contre la base d'un yucca à une cinquantaine de mètres devant eux, la tête à une quinzaine de centimètres du sol. Ses anneaux ondoyaient lentement tandis qu'il restait dans sa position offensive. Le sifflement s'était interrompu.

— J'ai une idée, dit Carson. Personnelle, cette fois.

Il demanda à de Vaca de lui tenir son cheval et, à pas prudents, il contourna le serpent en direction d'un buisson de prosopis. Il coupa deux branches fourchues, retira les épines et rejoignit de Vaca.

— Oh, mon Dieu, *cabrón*, ne me dis pas que tu comptes capturer ce... *hijo de perra*.

— Je vais avoir besoin de ton aide, juste une seconde.

— J'espère que tu sais ce que tu fais, hein ?

— On les attrapait comme ça sur le ranch. Puis on leur coupait la tête, on les vidait et on les faisait frire. Ça a un goût de poulet.

— Oui, c'est ça. J'ai déjà entendu ce genre d'histoire à touristes.

Carson rit.

— On a essayé une fois, dit-il, mais le putain de serpent était sec comme une trique. Et on l'a laissé cramer sur le feu.

Carson, à pas mesurés, s'approcha du serpent qui, illico, se remit à siffler, tendu comme un ressort, balançant imperceptiblement la tête. Sa langue fourchue jaillit en un avertissement mortel. Carson savait que la portée de ses attaques était égale à sa longueur : environ soixante-quinze centimètres. Il prit garde de rester au-delà de cette distance et brandit ses deux branches en direction du serpent. Ils ne mordaient que lorsqu'ils sentaient la chaleur d'un corps.

Rapide comme l'éclair, Carson abattit l'une de ses fourches au milieu du corps du serpent.

Instantanément, le crotale se déroula et commença à se contorsionner en tous sens. Carson planta son second bout de bois plus près de la tête. Puis il ôta la première fourche et l'abattit encore plus près de la tête. Il répéta la manœuvre encore et encore le long du corps de l'animal jusqu'à l'immobiliser juste derrière la tête. Le serpent, furieux, ouvrait grande la cavité rosâtre de sa gueule. Au bout de chaque crochet luisait une goutte de venin. Sa queue fouettait le sol.

Tout en le maintenant par terre, Carson l'attrapa très prudemment : pouce sous la mâchoire, index et majeur autour de la tête. Puis, faisant tomber les fourches, il leva le crotale devant de Vaca.

Elle le considéra de loin, bras croisés.

— Bravo ! dit-elle sans enthousiasme.

Carson fit mine de lui lancer le serpent et rit en la voyant reculer. Puis il s'éloigna sur le côté, le reptile dans les mains qui se contorsionnait, tournait la tête, cherchant une prise pour mordre.

— Fais avancer les chevaux, dit Carson. Au passage, gratte le sol avec les pieds et retourne quelques pierres.

De Vaca s'exécuta. À hauteur de Carson, les chevaux firent un écart, les yeux rivés sur le serpent. Une fois qu'ils furent assez loin, Carson attrapa le serpent par la queue avec son autre main.

— Tu trouveras une pointe de flèche en silex dans la poche de mon pantalon, dit-il à de Vaca avec un demi-sourire. Prends-la et coupe ses mues. Et prends soin de les couper toutes.

— C'est le seul moyen que tu as trouvé pour me faire mettre la main dans ton pantalon ? dit de Vaca avec un air de malice. Mais je vois où tu veux en venir.

Elle plongea la main dans la poche du jean de Carson et en sortit l'objet. Carson plaça la queue du serpent sur une pierre plate, et de Vaca, d'une main experte, trancha les mues desséchées. Le serpent se contorsionna de plus belle, furieux.

— Recule, dit Carson. C'est le relâcher qui est le plus dangereux.

Il se pencha en avant et, d'une main, plaça le serpent sur la lave, dans un creux d'ombre. De l'autre main, il prit une de ses petites fourches et coinça de nouveau la tête de l'animal entre les deux branches. Puis, il prit son élan et le lâcha en sautant en arrière dans le même temps.

Le serpent se dressa immédiatement et bondit dans leur direction. Il tomba sur la roche avec un bruit mat, se tendit comme un ressort, se dressa et se balança. Sa queue vibrait furieusement, mais sans bruit, cette fois.

De Vaca mit les mues dans sa poche.

— Bon, d'accord, *cabrón*, je suis impressionnée, je l'admets. Nye le sera aussi. Mais comment être sûrs que le serpent va rester ici ? Nye ne va pas passer avant plusieurs heures.

— Les serpents à sonnette sont exothermiques. Ils ne se déplacent pas sous une chaleur pareille. Il ne s'en ira pas avant le coucher du soleil.

— J'espère qu'il mordra Nye dans les *cojones*, dit de Vaca en ricanant.

— Même s'il ne le mord pas, je suis sûr qu'il le ralentira un bon moment.

De Vaca rit de nouveau et tendit quelque chose à Carson.

— Belle pointe de flèche, au fait, dit-elle, un peu moqueuse. Dis-moi, tu l'as épointée toi-même ?

Carson fit la sourde oreille.

Le soleil était maintenant juste au-dessus d'eux. Ils repartirent lentement, les paupières lourdes. Des rideaux de brume de chaleur chatoyaient tout autour d'eux. Ils passèrent devant un bouquet de cactus *cholla* dont les fleurs pourpres semblaient du verre coloré sous la lumière aveuglante du soleil.

Carson jeta un coup d'œil à de Vaca. Comme lui, elle tenait son cheval par l'encolure et marchait tête basse, le visage à l'ombre de son chapeau. Il se dit que c'était une chance qu'il ait eu l'idée d'emporter ces chapeaux. C'étaient de petits détails comme celui-là qui pouvaient faire toute la différence. Si seulement il avait pris le temps de prendre d'autres outres ou d'ôter un fer à Muerto. Il y a deux ans, il y aurait pensé, même dans la panique qui avait suivi l'explosion du mont du Dragon.

De l'eau. Cette pensée ramena les yeux de Carson sur les outres qui se trouvaient dans les sacoches de selle de Nye. Il se rendit compte qu'il y jetait des regards furtifs toutes les deux minutes. Au même moment, de Vaca se retourna et les regarda elle aussi. Mauvais signe.

— Une gorgée, ce ne serait pas grand-chose ? dit-elle.

— C'est comme faire goûter du whisky à un alcoolique, répondit Carson. Une gorgée, puis une deuxième, et bientôt il n'en restera plus. On en a besoin pour les chevaux.

— Qu'est-ce que ça peut foutre que les chevaux survivent, si on crève ? éclata de Vaca.

— Tu as essayé de sucer un caillou ?

De Vaca le fusilla du regard et en recracha un, petit et luisant.

— J'ai suçoté ce truc toute la matinée, dit-elle. À quoi nous servent les chevaux, de toute façon ? Ça fait des heures qu'on ne les monte plus.

La chaleur et la soif commençaient à la rendre déraisonnable.

— Ils boiteraient si on les montait sur la roche, dit Carson, le plus calmement qu'il put. Dès qu'on redescendra sur le sable...

— Fais chier ! cria de Vaca. J'ai soif !

Elle tendit le bras vers la sacoche.

— Une seconde, dit Carson. Quand tes ancêtres ont traversé ce désert, tu crois qu'ils ont craqué ?

De Vaca ne dit rien.

— Don Alfonso et sa femme ont traversé ce désert et ont failli mourir de soif, c'est toi-même qui me l'as raconté.

De Vaca détourna la tête, boudeuse.

— S'ils avaient enfreint la règle, tu ne serais pas là.

— N'essaie pas de m'embrouiller les idées, *cabrón*.

— Mais c'est vrai, Susana ! Notre vie dépend de la survie de ces chevaux ! Même si on devient trop faibles pour marcher, on pourra toujours avancer si eux sont en forme.

— D'accord, d'accord ! s'écria-t-elle. C'est bon ! Je préfère encore mourir de soif que d'entendre ton prêchi-prêcha, de toute façon.

Elle tira violemment son cheval par la bride.

— Allez, avance, trouduc ! marmonna-t-elle.

Carson s'attarda un moment pour examiner les sabots de Roscoe. Il y avait des gravillons collés dessous, mais pas trace de contusions ou de blessures sur les couronnes. Ils pouvaient peut-être tenir encore un kilomètre, un kilomètre et demi sur la lave.

De Vaca l'attendait un peu plus loin, le regard levé vers les vautours qui tournoyaient sur le ciel.

— *Zopilotes*. Ils viennent déjà pour notre enterrement, dit-elle.

— Non. Ils sont là pour autre chose. On n'en est pas à ce point-là.

Après un moment de silence, de Vaca dit :

— Désolée de t'avoir donné du fil à retordre, *cabrón*. Je suis du genre rouspéteuse, au cas où tu ne l'aurais pas remarqué.

— Oh, j'ai eu le plaisir de le constater dès le jour de mon arrivée.

— Au mont du Dragon, je me disais que j'en avais marre de tout. Ma vie, mon boulot. Maintenant, si on sort vivants de cette fournaise, je te jure que je saurai apprécier la vie.

— C'est un peu tôt pour envisager de mourir. Et il n'y a pas que pour nous qu'on doit survivre, ne l'oublie pas.

— Tu crois que je pourrais ? Je n'arrête pas de penser à ces milliers d'innocents qui attendent impatiemment de recevoir du « PurBlood » vendredi. Je préfère encore être ici, dans cette chaleur, plutôt que sur un lit d'hôpital, reliée à une perf qui m'injectera ce produit dans les veines.

Ils marchèrent un moment en silence.

— À Truchas, reprit-elle, il ne faisait jamais une chaleur pareille. Et il y avait de l'eau partout. Des ruisseaux descendaient des Truchas Peaks ; des ruisseaux à truites. On se mettait à quatre pattes, je m'en souviens, et on buvait autant d'eau qu'on voulait. Elle était froide comme de la glace, même l'été. Et tellement bonne. On se baignait nus dans les cascades. Oh, rien que d'y penser...

Elle laissa sa phrase en suspens.

— Je t'ai dit ; il ne faut pas y penser, dit Carson.

Ils se turent.

— Peut-être que notre ami a planté ses crochets dans le *canalla*, à l'heure qu'il est, dit de Vaca avec espoir.

Une fois la porte franchie, Levine s'immobilisa.

Il se trouvait sur un piton rocheux. Au-dessous, l'océan déchaîné battait un promontoire en granit. Les vagues s'écrasaient contre les rochers et les éclaboussaient d'écume avant d'être aspirées par le ressac. Derrière lui, le pic était désert et balayé par le vent. Un sentier battu serpentait à travers une prairie herbeuse et s'enfonçait dans une épaisse forêt d'épicéas.

Plus aucune trace de la porte qu'il avait empruntée. Il était entré dans un autre monde.

Levine laissa tomber la main de son clavier et ferma les yeux devant cette vue. Ce n'était pas seulement l'étrangeté du décor qui le déroutait – la reproduction gigantesque et étonnamment réaliste d'une côte là où aurait dû se trouver une pièce octogonale. Il y avait autre chose.

Il reconnaissait cet endroit. Ce n'était pas un paysage imaginaire. Il était déjà allé là, bien des années auparavant, en compagnie de Scopes. À l'époque de la fac, quand ils étaient des amis inséparables. C'était l'île où les Scopes avaient leur résidence secondaire.

L'île de Monhegan, dans le Maine.

Il se tenait sur le pic rocheux, à l'extrémité de l'île, qu'on appelait la Tête brûlée, si sa mémoire était bonne.

Levine remit la main sur la boule de commande de son clavier qu'il tourna très lentement, regardant le paysage changer au fur et à mesure. Chaque nouveau détail, chaque nouvel angle de vue provoquait chez lui une sensation de déjà vu. C'était une réussite totale, grandiose. C'était le domaine privé de Scopes, le cœur de son Ciferespace : son jardin secret, l'île de son enfance.

Levine se remémora son été sur cette île. Pour un gamin de la classe ouvrière de Boston, ç'avait été une révélation. Scopes et lui avaient passé les longues journées caniculaires à explorer les étangs laissés par la marée et les champs baignés de soleil. La famille de Brent possédait un vieux manoir de style victorien situé au sommet d'un pic rocheux à la sortie du village, du côté de l'île à l'abri du vent.

C'était là, comprit alors Levine, qu'il trouverait Scopes.

Il s'engagea dans le chemin puis dans la sombre forêt d'épicéas. Il remarqua que l'étrange fredonnement, qu'il avait entendu tout au long de son parcours dans le cyberespace extérieur, s'était tu, remplacé par les bruits de l'île dont il se souvenait bien : le cri des mouettes, le lointain va-et-vient de l'océan. Tandis qu'il s'enfonçait dans la forêt, le murmure de l'océan s'évanouit, ne laissant plus que les soupirs plaintifs du vent se faufiler à travers les branches des épineux. Levine continua sa route tandis qu'un léger brouillard se formait, étonné lui-même de voir avec quelle aisance il s'était adapté à cet univers virtuel. L'immense image devant lui dans l'ascenseur ; les bruits, les paysages ; la réceptivité du programme aux instructions de son portable : tout concourait à lui faire oublier son incrédulité naturelle.

Il arriva à une fourche et essaya de se souvenir dans quelle direction on regagnait le village. Finalement, il choisit au hasard.

Le chemin allait en pente dans un vallon et traversait un ruisseau étroit, filet bleu bordé de plantes insectivores et d'ellébores. Levine passa sur l'autre rive et remonta le sentier qui longeait un étroit ravin pour s'enfoncer de nouveau à travers bois et disparaître sous la végétation. Il commença à revenir sur ses pas, mais le brouillard s'était épaissi et il ne voyait plus que les troncs noirs couverts de lichen qui l'entouraient de tous côtés. Il marchait dans la brume. Il s'était perdu.

Levine réfléchit. Le village, il le savait, se trouvait à l'ouest de l'île. Mais où était l'ouest ?

Il vit une ombre qui bougeait, dans le brouillard, sur sa gauche ; quelques instants plus tard, cette ombre avait pris la forme d'un homme tenant une lanterne dont le halo jaune tressautait au gré de sa marche. Soudain, l'homme s'arrêta. Il se retourna lentement vers Levine et le regarda à travers une enfilade de troncs d'arbres. Levine l'observait, se demandant s'il devait taper une formule de salut. Il y eut un éclair de lumière accompagné d'un bruit sec.

Levine comprit que ce personnage lui tirait dessus. La silhouette noyée dans la brume était apparemment celle d'un garde de la sécurité du programme du Ciferespace. Mais que pouvait-il voir et pourquoi lui tirait-il dessus ?

Tout à coup, une voix résonna, forte et insistante, dominant le murmure continuel du vent. Levine leva la tête vers les haut-parleurs de l'ascenseur. C'était la voix de Brent Scopes.

— Appel à tout le personnel de la sécurité. Un intrus a été détecté sur le réseau GeneDyne. Vu les conditions du réseau, cela signifie que l'intrus est aussi à l'intérieur de la tour. Localisez-le et arrêtez-le immédiatement.

En pénétrant sur l'île, il avait activé le programme de sécurité du supercalculateur de GeneDyne. Mais que se passerait-il si une balle l'atteignait ? Peut-être cela fermerait-il le programme du cyberespace, le ramenant à son point de départ ?

La silhouette fit de nouveau feu.

Levine s'enfonça dans le sous-bois. Tandis qu'il naviguait à vue à travers les doigts crochus du brouillard, il se rendit compte qu'il y avait de plus en plus de silhouettes qui rôdaient alentour. Et de plus en plus d'éclairs lumineux. Les arbres s'espacèrent, et il déboucha sur un chemin de terre.

Il s'arrêta un instant et regarda autour de lui. Les gardes semblaient avoir disparu. Il s'engagea sur le chemin, avançant aussi vite que son portable le lui permettait, sur le qui-vive.

Un bruit l'alerta, et il se replia dans le sous-bois. Quelques instants plus tard, un groupe de silhouettes indistinctes passèrent devant lui, filant vers l'est comme des fantômes, munies de lanternes et de fusils. Il attendit qu'elles se soient suffisamment éloignées et ressortit du bois.

Bientôt, le chemin devenait pierreux et descendait vers la mer. Au loin, Levine distinguait maintenant les toits épars du village, disséminés autour de la flèche blanche de l'église. Derrière eux se dressait le toit à la Mansart de l'auberge.

Levine descendit prudemment la colline et entra dans le village. Désert, apparemment. Le brouillard était plus épais entre les maisons malmenées par les intempéries, et Levine passa sans s'attarder devant les fenêtres sombres aux carreaux anciens. Çà et là, une lampe allumée renvoyait un reflet tremblotant dans le brouillard. À un moment, Levine entendit des voix et réussit à se cacher dans une ruelle avant qu'un groupe de gardes passe devant lui dans le brouillard.

Après l'église, la route formait de nouveau une fourche. Mais, maintenant, Levine connaissait le chemin. Il prit la bifurcation de gauche et suivit la route qui montait à flanc de colline. Puis il s'arrêta et manœuvra la boule de commande de façon à voir au-dessus.

Et là, au sommet du pic rocheux, derrière des grilles en fer forgé, se dressait la masse sombre du manoir de Scopes.

Les longues heures passées, accroupi, à fouiller la lave du regard en quête de signes pesaient déjà lourd sur le dos de Nye. Les chevaux n'avaient laissé que très peu d'empreintes, et c'était un travail minutieux, lent, que de les suivre. En trois heures, il n'avait réussi à parcourir qu'à peine plus de trois kilomètres dans le sillage de Carson et de de Vaca.

Il se redressa, se massa le dos et but une autre gorgée d'eau. Il en versa dans son chapeau et fit boire Muerto. Il les rattraperait, de toute façon, au moins leurs cadavres déchiquetés par les coyotes. Il leur survivrait.

Il ferma les yeux un moment devant la lumière aveuglante du soleil. Puis, avec un profond soupir, il continua sa traque. Là, à un mètre devant lui, il vit une touffe d'herbe écrasée. Il avança et regarda plus loin. À un mètre vingt peut-être, il vit une pierre retournée, trahie par le sable qui était resté collé à sa base. Il balaya le sol du regard, en demi-cercle. Et il vit l'empreinte d'un sabot sur un carré de sable.

C'était chiant comme la pluie, pour dire vrai. Il se consola en songeant que Carson et de Vaca avaient dû épuiser leur réserve d'eau. Leurs chevaux devaient être rendus fous par la soif.

Là, enfin, une piste très nette courait sur cinq ou six mètres. Nye se redressa et la suivit en marchant, heureux de ce répit temporaire. Ils en avaient peut-être eu assez de se décarcasser pour effacer leurs traces. Il savait ce que c'était.

Tout à coup, quelque chose bougea sur le côté, et Muerto rua, tirant Nye vers l'arrière sous ses sabots qui battaient l'air. Il reçut un coup violent sur la tête, suivi par un bruit étrange qui mourut rapidement, puis un temps infiniment long s'écoula. Et, alors, il se retrouva à regarder un champ infini de bleu. Il s'assit, nauséeux, et vit Muerto à une dizaine de mètres, qui broutait paisiblement. Machinalement, il se toucha la tête. Il saignait. Il regarda l'heure à sa montre et se rendit compte qu'il n'avait été inconscient que pendant une ou deux minutes.

Il se retourna brusquement. Sur le côté, il vit un jeune garçon assis sur une pierre, qui le regardait en souriant, genoux sous le menton. Il portait un short, des maxi-chaussettes et un blazer bleu usé. Sur sa poche de poitrine, l'écusson de l'école de garçons St. Pancras était à moitié masqué par la saleté. Ses cheveux plutôt longs étaient emmêlés, comme s'ils étaient mouillés depuis très longtemps, et ils se dressaient sur les tempes.

— Toi, dit Nye dans un souffle.

— Serpent à sonnette, dit le garçon en faisant un signe de tête en direction d'un bouquet de yuccas.

C'était cette voix-là qu'il entendait : il reconnut l'accent cockney à couper au couteau dont, Nye était bien placé pour le savoir, des années passées dans des écoles privées d'Angleterre, du Surrey ou du Kent n'auraient pu venir à bout. De l'entendre dans la bouche de ce gosse, Nye fut immédiatement transporté de ce désert brûlant du sud-ouest des États-Unis aux rues étroites bordées de façades en brique noirâtre de Beckenham, avec ses trottoirs rendus glissants par la pluie, son odeur de charbon en suspension dans l'air.

— Pourquoi tu ne me l'as pas dit ? demanda Nye.

Le gosse se mit à rire.

— J'l'ai pas vu, mon vieux. J'l'ai pas entendu non plus.

Le serpent ne faisait pas de bruit. Sa queue vibrait tant qu'elle en était floue, et pourtant elle n'émettait aucun son. Parfois, les crotales perdaient leurs écailles caudales, mais c'était très rare. Nye éprouva une peur rétrospective. Il fallait qu'il fasse plus attention.

Il se releva et lutta contre la nausée, qui le submergea. Il s'approcha de son cheval et prit sa carabine.

— Attends, dit le garçon, toujours souriant. Je ne ferais pas ça si j'étais toi.

Nye remit la carabine dans son étui. Le gamin avait raison. Carson pourrait entendre le coup de feu. Cela lui donnerait des informations qu'il n'avait pas à connaître.

Nye s'accroupit et scruta le sol autour du serpent. Ah, voilà : une branche fourchue récemment coupée. Et, à côté, une autre, semblable.

Le gamin se leva et s'étira, lissant ses cheveux rebelles.

— On dirait bien qu'ils t'ont tendu un piège, dit-il. Infaillible. Un sale tour. Un peu plus, et tu ne t'en relevais pas.

Nye poussa un juron dans sa barbe. Il avait sous-estimé Carson sur tous les plans. Le serpent, énervé, avait voulu mordre trop tôt. Heureusement, sinon... Il éprouva une brève sensation de vertige.

Il se tourna vers le gamin. La dernière fois qu'il l'avait vu, Nye n'était pas plus vieux que le gosse crasseux qui se tenait devant lui.

— Que s'est-il vraiment passé, ce jour-là, à Littlehampton ? demanda-t-il. Maman n'a jamais voulu me le dire.

Le gamin plissa les lèvres en une moue exagérée.

— Cette sale vague m'a eu, hein ? M'a tiré tout droit vers le fond.

— Alors, comment tu as fait pour remonter à la surface ?

La moue s'accentua.

— J' suis pas remonté.

— Alors, qu'est-ce que tu fous ici ? demanda Nye.

Le gamin ramassa un caillou et le lança.

— Je pourrais te demander la même chose.

Nye acquiesça. C'était sûr. Il se dit que tout ça devrait lui sembler étrange. Pourtant, plus il y songeait, plus ça lui semblait naturel. Bientôt, il le savait, il n'y ferait même plus attention.

Il prit Muerto par la bride et repartit, prenant soin de passer à bonne distance du serpent, et il se remit à scruter le sol en quête de traces à une trentaine de mètres vers le nord.

— Fait plus chaud que dans une poêle à frire, ici, dit le gamin.

Nye l'ignora. Il venait de voir une éraflure sur une roche. Carson avait dû tourner à quatre-vingt-dix degrés après le serpent. Dieu ce que sa tête lui lançait !

— Tiens, j'ai une idée, dit le gamin. Coinçons-le au défilé.

Assommé par la douleur, Nye se souvint qu'il avait porté des cartes. Il ne connaissait pas le nord du désert de Jornada aussi bien que le sud. Il y avait peu de chances, mais il était possible qu'il y ait un moyen de coincer Carson quelque part.

L'avantage était toujours de son côté, c'était sûr. Il lui restait douze litres d'eau, et son cheval tenait le coup. Il était temps qu'il cesse de subir les ruses de Carson et prenne l'initiative.

S'arrêtant sur une partie plane de la coulée de lave, Nye déroula ses cartes et les coinça avec des pierres. Peut-être Carson se dirigeait-il vers le nord pour autre chose que semer son poursuivant ? Son dossier indiquait qu'il avait travaillé dans des ranchs au Nouveau-Mexique. Peut-être retournait-il en terrain connu ?

Les cartes montraient de vastes et complexes coulées de lave qui occupaient tout le nord du désert de Jornada. Vu que les topographes ne s'étaient pas donné la peine de relever leur tracé exact, une grande partie des cartes était noircie de symboles indiquant de la lave. Pas d'échelle numérique. Et aucun doute que ces cartes étaient largement inexactes, ayant été établies à partir de photographies aériennes sans arpentage sur le terrain.

À l'extrémité nord du Jornada, Nye remarqua une succession de cônes de scories, appelée la « Chaîne de cratères », qui dessinait une ligne brisée sur le désert. Une *mesa* partait d'un côté de la coulée, et, de l'autre, s'interrompaient les montagnes Fra Cristóbal. Ce n'était pas vraiment un défilé, mais il y avait, c'était certain, une étroite trouée dans le *Malpaís* à la pointe nord des Fra Cristóbal. D'après la carte, ce passage était la seule porte de sortie du Jornada pour qui ne voulait pas traverser les étendues sans fin du *Malpaís*.

— Mince ! s'exclama le gamin, penché par-dessus l'épaule de Nye. Qu'est-ce que je t'avais dit, mec ? Coince-les là.

À une trentaine de kilomètres après cette trouée se trouvait le symbole d'un moulin à vent – un triangle surmonté d'un X –, et un rond noir indiquait un point d'eau pour le bétail. À côté, un petit carré noir intitulé « Camp de la lave ». Nye devina qu'il s'agissait d'un gîte appartenant au ranch situé à une trentaine de kilomètres au nord – le « Diamond Bar ».

C'était là qu'allait Carson. Cet enfoiré avait sans doute bossé sur ce ranch quand il était gosse. Il y avait près de deux cents kilomètres du mont du Dragon au Camp de la lave ; cent trente jusqu'à la trouée. Ce qui voulait dire que, de là, Carson aurait encore à parcourir une centaine de kilomètres pour atteindre le point d'eau. Aucun cheval ne pouvait tenir cette distance sans boire au moins une fois. Ils étaient foutus, de toute façon.

Pourtant, plus Nye passait de temps à examiner cette carte, plus il était sûr que Carson et de Vaca se dirigeaient vers ce lieu. Ils resteraient sur la coulée de lave le temps de semer Nye puis iraient en ligne droite vers la trouée et le Camp de la lave au-delà – où ils trouveraient de l'eau, de la nourriture, des gens, sans doute, et peut-être un téléphone portable.

Nye rangea les cartes et regarda autour de lui. La lave semblait s'étendre d'un bout à l'autre de l'horizon, mais il savait à présent qu'à l'ouest elle se terminait à moins de un kilomètre.

Son plan était très simple. Il allait descendre de la coulée et aller tout droit jusqu'à cette trouée du *Malpaís*. Une fois là, il attendrait. Carson ne pouvait pas savoir qu'il avait ces cartes, mais il devait se douter que Nye ne connaissait pas le nord du Jornada. Il ne s'attendrait pas à ce qu'il lui coupe la route. Et, de toute façon, il aurait trop soif pour penser à autre chose qu'à trouver de l'eau. Nye allait devoir faire un large arc de cercle pour être sûr que Carson ne repère pas ses traces, mais, avec sa réserve d'eau et son cheval encore solide, il savait qu'il pourrait atteindre la trouée avant Carson.

La trouée où Carson et l'autre salope avaient rendez-vous avec la mort, au bout de la ligne de mire de sa Holland & Holland Express.

Les vautours, à un peu plus de un kilomètre maintenant, tournoyaient toujours dans le ciel. Carson et de Vaca chevauchaient en silence, guidant leurs chevaux sur la lave. Il était 14 heures. Par endroits, la coulée miroitait comme une mer moutonneuse. Carson ne pouvait garder les yeux ouverts sans voir de l'eau partout.

La soif le mettait au supplice. Il n'aurait jamais imaginé qu'on puisse éprouver une sensation aussi exacerbée. Il avait l'impression que sa langue était un morceau de craie. Ses lèvres s'étaient craquelées et commençaient à suppurer. La soif lui rongeait le cerveau : il marchait, marchait, et il avait l'impression que le désert était un vaste incendie qui le soulevait comme une brindille dans le ciel éblouissant et implacable.

Les chevaux étaient sérieusement déshydratés. Les effets sur eux de ces quelques heures passées sous le soleil de midi étaient incroyables. Il aurait voulu pouvoir attendre le coucher du soleil pour leur donner à boire, mais il était désormais évident qu'il serait trop tard.

Il s'arrêta brusquement. Susana fit encore quelques pas traînants et s'arrêta sans un mot.

— Faut donner à boire aux chevaux, dit-il.

Cette petite phrase de rien mit sa gorge au supplice.

De Vaca ne répondit pas.

— Susana ? Ça va ?

Elle ne répondit toujours pas. Elle s'assit à l'ombre de son cheval et laissa pendre sa tête entre ses jambes.

Carson descendit de cheval. Il défit la sacoche de selle de Nye, poussa les fers des chevaux et sortit une outre. Il ôta son chapeau et le remplit à ras bord. À la vue de cette eau coulant du goulot de l'outre, sa gorge se contracta. Roscoe, à moitié mort à côté de lui, redressa soudain la tête et tendit l'encolure. Il avala toute l'eau en un rien de temps puis mordilla le chapeau. Agacé, Carson lui donna une tape sur les naseaux et récupéra son chapeau. Le cheval fit un écart et souffla.

Carson reversa de l'eau dans son chapeau et l'apporta au cheval de de Vaca, qui la but goulûment.

Carson rangea l'outre vide, en prit une autre et répéta l'opération. Les chevaux commencèrent à s'agiter, ainsi que Carson s'y attendait ; ils soufflaient, roulaient des yeux.

Au moment où il rangeait la deuxième outre encore à moitié pleine, Carson perçut un bruit de papier froissé. Il plongea la main dans la sacoche et en sortit une feuille jaunie par le temps : celle que Nye examinait dans l'écurie, le jour de la tempête de sable. Il la regarda, intrigué. Elle était déchirée, et ce n'était pas une feuille de papier ordinaire ; ça ressemblait plutôt à un morceau d'un ancien parchemin. Y étaient dessinés, grossièrement, une chaîne de montagnes, une masse sombre de forme bizarre, et plusieurs points de repère ; y figuraient des mots en espagnol ; et, barrant le bord supérieur, la phrase sibylline écrite en grosses lettres d'un autre âge : *Al despertar la hora el águila del sol se levanta en un aguja de fuego.* « À l'aube, l'aigle du soleil se tient sur une aiguille de feu. » Et, au bas du parchemin, un nom : Diego de Mondragón.

Tout devint brusquement clair. Si ses lèvres gercées ne l'avaient pas fait tant souffrir, Carson aurait bien éclaté de rire.

— Susana ! s'écria-t-il. Nye cherche le trésor du mont du Dragon. L'or de Mondragón ! Je viens de trouver un ancien parchemin dans une de ses sacoches. Comme le papier était interdit au Mont, ce fou le cachait là où personne n'irait le chercher !

De l'ombre de son cheval, de Vaca lança un regard indifférent au morceau de peau que brandissait Carson. Il hocha la tête. C'était ridicule, ça ressemblait si peu à Nye. Il était tout ce qu'on voulait, mais ce n'était pas un imbécile. Et, pourtant, il avait dû acheter ce plan dans l'arrière-boutique d'un brocanteur de Santa Fe et le payer sans doute une fortune. Les cartes du « trésor à touristes » marchaient très fort au Nouveau-Mexique. Pas étonnant que Nye ait cru que Carson le suivait, l'autre fois.

Soudain, Carson ne trouva plus cela drôle. Apparemment, Nye recherchait ce trésor imaginaire depuis un bon bout de temps. Peut-être cette quête avait-elle commencé comme un jeu pour lui, mais, sous l'influence du « PurBlood », la chasse au trésor avait dû devenir un enjeu beaucoup plus sérieux. Et, s'étant sans doute rendu compte que Carson avait pris la sacoche qui contenait son parchemin, il n'en avait que plus de raisons de les traquer sans merci.

Il regarda le plan de plus près. Il montrait des montagnes, et il se pourrait bien que les traits noirs soient une coulée de lave. Ça pouvait être n'importe où dans le désert. Mais Nye devait savoir que le pourpoint de Mondragón avait prétendument été retrouvé au pied du mont du Dragon. C'est de là qu'il avait démarré ses recherches.

Mais cette découverte étonnante sur la raison des excursions de Nye le week-end ne réussit pas à tromper la soif qui brûlait la gorge de Carson. Il remit mollement le bout de parchemin dans la sacoche, et son regard se posa sur les fers des chevaux. Il n'avait pas le temps de les leur remettre. Ils devraient attendre d'être sur le sable.

Il ferma la sacoche puis se tourna vers de Vaca.

— Susana, faut continuer.

Sans un mot, elle se releva et repartit vers le nord. Carson la suivit, ses pensées se dissolvant dans un sombre rêve de feu.

Tout à coup, ils arrivèrent à la fin de la coulée de lave. Devant eux, le désert s'étendait jusqu'au bout de l'horizon. Carson se pencha sur un puits salant qui s'était formé le long de la coulée et ramassa quelques morceaux de sel alcalin. Mieux valait prévenir que guérir.

— On peut remonter à cheval, dit-il en empochant le sel.

Il regarda de Vaca mettre mécaniquement un pied dans l'étrier. Elle réussit à se hisser sur la selle à sa deuxième tentative.

Devant ses efforts muets, Carson n'y tint plus. Il arrêta son cheval, rouvrit la sacoche et en tira l'outre.

— Susana ! Bois avec moi.

Elle resta immobile en selle et ne tourna même pas la tête pour répondre :

— Sois pas idiot. Faut qu'on tienne encore une centaine de kilomètres. Garde-la pour les chevaux.

— Rien qu'une gorgée, Susana. Une gorgée.

Elle étouffa un sanglot.

— Pas pour moi, murmura-t-elle. Mais si tu en veux, te gêne pas.

Carson revissa le bouchon sans boire et remit l'outre dans la sacoche. Comme il se préparait à remonter en selle, il sentit quelque chose lui dégouliner sur le menton. Il tâta ses lèvres, et ses doigts se rougirent de sang. Ce n'était pas comme dans le Coal Canyon. C'était bien pis. Et il leur restait près de cent kilomètres à parcourir. Il comprit, hébété, qu'ils n'y arriveraient jamais.

À moins qu'il n'y ait des coyotes en chasse.

Il mit le pied à l'étrier, luttant contre une soudaine sensation de vertige, et monta. Cet effort l'épuisa, et il s'avachit sur sa selle.

Les vautours tournoyaient toujours, là-haut, à quatre ou cinq mètres devant eux. Tout en avançant au pas, Carson se redressa sur sa selle. Au loin, il vit une forme sombre sur le sable. Les coyotes étaient à la curée, déchiquetant leur proie à belles dents. Roscoe, apercevant quelque chose dans le désert étale, s'avança instinctivement dans cette direction. Carson cligna des yeux pour tenter de distinguer ce que c'était. Ses yeux étaient secs. Il les cligna de nouveau.

Les coyotes s'éloignèrent de la carcasse par petits bonds. À cent mètres, ils s'arrêtèrent et regardèrent les intrus. Ils ne se sont jamais fait tirer dessus, ceux-là, songea Carson.

Les chevaux s'approchèrent de la carcasse. Carson baissa les yeux pour essayer de la distinguer. Ils étaient tellement secs qu'il avait l'impression qu'ils étaient encroûtés de sable.

C'était un cerf-antilope. Difficilement identifiable. On n'en reconnaissait que la tête, les cornes caractéristiques qui jaillissaient d'un lambeau de chair sanguinolent.

Carson se tourna vers de Vaca, à la traîne.

— Des coyotes, dit-il.

Il avait l'impression d'avoir la gorge à vif.

— Quoi ?

— Des coyotes. Autrement dit, de l'eau. Ils ne s'éloignent jamais beaucoup d'un point d'eau.

— Beaucoup, c'est quoi ?

— Dix à quinze kilomètres, pas plus.
Il se plia en deux pour maîtriser un spasme.
— Comment ?
— En suivant leurs traces.

La chaleur s'amusait autour d'eux. Un nuage solitaire passait sur le ciel, amas de vapeur âcre. Les montagnes Fra Cristóbal, dont ils s'étaient rapprochés au fil de la journée, semblaient délavées par le soleil. Au-delà, la ligne d'horizon avait disparu ; le paysage lui-même semblait s'évaporer, se dissoudre en rideaux de lumière qui montaient vers un ciel chauffé à blanc. Les coyotes, assis sur un monticule, attendaient que ces intrus déguerpissent.

— Ils sont venus sous le vent, dit Carson.

Il s'éloigna du cadavre de l'antilope, en cercles de plus en plus larges, jusqu'à ce qu'il repère par où les coyotes étaient arrivés. De Vaca le suivit. Ils cheminèrent sur plusieurs kilomètres, Carson en tête, suivant les empreintes à peine visibles sur le sable du désert.

Puis les traces tournèrent et se perdirent dans la coulée de lave.

— Je crois, dit Carson, d'une voix rauque, que nous allons devoir partager le restant d'eau avec les chevaux. On ne pourra plus tenir le coup.

Cette fois, de Vaca acquiesça.

Ils se laissèrent glisser à terre, s'écroulant sur le sable chaud. D'une main faible, Carson sortit l'outre à moitié pleine de la sacoche.

— Bois lentement, dit-il à de Vaca. Et ne t'étonne pas si ça te donne encore plus soif.

De Vaca but, tenant l'outre de ses mains tremblantes. Carson ne se donna pas la peine de sortir le sel de sa poche ; ils ne boiraient pas assez d'eau pour qu'il fasse une différence. Prenant gentiment l'outre des mains de de Vaca, il la porta à ses lèvres. La sensation fut insupportablement délicieuse, pour n'être plus qu'insupportable quand elle prit fin.

Carson donna le restant d'eau aux chevaux et refixa l'outre vide à la selle. De Vaca et lui s'allongèrent à l'ombre des deux animaux hébétés sous le soleil de l'après-midi.

— Qu'est-ce qu'on attend ? demanda de Vaca.

— Le coucher du soleil, répondit Carson.

Boire lui avait paru un rêve merveilleux et cruel ; mais parler n'était plus la torture que ç'avait été.

— C'est au coucher du soleil que les coyotes vont boire, et en général ils hurlent pour se rassembler autour du point d'eau. Espérons que la source est à moins de un kilomètre, qu'on puisse les entendre...

— Et Nye ?

— Toujours après nous, ça, j'en suis certain. Mais je crois qu'on l'a semé.

De Vaca demeura songeuse.

— Je me demande, murmura-t-elle, si don Alonso et sa femme ont subi une telle épreuve.

— Sans doute. Mais eux ont trouvé une source.

Ils se turent. Dans le désert régnait un silence de mort.

— Tu ne te souviens pas d'autre chose, à propos de cette source ? demanda Carson au bout d'un moment.

— Non. Ils sont partis au crépuscule et ont fait marcher leur bétail jusqu'à épuisement. Un Apache la leur a indiquée.

— Donc, ils étaient sans doute à peu près à mi-parcours.

— Ils avaient emporté des barriques d'eau dans leur chariot, ils devaient être beaucoup plus loin que ça.

— Vers le nord.
— Le nord.
— Tu ne te souviens de rien, de vraiment rien, au sujet de son emplacement ?
— Je te l'ai déjà dit. Elle jaillissait dans une grotte au pied des montagnes Fra Cristóbal. C'est tout ce que je me rappelle.

Carson fit un rapide calcul mental. Ils se trouvaient maintenant à environ soixante-dix kilomètres du mont du Dragon. Les montagnes étaient à quinze ou seize kilomètres à l'ouest. Juste à l'orée de l'habitat des coyotes.

Carson se releva avec peine.

— Le vent souffle vers les montagnes Fra Cristóbal, dit-il. Donc, les coyotes ont dû venir de l'ouest. Alors, peut-être – peut-être – que *el Ojo del Águila* est au pied des montagnes vers l'ouest.
— C'était il y a des siècles. Comment savoir si la source ne s'est pas tarie ?
— Justement, on n'en sait rien.

De Vaca, après de gros efforts, réussit à s'asseoir.

— Je ne crois pas que je pourrai tenir quinze kilomètres de plus, dit-elle.
— C'est ça ou mourir.
— Toi, on peut dire que tu sais parler aux femmes.

Elle lui tendit le bras pour qu'il l'aide à se relever.

— Allons-y, dit-elle.

Nye longea la coulée de lave au petit trot puis obliqua vers l'est, à l'opposé des montagnes, pour être sûr que les deux autres ne croiseraient pas sa piste. Même si Carson s'était montré un adversaire redoutable, il avait tendance à faire des erreurs quand il était trop confiant. Nye voulait être sûr qu'il le serait le plus possible. Il fallait que Carson croie qu'il avait renoncé à les poursuivre.

Muerto tenait toujours le coup, et Nye se sentait bien. Sa douleur à la tête s'était muée en un sourd mal de crâne. La chaleur de l'après-midi était toujours aussi suffocante, mais elle était leur amie, tueuse invisible.

Vers 16 heures, il repartit vers le nord, retournant au pied de la coulée de lave. Au sud, il aperçut une nuée de vautours. Ils étaient là depuis un moment. Pour la dépouille d'un animal ou un autre. Encore trop tôt pour que Carson et de Vaca attirent une telle foule.

Soudain, il s'arrêta. Le gosse avait disparu. Il paniqua.

— Hé, gamin ! cria-t-il. Gamin !

Sa voix mourut sans écho, bue par le sable sec du désert. Il n'y avait pas grand-chose dans ce paysage de mort qui s'étirait à l'infini, rien pour répercuter les sons.

Il se dressa sur ses étriers et mit les mains en entonnoir contre sa bouche.

— Gamin !

Le gosse dépenaillé sortit de derrière un rocher, reboutonnant sa braguette.

— Hé, écrase ! J'étais juste aux toilettes.

Rasséréné, Nye refit passer Muerto au petit trot. Encore cinquante kilomètres jusqu'au point de l'embuscade. Il y serait avant minuit.

Sur l'immense écran, la façade d'un manoir victorien, fleuron du néogothique, exhibait, un brin timide, son toit imposant et sa terrasse qui courait en façade et sur les côtés. Levine remarqua que tout le manoir était plongé dans l'obscurité, à l'exception d'une lucarne, au sommet du donjon central, où luisait une lumière orangée.

Levine fit gravir la route à son moi cyberspatial jusqu'à des grilles en fer forgé, ouvertes, les gonds brisés, et il se demanda pourquoi la maison elle-même n'était pas gardée ; et pourquoi Scopes avait choisi de représenter le parc à l'abandon, livré aux merisiers de Virginie et à la bardane. En approchant, il remarqua que les vitres de plusieurs fenêtres étaient cassées et la peinture des persiennes écaillée. Le manoir et le parc étaient fort bien entretenus lors des vacances d'été qu'il y avait passées.

Il leva de nouveau la tête vers les combles. Si Scopes était dans le manoir, il devait se trouver dans sa pièce octogonale. Levine vit un torrent de lumières vives jaillir du sommet du donjon, telle une langue de feu, et disparaître dans le brouillard sombre en suspension au-dessus du manoir. Il avait vu des transferts de données similaires filer comme l'éclair entre les immenses édifices du cyberespace de GeneDyne. Ce devait être la voie montante cryptée du satellite Telint que le Mime avait détecté. Levine se demanda si les messages étaient cryptés avant ou après leur émission de ce sanctuaire qu'était le Ciferespace de Scopes.

La porte d'entrée était entrebâillée. L'intérieur du manoir était plongé dans l'obscurité, et Levine se prit à espérer trouver le moyen d'éclairer le décor. Le ciel s'était plombé, le brouillard avait épaissi, et Levine se rendit compte que – en tout cas, dans l'univers artificiel de Scopes – la nuit tombait. Il consulta sa montre et vit qu'il était 5 h 22. Du matin ou de l'après-midi ? en vint-il à se demander. Il avait perdu ses repères. Il changea de position sur le sol de l'ascenseur, tendit une jambe qui s'était engourdie et se massa le poignet en se demandant si le Mime était toujours quelque part sur le réseau GeneDyne, à créer des interférences.

Il retrouva le grand salon de ses souvenirs de vacances, son tapis persan usé jusqu'à la trame et l'imposante cheminée, à main gauche. Une tête d'orignal naturalisée était accrochée au-dessus, d'épaisses toiles d'araignées tissées entre ses ramures. Aux murs s'alignaient des tableaux anciens, des marines représentant des barques, des goélettes, des scènes de pêche à la baleine.

Devant lui se trouvait l'escalier à vis qui menait à l'étage. Il manœuvra sa boule de commande pour le gravir et longea la balustrade du premier. Elle donnait sur des pièces obscures et désertes. Il en choisit une au hasard, entra et s'approcha de la fenêtre endommagée. Il regarda au-dehors et fut étonné de ne pas voir la route étroite et sinueuse à travers la brume, mais un étrange embrouillamini de parasites gris et orangés. Un bug dans le Ciferespace ? se demanda-t-il, et il ressortit sur le palier. Il tourna dans le couloir, désireux de revoir la chambre où il avait dormi cet été-là, tant d'années auparavant, mais une rafale de codes informatiques déferla sur l'écran, et il craignit de voir le manoir virtuel se dissoudre sous ses yeux. Il recula prestement, perplexe. Alors que les autres parties de l'île avaient été méticuleusement recréées par Scopes, la maison de son enfance, déserte et à l'abandon, présentait des accrocs dans la splendide étoffe de sa création informatique.

Tout au bout du palier se trouvait la porte d'accès aux combles. Levine était sur le point d'y monter quand il se souvint de l'existence d'un autre escalier qui menait à la terrasse. Peut-être valait-il mieux qu'il jette un coup d'œil au grenier par l'extérieur plutôt que d'y foncer tête baissée.

À peine eut-il mis le pied sur la terrasse qu'une nappe de brouillard fonça sur lui. Levine manipula sa boule de commande, regarda alentour, sur le qui-vive. À dix mètres devant lui, l'angle des combles formait saillie sur la terrasse. Levine s'avança et regarda par l'œil-de-bœuf.

Une silhouette était assise, de dos, penchée sur un terminal. De longs cheveux blancs flottaient par-dessus le col montant de ce qui semblait être une robe de chambre. Soudain, une langue de feu tomba du brouillard, éventrant le mur du grenier. Sans hésiter, Levine bondit dans le flot de couleurs, et, en un instant, des mots défilèrent sur le vaste écran.

```
... avons discuté du prix que vous demandez.
C'est scandaleux. Notre offre de trois mil-
liards de dollars tient toujours. Il n'y aura
pas d'autres négociations.
```

Le texte disparut. Levine attendit, immobile. Quelques secondes plus tard, une explosion de couleurs jaillit du sommet de la tour.

```
Général Harrington. Votre impertinence vient
de vous coûter un milliard de dollars sup-
plémentaire. Mon prix est maintenant de cinq
milliards de dollars. Ce genre d'attitude
froisse mon ego d'homme d'affaires. Il serait
beaucoup plus plaisant pour vous comme pour
moi de nous comporter en gentlemen, vous ne
croyez pas ? De plus, il ne s'agit pas de
votre argent. Par contre, il s'agit de mon
virus. Je l'ai. Pas vous. Cinq milliards de
dollars inverseraient cette situation.
```

Le texte disparut.

Levine, toujours sur la terrasse, était abasourdi. C'était plus grave que tout ce qu'il avait imaginé. Non seulement Scopes était fou, mais il voulait vendre un virus à l'armée. Vu le prix qu'il en demandait, ce ne pouvait être que le virus Apocalypse dont avait parlé Carson.

Levine se laissa retomber contre la paroi de l'ascenseur, écrasé par l'ampleur de ce qu'il affrontait. Cinq milliards de dollars. Ahurissant. Un virus n'était pas, comme une arme nucléaire, difficile à transporter, difficile à cacher, difficile à livrer. Un simple tube à essai glissé dans une poche pouvait en contenir des trillions...

Se redressant, il s'éloigna de l'œil-de-bœuf, redescendit dans la maison, longea le couloir et gagna la porte d'accès aux combles. Comme toutes les portes non verrouillées du monde virtuel de Scopes, il suffisait de la traverser pour passer de l'autre côté. En haut de l'escalier obscur se trouvait une autre porte. Tout en montant, Levine voyait un rai de lumière filtrer dessous.

Cette porte était fermée à clé. Levine tambourina dessus avec l'énergie du désespoir.

Puis il pensa à quelque chose. Si ça avait marché avec Maisdort, il n'y avait aucune raison que ça ne marche pas ici.

En lettres capitales, il tapa : SCOPES !

Instantanément, ce nom retentit dans les hautparleurs de la cabine confinée de l'ascenseur. Une minute s'écoula. Puis une deuxième. Soudain, la porte du grenier s'ouvrit toute grande. Levine se trouva face à un homme ratatiné. Ce qu'il avait pris pour une robe de chambre était en fait une longue tunique parsemée de symboles astrologiques. Les longs cheveux gris argent laissaient deviner des oreilles décollées, le front et les joues creusées étaient striés d'une infinité de rides. Mais Levine aurait reconnu ce visage entre mille. Il avait trouvé Brent Scopes.

Le soleil était coupant comme le verre. Le peu d'eau qu'ils avaient bue leur avait rafraîchi la gorge mais avait aiguisé leur soif. Et énervé les chevaux. Carson sentait que Roscoe piaffait, près de s'emballer. S'il partait au galop, il galoperait jusqu'à ce que mort s'ensuive.

— Raccourcis tes rênes, dit-il à de Vaca.

Les montagnes Fra Cristóbal se dressaient, toujours plus imposantes, passant du gris à l'orangé, au rouge sous la lumière changeante. Ses yeux étant de plus en plus enflammés, Carson ne pouvait les garder ouverts que quelques secondes au prix d'une douleur intense. Il chevauchait, les yeux clos, sentant Roscoe fléchir de fatigue.

Une grotte au pied des montagnes... De l'eau tiède... Cela impliquait une zone volcanique. Donc, cette source devait se trouver près d'une coulée, devait être dans une grotte volcanique... Il rouvrit brièvement les yeux. Encore dix ou douze kilomètres, peut-être un peu moins, avant d'atteindre ces montagnes silencieuses et sans vie.

Réfléchir devenait un effort épuisant. Soudain, les rênes lui échappèrent des mains. Désorienté, il s'accrocha comme un fou au pommeau de la selle. S'il tombait, il serait incapable de remonter en selle. Il se pencha en avant jusqu'à sentir le poil rêche de la crinière de Roscoe contre sa joue. S'il voulait galoper, qu'il galope. Carson se laissa bercer par le pas fatigué de sa monture, s'abandonnant à la lumière rougeâtre qui brûlait ses paupières closes.

Ils arrivèrent au pied des montagnes au coucher du soleil. L'ombre effilée des pics rocheux rampait vers eux et finit par les engloutir avec bienveillance. La température chuta de trois degrés.

Carson se força à rouvrir les yeux. Roscoe tenait à peine sur ses jambes. Il avait perdu tout désir de courir et perdait maintenant celui de vivre. Carson se tourna vers de Vaca. Elle était tassée sur sa selle. Tordue. Brisée.

Les deux chevaux, qui allaient au pas, livrés à eux-mêmes, arrivèrent à une bande de lave au pied des montagnes et s'arrêtèrent.

— Susana ? dit Carson d'une voix éraillée.

Elle souleva légèrement la tête.

— Arrêtons-nous ici, le temps d'attendre que les coyotes hurlent à la soif.

Elle acquiesça et se laissa glisser par terre. Elle essaya de se relever, tituba comme une alcoolique et retomba à genoux.

— Attends, je vais t'aider, dit Carson.

Il descendit de cheval et, lui aussi, se sentit partir. Avec une espèce de molle surprise, il se retrouva couché sur le sable doux en train de regarder un monde qui tournait à toute allure : les montagnes, les chevaux, le coucher de soleil sur le ciel. Il ferma de nouveau les yeux.

Soudain, il eut froid. Il voulut rouvrir les yeux mais il lui fut impossible de décoller ses cils. Il leva une main et écarta les paupières d'un œil. Il vit une étoile solitaire qui scintillait sur un ciel d'un violet profond. Puis il entendit un son lointain. Une espèce de jappement qui monta dans les aigus. Un autre lui répondit. Trois ou quatre autres suivirent, dont le dernier se prolongea en un long hurlement guttural. Un autre lui répondit. Puis un autre. Ils semblaient converger.

Les coyotes allaient se désaltérer. Au pied des montagnes.

Carson souleva la tête. La forme immobile de de Vaca gisait sur le sable à côté de lui. Le ciel était juste assez lumineux pour qu'il discerne le contour de son corps.

— Susana ?

Pas de réponse.

Il rampa jusqu'à elle et lui toucha l'épaule.

— Susana ?

Réponds, je t'en supplie. Sois pas morte, je t'en supplie.

Il la secoua de nouveau, un peu plus fort cette fois. Sa tête roula sur le côté, ses cheveux lui mangèrent le visage.

— Aide..., râla-t-elle, ... moi.

Entendre sa voix ramena un semblant de force en Carson. Il fallait qu'il trouve de l'eau. Il devait lui sauver la vie. Les chevaux, immobiles, rênes pendantes, tremblaient comme s'ils avaient la fièvre. Carson attrapa un étrier et s'en aida pour s'asseoir. Le flanc de Roscoe était brûlant sous sa main.

Quand il se mit debout, une soudaine sensation de vertige le submergea et sapa ses forces. Il se retrouva à plat dos sur le sable.

Il était incapable de marcher. S'il voulait avoir une chance de trouver de l'eau, il devait remonter à cheval.

Il attrapa de nouveau l'étrier, se mit debout et s'accrocha désespérément au pommeau de la selle. Il était trop faible pour monter. Il regarda autour de lui de son seul œil ouvert. À quelques mètres, il avisa une grosse pierre. Passant un bras à travers l'étrier, il guida le cheval jusqu'à la pierre et réussit à grimper dessus. De là, il put se mettre en selle.

Les coyotes hurlaient toujours. Carson localisa le son et talonna mollement Roscoe.

Le cheval tressaillit, fit un pas tremblant et s'arrêta, antérieurs écartés. Carson lui murmura des paroles d'encouragement à l'oreille, lui caressa l'encolure et le talonna de nouveau. *Allez, vas-y, mon vieux.*

Roscoe fit un autre pas tremblant, trébucha, se récupéra en gémissant, fit un autre pas.

— Allez, murmura Carson d'une voix pressante.

Les hurlements des coyotes ne dureraient pas très longtemps.

Le cheval avança en titubant. Bientôt, un autre mur de lave se dressa sur sa gauche. Carson poussa Roscoe, mais les coyotes se turent.

Ils avaient senti leur présence.

Carson continua de faire avancer le cheval en direction de l'endroit d'où étaient venus les cris. Encore et toujours de la lave. Le ciel se vidait de sa lumière. D'ici à quelques minutes, il ferait trop noir pour voir quoi que ce soit.

Tout à coup, il sentit une odeur de frais, d'humidité. Le cheval redressa la tête. Lui aussi l'avait sentie. Mais, dans la seconde, la légère brise du désert la remporta, ne laissant plus dans l'air que l'odeur âcre et brûlante de la poussière.

La coulée de lave semblait s'étirer à l'infini sur sa gauche. Sur sa droite, le désert. La nuit tombait ; de plus en plus d'étoiles s'accrochaient au ciel. Il régnait un silence de mort. Rien qui signalât la présence d'une source. Il n'en était pas loin, mais pas assez près. Il sentit que l'inconscience le gagnait.

Roscoe souffla bruyamment et fit un autre pas en avant. Carson se rattrapa au pommeau de la selle. Les rênes lui avaient de nouveau échappé des mains, mais il s'en foutait. Autant lui lâcher la bride. Elle revint : l'odeur alléchante de sable humide portée par un regain de brise. Le cheval se dirigea vers l'odeur, tout droit sur la lave. Carson ne voyait rien que les formes noires de la roche se dressant vers le ciel gagné par la nuit. Il n'y avait rien par ici ; rien qu'un mirage cruel. Il ferma de nouveau les yeux. Le cheval chancela, fit quelques autres pas. S'arrêta.

Carson entendit, très loin, lui sembla-t-il, un bruit d'eau lapée par une bouche goulue. Sa main glissa sur le pommeau de la selle et il se sentit tomber, tomber, tomber, et, au moment où il se dit que cette chute n'en finirait pas, il atterrit avec un gros plouf dans de l'eau peu profonde.

Il était couché dans un trou d'eau d'une dizaine de centimètres de profondeur. C'était, bien sûr, un mirage. Les gens qui mouraient de soif avaient souvent l'impression de se retrouver dans l'eau. Il tourna la tête et de l'eau emplit sa bouche. Il toussa, avala. L'eau était tiède – tiède et pure. Il en avala une autre gorgée. Et, alors, il se rendit compte que c'était vraiment de l'eau.

Il se roula dedans, buvant, riant, se roula encore, en but de nouveau. Et plus la bonne eau tiède coulait dans sa gorge, plus il sentait ses forces revenir.

Il s'imposa de cesser d'en boire et se releva, prenant appui contre Roscoe et clignant des yeux pour les débarrasser des croûtes qui les avaient emprisonnés. Il défit l'outre et, d'une main tremblante, la remplit d'eau. Il la refixa à la selle et tira Roscoe.

Le cheval refusa d'avancer. Carson savait que, s'il le laissait faire, l'animal pourrait boire jusqu'à en crever, ou au moins jusqu'à s'écrouler par terre. Il le tapa sur les naseaux et tira violemment sur les rênes. Le cheval, surpris, recula.

— C'est pour ton bien, dit Carson en tirant Roscoe hors de l'eau.

Le cheval, de frustration, bottait comme un beau diable.

Il trouva de Vaca où il l'avait laissée. Il s'agenouilla à côté d'elle, déboucha l'outre et aspergea d'eau son visage et ses cheveux. Elle remua ; sa tête roula sur le côté. Il la lui souleva doucement, la coinça dans le creux de son bras et versa quelques gouttes d'eau dans sa bouche entrouverte.

— Susana ?

Elle avala et s'étrangla.

Il lui en reversa un peu dans la bouche, sur ses yeux croûteux et ses lèvres tuméfiées.

— C'est toi, Guy ? murmura-t-elle.

— C'est de l'eau.

Il approcha le goulot de l'outre de ses lèvres. Elle avala quelques petites gorgées, toussa.

— Encore, gémit-elle.

En un quart d'heure, elle but les quatre litres par petites gorgées.

Carson sortit le morceau de sel alcalin de sa poche, le suça un moment et le tendit à de Vaca.

— Lèche-le, lui dit-il. Ça t'aidera à apaiser ta soif.

— Je suis morte ? murmura-t-elle au bout d'un moment.

— Non. J'ai trouvé la source. Ou, plutôt, Roscoe l'a trouvée. *El Ojo del Águila.*

Elle suçota le morceau de sel puis s'assit, encore faible.

— Hou ! dit-elle. Je suis toujours morte de soif.

— Tu as assez d'eau dans ton estomac. Tu as besoin d'électrolytes.

Elle continua à sucer le sel puis, tout à coup, elle fut secouée d'un sanglot. Instinctivement, Carson lui passa un bras autour des épaules.

— Hé, dit-elle, regarde, *cabrón*, j'ai retrouvé l'usage de mes yeux.

Il la serra dans ses bras, sentant ses larmes se mêler aux siennes. Et ils pleurèrent ensemble du miracle qui leur sauvait la vie.

Une heure plus tard, de Vaca avait retrouvé suffisamment de forces pour se déplacer. Ils menèrent les chevaux à la grotte et les firent boire, lentement. Puis Carson les mit dehors afin qu'ils broutent et les entrava pour les empêcher de partir dans la nuit. Une mesure superflue, en fait, car il y avait peu de chances qu'ils s'éloignent de la source.

Quand il retourna dans la grotte, Carson trouva de Vaca couchée sur une bande de sable à côté de la source, déjà endormie. Il s'assit et sentit un immense manteau de fatigue tomber sur ses épaules. Il était trop épuisé pour se lancer dans l'exploration des lieux. Le néant l'engloutit tandis qu'il se couchait sur le sable.

La Porte de lave.

Nye balaya l'immense paroi noirâtre du faisceau de sa torche halogène. La trouée était large d'une centaine de mètres. D'un côté, les montagnes de San Cristóbal jaillissaient du sol du désert, pierrier formant une barrière naturelle pour les chevaux ; de l'autre, une immense paroi de lave marquait la fin de nombreux kilomètres d'une coulée née d'un volcan éteint depuis une éternité. Encore mieux que ce qu'il avait imaginé. Idéal pour une embuscade. S'ils se dirigeaient vers le Camp de la lave, Carson et l'autre devraient obligatoirement passer par là.

Nye entrava Muerto dans un *arroyo* situé après la trouée et escalada la lave, emportant sa torche, sa carabine, une outre et de la nourriture. Il trouva bientôt ce qui, dans l'obscurité, lui parut être un bon poste de surveillance : un creux dans la lave dont les bords déchiquetés formaient des créneaux naturels qui offraient un excellent point d'appui pour le canon de sa carabine.

Il s'y installa et commença son attente. Il but une gorgée d'eau et se coupa un morceau de fromage. Du cheddar américain, vraiment dégueu. Et la température de quarante-cinq degrés n'avait pas arrangé les choses. Mais bon, au moins, il avait quelque chose à manger. Nye pensa à Carson et à de Vaca qui, il en était sûr, n'avaient rien mangé depuis trente heures. Mais, sans eau, la faim serait le moindre de leurs maux.

Il s'assit dans la nuit tranquille, aux aguets. À l'aube, le croissant argenté était toujours accroché dans le ciel, jetant juste assez de clarté alentour pour que Nye relâche un peu son attention et regarde autour de lui.

Il avait trouvé l'endroit idéal : un vrai nid pour un sniper, à trois cents mètres au-dessus du passage. De jour, Carson et la fille seraient visibles à trois, voire à quatre kilomètres. Il pouvait tirer en face, vers le bas et même de l'autre côté. Il n'aurait pu trouver de meilleur affût. Là, il aurait tout son temps pour ajuster ses tirs. Lorsque les balles nitro-express 357 troueraient leurs chairs, elles provoqueraient tant de dégâts que même les busards auraient du fil à retordre pour trouver leur pitance.

Il y avait des chances, bien sûr, que Carson et de Vaca soient déjà morts. Si tel était le cas, Nye pourrait toujours se consoler en se disant que c'était sa présence qui les avait acculés à se déplacer sous la chaleur impitoyable du jour. Quoi qu'il en soit, l'endroit était confortable pour attendre. Maintenant qu'il pouvait rester caché durant les heures du jour, l'eau ne serait pas un problème. Il attendrait ici un jour ou deux, histoire d'être sûr, avant de partir vers le sud à la recherche de leurs cadavres.

Et s'ils avaient trouvé de l'eau – ce qui était leur seule chance d'arriver jusqu'ici – ils seraient aux anges, insouciants, tout à la certitude de l'avoir berné. Nye sortit le magasin de sa carabine, le vérifia et le remit en place.

— Bang ! Bang ! dit la voix haut perchée et rieuse, dans la pénombre, à sa gauche.

Une ligne bleu clair grignotait le ciel à l'orient.

— Qui est là ? tonna la voix de Scopes dans les haut-parleurs de l'ascenseur.

Sur l'écran, les lèvres du magicien n'avaient pas bougé – pas plus que son expression –, mais Levine décela un léger étonnement dans la voix de son ex-ami. Il ne tapa pas de réponse.

— Ainsi, ce n'était pas une fausse alerte.

Le magicien recula du seuil de la pièce.

— Mais entrez donc, je vous en prie. Navré de ne pas pouvoir vous offrir un siège. Peut-être dans la prochaine version, qui sait ?

Il rit.

— Êtes-vous un employé subversif ou travaillez-vous pour une entreprise concurrente ? Quel que soit le cas de figure, auriez-vous l'obligeance de m'expliquer ce que vous faites dans ma tour et dans mon programme ?

Après une brève hésitation, Levine fit glisser sa main sur le clavier de son portable et tapa :

— Je suis Charles Levine.

Le magicien le regarda sans rien dire pendant quelques secondes.

— Je ne le crois pas, dit Scopes au bout d'un moment. Tu n'aurais pas pu arriver jusqu'ici.

— Pourtant, si. C'est moi, ici, dans ton programme privé, ton Ciferespace.

— Ainsi, Charles, ça ne te suffisait plus de faire de l'espionnage industriel à distance ? demanda Scopes, moqueur. Il a fallu que tu ajoutes la violation de propriété privée à la liste de tes méfaits.

Levine hésita. Il n'était pas sûr de l'état mental de Scopes, mais il se dit qu'il n'avait d'autre choix que de lui parler ouvertement.

— J'ai des choses à te dire, tapa-t-il. Concernant tes projets.

— À savoir ?

— La vente du virus Apocalypse à l'armée américaine pour cinq milliards de dollars.

Long silence sur la ligne.

— Je t'ai sous-estimé, Charles. Tu es donc au courant pour le Grip-x II. Félicitations.

Tel est donc son nom, songea Levine.

— Qu'espères-tu en le vendant ?

— Ça me semble évident : cinq milliards de dollars.

— Ils ne te seront d'aucune utilité si les fous à qui tu vends ta création détruisent toute la planète.

— Oh, Charles, pitié ! S'ils le voulaient, ils pourraient déjà détruire le monde. Je les connais, ces gars. Ce sont ceux-là mêmes qui nous cassaient la gueule dans la cour de récré, il y a trente ans. Au fond, je les aide simplement à se procurer la toute dernière et la plus puissante des armes. C'est un avatar de l'évolution, cette course à l'armement. Ils n'utiliseront jamais ce virus. C'est comme les armes nucléaires, il n'a qu'une valeur stratégique dans l'équilibre des forces. Ce virus est né d'un contrat entre le Pentagone et GeneDyne. Je n'ai rien fait d'illégal ni même de contraire à l'éthique en le créant et en le mettant en vente.

— Je suis sidéré par ta capacité à rationaliser ta cupidité, tapa Levine.

— Je n'ai pas terminé. Il existe d'excellentes et de multiples raisons pour lesquelles l'armée doit avoir ce virus. Il ne fait aucun doute que c'est l'existence des armes nucléaires qui a empêché une Troisième Guerre mondiale entre l'Union soviétique et les États-Unis. Nous avons enfin fait ce que Nobel espérait que nous fassions avec la dynamite : nous avons rendu toute guerre totale impensable. Mais nous en sommes maintenant arrivés à une nouvelle génération d'armes : les armes biologiques. Malgré les accords passés, de nombreux gouvernements hostiles travaillent sur des agents biologiques voisins de celui-ci. Pour maintenir l'équilibre des pouvoirs, nous ne pouvons pas nous permettre de ne pas avoir le nôtre. Si nous n'avons pas un virus comme le Grip-x II, n'importe quel pays hostile pourra nous faire chanter, nous menacer, nous et le reste du monde. Malheureusement, il se trouve que notre actuel président a l'intention de respecter les termes de la Convention sur les armes bactériologiques. Nous sommes sans doute le seul grand pays dans ce cas-là ! Mais je perds mon temps. Je n'ai pas réussi à te convaincre de t'associer avec moi pour créer GeneDyne, et je ne réussirai pas à te convaincre davantage aujourd'hui. C'est dommage, je t'assure ; on aurait pu faire de grandes choses à nous deux. Mais tu as choisi, par ressentiment, de consacrer ta vie à détruire la mienne. Tu ne m'as jamais pardonné de t'avoir battu à notre Jeu.

— De grandes choses, tu dis ? Comme créer un virus Apocalypse pour détruire la population mondiale ?

— Tu en sais peut-être moins long que tu ne le prétends. Ce soi-disant virus Apocalypse est un produit dérivé d'une thérapie génique destinée à immuniser l'homme contre la grippe. Un vaccin qui assurerait une immunité définitive.

— C'est la mort que tu appelles « immunité définitive » ?

— Tu devrais comprendre que le Grip-x II était une étape intermédiaire. Il avait des défauts, c'est sûr. Mais j'ai trouvé le moyen de les rentabiliser.

Le magicien se dirigea vers une vitrine et prit quelque chose sur une étagère. Quand il se retourna, Levine se rendit compte qu'il s'agissait d'un revolver, identique à ceux que portaient ses poursuivants dans les bois.

— Qu'est-ce que tu comptes faire ? tapa Levine. Tu ne peux pas me tuer. On est dans un monde virtuel.

Le rire de Scopes résonna dans les haut-parleurs de l'ascenseur.

— Nous verrons. Quoi qu'il en soit, je ne vais pas le faire tout de suite. Je veux d'abord que tu me dises pourquoi tu viens m'importuner dans mon monde. Sûrement pas pour me parler du Grip-x II ; tu aurais pu trouver un moyen plus facile de le faire.

— Je suis venu te dire que « PurBlood » est toxique.

Le Scopes magicien baissa son arme.

— Très intéressant. Je t'écoute.

— Je ne connais pas les détails. Il se dégrade dans l'organisme et provoque des troubles caractériels. C'est à cause du « PurBlood » que Franklin

Burt est dément. Et Vanderwagon. Tous les sujets bêta du mont du Dragon vont être atteints de démence. Et toi aussi !

Il était très déroutant de parler à la représentation informatique de Scopes. Elle ne réagissait ni par un sourire ni par un froncement de sourcils ; et, tant que Scopes ne parlait pas, Levine n'avait aucun moyen de savoir ce qu'il pensait ni quel effet ses paroles avaient sur lui. Il se demanda si le P-DG de GeneDyne était déjà au courant pour le « PurBlood » ; s'il avait lu la transmission avortée de Carson, et s'il y avait cru.

— Excellent, Charles, résonna la voix de Scopes avec une ironie teintée de lassitude. Je savais que tu passais ton temps à proférer des accusations calomnieuses sur GeneDyne, mais, là, c'est du grand art !

— C'est la vérité, Brent.

— Et pourtant tu n'as pas de preuve, pas de témoignage, pas d'explication scientifique. C'est comme pour toutes les accusations que tu portes contre GeneDyne. Le « PurBlood » a été mis au point par les plus brillants généticiens du monde. Il a été testé. Et quand il sera commercialisé, vendredi, il sauvera la vie à un nombre incalculable de patients.

— Il la détruira ! Et tu n'es pas inquiet, étant donné que toi-même as été transfusé ?

— Tu me sembles en savoir long sur mes activités. Mais je n'ai jamais reçu de transfusion de « PurBlood ». C'était du plasma coloré.

Levine ne répondit pas tout de suite.

— Mais tu as laissé tout le personnel du mont du Dragon en recevoir ? Très courageux de ta part !

— J'avais l'intention de recevoir du « PurBlood », en fait, mais mon fidèle assistant, M. Fairley, m'a convaincu de changer d'avis. En outre, ceux du mont du Dragon l'ayant mis au point, ils étaient tout indiqués pour le tester, non ?

Levine s'adossa contre la paroi de l'ascenseur. Comment avait-il pu oublier, même dans sa hâte à affronter Scopes en face à face, à quel homme il avait affaire ? Cette discussion lui rappelait leurs joutes verbales à la fac. À l'époque, il n'avait réussi à lui faire changer d'opinion sur aucun sujet. Comment pourrait-il y parvenir aujourd'hui lorsque tant de choses étaient en jeu ?

Levine manipula sa boule de commande pour avoir une vision panoramique du grenier et remarqua que le brouillard s'était levé. Il s'approcha de l'œil-de-bœuf. La nuit était tombée ; le reflet d'une lune pleine tremblotait à la surface de l'océan, écheveau d'argent. Un bateau de pêche, filets suspendus, faisait route vers le port. Dans le silence qui s'était installé entre Scopes et lui, Levine perçut le bruit du ressac sur les rochers. Le fanal de Pemaquid Point Light scintillait dans l'obscurité.

— Impressionnant, n'est-ce pas ? dit Scopes. Tout est restitué, sauf l'odeur de la mer.

Levine se sentit submergé par une infinie tristesse. C'était l'illustration parfaite des contradictions de Scopes. Seul un génie, un artiste, avait pu concevoir un programme aussi beau et aussi subtil que celui-ci. Et le même individu s'apprêtait à vendre le Grip-x II. Levine regarda le bateau faire son entrée au port, le reflet de ses lumières dansant sur l'eau. Une silhouette sombre sauta du bateau, attrapa les haussières qu'on lui jetait du pont et les enroula autour des taquets.

— À l'origine, dit Scopes, se sont posés plusieurs défis. Mon réseau prenait davantage d'ampleur de jour en jour, et je sentais que j'en perdais le contrôle. Je voulais disposer d'un moyen de pouvoir le traverser, facilement et incognito. J'ai passé pas mal de temps à faire joujou avec les langages d'intelligence artificielle comme le Lisp et les langages orientés sur objet comme le Smalltalk. J'ai eu le sentiment qu'il fallait créer un nouveau langage informatique à partir de ce qu'il y avait de mieux dans ces deux-là, et en y ajoutant un petit plus. À l'époque où ces deux langages ont été créés, la puissance de traitement était minime. Je me suis rendu compte que j'avais la capacité de jouer autant avec les images qu'avec les mots. J'ai donc bâti mon langage autour de constructions visuelles. Le compilateur Ciferespace crée des mondes, pas seulement des programmes. Au début, il était très simple, mais, très vite, j'ai mesuré les possibilités offertes par mon nouveau médium. Je me suis dit que je pouvais créer une forme d'art entièrement nouvelle, unique en son genre, obéissant à ses propres lois. Il m'a fallu des années pour créer ce nouveau monde, et j'y travaille toujours. Il ne sera jamais fini, tu t'en doutes. Ce qui m'a pris le plus de temps a été de mettre au point le langage et les outils de programmation, et à les rendre suffisamment robustes. Aujourd'hui, j'y arriverais beaucoup plus rapidement. Charles, tu pourrais rester à cette fenêtre pendant une semaine sans jamais voir la même chose se passer deux fois. Si tu le souhaites, tu peux descendre sur les quais et bavarder avec ces pêcheurs. La marée monte et descend au gré de l'attraction de la Lune. Les saisons sont respectées. Ces maisons sont habitées par des pêcheurs, des estivants, des artistes. Des gens qui existent, des gens que j'ai connus dans mon enfance, comme Marvin Clark, qui tient l'épicerie du village. Il est mort il y a quelques années, mais il vit toujours dans mon programme. Demain, tu pourras descendre au village et aller l'écouter te raconter ses histoires. Tu pourras aussi boire le thé et jouer au backgammon avec Hank Hitchins. Chaque personne est un objet à l'intérieur d'un vaste programme. Elles existent de façon indépendante et ont des interactions que je n'avais pas programmées ni même prévues. Ici, je suis une sorte de dieu : j'ai créé le monde, mais, maintenant qu'il est créé, il évolue sans que j'intervienne.

— Seulement, tu es un dieu égoïste, tapa Levine. Tu as gardé ce monde pour toi seul.

— C'est exact. Mais je n'ai pas envie de le partager. Il est trop personnel.

Levine se retourna vers le magicien.

— Tu as reproduit l'île dans les moindres détails, tapa-t-il. À l'exception de ton manoir. Il est en ruine. Pourquoi ?

Le personnage ne bougea pas, et aucune parole ne résonna dans les haut-parleurs de l'ascenseur. Levine se demanda quel point sensible il avait touché là. Puis le magicien pointa de nouveau le revolver vers lui.

— Je pense que nous avons assez discuté, dit Scopes.

— Ton revolver ne m'impressionne pas.

— Tu as tort. Tu n'es qu'un traitement de la matrice de mon programme. Si je tire, l'unité d'exécution cessera de fonctionner. Tu seras coincé, sans possibilité de communiquer avec moi ni quiconque. Mais ce serait une pure formalité, maintenant. Pendant que nous papotions, j'ai envoyé un sous-programme de détection à tes trousses qui m'a permis de localiser ton terminal. Ça ne doit pas être très confortable d'être coincé dans l'ascenseur 49 entre le septième et le huitième étage ! Un comité d'accueil est déjà en route, ne t'en fais pas, on va te sortir de là.

— Que comptes-tu faire ? tapa Levine.

— Moi ? Rien. Quant à toi, tu vas mourir. Ton piratage inqualifiable et tes toutes dernières ingérences dans mes affaires ne me laissent vraiment pas le choix. Ce sera de la légitime défense, évidemment. Je suis navré, Charles, crois-moi. Dommage que nous en soyons arrivés là.

Levine leva la main pour taper une réponse mais arrêta son geste. Que pouvait-il ajouter ?

— Maintenant, je vais te faire sortir du programme. Adieu, Charles.

Le magicien ajusta son tir.

Pour la première fois depuis qu'il se trouvait dans l'ascenseur, Levine eut peur.

Carson s'éveilla en sursaut. Il faisait encore nuit, mais l'aube était proche : le ciel commençait à se détacher de la bouche noire de la grotte. À quelques mètres de lui, Susana était toujours endormie sur le sable. Il entendait sa respiration légère et régulière.

Il se redressa sur un coude, tiraillé par une soif lancinante, s'approcha à quatre pattes du bord du trou d'eau, en prit dans ses mains et la but avidement. Tandis que sa soif se calmait, la faim commença à se faire sentir dans le creux de son ventre.

Il marcha jusqu'à l'entrée de la grotte et respira l'air frais de l'aube. Les chevaux, à quelques centaines de mètres de là, broutaient tranquillement. Il sifflota et ils relevèrent la tête, oreilles dressées. Il avança prudemment vers eux dans l'obscurité. Ils étaient un peu efflanqués mais semblaient avoir survécu à leur épreuve sans trop de bobos. Il flatta Roscoe. Le cheval avait les yeux clairs et luisants, ce qui était bon signe. La couronne de ses sabots était tiède, mais pas brûlante, et ne montrait aucun signe d'inflammation.

Carson regarda autour de lui dans le jour naissant. Les montagnes environnantes étaient faites d'un grès calcaire dont les strates dessinaient de folles diagonales le long des surplombs et des canyons érodés. Tout à coup, leurs sommets se teintèrent de la lumière violacée du soleil levant. Il régnait un silence religieux – celui d'une cathédrale juste avant que ne retentissent les grandes orgues. À l'endroit où le flanc des montagnes s'enfonçait dans le désert, la base de la coulée de lave formait une masse noire et déchiquetée. Leur grotte se trouvait à une centaine de mètres au-dessous du niveau du désert. Carson n'en voyait pas l'ouverture, et rien alentour n'aurait pu faire soupçonner son existence. Aucun signe de Nye.

Il mena les chevaux à la grotte, les fit boire, puis les entrava sur un nouveau carré d'herbe. Repérant un buisson de prosopis, il coupa, à l'aide de sa pointe de flèche, un surgeon tendre et flexible dont l'extrémité était hérissée d'une boule d'épines. Il descendit de la coulée de lave et s'éloigna dans le désert, examinant attentivement le sable tout en marchant. Il ne tarda pas à repérer ce qu'il cherchait : les empreintes d'un lapin, encore jeune et plutôt petit. Il les suivit sur une centaine de mètres jusqu'à ce qu'elles s'arrêtent devant un trou sous un buisson d'éphédra. Il s'accroupit devant l'entrée du terrier, enfonça le rameau par le bout épineux le long d'une galerie sinueuse et finit par atteindre le fond. Il agita le rameau dans tous les sens et rencontra un obstacle animé. Il le secoua plus violemment, donna une forte poussée, et le ressortit très lentement. Un petit lapin, dont la peau encore tendre s'était prise dans les griffes du rameau, se débattait en couinant. Carson le coinça sous son pied et lui trancha la tête, laissant son sang pisser sur le sable. Puis il le vida, l'écorcha, l'embrocha, enterra les abats dans le sable pour ne pas attirer les busards et retourna à la grotte.

De Vaca était toujours endormie. Devant l'entrée de la grotte, Carson bâtit un petit feu, frotta le lapin avec le sel qu'il avait dans sa poche et le mit à rôtir. La chair crépita, grésilla ; une fumée bleutée s'éleva dans l'air pur.

Enfin, le soleil se leva au-dessus de l'horizon, jetant un flot de lumière scintillante et dorée sur le sable et jusque dans la grotte, illuminant ses moindres recoins. Carson entendit un bruit. Il se retourna et vit que de Vaca s'était redressée et se frottait les yeux.

— Hmm, dit-elle, quand la lumière enflamma son visage, semblant couler sa chevelure en bronze.

Carson la considérait avec le petit sourire satisfait du lève-tôt. Il détourna les yeux, et son expression changea. De Vaca suivit son regard.

Le soleil levant, qui entrait à flots dans la grotte, décochait une flèche orangée qui rayait le sol et allait frapper la paroi du fond à mi-hauteur. À la pointe de la flèche tremblotait une image grossière mais nettement reconnaissable : celle d'un aigle, ailes déployées, tête dressée, prêt à prendre son envol.

Ils regardèrent en silence l'image devenir de plus en plus lumineuse au point de donner l'impression qu'elle allait se graver dans la roche. Et alors, aussi soudainement, qu'elle était apparue, elle s'évanouit. Le soleil était passé au-dessus de l'entrée de la grotte, emportant l'aigle virtuel dans son flot de lumière.

— *El Ojo del Águila*, murmura de Vaca. La Source de l'Aigle. Nous l'avons trouvée. C'est incroyable de penser que cette même source a sauvé la vie de mes ancêtres il y a quatre cents ans.

— Oui, dit Carson.

Il continua à regarder l'endroit sombre où l'image avait existé un moment. Elle lui avait rappelé quelque chose, mais quoi ? Puis l'odeur appétissante de la viande rôtie vint lui chatouiller les narines et il reporta son attention sur le lapin.

— Tu as faim ? demanda-t-il à de Vaca.

— À un point ! Qu'est-ce que c'est ?

— Du lapin.

Il fit tourner la broche, la retira du feu et la planta dans le sable. Il prit sa pointe de flèche, coupa une cuisse du lapin et la tendit à de Vaca.

— Attention, c'est chaud, lui dit-il.

Elle prit le morceau du bout des doigts.

— Hmm, délicieux, dit-elle. Et, en plus, tu fais la cuisine ! Moi qui croyais que les cow-boys ne savaient que faire réchauffer des haricots avec du lard.

Elle mordit de nouveau la cuisse à belles dents, arrachant un autre morceau de chair.

— Et il est très tendre, contrairement aux lapins que ramenait mon grand-père.

Elle recracha un petit os. Carson la regardait manger avec la fierté muette d'un grand chef.

En dix minutes, ils avaient fini le lapin et mis la carcasse à brûler dans le feu. De Vaca se lécha le bout des doigts.

— Comment tu l'as attrapé ? demanda-t-elle.

— Oh, un truc que j'ai appris, tout gosse, sur le ranch, répondit Carson en haussant les épaules.

De Vaca hocha la tête. Puis elle eut un sourire malicieux.

— Oh, suis-je bête ! s'exclama-t-elle. Tous les Indiens savent chasser. C'est... dans les gènes, non ?

Carson se rembrunit, et son plaisir s'évanouit sous cette pique injustifiée.

— Oh, laisse tomber, grommela-t-il. Tu n'es vraiment plus drôle.

Le sourire de de Vaca s'élargit.

— Si tu te voyais ! dit-elle. Cette journée au soleil t'a fait le plus grand bien. Encore quelques-unes comme ça, et tu ne dépareilleras pas dans une réserve.

Malgré lui, Carson se crispa. De Vaca avait le chic pour toucher ses points sensibles. Il aurait cru que les épreuves qu'ils venaient de traverser les auraient rapprochés. Il se demandait à présent ce qui le mettait le plus en colère : que de Vaca soit toujours aussi railleuse, ou qu'il ait été assez naïf pour croire qu'elle aurait pu changer.

— *Tú eres une desagradecida hija de puta*, dit-il, martelant ses mots avec colère.

Les yeux de de Vaca s'arrondirent de surprise. Elle se raidit sur le sable.

— Ainsi, le *cabrón* connaît mieux sa langue maternelle qu'il ne voulait le faire croire, dit-elle d'une voix sourde. Alors, comme ça, je suis une ingrate ? Typique.

— C'est moi qui suis typique ? Je t'ai sauvé la peau hier, et te revoilà aujourd'hui à me balancer les mêmes conneries !

— Toi, tu m'as sauvé la peau ? cria de Vaca. Toi ? Tu te la racontes, *cabrón*. C'est ton ancêtre ute qui nous a sauvés. Et les récits que te transmettait ton grand-oncle. Tu sais, ces gens merveilleux que tu considères comme des taches sur ta belle lignée. Tu es détenteur d'un héritage fantastique dont tu devrais être fier. Et qu'est-ce que tu fais ? Tu le caches. Tu l'ignores. Tu le balaies sous le tapis. Comme si tu valais mieux que lui.

Sa voix montait dans les aigus, se répercutant aux quatre coins de la grotte.

— Et tu sais quoi, Guy Carson ? Sans lui, tu ne serais rien ! Tu ne serais pas un cow-boy. Ni un étudiant BCBG de Harvard. Tu ne serais qu'un plouc plein de vide pas même foutu d'accepter ses origines !

Au fil de cette diatribe, Carson sentit une colère froide monter en lui.

— De nouveau en train de jouer au psy du dimanche ? dit-il. Quand je serai prêt à me confronter à ma petite enfance, compte sur moi pour aller consulter quelqu'un qui a un diplôme – pas un charlatan plus à l'aise dans un poncho que dans une blouse de laborantin. *Todavía tienes la mierda del barrio en tus zapatos*, toute ta vie la merde dans laquelle tu as marché reste collée à tes semelles.

De Vaca, le souffle coupé, le fusilla du regard. Sans crier gare, elle lui balança une gifle magistrale. Carson sentit sa joue le brûler et ses oreilles bourdonnèrent. Il secoua la tête de surprise, vit qu'elle s'apprêtait à le gifler de nouveau mais arrêta sa main juste à temps. De Vaca serra son autre poing et voulut le frapper, mais Carson esquiva le coup et la poussa. Déséquilibrée, elle tomba en arrière dans la flaque d'eau, entraînant Carson dans sa chute.

La gifle et la bagarre avaient eu raison de la colère de Carson. Là, couché sur de Vaca, sentant son corps ferme se débattre sous le sien, une autre sorte de rage le gagna. Sans réfléchir, il l'embrassa sur la bouche.

— *Pendejo*, dit-elle reprenant sa respiration. Personne ne m'embrasse comme ça.

D'une torsion violente, elle libéra ses bras puis serra les poings. Carson attendit.

Ils se regardèrent un long moment, immobiles. De l'eau dégoulinait des poings de de Vaca et tombait goutte à goutte sur la surface sombre et tiède de la source. Le silence reprit peu à peu possession de la grotte, où le seul son audible fut le clapotis de l'eau en contrepoint à leur respiration haletante. Soudain, de Vaca empoigna Carson par les cheveux et plaqua sa bouche contre la sienne.

En un instant, ses mains se promenèrent sur tout le corps de Carson, se glissant sous sa chemise pour lui caresser la poitrine, le bout des seins ; elle déboucla son ceinturon, tira sur la fermeture Éclair de sa braguette qui se refusait à descendre, libérant son sexe et le caressa. Elle se redressa, ôta sa chemise, la jeta au loin puis tira frénétiquement sur son jean mouillé qui lui collait à la peau. Elle enlaça Carson, effleura de la bouche son oreille blessée, y glissa la langue et lui murmura des mots qui l'enflammèrent. Il lui arracha sa culotte et elle tomba dans l'eau en gémissant – ou en criant, il ne savait plus –, ses seins et la douce rondeur de son ventre pointant à la surface. Il la prit. Elle noua ses jambes autour de sa taille et ils ne tardèrent pas à trouver leur rythme, éclaboussant le sable d'eau qui allait s'écraser comme les premières vaguelettes au premier matin du monde.

Plus tard, de Vaca se tourna vers Carson, étendu, nu, sur le sable mouillé.

— Je ne sais pas si j'ai envie de te poignarder ou de refaire l'amour avec toi, lui dit-elle en souriant.

Carson la regarda, roula vers elle et repoussa tendrement une mèche de cheveux qui lui barrait le visage.

— Commençons par la deuxième proposition. Ensuite, on parlera.

Bientôt, il fut midi. Qui les trouva endormis.

Carson volait au-dessus du désert, et les rubans de lave n'étaient plus que des petits points sombres sous lui. Il prit de l'altitude, s'élançant vers le soleil. Devant lui, une immense pointe rocheuse, très effilée, jaillissait du sable sur plusieurs kilomètres de hauteur. Il tenta d'atteindre le sommet, mais, paradoxalement, plus il prenait de l'altitude, plus il s'en éloignait, plus la pointe montait, montait vers le soleil...

Il s'éveilla en sursaut, le cœur battant. Il s'assit dans la fraîcheur de l'obscurité, regarda l'ouverture de la grotte puis se retourna vers le fond, et le sens de ce qu'il avait vu tout à l'heure s'embrasa en lui comme un flambeau.

Il se leva, s'habilla et sortit sur le seuil de la grotte. Il était bientôt 14 heures, le moment le plus chaud de la journée. Les chevaux avaient récupéré, mais ils devaient boire encore une fois. Il leur faudrait partir d'ici à une heure s'ils voulaient atteindre la Porte de lave au coucher du soleil, et le Camp de la lave vers minuit, ou peut-être un peu avant. Il leur resterait trois jours pour transmettre les informations qu'ils détenaient à la FDA avant la mise sur le marché du « PurBlood ».

Seulement ils ne pouvaient pas partir. Pas tout de suite.

Il s'approcha des chevaux et découpa deux lanières de cuir dans les quartiers des selles. Puis il ramassa des branches mortes de prosopis et d'*hediondillas* dont il fit deux fagots qu'il lia avec les bandelettes de cuir. Il retourna vers la grotte.

De Vaca s'était réveillée et habillée.

— Salut, cow-boy, lui dit-elle à son entrée.

Il lui sourit et vint contre elle.

— Pouce, dit-elle en le repoussant, mutine, du bout du doigt.

Il se pencha vers elle et lui murmura dans le creux de l'oreille :

— *Al despertar la hora el águila del sol se levanta en un aguja de fuego.*

— À l'aube, l'aigle du soleil se lève sur une aiguille de feu, traduisit-elle.

— C'est la phrase qui figure sur la carte du trésor de Nye. Je ne l'ai pas comprise l'autre jour, je ne la comprends pas plus aujourd'hui.

Elle regardait Carson, dans l'expectative. Soudain, ses yeux s'agrandirent.

— L'aigle de ce matin ! s'exclama-t-elle. La forme dessinée sur la paroi du fond de la grotte par le soleil levant.

Carson acquiesça.

— Ce qui veut dire qu'on a trouvé l'endroit...

— ... que Nye cherche depuis des années, acheva Carson. L'endroit où Mondragón aurait caché son or.

— Sauf que Nye se plantait de près de cent kilomètres. Bon, qu'est-ce qu'on attend ?

Carson alluma l'un des fagots, et ils gagnèrent le fond de la grotte.

Du trou d'eau où elle affleurait, la source coulait sous la forme d'un ru qui s'enfonçait en pente douce vers les profondeurs de la grotte. Carson et de Vaca le suivirent, scrutant les zones rougeoyantes renvoyées par leur torche. En s'approchant de la paroi du fond, ils se rendirent compte que la hauteur de la grotte s'abaissait brutalement, de même que le sol qui se prolongeait en une galerie étroite et basse. Ils durent se baisser pour pouvoir continuer. De l'obscurité devant eux leur parvenait le bruit d'une chute d'eau.

La galerie débouchait sur une salle de trois ou quatre mètres de large sur une dizaine de haut. Carson brandit la torche, éclairant la surface irrégulière et jaunâtre de la paroi rocheuse. Il s'arrêta brusquement. À ses pieds, le ruisseau plongeait, avec un bruit de cascade, dans un précipice noir comme la nuit. Carson tendit la torche devant lui et regarda dans le vide.

— Tu vois quelque chose ? lui demanda de Vaca.
— Je vois à peine le fond. À une quinzaine de mètres, je dirais.

Quelque chose glissa, et Carson se recula instinctivement. Des fragments de roche se détachèrent du bord de l'à-pic et dégringolèrent dans le noir, se répercutant à tous les échos.

Du bout du pied, Carson tâta le sol devant lui.
— Cette roche est friable et pourrie, dit-il en s'avançant prudemment le long du bord.

Ayant trouvé un endroit plus stable, il se mit à genoux et se pencha au-dessus du vide.
— Il y a quelque chose en bas, dit de Vaca, restée de l'autre côté.
— Je le vois.
— Tu tiens la torche, je descends, dit de Vaca. C'est plus facile pour moi.
— Non, laisse-moi faire.

De Vaca lui lança un regard noir.
— D'accord, d'accord, soupira-t-il.

De Vaca s'avança vers un endroit où des morceaux de roche s'étaient détachés des parois et commença à descendre, se laissant glisser par moments le long de l'éboulis. Plus elle allait, moins Carson la voyait.

— Lance-moi l'autre torche ! cria-t-elle.

Carson coinça une boîte d'allumettes dans les branchages du deuxième fagot et le lui lança. De Vaca tâtonna dans l'obscurité, craqua une allumette, et soudain l'abîme fut illuminé par la lueur vacillante de la torche.

Penchant la tête plus en avant, Carson vit clairement la forme du squelette d'un mulet. Son bât était démantibulé, et des morceaux de couverture et de cuir étaient éparpillés sur le sol. Plusieurs gros blocs blanchâtres dépassaient des restes des sacoches. À côté gisait le cadavre momifié d'un homme.

Sous l'éclairage mouvant de la torche, Carson vit que de Vaca examinait d'abord les restes de l'homme, puis du mulet, puis du bât. Elle ramassa des objets éparpillés et les attacha aux pans de sa chemise. Puis elle escalada l'éboulis et rejoignit Carson.

— Qu'est-ce que tu as trouvé ? lui demanda-t-il.
— Je n'en sais rien. Allons voir ça à la lumière du jour.

Ils regagnèrent l'entrée de la grotte. Là, de Vaca dénoua les pans de sa chemise. Une bourse en cuir, une dague dans son fourreau et plusieurs blocs blanchâtres tombèrent sur le sable.

Carson ramassa la dague et la dégaina prudemment. La lame était émoussée et rouillée, mais la poignée était intacte sous son manteau de poussière. Carson l'essuya contre sa manche et la brandit dans le soleil. Il put lire, gravé en lettres d'argent : D. M.

— Diego de Mondragón, murmura-t-il.

Quand de Vaca essaya d'ouvrir la bourse au cuir raidi par le temps, celle-ci se cassa en deux. Une petite pièce en or et deux plus grosses en argent tombèrent par terre. Elle les ramassa, les mit dans le creux de sa main, les retourna, émerveillée par leur éclat dans la lumière.

— On dirait qu'elles viennent d'être frappées, dit-elle.

— Et les sacoches ? demanda Carson.

— Elles sont à moitié pleines de ces pierres blanches, répondit de Vaca, désignant les deux qu'elle avait remontées. Il y en a des dizaines en bas.

Carson en ramassa une et l'examina, intrigué. Elle était fraîche, lisse, de couleur ivoire.

— Qu'est-ce que ça peut bien être ? murmura-t-il.

De Vaca ramassa l'autre, la soupesa.

— C'est lourd, dit-elle.

Carson sortit sa pointe de flèche et gratta la surface.

— C'est assez tendre, dit-il. En tout cas, ce n'est pas de la pierre.

De Vaca la frotta avec la paume de sa main.

— Pourquoi Mondragón aurait risqué sa vie à porter ces machins-là, alors qu'il aurait pu prendre des réserves d'eau supplémentaires et...

Elle s'interrompit.

— Je sais ce que c'est ! dit-elle. C'est de l'écume de mer.

— De l'écume de mer ?

— L'autre nom de la sépiolite. On l'utilise pour sculpter des pipes, des objets, des bibelots. Ça avait énormément de valeur au XVIIᵉ siècle. Le Nouveau-Mexique en exportait de grosses quantités vers la Nouvelle-Espagne. Je suppose que la « mine » de Mondragón était un dépôt de sépiolite.

Elle sourit à Carson qui la regarda, l'air dépité. Puis il se laissa tomber en arrière sur le sable et rit.

— Et dire que depuis tant de temps Nye cherche l'or perdu de Mondragón ! dit-il. Il n'a jamais pensé – personne n'a jamais pensé – que Mondragón transportait peut-être une autre forme de richesse. Quelque chose qui n'a pratiquement plus de valeur de nos jours.

De Vaca hocha la tête.

— Mais, à l'époque, cela valait son pesant d'or. Regarde la finesse du grain. Aujourd'hui, ça doit valoir dans les quatre ou cinq cents dollars.

— Et les pièces ?

— L'argent de poche de Mondragón. La dague est sans doute le seul objet de valeur du lot.

Carson hocha la tête, jetant un coup d'œil vers le fond de la grotte.

— Je suppose que le mulet s'est éloigné par là derrière et que Mondragón l'a poursuivi. La roche a dû céder sous leurs poids.

De Vaca fit non de la tête.

— J'ai trouvé autre chose en bas, dit-elle. Une flèche plantée dans le thorax de Mondragón.

Carson la regarda, étonné.

— C'est sans doute son serviteur qui l'aura tué, dit-il. Ainsi, la légende a tout faux. Ils ne cherchaient pas de l'eau, ils en avaient trouvé. Mais le serviteur a décidé de garder le trésor pour lui seul.

De Vaca acquiesça.

— Peut-être que Mondragón cherchait un endroit où cacher son trésor et n'a pas vu le précipice dans l'obscurité, dit-elle. Il y a des morceaux de lave sur le squelette et tout autour. Le mulet a été tué dans la chute, et le serviteur a décidé que ça ne valait pas la peine de rester là.

— Tu disais que les sacoches étaient à moitié pleines, c'est ça ? Il a dû achever Mondragón, prendre tout ce qu'il pouvait emporter et partir vers le sud. Il avait certainement emmené le pourpoint pour se protéger du soleil. Mais ça n'aura pas suffi. Il ne sera pas allé plus loin que le mont du Dragon.

Carson ne détachait pas les yeux de l'ouverture de la grotte, comme s'il s'attendait qu'elle lui conte comment cela s'était réellement passé.

— Fin de la légende du mont du Dragon, dit-il.

Ils restèrent silencieux dans la lumière de l'après-midi, à regarder les pièces de monnaie que de Vaca tenait dans le creux de sa main. Elle les glissa dans la poche de son jean.

— Il est temps de seller les chevaux, dit Carson, qui ramassa la dague et la coinça dans sa ceinture. Il faut qu'on arrive à la Porte de lave avant le coucher du soleil.

Nye, niché dans son aire au milieu des rochers, sentait la chaleur du soleil de fin d'après-midi traverser son chapeau et se réverbérer autour de lui sur la lave, l'enserrant dans une étreinte étouffante. Il leva sa carabine et, par la lunette de visée, scruta l'horizon, au sud. Aucun signe de Carson et de la fille. Il augmenta l'angle de hausse, scruta une fois encore l'horizon. Aucun vautour tournoyant dans le ciel.

— Ils sont sans doute planqués quelque part à se peloter, dit le gamin, jetant un caillou qui rebondit bruyamment le long de la paroi rocheuse. Cette nana est vachement tarte.

Nye grimaça. Soit ils avaient trouvé une source, soit ils étaient morts – ce qui était le plus probable. Peut-être qu'il fallait un bon bout de temps avant que les corps pourrissent et attirent les busards. Le désert était grand, après tout. Il fallait que l'odeur arrive jusqu'aux oiseaux. Combien de temps un cadavre mettait-il avant de dégager une odeur de putréfaction ? Quatre, cinq heures ?

— On joue aux billes ? demanda le gamin, qui lui lança une poignée de petits cailloux. On peut utiliser ça, à la place.

Nye se tourna vers lui. Le gosse était sale. De la morve avait séché sur l'une de ses narines.

— Pas maintenant, lui répondit-il avec douceur.

Il mit en joue et scruta de nouveau l'horizon.

Et il les vit : deux silhouettes à cheval qui approchaient, à cinq ou six kilomètres de distance.

Levine s'esquiva vivement sur le côté au moment même où le coup partait. Il fit tourner la boule de commande et vit un trou rond et net dans le carreau de l'œil-de-bœuf derrière lui. Le Scopes virtuel leva de nouveau son arme.

— Brent ! tapa Levine précipitamment. Ne fais pas ça ! Il faut que tu m'écoutes !

Scopes poussa un soupir.

— Depuis vingt ans, tu me mets des bâtons dans les roues, dit-il. J'ai fait tout ce que je pouvais pour toi. Au début, je t'ai proposé un partenariat d'égal à égal : cinquante pour cent des actions GeneDyne. Je me suis retenu de répondre à tes attaques pernicieuses, alors que tu prenais du poids et de l'influence en faisant de la contre-publicité pour GeneDyne. Tu as profité de mon silence pour redoubler d'agressivité, pour m'accuser de cupidité, d'égoïsme...

— Tu ne te taisais que parce que tu espérais me faire signer le renouvellement de la patente du blé, tapa Levine.

— C'est indigne de toi, Charles. Si je ne réagissais pas, c'est que j'éprouvais toujours un peu d'amitié pour toi. Au début, je l'avoue, je n'ai pas pris tes attaques au sérieux. On était si proches à l'école. De toutes les personnes que j'ai rencontrées, tu es mon seul alter ego. Souviens-toi de ce qu'on a fait ensemble : on a créé le gène Rouille-x.

Un rire amer résonna dans le haut-parleur de l'ascenseur.

— C'est la partie de l'histoire que tu n'aimes pas raconter à la presse, hein ? reprit Scopes. Le grand Levine – le noble Levine, le Levine qui ne tomberait jamais aussi bas que Brent Scopes – est le co-inventeur du gène Rouille-x. Une des plus grosses vaches à lait de l'histoire de la génétique. C'est peut-être moi qui ai trouvé les grains de blé anasazi, mais c'est toi, ton génie scientifique, qui as isolé le gène et as développé la souche résistante à la maladie.

— Me faire des milliards de dollars sur le dos des pauvres du tiers-monde n'est pas une idée de moi.

— Les bénéfices que j'ai faits sont dérisoires comparés à l'augmentation de la productivité, répliqua Scopes. Aurais-tu oublié que, grâce à notre souche résistante à la rouille, la production mondiale du blé a augmenté de quinze pour cent et que le prix du blé a baissé ? Charles, des gens qui, autrement, seraient morts de faim ont survécu grâce à cette découverte. Notre découverte.

— Notre découverte, oui. Mais je ne souhaitais pas en faire une pompe à fric. Je voulais la mettre dans le domaine public.

Scopes rit.

— Je n'ai pas oublié ce désir naïf de ta part, dit-il. Et tu n'as sans doute pas oublié les circonstances qui m'ont permis, à moi, d'en tirer de gros profits. J'ai gagné, loyalement.

Levine n'avait pas oublié. Ce souvenir enflammait son âme du feu de la culpabilité. Lorsqu'il avait été clair que Scopes et lui avaient deux points de vue inconciliables quant au gène Rouille-x, ils avaient décidé de trancher la question en s'affrontant au Jeu qu'ils avaient inventé à la fac. Le gagnant emporterait la décision.

— Et j'ai perdu, tapa Levine.

— Oui. Mais tu auras le dernier mot, Charles, n'est-ce pas ? Dans deux mois, la patente vient à expiration. Étant donné que tu refuses de cosigner son renouvellement, la découverte la plus lucrative de l'histoire de GeneDyne va tomber dans l'escarcelle du monde, qui en fera ce que bon lui semblera – gratuitement.

Soudain, mêlées à la voix de Scopes, Levine entendit d'autres voix : fortes, pressantes, se répercutant dans la colonne de l'ascenseur.

Dans l'espace réel aussi on était à sa poursuite.

L'ascenseur eut un sursaut qui plaqua Levine contre la paroi. Au-dessus de lui, un moteur se mit à bourdonner et la voix froide parla de nouveau : *La panne a été réparée. Nous vous prions de nous excuser de ce contretemps.*

L'ascenseur gémit, vibra et commença à monter.

Sur l'écran géant, le Scopes virtuel se détourna et alla regarder par l'une des fenêtres du grenier.

— Aucune importance, maintenant, que je te tue ici ou non, dit Scopes. Quand l'ascenseur arrivera au soixantième étage, ton enveloppe corporelle sera de toute façon détruite. Quant à ton existence cyberspatiale, nous verrons.

Le personnage se retourna vers lui et le regarda, le visage inexpressif.

Levine leva les yeux vers l'indicateur d'étage. Il lut : 20.

— Je suis navré que les choses se terminent ainsi, Charles, dit Scopes. Mais je suppose qu'il ne faut voir dans mon regret qu'un avatar de ma nostalgie. Peut-être qu'après ta mort je serai capable d'honorer la mémoire de l'ami que j'ai eu autrefois. Un ami qui a changé du tout au tout.

Les numéros défilaient rapidement : 55, 56, 57. Le ronronnement des moteurs alla decrescendo comme l'ascenseur ralentissait.

— Je pourrais signer le renouvellement de la patente, tapa Levine.

Soixantième étage, annonça la voix. Levine arracha le cordon du portable de la prise murale. L'image du grenier sous la brume s'évanouit d'un coup, et l'écran plat redevint noir. Si le Mime était toujours dans le cyberespace de GeneDyne, il en serait chassé immédiatement. On ne pourrait pas remonter jusqu'à lui.

L'ascenseur s'arrêta en silence. Les portes s'ouvrirent. Levine, assis en tailleur, leva la tête et vit trois gardes en uniforme GeneDyne bleu et noir face à lui. Leur meneur leva son arme, le visant à la tête.

— Compte pas sur moi pour faire le ménage, dit l'un des deux autres.

Levine ferma les yeux.

Ils avaient rempli les deux outres et bu à la source jusqu'à plus soif. Maintenant, ils chevauchaient au pied des montagnes, et Carson sentait la fraîcheur du soir s'immiscer peu à peu dans l'air.

Le soleil de la fin de l'après-midi était accroché dans le ciel au-dessus des sommets dénudés.

Encore vingt-cinq kilomètres jusqu'à la Porte de lave, puis une trentaine encore jusqu'au Camp de la lave. Étant donné qu'ils feraient la plus grosse partie de ce qu'il leur restait de trajet à la fraîche, ils ne craignaient plus de se retrouver à court d'eau. Et les chevaux en avaient la panse pleine.

Il s'enfonça dans sa selle et se tourna vers de Vaca. Elle était assise, très droite, ses longues jambes souples sur les flancs du cheval, étriers chaussés, cheveux flottant derrière elle comme un vent noir. Elle avait un profil anguleux, remarqua Carson, un nez fin, des lèvres gourmandes. Bizarre qu'il n'ait pas remarqué ça plus tôt. Évidemment, songea-t-il, une combinaison de protection n'est pas vraiment le vêtement idéal pour mettre une femme en valeur.

— Qu'est-ce que tu regardes comme ça, *cabrón* ? demanda-t-elle.

— Toi.

— Et qu'est-ce que tu vois ?

— Quelqu'un que...

— Attends qu'on soit revenus à la civilisation avant de me faire des déclarations hâtives, l'interrompit-elle, rieuse.

— J'allais dire : quelqu'un que j'ai envie de jeter sur un lit. Un vrai lit, pas un lit de sable. Et de sentir frissonner de plaisir, de préférence.

— Ce lit de sable n'était pas si mal.

Carson fit une grimace exagérée.

— La moitié de la peau de mon dos doit être sous tes ongles, dit-il.

Il montra l'horizon.

— Tu vois ce passage, là-bas, où on a l'impression que les montagnes et la coulée se touchent ?

fit-il. C'est la Porte de lave, l'extrémité nord du désert de Jornada. De là, on se dirige vers l'étoile Polaire, et le Camp de lave est à moins de trente kilomètres. On y trouvera de la bouffe chaude, un téléphone et, peut-être, un vrai lit.

— Ah oui ? dit de Vaca. Aïe, mes pauvres fesses.

Nye abaissa le canon de sa Holland & Holland, vérifia sa lunette de visée, bloqua le magasin. Il était fin prêt. Coinçant la crosse entre ses pieds, il vérifia que rien n'obstruait le canon. Il l'avait nettoyé cent fois depuis que cet abruti de Carson y avait enfoncé son chewing-gum, l'autre jour, dans le désert. Mais il valait mieux vérifier encore pour être vraiment sûr.

Les deux silhouettes étaient maintenant à un peu plus de un kilomètre. Dans moins de dix minutes, elles seraient à portée de tir. Deux coups de feu, nets et précis, tirés de quatre cents mètres. Et deux autres pour les chevaux. Ils ne comprendraient même pas ce qui leur arrivait.

Le moment était venu. Il mit en joue, calant le canon de la carabine sur la lave. Il commença à respirer lentement et profondément, expirant par le nez et s'efforçant de calmer les battements de son cœur. Il tirerait entre deux battements pour une meilleure précision.

Il redressa imperceptiblement la tête et regarda autour de lui. Le gamin avait disparu. Puis Nye le repéra. Il esquissait des pas de danse sur la lave, de l'autre côté. À l'écart.

Il replaça sa joue contre la crosse et prit sa mire, balayant lentement le désert du canon de sa carabine jusqu'à ce que les deux silhouettes apparaissent au centre de l'objectif de la lunette.

— Tirez pas ! cria quelqu'un derrière les gardes. Je viens d'avoir M. Scopes au téléphone.

Les hommes parlèrent à voix basse.

Le canon du revolver s'abaissa, et l'un des gardes releva Levine sans ménagement.

On le fit passer dans un couloir obscur, devant un poste de sécurité, puis devant un autre, plus petit. Comme le groupe débouchait dans un hall, Levine se rendit compte qu'il était déjà passé par là, quelques heures plus tôt, quand il errait dans le cyberespace de GeneDyne, Maisdort à ses basques. Tout en marchant, il entendait le ronronnement des machines, le murmure des ventilateurs et des échangeurs de température.

Ils s'arrêtèrent devant l'imposante porte noire. Levine reçut l'ordre d'enlever ses chaussures et d'enfiler l'une des paires de chaussons en mousse alignées par terre. Un garde parla dans sa radio, et le claquement sec de serrures électroniques se déverrouillant se fit entendre. Il y eut un sifflement, et la porte s'entrebâilla. Un garde la poussa, et un souffle d'air fouetta Levine au visage. Il entra.

Le bureau octogonal ne ressemblait en rien au grenier du manoir du Ciferespace de Scopes. Il était vaste, obscur, évoquait une chambre stérile. Les murs nus s'élançaient vers le plafond d'une hauteur vertigineuse. Levine baissa les yeux sur le fameux piano, le somptueux bureau marqueté, et Scopes assis sur le canapé défoncé, un clavier sur les genoux, qui le regardait d'un air sardonique. Son T-shirt noir était sale et maculé de taches de ce qui semblait être de la sauce de pizza. Devant lui, un écran géant offrait toujours l'image de la terrasse du manoir en ruine. Au loin, le fanal du phare clignotait sur l'eau noire.

Scopes appuya sur une touche, et l'image s'évanouit.

— Fouillez-le pour vérifier qu'il n'a pas d'arme ou de matériel électronique quelconque, dit-il aux gardes.

Il attendit que ce soit chose faite puis fit signe aux gardes qu'ils pouvaient disposer. Il mit les mains sous son menton et dévisagea Levine.

— J'ai vérifié les journaux de maintenance. Apparemment, tu es resté un très long moment dans cet ascenseur. Dix-huit heures, à peu de chose près. Tu veux te rafraîchir ?

Levine secoua la tête.

— Assieds-toi, alors, dit Scopes, désignant l'autre bout du canapé. Et ton ami ? Tu crois qu'il aimerait se joindre à nous ? Je veux parler de celui qui t'a déblayé le terrain. Il a laissé sa marque dans tout le réseau, et j'aimerais énormément le rencontrer et lui expliquer la piètre opinion que j'ai de ses activités.

Levine ne dit mot. Scopes le regarda, lui sourit et repoussa sa mèche rebelle.

— Ça fait un bail, hein, Charles ? Je dois reconnaître que je suis un peu surpris de te voir. Mais pas plus toutefois que je ne le suis par ta proposition de signer l'accord de renouvellement, après toutes ces années de refus catégorique. Comme nous renonçons vite à nos principes devant l'ultime épreuve, n'est-ce pas ? « Il est plus facile de se battre pour des principes que de vivre selon eux. » Et encore moins de mourir. Exact ?

— « Douter soi-même de ses principes est la marque de l'homme sage », rétorqua Levine en s'asseyant.

— De l'homme « civilisé », Charles. Tu es rouillé. Tu te souviens de la dernière fois où nous avons joué à notre Jeu ?

Un voile de tristesse passa sur le visage de Levine.

— Si j'avais gagné, dit-il, nous ne serions pas là aujourd'hui.

— Sans doute. Je me demande souvent, tu sais, dans quelle mesure la campagne antigénétique farouche que tu mènes depuis des années n'est pas simplement un désir de revanche. Tu aimais ce jeu autant que moi. Tu as risqué toutes tes convictions dans cette dernière partie, et tu as perdu.

Scopes se redressa et plaça les doigts sur le clavier.

— Je vais imprimer les documents, dit-il. Tu n'auras plus qu'à les signer.

— Je ne t'ai pas encore donné mes conditions.

Scopes se tourna vers lui.

— Tes conditions ? s'étonna-t-il. Tu ne me sembles pas être dans une position où tu puisses en poser. C'est « signe ou crève », si je puis dire.

— Tu ne me tuerais pas de sang-froid, voyons.

— Tuer de sang-froid, répéta Scopes d'une voix lente. Je suppose que ce genre de vocabulaire sensationnaliste fait partie de ton fonds de commerce, maintenant. Et, pourtant, je crains que... je ne ferai pas trop la fine bouche, comme dirait M. Micawber. À moins que tu ne signes le renouvellement de la patente.

Levine ne répondit pas tout de suite.

— Mes conditions sont... une autre partie, finit-il par dire.

Scopes le regarda, n'en croyant pas ses oreilles. Puis il pouffa.

— Eh bien, eh bien, Charles, dit-il. La... revanche, comme on dit ? Et on mise quoi ?

— Si je gagne, tu détruis le virus et tu me laisses en vie. Si je perds, je signe la patente et tu peux me tuer. Tu vois, si tu gagnes, tu auras encore devant toi dix-huit ans de droits exclusifs sur le gène Rouille-x, et en plus tu pourras vendre le virus au Pentagone. Si tu perds, tu perds à la fois la patente ET le virus.

— Te tuer serait beaucoup plus simple.

— Mais te rapporterait moins. Si tu me tues, la patente sur le blé ne sera pas renouvelée. À eux seuls, ces dix-huit ans valent dix milliards de dollars pour GeneDyne.

Scopes réfléchit un moment, laissant le clavier glisser de ses genoux sur le canapé.

— Je te fais une contre-proposition, dit-il. Si tu perds, plutôt que de te tuer, je t'embauche chez GeneDyne en tant que vice-président et directeur de recherche. C'est ma première proposition, réactualisée, avec une mensualisation plus un portefeuille d'actions proportionnel à ton statut. On va remonter dans le temps, tout recommencer de zéro. Naturellement, ta coopération sera totale et tu cesseras ces attaques insensées contre GeneDyne et les progrès technologiques en général.

— Au lieu de mourir, je signe un pacte avec le diable, c'est ça ? Pourquoi ferais-tu ça pour moi ? Je ne suis pas sûr de vouloir te faire confiance.

— Qu'est-ce qui te fait croire que c'est pour toi que je le fais ? dit Scopes, avec un sourire. Te tuer serait salissant et compliqué. De plus, je ne suis pas un assassin, et il y a toujours le risque que cela pèse sur ma conscience. Franchement, Charles, je n'ai ressenti aucune joie à détruire ta carrière. Ce fut une réaction d'autodéfense, c'est tout... Mais te laisser retourner dans le monde pour que tu me tires dessus à boulets rouges n'est pas envisageable.

Il va de mon intérêt de te convaincre de venir travailler avec nous, de coopérer. Si tu le souhaites, tu pourras rester dans ton bureau à ne rien faire de la journée, mais je pense que tu trouveras plus de gratification dans la voie de la recherche, en nous aidant à guérir des malades. Cela ne devra pas être forcément dans le domaine de la génétique, remarque. Recherche pharmaceutique, biomédicale, ce que tu veux. Tu pourras choisir ton menu. Consacre ta vie à créer, au lieu de la consacrer à détruire.

Levine se leva et se campa face à l'écran éteint. Le silence s'installa. Finalement, il se retourna vers Scopes.

— J'accepte, dit-il. Mais il me faut une garantie qui m'assure que tu détruiras bien le virus si tu perds. Je veux que tu le sortes du coffre et que tu le poses sur cette table, entre nous. Si je gagne, je partirai en l'emportant et j'en disposerai comme bon me semblera. À condition, bien sûr, que ce soit l'unique échantillon.

— Tu es bien placé pour le savoir, s'étonna Scopes. Vu les agissements de ton ami Carson !

Levine haussa les sourcils.

— Ainsi, tu n'es pas au courant ? D'après les rapports que j'ai reçus, ce salopard a fait sauter le mont du Dragon. Carson Iscariote.

— Première nouvelle.

Scopes le dévisagea avec curiosité.

— Et moi qui pensais que tu étais derrière ça, dit-il. J'ai cru que c'était ta façon de te venger contre le fait que j'aie sali la mémoire de ton père.

Il hocha la tête.

— Bah, fit-il, que sont neuf cents millions de dollars quand dix milliards sont en jeu ? J'accepte ta proposition. En y ajoutant une clause. Si tu perds, je ne veux pas que tu puisses te dédire. Je veux que tu signes le renouvellement de la patente ici même, tout de suite, devant notaire. Nous placerons les documents devant nous, à côté du virus. Si je perds, tu les prends. Si je gagne, je les garde.

Levine acquiesça.

Scopes remit le clavier sur ses genoux et tapa rapidement sur une série de touches. Il décrocha un téléphone et lança un ordre bref. Quelques instants plus tard, une sonnette tinta, et une femme entra, apportant plusieurs feuilles de papier, deux stylos et un cachet de notaire.

— Voici les documents, dit Scopes. Signe-les pendant que je sors le virus.

Il gagna le mur du fond, fit glisser les doigts dessus jusqu'à ce qu'il trouve ce qu'il cherchait, puis exerça une pression qui fut suivie d'un claquement sec. Un panneau se leva. Scopes tendit le bras et tapa sur plusieurs touches. Il y eut un bip, un déclic, puis Scopes tendit le bras plus profondément et sortit une boîte stérile. Il la posa sur le bureau marqueté, l'ouvrit, en sortit une ampoule de verre scellée d'environ cinq centimètres de long. Il la posa prudemment sur le document que Levine venait de signer puis attendit que la femme eût quitté la pièce.

— Nous allons jouer selon nos anciennes règles, dit-il. Deux manches sur trois. On laissera le soin à l'ordinateur GeneDyne de choisir un thème au hasard dans sa base de données. En cas de contestation, es-tu d'accord pour laisser à l'ordinateur le soin de trancher ?

— Oui, dit Levine.

Scopes jeta une pièce de monnaie en l'air, la rattrapa et la retourna sur le dos de son autre main.

— Je t'écoute, dit-il.

— Face.

Scopes enleva la main qui recouvrait la pièce.

— Pile. Je commence.

De Vaca arrêta de chanter la vieille chanson mexicaine qui les accompagnait depuis plusieurs kilomètres et s'enfonça dans sa selle, prenant le temps de goûter l'air du désert, l'inspirant profondément. Le soleil couchant teintait d'or la nature. C'était sensationnel d'être en vie et de chevaucher vers la sortie du désert de Jornada, vers une nouvelle vie. Pour l'heure, peu importait ce qu'elle serait. Elle avait considéré tant de choses comme acquises jusqu'à présent. Elle se jura qu'elle ne referait plus cette erreur.

Elle regarda Carson, qui, devant elle, obliquait vers l'étroite Porte de lave. Elle se demanda fugacement quelle place il prendrait dans cette nouvelle vie puis se dit aussitôt qu'elle aurait bien le temps d'y penser plus tard.

Carson tourna la tête, s'aperçut que de Vaca n'était plus à ses côtés et ralentit son cheval. Il se retourna vers elle, lui souriant tandis qu'elle le rejoignait, puis se pencha vers elle pour lui caresser la joue.

Elle eut tout à coup l'impression que son visage était mouillé. Une impression si inattendue dans le désert qu'elle ferma machinalement les yeux, détourna la tête et leva une main en un geste protecteur. Elle s'essuya le visage et vit du sang sur ses doigts : un petit tesson qui ressemblait à un bout d'os était resté collé à l'un de ses doigts. Au même moment, une forte détonation déchira le silence du désert.

Et tout se passa en même temps. Elle vit Carson se plier en deux sur son cheval tandis que le sien ruait de peur. Elle s'agrippa désespérément au pommeau de sa selle, quelque chose siffla à son oreille, et une autre détonation roula à travers le désert.

On leur tirait dessus.

Roscoe était parti vers les montagnes au triple galop. De Vaca lança son cheval à sa suite, le talonnant furieusement et se couchant sur l'encolure dans l'espoir de faire une cible moins facile. Elle tendait le cou, s'efforçant de stabiliser sa vision malgré la vitesse du cheval. Devant elle, Carson était plié en deux sur sa selle. Le sang dégoulinait sur le flanc de Roscoe et gouttait sur le sable, y dessinant des pointillés noirs. Un autre coup de feu retentit. Et encore un autre.

Tandis qu'ils débouchaient devant un cul-de-sac dans la coulée de lave, les chevaux pilèrent. Plusieurs coups de feu furent tirés à la suite. Roscoe, roulant des yeux, fit un écart, désarçonnant Carson, et s'enfuit. De Vaca sauta à bas de son cheval et atterrit sur le sable à côté de Carson alors que leurs deux chevaux partaient dans le désert au grand galop. Il y eut un autre coup de feu, suivi de l'horrible hennissement de douleur d'un cheval. De Vaca se retourna. Roscoe avait été éventré par une balle ; ses intestins pendaient, serpentins gris, entre ses jambes. L'animal galopa quelques mètres encore puis s'arrêta, tremblant de tous ses membres. Il y eut une autre détonation, et le cheval de de Vaca s'écroula sur le sable, le corps agité de soubresauts. Une autre balle encore, et un jet de sang jaillit de sa tête. Ses jambes arrière battirent le sol deux fois encore spasmodiquement puis s'immobilisèrent.

De Vaca rampa vers Carson. Il était étendu par terre, en position fœtale. Son sang transformait le sable en une espèce de pâte épaisse et rougeâtre. Elle le retourna tout doucement et poussa un cri. Fébrile, elle chercha à repérer la blessure. Le bras gauche de Carson était couvert de sang. Elle écarta doucement sa manche déchirée. La balle avait arraché un énorme morceau de chair de son avant-bras, pulvérisé le radius, détaché le muscle et la chair, explosé le cubitus. En une seconde, cette vision fut obscurcie par le sang qui jaillissait librement de l'artère radiale sectionnée.

Carson roula sur le côté, se raidissant de douleur.

De Vaca regarda de tous côtés, en quête de quelque chose qui pourrait servir de garrot. Elle n'osait pas traverser la ligne de tir et aller vers les chevaux. Au désespoir, elle retira vivement sa chemise, la roula et la noua fermement sous le coude de Carson, serrant, serrant jusqu'à ce que le sang cesse de couler.

— Tu peux marcher ? demanda-t-elle.

Carson murmura des paroles inaudibles. Elle se pencha vers lui.

— Mon Dieu, entendit-elle. Oh, mon Dieu.

— Ce n'est pas le moment ! s'écria-t-elle, et elle noua le garrot plus serré et prit Carson sous les aisselles. Il faut qu'on aille se réfugier derrière les rochers.

Faisant un suprême effort sur lui-même, Carson réussit à se mettre debout, chancelant, et à tituber vers le cul-de-sac. Là, il fit quelques pas et s'écroula derrière un gros rocher. De Vaca s'agenouilla à côté de lui et examina sa blessure. Elle eut un haut-le-cœur ; du moins ne se viderait-il pas de son sang. Elle s'adossa contre le rocher et examina Carson. Ses lèvres avaient bleui. Apparemment, il n'avait pas d'autres blessures, mais, avec tout le sang qu'il avait perdu, c'était difficile de le savoir. Elle se força à ne pas imaginer ce qui se passerait si Nye le touchait une deuxième fois.

Elle devait réfléchir, et vite. Nye ne tarderait pas à arriver pour leur régler leur compte.

Elle prit la dague de Mondragón coincée dans la ceinture de Carson. Puis elle la jeta dans le sable, éperdue. À quoi pourrait-elle servir, contre une carabine ?

Elle risqua un regard par-dessus le rocher et vit Nye, à découvert, qui s'agenouillait et visait de nouveau. Dans la seconde, une balle siffla à quelques millimètres de son visage et alla éclater la roche derrière elle, dont elle reçut quelques éclats dans le cou. L'écho de la détonation se répercuta dans la formation rocheuse.

De Vaca s'accroupit derrière le rocher puis le longea jusqu'à l'autre extrémité pour regarder d'un autre angle. Nye marchait vers eux, le visage caché par le rebord de son chapeau. Elle ne pouvait distinguer ses traits. Il n'était plus qu'à une centaine de mètres. Encore quelques pas, et il les tuerait tous les deux. Elle ne pouvait rien faire pour l'en empêcher.

Carson gémit et s'agrippa à elle, essayant de lui dire quelque chose.

Elle se rapprocha de lui, détournant les yeux de Nye, qui avançait, et attendit la détonation assourdissante qui, derrière sa tête, lui annoncerait l'arrivée de la balle. Elle entendit un bruit de bottes, tout proche. Elle se boucha les oreilles, ferma les yeux en les serrant très fort, et se prépara du mieux qu'elle le pouvait à mourir.

Un mot apparut sur l'écran devant eux :

```
Vanité
```

Scopes réfléchit un moment en silence puis se racla la gorge.

— « Nul endroit au monde ne condamne plus nettement la vanité des espoirs de l'humanité qu'une bibliothèque municipale. » Dr Johnson.

— Bravo, dit Levine. « L'homme qui n'est point sot peut se débarrasser de toute sottise, excepté celle de la vanité. » Rousseau.

— « J'ai cessé d'être vaniteux depuis que je suis parfait. » W.C. Fields.

— Minute, dit Levine. Je n'ai jamais entendu celle-là.

— Tu contestes ?

Levine réfléchit quelques secondes.

— Non, dit-il.

— En ce cas, continuons.

Levine cogita.

— « La vanité joue des tours pendables à la mémoire. » Conrad.

Ce à quoi Scopes répondit du tac au tac :

— « La vanité a été le cadeau empoisonné de l'évolution. » Darwin.

— « Le vaniteux ne peut jamais être complètement impitoyable : il cherche trop à se faire applaudir. » Goethe.

Le silence retomba.

— Tu sèches ? demanda Levine.

Scopes lui sourit.

— J'ai juste du mal à choisir, dit-il. « Fortune acquise par la vanité va diminuant. » Les Proverbes.

— J'ignorais que tu versais dans la religion. « Amasser les trésors par une langue menteuse : vanité fugitive de qui cherche la mort. » Idem.

Le silence se réinstalla entre eux.

— « Je sais seulement que nous nous sommes aimés en vain ; et ne ressens que... Adieu, adieu ! » Byron.

— Tu racles les fonds de tiroirs, à ce que je vois, dit Levine en ricanant.

— À toi.

Autre long silence.

— « Un journaliste est une espèce de baratineur qui flatte la vanité, l'ignorance ou la solitude des gens, gagne leur confiance et les trahit sans le moindre remords. » Janet Malcolm.

— Je conteste, s'écria Scopes.

— Tu plaisantes ? fit Levine. Tu ne peux pas connaître cette citation. Je ne m'en souviens que parce que je l'ai incluse dans l'un de mes derniers discours.

— Je ne la connais pas. Mais je sais que Janet Malcolm est journaliste au *New Yorker*, et je doute que leurs grammairiens aient laissé passer un mot comme « baratineur ».

— Tu prends un risque. Mais si tu veux contester, ne te gêne pas.

— On interroge l'ordinateur ?

Levine acquiesça.

Prenant le clavier, Scopes tapa une demande de recherche, et ils attendirent que l'ordinateur ait scanné la base de données. Finalement, une citation apparut en lettres capitales sous le mot « vanité ».

— Qu'est-ce que je disais ! s'exclama Scopes. Ce n'est pas « baratineur », mais « bonimenteur ». J'ai gagné la première manche.

Levine garda le silence. Scopes donna l'ordre à l'ordinateur de choisir un autre mot au hasard. « Vanité » s'effaça devant le mot :

```
Mort
```

— Vaste sujet, dit Levine.

Il réfléchit un petit moment.

— « Ce n'est pas que j'aie peur de mourir, mais je préfère ne pas être là le jour où ça arrivera. » Woody Allen.

Scopes éclata de rire.

— C'est une de mes préférées, dit-il. « Ceux pour qui la mort est la bienvenue ne l'ont connue qu'entre les oreilles. » Wilson Mizner.

— « Il nous faut rire avant d'être heureux de crainte de mourir sans avoir ri. » La Bruyère, dit Levine.

— « La plupart des gens mourront plus tôt qu'ils ne le pensent ; et ils ne se trompent pas. » Russell.

— « Les avares sont des gens très prévenants : ils amassent des richesses pour permettre à d'autres de souhaiter leur mort. » Le roi Stanislas.

— « Un homme ne meurt pas seulement de la maladie qu'il avait, mais de toute sa vie. » Péguy.

— « Tout le monde naît roi, et la plupart des gens meurent en exil. » Wilde.

— « La mort est ce après quoi plus rien n'a d'intérêt. » Rozinov.

— Rozinov ? Qui est donc Rozinov ?

Scopes sourit.

— Tu contestes ?
— Non.
— Alors, continuons.

— « La mort détruit l'homme, mais l'idée de la mort le sauve. » Forster.

— Que c'est intéressant, dit Scopes. Que c'est chrétien.

— Pas seulement. Dans le judaïsme, l'idée de la mort doit pousser à vivre une vie plus vertueuse.

— Si tu le dis. Mais ça ne m'intéresse pas tellement. L'aurais-tu oublié ?

— Tu essaies de gagner du temps parce que tu es à court de citations ? s'empressa de dire Levine.

— « Je suis devenu la Mort : la destructrice des mondes. » La Bhagavad-Gîta.

— De circonstance, Brent, vu ton champ d'activités. C'est aussi ce qu'a dit Oppenheimer quand il a vu la première explosion atomique.

— Maintenant, c'est toi qui me sembles être à court de citations.

— Pas du tout. « Et voici qu'apparut à mes yeux un cheval blanc ; celui qui le montait, on l'appelle la Mort. » Apocalypse.

— « Blanc », tu es sûr ?

— Tu contestes ?

Scopes garda le silence un moment puis secoua la tête.

— « La philosophie meurt au pied du philosophe. » Russell.

— Bertrand Russell ? demanda Levine, après un silence.

— Quel autre ?

— Il n'a jamais dit ça. Tu recommences à inventer des citations.

— Ah oui ? fit Scopes, impassible.

— C'était ton truc préféré, en fac, tu t'en souviens ? Sauf que je pense que je peux les repérer plus facilement maintenant. C'est un scopisme ou je ne m'y connais pas. Je conteste !

541

Scopes le considéra en silence puis sourit.

— Bravo, Charles. Une manche pour toi, une manche pour moi. Maintenant, la belle.

Un nouveau mot apparut sur l'écran :

```
Univers
```

Scopes ferma les yeux un instant.

— « Que l'univers soit compréhensible, voilà qui est incompréhensible. » Einstein.

— Tu n'es pas assez fou pour inventer tout de suite une citation, quand même ? dit Levine.

— Conteste si tu veux.

— Je laisse passer celle-là. « Qu'il y ait ou non une autre forme de vie intelligente dans l'univers, les deux hypothèses sont également renversantes. » Carl Sagan.

— Il a dit ça ? Je n'y crois pas.

— Conteste.

Scopes fit non de la tête en souriant.

— « Il est inconcevable que tout l'univers n'ait été créé que pour que nous vivions sur cette planète de pacotille, sous un soleil de pacotille. » Byron.

— « Dieu ne joue pas aux dés avec l'univers. » Einstein.

Scopes grimaça.

— A-t-on le droit de citer deux fois la même source pour un même thème ? C'est la deuxième fois que tu le fais.

— Pourquoi pas ? dit Levine avec un haussement d'épaules.

— Bon, très bien. « Non seulement Dieu joue aux dés avec l'univers, mais parfois Il les jette hors de vue. » Hawking.

— « Plus l'univers paraît compréhensible, et plus il paraît absurde. » Weinberg.

— Excellent, dit Scopes. J'aime beaucoup celle-là.

Il réfléchit un petit moment.

— « La pleine compréhension de l'univers n'est accordée qu'aux ados junkies et aux astrophysiciens séniles. » Leary.

Il y eut un silence.

— Timothy Leary ? demanda Levine.

— Bien sûr.

Le silence traîna en longueur.

— Je ne pense pas que Leary aurait dit quelque chose d'aussi puéril, dit Levine.

Scopes sourit.

— Si tu en doutes, conteste.

Levine réfléchit. Une des ruses de Scopes avait toujours été d'inventer des citations dès le début de la partie et de garder les vraies pour la fin, de façon que Levine ait épuisé sa réserve quand lui-même ne risquait plus rien. Levine, qui connaissait Leary depuis Harvard, avait la conviction que cette citation était bidon. Mais une autre ruse de Scopes consistait à pêcher des citations atypiques pour le pousser à les contester. Il lança un coup d'œil à Scopes, qui le regardait, l'air serein. S'il contestait et que Leary ait vraiment dit ça, après tout...

Quelques secondes passèrent.

— Je conteste, dit Levine.

Scopes accusa le coup. Levine vit pâlir le P-DG de GeneDyne, qui, tout comme lui des années plus tôt, était confronté à une défaite à grande échelle.

— Ça dévore comme un feu, hein ? dit Levine.

Scopes ne répondit pas.

— Ce n'est pas tant de perdre, poursuivit Levine, mais plutôt la façon dont on perd. Tu repenseras toujours à cet instant-là, en te demandant comment tu as pu faire pour tout gâcher sur une erreur aussi bête. Tu ne pourras pas l'oublier. Jamais. Je ne le peux toujours pas.

Scopes ne disait toujours rien. Tout à son soulagement immense, Levine vit la main de Scopes avoir un mouvement convulsif et comprit alors – un dixième de seconde avant que cela n'arrive – que le P-DG de GeneDyne ne renoncerait jamais à son virus mortel. Vingt ans plus tôt, quand Levine avait perdu la dernière manche de leur Jeu, il avait tenu parole, signé la patente et permis à Scopes de s'enrichir grâce à leur découverte et non d'offrir leur merveilleux secret au monde. Aujourd'hui, c'était Scopes qui avait perdu, et sur bien plus grande échelle...

Levine s'empara de l'ampoule juste au moment où Scopes tendait le bras. Deux mains se refermèrent autour d'elle en même temps, et chacun essaya de l'arracher à l'autre.

— Brent ! cria Levine. Brent, tu avais donné ta parole...

Il y eut un bruit sec, et Levine sentit une piqûre dans le creux de sa main, qui s'emplit de liquide.

Il se contraignit à baisser les yeux.

L'ampoule avait éclaté, et la suspension mortelle de Grip-x II dégoulinait sur la patente posée sur la table et gouttait sur le sol, formant des taches sombres sur la moquette grise. Levine ouvrit la main : des éclats de verre étaient fichés dans sa paume, et le liquide chaud qui coulait sur ses poignets était teinté de son sang. Il eut mal quand il voulut plier la main.

Il releva les yeux. Scopes ouvrit lentement sa main, qui, elle aussi, saignait.

Leurs regards se croisèrent.

Carson tirait de Vaca par le bras, essayant de lui dire quelque chose.
— L'or de Mondragón, réussit-il enfin à articuler.
— Quoi, l'or de Mondragón ? murmura de Vaca.
— Sers-t'en.
Il grimaça de douleur et retomba sur le sable, où il demeura immobile.
Tandis que les pas de Nye se rapprochaient, de Vaca comprit tout à coup ce que Carson avait voulu dire. Elle plongea la main dans sa poche et en sortit les quatre pièces qu'elle avait ramassées dans la grotte.
— Nye ! cria-t-elle. J'ai quelque chose qui peut t'intéresser !
Elle jeta les pièces par-dessus le rocher et attendit. Les pas cessèrent. Puis elle entendit un soupir, un juron lâché entre les dents. Les pas s'approchèrent de nouveau, puis elle entendit sa respiration bruyante, là, juste de l'autre côté du rocher, et elle s'accroupit, tête baissée, dans l'attente. Tout à coup, elle sentit un contact glacé contre sa nuque : elle sut que c'était le canon de la carabine de Nye.
— Dis-moi où tu les as trouvées, dit Nye. Je compte jusqu'à trois.
Elle attendit sans rien dire.
— Un.
Elle attendit.
— Deux.
Elle retint son souffle, ferma les yeux très fort.
— Trois.
Rien ne se passa.
— Regarde-moi, dit Nye.
Elle ouvrit les yeux et se retourna lentement. Nye se tenait au-dessus d'elle, un pied botté posé sur une roche, sa haute silhouette se découpant à contre-jour devant le soleil couchant. Son chapeau

et sa tenue de brousse qui avaient toujours paru si ridicules à de Vaca lui semblaient en cet instant absolument terrifiants : ils conféraient à Nye un air de spectre de la mort en vadrouille dans ce coin de désert. Il tenait la pièce d'or dans sa main. Ses yeux injectés de sang s'arrêtèrent un moment sur ses seins nus puis se reportèrent sur son visage, inexpressifs. Il fit glisser le canon de la carabine jusqu'à sa tempe. Quelques secondes passèrent. Tournant les talons, Nye refit le tour du rocher, et de Vaca l'entendit qui s'éloignait. Elle attendit puis sursauta à une nouvelle détonation qui fut suivie d'un profond et lent soupir écumeux. Il a achevé Roscoe, songea-t-elle. Il doit être en train de fouiller les sacoches pour voir s'il y a d'autres pièces d'or.

Nye revint, l'attrapa par les cheveux et la força brutalement à se relever. Il lui tira la tête sur le côté, et elle faillit hurler de douleur. Puis il la poussa violemment contre la paroi rocheuse, fit tourner la carabine dans sa main et lui flanqua un coup de crosse dans le ventre. Elle se plia en deux en criant, et il l'attrapa de nouveau par les cheveux.

— Écoute-moi bien, maintenant, lui dit-il. Je veux savoir où tu as trouvé cette pièce.

Elle baissa les yeux et, du menton, désigna le sable. Nye regarda par terre et vit la dague. Il la ramassa et en examina le manche.

— Diego de Mondragón, murmura-t-il.

Il s'approcha de de Vaca. Elle n'avait jamais vu des yeux si injectés de sang ; le pourtour du blanc de l'œil était violacé, presque noir.

— Vous avez trouvé le trésor, dit-il d'une voix aiguë.

Elle fit oui de la tête.

Il la visa de nouveau à la tête.

— Où ?

Elle le regarda dans les yeux.

— Si je te le dis, tu me tueras. Si je ne te le dis pas, tu me tueras aussi. Alors, vas-y, tire.

— Salope. Je ne vais pas te tuer. Je vais te torturer à mort.

— Essaie toujours.

Il lui décocha un coup de poing en plein visage. Sa tête vibra, ses oreilles bourdonnèrent et une étrange chaleur lui monta au cerveau. Elle vacilla, près de s'évanouir ; il la poussa contre la roche tranchante.

— Ça ne marchera pas, dit-elle. Regarde-moi, Nye.

Il la frappa de nouveau. Le paysage pâlit et se brouilla devant ses yeux. Elle sentit sa bouche s'emplir de sang. Sa vision redevint nette. Elle porta une main à sa bouche et se rendit compte qu'il lui avait cassé une dent.

— Où ? répéta-t-il.

Elle ferma les yeux très fort et ne dit rien, se préparant au coup suivant.

Elle entendit Nye s'éloigner puis parler à quelqu'un à voix basse, s'interrompant le temps d'écouter une réponse. Avec qui était-il ? Avec Singer, sans doute. Ou l'un des gardes de la sécurité du mont du Dragon. Elle sentit le fil ténu de l'espoir se briser : ils étaient persuadés que Nye était seul.

Elle l'entendit revenir et entrouvrit les yeux. Il visait Carson à la tête.

— Réponds ou je le bute, dit-il.

De Vaca inspira profondément et prit son courage à deux mains. Ce serait, elle le savait, quitte ou double.

— Vas-y, tue ce *cabrón*, dit-elle le plus froidement possible. Je ne pouvais plus supporter cet enfoiré, ce cul-terreux. Tue-le ! Comme ça, tout l'or sera pour moi. Je ne te dirai jamais où il se trouve. À moins...

Il fit tourner sa carabine dans sa direction.

— À moins que quoi ?

— Je te propose un marché, dit-elle d'une voix étranglée.

Elle ne ressentit aucune douleur quand la crosse de la carabine la frappa en pleine tête, mais un pan de ténèbres lui fonça dessus et l'engloutit. Elle reprit connaissance et ressentit un violent mal de crâne. Elle garda les yeux fermés. La voix de Nye, encore. Il parlait à quelqu'un. Elle écouta pour savoir qui allait lui répondre, mais elle n'entendit rien. Elle entrouvrit les yeux. Le soleil s'était couché. Il faisait beaucoup plus sombre. Elle comprit que Nye parlait tout seul.

Malgré la douleur, elle fut soulagée. Le « Pur-Blood » faisait son terrible travail de sape.

Nye lui lança un regard et s'aperçut qu'elle était consciente.

— Un marché, tu disais ?

Elle détourna la tête, ferma les yeux et se prépara à recevoir un autre coup.

— Quel marché ? insista Nye.

— Ma vie contre le trésor.

Il y eut un moment de silence.

— Ta vie, répéta-t-il. J'accepte.

— Ma vie ne vaut rien sans cheval, sans cette carabine et sans eau.

Il y eut un silence, puis un autre coup, terrible. Cette fois, elle revint à elle plus lentement. Son corps lui semblait lourd, engourdi. Elle avait du mal à respirer. Son nez devait être cassé. Elle essaya de parler, en vain, et elle se sentit de nouveau happée par la noire douceur de l'inconscience.

Quand elle reprit ses esprits, elle était couchée sur le sable. Elle essaya de se redresser, mais une douleur cuisante l'élança à la tête et tout le long de la colonne vertébrale. Nye était debout devant elle, torche en main, l'air inquiet.

— Si tu me frappes encore comme ça, murmura de Vaca, tu vas me tuer, espèce de salaud. Mais tu ne sauras jamais où est le trésor.

Elle inspira profondément, ferma les yeux.

Quelques minutes plus tard, elle dit :

— C'est à plus de cent kilomètres de là où tu pensais.

— Où ? cria-t-il.

— Ma vie contre le trésor.

— Très bien. Je t'ai promis que je ne te tuerais pas. Dis-moi juste où se trouve cet or.

Il se tourna brusquement, comme s'il entendait quelque chose.

— Oui, oui, j'ai pas oublié, dit-il à quelqu'un.

Il se retourna vers de Vaca.

— Pour que je survive, il me faut le cheval, la carabine et de l'eau. Sans ça, je mourrai, et tu ne sauras jamais...

Elle laissa sa phrase en suspens.

Nye la regardait de toute sa hauteur, serrant les pièces dans sa main, si fort que tout son bras en tremblait. Une espèce de cri s'étrangla dans sa gorge. À sa façon d'être, de Vaca savait que son visage devait être effrayant à voir.

— Amène ton cheval, dit-elle.

La bouche de Nye se tordit convulsivement.

— Dis-le-moi maintenant, je t'en prie...

— Le cheval.

Ses yeux se fermèrent d'eux-mêmes. Quand elle put les rouvrir, Nye n'était plus là. Elle s'assit, luttant contre sa douleur à la tête. Son nez, sa gorge étaient pleins de sang. Elle toussa dans l'espoir de respirer plus facilement.

Elle vit Nye réapparaître entre les rochers, tirant son magnifique cheval derrière lui, ombre silencieuse dans le clair de lune.

— Alors, où est le trésor ? demanda-t-il.

— Le cheval, répondit-elle en se relevant avec peine et en tendant la main.

Nye hésita puis lui tendit les rênes. Elle attrapa le pommeau de la selle et essaya de monter, tombant presque tant la tête lui tournait.

— Aide-moi.

Il lui fit la courte échelle et la hissa en selle.

— La carabine, maintenant.

— Non, répondit Nye. Tu vas me tuer.

— Décharge-la avant de me la donner, alors.

— Tu vas me doubler. Tu vas te tirer et garder mon trésor.

— Regarde-moi. Regarde-moi dans les yeux.

Il se força à lever vers elle ses yeux injectés de sang. Alors, seulement, elle se rendit compte à quel point le désir de posséder le trésor de Mondragón coulait dans ses veines. Le « PurBlood » avait mué une simple excentricité en une obsession destructrice qui avait pris le pas sur tout le reste – y compris la haine qu'il éprouvait pour Carson. Elle prit conscience, avec un mélange de peur et de pitié, qu'elle avait devant elle un égaré.

— Je te jure que je ne veux pas te prendre ton trésor, dit-elle avec gentillesse. Tu peux le garder. Entièrement. Je veux juste rester en vie. Tu comprends ?

Il déchargea la carabine et la lui tendit.

— Où ? Dis-moi où, maintenant.

Deux outres d'eau à moitié pleines étaient accrochées à l'enfourchure du cheval. Elle en détacha une et la donna à Nye, puis commença à faire reculer Muerto. Obsession ou non, elle ne voulait pas courir le risque qu'il tente de reprendre sa carabine une fois qu'elle lui aurait indiqué l'emplacement de la grotte.

— Attends ! Je t'en supplie, dis-moi...

— Écoute-moi bien. Tu suis nos traces sur une quinzaine de kilomètres en longeant la coulée de lave. À l'endroit où on a entravé nos chevaux, tu trouveras une grotte dissimulée par la lave, au pied des montagnes. À l'intérieur de cette grotte, tu verras une source. À l'aube, les rayons du soleil dessineront l'image d'un aigle sur la paroi du fond, au bout d'une aiguille de feu. Exactement comme il est écrit sur ta carte. Tu trouveras l'entrée d'une galerie souterraine à la base de cette paroi. Suis-la. Tu arriveras dans une salle où tu trouveras les restes de Mondragón, de son mulet et de son trésor.

Nye opinait passionnément.

— Oui, oui, j'ai compris.

Il se tourna vers son compagnon imaginaire.

— T'as entendu ? Ça fait des années que je cherche du mauvais côté. J'étais persuadé que les montagnes de la carte étaient les Cerritos de Puerto Escondido. Comment j'ai pu...

Il se retourna vers de Vaca.

— Une quinzaine de kilomètres, tu dis ?

Elle acquiesça.

— Allons-y, dit-il à son fantasmatique acolyte en mettant l'outre à l'épaule. On fera cinquante-cinquante. M'man l'aurait voulu comme ça.

Il s'éloigna des rochers et partit dans le désert.

— Nye ! cria de Vaca.

Il se retourna.

— Qui est avec toi ?

— Oh, un petit garçon que j'ai connu autrefois.

— Comment il s'appelle ?

— Jonathan.

— Jonathan comment ?

— Jonathan Nye.

Il se retourna, et de Vaca le regarda s'éloigner à grands pas tout en parlant avec agitation. Il passa derrière une pointe de lave et disparut dans la nuit.

De Vaca attendit quelques minutes pour être sûre qu'il était parti. Alors, elle descendit de cheval et s'approcha lentement de Carson. Il gisait sur le sable, immobile, inconscient. Elle prit son pouls : faible, rapide et irrégulier. Avec précaution, elle examina sa blessure au bras. Elle saignait toujours, mais moins abondamment que tout à l'heure. Elle desserra le garrot et fut soulagée de voir que l'artère s'était cautérisée. Elle devait le sortir d'ici avant que la gangrène attaque les tissus.

Carson battit des paupières.

— Guy ! s'écria de Vaca.

Il tourna les yeux et les posa lentement sur elle.

— Tu peux te lever ?

Elle n'était pas sûre qu'il l'ait entendue. Elle le prit sous les aisselles et essaya de le mettre debout. Il l'y aida tant bien que mal puis retomba sur le sable. De Vaca se versa un peu d'eau dans le creux d'une main et lui aspergea doucement le visage.

— Lève-toi ! lui ordonna-t-elle.

Carson réussit à se mettre à genoux, retomba sur son bras valide, se redressa avec effort, s'agrippa à un étrier de Muerto et se remit lentement debout. De Vaca l'aida à se hisser à cheval et lui attacha le bras gauche à l'enfourchure de la selle. Tout en faisant cela, elle constata avec une complète indifférence qu'elle était seins nus. Il faisait nuit, elle n'avait rien pour couvrir sa nudité, mais cela lui parut tout à fait secondaire.

Elle prit Muerto par la bride et marcha droit sur l'étoile Polaire.

Ils arrivèrent au camp à l'aube : de vieilles baraques aux toits de tôle ondulée blotties au milieu d'un bouquet de peupliers. D'un côté des écuries, un moulin à vent, une citerne et des corrals aux barrières abîmées par le temps. Une brise légère faisait grincer les ailes du moulin. Dans le corral, un cheval hennit à leur approche, puis un chien se mit à aboyer. Un jeune homme en caleçon et chapeau de cow-boy apparut sur le seuil et resta bouche bée devant l'apparition de cette femme à moitié nue, couverte de sang, qui menait un magnifique étalon sur lequel était attaché un homme.

Scopes regarda Levine avec une expression de terreur mêlée d'incrédulité. Au bout d'un moment, il s'éloigna, se dirigea vers un panneau étroit visible sur un mur et appuya sur un bouton. Le panneau se leva sans bruit, révélant un bar disposant d'un petit lavabo.

— Ne te rince pas les mains, dit Levine d'une voix calme. Tu enverrais du virus dans les tuyauteries.

Scopes hésita.

— Tu as raison, dit-il.

Il humecta une serviette, tamponna sa paume, en retira les éclats de verre et s'essuya soigneusement les mains. Puis il retourna s'asseoir. Ses gestes étaient étrangement hésitants, comme si marcher était soudain devenu un acte inhabituel.

Levine lui lança un coup d'œil.

— Je crois que tu ferais mieux de me dire ce que tu sais sur le Grip-x II, dit-il d'une voix posée.

Scopes repoussa sa mèche rebelle en un geste machinal.

— Très peu de chose, en fait, répondit-il. Je crois qu'un seul être humain a été en contact avec ce virus. La période d'incubation varie entre quatre et six heures et est suivie presque instantanément du décès par œdème cérébral.

— Il existe un traitement ?
— Non.
— Un vaccin ?
— Non.
— La contagiosité ?
— Similaire à celle du rhume. Peut-être même plus grande.

Levine baissa de nouveau les yeux sur sa main blessée. Le sang commençait à se coaguler autour des éclats de verre encore plantés dans sa chair. Scopes et lui avaient été infectés, cela ne faisait aucun doute.

— Un espoir ? demanda-t-il au bout d'un moment.
— Aucun.

Le silence retomba entre eux.

— Excuse-moi, Charles, finit par murmurer Scopes d'une petite voix. Je m'en veux. Il fut un temps où je n'aurais jamais fait ça. Je... je suppose que je me suis trop habitué à gagner.

Levine se leva et alla s'essuyer la main à la serviette.

— Un peu tard pour les récriminations, dit-il. Le plus urgent est de savoir comment éviter que le virus qui se trouve dans cette pièce ne détruise l'humanité.

Scopes ne dit mot.

— Brent ?

Scopes ne répondait toujours pas. Levine se pencha sur lui.

— Brent ? Qu'y a-t-il ?

— Je ne sais pas. J'ai peur de mourir, je suppose.

Levine le regarda.

— Moi aussi, dit-il. Mais la peur est un luxe au-dessus de nos moyens. Nous perdons un temps précieux. Nous devons trouver comment stériliser toute cette zone. Complètement. Tu comprends ?

Scopes opina et détourna la tête.

Levine l'attrapa par les épaules et le secoua gentiment.

— Il faut que tu sois de mon côté sur ce coup, Brent, ou on n'y arrivera pas ! C'est ton tour. Il va falloir que tu fasses le nécessaire pour que ce virus ne contamine personne d'autre que nous !

Scopes ne réagit pas pendant un long moment, puis il finit par tourner la tête vers Levine.

— Cette pièce est pressurisée et son alimentation en air se fait par un système de recyclage en circuit fermé, dit-il, se reprenant. Les murs sont renforcés contre toute forme d'attaque terroriste : feu, explosion, gaz. Cela devrait nous faciliter la tâche.

Un bip retentit, et le visage de Spencer Fairley apparut sur l'écran mural.

— Jenkins, du marketing, insiste pour vous parler, monsieur, dit-il. Il semblerait que la FDA ait subitement annulé la mise sur le marché du « Pur-Blood » prévue pour demain matin. Il voudrait savoir à quel moyen de pression vous comptez avoir recours pour remédier à cela ?

Scopes regarda Levine, les sourcils levés.

— « Toi aussi, Brutus ! » Ton ami Carson a réussi à porter le message, finalement.

Il se tourna vers l'écran.

— Aucun moyen de pression, dit-il. Dites à Jenkins que la commercialisation du « PurBlood » est repoussée pour essais complémentaires. Il est possible qu'il ait des effets indésirables à long terme que nous n'avions pas décelés.

Il tapa une série de commandes.

— J'envoie un fichier des données du mont du Dragon à GeneDyne Manchester, ajouta-t-il. Il est incomplet, mais il contient suffisamment d'éléments montrant comment se produit la contamination du « PurBlood » au cours de son processus de fabrication. Vous suivrez le dossier, je vous prie, et vous vous assurerez qu'ils l'étudient de près.

Il poussa un profond soupir.

— Spencer ? reprit-il. Je veux que vous procédiez à un contrôle du système d'isolation de l'octogone. Assurez-vous que tout est hermétique et fonctionne normalement.

Fairley acquiesça et quitta l'écran. Quelques minutes plus tard, il revenait dans le champ.

— Le système est complètement opérationnel, monsieur, dit-il. Les écrans de contrôle sont dans la normale.

— Parfait, dit Scopes. Bon, écoutez-moi attentivement. Je veux que vous demandiez à Endicott de rouvrir le périmètre autour de la tour et de restaurer toutes les communications avec nos filiales. Je vais diffuser un message à l'intention de l'ensemble du personnel. Je veux également que vous envoyiez un message au général Roger Harrington, au Pentagone, réseau E, niveau 3, section XVII, par une voie sans enregistrement. Dites-lui que j'annule ma proposition et qu'il n'y aura pas d'autres négociations.

— Très bien, répondit Fairley.

Il hésita, puis regarda la caméra plus intensément.

— Vous allez bien, monsieur ? dit-il.

— Non, répondit Scopes. Il vient de se passer quelque chose d'horrible. J'ai besoin de votre coopération totale.

Fairley acquiesça.

— Un terrible accident vient de se produire dans l'octogone, reprit Scopes. Un virus connu sous le nom de Grip-x II a été libéré dans l'air et le système d'aération. Le Dr Levine et moi-même avons été infectés. Ce virus est mortel. Aucun espoir de guérison.

Le visage de Fairley demeura impassible.

— Nous ne pouvons pas nous permettre de le laisser se répandre. L'octogone doit être stérilisé.

Fairley acquiesça une fois encore.

— Je comprends, monsieur, dit-il.

— Le Dr Levine et moi-même sommes porteurs du virus qui est en train de se répliquer en nous en ce moment même. Vous devez, par conséquent, organiser notre mort.

— Monsieur ! Comment pourrais-je...

— Taisez-vous et écoutez-moi. Si vous ne suivez pas mes instructions à la lettre, des milliards de personnes mourront. Dont vous.

Fairley se tint coi.

— Je veux que vous fassiez décoller en urgence deux hélicoptères. Envoyez l'un d'eux à GeneDyne Manchester, où il prendra dix bidons de deux litres de VXV-12.

Il se livra à un rapide calcul mental.

— Le volume de cette pièce est approximativement de mille mètres cubes, reprit-il. Nous aurons donc besoin d'au moins mille six cents centimètres cubes de cyanophosphatol. Le deuxième hélicoptère pourra aller chercher la quantité nécessaire à notre filiale de Norfolk. À transporter dans des vases à bec scellés.

— Du cyanophosphatol ? répéta Fairley.

— C'est un poison biologique extrêmement puissant. Il tuera tout ce qui est vivant dans cette pièce. Bien qu'il soit stocké sous forme liquide, il s'évaporera rapidement, et emplira la pièce d'un gaz stérilisant.

— Mais est-ce qu'il ne vous...

— Nous serons déjà morts, Spencer. D'où l'utilité des bidons de VXV.

Fairley s'humecta les lèvres et avala sa salive.

— Monsieur Scopes, dit-il, vous ne pouvez pas me demander de...

Il laissa sa phrase en suspens.

Scopes regarda l'image de Fairley sur l'écran géant. Des gouttes de sueur perlaient aux commissures de ses lèvres, et ses cheveux gris acier, habituellement impeccablement lissés, avaient pris un petit air ébouriffé.

— Spencer, j'ai plus que jamais besoin de votre loyauté, dit Scopes d'une voix calme. Vous devez comprendre que je suis déjà un homme mort. Le plus grand service que vous puissiez me rendre est de ne pas me laisser mourir par les effets du Grip-X II. Nous n'avons pas de temps à perdre.

— Bien, monsieur, dit Fairley, qui détourna les yeux.

— Vous aurez tout ce qu'il faut d'ici à deux heures. Prévenez-moi quand les deux hélicoptères seront revenus.

Scopes appuya sur une touche, et l'écran s'éteignit.

Un silence lourd s'abattit sur la pièce. Scopes se tourna vers Levine.

— Tu crois en une vie après la mort ? lui demanda-t-il.

Levine secoua la tête.

— Dans le judaïsme, nous pensons que c'est ce que nous faisons dans cette vie qui compte. Nous atteignons l'immortalité en menant une existence vertueuse dans le culte de Dieu. Ce sont les enfants que nous laissons qui sont notre immortalité.

— Mais tu n'as pas d'enfants, Charles.

— J'avais toujours espéré en avoir. J'ai essayé de faire le bien autrement, sans y parvenir toujours.

Scopes demeura silencieux un moment.

— J'ai toujours méprisé les gens qui éprouvent le besoin de croire à l'au-delà, dit-il. Je pensais que c'était une marque de faiblesse. Maintenant que ma dernière heure est arrivée, je regrette de ne pas avoir consacré plus de temps à me convaincre que j'avais tort.

Il baissa les yeux.

— Ce serait mieux d'avoir un peu d'espoir, acheva-t-il.

Levine ferma les yeux un moment et réfléchit. Puis il les rouvrit brusquement et dit :

— Le Ciferespace !

— Comment ça ?

— Tu y as programmé des gens de ton passé. Pourquoi ne pas te programmer toi-même ? De cette façon, une partie de toi continuera à vivre, voire à transmettre ton esprit et ta sagesse à tous ceux qui voudront converser avec toi.

Scopes eut un rire amer.

— Je n'attire pas les gens à ce point-là, j'en ai peur. Tu le sais bien.

— Peut-être. Mais tu es quelqu'un de passionnant.

— Merci du compliment, dit Scopes avec un hochement de tête.

Il réfléchit un moment.

— C'est une idée intéressante, finit-il par dire.

— Il nous reste deux heures à tuer.

Scopes sourit.

— D'accord, Charles. Pourquoi pas ? À une condition, toutefois. Je veux que toi aussi tu te programmes. Je ne veux pas retourner tout seul dans l'île de Monhegan.

Levine secoua la tête.

— Je ne sais pas programmer. Surtout une chose aussi compliquée que celle-là.

— Ce n'est pas un problème, Charles. J'ai un algorithme générateur de personnages à ta disposition. Il utilise divers sous-programmes IA qui posent des questions, ont une courte conversation avec l'utilisateur et font quelques petits tests psychologiques. Avec ce matériel, il crée un personnage et l'insère dans le monde du Ciferespace. J'ai conçu cet outil pour m'aider à peupler l'île de façon plus efficace, et ça marchera aussi pour nous.

Il regarda Levine d'un air interrogateur.

— Et, alors, peut-être me diras-tu pourquoi tu as choisi de représenter ta résidence d'été en ruine ?

— Peut-être, répondit Scopes. Allons, au travail.

Finalement, Levine choisit de se faire ressemblant : costume sombre trop grand pour lui, calvitie, dentition irrégulière. Il tourna lentement devant la caméra vidéo de l'octogone. Les images filmées seraient scannées en plusieurs centaines d'images haute définition qui permettraient de créer le Levine qui irait habiter sur l'île virtuelle de Scopes. Il venait de passer une heure et demie à répondre à un nombre interminable de questions du sous-programme IA sur ses souvenirs d'enfance, ses professeurs, sa philosophie de la vie, sa religion, son éthique. Le sous-programme lui avait également demandé la liste des livres qu'il avait lus, des magazines auxquels il s'était abonné au cours des diverses périodes de sa vie. Il lui avait posé des problèmes de mathématiques ; des questions sur ses voyages, ses goûts musicaux, ses souvenirs avec sa femme. Il l'avait soumis au test de Rorschach, l'avait même insulté, contredit, peut-être pour mesurer son émotivité. Toutes ces données allaient servir à alimenter les connaissances, les émotions et les souvenirs de son moi cyberspatial.

— Et maintenant ? demanda Levine en se rasseyant.

— Maintenant, on attend, dit Scopes avec un sourire contraint.

Il s'était lui aussi soumis au même questionnaire. Il tapa plusieurs commandes puis se carra dans le canapé tandis que le supercalculateur commençait à générer les deux nouveaux personnages destinés à sa recréation de l'île de Monhegan.

Le silence s'installa dans la pièce. Levine se rendit compte alors que, à défaut d'autre chose, ce petit jeu lui avait occupé l'esprit, lui avait fait oublier qu'il vivait les dernières minutes de sa vie. Un curieux mélange d'émotions déferla en lui : des souvenirs, des peurs, des choses inachevées. Il se tourna vers Scopes.

— Brent... commença-t-il.

Il fut interrompu par une sonnerie étouffée. Scopes tendit le bras et appuya sur une touche d'un téléphone posé à côté du canapé. La voix aristocratique de Spencer Fairley résonna dans le haut-parleur de l'appareil.

— Les hélicoptères sont arrivés, monsieur.

Scopes tira le clavier de son portable sur ses genoux et commença à taper.

— Je vais envoyer le document vidéo à la sécurité centrale et aux archives pour être sûr que tout soit clair par la suite, dit-il. Écoutez-moi attentivement, Spencer. Dans quelques minutes, je vais donner l'ordre d'évacuer la tour et d'en interdire l'accès. Seuls vous-même, une équipe de sécurité et une équipe d'alerte biologique doivent rester. Une fois que l'évacuation aura eu lieu, vous fermerez le système de recyclage de l'air de l'octogone. Ensuite, vous déverserez le contenu des dix bidons de VXV dans le système et vous le remettrez en route. Je ne sais pas combien de temps exactement il faudra pour...

Il s'interrompit.

— Attendez un bon quart d'heure. Ensuite, envoyez l'équipe d'alerte biologique sur le toit de l'octogone. Demandez à Endicott de dépressuriser le hublot depuis la console de contrôle, et donnez l'ordre à l'équipe de placer les vases à bec contenant le cyanophosphatol dans la partie intérieure du hublot, puis de refermer la partie extérieure. Une fois que les hommes seront repartis du toit, faites ouvrir la partie intérieure du hublot par Endicott. Les vases à bec se briseront en tombant par terre et le cyanophosphatol se répandra dans la pièce.

Il regarda l'écran.

— Vous me suivez, Spencer ?

— Oui, monsieur, répondit ce dernier après un long silence.

— Même après que le cyanophosphatol aura agi, le virus ne sera pas complètement détruit, reprit Scopes. Il sera en latence dans les cadavres. Par conséquent, la dernière étape consistera à les incinérer. La chaleur dénaturera aussi le cyanophosphatol, et la carapace ignifugeante de l'octogone empêchera le feu de se propager à l'extérieur. Mais vous devrez faire extrêmement attention à ne pas provoquer une explosion prématurée ou un incendie incontrôlable qui pourraient répandre le virus. Une matière inflammable à haute température, comme le phosphore, doit être utilisée en premier. Lorsque les corps auront complètement brûlé, la pièce devra être nettoyée avec une matière inflammable à basse température. Un dérivé du napalm fera l'affaire. Vous vous les procurerez au magasin du laboratoire d'accès restreint.

Levine nota la distanciation avec laquelle Scopes décrivait la procédure à suivre : *les* cadavres, *les* corps. C'est de nos corps qu'il parle, songea-t-il.

— L'équipe d'alerte biologique devra ensuite pratiquer une décontamination standard de toute la tour. Une fois que tout cela sera fini...

La voix lui manqua.

— Alors, dit-il, se reprenant, ce sera l'affaire du conseil d'administration.

Le silence retomba.

— Bien, continua-t-il. Spencer, j'aimerais que vous me passiez mon exécuteur testamentaire.

Quelques instants plus tard, une voix bourrue et rauque résonna dans le haut-parleur du téléphone.

— Alan Lipscomb, j'écoute.

— Alan, c'est Brent. Une clause à modifier. Toujours en ligne, Spencer ?

— Oui, monsieur.

— Bien, vous serez mon témoin. Je veux que cinquante millions de dollars soient légués à l'Institut des hautes études de neurocybernétique.

— Très bien.

Scopes tapa rapidement quelques touches puis se tourna vers Levine.

— J'ai donné pour instruction à Spencer de transférer toute la banque de données du Ciferespace ainsi que le compilateur et mes notes sur le langage C3 à l'Institut. En remerciement pour ma donation, je demande que ma création virtuelle de l'île de Monhegan soit diffusée perpétuellement et que tout étudiant sérieux puisse y avoir accès.

— Une programmation permanente, approuva Levine. Pour une telle œuvre d'art, ce ne serait que justice.

— Pas seulement une programmation, Charles. Je veux aussi qu'ils puissent y ajouter des éléments de leur cru, y apporter des améliorations technologiques, affiner la profondeur du langage et des outils. Je gardais ça pour moi seul depuis trop longtemps.

Il lissa distraitement sa mèche rebelle.

— Des dernières volontés, Charles ? Mon exécuteur testamentaire est très doué dans ce domaine.

— Une seule, dit Levine, d'une voix plate.

— À savoir ?

— Tu devrais pouvoir deviner.

Ils se regardèrent un moment.

— Oui, bien sûr, dit Scopes.

Il se tourna vers le haut-parleur.

— Spencer, vous êtes toujours là ?

— Oui, monsieur.

— Déchirez le renouvellement de la patente Rouille-x, je vous prie.

— La patente, monsieur ?

— Faites ce que je vous dis. Et restez en ligne.

Scopes regarda Levine d'un air interrogateur.

— Je te remercie, dit Levine.

Scopes hocha la tête, calme, puis tendit la main vers le téléphone et appuya sur plusieurs touches.

— Appel à l'ensemble du personnel ! dit-il.

Levine entendit sa voix résonner dans un haut-parleur invisible et comprit que ce message était diffusé dans toute la tour.

— Ici, Brent Scopes. Un incident imprévu impose une évacuation totale des locaux. Il s'agit d'une mesure temporaire et je vous assure que personne n'est en danger. Avant que vous ne sortiez, je vous informe qu'il y aura sous peu un changement à la tête de GeneDyne. Je tiens à vous dire que j'ai été ravi de travailler avec vous et que je vous souhaite toutes les chances de réussite, pour vous et GeneDyne, dans l'avenir. N'oubliez pas que les buts de la science sont aussi les nôtres : l'avancée des connaissances et les progrès de l'humanité. Ne les perdez jamais de vue. Et, maintenant, dirigez-vous vers la sortie la plus proche.

Le doigt sur la touche d'appel, Scopes se tourna vers Levine.

— Tu es prêt ? lui demanda-t-il.

Levine acquiesça.

Scopes libéra la touche.

— Spencer, vous présenterez toutes les bandes concernant cet événement au conseil d'administration lundi matin. Les membres doivent continuer selon les principes de la charte de GeneDyne. Bien. Vous pouvez commencer à introduire le gaz VXV. Oui. Oui, je sais, Spencer. Merci. Et bonne chance.

Scopes raccrocha d'un geste lent puis replaça ses mains sur le clavier.

— Allons-y, dit-il.

Il y eut un bourdonnement, et l'éclairage diminua d'intensité. Tout à coup, la pièce octogonale se transforma, et le grenier du manoir en ruine de l'île de Monhegan apparut. Sidéré, Levine regarda autour de lui et se rendit compte que les huit murs de la pièce étaient tous de vastes écrans de visualisation.

— Maintenant, tu sais pourquoi j'ai choisi le grenier, dit Scopes, qui posa le clavier à côté de lui.

Levine s'assit sur le canapé, fasciné. Par les fenêtres, il voyait clairement le port. Le soleil se levait au-dessus de l'océan, qui buvait les couleurs du ciel. Les mouettes volaient autour des bateaux amarrés, criaillant tandis que les pêcheurs de homards faisaient rouler des tonneaux d'appâts vivants sur l'embarcadère et les chargeaient sur leurs bateaux.

Assis dans un fauteuil à bascule, un personnage remua, se leva, s'étira. Il était petit, fluet, portait des lunettes aux verres épais. Une mèche rebelle se dressait tel un plumet noir sur ses cheveux en broussaille.

— Eh bien, Charles, dit-il. Bienvenu à l'île de Monhegan.

Levine aperçut alors un autre personnage au fond du grenier – un homme chauve en costume sombre un peu trop grand pour lui –, qui fit un signe de tête.

— Merci, dit-il d'une voix étrangement familière.

— Tu veux qu'on aille faire un tour au village ? demanda le Scopes.

— Pas tout de suite, lui répondit le Levine. J'ai envie de rester ici un moment pour regarder les bateaux.

— D'accord. Tu veux qu'on joue à notre Jeu, en attendant ?

— Pourquoi pas ? On a pas mal de temps devant nous.

Levine se carra dans le canapé de l'octogone plongé dans l'obscurité, observant son double virtuel avec un sourire rêveur.

— Pas mal de temps, dit Scopes, dans le noir. Un temps infini. Tant de temps pour eux, si peu pour nous.

— Je choisis « temps » comme mot clé, dit le Levine virtuel.

Le Scopes virtuel s'assit dans son fauteuil à bascule, commença à se balancer, et dit :

```
« Il y aura le temps, il y aura le temps
    De se préparer un visage pour faire face
aux visages qu'on rencontre ;
    Le temps d'assassiner et de créer… »
```

Levine – le vrai Levine – sentit une odeur étrange flotter dans l'air de l'octogone ; une odeur douceâtre, comme celle de roses fanées depuis longtemps. Ses yeux le picotèrent, et il les ferma tout en écoutant la voix du Scopes virtuel.

```
« Et le temps pour ces œuvres et ces jours
où tant de mains
    Se lèveront et poseront une question devant
toi ;
    Le temps pour toi et le temps pour moi… »
```

Il y eut un moment de silence, et la dernière chose qu'entendit Levine tandis qu'il inspirait le gaz âcre dans ses poumons fut sa propre voix, récitant :

```
« Le temps est la tempête dans laquelle nous
nous égarons tous… »
```

Épilogue

Les cirrus qui s'effilochaient sur le ciel donnaient au désert un air étrange. Ce n'était plus une mer de lumière, mais une plaine bleu foncé qui s'achevait au loin sur des pics montagneux. Une fraîcheur et une odeur d'automne flottaient dans l'air.

Du sommet du mont du Dragon, Carson et de Vaca contemplaient les ruines noires des laboratoires de recherche GeneDyne-Desert. L'imposant bunker souterrain du « bouillon de culture » n'était plus qu'un cratère aux bords déchiquetés où s'entassaient du béton noirci et des structures métalliques tordues qui jaillissaient du sol. Tout autour, le sable avait été roussi par l'incendie. Le laboratoire de transfection du plasmide n'était plus qu'un squelette de poutrelles voilé par la chaleur. Les fenêtres du bâtiment résidentiel béaient, sombres, ouvrant leurs yeux morts sur le paysage. Tout ce qui était récupérable avait été déblayé quelques semaines plus tôt. Il ne restait plus que des carcasses vides, témoins muets de ce qui s'était passé. Il n'y avait pas de projet de reconstruction. Le bruit courait que la base de missiles allait se servir du site comme cible pour ses essais de tir. Le seul signe de vie était la présence de corbeaux qui pillaient les décombres du réfectoire, tournoyant et se disputant on ne savait quoi.

Au-delà des ruines du mont du Dragon, les vestiges d'une autre cité disparue affleuraient : Kin Klizhini, la Maison noire, détruite par le temps, le manque d'eau et les éléments. De l'autre côté du cône de scories, le groupe de tours hertziennes attendait silencieusement d'être démonté. En bas, leur pick-up était garé à hauteur de l'ancien périmètre extérieur, tache de couleur dans l'uniformité de ces terres désolées.

Carson regardait, fasciné.

— Ahurissant, hein, qu'un millier d'années séparent ces deux ruines, dit-il. On n'appartient pas à la même civilisation, et pourtant on finit de la même façon. Le désert gomme les différences.

Le silence retomba.

— Bizarre qu'on n'ait pas retrouvé Nye, dit de Vaca.

Carson hocha la tête.

— Pauvre salaud, dit-il. Il a dû mourir quelque part, et les coyotes et les busards en auront fait leur dîner. On le retrouvera un de ces jours, comme on a retrouvé Mondragón. Un squelette à côté d'un sac de cailloux.

Carson se massa l'avant-bras gauche. Il contenait pas mal de tiges métalliques, maintenant, et il lui faisait toujours un peu mal quand il faisait humide. Mais pas ici, pas dans le désert.

— Peut-être qu'une nouvelle légende va naître et que dans cinq cents ans des gens chercheront l'or de Nye, dit de Vaca en riant.

Elle redevint grave et ajouta :

— Je n'ai aucune peine pour lui. C'était un salaud avant même d'avoir reçu du « PurBlood ».

— Je suis triste pour Singer, dit Carson. C'était un type bien. Et Harper. Et Vanderwagon. Aucun d'eux ne méritait ça.

— Tu parles d'eux comme s'ils étaient morts.
— C'est tout comme.
— Qui sait ? dit de Vaca en haussant les épaules. Avec la mauvaise presse que GeneDyne a depuis quelque temps, peut-être qu'ils vont tout mettre en œuvre pour essayer de défaire ce qui a été fait. En un sens, ils sont coupables. Coupables d'avoir épousé une cause sans réfléchir aux conséquences possibles.

Carson hocha la tête.

— Dans ce cas-là, je le suis autant qu'eux.
— Pas tout à fait. Je pense qu'au fond de toi tu as toujours douté.
— Je me pose cette question tous les jours depuis que la production du « PurBlood » s'est arrêtée. Et je n'en suis pas si sûr. Je me serais sans doute fait transfuser comme les autres.

De Vaca le dévisagea.

— C'est vrai, reprit-il. À une époque, j'aurais suivi Scopes jusqu'au bout de la planète s'il me l'avait demandé. Il faisait cet effet-là sur les gens.

De Vaca continuait à le regarder avec curiosité.

— Pas sur moi, dit-elle.

Carson ne répondit pas.

— Très étrange, cet incendie, non ? dit de Vaca.
— Oui. Et la confession de Scopes. Si on peut appeler ça comme ça. Je suis sûr qu'on ne saura jamais ce qui s'est réellement passé. Il y avait un contentieux entre ces deux-là, Levine et Scopes.
— En tout cas, il a été réglé, dit de Vaca, qui haussa les sourcils.
— Je... je me demande s'ils vont continuer les recherches sur le Grip-x, fit Carson. Maintenant que nous avons résolu le problème.
— Jamais ! Au grand jamais ! s'écria de Vaca avec emphase. Personne ne veut plus y toucher.

C'est trop dangereux. De plus, nous ne sommes pas certains que tous les problèmes aient été résolus. Et celui de modifier génétiquement les générations futures – modifier l'humanité, en d'autres termes – ne fait que commencer. Nous allons être les témoins de choses terribles dans le cours de notre vie, Guy. Tu sais comme moi que ce n'est pas fini.

Les nuages grossissaient au-dessus du désert. Carson et de Vaca étaient immobiles, côte à côte.

— Nous ferions mieux d'y aller, dit-elle au bout d'un moment. La route est longue jusqu'à la montagne du Ute endormi.

Carson ne bougea pas, fasciné qu'il était par la splendeur déchue du mont du Dragon.

— Ta famille t'attend, lui dit de Vaca. Ils meurent d'envie de te voir. Ragoût de mouton, pain frit ! Des chansons, des danses ! Et la mémoire de Charley à honorer, ce grand-oncle qui nous a sauvé la peau dans ce sale désert !

Carson acquiesça, l'air absent.

— Tu ne vas pas me dire que tu te dégonfles, métis de mon cœur ?

Rieuse, elle lui passa un bras autour de la taille.

Carson se força à détacher ses yeux du complexe en ruine. Il regarda de Vaca et lui sourit.

— Allez, viens, dit-il. Ça fait un bail que je n'ai pas mangé un vrai ragoût de mouton !

Remerciements

Nous tenons tout d'abord à remercier nos agents, Harvey Klinger et Matthew Snyder. Messieurs, nous levons nos verres de scotch Highland pur malt à votre santé : ce projet n'aurait jamais vu le jour sans votre aide et vos encouragements.

Nous remercions également, pour leur soutien amical : Tom Doherty, Bob Gleason, Linda Quinton, Natalia Aponte, Karen Lovell, Stephen de Las Heras ; et, pour leur aide technique : le Dr Lee Suckno, le docteur Bry Benjamin, Frank Calabrese et le docteur Tom Benjamin.

Lincoln Child remercie Denis Kelly, Juliette, Chris England et Tony Trischka.

Douglas Preston remercie Christine, son épouse, avec qui il a traversé le désert de Jornada del Muerto pas moins de quatre fois ; et Selene. Merci à mon frère Dick, auteur de *The Hot Zone*, pour son aide. Et aussi aux magazines *Smithsonian* et *New Mexico* qui ont participé au financement de notre exploration de l'ancienne Piste espagnole, connue sous le nom de *Camino Real de Tierra Adentro*, qui traverse le désert de Jornada. Merci aussi à Walter Nelson, Roeliff Annon et Silvio Mazzarese qui nous ont accompagnés dans cette expédition.

Et merci à tous les autres qui nous ont aidés pour ce *Cauchemar génétique* comme pour nos romans précédents : Jim Cush, Larry Bern, Mark Gallagher, Chris Yango, David Thomson, Bay et Ann Rabinowitz, Bob Wincott.

Sans leur enthousiasme, ce roman ne serait pas.

9936

Composition
NORD COMPO

*Achevé d'imprimer en Slovaquie
par NOVOPRINT
le 8 décembre 2013*

Dépôt légal décembre 2013
EAN 9782290054604
OTP L21EPNN000250N001

ÉDITIONS J'AI LU
87, quai Panhard-et-Levassor, 75013 Paris

Diffusion France et étranger : Flammarion